Von Stephen King sind
als Heyne-Taschenbücher erschienen:

Brennen muß Salem · Band 01/6478
Im Morgengrauen · Band 01/6553
Der Gesang der Toten · Band 01/6705
Die Augen des Drachen · Band 01/6824
Der Fornit · Band 01/6888
Dead Zone – Das Attentat · Band 01/6953
Der Talisman · Band 01/7662
Friedhof der Kuscheltiere · Band 01/7627
Danse macabre · Band 19/2
›es‹ · Band 41/1
Sie · Band 41/2
Schwarz · Band 41/11
Drei · Band 41/14

Von Stephen King sind unter dem
Pseudonym Richard Bachman
als Heyne-Taschenbücher erschienen:

Der Fluch · Band 01/6601
Menschenjagd · Band 01/6687
Sprengstoff · Band 01/6762
Todesmarsch · Band 01/6848
Amok · Band 01/7695

DAS STEPHEN KING BUCH

Herausgegeben von
JOACHIM KÖRBER

WILHELM HEYNE VERLAG
MÜNCHEN

HEYNE ALLGEMEINE REIHE
Nr. 01/7877

BILDNACHWEIS:

Cinevox: Abb. 28, 30, 31
Columbia Pictures Industries, Inc.: Abb. 27, 32, 33, 34
Christoph Felder Filmproduktion: Abb. 38–41
Neue Constantin Film: Abb. 12, 18, 19, 20, 36, 37
New World Pictures: Abb. 23, 24, 35
Paramount Pictures Corporation/Abigayle Tarsches: Abb. 42
PEOPLE Weekly/TIME Inc. Magazine Co./Raeanne Rubenstein:
Abb. 6, 29, 43
Stern/Hinz: Abb. 11, 15–17
TIME Magazine/Ted Thai: Abb. 1
Twentieth Century Fox: Abb. 21, 25
United Artists Corporation: Abb. 2–5
Universal City Studios, Inc.: Abb. 26
Warner Bros.: Abb. 9, 10, 13
Warner-Columbia: Abb. 14, 22
Warner Home Video: Abb. 7, 8

Copyright © 1989 by Wilhelm Heyne Verlag GmbH & Co. KG, München
Copyright © der Einzelrechte: s. Quellenverzeichnis
Printed in Germany 1989
Gesamtherstellung: Ebner Ulm

ISBN 3-453-03316-7

Inhalt

VORWORT 7

TEIL 1: KING ÜBER KING

STEPHEN KING: Einige autobiographische Anmerkungen 11
STEPHEN KING: Ein Vortrag in der Billerica Library 39
STEPHEN KING: Warum ich »Richard Bachman« war 53

TEIL 2: DIE BESTEN GESCHICHTEN VON STEPHEN KING

Der Sensenmann (1969) 65
Das Schreckgespenst (1973) 73
Die Höllenkatze (1977) 85
Die Kiste (1979) 103
Der Überlebenstyp (1982) 137
Das Floß (1982) 157
Der Gesang der Toten (1984) 185
Popsy (1987) 207

TEIL 3: DIE INTERVIEWS

CHARLES PLATT: Stephen King 221
DOUGLAS E. WINTER: Stephen King, Peter Straub und die Suche
nach dem Talisman 233
ERIC NORDEN: Das *Playboy*-Interview mit Stephen King 247

TEIL 4: PROMINENTE KOLLEGEN ÜBER STEPHEN KING

PETER STRAUB: Mein Freund Stevie 287
RAMSEY CAMPBELL: Willkommen in Zimmer 217 295
CLIVE BARKER: Die Fahrt überleben 301

TEIL 5: DAS WERK VON STEPHEN KING

STEPHEN KING: Zur Einführung: Warum lesen wir phantastische
Geschichten? 313
BEN P. INDICK: Wie macht er uns nur solche Angst? 319

CHARLES L. GRANT: Die graue Arena 327
ALAN RYAN: Das Marstenhaus in 'Salem's Lot 333
HEIKO LANGHANS: Kurzarbeit für die Nachtschicht 345
DENNIS RICKARD: Horror ohne Grenzen: Ein Blick in den Nebel . 363
WHOOPI GOLDBERG: Wie man »es« liest 379
BERNADETTE BOSKY: Angst und Freundschaft: Stephen King und
    Peter Straub 381
BEN P. INDICK: King als Schriftsteller für Jugendliche 409
L. SPRAGUE DE CAMP: Der Drache mit den gläsernen Augen . . . 425
JOACHIM KÖRBER: Der Mythos vom Dunklen Turm 431
HANS JOACHIM ALPERS: King als »Richard Bachman« 439
PETER TREMAYNE: Crouch End, auf den Inseln 467
JOACHIM KÖRBER: Notizen aus der toten Zone: Die Romane von
    Stephen King 477

TEIL 6: STEPHEN KING UND DIE FILME

FRITZ LEIBER: Horror vom Feinsten 503
NORBERT STRESAU: Horror in Hollywood oder Wie aus guten
    Romanen miese Filme werden 521
MICHAEL R. COLLINGS: Maximum Overdrive: Stephen King als
    Regisseur 529

TEIL 7: DATEN ZU STEPHEN KING

JOACHIM KÖRBER: Bibliographie der Veröffentlichungen von
    Stephen King 539
NORBERT STRESAU: Filmographie 589

Quellenverzeichnis 599
Über die Autoren 603

VORWORT

Stephen King ist ein Phänomen. Der ehemalige Lehrer aus Maine, der kaum den Lebensunterhalt für sich und seine Familie erwirtschaften konnte, ist heute der meistverkaufteste, meistgelesenste und bestverdienendste Schriftsteller der Welt – und das in einem literarischen Genre, Horror, dem kaum jemand dieses gewaltige Bestsellerpotential zugetraut haben würde.

Stephen Kings Geschichte liest sich wie ein modernes amerikanisches Märchen (und er selbst ist auch stets bestrebt, dieses Klischeebild von sich selbst aufrechtzuerhalten): Er wurde am 21. September 1947 in Portland im US-Bundesstaat Maine geboren und besuchte die Grundschule in Durham, anschließend die High-School in Lisbon Falls, wo er 1966 seinen Abschluß machte. In dieser Zeit verfaßte King erste Kurzgeschichten, seine erste professionelle Veröffentlichung (d. h. die erste, für die er tatsächlich bezahlt wurde) war die Geschichte »The Glass Floor«, die 1967 in dem Science-fiction-Magazin *Startling Mystery Stories* erschien. Obwohl sie den Grundstock für seine beispiellose Karriere bildete, distanziert sich King heute davon und will sie nicht mehr nachdrucken lassen (sonst wäre sie auch in diesem Band enthalten gewesen).

Nach Beendigung der High-School besuchte Stephen King die Universität von Orono, wo er sich im Studentenausschuß und in der Bewegung gegen den Krieg in Vietnam engagierte. Dort lernte er auch Tabitha Spruce kennen, die er 1971 heiratete. Sie wurde als Tabitha King ebenfalls eine erfolgreiche Schriftstellerin, die mehrere Bücher verfaßt hat.

Da King zunächst keine Anstellung als Lehrer finden konnte und seine Frau noch studierte, arbeitete er in zahlreichen Aushilfsjobs, darunter in einer Wäscherei, während er nebenher in seiner Freizeit Kurzgeschichten für Herrenmagazine wie *Cavalier* oder *Penthouse* schrieb. 1971 fand er eine Stelle als Lehrer an der Hampden Academy in Hampden, und 1973 konnte er seinen Erstlingsroman *Carrie* an den Verlag Doubleday verkaufen (nachdem zuvor eine Reihe Manuskripte abgelehnt worden waren), wo er 1974 erschien. Verkaufte sich dieses Buch in seiner gebundenen Ausgabe noch bescheiden, so war Stephen Kings literarische Tätigkeit schon bald von Superlativen geprägt: Die Taschenbuchausgaben von *Carrie* und seinem zweiten Roman *Brennen muß Salem!* kamen in die Bestsellerlisten, dem dritten Roman, *Shinning,* wurde dieselbe Ehre auch als gebundenes Buch zuteil, *Dead Zone* erreichte den ersten Platz der Bestsellerliste der *New York Times.* King erhielt für seinen Roman *Christine* den geringsten Vorschuß, der je in den USA für einen Roman bezahlt wurde: 1 Dollar. Freilich war er zu der Zeit schon verkaufsträchtig, und das Buch brachte Millionen Tantiemen. Der gemeinsam mit Peter Straub verfaßte Roman *Der Talisman* wurde mit der größten bis dahin in den USA gedruckten Startauflage verlegt: 800 000 Exemplare. Wenig später stellte King selbst diesen Rekord ein: *Die Augen des Drachen* hatte die unerhörte Startauflage von einer Million Exemplaren im Hardcover. Für die beiden Bände der Serie um den Dunklen Turm, *Schwarz* und *Drei,* die zuvor als limitierte gebundene Ausgaben erschienen waren, bekam King die höchste Summe, die je für *Nachdruckrechte* im Taschenbuch bezahlt wurde, nämlich acht Millionen Dollar. Ein gemeinschaftlich abgeschlossener Vertrag über die Bücher *Sie* und *Das Monstrum/Tommyknockers* brachte ihm zehn Millionen Dollar Vorschuß, die höchste Summe, die je ein Schriftsteller erhalten hatte. Ein Ende ist nicht abzusehen. 1988 schloß King einen Vertrag über vier Bücher mit seinem US-Verlag ab. Kaufsumme: vierzig Millionen Dollar. Es ist offensichtlich, daß die Leser nicht genug von ihm bekommen können.

Wie kommt es zu diesem gewaltigen Erfolg? Was macht das Phänomen Stephen King aus? Wie läßt sich sein Erfolg beim Publikum erklären, wo doch Horror im allgemeinen als Lektüre für eine Minderheit angesehen wird?

Das vorliegende Buch versucht, erste Antworten auf diese Fragen zu geben. Es enthält Beiträge von Stephen King selbst, in denen er zu seiner Person Stellung nimmt, Interviews mit ihm zu den verschiedensten Aspekten seines Lebens und Werks (hervorzuheben das legendäre *Playboy*-Interview) und läßt zahlreiche prominente Kollegen und internationale Kritiker zu Wort kommen. Sie alle nehmen Stellung zu Stephen King und seinen Büchern und versuchen auf ihre Weise, Antworten zu finden. *Das Stephen King Buch* möchte Aspekte von Stephen Kings Werk herausgreifen und anschaulich darstellen. Ich hoffe, daß die Lektüre ebenso unterhaltend und spannend ist wie die seiner eigenen Bücher.

Joachim Körber
Linkenheim, Mai 1989

Teil 1

KING ÜBER KING

STEPHEN KING

Einige autobiographische Anmerkungen

1

Ich habe bereits an anderer Stelle gesagt, daß es unmöglich sein würde, den Versuch zu wagen, sich erfolgreich mit dem Phänomen von Entsetzen und Horror als Medien- und Kulturereignis zu beschäftigen, ohne wenigstens einen kleinen Teil Autobiographie einzufügen. Mir scheint, die Zeit, diese Drohung wahr zu machen, ist jetzt gekommen. Welch ein Ärger. Aber Sie müssen es über sich ergehen lassen, und sei es nur, weil ich mich selbst nicht von einem Genre trennen kann, an dem ich auf Gedeih und Verderb teilhabe.

Leser, die auf regelmäßiger Basis einem Genre zugeneigt sind – Western, Detektivgeschichten, Gerichtssaal-Krimis, Science-fiction oder einfache Abenteuerliteratur –, scheinen selten denselben Drang zu verspüren, die Interessen ihres Lieblingsschriftstellers (und ihre eigenen) zu psychoanalysieren, so wie die Leser von Horror-Literatur. Insgeheim herrscht das Gefühl vor, daß das Interesse an Horror abnormal ist. Ich habe einen recht langen Essay als Einführung zu einem meiner Bücher geschrieben (*Night Shift*) und versucht, einige der Gründe dafür zu analysieren, weshalb die Leute Horror lesen und weshalb ich ihn schreibe. Ich habe kein Interesse daran, dieses Gericht hier noch einmal aufzuwärmen; wenn Sie daran interessiert sind, das Thema weiterzuverfolgen, empfehle ich Ihnen diese Einführung; meinen Verwandten hat sie allen gefallen.

Die Frage hier ist mehr von esoterischer Natur: Warum haben die Leute ein solches Interesse an meinen Interessen – und an ihren eigenen? Ich glaube, das liegt mehr als an allem anderen daran, daß wir tief in unserem Denken ein Postulat vergraben haben: daß das Interesse an Horror ungesund und abseitig ist. Wenn mich die Leute fragen: »Warum schreibst du solche Sachen?«, dann fordern sie mich eigentlich auf, mich auf die Couch zu legen und über die drei Wochen zu sprechen, die ich im Keller eingesperrt war, oder meine Windelentwöhnung, oder vielleicht eine abnormale Rivalität unter Geschwistern. Niemand möchte wissen, ob Arthur Hailey oder Harold Robbins ungewöhnlich lange gebraucht hat, bis er aufs Töpfchen ging, denn über Banken und Flughäfen und darüber zu schreiben, »Wie ich meine erste Million gemacht habe«, das sind Themen, die vollkommen normal erscheinen. Es hat etwas durch und durch Amerikanisches, wissen zu wollen, wie Dinge funktionieren (was, wie ich finde, eine gute Erklärung für den phänomenalen Erfolg des *Penthouse Forum* ist; worum es in all diesen Briefen wirklich geht, ist die Raketentechnik des Geschlechtsverkehrs, die mögliche Trajektorie von oralem Sex und das »Wie-macht-man's« verschiedener exotischer Stellungen – alles so amerikanisch wie Apfelkuchen; das *Forum* ist nichts weiter als eine sexuelle Gebrauchsanweisung für den enthusiastischen »Do-it-your-self«-Menschen), aber es ist beängstigend anders, eine Neigung zu Monstern, Spukhäusern und dem »Ding, das um Mitternacht aus der Gruft kroch« zu haben. Interviewer verwandeln sich sofort in hinreichende Abziehbilder des Comic-strip-Psychiaters Victor de Groot und vergessen die Tatsache, daß es ein verdammt bizarrer Broterwerb ist, sich für Geld etwas auszudenken.

Im März 1979 wurde ich eingeladen, bei einer Veranstaltung als einer von drei Rednern einer Diskussion über Horror aufzutreten, die als die »Ides of Mohonk« bekannt ist (eine jährlich stattfindende Versammlung von Krimi-Autoren und Fans, die von Murder Ink gesponsort wird, einem ausgesuchten Buchladen für Kriminal- und Detektivromane in Manhattan). Im Verlauf dieser Podiumsdiskussion erzählte ich eine Geschichte, die mir meine Mutter über mich selbst erzählt hatte – das Ereignis fand statt, als ich kaum vier Jahre alt war, daher kann man vielleicht entschuldigen, daß ich mich zwar an ihren Bericht erinnere, aber nicht an das tatsächliche Ereignis.

Wie Mutter sagte, war ich zum Spielen zu den Nachbarn gegangen – ein Haus, das in der Nähe von Eisenbahnschienen lag. Etwa eine Stunde nachdem ich weggegangen war – erzählte sie –, kam ich weiß wie ein Laken zurück. Ich habe den ganzen Tag über kein Wort mehr gesagt; ich sagte ihr nicht, warum ich nicht gewartet hatte, bis sie mich holte, oder warum ich nicht angerufen hatte, daß ich abgeholt werden wollte; ich sagte ihr nicht, warum die Mutter meines Freundes mich nicht heimgebracht, sondern zugelassen hatte, daß ich alleine ging.

Es stellte sich heraus, daß das Kind, mit dem ich gespielt hatte, beim Spielen oder Überqueren der Gleise von einem Güterzug überfahren worden war (Jahre später erzählte mir meine Mutter, daß sie seine Überreste in einem Weidenkorb eingesammelt hatten). Meine Mutter wußte nicht, ob ich in seiner Nähe gewesen war, als es geschah, ob es geschehen war, bevor ich dort war, oder ob ich weggelaufen war, nachdem es geschehen war. Vielleicht hatte sie ihre eigenen Vorstellungen zu diesem Thema. Aber wie ich schon sagte, ich selbst kann mich überhaupt nicht an dieses Ereignis erinnern; nur daran, daß es mir, ein paar Jahre nachdem es tatsächlich stattgefunden hatte, erzählt worden war.

Diese Geschichte erzählte ich als Antwort auf eine Frage aus dem

Publikum. Der Betreffende hatte gefragt: »Können Sie sich an etwas aus Ihrer Kindheit erinnern, das besonders schrecklich gewesen ist?« – mit anderen Worten, treten Sie jetzt ein, Mr. King, der Doktor erwartet Sie.

Robert Marasco, der Autor von *Burnt Offerings* und *Parlor Games*, sagte, er könnte es nicht. Ich erzählte meine Geschichte von dem Zug so wie hier, hauptsächlich deswegen, um den Mann aus dem Publikum nicht ganz zu enttäuschen, betonte aber auch, daß ich mich an den Vorfall selbst nicht erinnern konnte. Worauf die dritte Teilnehmerin der Diskussion, Janet Jeppson (die Psychiaterin und Romancier zugleich ist), sagte: »Aber Sie schreiben seit jeher darüber.«

Zustimmendes Murmeln aus dem Publikum. Hier war eine Schublade, in die ich abgelegt werden konnte . . ., hier war bei Gott ein *Motiv*. Ich schrieb *'Salem's Lot, The Shining* und vernichtete die Welt in *The Stand* durch eine Seuche, weil ich gesehen habe, wie dieser Junge in meinen Jugendtagen, an die ich mich nicht mehr erinnern kann, von einem langsamen Güterzug überfahren wurde. Ich halte das für eine vollkommen lächerliche Vorstellung – solche aus der Hüfte geschossenen, psychologischen Urteile sind wenig mehr als bemäntelte Astrologie.

Nicht, daß die Vergangenheit nicht Stoff für die Mühlen des Schriftstellers liefern würde; selbstverständlich schon. Ein Beispiel: Den lebhaftesten Traum, an den ich mich erinnern kann, hatte ich, als ich etwa acht Jahre alt war. In diesem Traum sah ich den Leichnam eines Gehängten, der auf einem Hügel am Galgenbaum baumelte. Steine lagen auf den Schultern des Toten, und hinter ihm war ein fahlgrüner Himmel, an dem Wolken brodelten. Der Leichnam hatte ein Schild um: ROBERT BURNS. Aber als der Wind den Leichnam in der Luft drehte, sah ich, daß er mein Gesicht hatte – verwest und von Vögeln zerpickt, aber eindeutig meines. Und dann schlug der Leichnam die Augen auf und sah mich an. Ich wachte schreiend auf und war sicher, daß sich das tote Gesicht im Dunkeln über mich beugen würde. Sechzehn Jahre später konnte ich diesen Traum als eine zentrale Metapher in meinem Roman *'Salem's Lot* verwenden. Ich änderte den Namen des Leichnams einfach in Hubie Marsten. In einem anderen Traum – den ich im Verlauf der vergangenen Jahre in streßgeplagten Zeiten immer wieder hatte – schreibe ich einen Roman in einem alten Haus, wo angeblich eine mörderische, wahnsinnige Frau umgehen soll. Ich arbeite in einem Zimmer im dritten Stock, wo es sehr heiß ist. Eine Tür auf der anderen Seite des Zimmers führt zum Speicher, und ich weiß – ich *weiß* –, daß sie dort drinnen ist; früher oder später wird das Klappern meiner Schreibmaschine sie auf mich aufmerksam machen (vielleicht ist sie eine Kritikerin von *Times Book Re-*

view). Wie dem auch sei, schließlich kommt sie durch die Tür wie ein gräßliches Sprungteufelchen aus der Schachtel, graues Haar und irre Augen, sie tobt und schwingt eine Axt. Und als ich weglaufe, stelle ich fest, daß das Haus irgendwie nach außen explodiert ist – es ist so viel größer geworden – und ich mich vollkommen verirrt habe. Wenn ich aus diesem Traum erwache, schlüpfe ich sofort auf die andere Seite des Bettes zu meiner Frau.

Aber wir alle haben unsere Alpträume, und wir verwenden sie alle so gut wir können. Doch es ist eine Sache, einen Traum zu verwenden, aber wieder eine ganz andere, anzudeuten, daß der Traum die Ursache in sich und von sich selbst ist. Das hieße, etwas Lächerliches von einer interessanten Nebenfunktion des menschlichen Gehirns zu behaupten, die wenig oder gar keine Bedeutung in der wirklichen Welt hat. Träume sind lediglich Gedankenfilme, Schnipsel und Überbleibsel unseres wachen Lebens, die der emsige Verstand, dem es widerstrebt, etwas ungenützt hinauszuwerfen, zu eigentümlichen kleinen, unterbewußten Mustern verwebt. Einige dieser Gedankenfilme gehören in die Kategorie »Nur für Erwachsene«; einige sind Komödien; andere sind Horror-Filme.

Ich bin der Meinung, daß Schriftsteller gemacht und nicht aus Träumen oder Kindheitstraumata geboren oder erschaffen werden – wenn man Schriftsteller wird (oder Maler, Schauspieler, Regisseur, Tänzer und so weiter), ist das eine direkte Folge des bewußten Willens. Natürlich muß auch eine gewisse Begabung im Spiel sein, aber Begabung ist ein schrecklich billiges Zubehör, billiger als Tafelsalz. Was den begabten Menschen vom erfolgreichen unterscheidet, ist eine Menge harte Arbeit und Lernen; ein unaufhörlicher Prozeß des Schleifens. Begabung ist ein stumpfes Messer, mit dem man nichts schneiden kann, es sei denn, es wird mit großer Gewalt geführt – einer so großen Gewalt, daß das Messer gar nicht richtig schneidet, sondern reißt und bricht (und nach zwei oder drei solchen brutalen Hieben kann es selbst zerbrechen . . ., was mit so unterschiedlichen Schriftstellern wie Ross Lockrigde und Robert E. Howard passiert sein mag). Disziplin und harte Arbeit sind die Schleifsteine, mit denen man das stumpfe Messer der Begabung schärfen kann, bis es hoffentlich scharf genug wird, daß es auch das zäheste Fleisch und Knorpel durchschneiden kann. Keinem Schriftsteller, Maler oder Schauspieler – keinem *Künstler* – wird jemals ein scharfes Messer gegeben (aber manchen Menschen werden unglaublich große gegeben; einen Künstler mit einem so großen Messer nennen wir »Genie«), und wir schleifen mit unterschiedlichen Stufen von Eifer und Geschick.

Ich will damit sagen, daß der Künstler, wenn er erfolgreich sein will, zur rechten Zeit am rechten Ort sein muß. Die rechte Zeit liegt in Gottes Hand, aber einer jeden Mutter Sohn oder Tochter kann sich zum rechten Platz vorarbeiten und warten.*

Aber was ist der rechte Ort? Das ist eines der großen ungelösten Geheimnisse menschlicher Erfahrung.

Ich erinnere mich, daß ich als Kind einmal mit meinem Onkel Clayton mit der Wünschelrute unterwegs war. Er war ein echter Mainer, wenn es je einen gegeben hat. Wir schritten dahin, mein Onkel Clayt und ich, er mit seinem schwarz-rot karierten Flanellhemd und der grünen Mütze, ich in meinem blauen Parka. Ich war etwa zwölf; er hätte Mitte Vierzig oder Mitte Sechzig sein können. Er hatte die Wünschelrute unter einem Arm, ein wie eine Schleuder geformtes Stück Apfelbaumholz. Apfelbaumholz war das beste, sagte er, aber in der Not tat es auch Birke. Außerdem gab es noch Ahornholz, aber Onkel Clayts Überzeugung war, daß Ahornholz das schlechteste Wünschelrutenholz war, weil die Maserung nicht stimmte und es einen anlog, wenn man es ließ.

Mit zwölf Jahren war ich alt genug, nicht mehr an den Nikolaus, die Zahnfee oder Wünschelruten zu glauben. Eines der seltsamen Dinge in unserer Kultur ist, daß Eltern sich befleißigt sehen, ihren Kindern diese reizenden Geschichten so schnell wie möglich auszutreiben – Dad und Mom finden vielleicht nicht genügend Zeit, ihren Kleinen bei den Hausaufgaben zu helfen oder ihnen abends eine Geschichte vorzulesen (laßt sie statt dessen fernsehen, das Fernsehen ist 'n großartiger Babysitter, 'ne Menge schöner Geschichten, laßt sie fernsehen), aber sie machen sich wirklich große Mühe, den armen alten Nikolaus zu diskreditieren oder Wünschelruten oder Brackwasserhexerei. *Dafür* ist genügend Zeit. Irgendwie finden solche Eltern die Märchen, die in *Gilligan's Island, The Odd Couple* und *The Love Boat* erzählt werden, immer akzeptabler. Gott allein weiß, weshalb so viele Eltern Aufklärung mit gefühlsmäßigem und fantasiemäßigem Bankraub verwechselt haben, aber es ist so; sie können sich nicht zufriedengeben, bis das Licht des Wunders in den Augen ihrer Kinder erloschen ist. (Er meint nicht mich, flüstern Sie sich jetzt gerade zu – aber, meine Dame oder mein Herr, vielleicht doch.) Den meisten Eltern ist klar, daß Kinder im klassischen Sinne des Wortes verrückt sind. Aber ich bin nicht sicher, daß es gleichbedeutend mit »Vernunft« ist, den Nikolaus oder die Zahnfee zu töten. Für Kinder scheint die Vernunft

---

* Dieser Gedanke stammt nicht von mir, aber der Teufel soll mich holen, wenn ich mich daran erinnere, wer das gesagt hat – ich werde es daher einfach dem fleißigsten aller Autoren zuschreiben, Mr. Anonym.

des Wahnsinns sehr gut zu funktionieren. Sie dient immerhin dazu, das Ding im Schrank fernzuhalten.

Onkel Clayt hatte sehr wenig von diesem »sense of wonder« – dem »Sinn des Staunens« – verloren. Zu seinen anderen erstaunlichen Begabungen (jedenfalls für mich erstaunlich) gehörte seine Fähigkeit, Bienen aufzuspüren – das heißt, wenn er eine Honigbiene auf einer Blume sah, dann konnte er ihr zu ihrem Stock zurück folgen, er stapfte durch Wälder, watete durch Bäche, kletterte über umgestürzte Baumstämme –, auch seine Fähigkeit, Zigaretten mit einer Hand zu drehen (die er immer exzentrisch wirbelte, bevor er sie sich in den Mund steckte und mit Diamond-Streichhölzern anzündete, die er in einem wasserdichten Behälter aufbewahrte), und sein scheinbar endloses Repertoire von Geschichten und Erzählungen . . ., Indianergeschichten, Gespenstergeschichten, Familiengeschichten, Legenden, was Sie wollen. An diesem Tag hatte sich meine Mutter bei Clayt und seiner Frau Ella beim Essen darüber beschwert, wie langsam das Wasser in die Waschbecken und das Toilettenreservoir stieg. Sie fürchtete, der Brunnen würde wieder austrocknen. Damals, etwa 1959 oder 1960, hatten wir einen flachen Brunnen, der jeden Sommer etwa für einen Monat oder so austrocknete. Dann schleppten mein Bruder und ich und ein Cousin Wasser in einen großen Tank, den ein anderer Onkel (das war Onkel Oren, lange Zeit der beste Zimmermann und Unternehmer im südlichen Maine) in seiner Werkstatt zusammengeschweißt hatte. Wir hievten den Tank auf die Ladefläche eines alten Kombi und fuhren ihn dann als Relay zum Brunnen hinunter, wo wir mit großen, galvanisierten Milchkannen arbeiteten. Während des trockenen Monats oder der sechs Wochen holten wir unser Trinkwasser von der städtischen Pumpe.

Onkel Clayt packte mich also, während die Frauen Geschirr spülten, und sagte mir, wir würden meiner Mutter mit der Wünschelrute einen neuen Brunnen suchen. Mit zwölf Jahren war das ein interessanter Zeitvertreib, aber ich war skeptisch; Onkel Clayt hätte mir ebensogut sagen können, er wolle mir zeigen, wo hinter dem Versammlungssaal der Methodisten eine fliegende Untertasse gelandet war.

Er spazierte herum, hatte die grüne Mütze in den Nacken geschoben, eine seiner Selbstgedrehten im Mundwinkel und die Wünschelrute in den Händen. Er hielt sie am Gabelbein, die Handgelenke nach außen gedreht, die großen Daumen fest gegen das Holz gedrückt. Wir schritten unablässig im Garten umher, in der Einfahrt und auf dem Hügel, wo der Apfelbaum stand (und heute noch steht, auch wenn andere Menschen in dem kleinen Haus mit seinen fünf Zimmern wohnen). Und Clayt redete . . . über Baseball; über den Ver-

16

such, wie er einmal in Kitterey einen Kupferschürf-Konzern gründen
wollte, ausgerechnet dort; und wie Paul Bunyan einmal den Verlauf
des Prestile Stream umgeleitet haben sollte, um Wasser für die Holz-
fällerlager zu beschaffen. Ab und zu blieb er stehen, und die Spitze
der Apfelholzwünschelrute zitterte ein klein wenig. Dann hielt er mit
seiner Geschichte inne und wartete. Das Zittern schwoll zu einer
kontinuierlichen Vibration an und hörte dann wieder auf. »Hier haben wir was, Stevie«, sagte er dann. »Etwas. Nicht viel.« Und ich
nickte weise und war überzeugt, daß er alles selbst machte. So wie
Eltern die Geschenke unter den Weihnachtsbaum legen, und nicht
der Nikolaus, weiß doch jeder, wie sie auch den Zahn unterm Kissen
hervorholen, wenn man schläft, und dafür einen Dollar hinlegen.
Aber ich ging mit ihm. Vergessen Sie nicht, ich gehörte zu einer Generation von Kindern, die gut sein wollten; uns hatte man beigebracht, zu »antworten, wenn wir gefragt wurden«, und den Eltern zu
gehorchen, wie verschroben ihre Ansichten auch sein mochten. Dies
ist, nur nebenbei, keine schlechte Methode, Kinder in die exotische-
ren Bereiche menschlichen Verhaltens und Denkens einzuführen;
man leitet das stille Kind (und ich war eines) auf Rundreisen durch
extrem bizarre Abschnitte gedanklicher Landschaften. Ich hielt es
nicht für möglich, daß man mit einer Wünschelrute Wasser finden
konnte, aber es interessierte mich doch, zu sehen, wie der Trick
durchgeführt wurde.
Wir gingen zum Rasen vor dem Haus, und der Stock fing wieder an
zu zittern. Onkel Clayt strahlte. »Hier ist es«, sagte er. »Sieh dir das
an, Stevie! Sie wird fündig, der Teufel soll mich holen, wenn es nicht
so ist!«
Drei Schritte weiter stieß die Apfelholzwünschelrute nach unten –
sie drehte sich einfach in Onkel Clayts Händen und deutete direkt
nach unten. Es war tatsächlich ein guter Trick; ich konnte sogar hören, wie die Gelenke seiner Finger knackten, sein Gesicht hatte einen
angestrengten Ausdruck, während er das Ende der Wünschelrute
wieder in die Höhe zog. Kaum ließ er mit dem Druck nach, senkte
sich die Spitze wieder nach unten.
»Wir haben eine Menge Wasser hier«, sagte er. »Du könntest bis
zum Jüngsten Tag davon trinken, ohne daß es alle wird. Und es ist
nicht einmal tief.«
»Laß mich es versuchen«, sagte ich.
»Nun, zuerst müssen wir wieder ein Stück zurück«, sagte er; was
wir taten. Wir gingen bis zum Rand der Einfahrt zurück.
Er gab mir den Stock und zeigte mir, wie ich ihn mit gekrümmten
Daumen halten mußte (Handgelenke nach außen, Daumen nach unten – »Sonst wird dir der Hurensohn die Handgelenke brechen, wenn

du über Wasser kommst und er nach unten schnellt«, sagte Clayt),
und dann gab er mir einen Klaps auf den Po.

»Momentan fühlt es sich nach nichts anderem als einem Stück
Holz an, was?« fragte er.

Dem stimmte ich zu.

»Aber wenn du näher ans Wasser kommst, wirst du spüren, wie sie
zum Leben erwacht«, sagte er. »Ich meine *wirklich* zum Leben, als
wäre sie noch am Baum. Oh, Apfelbaumholz ist gut für Wünschelruten. Es gibt nichts Besseres als Apfelbaum, wenn man nach Brunnen-
wasser sucht.«

Einiges von dem, was sich danach abspielte, kann also durchaus
herbeigeredet worden sein, und ich will an dieser Stelle nicht versuchen, Ihnen etwas anderes zu erzählen, wenngleich ich in der Zwischenzeit genug gelesen habe, um zu glauben, daß das Wünschelrutengehen tatsächlich funktioniert, wenigstens manchmal, bei manchen Menschen und aus seinen eigenen, unerfindlichen Gründen.*
Ich möchte sagen, daß Onkel Clayt mich in denselben Zustand versetzt hat, in den ich die Leser meiner Romane immer wieder versetzen will – in jenen Zustand des Glaubens, in dem der gehärtete Schild
der »Vernunft« vorübergehend abgelegt und die Ungläubigkeit be-
seitigt wurde und der »sense of wonder« wieder in greifbarer Nähe
ist. Wenn das auf die Gabe der Suggestion zurückzuführen ist, dann
meinetwegen; für das Gehirn ist sie besser als Kokain.

Ich ging auf die Stelle zu, wo Onkel Clayt gewesen war, als die
Wünschelrute ausgeschlagen hatte, und der Teufel soll mich holen,
wenn der Apfelbaumholzstock nicht in meinen Händen lebendig zu
werden schien. Er wurde warm und fing an, sich zu bewegen. Anfangs war es eine Vibration, die ich spüren, aber nicht sehen konnte,
dann fing die Spitze des Stocks an, sich zu bewegen.

»Es funktioniert!« schrie ich Onkel Clayt zu. »Ich kann es *spüren*!«

Clayt fing an zu lachen. Ich fing auch an zu lachen – kein hysteri-
sches Lachen, sondern eines reinen und unverhohlenen Entzückens.
Als ich über die Stelle kam, wo die Wünschelrute für Onkel Clayt
nach unten gestoßen hatte, stieß sie auch für mich nach unten; eben
noch war sie aufrecht, im nächsten Augenblick deutete sie senkrecht
nach unten. Ich erinnere mich an zwei Dinge in diesem Augenblick

---

* Eine der plausiblen Erklärungen für dieses Phänomen ist die, daß nicht der
Stock das Wasser spürt, sondern die Person, die ihn hält, die diese Fähigkeit dann auf die Wünschelrute überträgt. Wenn der Wind günstig steht,
können Pferde Wasser auf zwölf Meilen Entfernung riechen; warum sollte
ein Mensch nicht imstande sein, Wasser zu spüren, das zehn bis fünfzehn
Meter unter der Erde ist?

sehr deutlich. Eines war das Gefühl von *Gewicht*, wie schwer die Wünschelrute geworden zu sein schien. Mir schien, als könnte ich sie kaum noch hochhalten. Es war, als wäre das Wasser im Stock drinnen, und nicht im Boden; als wäre er förmlich *geschwollen* von Wasser. Clayt hatte den Stock, nachdem er gesunken war, wieder in seine ursprüngliche Haltung gebracht. Ich konnte das nicht. Er nahm ihn mir aus der Hand, und als er das tat, hörte das Gefühl von Gewicht und Magnetismus auf. Es ging nicht von mir auf ihn über, es *hörte auf*. Eben noch war es da, im nächsten Augenblick war es verschwunden.

Das andere, woran ich mich erinnere, ist ein gemeinsames Gefühl von Sicherheit und Geheimnis. Das Wasser ist da. Onkel Clayt wußte es, und ich wußte es auch. Es war da unten in der Erde, ein von Fels eingeschlossener Fluß. Es war das Gefühl, an die richtige Stelle gekommen zu sein. Wissen Sie, es gibt unsichtbare Energielinien auf der Welt – unsichtbar, aber sie summen vor unermeßlicher, furchteinflößender Energie. Ab und zu stolpert jemand über eine und wird gebraten, oder er packt eine auf die richtige Weise und läßt sie für sich arbeiten. Aber man muß sie finden.

Clayt hieb einen Pflock in den Boden, wo wir den Sog des Wassers gespürt hatten. Der Brunnen trocknete tatsächlich aus – sogar im Juli, nicht im August –, und da wir in diesem Jahr kein Geld für einen Brunnen hatten, begann der Wassertank wieder sein alljährliches Gastspiel auf der Ladefläche des Kombis, mein Bruder, mein Vetter und ich machten wieder unsere Gänge mit den Milchkannen zum alten Brunnen. Dasselbe geschah im folgenden Sommer. Aber ungefähr 1963 oder 1964 ließen wir einen artesischen Brunnen graben.

Da war der Pflock, den Clayt in den Boden geschlagen hatte, längst verschwunden, aber ich erinnerte mich noch ganz deutlich an die Stelle. Die Brunnenbohrer plazierten ihren Drillbohrer, ein großes rotes Gerät, das wie die Märklin-Vision eines Kindes von einer Gottesanbeterin aussieht, fünfzig Zentimeter von der Stelle entfernt, wo der Pflock gewesen war (und in Gedanken kann ich immer noch hören, wie Mom stöhnte, weil so viel nasser Lehm auf unserem Rasen verspritzt wurde). Sie mußten weniger als dreißig Meter tief bohren – und es war jede Menge Wasser vorhanden, wie Clayt an jenem Sonntag prophezeit hatte, als wir mit der Wünschelrute aus Apfelbaumholz draußen herumspaziert waren. Wir hätten bis zum Jüngsten Tag trinken können, und es wäre immer noch genügend da gewesen.

2

Ich möchte wieder zum eigentlichen Thema zurückkehren, und dieses eigentliche Thema ist, warum es unsinnig ist, einen Schriftsteller danach zu fragen, worüber er schreibt. Ebensogut könnte man die Rose fragen, warum sie rot ist. Die Begabung ist – wie das Wasser unter unserem Rasen, das Onkel Clayt eines Sonntagnachmittags nach dem Essen mit seiner Wünschelrute fand – immer vorhanden, aber sie ist weniger wie Wasser als vielmehr wie ein großer, roher Klumpen Erz. Man kann sie bearbeiten – schleifen, um zu einem früheren Vergleich zurückzukehren –, und man kann sie in einer unendlichen Anzahl von Möglichkeiten einsetzen. Das Schleifen und Einsetzen sind einfache Operationen, die der angehende Schriftsteller völlig unter Kontrolle hat. Die Begabung zu schleifen ist lediglich eine Frage von Übung. Wenn Sie über einen Zeitraum von zehn Jahren hinweg jeden Tag fünfzehn Minuten mit Hanteln trainieren, werden Sie Muskeln bekommen. Wenn Sie über einen Zeitraum von zehn Jahren hinweg jeden Tag eineinhalb Stunden lang schreiben, werden Sie ein guter Schriftsteller.*

Aber was ist dort unten? Das ist die große Variable, die wilde Karte im Spiel. Ich glaube nicht, daß der Schriftsteller darüber Kontrolle hat. Wenn Sie einen Brunnen bohren und Wasser finden, schicken Sie eine Probe ans staatliche Wasseruntersuchungsamt und bekommen eine Analyse – und der Gehalt an Mineralien kann erstaunlich variieren. Nicht alles H_2O ist gleich. Und ähnlich schreiben Joyce Carol Oates und Harold Robbins zwar beide in Englisch, aber deshalb schreiben sie noch lange nicht dieselbe Sprache.

Die Entdeckung von Begabung beinhaltet eine gewisse Faszination (wenngleich es schwierig ist, gut darüber zu schreiben, und daher will ich es gar nicht erst versuchen – »Überlaß das den Dichtern!« rief er. »Die Dichter wissen, wie man darüber spricht, oder wenigstens glauben sie es, was auf dasselbe hinausläuft; also überlaß es den Dichtern!«), den magischen Augenblick, wenn die Wünschelrute nach unten ausschlägt und man weiß, es ist da, genau *da*. Auch das

---

* Aber nur dann, wie ich hastig hinzufügen möchte, wenn ein gewisses Talent von vorneherein vorhanden ist. Man kann zehn Jahre lang Erde sieben und hat am Ende doch nichts anderes als nur fein gesiebte Erde. Ich spiele, seit ich vierzehn bin, Gitarre, und mit dreiunddreißig bin ich immer noch nicht weiter als mit sechzehn, als ich Stücke wie »Louie, Louie« und »Little Deuce Coupe« als Rhythmusgitarrist einer Gruppe namens MoonSpinners gespielt habe. Ich kann ein wenig spielen, und es macht mich fröhlicher, wenn ich den Blues habe, aber ich glaube, Eric Clapton ist noch sicher.

eigentliche Bohren des Brunnens, das Anreichern des Erzes, das Schleifen des Messers ist auf eine bestimmte Weise faszinierend (und auch darüber kann man nur schwer schreiben; eine Saga vom heroischen Bemühen eines jungen und talentierten Schriftstellers, die mir immer gut gefallen hat, ist Herman Wouks *Youngblood Hawke*), aber ich möchte ein paar Minuten darauf verwenden, über eine andere Art des Wünschelrutengehens zu sprechen – nicht die eigentliche Entdeckung von Begabung, sondern den Blitzschlag, der stattfindet, wenn man nicht nur die Begabung erkennt, sondern auch die spezielle Richtung, in die sich diese Begabung bewegen wird. Wenn Sie so wollen, ist das mit dem Augenblick vergleichbar, wenn ein Werfer der unteren Liga feststellt, daß er oder sie nicht nur werfen kann (was er oder sie schon eine Zeitlang gewußt haben kann), sondern daß er oder sie die spezielle Begabung hat, einen guten Fastball zu werfen, oder einen angeschnittenen Ball, der eine unerwartete Krümmung oder Kurve fliegt. Auch das ist ein besonders erlesener Augenblick. Und das alles wird, hoffe ich, den nachfolgenden autobiographischen Ausflug rechtfertigen. Ich versuche nicht, mein eigenes Interesse am Danse Macabre zu erklären oder zu rechtfertigen oder zu psychoanalysieren; ich versuche nur, die Bühne für ein Interesse zu bereiten, das sich als lebenslänglich, profitabel und angenehm erwiesen hat . . ., davon abgesehen natürlich, wenn die verrückte Frau aus ihrem Dachboden in jenem unangenehmen Traumhaus hervorplatzt, in das mein Unterbewußtsein mich alle vier Monate oder so plaziert.

3

Die Familie meiner Mutter hieß Pillsbury und stammte ursprünglich von derselben Familie ab (sagte sie), welche die Pillsburys hervorbrachte, die heute Backmischungen und Mehl herstellen. Der Unterschied zwischen den beiden Zweigen der Familie, sagte Mom, war der, daß die Mehl-Pillsburys nach Westen zogen, um ein Vermögen zu machen, während unsere Leute arm, aber ehrlich auf dem Boden von Maine blieben. Meine Großmutter, Nellie Pillsbury (geborene Fogg), war eine der ersten Frauen überhaupt, die ihren Abschluß an der Gorham Normal School machten – die Klasse von 1902, wenn ich mich recht erinnere. Sie starb blind und bettlägerig im Alter von fünfundachtzig Jahren, aber immer noch imstande, lateinische Verben zu deklinieren und die Namen aller Präsidenten bis Truman aufzusagen. Mein Großvater mütterlicherseits war Zimmermann und für kurze Zeit Winslow Homers Faktotum.

Die Familie meines Vaters stammte aus Peru, Indiana, und, viel weiter zurück, aus Irland. Die Pillsburys, gute angelsächsische Erbmasse, waren normal und praktisch veranlagt. Mein Vater entstammte offenbar einer langen Ahnenreihe von Exzentrikern; seine Schwester, meine Tante Betty, hatte Anfälle geistiger Verwirrung (meine Mutter hielt sie für manisch-depressiv, aber Mom hätte sich nie um das Amt der Präsidentin des Tante-Betty-Fanclubs beworben), meine Großmutter väterlicherseits liebte es, sich zum Frühstück einen halben Laib Brot in Speck anzubraten, und mein Großvater väterlicherseits, der einen Meter neunzig groß war und satte dreihundertfünfzig Pfund wog, fiel im Alter von zweiunddreißig Jahren tot um, als er einem anfahrenden Zug hinterherlief. So will es die Legende.

Ich habe gesagt, daß es unmöglich ist zu sagen, warum sich ein bestimmtes Gebiet mit der Kraft der Besessenheit im Geist festsetzt, daß es aber durchaus möglich ist, den Augenblick festzustellen, als das Interesse entdeckt wurde – den Augenblick, wenn Sie so wollen, als die Wünschelrute plötzlich und heftig nach unten in Richtung der verborgenen Wasserader zeigte. Anders ausgedrückt, die Begabung ist lediglich ein Kompaß, und wir werden uns nicht darüber unterhalten, warum er zum magnetischen Nordpol zeigt; statt dessen unterhalten wir uns kurz über den Augenblick, wenn die Nadel tatsächlich auf diesen großen Anziehungspunkt zuschwingt.

Mir ist es immer befremdlich vorgekommen, daß ich diesen Augenblick in meinem eigenen Leben meinem Vater verdanke, der meine Mutter verlassen hat, als ich zwei und mein Bruder David vier Jahre alt war. Ich kann mich überhaupt nicht an ihn erinnern, aber auf den wenigen Fotos von ihm, die ich gesehen habe, ist er ein Mann, der nach Art der vierziger Jahre hübsch ist, ein wenig pummelig und mit Brille. Im Zweiten Weltkrieg war er bei der Handelsmarine, überquerte den Nordatlantik und spielte deutsches Roulette mit den U-Booten. Seine größte Angst, sagte meine Mutter, galt nicht den U-Booten, sondern der Tatsache, daß man ihm seiner schlechten Augen wegen den Führerschein abnehmen könnte – an Land hatte er die Angewohnheit, über Bordsteine und an roten Ampeln vorbeizufahren. Mit meinem eigenen Sehvermögen ist es ähnlich; meine Brille sieht wie eine aus, aber manchmal denke ich, ich habe ein paar Colaflaschenböden auf der Nase.

Don King war ein Mann von rastloser Natur. Mein Bruder kam 1945 zur Welt, ich 1947, und seit 1949 wurde mein Vater nicht mehr gesehen ... aber meine Mutter bestand darauf, daß sie ihn 1964, während der Unruhen im Kongo, in einer Nachrichtensendung bei einem Trupp weißer Söldner gesehen hatte, die für die eine oder andere Seite kämpften. Ich glaube, das wäre gerade eben möglich. Zu der Zeit müßte er Ende Vierzig, Anfang Fünfzig gewesen sein. Aber *wenn* es so war, dann hoffe ich, daß er sich in der Zwischenzeit eine neue Brille hat machen lassen.

Nachdem mein Vater gegangen war, landete meine Mutter strampelnd auf den Füßen. Im Verlauf der folgenden neun Jahre sahen mein Bruder und ich sie nicht besonders häufig. Sie arbeitete in einem schlechtbezahlten Job nach dem anderen: Büglerin in einer Wäscherei, Krapfenbäckerin in der Nachtschicht einer Bäckerei, Lagerarbeiterin, Haushälterin. Sie war eine begabte Pianistin und eine Frau mit einem großen und manchmal exzentrischen Sinn für Humor, und irgendwie hielt sie alles zusammen, wie Frauen vor ihr es getan haben und Frauen es gerade jetzt tun, während wir uns unterhalten. Wir besaßen nie ein Auto (und bis 1956 auch kein Fernsehgerät), aber wir versäumten nie eine einzige Mahlzeit.

In diesen neun Jahren kamen wir quer durchs Land, kehrten aber immer wieder nach Neu-England zurück. 1958 kehrten wir für immer nach Maine zurück. Meine Großeltern waren beide über achtzig, die Familie stellte meine Mutter an, damit sie in ihren letzten Lebensjahren für sie sorgte.

Das war in Durham, Maine, und diese ganze Familienangelegenheiten mögen wenig mit dem Thema zu tun haben, aber wir nähern uns ihm jetzt. Etwa eine Viertelmeile von dem kleinen Haus in Durham entfernt, wo mein Bruder und ich unser Aufwachsen beendeten, befand sich ein reizendes Backsteinhaus, wo die Schwester meiner Mutter, Ethelyn Pillsbury Flaws und ihr Mann Oren lebten. Über der Garage der Flaws befand sich ein schöner Dachbodenraum mit ächzenden, losen Dielen und diesem verzaubernden Dachbodengeruch.

Damals stand dieser Dachboden mit einem ganzen Komplex von Gebäuden in Verbindung, die schließlich zu einem großen Schuppen führten – sämtliche Gebäude rochen berauschend nach längst entferntem, süßem Heu. Aber es gab Erinnerungen an die Zeiten, als Tiere in den Stallungen gehalten worden waren. Wenn man zum dritten Schuppen kletterte, konnte man die Skelette von mehreren Hühnern sehen, die hier offensichtlich an einer seltsamen Krankheit gestorben waren. Das war eine Reise, die ich oft unternahm; diese Hühnerskelette, die in Anhäufungen von Federn lagen, welche so leicht wie Mondstaub waren, hatte etwas Faszinierendes an sich, und ein Geheimnis lag in den schwarzen Höhlen, wo einst ihre Augen gewesen waren . . .

Aber der Dachboden über der Garage war eine Art Familienmuseum. Jeder von der Pillsbury-Seite der Familie hatte von Zeit zu Zeit etwas dort oben verstaut, von Möbeln bis zu Fotografien, es war gerade genügend Platz vorhanden, daß ein kleiner Junge sich die schmalen Gänge entlangwinden und kriechen, sich unter dem Arm einer Stehlampe hindurch ducken oder über eine Kiste mit alten Tapetenresten schreiten konnte, die jemand aus einem vergessenen Grund hatte aufbewahren wollen.

Meinem Bruder und mir wurde nicht direkt verboten, auf den Dachboden zu gehen, aber Tante Ethelyn sah unsere Besuche dort oben mit Stirnrunzeln, weil die Bodendielen nur verlegt waren, nicht festgenagelt, und einige fehlten. Ich denke, es wäre denkbar gewesen, daß man in eine Lücke trat und Kopf voraus auf den Betonboden unten fiel – oder auf die Ladefläche des grünen Chevy-Pritschenwagens meines Onkels.

Für mich war ein kalter Herbsttag des Jahres 1959 oder 1960 auf dem Dachboden über der Garage meines Onkels der Augenblick, als die innere Wünschelrute sich plötzlich senkte, als sich die Kompaßnadel mit Nachdruck zu einem magnetischen Nordpol des Geistes drehte. An jenem Tag fand ich eine Kiste mit Büchern meines Vaters . . ., Taschenbüchern aus den vierziger Jahren.

Vieles vom gemeinsamen Zusammenleben meiner Eltern befand sich auf diesem Dachboden, und ich kann verstehen, daß meine Mutter im Kielwasser seines plötzlichen Verschwindens aus ihrem Leben soviel wie möglich an einem dunklen Ort verstauen wollte. Ein oder zwei Jahre vorher hatte mein Bruder eine Rolle Film dort gefunden, die mein Vater an Bord eines Schiffes gedreht hatte. Dave und ich hatten etwas Geld genommen, das wir gespart hatten (ohne daß es meine Mutter wußte), einen Filmprojektor gemietet und den Film immer wieder in fasziniertem Schweigen betrachtet. Einmal gab mein Vater jemand anderem die Kamera, und da war er, Donald King aus Peru, Indiana, und stand an der Reling. Er hob die Hand; lächelte, winkte unwissend Söhnen zu, die zu der Zeit noch nicht einmal empfangen worden waren. Wir spulten ihn zurück, sahen ihn an, spulten ihn zurück, sahen ihn wieder an. Und noch einmal. Hallo, Dad, wir fragen uns, wo du jetzt sein magst.

In einer anderen Kiste befanden sich Stapel seiner Handbücher von der Handelsmarine, in einer anderen Krimskrams aus fernen Ländern. Meine Mutter erzählte mir, es konnte vorkommen, daß er mit einem Western in der Tasche herumlief, aber sein wahres Interesse Science-Fiction und Horror-Geschichten galt. Er versuchte sich sogar selbst an einigen und reichte sie den populären Herrenzeitschriften jener Zeit ein, unter anderem *Bluebook* und *Argosy*. Es gelang ihm letztlich nicht, etwas zu veröffentlichen (»Dein Vater hatte nicht in seiner Natur, an etwas dranzubleiben«, sagte meine Mutter einmal zu mir, und das war das einzige Werturteil, das sie jemals auch nur

24

ansatzweise von sich gab), aber er bekam mehrere persönliche Ablehnungsbescheide; »Dies-genügte-nicht,-aber-schicken-Sie-uns-mehr«-Briefe, wie ich sie als Teenager zu nennen pflegte, bis ich Anfang Zwanzig war, als ich selbst schon genügend eigene gesammelt hatte (in Zeiten großer Deprimiertheit habe ich mich manchmal gefragt, wie es ein würde, sich die Nase mit einem Ablehnungsbescheid zu putzen).

Die Kiste, die ich an jenem Tag fand, war ein Schatzkästlein alter Avon-Taschenbücher. Damals war Avon der Taschenbuchverlag, der sich der Fantasy und Weird Fiction – der unheimlichen Literatur – angenommen hatte. Ich erinnere mich voller Hingabe an diese Bücher – besonders an den glänzenden Überzug, den alle Avon-Bücher hatten, eine Mischung zwischen Fischleim und Cellophanpapier. Wenn die Geschichte langweilig wurde, konnte man diesen Überzug in langen Streifen vom Umschlag abziehen. Das gab ein herrliches Geräusch. Und ich erinnere mich auch gerne an die Dell-Taschenbücher der vierziger Jahre, was natürlich wieder eine Abschweifung ist – damals veröffentlichten sie nur Krimis, und auf der Rückseite war immer eine luxuriöse Karte, die den Ort des Geschehens zeigte.

Eines dieser Bücher ware eine Avon-»Auswahlsammlung« – das Wort *Anthologie* betrachtete man offenbar als zu esoterisch für Leute, die solche Sachen lesen. Sie enthielt Geschichten von Frank Belknap Long (»The Hounds of Tindalos«), Zelia Bishop (»The Curse of Yig«) und eine Menge andere Geschichten aus den Anfangstagen der Zeitschrift *Weird Tales*. Zwei andere waren Romane von A. Merritt – *Burn, Witch, Burn* (nicht zu verwechseln mit dem späteren Roman *Conjure Wife* von Fritz Leiber) und *The Metal Monster*.

Die Krone der Sammlung war jedoch eine Kurzgeschichte von H. P. Lovecraft aus dem Jahr 1947 mit dem Titel *The Lurking Fear and Other Stories*. An das Umschlagbild kann ich mich noch gut erinnern: ein Friedhof irgendwo (in der Nähe von Providence, könnte man vermuten!), nachts, unter einem Grabstein kommt ein abscheuliches grünes Ding mit langen Reißzähnen und roten Augen hervor. Dahinter, angedeutet, aber nicht deutlich gezeichnet, führt ein Tunnel in die Eingeweide der Erde hinab. Seither habe ich buchstäblich Hunderte von Lovecraft-Ausgaben gesehen, doch diese bleibt diejenige, die das Werk von H. P. L. für mich am besten zusammenfaßt . . ., und ich habe keine Ahnung, wer der Künstler gewesen sein könnte.

Diese Bücherkiste war selbstverständlich nicht meine erste Begegnung mit Horror. Ich glaube, in Amerika müßte man blind und taub sein, wenn man im Alter von zwölf Jahren nicht mit dem einen oder anderen Schreckgespenst in Berührung gekommen ist. Aber es war meine erste Begegnung mit ernsthafter Horror-Fantasy-Literatur. Lovecraft ist ein Schundschreiber genannt worden, eine Bezeichnung, gegen die ich mich heftig verwahren muß, aber ob er einer war oder nicht und ob er ein Verfasser sogenannter Unterhaltungsliteratur oder »ernster« Literatur war (was auf die kritische Sichtweise ankommt), spielt in diesem Kontext wirklich überhaupt keine Rolle, denn wie auch immer, der Mann selbst nahm seine Arbeit ernst. Und das merkt man. Dieses Buch war also, dank meines verschwundenen Vaters, mein erstes Eindringen in eine Welt, die tiefer ging als die B-Filme, die am Samstagnachmittag im Kino gezeigt wurden, oder die Jugendbücher von Carl Carmer und Roy Rockwell. Als Lovecraft »The Rats In the Walls« und »Pickman's Model« schrieb, da spielte er nicht nur herum oder versuchte, ein paar Piepen extra zu verdienen, es *war ihm Ernst*, und ich glaube, es war besonders dieser Ernst, auf den die innere Wünschelrute ansprach.

Ich nahm die Bücher vom Dachboden herunter. Meine Tante, die Grundschullehrerin und von Kopf bis Fuß eine praktische Seele war, mißbilligte sie heftigst, aber ich behielt sie. An diesem Tag und am nächsten besuchte ich zum erstenmal die Ebenen von Leng; hatte meine erste Begegnung mit diesem Prä-OPEC-Araber Abdul Alhazred (Verfasser von *The Necronomicon*, das meines Wissens niemals Mitgliedern des Book-of-the-Month-Club oder der Literary Guild angeboten worden ist, wenngleich ein Exemplar davon angeblich jahrelang in der Abteilung für besondere Bücher der Miskatonic University unter Verschluß gehalten wurde); besuchte die Städte Dunwich und Arkham, Massachusetts; und wurde, am allerwichtigsten, von dem kahlen und unheimlichen Grauen von »The Colour Out of Space« bewegt.

Eine Woche später verschwanden sämtliche dieser Bücher, und ich habe sie nie wieder gesehen. Ich habe immer vermutet, daß meine Tante Ethelyn in diesem Fall eine unerkannte Mitverschwörerin gewesen sein könnte . . ., nicht, daß es auf lange Sicht eine Rolle gespielt haben würde. Ich war auf meinem Weg. Lovecraft hatte – dank meines Vaters – diesen Weg für mich geebnet, wie er es für andere vor mir getan hatte: Robert Bloch, Clark Ashton Smith, Frank Belknap Long, Fritz Leiber und Ray Bradbury unter anderen. Lovecraft, der starb, bevor der Zweite Weltkrieg viele seiner Visionen von unvorstellbarem Grauen verwirklichen konnte, spielt in diesem Buch keine große Rolle, doch der Leser täte gut daran, sich zu vergegenwärtigen, daß es sein langer und hagerer Schatten ist, seine dunklen und puritanischen Augen, die über fast allem liegen, was seither an bedeutender Horror-Literatur beschrieben worden ist. An die Augen erinnere ich mich noch deutlich von der ersten Fotografie, die ich jemals von ihm gesehen habe . . ., Augen wie die in alten Proträts, schwarze

Augen, die ebensosehr nach innen wie nach außen zu blicken scheinen.

Augen, die einem zu folgen scheinen.

4

Der erste Film, den ich als Kind gesehen habe und an den ich mich erinnern kann, war *Creature from the Black Lagoon* (dt. *Der Schrecken des Amazonas*). Es war im Autokino, und wenn es keine Zweitaufführung war, muß ich etwa sieben gewesen sein, denn der Film, in dem Richard Carlson und Richard Denning spielten, kam 1954 in die Kinos. Außerdem kam er ursprünglich als 3D-Fassung heraus, aber ich kann mich nicht daran erinnern, daß ich eine Brille aufhatte, also habe ich wahrscheinlich doch eine spätere Aufführung gesehen.

Ich erinnere mich nur an eine Szene aus dem Film deutlich, aber die hat einen bleibenden Eindruck hinterlassen. Der Held (Carlson) und die Heldin (Julia Adams, die in ihrem einteiligen, weißen Badeanzug unglaublich spektakulär aussah) sind irgendwo im Amazonas-Bekken auf einer Expedition. Sie reisen auf einem sumpfigen, schmalen Flußlauf bis zu einem breiten Teich, der eine idyllische, südamerikanische Version des Garten Eden zu sein scheint.

Aber das Monster lauert – natürlich. Es ist eine schuppige, lurchähnliche Kreatur, die bemerkenswerte Ähnlichkeit mit Lovecrafts halbblütigen degenerierten Abweichungen hat – den verrückten und blasphemischen Nachkommen einer Liaison zwischen Göttern und Menschenfrauen (ich sagte Ihnen ja, es fällt schwer, sich von Lovecraft loszureißen). Dieses Monster verbarrikadiert den Zufluß des Stroms langsam und geduldig mit Stöcken und Zweigen und schneidet die Gruppe der Anthropologen damit von der Außenwelt ab.

Damals war ich kaum alt genug, um zu lesen, die Entdeckung der Bücherkiste meines Vaters lag noch in ferner Zukunft. Ich kann mich vage daran erinnern, daß meine Mutter in dieser Zeit Freunde hatte – etwa von 1952 bis 1958; genügend Erinnerungen, um zu wissen, daß sie ein gesellschaftliches Leben hatte, nicht genügend, um auch nur zu mutmaßen, ob sie ein Sexualleben hatte. Da war Norville, der Lukkies rauchte und im Sommer zwei Ventilatoren in seiner Zweizimmerwohnung laufen hatte; und da war Milt, der einen Buick fuhr und im Sommer große, blaue kurze Hosen anhatte; und noch ein Mann, ein sehr kleiner, der, soweit ich weiß, Koch in einem französischen Restaurant war. Ich denke nicht, daß meine Mutter auch nur überlegte, einen von ihnen zu heiraten. Diesen Weg hatte sie einmal eingeschlagen. Außerdem war damals eine Zeit, da eine Frau, war sie erst einmal verheiratet, zur schemenhaften Gestalt wurde, wenn es darum ging, Entscheidungen zu treffen und Brötchen zu verdienen. Ich glaube, daß meine Mutter, die störrisch, widerspenstig, grimmig beharrlich und fast unmöglich zu entmutigen sein konnte, Gefallen daran gefunden hatte, selbst über ihr Leben zu bestimmen. Also ging sie mit Männern aus, aber keiner davon wurde ihr ständiger Begleiter.

An jenem Abend waren wir mit Milt unterwegs, dem mit dem Buick und den großen kurzen Hosen. Er schien meinen Bruder und mich aufrichtig zu mögen, und es schien ihm nichts auszumachen, uns gelegentlich auf dem Rücksitz dabeizuhaben (es mag sein, daß einem die Vorstellung, auf dem Rücksitz eines Autos zu schmusen, nicht mehr ganz so verlockend erscheint, wenn man erst einmal die ruhigeren Gewässer jenseits der Vierzig erreicht hat, selbst wenn man einen Buick hat, der so groß wie eine Yacht ist, in dem man es machen kann). Als das Monster endlich in Erscheinung trat, war mein Bruder auf den Boden hinter dem Sitz gerutscht und eingeschlafen. Meine Mutter und Milt unterhielten sich und gaben möglicherweise eine Kool aneinander weiter. Das spielt keine Rolle, wenigstens nicht in diesem Zusammenhang; nichts spielt eine Rolle, abgesehen von diesen großen Schwarzweißbildern auf der Leinwand, wo das unaussprechliche Ding den stattlichen Helden und die sexy Heldin in . . ., in . . . *die schwarze Lagune* lockt!

Ich wußte, während ich zusah, daß das Monster zu *meinem* Monster geworden war; ich hatte es gekauft. Es war nicht einmal für einen Siebenjährigen ein besonders glaubwürdiges Ungeheuer. Ich wußte damals nicht, daß es Ricou Browning, der berühmte Unterwasser-Stuntman, in einem Latexanzug war, aber ich wußte ganz sicher, daß es jemand in irgendeiner Art von Monsteranzug sein mußte . . ., ebenso wie ich wußte, daß er mich später in der Nacht an der schwarzen Lagune meiner Träume besuchen und dort wesentlich realistischer aussehen würde. Er konnte im Schrank warten, wenn wir zurückkehrten; er konnte zusammengekauert in der Dunkelheit des Badezimmers am Ende des Flurs stehen und nach Algen und Sumpffäulnis riechen und bereit sein für einen kleinen Jungen als Mitternachts-Snack. Sieben ist nicht alt, aber alt genug, um zu wissen, daß man das bekommt, wofür man bezahlt hat. Es gehört einem, man hat es gekauft, man besitzt es. Alt genug zu spüren, wie die Wünschelrute plötzlich ausschlägt, schwer wird, sich in den eigenen Händen dreht und auf verborgenes Wasser deutet.

In jener Nacht war meine Reaktion auf das Monster wahrscheinlich die perfekte Reaktion, auf die jeder Autor von Horror oder jeder Regisseur, der im Genre gearbeitet hat, hofft, wenn er den Füller oder

28

die Linse öffnet: völlige emotionale Anteilnahme, die von keinem Denkprozeß beeinträchtigt wird – und Sie verstehen sicher, wenn es um Horror-Filme geht, dann ist der Gedankenprozeß, der notwendig ist, die Stimmung zunichte zu machen, schlichtweg der, daß ein Freund sich zu einem beugt und flüstert: »Siehst du den Reißverschluß an seinem Rücken?«

Ich glaube, nur Leute, die eine Zeitlang im Genre gearbeitet haben, können verstehen, wie zerbrechlich das Material tatsächlich ist und wieviel Hingabe es dem reifen und intellektuellen Leser abverlangt. Als Coleridge in seinem Essay über fantastische Dichtung von der ›Aufhebung des Unglaubens‹ sprach, war ihm klar, daß dieser Unglauben kein Luftballon ist, der die Schwerkraft scheinbar mühelos aufheben kann, sondern vielmehr ein Bleigewicht, das mit Anstrengung und einem Ruck hochgehoben und mühsam oben gehalten werden muß. Unglauben ist nicht leicht; er ist schwer. Die unterschiedlichen Verkaufszahlen von Arthur Hailey und H. P. Lovecraft mögen darauf zurückzuführen sein, daß alle an Autos und Banken glauben, es aber einen gebildeten und muskelanstrengenden Akt des Intellekts erfordert, an Nyarlathotep, den blinden Gesichtslosen, oder den Heuler in der Nacht zu glauben, und sei es nur für eine kleine Weile. Jedesmal, wenn ich auf jemanden treffe, der mir etwas in der Richtung sagt von »Ich lese keine Fantasy und sehe mir keine solchen Filme an; das gibt es doch alles gar nicht«, dann verspüre ich ein Art Sympathie. Diese Leute können das Gewicht der Fantasie einfach nicht heben. Die Muskeln ihrer Vorstellungskraft sind einfach zu schwach geworden.

In diesem Sinne sind Kinder ein perfektes Publikum für Horror. Das Paradoxon ist folgendes: Kinder, die körperlich recht schwach sind, können das Gewicht des Unglaubens mühelos aufheben. Sie sind Jongleure der unsichtbaren Welt – ein vollkommen verständliches Phänomen, wenn man bedenkt, aus welcher Perspektive sie die Dinge sehen. Kindern fällt es leicht, die Logistik der Ankunft des Weihnachtsmannes am Weihnachtsabend zurechtzubiegen (er kann kleine Kamine herunterkommen, indem er sich klein macht, und wenn es keinen Kamin gibt, dann bleibt immer noch der Briefschlitz, und wenn es keinen Briefschlitz gibt, dann eben der Spalt unter der Tür), des Osterhasen, Gottes (großer Mann, ziemlich alt, weißer Bart, Thron), Jesus', (»Was meinst du, wie er Wasser in Wein verwandelt hat?« fragte ich meinen Sohn Joe einmal, als er – Joe, nicht Jesus – fünf war; Joes Vorstellung war, daß er »eine Art magisches Kool-Aid* hatte,

---

* Kool-Aid bezeichnet einen mit Drogen versetzten Fruchtsaft. (Anm. d. Übers.)

weißt du, was ich meine?«), des Teufels (Snidely-Whiplash-Schnurr-bart), Ronald McDonalds, des Burger Kings, der Keebler Elves, Do-rothys und Totos, des Einsamen Rangers und Tontos und Tausender anderer.

Die meisten Eltern denken, sie verstünden diese Offenheit besser, als sie sie tatsächlich verstehen, und versuchen, ihre Kinder von allem fernzuhalten, was nach Horror oder Schrecken riecht – »Freiga-bestufe PG* (oder G im Falle von *The Andromeda Strain;* dt.: *Andromeda – Tödlicher Staub aus dem All),* aber könnte für kleinere Kinder zu schlimm sein«, lautete die Werbung für *Jaws* –,(dt.: *Der weiße Hai),* weil sie meiner Meinung nach glauben, wenn sie ihre Kinder in einen echten Horror-Film gehen ließen, wäre das gleichbedeutend damit, wenn sie eine Handgranate in einen Kindergarten werfen würden.

Einer der seltsamen Doppler-Effekte, die während des selektiven Vergessens aufzutreten scheinen, das so sehr Bestandteil des »Er-wachsenwerdens« ist, ist die Tatsache, daß für ein Kind unter acht Jahren fast *alles* ein Angstpotential besitzt. Zur rechten Zeit und am rechten Ort haben Kinder buchstäblich Angst vor ihrem eigenen Schatten. Es gibt die Geschichte von dem Vierjährigen, der sich wei-gerte, nachts ins Bett zu gehen, wenn nicht in seinem Schrank ein Licht brannte. Seine Eltern fanden schließlich heraus, daß er sich vor einem Monster fürchtete, von dem er seinen Vater oft hatte sprechen hören; dieses Monster, das in der Fantasie des Kindes riesig und grauenerregend geworden war, war der »twi-night double-header«.**

---

* Da sich Stephen King immer wieder auf die amerikanischen Filmfreigaben bezieht, wird es nützlich sein, sie an dieser Stelle kurz zu erläutern. Die von der MPAA – der Motion Picture Association of America – vergebenen Frei-gaben sind folgendermaßen gegliedert: G = »General audiences«, d. h. keine Altersbeschränkung; PG = »Parental guidance suggested«, was be-deutet, Kinder sollten den Film nur in Begleitung Erwachsener ansehen; PG-13 bedeutet dasselbe, allerdings dürfen in solche Filme nur Kinder ab dreizehn Jahren hinein; R = »Restricted«, d. h. diese Filme dürfen in den USA erst ab siebzehn Jahren besucht werden; während die Freigabe »X« für Filme mit expliziten Darstellungen von Sex vorbehalten ist, also für porno-graphische Filme. (Anm. d. Übers.)

** Wörtlich übersetzt: »Doppel-Nacht Doppelköpfer«; eine Anspielung auf Kinovorstellungen mit zwei Filmen pro Abend (»twi-night«) – die ur-sprüngliche Bedeutung stammt aus dem Baseballjargon und bedeutet: zwei Baseballspiele pro Abend. »Double-header« steht in diesem Fall für die Tatsache, daß man als Brillenträger zwei Brillen tragen mußte, um die 3D-Filme sehen zu können – ähnlich wie man im Amerikanischen brillen-tragende Kinder ab und zu mit »four eyes – Vierauge« – verspottet. (Anm. d. Übers.)

In diesem Licht betrachtet, sind selbst Disney-Filme
des Schreckens, und die Zeichentrickfilme, die offenbar
der Welt immer und immer wieder ins Kino kommen*, s
allerschlimmsten. Es gibt heute Erwachsene, die Ihnen s
das Schrecklichste, das sie als Kinder im Kino sahen, w
Mutter vom Jäger erschossen wurde oder als Bambi und sein Vater
vor dem Waldbrand flohen. Andere Schrecken Disneys, die gleich-
wertig neben dem lurchartigen Schrecken vom Amazonas stehen,
sind etwa die völlig außer Kontrolle geratenen, marschierenden Besen in *Fantasia* (für kleine Kinder ist der tatsächliche Schrecken dieser
Situation wahrscheinlich in der angedeuteten Vater-Sohn-Beziehung
zwischen Mickymaus und dem alten Zauberer; die Besen richten ein
schreckliches Durcheinander an, und wenn der Zauberer/Vater nach
Hause kommt, folgt wahrscheinlich die BESTRAFUNG ... diese Szene
kann ein Kind strenger Eltern sicherlich in eine Ekstase des Schrek-
kens versetzen); die Nacht auf dem kahlen Berg in demselben Film;
die Hexen in *Snow White* (dt.: *Schneewittchen*) und *Sleeping Beauty* (dt.:
Dornröschen und der Prinz), die eine mit ihrem verlockenden roten und
vergifteten Apfel (und welchem Kind wird nicht von klein an beigebracht, sich vor VERGIFTUNG zu hüten?), die andere mit ihrem vergleichsweise harmlosen *One Hundred and One Dalmatians* (dt:. *Pongo
und Perdita*), in dem die logische Enkelin dieser Disney-Hexen aus

---

* Dennis Etchison (siehe das Vorwort zu dieser Ausgabe) schreibt: »Fast alle
3D-Filme der fünfziger Jahre wurden mit dem Polaroid-Verfahren herge-
stellt (die *einzige* Ausnahme, die ich kenne, ist *Robot Monster*). Beim Polaroid-Verfahren wurde keine rote und grüne (oder rote und blaue) Brille
verwendet, sondern durchsichtige graue Linsen; daher konnten wir viele
(der Filme) in Technicolor sehen, da die Brille keine eigene Farbe besaß. Die
Verwirrung kommt zustande, weil Neukopien einiger weniger *Schwarz-
weißfilme* (meine Hervorhebung) in den vergangenen Jahren in einem ein-
streifigen anaglyphen Ein-Projektor-3D herauskamen, eine billige Abart
des eigentlichen Prozesses ... alle anderen 3D-Filme aus den fünfziger
Jahren, an die wir uns erinnern, wurden ursprünglich als Polaroid mit klaren grauen Gläsern gezeigt.«
Dennis weist weiterhin darauf hin, daß 3D mit Macht wieder zurückgekehrt ist (*Parasite, Freitag der 13., Das Geheimnis der vier Kronjuwelen*). Er stellt
fest, daß »zweifach polarisierte Dauergläser für die hartgesottenen Fans
angeboten werden«, aber der Geschäftsführer eines Kinos hat mir gesagt,
daß eine ganz normale Sonnenbrille Marke Foster Grant von der Stange –
zum Aufklipsen, wenn Sie eine richtige Brille tragen – für weniger als
zwölf Piepen genau dieselbe Wirkung hat. Ist die moderne Technologie
nicht wunderbar?

dreißiger und vierziger Jahren vorkommt – die böse Cruella De-
le mit ihrem hageren, garstigen Gesicht, ihrer lauten Stimme (Erwachsene vergessen manchmal, wie sehr Kinder sich vor lauten Stimmen fürchten können, die von den Riesen ihrer Welt kommen, den
Erwachsenen) und ihrem Plan, die Dalmatinerwelpen (sprich: »Kinder«, wenn sie klein sind) zu töten und Hundefellmäntel aus ihnen zu
machen.

Ja, es sind die Eltern, die es möglich machen, daß Disney seine
Filme immer wieder ins Kino bringt, die häufig auf den eigenen Armen Gänsehaut feststellen, wenn sie wiederentdecken, was sie als
Kinder entsetzt hat ... denn der gute Horror-Film (oder die Horror-
Szene in einer Komödie oder einem Zeichentrickfilm) bewirkt vor
allem anderen eines, er kickt uns die Krücken des Erwachsenseins
fort und läßt uns die Rutschbahn zurück in die Kindheit hinabschlit-
tern. und dort kann unser eigener Schatten wieder zu dem eines bösen Hundes werden, einem klaffenden Maul oder einer lockenden
dunklen Gestalt.

Die hervorragendste Erkenntnis dieser Rückkehr in die Kindheit
kommt wahrscheinlich in David Cronenbergs großartigem Horror-
Film *The Brood* (dt: *Die Brut*) vor, wo eine verstörte Frau buchstäblich
»Kinder des Zorns« hervorbringt, die hinausziehen und ihre Fami-
lienangehörigen einen nach dem anderen umbringen. Etwa in der
Mitte des Films sitzt ihr Vater niedergeschlagen auf dem Bett in
einem der oberen Zimmer, trinkt und trauert um seine Frau, die eine
der ersten war, die den Zorn der Brut spürten. Schnitt zum Bett
selbst ... und Hände mit Krallen greifen plötzlich darunter hervor
und graben sich neben den Schuhen des zum Untergang verurteilten
Vaters in den Teppich. So stößt uns Cronenberg die Rutschbahn
hinab; wir sind wieder vier Jahre alt, und unsere schlimmsten Befürchtungen, was sich unter dem Bett verstecken könnte, haben sich
bewahrheitet.

Das Ironische bei alledem ist, daß Kinder viel besser imstande
sind, mit Fantasy und Schrecken *auf ihre Weise* fertig zu werden als
ihre Eltern. Sie haben gemerkt, daß ich den Ausdruck »auf ihre
Weise« kursiv hervorgehoben habe. Ein Erwachsener kann sich *The
Texas Chainsaw Massacre* (dt.: *Blutgericht in Texas*) ansehen und es verarbeiten, weil er weiß, daß nichts davon wahr ist – wenn die Einstellung
zu Ende ist, stehen die Toten einfach wieder auf und waschen sich das
Bühnenblut ab. Ein Kind kann diese Unterscheidung nicht treffen,
daher hat *Chainsaw Massacre* seine Freigabestufe R zu Recht. Kleine
Kinder brauchen diese Szene nicht, ebensowenig wie sie die am Ende
von *The Fury* (dt.: *Teufelskreis Alpha*) brauchen, als John Cassavetes
buchstäblich zerplatzt. Was ich damit sagen will ist, wenn Sie ein

sechsjähriges Kind in die erste Reihe einer Vorstellung von *The Texas Chainsaw Massacre* setzen und daneben einen Erwachsenen, der vorübergehend außerstande ist, zwischen Schein und »wirklichen Dingen« (wie Danny Torrance es in *Shining* ausdrückt) zu unterscheiden – wenn Sie diesem Erwachsenen weiterhin zwei Stunden vor Beginn der Vorstellung eine Dosis Yellow-Sunshine-LSD geben –, dann möchte ich meinen, daß das Kind vielleicht eine Woche lang schreckliche Alpträume haben wird. Der Erwachsene könnte durchaus ein Jahr in einer Gummizelle verbringen und mit Wachsmalstiften nach Hause schreiben.

Eine gewisse Menge Fantasy und Horror im Leben eines Kindes scheint mir vollkommen in Ordnung zu sein, eine nützliche Sache. Kinder können aufgrund des Umfangs ihrer Fantasiekapazität damit fertig werden, und sie können durch ihre einzigartige Position im Leben solche Gefühle zum Funktionieren bringen. Sie begreifen ihre Position auch sehr gut. Selbst in einer so vergleichsweise geordneten Gesellschaft wie der unseren ist ihnen klar, daß ihr Überleben praktisch überhaupt nicht in ihren Händen liegt. Kinder sind bis zum Alter von ungefähr acht Jahren oder so im wahrsten Sinne des Wortes »Abhängige«; sie sind von Mutter und Vater abhängig (oder einem hinreichenden Abziehbild davon), und zwar nicht nur wegen Essen, Kleidung und Unterkunft, sie hängen auch davon ab, daß sie das Auto nicht gegen einen Brückenpfeiler fahren, daß sie sie rechtzeitig zum Schulbus bringen, daß sie sie von Club Scouts oder Brownies heimbringen, daß sie Medikamente mit kindersicheren Verschlüssen kaufen, davon abhängig, daß man sicherstellt, daß sie sich nicht selbst durch einen Stromschlag töten, wenn sie mit dem Toaster herumspielen oder mit Barbies Schönheitssalon in der Badewanne.

Dieser notwendigen Abhängigkeit läuft der in uns alle eingebaute Überlebenswille direkt entgegen. Das Kind erkennt sein grundlegendes Fehlen jeglicher Kontrolle, und ich vermute, daß eben diese Erkenntnis das Kind sich unbehaglich fühlen läßt. Es ist dieselbe freischwebende Angst, die viele Luftreisende empfinden. Sie haben nicht Angst, weil sie den Luftverkehr für unsicher halten; sie haben Angst, weil sie die Kontrolle abgegeben haben, und wenn etwas schiefgeht, dann können sie nicht mehr tun als sich an der Kotztüte oder der Flugzeitschrift festklammern. Die Kontrolle abzugeben, läuft dem Überlebenstrieb entgegen. Umgekehrt mag ein denkender, gebildeter Mensch wissen, daß es viel gefährlicher ist, mit dem Auto zu reisen, als zu fliegen, aber dennoch wird er sich hinter dem Steuer sicherer fühlen, weil er die Kontrolle hat . . . oder wenigstens eine Illusion davon.

Diese verborgene Feindschaft und Angst gegenüber den Flugzeugpiloten in ihrem Leben mag eine Erklärung dafür sein, warum auch die alten Märchen alles zu überdauern scheinen, so wie die Disney-Filme, die bevorzugt in den Schulferien wieder in die Kinos kommen. Eltern, die voller Entsetzen die Hände heben würden bei dem Gedanken, daß sie ihre Kinder in *Dracula* oder *The Changeling* (mit seiner überzeugenden Darstellung eines ertrinkenden Kindes) mitnehmen, würden aber sicher nichts dagegen haben, daß der Babysitter dem Kind vor dem Schlafengehen »Hänsel und Gretel« vorliest. Aber bedenken Sie eines: Die Geschichte von Hänsel und Gretel beginnt mit wissentlicher Aussetzung (o ja, die Stiefmutter ist dafür verantwortlich, aber sie ist dennoch die symbolische Mutter, und der Vater ist ein matschköpfiger Trottel, der alles mitmacht, was sie vorschlägt, obwohl er weiß, daß es falsch ist – daher können wir sie als unmoralisch und ihn als böse im biblischen oder Miltonschen Sinne betrachten), geht weiter zu Entführung (die Hexe im Knusperhäuschen), Versklavung, illegalem Festhalten und schließlich zu gerechtfertigtem Mord mit anschließender Verbrennung. Die meisten Mütter und Väter würden ihre Kinder niemals mitnehmen, um sich *Survive* (dt.: *Überleben!*) anzusehen, einen billigen mexikanischen »Exploitation«-Film, über eine Rugbymannschaft, die die Zeit nach einem Flugzeugabsturz in den Anden überlebt, weil die Überlebenden ihre toten Mannschaftskameraden verspeisen, aber dieselben Eltern haben gegen »Hänsel und Gretel« nichts einzuwenden, wo die Hexe die Kinder mästet, damit sie sie essen kann. Wir geben unseren Kindern solche Sachen fast instinktiv, weil wir vielleicht auf einer tieferen Ebene verstehen, daß solche Märchen die perfekten Kristallisationspunkte für jene Ängste und Feindschaften sind.

Selbst von Angst geplagte Flugreisende haben ihre eigenen Märchen – wie diese *Airport*-Filme, die wie die Märchen und die Disney-Zeichentrickfilme unausrottbar zu sein scheinen . . . die aber nur am Erntedankfest angesehen werden sollten, weil in allen eine große Anzahl von Truthähnen mitspielt.

Meine innerste Reaktion auf *Creature from the Black Lagoon* an jenem längst vergangenen Abend war eine Art schreckliche, wache Ohnmacht. Der Alptraum spielte sich direkt vor mir ab; jede böse Möglichkeit, die dem menschlichen Fleische erblich innewohnt, wurde auf der Leinwand des Autokinos durchgespielt.

Etwa zweiundzwanzig Jahre später hatte ich die Möglichkeit, *Creature from the Black Lagoon* wiederzusehen – nicht im Fernsehen, wo jeder dramatische Aufbau und jegliche Stimmung durch Werbung für Gebrauchtwagen, K-Tel-Discosampler und Underalls-Strumpfhosen unterbrochen wird, sondern Gott sei Dank intakt, ungeschnitten . . . und sogar in 3D. Leute wie ich, Brillenträger, haben verdammte

Schwierigkeiten mit 3D, müssen Sie wissen; fragen Sie einen Brillenträger, was er von den netten kleinen Pappkartonbrillen hält, die sie einem geben, wenn man zur Kinotür hineingeht. Sollte 3D jemals in größerem Maße wiederkommen, werde ich zum hiesigen Pearl Vision Center hinuntergehen und siebzig Piepen in eine medizinische Brille investieren: ein Glas rot, das andere blau. Aber lassen wir die ärgerlichen Brillen außer acht – ich sollte hinzufügen, daß ich meinen Sohn Joe mitgenommen hatte – er war damals fünf, etwa in dem Alter, in dem ich an jenem Abend im Autokino gewesen war (und man stelle sich meine Überraschung vor – meine *klägliche* Überraschung, als ich feststellte, daß der Film von der MPAA die Freigabestufe G bekommen hatte . . . genau wie die Disney-Filme).*

Als Folge davon hatte ich die Möglichkeit, diese merkwürdige Reise zurück in der Zeit mitzumachen, die die meisten Eltern meiner Meinung nach nur erleben, wenn sie mit ihren Kindern Disney-Filme ansehen oder wenn sie ihnen aus den Pooh-Büchern vorlesen oder sie vielleicht zum Shrine oder zum Barnum & Bailey-Zirkus führen. Eine populäre Schallplatte kann ein bestimmtes »Set« im Verstand des Zuhörers auslösen, und zwar einzig wegen ihres kurzen Lebens von sechs Wochen bis zu drei Monaten, und die »Golden Oldies« werden deshalb immer noch gespielt, weil sie das emotionale Äquivalent von gefriergetrocknetem Kaffee sind. Wenn die Beach Boys im Radio »Help Me, Rhonda« singen, dann empfinde ich immer diese herrlichen ein oder zwei Sekunden, in denen ich das schuldbewußte Vergnügen meines ersten Gefühls wiederleben kann (und wenn Sie diese Zeitspanne nun im Geiste von meinem derzeitigen Alter von dreiunddreißig Jahren abziehen, dann werden Sie feststellen, daß ich in dieser Beziehung ein wenig hinterher war). Filme und Bücher können dasselbe bewirken, auch wenn ich behaupten möchte, daß das

---

* In einer meiner Lieblingsgeschichten von Arthur C. Clarke passiert genau das. In dieser Vignette landen Außerirdische auf der Erde, nachdem der Große Krieg schließlich doch stattgefunden hat. Am Ende der Geschichte sitzen die klügsten Köpfe dieser fremden Kultur beisammen und versuchen, die Bedeutung eines Films zu entschlüsseln, den sie gefunden und angesehen haben, nachdem sie lernten, wie man ihn abspielt. Der Film schließt mit den Worten *A Walt Disney Production.* Ich habe manchmal Augenblicke, da denke ich, es könnte tatsächlich keinen besseren Nachruf auf die menschliche Rasse geben, oder auf eine Welt, in der das einzige menschliche Wesen, dem die Unsterblichkeit sicher ist, nicht Hitler, Karl der Große oder Albert Schweitzer oder selbst Jesus Christus ist – sondern statt dessen Richard M. Nixon, dessen Name auf einer Plakette eingraviert ist, die sich auf der atmosphärelosen Oberfläche des Mondes befindet.

geistige Set, seine Tiefe und Beschaffenheit, etwas voller sein wird, etwas komplexer, wenn man Filme wiedererlebt, und noch viel komplexer, wenn man es mit Büchern zu tun hat.

In Begleitung von Joe erlebte ich *Creature from the Black Lagoon* damals an jenem Tag vom anderen Ende des Teleskops, aber diese spezielle Theorie der Set-Identifizierung galt dennoch; sie gewann sogar die Oberhand, Zeit und Alter und Erfahrungen haben ihre Spuren an mir hinterlassen, ebenso wie an Ihnen; die Zeit ist kein Fluß, wie Einstein einmal theoretisch ausgeführt hat – sie ist eine verdammt große Büffelherde, die uns niedertrampelt und schließlich tot und blutend in den Boden stampft, mit einem Hörgerät im Ohr und einem Kolostomie-Beutel anstelle einer .44er auf einem Schenkel. Zweiundzwanzig Jahre später wußte ich, daß das Monster in Wirklichkeit der gute alte Ricou Browning, der berühmte Unterwasser-Stuntman in einem Latexanzug war, und die Aufhebung des Unglaubens, das geistige Heben und Stemmen, war ungleich schwerer zu bewerkstellligen. Aber ich habe es geschafft, was nichts heißen mag oder was bedeuten kann (hoffe ich!), daß mich die Büffel noch nicht erwischt haben. Aber als ich das Gewicht des Unglaubens schließlich emporgehoben hatte, strömten die alten Gefühle wieder in mich ein, wie sie etwa fünf Jahre zuvor in mich eingeströmt waren, als ich Joe und meine Tochter Naomi in ihren ersten Film mitgenommen hatte, eine Wiederaufführung von *Snow White and the Seven Dwarfs*. In diesem Film kommt eine Szene vor, in der die Zwerge Schneewittchen, nachdem sie von dem vergifteten Apfel gegessen hat, in den Wald tragen und herzzerreißend weinen. Die Hälfte des Publikums, das aus Kindern bestand, war ebenfalls in Tränen aufgelöst; die Unterlippen der anderen Hälfte zitterten. Die Set-Identifizierung war in diesem Fall so stark, daß ich überraschenderweise auch zu Tränen gerührt wurde. Ich verabscheute mich selbst, weil ich mich so plump manipulieren ließ, aber ich ließ mich manipulieren, und ich saß da und blubberte wegen einer Bande von Trickfilmfiguren in meinen Bart. Aber es war nicht Disney, der mich manipulierte; das tat ich selbst. Es war das Kind in mir, das weinte, das aus seinem Schlaf gerissen und zu schmalzigen Tränen gerührt worden war.

Während der letzten beiden Spulen von *Creature from the Black Lagoon* ist das Gewicht des Unglaubens irgendwo über meinem Kopf sauber ausbalanciert, und Regisseur Jack Arnold präsentiert wieder die Symbole vor mir und präsentiert die alte Gleichung der Märchen vor mir, in der jedes Symbol so groß und leicht zu handhaben ist wie im Alphabet-Würfelkasten eines Kindes. Beim Zusehen erwacht das Kind wieder und weiß, daß so das Sterben ist. Sterben ist, wenn der

Schrecken vom Amazonas den Fluchtweg verbarrikadiert. Sterben ist, wenn das Monster einen erwischt.

Am Ende überleben der Held und die Heldin, die unversehrt sind, nicht nur, sie triumphieren auch – so wie Hänsel und Gretel. Als die Flutlichter über der Leinwand angingen und der Projektor das GUTE NACHT, GUTE FAHRT-Dia auf die große weiße Fläche projizierte (zusammen mit dem virtuosen Vorschlag, daß man die KIRCHE SEINER WAHL besuchen sollte), folgte ein kurzes Gefühl der Erleichterung, fast Wiederauferstehung. Doch das Gefühl, das sich am längsten hielt, war die schwindelnde Empfindung, daß der gute alte Richard Carlson und die gute alte Julie Adams ganz sicher zum drittenmal runtergehen würden, und das Bild, das sich ewig hält, ist das des Monsters, wie es geduldig seine Opfer in der schwarzen Lagune einschließt; ich kann es sogar jetzt noch über diese wachsende Mauer aus Lehm und Ästen spähen sehen.

Seine Augen. Seine uralten Augen.

STEPHAN KING

Ein Vortrag in der Billerica Library

Okay. Ich werde eine Weile reden. Ich war einmal Lehrer an der High-School, und High-School-Lehrer sind wie Pawlowsche Hunde. Pawlowsche Hunde wurden darauf konditioniert, beim Ertönen einer Glocke zu sabbern, und High-School-Lehrer werden darauf konditioniert, den Mund aufzumachen und etwa vierzig Minuten lang zu arbeiten, wenn eine Glocke ertönt; dann ertönt eine weitere Glocke, und sie verstummen und gehen hinaus. Es ist zwar schon eine Weile her, seit ich an einer Schule unterrichtet habe, aber ich kann immer noch ziemlich gut abschätzen, wann ungefähr vierzig Minuten vergangen sind. Ich kann keine Vorträge halten – darin bin ich wirklich nicht gut –, und ich kann nicht sinnvoll nach vorbereiteten Aufzeichnungen sprechen.

Ich kann bestenfalls plappern, ein schönes altes Wort, das bedeutet, man erzählt eine Weile von dem, was man macht, und dann setzt man sich, damit die Leute sich dem Trinken zuwenden können. Ich bemühe mich für gewöhnlich, viele Fragen, die gestellt werden – die üblichen –, im Verlauf meines Plapperns, oder wie immer man es nennen möchte, zu beantworten. Von allen Fragen, die mir gestellt werden, ist »Wie ist es, berühmt zu sein?« am schwersten zu beantworten. Da ich das nicht bin, erzeugt diese Frage stets ein surrealistisches Gefühl in mir.

Die Vorstellung von Berühmtheit. Sehen Sie, ich habe drei Kinder, und ich habe allen schon mitten in der Nacht die Windeln gewechselt, und wenn es zwei Uhr morgens ist und Sie gewissermaßen eine Sonderzustellung wechseln und dabei ein Auge offen und eines geschlossen haben, dann *fühlen* Sie sich nicht berühmt. Und ich lebe in Bangor, Maine, das ist keine Stadt, die dazu angelegt ist, jemanden empfinden zu lassen, er wäre eine Berühmtheit. Ihr einziger Anspruch auf Ruhm ist eine große Plastikstatue von Paul Bunyan. Man lebt einfach dort und hält den Kopf gesenkt.

Ich schreibe Geschichten, was mir völlig natürlich erscheint. Ich glaube, es war vor zwei Jahren – mein jüngster Sohn war ungefähr sechs und ich war vierunddreißig –, und ich war im Begriff, zu einer Werbe-Tournee für *Feuerkind* aufzubrechen; und meine Frau fragte ihn: »Owen, weißt du, wohin Daddy geht?« Und er antwortete: »Ja, er geht fort und ist Stephen King.« Und genau das geschieht mit mir.

39

Aber ab und zu wird einem klar, daß man jemand ist, der, sagen wir einmal, auch außerhalb seiner Straße bekannt ist. Daß jemand in der Nacht daliegt und an einen denkt, wenn man selbst neben den Kindern liegt. Der hoffentlich daliegt und starr vor Angst wird. Ab und zu glaubt man selbst daran, daß man jemand ist.

Aber Gott erwischt einen immer, es gibt immer einen Anlaß. Ich erinnere mich, wie ich zum erstenmal jemanden sah, den ich nicht persönlich kannte, wie er eines meiner Bücher las. Ich war an Bord eines Flugzeugs von Colorado nach New York. Ich fliege nicht gern. Es macht mir angst, in einem Flugzeug zu sein, weil es ein weiter Weg nach unten ist, und wenn die Motoren aussetzen, ist man tot, das ist alles. Man ist tot, Lebewohl, man ist tot. An diesem Tag war die Luft sehr turbulent, und die Reaktion eines jeden zivilisierten Menschen darauf ist, sich sehr schnell zu betrinken. Daher hatte ich schon zwei oder drei Gin-Tonic intus.

Es war kurz nachdem *Carrie* als Taschenbuch erschienen war. Die Erstauflage des Hardcovers von Doubleday betrug 5000 Exemplare, was bedeutet, daß es viele meiner Verwandten gelesen haben, und noch ein paar andere Leute, aber ich habe nie jemanden mit einem Exemplar der gebundenen Ausgabe gesehen. Diese Dame saß also in der ersten Klasse des Flugzeugs, und ich war betrunken, und sie saß da und las das Buch mit meinem Namen auf dem Umschlag. Ich dachte mir, okay, ich stehe jetzt auf und gehe durch dieses unruhige Flugzeug, weil ich in diesen Raum vorne im Flugzeug muß, und wenn ich zurückkomme, frage ich diese Frau, ob ihr das Buch gefällt, und wenn sie sagt, daß sie es mag, werde ich es ihr signieren. Ich werde ihr sagen, daß ich dieses Buch geschrieben habe, und wenn ich ihr meinen Führerschein zeigen muß, um es zu beweisen, dann tue ich es einfach. Also ging ich in die kleine Kabine, und ich kam zurück und sagte: »Wie gefällt Ihnen das Buch?« Und sie sagte: »Es ist *beschissen*.« Und ich sagte: »Okay, dann werde ich es mir nicht kaufen«, und setzte mich wieder hin.

Bei einer anderen Gelegenheit – ich habe im Winter einen Vollbart, den ich rasiere, wenn die Red Sox mit dem anfangen, was sie Baseballspielen nennen –, war ich in einem Schnellimbiß in New York City. Es war zu der Zeit, als *Shining* erschienen war, und ich saß einfach am Tresen, las ein Buch und aß einen Hot dog. Ich sah auf, und zufällig war da eine kleine Durchreiche, durch die das Essen von der Küche ins Lokal kam, und wo man in die Küche sehen konnte. Dort drinnen war ein Koch, ein Mann in Weiß, der mich ansah, und kaum hatte er festgestellt, daß ich ihn auch ansah, wendete er die Hot dogs und schwenkte die Pommes frites und so weiter. Ich las wieder in meinem Buch und sah etwas später noch einmal auf, und er starrte mich wieder an, und ich dachte: Er hat mich *erkannt*. Es war ein glorreicher Augenblick. Jemand hatte mich erkannt. Und wenig später kam der Mann zu der Tür mit der Aufschrift NUR FÜR ANGESTELLTE heraus, wischte sich die Hände an seiner weißen Schürze ab, kam zu mir gelaufen und sagte: »Sind Sie jemand?« Und ich sagte: »Ja, jeder ist jemand.« Und er sagte: »Klar, das weiß ich, aber Sie sind *jemand*.« Und ich sagte: »Ja, gewissermaßen.« Und er sagte: »Sind Sie Francis Ford Coppola?« Und ich sagte: »Ja, der bin ich.« Er bat mich um ein Autogramm, und ich unterschrieb mit Francis Ford Coppola. Das war schlimm. Gott straft einen immer für so etwas.

Die Leute fragen auch: »Warum schreiben Sie solche Sachen?« Diese Frage stellt man mir laufend ... Warum schreiben Sie solche Sachen? Der erste Grund ist natürlich der, daß ich verdreht bin. Viele Leute fürchten sich davor, das zu sagen, aber ich nicht. Es liegt daran, daß ich verdreht bin. Ich habe einen Freund namens Robert Bloch, der den Roman *Psycho* schrieb, auf dem Hitchcocks Film beruht, und der sagte als Antwort auf diese Frage stets: »Ich habe das Herz eines kleinen Jungen. Es steht in einem Glas auf meinem Schreibtisch.«

Ein anderer Grund, weshalb ich immer Horror geschrieben habe, ist der, daß es eine Art psychologischer Schutz ist. Es ist, als würde ich einen magischen Kreis um mich und meine Familie ziehen. Meine Mutter pflegte immer zu sagen, wenn man mit dem Schlimmsten rechnet, kann es nicht geschehen. Ich weiß, das ist nur ein Aberglauben, aber ich war immer der Überzeugung, wenn man mit dem Allerschlimmsten rechnet, dann wird es niemals *so* schlimm werden, wie schlimm die Lage auch werden mag (und ich war im Grunde meines Herzens stets davon überzeugt, daß sie ziemlich schlimm werden kann). Wenn man einen Roman schreibt, in dem das Schreckgespenst die Kinder anderer Leute holt, dann holt es vielleicht nie die eigenen.

Wenn mir Leute die Frage stellen: »Warum schreiben Sie solche Sachen?« dann meinen sie den echten Horror. Sie sprechen über *Shining*, wo der kleine Junge ins Bad geht und den Vorhang zurückzieht, und in der Wanne sitzt eine tote Frau, die aufsteht und ihn verfolgt. Sie sprechen von Vampiren und dergleichen. Aber für mich ist das Schreiben wie ein kleines Loch in der Wirklichkeit, und man kann hindurchgehen und hinausgehen und eine Zeitlang anderswo sein. Ich führe ein vollkommen normales Leben. Ich habe Kinder, und ich habe eine Frau – abgesehen von dem, was ich mache, diesem Glitsch, ist es wirklich ein sehr gewöhnliches Leben.

Ich erinnere mich noch deutlich an einen herausragenden Augenblick, als ich ein Kind war und Literatur las. Es gibt ein Buch von C. S. Lewis mit dem Titel *Der König von Narnia*. Die Kinder in der Geschichte spielen Verstecken, und dieses Spiel kannte ich. Ein Mädchen, Lucy, geht in einen Schrank, und für sie scheint es ein sehr, *sehr* tiefer Schrank zu sein. Sie zwängt sich durch die Mäntel – Sie kennen den trockenen Geruch von Mottenkugeln und die irgendwie glatte Berührung von Pelzmänteln –, dann sieht sie nach unten, und die Bretter sind verschwunden und es ist weiß da unten, und sie greift hinab und berührt es, und es ist kalt. In diesem Augenblick, als sich die Bretter in Schnee verwandelten, da dachte ich, das ist es, das will ich machen. So etwas muß es sein. Für mich ist es etwas sehr Schönes, wenn es dem Schriftsteller oder Filmemacher gelingt, den Leser über diese Linie zu bringen. Und wenn man schon irgendwohin auf Besuch geht, sollte es wenigstens ein schöner Ort sein, finde ich.

Zum anderen macht es mir wirklich Spaß, den Leuten angst zu machen. Nach der Veröffentlichung von *Brennen muß Salem!* schickte mir eine Dame einen Brief, in dem stand: »Wissen Sie, Sie sollten sich schämen. Ich schicke Ihnen dieses Buch zurück. Es hat mir wirklich angst gemacht. Nachdem ich es gelesen hatte, konnte ich drei Nächte nicht schlafen.« Ich schrieb zurück und antwortete: »Na und. Sie haben es sich gekauft, nicht ich *für* Sie. Es freut mich, daß Sie drei Nächte wach waren. Ich wünschte mir, es wären sechs Nächte gewesen.« Der Trick besteht darin, sich das Vertrauen des Lesers zu erschleichen. Es interessiert mich wirklich nicht, schon im ersten Abschnitt eines Romans jemanden zu töten. Ich möchte Ihr Freund sein. Ich möchte zu Ihnen kommen, meinen Arm um Sie legen und sagen: »He, möchtest du etwas sehen? Es ist *toll*! Warte, bis du es siehst. Es wird dir wirklich gefallen.« Wenn ich dann Ihr Interesse geweckt habe, führe ich Sie die Straße entlang, um die Ecke und in die Nebengasse, wo etwas wirklich Schreckliches ist, und dort lasse ich Sie stehen, bis Sie *schreien*! Das macht Spaß. Ich weiß, wie sadistisch sich das anhören muß, aber man muß die Wahrheit sagen.

Die Frage, die damit einhergeht, ist natürlich die, warum lesen die Leute solche Sachen? Warum sehen sich die Leute solche Filme an? Und die Antwort, vor der wir alle zurückschrecken – die aber dennoch wahr ist –, ist die, daß sie ebenso verdreht sind wie ich. Nicht ganz, aber fast. Sehen Sie, einmal erwischte mich ein Reporter während des vierten World Fantasy Cons in Baltimore. Es war vor dem Bankett, wo ich eine Rede halten mußte, und ich war nervös, wie immer, wenn ich vor eine größere Menschenmenge treten und etwas sagen muß. Er sagte: »Was halten Sie von Ihren Fans?« Und ich sagte: »Nun, sie sind so wie ich. Sie sind ein wenig verdreht – darum lesen sie solche Sachen.« Die Geschichte erschien mit folgender Schlagzeile in der Zeitung: »KING SAGT, SEINE FANS SIND VERDREHT.« – das stimmt, aber ich hatte dem Herrn auch gesagt, daß man einfach ein wenig verdreht sein muß, wenn man das heutige Leben überstehen will.

Ich glaube, um wieder ernst zu werden, daß sie es auch wegen dem mögen, was zwischen den Zeilen steht. Die Leute lesen zwischen den Zeilen. Jedes Stück Horror, sei es nun Literatur oder Film, hat eine Metaebene. Zwischen den Zeilen stehen Dinge, die voller Spannungen sind. Mit anderen Worten, Horror-Literatur, Fantasy-Literatur, Literatur der Fantasie ist wie ein Traum.

Die Freudianer sagen, daß unsere Träume symbolisch sind – das mag zutreffen oder nicht, feststeht, daß viele der Schrecken, viele der Alpträume, die wir in Büchern und Filmen vorgesetzt bekommen, tatsächlich symbolisch sind. Es kann von einem Vampir die Rede sein, es kann von einem Werwolf die Rede sein . . . aber darunter, oder zwischen den Zeilen, im Spannungsfeld, wo die Angst ist, läuft noch etwas ganz anderes ab. Ich weiß zum Beispiel, daß mir in meinem Roman *Brennen muß Salem!* nicht die Vampire wirklich Angst gemacht haben, sondern die Stadt bei Tage, die verlassene Stadt, das Wissen, daß Dinge im Schrank lauerten, daß Menschen unter Betten versteckt waren, oder unter den Betonfundamenten der Wohnwagen. Und während ich das schreibe, tönten unablässig die Watergate-Anhörungen aus dem Radio. Leute sagten: »Zu dem Zeitpunkt.« Sie sagten: »Daran kann ich mich nicht erinnern.« Geldsäcke tauchten auf. Howard Baker sagte immer wieder: »Ich möchte wissen, was haben Sie gewußt und wann haben Sie es erfahren?« Diese Worte verfolgen mich, sie gehen mir nicht aus dem Kopf. Es könnten *die* klassischen Worte des zwanzigsten Jahrhunderts sein: Was hat er gewußt und wann hat er es erfahren? Ich dachte während dieser Zeit über Geheimnisse nach, über Sachen, die versteckt worden waren und ans Licht gezerrt wurden. Das zeigt sich ein wenig in dem Buch, auch wenn ich der Meinung bin, daß die meisten Bücher aus Spaß geschrieben und gelesen werden sollten.

Man findet diese Metaebenen überall, aber ich finde, daß sie im Film wirklich am spaßigsten sind. In den fünfziger Jahren entstanden in den Vereinigten Staaten eine ganze Reihe Horror-Filme über Rieseninsekten. Es gab einen Film mit dem Titel *Formicula*, in dem sich gigantische Ameisen in den Abwasserkanälen von Los Angeles versteckten. Und einer trug den Titel *Tarantula*; darin nahm Leo G. Carroll eine kleine Tarantel und machte sie sehr groß; einmal krabbelt sie die Route 66 entlang, und einer der Düsenjägerpiloten, die auf sie schießen, ist Clint Eastwood in seiner ersten Filmrolle. Aber Sie achten nicht auf Clint, Sie achten auf die riesige Spinne. Dann gab es *The Beginning of the End*, in dem riesige Grashüpfer über Chicago herfielen. Sie entledigten sich der Grashüpfer, indem sie den Paarungsruf wilder Grashüpfer aufzeichneten; sie fuhren mit einem Boot auf den Michigansee hinaus, und sendeten ihn über Lautsprecher, und sämtliche Grashüpfer kamen von den Häusern herunter und gingen in den See und ertranken – weil Sex einen letzten Endes immer erwischt.

Es gab eine ganze Reihe dieser Filme, aber ich glaube, mein persönlicher Favorit ist der unsterbliche Klassiker *The Deadly Mantis*. William Hopper, der in der alten Fernsehserie *Perry Mason* den Paul Drake spielte, spielt die Hauptrolle. In diesem Film geht es um eine riesige Gottesanbeterin in einem Eisblock, die am Ende tatsächlich in New York City herumhüpft. Einmal stößt sie einen städtischen Bus um, und man kann auf der Unterseite dieses Busses das Wort Tonka lesen. Das ist einer der Augenblicke, in denen einem klar wird, weshalb man die ganzen Jahre immer wieder ins Kino gegangen ist. Er ist großartig.

Aber die *Ursache* des Horrors war in allen diesen Filmen immer dieselbe. Es war Strahlung. Die Filme fingen häufig mit Dokumentaraufnahmen von Atombombenexplosionen auf dem Bikini-Atoll an, oder mit Bombenexplosionen in der Mojave-Wüste. Der alte Wissenschaftler sagt am Ende von *Formicula*: »Wir haben eine Tür zu einer unvorstellbaren Kraft geöffnet, und jetzt können wir sie nicht mehr schließen. Und hinter dieser Tür leuchtet ein weißes Licht.« Diese Insekten fielen immer wieder über unsere Städte her und trampelten sie nieder – eine vergleichsweise deutliche Versinnbildlichung dessen, was eine echte Kernwaffe mit einer echten Stadt anstellen würde. Immer wurde eine Stadt vernichtet, und immer war Strahlung die Ursache.

Ungefähr zu der Zeit dämmerte in den Menschen erstmals die Erkenntnis, daß unser ach so freundliches Atom doch nicht der gute alte Karlchen Kilowatt bleiben würde. Strahlung radioaktiven Niederschlags wurde zuerst in Kuhmilch, dann in der Muttermilch nachgewiesen. Das böse alte Strontium-90. Aber es gab in den fünfziger Jahren, als American International Filme in sieben Tagen mit einem Budget von 40000 Dollar drehte, nicht einen Filmproduzenten, der sagte: »Das ist ein brennendes gesellschaftliches Thema.« Statt dessen sagten sie sich: »Wir müssen ein paar Piepen verdienen. Was wäre ein guter Einfall? Was macht den Leuten angst?« Und sie kamen mit einer Art Rorschach daher und wußten hinterher genau, was den Leuten angst machen würde.

Vor ein paar Jahren produzierte Jane Fonda einen Film mit dem Titel *Das China-Syndrom,* in dem sie auch selbst mitspielte; und darin ging es um dieselbe Angst vor Riesenameisen. Sie und ihre Leute sagten sich: »Wir wollen eine Aussage machen. Machen wir den Leuten angst und sehen zu, ob wir sie dazu bringen, diese Sache zu überdenken, bevor etwas Schreckliches passiert.« Aber fünfzehn Jahre vorher hatten zwei Autokino-Unternehmer aus Connecticut einen Film mit dem Titel *The Horror of Party Beach* gemacht, einen schrecklichen Film, einen gräßlichen Film. Aber er fängt damit an, daß radioaktiver Abfall in den Long-Island-Sound gekippt wird, und dann sinken die Gebeine toter Matrosen nach unten – können Sie das fassen? – und erwachen irgendwie wieder zum Leben und holen sich die Mädchen und die Schlummer-Party. Großartig. Machte viel Geld und ängstigte eine Menge Leute. Das Ding ist gräßlich, aber es verschmolz Strandparty-Filme und Horror-Filme zu einem Film. Wichtig ist folgendes: Als diese beiden Autokino-Unternehmer aus Connecticut sich zusammensetzten, sagten sie nicht: »Sprechen wir über nukleare Abfälle und Abfallbeseitigung und darüber, was aus diesem Zeug wird.« Sie sagten: »Machen wir Kohle.« Herausgekommen ist die Metaebene, das zwischen den Zeilen, und das ist eine andere Art zu sagen: »Was macht dir angst, was macht mir angst? Sprechen wir von unseren Alpträumen.«

Dasselbe gilt für die erste Fassung von *Das Ding aus einer anderen Welt*, der in McCarthys Zeit gedreht wurde, als alle Angst vor den Roten hatten. Angeblich lauerte unter jedem Bett ein Roter: jeder fürchtete sich vor der fünften Kolonne. Zu der Zeit lief im Fernsehen eine Serie mit Richard Carlson unter dem Titel *I Led Three Lives*, in der sehr deutlich gesagt wurde, daß jeder Bibliothekar, jeder Collegerektor . . . sie waren allesamt Kommies. Sie arbeiteten für die *drüben*. In der ersten Fassung von *Das Ding* von Howard Hawks findet die Armee ein Monster in einem Eisblock – es ist immer in einem Eisblock, ich muß dabei stets an diese Scherzartikel mit einer Fliege im Eiswürfel denken –, und sie finden dieses Wesen und wollen es auftauen. Alle wollen es töten, alle wissen, daß es böse ist – ausgenommen der Wissenschaftler, der sich mit den Bösen zusammentun möchte, der weich ist, Sie wissen schon, und intellektuell. Wem ist nicht klar, daß die Armee die beste Lösung für derartige Probleme hat? Und daß diese Lösung lautet, es schnell aus der Welt zu schaffen? Und der Wissenschaftler sagt: »Ich finde, wir können von diesem Wesen lernen. Sprechen wir mit ihm.« Natürlich wird er getötet, und dann röstet Kenneth Tobey das Ding auf einem elektrisch geladenen Gehweg, und das ist das Ende der Kreatur und ein Sieg für Amerika.

Etwa fünfundzwanzig Jahre später, vor wenigen Jahren, kam John Carpenter daher und machte ein Remake von *Das Ding*. (Viele Kritiker konnten den Film nicht ausstehen, aber ich finde, daß es ein hervorragendes Remake war.) Die Zeiten haben sich geändert. Richard Carlsons *I Led Three Lives* läuft nicht mehr in der Glotze. Die Leute haben keine Angst mehr, daß unter jedem Bett ein Roter lauern könnte, sie fürchten sich vor anderen Sachen. Wenn man die Leute fragt: »Wovor haben Sie Angst, was ängstigt Sie?«, dann werden sie eine Reihe Dinge aufzählen. Was vielen Menschen offensichtlich eine Menge angst macht, das ist Krebs. Wir leben in einer Gesellschaft mit einer Informations-Überdosis, Informationen kommen von überallher, sie *strömen* auf uns ein, besonders in den letzten zwei oder drei Jahren. Zigaretten sind nicht gut für Sie, sie verdrecken Ihre Lunge, verursachen Lungenkrebs und Herzanfälle. Lungenkrebs macht den Leuten angst. Trinken Sie nicht zuviel Kaffee, sonst bekommen Sie Magenkrebs und Gallenblasenkrebs. Essen Sie nicht zuviel Fleisch – Eingeweidekrebs, oje. Atmen Sie nicht zuviel Luft ein, weil Kohlenwasserstoffe alles mögliche anrichten können. Wir haben PVC-Hirnkrebs, selbst die Zutaten in der Tiernahrung verursachen angeblich Krebs. Krebs ist überall. Er ist rings um uns herum. Daher konzentriert sich Carpenters Version von *Das Ding* auf *Mutation*.

In den späten siebziger und frühen achtziger Jahren haben wir eine Fülle Filme, die ich als Tumor-Filme betrachte, wo etwas im *Inneren* ist, und das kommt heraus und sieht *echt* schlimm aus. Ich meine, es sieht nicht wie etwas aus, das Sie gerne an Ihrem Eßtisch haben würden. Das Beispiel, an das sich alle erinnern, ist *Alien*, und darin kommt ein Mann vor – und es geschieht tatsächlich beim Essen, sozusagen der absolute Affront –, der sagt: »Ich fühle mich nicht wohl, mir ist schlecht«, und dann frißt sich dieses *Ding* gewissermaßen aus seinem Magen heraus und macht sich davon. Für mich ist das ein eindeutiges Tumor-Sinnbild. Dasselbe trifft auf John Carpenters Remake von *Das Ding* zu, wo wir wieder Dinge sehen, die im Inneren wachsen.

Viele Arbeiten des kanadischen Filmemachers David Cronenberg kreisen um dasselbe Thema, daß etwas *in* einem wächst. Cronenberg studierte Medizin und machte auch einen Abschluß; Krebs gehört zu den Dingen, über die er sich unumwunden sorgt, und das merkt man seinen Filmen an. In ihnen brüten Menschen immer wieder Parasiten in ihren Körpern aus. Es gibt noch einen Film mit dem Titel *Das Engelsgesicht*, der dasselbe Thema behandelt.

Noch etwas, dann wenden wir uns einem anderen Thema zu. Der berühmteste Horror-Film der letzten fünfundzwanzig Jahre ist wahrscheinlich *Der Exorzist*, der unglaublich viele Zuschauer in die Kinos lockte. Alle sprachen von der katholischen Sache, viele Leute haben ihn sich angeblich angesehen, weil die religiöse Thematik vorhanden war – die Vorstellung einer Geschichte von Gut und Böse mit religiösen Untertönen. Aber vergessen Sie nicht, daß zu der Zeit die Jugendunruhen der sechziger Jahre stattfanden. Kinder kamen nach Hause und sagten, daß der Präsident der Vereinigten Staaten ein Kriegsverbrecher war; sie kamen auch heim und sagten bei Tisch eine Menge

Wörter, die sie nicht von ihren Eltern gelernt hatten. (Nun, möglicherweise schon, aber vielleicht hatten ihre Eltern nicht gewußt, daß sie zuhörten.) Eltern fanden Sachen in Schreibtischschubladen, die nicht wie Luftballons aussahen. Und dann kommt plötzlich die Geschichte dieses hübschen vierzehnjährigen Mädchens Regan daher, die sich in eine Schlampe verwandelt: Ihr Haar ist schmutzig, ihr Gesicht von gräßlichen Wunden übersät, sie flucht vor ihrer Mutter und dem Priester und sagt alle schlimmen Wörter. Und mit einemmal begriffen sämtliche fassungslosen Eltern, was mit ihren Kindern geschehen war, die sich das Haar lang hatten wachsen lassen und ihre BHs weggeworfen hatten. Der Teufel war schuld! Der Teufel war in ihnen, und es war tröstlich zu wissen, daß das, was aus den Kindern geworden war, nicht ihre Schuld war.

Die Leute mögen diese »religiöse« Interpretation, weil sie ihre normalen Werte bestätigt. Horror-Literatur hat immer den Ruf gehabt, ein gesetzloses Genre zu sein. Man betrachtet es als irgendwie übel, und wenn einen die Leute sehen, wie man *Brennen muß Salem!* oder etwas Ähnliches liest, dann entwickeln sie die Theorie, man müßte wohl seltsam oder verdreht sein. Und einer wie ich, der solche Sachen sogar *schreibt*, ist natürlich ein wenig wie die Mißgeburt im Zirkus. Diese Mißgeburt biß angeblich lebenden Hühnern den Kopf ab und aß ihn. (Nebenbei, wie war denn Ihr Abendessen heute?)

Aber die Horror-Literatur ist in Wirklichkeit so republikanisch wie ein Bankier im dreiteiligen Nadelstreifenanzug. Was die Ausarbeitung anbelangt, ist die Geschichte immer dieselbe. Sie stoßen ins Land der Tabus vor, es gibt einen Ort, wo Sie nicht hingehen sollten, aber Sie gehen dennoch hin; genau wie Ihre Mutter damals zu Ihnen gesagt hat, das Freak-Zelt sei ein Ort, wo Sie nicht hingehen sollten, und Sie sind trotzdem hingegangen. Und drinnen geschieht immer dasselbe: Sie sehen den Mann mit den drei Augen an, oder die dicke Frau, oder den Skelettmann oder Mr. Elektro oder wer immer es sein mag. Und wenn Sie herauskommen, sagen Sie: »He, ich bin gar nicht so übel. Ich bin ganz in Ordnung. Viel besser als ich dachte.« Horror hat diese Wirkung: Werte neu zu bestätigen, das Bild von uns selbst und unsere gute Meinung über uns selbst zu bestätigen.

Ein Beispiel mag ich besonders – 1957 kam ein Film mit dem Titel *I Was a Teenage Frankenstein* in die Kinos. Darin wohnt der Urenkel von Dr. Frankenstein in einem kleinen Vorort von Hollywood, an einer verkehrsreichen Ecke, wo etwa alle vier oder fünf Stunden rollschuhlaufende Teenager getötet werden ... man hört immer das Quietschen von Reifen, und dann beißt wieder einer der gräßlichen Jungs von der Hollywood High ins Gras. Dieser Bursche lebt zwar in L. A., aber er hat Alligatoren unter dem Haus. Dort unten scheint eine

Art Swimmingpool zu sein, der voller Alligatoren ist, und außerdem gibt es eine Falltür. Nun nimmt er diese überfahrenen Rollschuhläufer in sein Haus, säbelt die Teile ab, die er noch verwerten kann, und näht sie zusammen, um daraus sein endgültiges James-Dean/*High-School- Confidential*-Ding zu machen, und als er fertig ist – der letzte Rollschuhläufer ist offenbar mit dem Gesicht zuerst auf die Straße geknallt –, hat er den schlimmsten High-School-Bengel erschaffen, den Sie sich vorstellen können, mit einem Gesicht, das wie der Vesuv aussieht. Damit verglichen sieht das Frankenstein-Ungeheuer wie Robert Redford aus.

Nun sind natürlich ein großer Teil des Kinopublikums, ein großer Teil der Zielgruppe Teenager, die sich oft selbst nicht ausstehen können, die verwirrt sind, die in den Spiegel sehen und statt jemandem, der möglicherweise besser ist als sie es tatsächlich sind (wozu wir meiner Meinung nach zunehmend neigen, je älter wir werden), jemanden sehen, der viel, viel schlechter ist. Sie denken: »Wie kann ich zur Schule gehen? Ich sehe schrecklich aus, ich habe Pickel im Gesicht, ich bin häßlich. Ich habe keine Freunde, niemand kann mich leiden.« Für sie hat der Horror-Film oder die Horror-Story einen bestätigenden Wert. Dort können sie ihr Selbstwertgefühl zurückgewinnen, sich als Teil des Mainstream sehen, als Teil dessen, was wir die Norm nennen. Sie bekommen einen besseren Eindruck von sich selbst, und aus diesem Grund ist die Erfahrung wahrscheinlich positiv. Aber es ist auch reaktionär, es widersetzt sich jeder Form von Veränderung. In diesen Filmen sollten sich die Dinge nie verändern. Boris Karloff und Elsa Lanchester dürfen nie heiraten, denn, stellen Sie sich nur einmal die Kinder vor. Es würde Ihnen nicht gefallen, wenn die in Ihrer Straße wohnen würden. Daher endet es immer damit, daß sie verbrannt werden oder am Windmühlenflügel enden, oder daß ihnen etwas Schreckliches zustößt. Durch Strom vernichtet, irgendwas, bloß weg damit.

Der letzte Grund dafür, Horror zu lesen: Es ist eine Generalprobe für den Tod. Eine Methode, sich vorzubereiten. Die Leute sagen, es sei nichts gewiß, außer Tod und Steuern. Aber das stimmt nicht. Es gibt nur einen Tod, wie Sie wissen. Der Tod ist der Große. In zweihundert Jahren wird keiner von uns mehr das ein. Wir werden alle anderswo sein. Vielleicht an einem besseren Ort, vielleicht an einem schlechteren; es könnte einer Art New Jersey sein, aber auch etwas anderes. Dasselbe trifft natürlich auf Kaninchen und Mäuse und Hunde zu, aber wir sind in eine sehr unbehaglichen Lage: Wir sind die einzigen Geschöpfe – jedenfalls soweit wir wissen, aber es könnte auch auf Delphine und Wale und ein paar andere Säugetiere mit sehr großen Gehirnen zutreffen –, die imstande sind, über ihr eigenes

Ende nachzudenken. Wir wissen, daß es kommen wird. Die elektrische Eisenbahn fährt herum, durch Tunnels und über malerische Berge, aber am Ende kommt sie immer ans Tischende. Peng.

Wir müssen etwas gegen dieses Wissen unternehmen. Daß wir überhaupt mit unserem täglichen Leben zurechtkommen können, ohne verrückt zu werden, ist einer der besten Beweise für die Göttlichkeit, die ich kenne. Irgendwie führen wir unser Leben weiter, und die meisten von uns sind gut zu Verwandten und Freunden, und wir helfen der alten Dame über die Straße, anstatt sie in den Rinnstein zu stoßen. Und gleichzeitig wissen wir, daß das alles einmal vorbei sein wird. Meine liebste Totenbett-Geschichte ist die von Oscar Wilde, der drei Tage im Koma lag, wobei seine Lage sich ständig verschlechterte, und niemand rechnete damit, daß er noch einmal zu sich kommen würde. Aber er war bis zu seinem Ende trotzig, und er kam zu sich und sah sich um und sagte: »Entweder geht diese Tapete, oder ich.« Und er ging. Die Tapete blieb.

Diesbezüglich ist die Horror-Story oder der Horror-Film ein wenig wie eine Fahrt auf dem Jahrmarkt. Wenn das Autokino ein Double Feature ansetzt, dann wird es zu einem Amüsier-Park für Teenager – und das Amüsement findet nicht immer nur auf der Leinwand statt. Ich denke an Teenager, weil sie sich trotz ihrer Erscheinungsprobleme gesund fühlen, sie fühlen sich gut in sich selbst. Die Knochen in den Armen gehen mühelos, das Herz in der Brust schlägt gesund. Sie sind keine Menschen, die in der Nacht daliegen und denken: »Ich muß auf der rechten Seite schlafen, denn wenn ich auf der linken schlafe, nutze ich mein Herz leichter ab.« Das kommt erst später. Teenager fühlen sich gesund, und sie können mit den Fahrten auf dem Jahrmarkt, die, als Beispiel, einen gewaltsamen Tod nachempfinden, besser zurechtkommen, zum Beispiel den Fallschirmabsprung, wo man seinen eigenen Flugzeugabsturz erleben kann, die Scooter, mit denen man harmlose Frontalzusammenstöße nachstellen kann, und so weiter.

Dasselbe gilt für Horror-Filme. Man sieht sehr selten ältere Menschen, die mit ihrem Seniorenpaß aus Kinos herauskommen, in denen *Zombie* und *Das Kettensägen-Massaker* gezeigt wird, weil sie diese Erfahrung nicht brauchen. Sie wissen Bescheid. Sie müssen den Tod nicht proben. Sie haben ihre Freunde sterben sehen, sie haben ihre Verwandten sterben sehen. Sie sind diejenigen, die auf der rechten Seite schlafen, sie spüren die Arthritis. Sie kennen den Schmerz, sie leben mit dem Schmerz, und sie müssen ihn nicht üben, weil er da ist. Das trifft für den Rest von uns nur manchmal zu.

Ich glaube auch, daß die momentane Popularität des Horrors mit dem Scheitern der Religion zu tun hat. Meine Frau ist eine abtrünnige

Katholikin und ich bin abtrünniger Methodist. Nun behalten wir zwar beide das Bild Gottes im Herzen, die Vorstellung, daß Gott Teil einer vernünftigen Welt sein muß, aber ich muß dennoch gestehen, daß unsere Kinder Ronald McDonald viel besser kennen als, sagen wir, Christus oder Petrus oder Paulus und diese ganzen Leute. Sie können Ihnen vom Burger King oder vom Osterhasen erzählen, aber bei diesen anderen Sachen sind sie nicht so gut drauf. Horror-Literatur, übernatürlicher Horror, deutet an, daß der Tod nicht das Ende ist.

Dazu eine kleine Geschichte. Als Stanley Kubrick *Shining* verfilmte, lebten wir in einer kleinen Stadt im Westen von Maine, und ich rasierte mich eines Morgens gerade, als meine Frau hereinkam. Das Telefon hatte geläutet, und sie sagte: »Es ist für dich.« Und ich sagte: »Wer ist es?« Sie sagte: »*Stanley Kubrick* aus London.« Ich hatte Rasierschaum im Gesicht, packte einfach den Hörer und sagte: »*Stanley*, wie geht es Ihnen denn?« Er wollte über Gespenster reden, und ob Gespenstergeschichten denn im Grunde genommen nicht immer optimistisch wären, weil sie davon ausgingen, daß es auch nach dem Tod noch weitergeht? Und ich sagte: »Nun, so ist es, Stanley, aber was wäre, wenn jemand verrückt stirbt und zurückkommen würde?« Es folgte eine lange Pause, und ich sagte: »Was ist mit der Hölle? Wenn es tatsächlich eine Hölle gibt?« Und Stanley sagte: »Daran glaube ich nicht.« Also sagte ich: »Gut, okay, machen Sie, was Sie wollen.«

All diese übernatürlichen Möglichkeiten sind da. Gut oder böse, schwarz oder weiß, sie deuten an, daß es weitergeht. Ich habe eingangs gesagt, ich schreibe Horror, weil ich verdreht bin, und die Leute, die Horror lesen, lesen ihn, weil sie auch verdreht sind, aber ich habe auch gesagt, ich schreibe Horror, weil es ein Trip ist. Wie Rod Serling immer zu sagen pflegte: »Vor uns ist ein Hinweisschild. Nächste Haltestelle, die Twilight Zone.« Die Menschen müssen ab und zu dorthin. Man braucht ein wenig Wahnsinn in seinem Leben, und zwar im bewußten Leben ebenso wie im unterbewußten oder träumenden Leben.

Leute fragen mich, was mir angst macht. Alles macht mir angst. Insekten sind schlimm. Insekten sind *echt* schlimm. Manchmal denke ich daran, in ein großes Plätzchen zu beißen, Sie wissen schon, und . . . voller Insekten. Stellen Sie sich das vor. Ist das nicht furchtbar? Fahrstühle. In Fahrstühlen steckenbleiben. Daß die Tür aufgeht und man sich lediglich einer kahlen Wand gegenübersieht. Besonders wenn der Fahrstuhl voller Menschen ist, so daß man kaum atmen kann. Flugzeuge. Vor der Dunkelheit habe ich enorme Angst. Ich mag die Dunkelheit nicht. Dunkle Zimmer – wenn ich in einem Hotel bin, lasse ich immer das Licht im Bad an, und ich sage immer zu mir, nun, das machst du, damit du nicht über das Kabel des Fernsehers stolperst, wenn du nachts aufs Klo mußt. Aber in Wirklichkeit mache ich es, damit das Ding unter dem Bett nicht hervorkommen und *mich* holen kann. Ich weiß, daß es da ist, und ich weiß, daß es nicht herauskommen kann, solange das Zimmer nur etwas erleuchtet ist. Denn das Ding unter dem Bett ist wie Kryptonit. Es kann nicht heraus, ohne sich an bestimmte Regeln zu halten.

Wenn ich das Hotelzimmer verlasse, lasse ich das Licht immer an, denn ich stelle mir immer vor, wie ich das fremde Zimmer betrete und nach dem Lichtschalter taste, und eine Hand legt sich auf meine und führt sie zum Schalter. Jetzt können wir über so etwas lachen und fröhlich sein, weil es hell ist und wir alle zusammen sind. Aber irgendwann einmal, früher oder später, ist jeder allein. Es ist, als würde man den Fuß unter der Decke lassen, wenn man im Bett ist, denn als Kind weiß man, wenn man ihn hinaushängen läßt – zisch – dann ist man da unten und kann niemals wieder herauskommen.

Auf die eine oder andere Weise macht mir ziemlich alles angst. Ich kann in allem etwas Angsteinflößendes sehen. Und ich denke immerzu darüber nach, das alles publik zu machen – sehen Sie, in unserer Gesellschaft gibt es Menschen, die Angst haben und Psychiatern 75 oder 80 Dollar die Stunde bezahlen, und es ist nicht einmal eine volle Stunde, es sind etwa fünfzig Minuten. Und ich verarbeite meine Ängste, indem ich schreibe, und die Leute bezahlen *mich*. Das ist großartig. Gefällt mir gut.

Zuletzt fragen mich die Leute: »Woher nehmen Sie Ihre Einfälle?« Das ist die schwierigste Frage. Normalerweise antworte ich darauf Utica; ich bekomme meine Einfälle aus Utica. Auf diese Frage gibt es keine befriedigende Antwort, aber man kann sie individuell beantworten und sagen, dieser Einfall kam von da, jener Einfall kam von dort. Was zum Beispiel *'Salem's Lot* anbelangt, so unterrichtete ich *Dracula* an der High-School; ich habe den Kurs drei- oder viermal abgehalten, und mich faszinierte jedesmal mehr, was für ein starker Roman das ist. Eines Abends unterhielten wir uns beim Essen mit einem Freund darüber, und ich sagte: »Die magische Frage lautet: Was würde passieren, wenn Dracula heute zurückkommen würde?« Und meine Frau sagte: »Nun, er würde im Port Authority in New York landen und von einem Taxi überfahren werden, und das wäre sein Ende.« Und dann sagte mein Freund: »Aber angenommen, er würde in einer Kleinstadt irgendwo im Landesinneren von Maine wiederkehren. Ihr wißt schon, in einen dieser Orte, durch die man hindurchfahren kann, und alle könnten gestorben sein, ohne daß man es je erfahren würde.«

Ab und zu fiel mir diese Vorstellung wieder ein, wenn ich zu Bett gegangen war und mich vergewissert hatte, daß meine Füße unter der Decke waren, und ich dachte eine Weile darüber nach und ließ es dann wieder sein, aber schließlich kristallisierte sich die Geschichte irgendwie und ich mußte sie schreiben.

Nun sagte mein jüngster Sohn – derjenige, der meint, daß Daddy jetzt weggeht, um Stephen King zu sein – vor ein paar Monaten: »Ich habe ein Problem im Kindergarten.« Ich sagte: »Und das wäre?« Und er sagte: »Es ist mir peinlich, wenn ich in den Keller gehen muß.« Ich dachte zuerst, er würde tatsächlich den Keller meinen. Ich konnte mir nicht vorstellen, warum sie die Kinder in den Keller des Kindergartens schickten. Dann aber fiel mir eine uralte Erinnerung aus der Grundschule wieder ein, und ich dachte, er meint die Toilette, denn das mußten wir immer sagen: »Kann ich in den Keller gehen?« Okay.

Er sagte: »Wir müssen die Hände heben, wenn wir in den Keller müssen, und dann weiß jeder, daß ich Pipi machen muß.« Ich wollte auf der Stelle antworten, hör zu, das muß dir nicht peinlich sein, es ist vollkommen normal. Dann machte ich den Mund zu, denn mir fiel ein, daß mir das auch immer schrecklich peinlich gewesen war. Also sagte ich statt dessen etwas Tröstliches, wie ich hoffte, und daraus entwickelte sich eine kleine Geschichte, die, soweit ich weiß, eine direkte Reaktion auf diese Frage war. Ich fing an, mit der Vorstellung von bösen alten Lehrern zu spielen, die einen zwingen, vor allen anderen Kindern die Hand zu heben, und sie lachen alle, während man aus dem Klassenzimmer geht, weil sie *wissen*, was man macht. Sie wissen es.

Daraus wurde die Story »Achtung – Tiger!«, die für meinen kleinen Jungen war. Sie ist außerdem für alle anderen, die sie wollen oder brauchen, und diejenigen, die jemals in der Schule saßen und litten, weil sie nicht vor allen anderen sagen wollten, daß sie so etwas machen mußten.

STEPHEN KING

Warum ich »Richard Bachman« war

Zwischen den Jahren 1977 bis 1984 habe ich fünf Romane unter dem Pseudonym Richard Bachman veröffentlicht. Diese waren *Rage* (1977), *The Long Walk* (1979), *Roadwork* (1981), *The Running Man* (1982) und *Thinner* (1984). Aus zwei Gründen bin ich schließlich mit dem Namen Bachman in Verbindung gebracht worden; einmal, weil die ersten vier Bücher, die alle im Original als Taschenbücher erschienen sind, Personen gewidmet waren, die man mit meinem Leben in Beziehung setzen konnte, und zweitens, weil mein Name bei einem der Bücher im Copyright aufgetaucht ist. Jetzt werde ich ständig nach dem Grund gefragt, aber ich kann keine befriedigende Antwort darauf finden.

Es ist doch jedenfalls eine gute Sache, daß ich niemanden umgebracht habe, oder?

2

Ich kann ein paar Hinweise geben, aber mehr auch nicht. Das einzig Wichtige, was ich je in meinem Leben ganz bewußt getan habe, war, Tabitha Spruce, eine Collegekommilitonin, mit der ich damals ausging, zu fragen, ob sie mich heiraten wolle. Der bewußte Grund war, daß ich mich unheimlich in sie verliebt hatte. Der Witz bei der Sache ist allerdings, daß Liebe selbst ein irrationales und nicht zu definierendes Gefühl ist.

Manchmal hat man so eine Stimme in sich, die einem einfach sagt *Tu dies* oder *Laß das sein*. Ich gehorche dieser Stimme fast immer, und wenn ich es mal nicht tue, verderbe ich mir dadurch gewöhnlich den Tag. Ich will damit sagen, daß ich eine spielerische, intuitive Einstellung zum Leben habe. Meine Frau wirft mir oft vor, daß ich eine penible »Jungfrau« sei, und ich denke, in manchen Punkten bin ich das auch – ich weiß zum Beispiel zu jedem Zeitpunkt, wie viele Stücke ich in unserem 500-Teile-Puzzle eingesetzt habe – aber ich habe niemals eine große Sache, die ich getan habe, wirklich geplant. Das gilt auch für meine Bücher. Wenn ich mich hingesetzt und die erste Seite geschrieben habe, hatte ich nicht die leiseste Ahnung, was dabei herauskommen würde.

Eines Tages hatte ich den Einfall, *Getting It On*, einen Roman, den Doubleday *beinahe* zwei Jahre vor *Carrie* herausgebracht hätte, unter einem Pseudonym zu veröffentlichen. Eine prima Idee, fand ich, und so habe ich es getan.

Wie ich schon sagte, es ist doch gut, daß ich niemanden umgebracht habe, nicht wahr?

3

1968 oder 1969 hat Paul McCartney etwas Verblüffendes und nachdenklich Stimmendes in einem Interview gesagt. Die Beatles hätten einmal die Idee gehabt, als eine gewöhnliche Bar-Band unter dem Namen *Randy And the Rockets* auf Tournee zu gehen. Sie wollten sich Hockeykappen aufsetzen und Masken à la Count Five tragen, damit niemand sie erkennen könne, und dann würden sie die gleiche Begeisterung hervorrufen wie in der guten alten Zeit.

Als der Interviewer ihm sagte, daß man sie wohl an ihren Stimmen erkannt hätte, schien Paul zunächst etwas verblüfft . . . und dann entsetzt.

4

Cub Koda, vermutlich Amerikas größter Rock-House-Musiker, hat mir mal folgende Geschichte über Elvis Presley erzählt und gleich angefügt, daß sie, selbst wenn sie gelogen wäre, wahr sein sollte. Cub erzählte, daß Elvis einmal zu einem Interviewer gesagt hätte: »*Ich war einmal eine Kuh, die zusammen mit anderen Kühen in einem Pferch eingesperrt war, nur, daß ich irgendwie daraus entkommen bin. Dann sind sie gekommen und haben mich in den nächsten Pferch gesperrt, nur war dieser viel größer und ich hatte ihn ganz für mich allein. Ich sah mich um und entdeckte, daß die Zäune viel zu hoch waren, um jemals daraus zu entkommen. Also sagte ich zu mir: ›Na gut, dann fang eben an zu grasen.‹*«

5

Vor *Carrie* habe ich fünf Romane geschrieben. Zwei waren schlecht, einer halb-halb, und die beiden anderen fand ich recht gut. Einer der beiden guten war *Getting It On* (aus dem später bei der endgültigen Veröffentlichung *Rage* wurde), der andere war *The Long Walk*. Mit *Getting It On* hatte ich schon 1966 in meiner Abschlußklasse in der

High-School angefangen. Später habe ich dann das vor sich hingammelnde Manuskript in einer alten Schachtel im Keller des Hauses gefunden, in dem ich aufgewachsen war. Diese Wiederentdeckung geschah 1970, und ich habe den Roman bis 1971 fertiggeschrieben. *The Long Walk* ist im Herbst 1966 und Frühjahr 1967 entstanden, als ich gerade aufs College gekommen war.

Im Herbst 1967 habe ich den *Walk* zum Bennet Carf/Random House-Erstlingswettbewerb eingeschickt (der, soweit ich weiß, schon lange das Zeitliche gesegnet hat), und er wurde prompt mit einem Formblatt zurückgeschickt... nicht ein Wort der Begründung. Deprimiert und beleidigt, davon überzeugt, daß das Buch wirklich scheußlich sei, habe ich es in die Märchentruhe gesteckt, die alle Romanschreiber – diejenigen, die schon veröffentlicht haben, sowie die hoffnungsvollen Aspiranten – mit sich herumschleppen. Ich habe es nicht mehr daraus hervorgeholt, bis Elaine Geiger von der New American Library mich gefragt hat, ob »Dicky« (wie wir Bachman privat nannten) nach *Rage* weiterschreiben würde. *The Long Walk* war zwar in der Truhe verschwunden, aber wie sagt Bob Dylan in »Tangles Up In Blue«, es ist mir nie aus dem Sinn gegangen.

Keins meiner Bücher ist mir je aus dem Sinn gegangen – nicht einmal die wirklich schlechten.

6

Inzwischen habe ich sehr viele Bücher verkauft. Zum Teil ist das der Grund. Ich habe manchmal das Gefühl, als hätte ich ein Häufchen Wortsamen eingepflanzt, und es ist ein wuchernder Büchergarten daraus hervorgewachsen (ÜBER 40 MILLIONEN BACHMAN-BÜCHER IM DRUCK!!!) wie meine Verleger so gern posaunen. Oder, um es anders auszudrücken, manchmal fühle ich mich wie Mickey Mouse in *Fantasia*. Ich war schlau genug, die Besen in Marsch zu setzen – aber als sie zu laufen anfingen, war nichts mehr so wie vorher.

Ob ich mich darüber beklage? Nein. Jedenfalls nur ein kleines bißchen. Ich habe mein Bestes versucht, um den zweiten Rat von Bob Dylan zu folgen und mein Lied in meinen Ketten zu singen wie das Meer. Ich könnte mich ja jetzt in meinen Gebetswinkel verkriechen und jammern wie ein kleines Kind, wie schrecklich es doch sei, Stephen King zu sein, aber ich glaube kaum, daß all die Leute da draußen, die a) arbeitslos sind oder b) sich jede Woche mit Gelegenheitsjobs durchschlagen, um wenigstens die Miete und die Lebenshaltungskosten zahlen zu können, viel Mitleid mit mir empfinden würden. Ich würde es auch gar nicht von ihnen erwarten. Ich bin immer noch mit derselben Frau verheiratet, habe intelligente und gesunde Kinder und werde für eine Arbeit bezahlt, die mir gefällt. Worüber sollte ich mich beklagen?

Über nichts.

Fast nichts.

7

Mitteilung an Paul McCartney, falls er dies liest: Der Interviewer hatte recht. Man hätte euch an euren Stimmen erkannt, aber noch bevor ihr eure Münder aufgemacht hättet, hätte man Georges Gitarrenanschlag herausgehört. Ich habe fünf Bücher unter *Randy And The Rockets* herausgegeben, und hab' von Anfang an Briefe bekommen, in denen ich gefragt wurde, ob ich nicht Richard Bachman sei.

Die Antwort darauf war einfach: Ich habe gelogen.

8

Ich glaube, ich habe es getan, um mich mal ein bißchen aus dem Gefecht zu ziehen; um mal jemand anders als Stephen King zu sein. Ich denke, daß in jedem Romanschreiber ein verkappter Schauspieler steckt, und es bringt Spaß, mal für eine Weile jemand anderes zu sein – in diesem Falle eben Richard Bachman. Er hat tatsächlich eine eigene Persönlichkeit und eine eigene Geschichte entwickelt, wie das falsche Autorenfoto auf der Rückseite von *Der Fluch* und die Widmung an seine erfundene Frau (Claudia Inez Bachman) belegen. Bachman war ein ziemlich unangenehmer Typ. Er war in New York geboren und hatte zehn Jahre bei der Handelsmarine gearbeitet, nachdem er vorher vier Jahre Dienst bei der Küstenwache absolviert hatte. Schließlich hatte er sich endgültig aufs Land zurückgezogen. Er lebte mitten in New Hampshire und schrieb dort nachts seine Romane, während er sich tagsüber um seine mittelgroße Farm kümmerte. Die Bachmans hatten ein Kind, einen kleinen Jungen, der mit sechs Jahren bei einem traurigen Unfall ums Leben gekommen war (er ist durch eine Brunnenabdeckung gefallen und ertrunken). Vor drei Jahren hatte man in Bachmans Gehirn einen Tumor entdeckt, der jedoch chirurgisch entfernt werden konnte. Er starb ganz plötzlich im Februar 1985, als die *Daily News* von Bangor, mein Tagesblatt, die Nachricht veröffentlichte, daß ich Richard Bachman sei – was ich später bestätigte. Manchmal hat es mir Spaß gemacht, Bachman zu sein, ein miesepetriger Einsiedler à la J. D. Salinger, der niemals Interviews gab und in der Autorenliste der New English Library in London in die Spalte Religion »Hahnenanbetung« geschrieben hatte.

9

Ich bin schon öfter gefragt worden, ob ich es getan hätte, weil ich glaubte, daß ich als Stephen King den Markt überschwemmt hätte. Die Antwort heißt nein. Ich glaubte es nicht . . . aber meine Verleger glaubten es. Bachman war ein Kompromiß für uns beide. Meine »Stephen-King-Verleger« benahmen sich wie eine frigide Ehefrau, die ihren Mann nur zweimal im Jahr an sich ranläßt und ihn, wenn er zu geil wird, ermuntert, sich doch ein Callgirl zu suchen. Für mich war Richard Bachman ein Rückzugsort. Das erklärt jedoch nicht, warum ich den ruhelosen Drang verspüre, mein Geschreibsel zu veröffentlichen, obwohl ich das Geld gar nicht brauche.

Ich wiederhole es noch mal: Gut, daß ich niemanden umgebracht habe, oder?

10

Ich bin auch schon öfter gefragt worden, ob ich es getan hätte, weil ich mich als Horrorschriftsteller zu sehr auf eine Rolle festgelegt gefühlt hätte. Die Antwort heißt nein. Es ist mir sehr egal, was die Leute von mir halten, solange ich nachts noch ruhig schlafen kann.

Nichtsdestoweniger ist nur das letzte Bachman-Buch eine echte Horrorgeschichte; diese Tatsache ist mir nicht entgangen: Es wäre ziemlich einfach, auch als Stephen King Nicht-Horror-Romane zu schreiben, aber die Frage zu beantworten, warum ich es unter einem Pseudonym getan habe, ist außerordentlich schwierig. Als ich die Bücher unter dem Bachman-Namen veröffentlicht habe, hat niemand Fragen gestellt. Ha-ha, es hat sie sogar kaum jemand gelesen.

Was uns zu der Frage führt: Was wäre, wenn . . . na ja, das ist nicht der Grund, warum ich jemals auf diese Idee gekommen bin, aber es kommt der Sache nahe.

11

Man versucht, seinem Leben einen Sinn zu geben. Ich denke, das versucht jeder. Man versucht Gründe zu finden . . . Konstanten . . . Dinge, die sich nicht verändern.

Wie gesagt, das tut jeder, aber vielleicht versuchen es diejenigen, die ein außerordentlich glückliches oder auch besonders unglückliches Leben führen, ein bißchen mehr als die anderen. Wenn jemand Krebs hat, wird er sich insgeheim fragen – oder zumindest darüber spekulieren –, ob er ein besonders hart arbeitendes Arschloch, oder ein Prinz oder ein Auserwählter der heiligen Schar gewesen ist, wenn man das Glück hat, in einer Welt voller Krieg, Hungersnöte, Naturkatastrophen, Drogensucht und Außernseitertum ganz oben zu schwimmen.

Doch es gibt noch eine ganz andere Stimme, die einem sagt, daß das alles bloß eine Lotterie sei, eine lebensechte (Life-Show wie »Wheel Of Fortune« und »The New Price Is Right«. (Zwei meiner Bachman-Bücher handeln ja auch von solchen Show-Wettbewerben.) Es ist schon ziemlich deprimierend zu denken, daß alles nur – oder wenigstens hauptsächlich – einem Unfall zuzuschreiben ist. Also versucht man herauszufinden, ob man das Ganze noch einmal so machen könnte.

Oder, in meinem Fall, ob Bachman es noch einmal so machen könnte.

12

Die Frage wird wohl unbeantwortet bleiben. Richard Bachmans erste vier Bücher haben sich überhaupt nicht gut verkauft, was zum Teil daran lag, daß sie ohne Trara auf den Markt gebracht worden sind.

Jeden Monat bringen die Taschenbuchverlage drei Sorten von Büchern heraus: die »Renner«, für die ungeheuerlich viel Reklame gemacht wird, indem man sie mit ungeheuer schicken Buchdeckeln und Goldschnitt ausstattet, und die überall auf den Stellwänden und in den Auslagen zu sehen sind; dann die »Nicht-Renner«, für die viel weniger Reklame gemacht wird, die kaum auf den Stellwänden auftauchen und die erwartungsgemäß nicht so gut gehen (zweihunderttausend verkaufte Exemplare wäre für so ein Buch schon eine sehr gute Quote); und einfach bloß Bücher. Diese dritte Kategorie ist im Taschenbuchhandel das Äquivalent für das Fußvolk . . . oder fürs Kanonenfutter. Diese »anspruchslosen Bücher« (ich weiß nicht, wie ich sie sonst nennen soll, »Überhaupt-Nicht-Renner« wäre doch zu deprimierend) sind selten Nachdrucke von Hardcoverausgaben; gewöhnlich sind es neu aufgemachte Ladenhüter, Gernreromane (Schauergeschichten, Adelsromane, Western und so weiter), oder Serienwerke wie *The Survivalist, The Mercenaries, The Sexual Adventures of a Horny Pumpkin* . . . Sie wissen schon, was ich meine. Ab und zu findet man aber auch echte *Romane* unter diesem tiefen Sumpf begraben. Die Bachman-Bücher sind nicht die ersten Werke von bekannten Schriftstellern, die unter einem Pseudonym herausgekommen sind. Donald Westlake veröffentlichte mehrere Taschenbuchoriginale unter den Namen Tucker Coe und Richard Stark; Evan Hunter benutzte den Namen Ed McBrian; Gore Vidal schrieb unter Edgar Box. Erst vor kurzem hat Gordon Lish einen ausgezeichneten, unheimlichen Roman unter einem Pseudonym veröffentlicht. Er ist als Taschenbuch erschienen und heißt: *The Stone Boy*.

Die Bachman-Bücher waren solche »anspruchslosen Bücher«, Werke, die die Buchständer in Amerikas Drugstores und Busbahnhöfen füllten. Ich hatte es so gewollt. Ich hatte mir für Richard Bachman ein flaches, ausdrucksloses Profil vorgestellt. So gesehen hatte der arme Kerl von Anfang an keine Chancen.

Und doch, so nach und nach gewann Bachman so etwas wie einen kleinen Fanclub. Sein letztes Buch, *Der Fluch*, verkaufte sich mit über 28 000 Exemplaren als Hardcoverausgabe, bevor ein Washingtoner Buchhandelsgehilfe und Schriftsteller namens Steve Brown Verdacht schöpfte, in die Kongreß-Bibliothek ging und meinen Namen auf einem der Copyright-Formulare ausfindig machte. Achtundzwanzigtausend Exemplare sind nicht sehr viel – es gehört bestimmt nicht in die Kategorie Bestseller – aber es waren immerhin viertausend Exemplare mehr als von meinem Buch *Night Shift* im Jahr 1978. Ich hatte eigentlich vorgehabt, Bachman nach *Der Fluch* einen ziemlich grausamen, spannungsvollen Roman mit dem Titel *Misery* schreiben zu lassen, und ich glaube, daß dieses Buch »Dicky« auf die Beststellerlisten gebracht hätte. Aber das werden wir nun wohl nie erfahren, nicht wahr? Richard Bachman, der einen Gehirntumor überlebt hatte, starb an einer viel selteneren Krankheit – Pseudonymkrebs. Er starb, ohne die Frage – ist es die eigene Arbeit, die einen nach oben bringt, oder ist es bloß eine Lotterie? – beantwortet zu haben.

Aber die Tatsache, daß *Der Fluch* mit 28 000 Exemplaren verkauft wurde, solange Richard Bachman der Autor war, jedoch 280 000 Exemplare über den Ladentisch gingen, nachdem Stephen King als Autor bekannt wurde, spricht ja auch für sich, nicht?

13

Der Gebrauch eines Schriftstellerpseudonyms ist in letzter Zeit anrüchig geworden. In der Vergangenheit war das nicht so. Es gab eine Zeit, in der der Schriftstellerberuf als ziemlich gering angesehen wurde; er galt wohl eher als ein Laster. Damals war ein Pseudonym ein völlig respektables und natürliches Mittel, sich selbst (und seine Angehörigen) vor der Blamage zu schützen. Als die Kunst des Romaneschreibens jedoch im Ansehen stieg, änderte sich das. Sowohl Kritiker als auch das Lesepublikum schöpften Verdacht, wenn ein Mann oder eine Frau es vorzogen, ihre Identität nicht preiszugeben. *Wenn das Buch gut wäre,* lautete ihre unausgesprochene Meinung, *hätte der Kerl seinen wirklichen Namen draufgeschrieben. Wenn er schon seinen Namen verleugnet, ist das Ding bestimmt saumäßig langweilig.*

Bevor ich schließe, möchte ich also noch ein paar Worte über den Wert dieser Bücher sagen. Sind es gute Romane? Ich weiß es nicht. Sind es aufrichtige Romane? Ja, ich glaube schon. Sie sind auf jeden Fall ehrlich gemeint, und ich habe sie mit einer Energie geschrieben, von der ich heute nur noch träumen kann (*Menschenjagd* ist zum Beispiel in einem Zeitraum von zweiundsiebzig Stunden entstanden und wurde buchstäblich ohne Veränderung veröffentlicht). Sind sie schlecht? Im Ganzen gesehen würde ich sagen, nein. An manchen Stellen . . . aaalsoo . . .

Als ich sie geschrieben habe, war ich nicht mehr jung genug, sie als Jugendsünden abzutun. Aber ich war noch so unreif, an vereinfachte Handlungsmotive (viele davon sehr freudianisch) und an unglückliche Ausgänge zu glauben. Das jüngste der hier abgedruckten Bücher, *Roadwork,* habe ich zwischen *'Salem's Lot* und *The Shining* geschrieben; ich wollte mal einen »ernsthaften« Roman schreiben. (Ich war damals auch noch jung genug, mir über die Standardfrage auf Cocktailpartys Sorgen zu machen: »Alles ganz gut und schön, aber wann wirst du mal etwas *Richtiges* tun?«) Ich glaube, es war außerdem der Versuch, einen Sinn in dem schmerzvollen Tod meiner Mutter zu finden, der ein Jahr vorher stattgefunden hatte – sie war langsam durch ein furchtbares Krebsleiden dahingerafft worden. Nach ihrem Tod war ich sehr erschüttert und traurig und hatte plötzlich das Gefühl, daß doch alles ziemlich sinnlos sei. Vermutlich ist *Roadwork* das schlechteste von allen, ganz einfach weil ich mich so sehr darum bemühte, es gut zu machen und eine Antwort auf das Rätsel des menschlichen Leidens zu finden.

Das Gegenstück dazu ist *Menschenjagd,* vielleicht sogar das beste von allen, denn es ist bloß eine Geschichte – es fließt dahin mit der traurigen Geschwindigkeit eines Stummfilms, und alles, was nicht zur Handlung gehört, wird fröhlich über Bord geworfen.

The Long Walk und *Rage* sind beides Bücher voller langatmiger, psychologisch-moralischer Betrachtungen (sowohl im Text als auch zwischen den Zeilen), aber in beiden ist auch noch eine Menge Handlung zu finden – letztendlich ist der Leser wohl besser als der Autor geeignet, um festzustellen, ob die Handlung gut genug ist, die Schwächen zu überwinden.

Ich möchte noch hinzufügen, daß diese beiden Bücher, vielleicht auch alle vier, durchaus unter meinem Namen hätten veröffentlicht werden können, wenn ich damals mehr Ahnung vom Verlagsgeschäft gehabt hätte und wenn ich nicht hauptsächlich damit beschäftigt gewesen wäre, mein Studium zu beenden und meine Familie zu ernähren. Und daß ich sie nur deshalb veröffentlicht habe (und es jetzt zulasse, sie neu herauszugeben), weil sie meine Freunde sind. Zweifellos sind sie in gewisser Weise anfechtbar, aber mir kommen sie immer noch sehr lebendig vor.

14

Ein paar Worte des Dankes: an Elaine Koster, NAL-Herausgeberin (damals, als die Bücher zum erstenmal herauskamen, noch Elaine Geiger), die »Dicky's« Geheimnis so lange und erfolgreich bewahrt hat; an Carolyn Stromberg; »Dicky's« erste Herausgeberin, die dasselbe für mich getan hat; an Kirby McCauley, der die Rechte verkauft und das Geheimnis ebenfalls treu bewahrt hat; und an meine Frau, die mich bei diesen Büchern genauso unterstützt hat wie bei den anderen, aus denen dann so große glitzernde Gelderfolge geworden sind; und immer wieder an Sie, den Leser, für seine Geduld und Freundlichkeit.

Teil 2

DIE BESTEN GESCHICHTEN VON STEPHEN KING

Der Sensenmann (1969)

»Wir haben ihn letztes Jahr nach oben geschafft, und das war eine ganz schöne Arbeit«, sagte Mr. Carlin, während sie die Treppe hinaufgingen. »Aber eine andere Möglichkeit gab es nicht. Wir haben also bei Lloyd eine Versicherung abgeschlossen – vorher hätten wir uns nicht einmal getraut, ihn aus seinem Rahmen im Salon zu nehmen. Lloyd war die einzige Agentur, die eine Versicherungssumme in dieser Höhe akzeptiert hat.«

Spangler schwieg. Der Mann war ein Dummkopf. Johnson Spangler hatte schon vor langer Zeit gelernt, daß man mit einem Dummkopf am besten zurechtkam, wenn man ihn völlig ignorierte.

»Für eine Viertelmillion Dollar haben wir ihn versichert«, fuhr Mr. Carlin fort, als sie im ersten Stock angelangt waren. Seine Lippen verzogen sich zu einem halb bitteren, halb humorvollen Lächeln. »Hat uns 'ne ganz schöne Stange Geld gekostet.« Er war ein kleiner, nicht gerade schlanker Mann mit randloser Brille und einem braungebrannten Kahlkopf, der wie ein blankpolierter Volleyball glänzte. Eine Rüstung, die den mahagonigetäfelten Korridor bewachte, starrte sie teilnahmslos an.

Es war ein langer Korridor, und Spangler musterte im Vorbeigehen die Exponate mit kühlem Kennerblick. Samuel Claggert hatte eine Unmenge aller möglichen Dinge gekauft, aber er hatte dabei keinen erlesenen Geschmack bewiesen. Wie so viele Industriemagnate des ausgehenden 19. Jahrhunderts, die sich aus eigenen Kräften hochgearbeitet hatten, hatte auch Claggert sich zwar für einen Kunstsammler gehalten, war aber kaum jemals über das Niveau eines Mannes hinausgekommen, der Trödelmärkte und Pfandleihhäuser abklappert. Eine besondere Vorliebe hatte er stets für gräßlich kitschige Gemälde, Schundromane und sentimentale Gedichtsammlungen in teuren Ledereinbänden sowie scheußliche Skulpturen gehabt. Er hatte das alles für wahre Kunst gehalten.

Hier oben waren die Wände dicht behängt mit unechten marokkanischen Draperien, mit unzähligen Madonnen, die ihrerseits wieder unzählige Kinder mit Heiligenscheinen auf den Armen trugen, während unzählige Engel im Hintergrund umherflatterten, sowie mit grotesk verzierten Kandelabern – ein besonders scheußliches Exemplar war mit einer wollüstig lächelnden Nymphe geschmückt.

Natürlich hatte der alte Gauner auch einige sehr interessante Stücke erworben – das war nach der Wahrscheinlichkeitstheorie ja auch gar nicht anders zu erwarten. Und wenn das Samuel Claggert Memorial Private Museum (Führungen jeweils zur vollen Stunde – Eintrittspreise: Erwachsene 1 Dollar, Kinder 50 Cent) auch zu 98 Prozent nur Ramsch zu bieten hatte, so blieben da immer noch jene restlichen 2 Prozent – Raritäten wie das Combs-Gewehr über dem Kamin in der Küche, die seltsame kleine camera obscura im Arbeitszimmer und selbstverständlich der . . .

»Der Delver-Spiegel wurde nach einem ziemlich unerfreulichen Vorfall aus dem Salon entfernt«, sagte Mr. Carlin plötzlich, offensichtlich zum Reden animiert durch das entsetzlich glänzende Porträt eines Unbekannten am Fuße der nächsten Treppe. »Es gab auch früher schon höchst bedauerliche Auftritte – harte Worte, wilde Behauptungen – aber dieser letzte Vorfall . . . das war wirklich ein Versuch, den Spiegel zu *zerstören*. Die Frau, eine Miß Sandra Bates, hatte einen Stein in ihrer Manteltasche. Glücklicherweise zielte sie schlecht und beschädigte nur eine Ecke des Rahmens. Der Spiegel blieb unversehrt. Diese Bates hatte einen Bruder . . .«

»Sie können sich Ihre üblichen Erklärungen sparen«, sagte Spangler ruhig. »Ich bin mit der Geschichte des Delver-Spiegels bestens vertraut.«

»Sie ist faszinierend, nicht wahr?« fragte Carlin mit einem eigenartigen Seitenblick. »Da war jene englische Herzogin im Jahre 1709 . . . und 1746 der Teppichhändler in Pennsylvania . . . ganz zu schweigen von . . .«

»Ich bin mit der Geschichte bestens vertraut«, wiederholte Spangler nachdrücklich. »Mich interessiert aber nur der künstlerische Wert. Und außerdem ist da natürlich noch die Frage der Echtheit.«

»Echtheit!« kicherte Mr. Carlin trocken. »Der Spiegel ist von Experten begutachtet worden, Mr. Spangler.«

»Das war auch bei der Lemlier-Stradivari der Fall.«

»Wie wahr!« gab Mr. Carlin seufzend zu. »Aber keine Stradivari hatte jemals die . . . die beunruhigende Wirkung des Delver-Spiegels.«

»Selbstverständlich«, sagte Spangler leicht verächtlich. Er begriff jetzt, daß man Carlin nicht von seiner Überzeugung abbringen konnte; der Mann war nun einmal total abergläubisch. »Selbstverständlich.«

Schweigend erklommen sie die Treppen zum zweiten und dann zum dritten Stock. Hier oben, in Dachnähe des unregelmäßig angelegten Hauses, was es beklemmend heiß. Und nicht nur heiß – in den düsteren Galerien herrschte auch ein unangenehmer Geruch, der

66

Spangler wohlvertraut war, weil er von jeher in dieser Atmosphäre arbeitete – es war ein Geruch nach toten Fliegen, die seit Ewigkeiten in dunklen Ecken lagen, nach Schimmel, Moder und krabbelnden Holzläusen hinter der Wandtäfelung. Eben der typische Altersgeruch. Ein Geruch, den man nur in Museen und Mausoleen wahrnehmen kann. Ein ähnlicher Geruch mochte vielleicht dem Grabe einer seit vierzig Jahren verstorbenen Jungfrau entsteigen.

Hier oben herrschte ein furchtbares Durcheinander, wie in einem Trödelladen. Mr. Carlin führte Spangler durch ein wahres Labyrinth von Statuen, Porträts mit gesplitterten Rahmen und pompösen vergoldeten Vogelkäfigen, vorbei am rostigen Skelett eines Tandems. Er führte ihn zur hinteren Wand, zu einer Trittleiter, die an der Falltür in der Decke endete. An dieser Falltür hing ein verstaubtes Vorhängeschloß.

Links von der Trittleiter starrte sie eine Adonis-Imitation mit leerem pupillenlosem Blick an. Ein Arm der Statue war ausgestreckt, und am Handgelenk hing ein gelbes Schild mit der Aufschrift: ZUTRITT STRENG VERBOTEN.

Mr. Carlin holte einen Schlüsselbund aus der Jackentasche, nahm einen Schlüssel und begann die Trittleiter hinaufzusteigen. Auf der dritten Sprosse blieb er stehen. Sein kahler Schädel schimmerte im Halbdunkel. »Ich mag diesen Spiegel nicht«, erklärte er. »Ich habe ihn noch nie gemocht. Ich habe Angst, in diesen Spiegel zu schauen. Ich habe Angst, daß ich eines Tages hineinschauen und . . . und das sehen könnte, was die anderen sahen.«

»Sie sahen nichts als ihr eigenes Spiegelbild«, sagte Spangler.

Mr. Carlin setzte zum Sprechen an, schloß den Mund wieder, schüttelte den Kopf und verrenkte sich gleich darauf fast den Hals beim Versuch, den Schlüssel ins Schloß zu stecken. »Da müßte unbedingt ein neues Schloß hin«, murmelte er. »Es ist – verflucht noch mal!« Das Vorhängeschloß sprang plötzlich auf und fiel aus dem Riegel. Mr. Carlin versuchte es aufzufangen und wäre dabei um ein Haar von der Leiter gestürzt. Spangler fing es geschickt auf und blickte hoch. Sein Führer klammerte sich zitternd an die oberste Sprosse; sein Gesicht hob sich leichenblaß von dem bräunlichen Halbdunkel ab.

»Der Spiegel macht Sie *wirklich* nervös, nicht wahr?« sagte Spangler leicht verwundert.

Mr. Carlin gab keine Antwort. Er schien wie gelähmt zu sein.

»Kommen Sie herunter«, sagte Spangler. »Bitte. Sonst *stürzen* Sie noch!«

Carlin stieg langsam die Leiter hinab, wobei er sich so krampfhaft an den Sprossen festhielt, als befände sich unter ihm ein tiefer Abgrund. Sobald seine Füße festen Boden berührten, fing er an zu babbeln, so als hätte der Kontakt mit dem Fußboden irgendeinen Mechanismus in Gang gesetzt.

»Eine Viertelmillion!« stammelte er. »Eine Versicherung in Höhe einer Viertelmillion, nur um dieses ... dieses *Ding* von unten nach oben zu schaffen. Dieses gottverdammte *Ding*. Sie mußten extra einen Flaschenzug montieren, um es in den Lagerraum dort oben unterm Dach zu bringen. Und ich habe inbrünstig gehofft – ja direkt gebetet –, daß das Seil reißen oder daß es jemandem aus den Fingern rutschen möge ... daß dieses gottverdammte Ding herunterfallen und in Millionen Einzelteile zersplittern möge ...«

»Tatsachen!« sagte Spangler. »Tatsachen, Carlin! Keine Ammenmärchen, keine Groschenromane, keine Schundheftchen oder drittklassige Horrorfilme! *Tatsachen!* Erstens: John DeIver war ein englischer Handwerker normannischer Abstammung. In der sogenannten Elisabethanischen Epoche der englischen Geschichte fertigte er Spiegel an. Sein Leben verlief ruhig, und auch bei seinem Tod gab es keine besonderen Vorkommnisse. Keine auf den Fußboden gekritzelten Pentagramme, die seine Haushälterin hätte beseitigen müssen, keine nach Schwefel riechenden Dokumente mit einem Blutfleck als Unterschrift. Zweitens: Seine Spiegel wurden zu begehrten Sammlerobjekten, weil sie wahre Meisterwerke sind, geradezu vollkommen gelungen, und weil DeIver ein besonderes Kristallglas verwendete, das eine leicht vergrößernde und ganz schwach verzerrende Wirkung auf das Auge des Betrachters hat – ein spezifisches Merkmal seiner Spiegel. Drittens: Soviel wir wissen, existieren heute nur noch fünf DeIver-Spiegel – zwei davon befinden sich in Amerika. Sie sind von unschätzbarem Wert. Viertens: Dieser DeIver-Spiegel und ein weiterer, der dann bei den Bombenangriffen auf London zerstört wurde, sind völlig zu Unrecht in Verruf geraten, aufgrund von Lügen, Übertreibungen und Zufällen ...«

»Fünftens«, fiel Mr. Carlin ihm ins Wort. »Sie sind ein höchst anmaßender Kerl, Spangler, stimmt's?«

Spangler betrachtete mit leichtem Abscheu den blinden Adonis.

»Ich war der Führer jener Gruppe, zu der auch Sandra Bates' Bruder gehörte. Er war etwa sechzehn Jahre alt – es war eine High-School-Gruppe. Wir standen vor dem von Ihnen so hochgepriesenen DeIver-Spiegel, und ich sprach über seine Geschichte und war gerade bei jenem Teil angelangt, der *Ihre* Zustimmung gefunden hätte – ich ließ mich über die kunsthandwerkliche Vollkommenheit, über die Eigentümlichkeiten des verwendeten Kristallglases aus. Und plötzlich hob der Junge die Hand und fragte: ›Aber was ist mit diesem schwarzen Fleck in der linken oberen Ecke? Das sieht doch wie ein Fehler aus.‹

Einer seiner Freunde fragte ihn, was er denn meine, und der Bates-Junge setzte zu einer Erklärung an, verstummte aber gleich wieder. Er ging so dicht wie möglich an den Spiegel heran, bis zu der roten Samtkordel-Absperrung, und starrte in ihn hinein. *Und dann schaute er hinter sich, so als wäre das, was er gesehen hatte, ein Spiegelbild gewesen – das Spiegelbild einer hinter ihm stehenden schwarz gekleideten Gestalt.* ›Es hat wie ein Mann ausgesehen‹, sagte der Junge. ›Aber ich konnte das Gesicht nicht erkennen. Jetzt ist es verschwunden.‹ Und das war alles.«

»Fahren Sie ruhig fort«, sagte Spangler. »Sie wollen mir weismachen, es wäre der Sensenmann gewesen – das ist doch die gängige Meinung, nicht wahr? Daß ganz bestimmte Personen im Spiegel den Sensenmann sehen? Nun spucken Sie's schon aus, Carlin! Der ›National Enquirer‹ wäre begeistert von dieser Geschichte! Erzählen Sie mir ruhig von den schrecklichen Folgen! Versuchen Sie doch, mich zu überzeugen. Wurde er später von einem Auto überfahren? Ist er aus einem Fenster gesprungen? Was ist ihm Furchtbares widerfahren?«

Mr. Carlin lächelte traurig vor sich hin. »Sie sollten es besser wissen, Spangler. Haben Sie mir nicht zweimal erklärt, Sie seien mit der Geschichte des DeIver-Spiegels – wie haben Sie sich ausgedrückt? – bestens vertraut? Es *gab* keine schrecklichen Folgen. Es hat *nie* welche gegeben. Deshalb taucht der Spiegel ja auch nicht in den Sonntagsbeilagen von Zeitungen auf wie etwa der Kooh-i-Nor-Diamant oder der Fluch von Pharao Tut-ench-Amuns Grab. So spektakulär ist der Spiegel natürlich nicht. Sie halten mich bestimmt für einen kompletten Narren, stimmt's?«

»Ja«, sagte Spangler. »Können wir jetzt endlich raufgehen?«

»Aber selbstverständlich«, sagte Mr. Mr. Carlin leidenschaftslos. Er stieg die Leiter hoch und stieß die Falltür auf. Dann verschwand er in der Dunkelheit, und Spangler folgte ihm. Der blinde Adonis starrte ihnen unwissentlich nach.

Im Giebelraum war es fürchterlich heiß. Licht fiel nur durch ein einziges schmutziges, spinnwebenverhangenes Fenster ein. Dadurch herrschte hier oben ein trübes, milchiges Zwielicht. Der Spiegel war auf ein stabiles Holzgestell montiert worden und stand so, daß er den größten Teil des einfallenden Lichtes auf die entgegengesetzte Wand reflektierte. Mr. Carlin warf keinen Blick darauf. Er schaute absichtlich in eine andere Richtung.

»Sie haben ihn nicht einmal mit einem Tuch gegen Staub geschützt!« sagte Spangler, und seine Stimme hatte jetzt zum erstenmal einen verärgerten Klang.

69

»Ich betrachte diesen Spiegel als eine Art Auge«, erklärte Mr. Carlin tonlos. »Wenn er immer offen bleibt, erblindet er vielleicht eines schönen Tages.«

Spangler schenkte seinen Worten keine Beachtung. Er zog sein Jakkett aus, faltete es sorgfältig mit den Knöpfen nach innen und wischte mit unendlicher Behutsamkeit den Staub von der konvexen Oberfläche des Spiegels. Dann trat er etwas zurück und betrachtete ihn aufmerksam.

Er war echt. Daran konnte es überhaupt keinen Zweifel geben. Es war ein perfektes Beispiel von Delvers Genialität. Die kunterbunt im Zimmer herumstehenden Sachen, sein eigenes Spiegelbild, Carlins halb abgewandte Gestalt – das alles war ganz deutlich und scharf, fast dreidimensional zu sehen. Der schwache Vergrößerungseffekt des Glases verlieh allem eine leichte Wölbung, die zu einer fast vierdimensionalen minimalen Verzerrung führte. Der Spiegel war wirklich . . .

Seine Gedankengänge rissen abrupt ab, und er verspürte eine neue Zorneswelle.

»Carlin!«

Carlin schwieg.

»Carlin, Sie verdammter Idiot, Sie haben doch behauptet, jene Frau hätte den Spiegel nicht beschädigt!«

Keine Antwort.

Spangler warf der halb abgewandten Gestalt im Spiegel einen kalten, strafenden Blick zu. »In der oberen linken Ecke ist ein Stück Isolierband. Hat diese Bates ihn dort zerbrochen? Um Gottes willen, so machen Sie doch den Mund auf!«

»Sie sehen den Sensenmann«, sagte Carlin mit jener schrecklichen, leidenschaftslosen Stimme. »Auf dem Spiegel ist kein Isolierband. Fahren Sie doch mit dem Finger darüber . . . o mein Gott!«

Spangler wickelte einen Ärmel seines Jacketts um seine Hand und drückte sie vorsichtig auf den Spiegel. »Sehen Sie? Nichts Übernatürliches. Es ist verschwunden. Meine Hand bedeckt es.«

»Bedeckt es? Können Sie das Isolierband denn fühlen? Warum ziehen Sie es nicht einfach ab?«

Spangler zog behutsam seine Hand zurück und blickte wieder in den Spiegel. Alles kam ihm jetzt noch stärker verzerrt vor; die sonderbaren Winkel des Zimmers schienen wie verrückt zu schwanken, so als würden sie jeden Moment in eine unsichtbare Ewigkeit entgleiten. Kein dunkler Fleck war auf dem Spiegel zu sehen. Er war makellos. Spangler spürte, wie eine irrsinnige Angst plötzlich von ihm Besitz ergriff, und er verachtete sich selbst.

»Es hat doch ganz so ausgesehen, nicht wahr?« erkundigte sich

Mr. Carlin. Sein Gesicht war sehr bleich, und er starrte zu Boden. Ein Halsmuskel zuckte krampfhaft. »Geben Sie es doch zu, Spangler! Es hat ausgesehen wie eine hinter Ihnen stehende Gestalt mit Kapuze, stimmt's?«

»Es hat ausgesehen wie Isolierband, das einen kurzen Sprung verdecken soll«, erwiderte Spangler sehr bestimmt, »und weiter nichts . . .«

»Der junge Bates war ein sehr kräftiger Bursche«, sprudelte es aus Carlin hervor. Seine Worte fielen in die heiße, geladene Stille wie Steine in dunkle Gewässer. »Er hatte die Statur eines Footballspielers. Er trug einen Sweater mit dem aufgedruckten Anfangsbuchstaben seiner High-School und eine dunkelgrüne Baumwollhose. Auf halber Treppe zu den oberen Ausstellungsräumen . . .«

»Diese Hitze macht mich ganz krank«, sagte Spangler mit etwas schwankender Stimme. Er holte ein Taschentuch hervor und wischte sich den Nacken ab. Seine Blicke schweiften immer wieder unstet zur konvexen Spiegeloberfläche.

». . . sagte er plötzlich: ›Ich brauche einen Schluck Wasser . . . um Gottes willen, einen Schluck Wasser!‹

Carlin drehte sich um und starrte Spangler wild an. »Woher hätte ich es denn wissen sollen? Woher hätte ich es wissen sollen?«

»Gibt es hier irgendwo eine Toilette? Ich glaube, mir . . .«

»Sein Sweater . . . ich konnte gerade noch flüchtig seinen Sweater sehen, als er die Treppe hinunterrannte . . . und dann . . .«

». . . wird schlecht.«

Carlin schüttelte den Kopf, so als wollte er seine Erinnerungen von sich streifen; dann blickte er wieder zu Boden. »Natürlich. Im ersten Stock. Wenn man auf die Treppe zugeht, ist es die dritte Tür links.« Er sah Spangler flehend an. »Woher hätte ich es denn *wissen* sollen?«

Aber Spangler hatte seinen Fuß schon auf die Trittleiter gesetzt. Sie knarrte bedenklich unter seinem Gewicht, und einen Moment lang dachte – hoffte – Carlin, daß der Mann abstürzen würde. Aber das passierte nicht. Durch das offene Quadrat im Fußboden sah er ihn hinabsteigen, eine Hand vor dem Mund.

»Spangler . . .?«

Doch er war schon weg.

Carlin lauschte, bis Spanglers Schritte immer leiser wurden und schließlich gar nicht mehr zu hören waren. Er zitterte am ganzen Leibe. Er versuchte sich selbst auf die Trittleiter zuzubewegen, hatte aber das Gefühl, seine Füße wären angewachsen. Jener letzte flüchtige Blick, den er auf den Sweater des Jungen hatte werfen können . . . O Gott! . . .

Es war so, als würden riesige unsichtbare Hände ihm den Kopf nach oben drücken. Gegen seinen Willen starrte Carlin in die schimmernde Tiefe des Delver-Spiegels.

Nichts Ungewöhnliches war darin zu sehen.

Das Zimmer wurde wirklichkeitsgetreu gespiegelt; die staubigen Wände verschwammen in der schimmernden Unendlichkeit. Ihm fiel plötzlich eine Zeile eines halbvergessenen Gedichts von Tennyson ein, und er murmelte sie halblaut vor sich hin: »Die Schatten machen mich ganz krank, sagte die Lady von Shallott . . .«

Und trotzdem konnte er nicht wegschauen, und die atmende Stille hielt ihn in ihrem Bann. Hinter einer Spiegelecke hervor starrte ihn ein mottenzerfressener Büffelkopf aus leblosen Glasaugen an.

Der Bates-Junge hatte einen Schluck Wasser trinken wollen, und der Trinkbrunnen befand sich in der Halle im Erdgeschoß. Er war die Treppe hinuntergerannt und . . . und war nie mehr zurückgekommen.

Niemals.

Nirgendwohin.

Wie die Herzogin, die sich vor ihrem Spiegel für eine Soirée herausgeputzt, kurz gezögert und dann beschlossen hatte, ihre Perlen aus dem Salon zu holen. Wie der Teppichhändler, der eine Kutschfahrt unternommen und lediglich eine leere Kutsche und ein Pferdegespann hinterlassen hatte.

Und der Delver-Spiegel war 1897 bis 1920 in New York gewesen, war dort gewesen, als Richter Carter . . .

Carlin starrte wie hypnotisiert in die unergründliche Tiefe des Spiegels.

Unten hielt der blinde Adonis Wache.

Carlin wartete auf Spangler, so wie die Familie Bates auf ihren Sohn gewartet haben mußte, wie der Mann der Herzogin auf die Rückkehr seiner Frau aus dem Salon gewartet haben mußte. Er starrte in den Spiegel und wartete.

Und wartete.

Und wartete.

Das Schreckgespenst (1973)

»Ich bin zu Ihnen gekommen, weil ich meine Geschichte erzählen will«, sagte der Mann auf Dr. Harpers Couch. Er hieß Lester Billings und stammte aus Waterbury in Connecticut. Nach den Angaben, die Schwester Vickers notiert hatte, war er achtundzwanzig Jahre alt, arbeitete in einem Industriebetrieb in New York, war geschieden und Vater von drei Kindern. Alle tot.

»Ich kann nicht zum Pfarrer gehen, denn ich bin nicht katholisch. Ich kann nicht zum Anwalt gehen, denn ich habe nichts getan, weshalb ich einen Anwalt konsultieren müßte. Ich habe nur meine Kinder umgebracht. Nacheinander. Ich habe sie alle umgebracht.«

Dr. Harper stellte das Tonband an.

Stocksteif lag Billings auf der Couch, und am unteren Ende ragten seine Füße hervor. Er bot das Bild eines Mannes, der gelassen eine Demütigung erträgt. Er hatte die Hände über der Brust gefaltet, wie man es bei Leichen sieht. Seinem Gesicht war keine Regung anzumerken. Er starrte zur weißen Stuckdecke hinauf, als spiegelten sich dort dramatische Szenen ab.

»Wollen Sie damit sagen, daß Sie sie wirklich getötet haben, oder –«

»Nein.« Ungeduldig schnippte er mit den Fingern. »Aber ich war verantwortlich. Denny 1967. Shirl 1971. Und in diesem Jahr war es Andy. Ich will es Ihnen erzählen.«

Dr. Harper sagte nichts. Er fand, daß Billings hager und alt aussah. Die Haare fielen ihm schon aus, und er hatte eine ungesunde Gesichtsfarbe. In seinen Augen lag das ganze Elend des ständigen Whiskysaufens.

»Sie wurden ermordet, verstehen Sie? Aber das glaubt keiner. Wenn sie es nur glauben würden, wäre alles in Ordnung.«

»Wieso das?«

»Weil . . .«

Billings sprach nicht weiter. Er fuhr plötzlich hoch und stützte sich auf die Ellenbogen. Er starrte zur gegenüberliegenden Wand. »Was ist das?« brüllte er. Seine Augen waren schwarze Schlitze.

»Was ist was?«

»Die Tür da.«

»Der Schrank«, sagte Dr. Harper. »Da hängt mein Mantel und da stehen meine Galoschen.«

»Aufmachen. Das will ich sehen.«

Wortlos stand Dr. Harper auf, ging durch das Zimmer und öffnete den Schrank. Auf einem der vier oder fünf Bügel hing ein brauner Regenmantel, und unten standen schwarzglänzende Galoschen. In einer steckte eine zusammengerollte *New York Times*. Sonst nichts.

»Zufrieden?« fragte Dr. Harper.

»Ja.« Billings ließ sich auf die Couch zurücksinken.

»Sie behaupteten eben«, sagte Dr. Harper, als er wieder zu seinem Stuhl ging, »daß Sie keine Schwierigkeiten mehr hätten, wenn sich der Mord an Ihren Kindern beweisen ließe. Wieso?«

»Ich würde in den Knast gehen«, sagte Billings schnell. »Lebenslänglich. Und im Knast kann man in alle Räume sehen. Alle Räume.« Er lächelte dümmlich.

»Wie wurden Ihre Kinder ermordet?«

»Drängen Sie mich doch nicht!« Billings fuhr herum und sah Harper traurig an.

»Sie brauchen sich keine Sorgen zu machen«, sagte er. »Ich bin keiner von den Typen, die herumlaufen und behaupten, sie seien Napoleon. Oder die behaupteten, daß sie nur deshalb Heroin spritzen, weil ihre Mutter sie nie geliebt hat. Ich weiß, daß Sie mir nicht glauben werden. Scheißegal. Hauptsache, ich kann es erzählen.«

»Dann tun Sie's doch.« Dr. Harper holte seine Pfeife aus der Tasche.

»Ich habe Rita 1965 geheiratet – ich war einundzwanzig und sie achtzehn. Sie war schwanger. Mit Denny.« Seine Lippen verzogen sich zu einem öligen Grinsen, das sofort wieder erlosch. »Ich mußte die Universität verlassen und mir einen Job suchen, aber das machte mir nichts aus. Ich liebte sie beide. Wir waren sehr glücklich.

Kurz nach Dennys Geburt wurde Rita wieder schwanger, und Shirl kam im Dezember 1966. Andy wurde 1969 im Sommer geboren. Zu der Zeit war Denny schon tot. Andy war ein Betriebsunfall. So ähnlich drückte Rita sich aus. Sie jammerte immer, daß es keine sicheren Verhütungsmittel gibt. Aber es war schlimmer als ein Betriebsunfall. Mit Kindern hat ein Mann einen Klotz am Bein. Besonders wenn der Mann gescheiter ist als die Frau. Finden Sie das nicht auch?«

Harper bezog nicht Stellung. Er räusperte sich nur.

»Das spielt aber keine Rolle. Ich habe den Jungen trotzdem geliebt.« Er sagte es fast boshaft. Ganz, als hätte er sein Kind geliebt, um seine Frau zu ärgern.

»Wer hat die Kinder umgebracht?« fragte Harper.

»Das Schreckgespenst«, sagte Lester Billings hastig. »Das Schreckgespenst hat sie alle umgebracht. Es kam einfach aus dem Schrank und tötete sie.« Wieder rutschte er auf der Couch hin und her und

74

grinste. »Sie halten mich für verrückt. Das sehe ich Ihnen an. Aber das ist mir egal. Ich will es Ihnen nur erzählen, und dann zur Hölle mit mir.«

»Ich höre«, sagte Dr. Harper.

»Es fing an, als Denny fast zwei Jahre alt war. Shirl war noch ein Baby. Denny weinte, als Rita ihn zu Bett brachte. Unsere Wohnung hatte zwei Schlafzimmer, müssen Sie wissen. Shirl schlief bei uns. Zuerst dachte ich, daß er nur deshalb heulte, weil wir ihm nicht mehr die Flasche gaben. Rita sagte: Ist das denn so wichtig? Gib ihm doch die Flasche. Eines Tages wird er sie von selbst leid. Aber so kann aus Kindern nichts werden. Man sieht ihnen alles nach und verwöhnt sie. Und dann machen sie einem Kummer. Schwängern Mädchen, wissen Sie, oder spritzen Heroin. Oder sie werden schwul. Können Sie sich vorstellen, daß Sie eines Morgens aufwachen und feststellen, daß Ihr Kind – Ihr Sohn – schwul ist?

Als das nicht aufhörte, brachte ich ihn immer selbst zu Bett. Und wenn er nicht aufhörte zu heulen, hab' ich ihn verprügelt. Und Rita sagte mir, daß er immer wieder nach ›Licht‹ gerufen hätte. Ich hab' das nicht kapiert. Wer versteht schon, was Kinder sagen, wenn sie noch so klein sind? Das weiß nur eine Mutter.

Rita wollte, daß wir eine Lampe brennen lassen. Sie kennen doch diese Tischlampen mit Mickymausfiguren. Ich habe das aber nicht zugelassen. Ein Kind muß seine Angst vor der Dunkelheit überwinden, solange es noch klein ist, sonst verliert es sie nie.

Jedenfalls starb er im Sommer nach Shirls Geburt. Ich hatte ihn abends ins Bett gebracht, und er fing sofort wieder an zu heulen. Diesmal verstand ich, was er sagte. Er zeigte auf den Schrank, als er es sagte. ›Schreckgespenst‹, sagte der Junge. ›Schreckgespenst, Daddy.‹

Ich machte das Licht aus, ging in unser Schlafzimmer und fragte Rita, wieso sie dem Jungen solche Worte beibringt. Am liebsten hätte ich ihr eine aufs Maul gehauen, aber ich tat es nicht. Sie sagte, sie hätte ihm das Wort nicht beigebracht, und ich nannte sie eine dreckige Lügnerin.

Ein schlimmer Sommer für mich, wissen Sie. Ich hatte keine Arbeit. Endlich fand ich einen Job. Ich mußte in einem Lagerhaus Pepsi-Cola-Kästen auf Lastwagen laden. Ich war dauernd müde. Shirl wachte jede Nacht auf und heulte. Rita nahm sie dann immer auf den Arm und heulte auch. Zuweilen hatte ich nicht übel Lust, alle beide aus dem Fenster zu schmeißen. Verdammt, Kinder können einen manchmal verrückt machen. Man möchte sie umbringen.

Das Kind weckte mich morgens pünktlich um drei Uhr. Ich ging ins Badezimmer. Ich war noch schlaftrunken, wissen Sie, und Rita bat mich, nach Denny zu schauen. Ich sagte ihr, sie soll es gefälligst selbst tun und ging wieder ins Bett. Ich war schon fast eingeschlafen, als sie plötzlich schrie.

Ich stand auf und ging hinein. Das Kind lag tot auf dem Rücken. Es war weiß wie Mehl, außer wo das Blut . . . ausgetreten war. Hinten an den Beinen, am Kopf, am Ar– an den Hinterbacken. Es hatte die Augen weit geöffnet. Das war ja das Schreckliche. Sie waren weit geöffnet und glasig, wie die Augen an einem Elchkopf, den sich jemand über den Kamin gehängt hat. Oder wie die Bilder von den toten Vietnamesenkindern. So darf doch kein amerikanisches Kind aussehen. Tot auf dem Rücken. Es hatte Windeln und Gummihosen an, weil es sich in den letzten Wochen immer wieder naßgemacht hatte. Entsetzlich. Wie habe ich das Kind geliebt.«

Billings schüttelte langsam den Kopf. Wieder verzog er die Lippen zu einem widerwärtigen schmierigen Grinsen.

»Rita schrie wie verrückt. Sie wollte Denny hochnehmen und ihn schütteln, aber das ließ ich nicht zu. Die Polizei sieht es nicht gern, wenn man Spuren verwischt oder was verändert. Das weiß ich genau.«

»Wußten Sie zu der Zeit schon, daß es das Schreckgespenst war?« fragte Harper ruhig.

»O nein. Zu der Zeit noch nicht. Aber ich sah etwas. Es war für mich in dem Augenblick ohne Bedeutung, aber ich habe es nicht vergessen.«

»Was war das?«

»Die Schranktür war offen. Nicht weit, nur einen Spalt. Aber ich wußte, daß ich den Schrank geschlossen hatte. Ich bewahre dort Plastiksäcke von der chemischen Reinigung auf. Wenn ein Kind damit spielt, ist es plötzlich passiert. Es erstickt. Wußten Sie das?«

»Ja. Und was geschah dann?«

Billings zuckte die Achseln. »Wir haben ihn begraben.«

Unglücklich betrachtete er die Hände, die Erde auf drei kleine Särge geworfen hatten.

»Wurde denn kein Arzt zugezogen?«

»Natürlich.« Billings sah Harper höhnisch an. »Irgend so ein Hinterwäldler kam. Ein Arschloch mit einem Stethoskop und einer schwarzen Tasche voll Pillen. Apnoe nannte er das! Bei Babys gelegentlich auftretende unzureichende Steuerung des Atems durch das Gehirn. Haben Sie solche Scheiße schon mal gehört? Der Junge war schon drei Jahre alt!«

»Apnoe tritt gewöhnlich nur während des ersten Lebensjahres auf«, sagte Harper vorsichtig. »Aber diese Diagnose hat man schon bei Kindern bis zu fünf Jahren auf den Totenscheinen gelesen, weil man keine bessere wußte –«

76

»*Scheiße!*« zischte Billings wütend.

Harper zündete sich die Pfeife wieder an.

»Einen Monat nach der Beerdigung ließen wir Shirl in Dennys früherem Zimmer schlafen. Rita wehrte sich erbittert, aber ich hatte das letzte Wort. Es tat mir ja selbst leid. Mein Gott, wie gern hatte ich es, wenn die Kinder bei uns im Zimmer schliefen. Aber man darf Kinder nicht übermäßig verhätscheln. So macht man aus ihnen seelische Krüppel. Als ich noch ein Kind war, nahm meine Mutter mich an den Strand mit. Und dann schrie sie sich heiser. ›Geh nicht so weit raus! Bleib da weg! Denk an die Strömung! Nur bis zum Hals ins Wasser! Du hast vor einer Stunde erst gegessen!‹ Mein Gotte, ich mußte mich sogar vor Haifischen in acht nehmen. Und was war der Erfolg? Mir wird übel, wenn ich Wasser nur von weitem sehe. Das ist die reine Wahrheit. Ich kriege Krämpfe, wenn ich an einen Strand gehe. Als Denny noch lebte, verlangte Rita mal von mir, daß ich mit ihr und den Kindern nach Savin Rock fahre. Mir wurde speiübel. Nein, man darf Kinder nicht verhätscheln. Und man darf sich selbst auch nicht verweichlichen. Das Leben geht weiter. Shirl mußte dann in Dennys Bett schlafen. Die alte Matratze haben wir natürlich weggeworfen. Ich wollte nicht, daß meine Tochter sich vielleicht ansteckt.

So vergeht ein Jahr. Und eines Abends, als ich Shirl ins Bett bringe, fängt sie an zu jaulen und zu schreien und zu weinen. ›Schreckgespenst, Daddy, Schreckgespenst, Schreckgespenst!‹

Ich war entsetzt. Genau wie bei Denny. Und ich erinnerte mich an die Schranktür, die einen Spalt offenstand, als wir ihn fanden. Ich wollte sie für die Nacht in unser Schlafzimmer mitnehmen.«

»Taten Sie das?«

»Nein.« Billings betrachtete wieder seine Hände, und sein Gesicht zuckte. »Wie konnte ich Rita gegenüber zugeben, daß ich unrecht hatte? Ich *mußte* stark sein. Wo sie doch selbst so schlapp ist . . . wenn ich daran denke, daß sie ohne weiteres mit mir ins Bett ging, als wir noch nicht verheiratet waren.«

»Andererseits sind Sie ohne weiteres mit *ihr* ins Bett gegangen«, sagte Harper.

Billings Bewegungen erstarrten, und ganz langsam drehte er sich zu Harper um. »Sie wollen wohl besonders schlau sein, was?«

»Durchaus nicht«, sagte Harper.

»Dann lassen Sie es mich doch auf meine Weise erzählen«, keifte Billings. »Ich bin hergekommen, um mir alles von der Seele zu reden. Meine Geschichte zu erzählen. Ich will nicht über mein Sexualleben reden, wenn Sie das vielleicht geglaubt haben. Rita und ich hatten ein ganz normales Sexualleben. Ohne jede Sauerei. Ich weiß, daß einige Leute geil darauf sind, darüber zu reden, aber zu denen gehöre ich nicht . . .«

»Okay«, sagte Harper.

»Okay«, wiederholte Billings mit halbherziger Arroganz. Er schien den Faden verloren zu haben. Unruhig schaute er zum Schrank hinüber. Die Tür war fest geschlossen.

»Soll ich ihn öffnen?« fragte Harper.

»Nein!« sagte Billings schnell. Er lachte nervös. »Wozu soll ich mir Ihre Galoschen ansehen?«

»Das Schreckgespenst hat auch meine Tochter geholt«, sagte Billings dann. Er wischte sich über die Stirn, als versuchte er, sich an etwas zu erinnern. »Einen Monat später. Aber vorher passierte noch etwas anderes. Ich hörte eines Abends ein Geräusch. Und dann fing sie an zu schreien. Ich öffnete rasch die Tür – das Flurlicht brannte – und . . . sie saß in ihrem Bettchen und weinte, und . . . etwas *bewegte* sich. Hinten im Schatten, am Schrank. Etwas rutschte da herum.«

»War die Schranktür offen?«

»Nur einen Spalt.« Billings leckte sich die Lippen. »Shirl schrie immer noch vom Schreckgespenst. Und sie sagte noch etwas anders, das sich wie ›Pranke‹ anhörte. Kleine Kinder sprechen manche Worte noch falsch aus. Rita rannte nach oben und fragte, was los sei. Ich sagte, die Kleine hätte sich nur vor den Schatten der Zweige an der Decke gefürchtet.«

»Schrank?« fragte Harper.

»Was?«

»Schrank . . . vielleicht wollte sie ›Schrank‹ sagen.«

»Vielleicht«, meinte Billings. »Vielleicht wollte sie das. Aber ich glaube es nicht. Ich glaube, es war das Wort ›Pranke‹.« Sein Blick richtete sich wieder auf die Schranktür. »Klauen, lange Klauen.« Seine Stimme war nur noch ein Flüstern.

»Haben Sie in den Schrank hineingeschaut?«

»J-ja.« Billings hatte die Hände so fest vor der Brust verschränkt, daß die Knöchel weiß hervortraten.

»War denn etwas darin? Sahen Sie das –«

»*Ich habe gar nichts gesehen!*« schrie Billings plötzlich. Und die Worte sprudelten aus ihm hervor, als ob man aus den Tiefen seiner Seele einen schwarzen Korken herausgezogen hätte:

»Ich fand sie, als sie starb, wissen Sie. Und sie war schwarz. Ganz schwarz. Sie war an ihrer eigenen Zunge erstickt und schwarz wie ein Negerdarsteller im Varieté. Und sie starrte mich an. Ihre Augen sahen aus wie die Augen von ausgestopften Tieren. Entsetzlich. Sie glänzten wie lebende Murmeln, und sie sagten, es hat mich gekriegt, Daddy, du hast mich umgebracht, du hast ihm geholfen, mich umzubringen . . .« Er verstummte, und eine einzige große Träne lief ihm über die Wange.

»Es war ein Gehirnkrampf«, fuhr Billings fort. »Das kriegen Kinder manchmal. Falsche Signale aus dem Gehirn. In Hartford wurde eine Obduktion durchgeführt, und man sagte uns, sie sei durch die Krämpfe an ihrer eigenen Zunge erstickt. Ich mußte allein nach Hause gehen, denn sie hatten Rita Beruhigungsmittel gegeben. Sie war völlig verstört. Ich ging allein zum Haus zurück, und ich weiß, daß ein Kind nicht gleich Krämpfe kriegt, nur weil sein Gehirn mal nicht richtig funktioniert. Man kann ein Kind aber so sehr erschrecken, daß es Krämpfe kriegt. Und ich mußte in das Haus zurück, wo das *Gespenst* war.«

Er flüsterte: »Ich schlief auf der Couch und ließ das Licht an.«

»Geschah irgend etwas?«

»Ich hatte einen Traum«, sagte Billings. »Ich war in einem dunklen Raum, und da war etwas, das ich nicht . . . das ich nicht richtig erkennen konnte. Im Schrank. Es machte ein Geräusch . . . ein quietschendes Geräusch. Es erinnerte mich an ein Comic-Heft, das ich als Kind mal gelesen habe. *Geschichten aus der Gruft*, wenn Sie das vielleicht kennen. Von einem gewissen Graham Ingles. Der konnte die grausigsten Dinge der Welt zeichnen. Mein Gott! In dieser Geschichte ertränkte eine Frau ihren Mann. Sie band ihm Betonklötze an die Füße und stieß ihn in einen Teich. Aber er kam wieder. Er war ganz verfault und schwarzgrün, und die Fische hatte eins seiner Augen gefressen, und in seinen Haaren hingen Wasserpflanzen. Er kam wieder und tötete sie. Und als ich mitten in der Nacht aufwachte, dachte ich, daß er sich über mich beugte. Mit Klauen . . . mit langen Klauen.«

Dr. Harper sah auf die in seinem Schreibtisch eingelassene Digitaluhr. Lester Billings hatte fast eine halbe Stunde lange geredet. »Wie war die Einstellung Ihrer Frau gegenüber, als sie wieder nach Hause kam?« fragte Dr. Harper.

»Sie liebte mich immer noch«, sagte Billings nicht ohne Stolz. »Sie tat immer noch alles, was ich ihr sagte. Das gehört sich auch für eine Frau, nicht wahr? Diese Feministinnen machen mich krank. Das Wichtigste im Leben ist, daß jemand weiß, wo er steht. Daß er eine . . . seine . . . äh . . .«

»Daß er seinen Platz im Leben kennt?«

»Das wollte ich sagen!« Billings schnippte mit den Fingern. »Genau das. Und eine Frau muß ihrem Mann gehorchen. Oh, in den ersten vier oder fünf Monaten danach war sie zu nichts zu gebrauchen. Sie schlich im Haus herum, sang nicht, sah nicht fern, und sie lachte auch nicht. Aber ich wußte, daß sie darüber hinwegkommen würde. Wenn sie noch so klein sind, hängt man noch nicht so sehr an ihnen. Nach einiger Zeit muß man ein Bild aus der Schublade holen, damit man weiß, wie sie überhaupt ausgesehen haben.«

»Sie wollte noch ein Kind«, fügte er finster hinzu. »Ich hielt das für keine gute Idee. Jedenfalls vorläufig nicht. Ich sagte ihr, daß wir den Verlust erst verarbeiten müßten und uns endlich einmal Zeit füreinander nehmen sollten. Das hatten wir vorher nicht gekonnt. Wenn wir ins Kino gehen wollten, mußten wir uns einen Babysitter besorgen. Wir konnten nicht in die Stadt zur Oper fahren, wenn ihre Eltern nicht die Kinder hüteten. Meine Mutter wollte mit uns nichts zu tun haben. Sie müssen wissen, daß Denny gleich nach der Hochzeit geboren wurde. Sie sagte, Rita sei ein Flittchen, eine gewöhnliche kleine Nutte. Ist das nicht ein Ding. Einmal erzählte sie mir die Krankheiten auf, die man kriegen kann, wenn man zu einer Nut . . . zu einer Prostituierten geht. Wie dann der Schwa . . . der Penis eines Tages eine winzige wunde Stelle hat und schon am nächsten Tag abfault. Sie ist nicht einmal zur Hochzeit gekommen.«

Billings trommelte sich mit den Fingern auf die Brust.

»Ritas Arzt hatte ihr diese Spirale angedreht. Narrensicher, sagte der Arzt. Er steckt es der Frau einfach in die . . . an die richtige Stelle. Wenn da irgend etwas drinsteckt, kann das Ei nicht befruchtet werden. Man merkt nicht einmal, daß das Ding da steckt.« Er starrte verzückt gegen die Decke. »Also weiß kein Mensch, ob es da steckt oder nicht. Und im nächsten Jahr wird sie schon wieder schwanger. Das war vielleicht narrensicher.«

»Keine Verhütungsmethode ist perfekt«, sagte Harper. »Die Pille ist es nur zu achtundneunzig Prozent. Die Spirale kann sich durch Krämpfe oder starke Menstruationsblutungen lösen. In besonderen Fällen wird sie ganz einfach ausgeschieden.«

»Ja. Oder man nimmt sie raus.«

»Durchaus möglich.«

»Und was nun? Sie strickt kleine Kleidungsstücke, singt unter der Dusche und frißt eine saure Gurke nach der anderen. Sie setzt sich auf meinen Schoß und erzählt mir, daß alles Gottes Wille gewesen sei. Was für ein Schwachsinn!«

»Das Kind wurde also im Jahr nach Shirls Tod geboren, und zwar gegen Ende des genannten Jahres?« wollte Harper wissen.

»So ist es. Es war ein Junge. Sie nannte ihn Andrew Lester Billings. Ich selbst wollte nichts damit zu tun haben, wenigstens zuerst nicht. Ich sagte mir: Sie hat sich absichtlich schwängern lassen, also ist es ganz allein ihre Sache. Ich wette, das hört sich nicht gut an, aber Sie dürfen nicht vergessen, daß ich eine Menge durchgemacht hatte.

Aber ich gewöhnte mich an ihn. Er war der einzige aus dem ganzen Wurf, der mir ähnlich sah. Denny hatte seiner Mutter ähnlich gesehen und Shirl niemandem, außer vielleicht meiner Großmutter Ann. Aber Andy war mir wie aus dem Gesicht geschnitten.

Wenn ich von der Arbeit nach Hause kam, spielte ich mit ihm in seinem Laufstall. Er nahm meinen Finger und gluckste und lächelte. Schon mit neun Wochen lächelte er seinen Dad an. Können Sie sich das vorstellen?

Dann habe ich eines Abends in irgendeinem Laden ein Mobile gekauft, das ich dem Kind über das Bett hängen wollte. Ausgerechnet *ich*! Kinder machen sich nichts aus Geschenken. Erst wenn sie alt genug sind, daß sie danke sagen können. Das war immer mein Motto. Trotzdem kaufe ich diesen albernen Scheißdreck. Und plötzlich weiß ich, daß ich ihn mehr liebe als meine anderen Kinder. Zu der Zeit hatte ich schon einen neuen Job. Nicht schlecht. Ich verkaufte Bohrer für Cluett and Sons. Das lief gut, und als Andy ein Jahr alt war, zogen wir nach Waterbury. An die alte Wohnung hatten wir zu viele schlimme Erinnerungen.

Und da gab es zu viele Schränke.

Das nächste Jahr war unser bestes. Ich würde jeden Finger meiner rechten Hand dafür geben, wenn ich es noch mal erleben könnte. Der Krieg in Vietnam war noch nicht zu Ende, und die Hippies liefen immer noch nackt herum, und die Nigger machten Krawall. Aber das alles berührte uns gar nicht. Wir lebten in einer ruhigen Straße und hatten nette Nachbarn. Wir waren glücklich. Ich fragte Rita einmal, ob sie sich keine Sorgen machte. Sie wissen ja, aller guten Dinge sind drei. Aber davon wollte sie nichts wissen. Sie sagte, Andy sei etwas ganz Besonders. Gott würde ihn schützen.«

Wieder starrte Billings traurig gegen die Decke.

»Das letzte Jahr war nicht so gut. Irgend etwas am Haus war plötzlich anders. Ich stellte meine Schuhe nicht mehr in den Schrank, sondern ließ sie im Flur. Ich wollte die Schranktür nicht mehr öffnen. Ich dachte immer: Wenn es nun im Schrank hockt? Geduckt, und bereit, mich sofort anzuspringen, sobald ich die Tür öffne? Und ich meinte auch, quietschende Geräusche zu hören, als ob etwas Schwarzgrünes und Nasses sich im Schrank leise regte.

Rita fragte mich, ob ich nicht zuviel arbeitete, und ich brüllte sie an. Ganz wie früher. Mir drehte sich der Magen um, wenn ich zur Arbeit ging und die beiden alleinlassen mußte, aber ich war froh, wenn ich das Haus verlassen konnte. Gott verzeihe mir, aber ich war heilfroh, daß ich wegkonnte. Ich hoffte schon, daß es vielleicht unsere Spur verloren hatte, als wir umzogen. Es mußte uns jagen, nachts durch die Straßen schleichen, vielleicht aus der Kanalisation hervorkriechen. Unsere Witterung aufnehmen. Es dauerte ein Jahr, aber es hat uns gefunden. Es war wieder hier, dachte ich. Es will Andy und mich.

Wenn man lange genug an etwas denkt, dachte ich, dann wird es Wirklichkeit. Vielleicht existieren alle die Ungeheuer wirklich, vor denen wir als Kinder Angst hatten. Frankenstein und der Wolfsmann und die Mumie. Vielleicht gibt es sie wirklich. Vielleicht waren sie es, die die Kinder umbrachten, von denen man glaubte, sie seien in Kiesgruben verschüttet worden oder in Teichen ertrunken, und die doch nie gefunden wurden. Vielleicht . . .«

»Sollten Sie nicht noch etwas erwähnen, Mr. Billings?«

Billings schwieg lange – auf der Digitaluhr liefen zwei Minuten ab. Dann sagte er plötzlich: »Andy ist im Februar gestorben. Rita war nicht da. Ihr Vater hatte sie angerufen. Ihre Mutter war bei einem Autounfall schwer verletzt worden. Keiner glaubte, daß sie durchkommen würde. Es war am Tag nach Neujahr. Rita kam abends mit dem Bus zurück.

Ihre Mutter starb nicht, aber zwei Monate lang blieb ihr Zustand kritisch. Ich fand eine tüchtige Frau, die tagsüber bei Andy blieb. Nachts war ich mit dem Jungen allein. Und immer wieder gingen die Schranktüren auf.«

Billings leckte sich die Lippen. »Das Kind schlief bei mir im Zimmer. Es ist komisch, aber einmal fragte Rita mich, ob er nicht lieber in einem anderen Zimmer schlafen solle. Spock oder irgendein Quacksalber hatte ihr gesagt, daß es nicht gut ist, wenn die Kinder bei den Eltern schlafen. Dann könnten sie ein sexuelles Trauma kriegen und dergleichen. Aber wir taten es nur, wenn er schon schlief. Ich wollte ihn nicht im anderen Zimmer schlafen lassen. Ich hatte Angst, nach dem, was mit Denny und Shirl passiert war.«

»Aber Sie taten es doch?« fragte Dr. Harper.

Wieder Schweigen. Billings kämpfte mit sich.

»Ich mußte es!« brüllte er endlich. »Ich mußte es! Es war alles in Ordnung, als Rita noch da war, aber als sie weg war, wurde es immer frecher. Es fing an . . .« Augenrollend sah er Harper an und fletschte die Zähne zu einem bösen Grinsen. »Ach, Sie glauben es ja doch nicht. Ich weiß, was Sie denken. Sie halten mich für verrückt. Für Sie bin ich nur ein weiterer Fall in Ihrer Kartei. Das weiß ich, aber Sie waren ja nicht dabei, Sie widerlicher, arroganter Seelenschnüffler.

Einmal flogen nachts alle Türen im Haus weit auf, und eines Morgens fand ich eine Dreckspur quer durch den Flur, vom Kleiderschrank bis zur Haustür. War es verschwunden? War es gekommen? Ich weiß es nicht! Bei Gott, ich weiß es einfach nicht! Alle Schallplatten waren zerkratzt und mit Schleim bedeckt, die Spiegel zerbrochen . . . und die Geräusche . . . die Geräusche . . .«

Er fuhr sich mit der Hand durch das Haar. »Man wacht morgens um drei auf und starrt in die Dunkelheit und sagt sich: ›Es ist nur die

Uhr‹. Aber dann hört man neben dem Geräusch, daß sich etwas leise bewegt. Aber ganz leise auch wieder nicht, denn es will ja, daß man es hört. Ein schleimiges gleitendes Geräusch, wie von Klauen, die sich über das Treppengeländer schieben. Und man schließt die Augen und weiß: es ist schlimm genug, es zu hören, aber es zu *sehen* . . .

Und immer hat man Angst, daß das Geräusch plötzlich aufhört, daß es über einem lacht, daß man einen Lufthauch wie von verfaultem Kohl ins Gesicht bekommt, daß sich einem Hände um die Kehle legen.«

Billings war leichenblaß. Er zitterte.

»Ich brachte ihn also in das andere Zimmer. Ich wußte, daß es *ihn* holen würde, denn er war schwächer. Und das tat es auch. Gleich in der ersten Nacht hörte ich ihn laut kreischen, und als ich zu ihm hineinlief, stand er im Bett und schrie: ›Schreckgespenst, Daddy . . . Schreckgespenst . . . will mit Daddy gehen, will mit Daddy gehen.‹« Billings' Stimme klang hoch und schrill wie die eines Kindes. Sein Gesicht bestand nur noch aus Augen. Er schien auf der Couch zusammenzuschrumpfen.

»Aber ich nahm ihn nicht mit«, fuhr er mit seiner Kinderstimme fort. »Das konnte ich nicht tun. Und eine Stunde später wieder ein Schrei. Ein entsetzlicher gurgelnder Schrei. In diesem Augenblick wußte ich, wie sehr ich ihn liebte. Ich machte nicht einmal Licht, ich rannte los. Und, o mein Gott, es hatte ihn. Es schüttelte ihn, schüttelte ihn wie ein Terrier einen alten Lappen schüttelt. Und ich sah etwas mit gräßlichen abfallenden Schultern und dem Kopf einer Vogelscheuche, und ein Gestank wie nach toten Mäusen hing in der Luft. Und ich hörte . . .« Seine Stimme verlor sich, und als er weitersprach, nahm sie wieder den Tonfall eines Erwachsenen an. »Ich hörte, wie Andys Genick brach.« Billings' Stimme war kalt und tot. »Es war ein Geräusch, als ob Eis knackt, wenn man im Winter auf einem Teich Schlittschuh läuft.«

»Und was geschah dann?«

»Ich rannte weg«, sagte Billings mit derselben kalten und toten Stimme. »Wenn das keine Feigheit war. Ich rannte zu einem Imbiß, der die ganze Nacht geöffnet ist, und trank sechs Tassen Kaffee. Dann ging ich nach Hause. Es dämmerte schon. Noch bevor ich nach oben ging, rief ich die Polizei an. Er lag auf dem Fußboden und starrte mich an. Eine einzige Anklage. Aus einem Ohr war etwas Blut gelaufen. Eigentlich nur ein Tropfen. Und die Schranktur war offen – aber nur einen Spalt.«

Er schwieg. Harper schaute auf die Digitaluhr. Fünfzig Minuten waren vergangen.

»Lassen Sie sich von der Schwester einen Termin geben«, sagte er. »Besser mehrere. Dienstags und donnerstags?«

»Ich wollte Ihnen nur meine Geschichte erzählen«, sagte Billings.
»Ich mußte es mir von der Seele reden. Die Polizei hab' ich belogen,
wissen Sie. Ich habe ihnen erzählt, daß er versucht haben muß, nachts
aus dem Bett zu klettern . . . und sie schluckten es. Warum auch
nicht, denn es sah doch ganz so aus. Ein Unfall wie bei den anderen.
Aber Rita wußte es. Rita . . . wußte . . . es.«

Er hielt sich den rechten Arm vor die Augen und fing an zu weinen.

»Mr. Billings, wir müssen uns noch über vieles unterhalten«, sagte
Dr. Harper nach einer Weile. »Ich glaube, wir können Sie von Ihren
Schuldgefühlen befreien, aber Sie müssen sie auch loswerden wol-
len.«

»Glauben Sie etwa, daß ich sie nicht loswerden will?« rief Billings
und nahm den Arm von den Augen. Sie waren rot und wund und
blickten gekränkt.

»Da bin ich noch nicht ganz sicher«, sagte Harper ruhig. »Immer
dienstags und donnerstags?«

Nach längerem Schweigen murmelte Billings: »Verdammter
Quacksalber. Okay, meinetwegen.«

»Dann machen Sie mit der Schwester einen Termin aus. Guten
Tag.«

Billings lachte hohl, und ohne sich umzuschauen verließ er rasch
das Behandlungszimmer.

Das Vorzimmer war nicht besetzt. Auf dem Schreibtisch lag ein
Zettel: »Bin in einer Minute zurück.«

Billings drehte sich um und ging wieder in das Behandlungszimmer. »Doktor, Ihre Schwester ist nicht . . .«

Der Raum war leer.

Aber die Schranktür war offen. Nur einen Spalt.

»Wie schön«, sagte die Stimme aus dem Schrank. »Wie schön.« Die
Worte klangen, als kämen sie aus einem Mund voll verfaulter Wasserpflanzen.

Billings blieb wie angewurzelt stehen, als sich die Schranktür langsam öffnete. Er spürte schwach die Wärme zwischen den Beinen, als
er sich naßmachte.

»Wie schön«, sagte das Schreckgespenst, als es aus dem Schrank
trat.

In einer verfaulten Klauenhand hielt es noch Dr. Harpers Maske.

Die Höllenkatze (1977)

Anfang der siebziger Jahre habe ich eine Menge Kurzgeschichten für das Magazin Cavalier *geschrieben, eine Sex-Zeitschrift. Auf den Seiten jenes Magazins fand der geneigte und meist männliche Leser nicht nur leichtbekleidete oder völlig nackte Evatöchter, sondern auch Stories von Ernest Hemingway, Erskine Caldwell und Mickey Spillane und eben von mir. Während meiner ersten Ehe habe ich mich mit Hilfe der Honorare von* Cavalier *über Wasser gehalten, meine eigentliche Tätigkeit bestand damals im Waschen von Hotelwäsche, ich war bei einer Großwäscherei angestellt.*

Als ich meine beiden ersten Kurzgeschichten an Cavalier *losgeworden war, nahm mich Nye Wilden, der Ressortleiter für* fiction, *beiseite und machte mich mit einem ganz besonders gelagerten Plan der Redaktion vertraut. Es ging um einen Wettbewerb, den* Cavalier *veranstalten wollte. Ich war dazu ausersehen, die ersten fünfhundert Worte einer Kurzgeschichte zu schreiben, die Teilnehmer des Wettbewerbs sollten die Geschichte dann zu Ende bringen, jeder seine eigene Version. Für die beste hatte* Cavalier *fünfhundert Dollar ausgesetzt und natürlich würde die Story des Gewinners auch in der Zeitschrift veröffentlicht werden. Nye gab mir auch das Foto einer Katze, ein wunderschönes Tier, halb schwarz, halb weiß. Mit diesem Bild, so sagte er mir, würde die Geschichte illustriert werden.*

Die Idee war verlockend. Zum erstenmal war ich, der Autor, in die Rolle des Illustrators versetzt. Das Bild diente nicht dazu, die Geschichte zu illustrieren, sondern die Geschichte mußte um das Bild herumgeschrieben werden. Verlockend war auch, daß bei dieser Arbeit nichts schiefgehen konnte. Ich war der Mühe enthoben, meine losen Enden wieder zusammenzubinden und das Durcheinander, das ich mit den ersten fünfhundert Worten anrichtete, zu einem logischen Ende zu führen.

Nachdem ich zu schreiben begann, fiel mir dann allerdings eine Auflösung für meine Geschichte ein, ich habe mich dabei an Poes Story »Die schwarze Katze« angelehnt. Jedenfalls schrieb ich nicht nur die ersten fünfhundert Worte, sondern die ganze Geschichte, es war mir ziemlich egal, ob das Ende mitveröffentlicht wurde oder nicht.

Cavalier *druckte meine fünfhundert Worte, und als der Gewinner des Wettbewerbs bestimmt worden war, zog die Zeitschrift nach und veröffentlichte seine und meine Story in ganzer Länge und im gleichen Heft. Mir macht es heute noch Spaß, die beiden Versionen zu vergleichen, und ich darf hier sagen, daß die andere verdammt gut ist.*

Die Sache mit der Katze war zugleich die einzige Auftragsgeschichte, die ich je geschrieben habe. Vielleicht, weil mir das Foto solche Angst eingejagt hat.

Halston fand, der alte Mann im Rollstuhl sah krank aus, krank und von Todesangst gezeichnet. Er hatte Erfahrung in solchen Dingen. Tod war Halstons Geschäft, er hatte es in seiner Laufbahn als selbständiger Killer immerhin auf achtzehn männliche und sechs weibliche Opfer gebracht. Er wußte, wie ein Mensch aussah, wenn er den Tod vor Augen hatte.

Das Haus, eine Villa, war kalt und ruhig. Die einzigen Geräusche waren das Knistern des Kaminfeuers und das Heulen des Novemberwinds.

»Ich möchte, daß Sie für mich einen Mord ausführen«, sagte der alte Mann. Seine Stimme klang zittrig und mürrisch, eine hohe, unangenehme Stimme. »Wenn ich richtig informiert bin, ist das Ihr Metier.«

»Mit wem haben Sie gesprochen?« fragte Halston.

»Mit Saul Loggia. Er sagt, Sie kennen ihn.«

Halston nickte. Wenn Loggia der Mittelsmann war, würde es keine Schwierigkeiten geben. Natürlich bestand auch die Möglichkeit, daß der Raum mit Wanzen ausgestattet war. Drogan, so hieß der Alte, konnte ihm eine Falle stellen.

»Wer soll getötet werden?«

Drogan drückte auf einen Knopf an der Armlehne seines Rollstuhls. Mit einem leisen Summen setzte sich der Stuhl in Bewegung. Vor Halston angekommen, hob der Alte den Finger, der Stuhl blieb stehen. Ein gelber Dunst aus Angst, Alter und Urin wehte zu Halston herüber. Er ließ sich den Ekel, den er empfand, nicht anmerken, sein Gesicht blieb ruhig und weich.

»Ihr Opfer steht hinter Ihnen«, sagte Drogan leise.

Halston vollzog eine blitzschnelle Bewegung. Von guten Reflexen hing sein Leben ab. Er sprang von der Couch, kniete nieder, hatte sich beim Sprung umgedreht und die Hand in seinen maßgeschneiderten Sportanzug schießen lassen, noch ehe er auf dem Boden aufkam, lag der kurzläufige 38er Revolver in seiner Rechten. Er wollte gerade abdrücken, als ihm sein Gehirn meldete, daß sein Gegenüber eine Katze war.

Die beiden starrten sich an. Es war eine ungewöhnliche Situation für Halston, einen Mann, dem man weder abergläubische Anwandlungen noch eine Schwäche für Tiere nachsagen konnte. Als er da kniete, die Waffe auf den Kopf der Katze gerichtet, wußte er, daß er dieses Tier kannte, allerdings erinnerte er sich nicht, wo er es zum erstenmal gesehen hatte.

Das Gesicht war in eine schwarze und in eine weiße Hälfte geteilt. Die Trennungslinie verlief vom flachen Schädel über die Nase zum Maul, ein feiner, pfeilgerader Strich. Die Augen waren groß, als wollten sie das Halbdunkel des Raums ausfüllen, die nahezu kreisrunden schwarzen Pupillen waren zwei Prismen, in denen sich der Feuerschein brach, glühende, von Haß triefende Kohlen.

Der Gedanke war ein Echo, das zu Halston hinüberflog: *Wir kennen uns.*

Vorbei. Er steckte die Waffe weg und stand auf. »Dafür sollte ich Sie töten, alter Mann. Ich habe keinen Sinn für solche Scherze.«

»Ich mache keine Scherze«, sagte Drogan. »Setzen Sie sich.« Er zog einen prallgefüllten Umschlag unter der Decke hervor, die seine Knie bedeckte. »Für Sie.« Er gab ihm den Umschlag.

Halston setzte sich. Die Katze, die auf der Rückenlehne des Sofas gekauert hatte, sprang in seinen Schoß. Sie wandte den Kopf und sah Halston aus ihren großen schwarzen Augen an, zeigte ihm die grüngoldenen Ringe, mit denen ihre Pupillen eingefaßt waren, duckte sich und schnurrte.

Halston warf Drogan einen fragenden Blick zu.

»Ein Kuscheltier«, sagte Drogan. »Auf den ersten Blick ist sie ein liebes, verwöhntes Kuscheltier. Das süße Kuscheltier hat in dem Haus, in dem Sie sich befinden, drei Menschen umgebracht. Ich bin der einzige, der übriggeblieben ist. Ich bin ein alter, kranker Mann . . . Aber ich habe trotzdem kein Verlangen danach, von einer Katze umgebracht zu werden. Ich ziehe es vor, an einer natürlichen Todesursache zu sterben – wenn meine Stunde gekommen ist.«

»Ich kann's nicht glauben«, sagte Halston. »Sie wollen mich anheuern, um eine Katze zu töten?«

»Öffnen Sie den Umschlag.«

Halston tat wie geheißen. Der Umschlag enthielt Hunderternoten und Fünfziger, alles in alten Scheinen.

»Wieviel?«

»Sechstausend Dollar. Sie bekommen weitere sechstausend, sobald Sie den Nachweis führen, daß die Katze tot ist. Loggia sagte mir, zwölftausend ist Ihr übliches Honorar.«

Halston nickte. Seine Rechte liebkoste die Katze, eine unwillkürliche Bewegung. Die Katze war eingeschlafen, aber sie schnurrte immer noch. Halston mochte keine Tiere – außer Katzen. Er achtete die Katzen, weil es Tiere waren, die ohne die Hilfe des Menschen auskommen konnten. Gott – wenn es ihn gab – hatte in der Katze eine perfekte Tötungsmaschine geschaffen. Katzen waren die Killer in der Welt der Tiere, Halston verneigte sich vor ihnen.

»Ich hätte es nicht nötig, das Drum und Dran zu erklären«, sagte

Drogan. »Ich will's trotzdem tun. Wissen ist Macht, heißt es, und ich möchte nicht, daß Sie mit einem Mangel an Wissen an die Aufgabe herangehen. Ich habe auch das Bedürfnis, mich zu rechtfertigen. Schon weil ich nicht möchte, daß Sie mich für verrückt halten.«

Halston nickte zum zweitenmal. Er hatte beschlossen, den Auftrag anzunehmen. Die Erklärungen, die Drogan geben würde, waren überflüssig. Anhören würde er sich das trotzdem.

»Zunächst einmal: Wissen Sie, wer ich bin? Woher ich mein Geld habe?«

»Drogan Pharmaceuticals.«

»Ja. Eine der größen pharmazeutischen Firmen der Welt. Und der Eckstein meiner finanziellen Erfolge ist das hier.« Er zog ein Röhrchen mit Tabletten aus der Tasche seines seidenen Morgenrocks und gab es Halston. »Tri-Dormal-Phenobarbin G. Das Mittel wird fast ausschließlich den unheilbar Kranken verordnet. Es ist in starkem Maße suchterzeugend, wissen Sie. Ein kombiniertes Schmerzmittel, Tranquilizer und Halluzinogen. Es hilft den unheilbaren Kranken, sich mit ihrer Situation abzufinden.«

»Nehmen Sie das Mittel?« kam Halstons Frage.

Drogan ließ die Frage unbeantwortet. »Das Präparat ist auf der ganzen Welt verbreitet. Synthetisch. Entwickelt wurde es in den fünfziger Jahren in unseren Laboratorien in New Jersey. Wir haben das Mittel damals fast ausschließlich an Katzen getestet, wegen der Vorzüge, die das Nervensystem von *Felis domestica* für solche Versuche bietet.«

»Wie viele Katzen haben Sie bei den Versuchen umgebracht?«

Drogan erstarrte. »Die Bezeichnung *umbringen* ist unfair.«

Halston zuckte nur mit den Achseln.

»Während der vierjährigen Testreihe, die dann zur Zulassung des Präparats durch die Food and Drug Administration führte, wurden fünfzehntausend Katzen – ähm – verbraucht.«

Halston pfiff durch die Zähne. Viertausend Katzen im Jahr. »Und jetzt glauben Sie, dieses Exemplar hat sich bei Ihnen eingefunden, um die anderen zu rächen.«

»Ich fühle mich nicht schuldig«, sagte Drogan. »Nicht im geringsten.« Seine Stimme war einen Grad zittriger, griesgrämiger geworden. »Fünfzehntausend Tiere sind gestorben, um hunderttausend Menschen Erleichterung . . .«

»Geschenkt«, sagte Halston. Rechtfertigungen langweilten ihn.

»Die Katze ist mir vor sieben Monaten zugelaufen. Ich habe Katzen nie gemocht. Es sind bösartige Tiere, die Krankheiten verbreiten. Sie treiben sich auf den Feldern herum, in dreckigen Scheunen . . . weiß Gott, was sie alles für Viren und Bakterien mit sich herumtragen . . .

Wenn eine Katze ins Haus kommt, trägt sie regelmäßig ein totes Tier im Maul, einen Maulwurf oder eine Ratte, der die Eingeweide herausquellen, und dann kommt sie auch noch und zeigt einem das . . . Meine Schwester hat dieses Exemplar ins Haus gelassen. Sie hat für ihren Irrtum mit dem Leben bezahlt.« Sein haßerfüllter Blick war auf die Katze gerichtet.

»Sie sagen, das Tier hat drei Menschen getötet.«

Und Drogan begann zu erzählen. Die Katze wand sich in Halstons Schoß, streckte und reckte sich unter den Liebkoskungen des Killers. Wenn ein Ast im Feuer explodiert, strafften sich die Muskeln wie Stahlfedern. Draußen sang der Wind, umfloß das große steinerne Haus in diesem abgelegenen Teil von Connecticut. Der Wind trug den Winter im Rachen. Der alte Mann sprach und sprach.

Vor sieben Monaten waren es noch vier Personen gewesen, die in dem steinernen Haus lebten. Drogan, seine Schwester Amanda, die zwei Jahre älter war als ihr zweiundsiebzigjähriger Bruder, Amandas Lebensgefährtin Carolyn Broadmoor (»vom Westchesterzweig der Familie Broadmoors«, wie Drogan sagte) und Dick Gage, ein Diener, der seit zwanzig Jahren bei der Familie war. Carolyn Broadmoor litt an Wundgeschwulsten, und das war mit der Grund, warum Gage, der immerhin schon sechzig war, den großen Lincoln Mark IV chauffierte, kochte und den abendlichen Sherry servierte. Es gab eine Tagesfrau, die ins Haus kam. Seit zwei jahren lebte das Viierergespann zusammen, alte Leute und ihr Diener. Die einzige Zerstreuung der vier bestand in dem Nachdenken über die Frage, wer wen überleben würde.

Dann war die Katze gekommen.

»Gage sah sie zuerst. Er versuchte, sie wegzujagen. Er warf mit Stöcken und Steinen nach ihr, und er hat sie auch ein paarmal getroffen. Aber die Katze ließ sich nicht vertreiben. Sie hatte gerochen, daß es hier was zu fressen gab. Als sie kam, war sie nur Haut und Knochen. Die Leute setzen ihre Katzen auf der Landstraße aus, wenn die Ferien beginnen, wissen Sie. Eine schlimme, eine unmenschliche Methode, so ein Tier loszuwerden.«

»Da ist es schon besser, das Tier bei lebendigem Leibe zu zerschnippeln, wie?«

Drogan ging nicht ein auf den Einwand. Er haßte Katzen. Er hatte sie immer gehaßt. Als dieses ganz spezielle Exemplar sich im steinernen Haus eingenistet hatte, gab Drogan seinem Diener Gage den Auftrag, vergiftetes Futter auszulegen. Große Portionen von Katzenfutter der Marke Calo mit einer herhaften Dosis Tri-Dormal-G. Die Katze ließ das vergiftete Futter stehen. Und dann hatte Amanda Drogan den Entschluß gefaßt, die Katze bei sich zu behalten. Ihr Bruder hatte leidenschaftlich gegen diesen Plan protestiert, aber Amanda hatte sich durchgesetzt. Sie setzte sich immer durch.

»Aber sie hat dafür bezahlt«, sagte Drogan. »Ich erinnere mich daran, wie sie die Katze auf ihren Armen ins Haus getragen hat. Das verdammte Ding hat geschnurrt, wie jetzt. Mich hat sie immer gemieden – bis jetzt. Und dann hat Amanda ihr Milch in eine Untertasse geschüttet. Das arme Kätzchen verhungert ja, hat sie gesagt. Sie und Carolyn sind dann nur noch um die Katze herumgesprungen, es war ekelerregend. Deshalb haben sie's ja auch getan, um mich zu ärgern. Sie wollten mich bestrafen, weil ich bei den Testreihen Katzen in den Versuch genommen hatte. Den beiden hat es Spaß gemacht, die Katze vor meinen Augen zu verwöhnen.« Ein harter Ausdruck trat in sein Gesicht. »Aber sie haben dafür bezahlt.«

Es war Mitte Mai, als Gage frühmorgens – er war auf dem Weg in die Küche, wo er das Frühstück für die Familie bereiten wollte – eine tote Amanda Drogan vorfand. Amanda lag am Fuß der Treppe, umgeben von zerbrochenem Geschirr und Katzenfutter. Die Augen waren auf die Decke der Halle gerichtet oder auf das Jenseits, so genau konnte man das nicht sagen. Mund und Nase waren blutverschmiert. Die Wirbelsäule war gebrochen, beide Beine waren gebrochen, und der Halswirbel war zersplittert wie Glas.

»Sie hat die Katze in ihrem Zimmer schlafen lassen«, sagte Drogan. »Sie hat das Miststück wie ein Baby behandelt. *Bist du hungrig, mein kleiner Liebling? Oder möchtest du etwas an die frische Luft und Aa machen?* Es war schon obszön, solche Koseworte aus dem Mund dieser Hexe. Ich kann mir denken, wie's gewesen ist. Die Katze hat sie aufgeweckt, mit ihrem Miauen. Amanda hatte die Angewohnheit, Sam das Fressen aus der Küche zu holen. Sie nannte die Katze Sam, weil es ein Kater ist. Wie auch immer, das Tier konnte nicht irgendwo essen, es mußte in ihrem Schlafzimmer sein. Und dann mußte das Katzenfutter auch noch mit Milch befeuchtet werden, damit Sam es anrührte. Sie wollte runtergehen. Die Katze ging neben ihr, rieb sich an ihren Waden. Meine Schwester war nicht mehr gut zu Fuß. Und weil es so früh war, war sie noch halb am Schlafen. Sie hatte die ersten Stufen hinter sich gebracht, als die Katze ihr zwischen die Füße sprang, sie kam zu Fall, und . . .«

Ja, so könnte es gewesen sein, dachte Halston. Vor seinem geistigen Auge erstand das Treppenhaus aus Nußbaum, die alte Frau fiel über die Katze, war so erschrocken, daß sie keinen Laut hervorbrachte, die Schüssel mit dem Katzenfutter glitt ihr aus der Hand, sie kam mit dem Kopf auf den Stufen auf, überschlug sich wieder und wieder, kam mit dem Kreuz auf dem Boden auf, die alten Knochen barsten, der Blick wurde starr, Blut schoß aus Nase und Ohren, und dann kam die Katze die Treppe herunter, schnurrte wohlig und schleckte ihr Futter von den Stufen . . .

»Was hat der Untersuchungsrichter gesagt?« erkundigte sich Halston.

»Unfall mit Todesfolge natürlich. Aber so war es nicht.«

»Warum haben Sie die Katze nach dem Tod Ihrer Schwester nicht aus dem Haus geschafft?«

Weil Carolyn Broadmoor dann ausgezogen wäre, sagte der Alte, Carolyn sei völlig hysterisch geworden, als er ihr gesagt hatte, er wolle die Katze weggeben. Sie sei eine kranke Frau gewesen, körperlich krank und außerdem noch Spiritistin, ein Medium aus Hartfort hatte ihr für günstige zwanzig Dollar verraten, daß Amandas Seele in die Katze eingezogen war. Wenn die Katze ging, hatte Carolyn gedroht, dann ging auch sie.

Halston verstand die Kunst, zwischen den Zeilen zu lesen, wenn ein Mensch das Buch seines Lebens vor ihm ausbreitete, und so hatte er bald durchschaut, daß Drogan und Carolyn vor Jahr und Tag miteinander im Heu gelegen hatten, oder je nach Alter auch im Bett, jedenfalls wollte der alte Narr seine Carolyn nicht wegen einer schwarzweißen Promenadenmischung ziehen lassen.

»Wenn ich sie hätte gehen lassen, das wäre wie Mord gewesen«, sagte Drogan. »Sie war den Anforderungen des Lebens draußen nicht mehr gewachsen. In ihrer Vorstellung war sie immer noch eine wohlhabende Frau. Sie träumte davon, mit der Katze nach New York zu reisen, nach London oder nach Monte Carlo, aber sie wäre aus eigener Kraft nicht einmal bis ans Gitter des Parks gekommen. Sie war der letzte Sproß einer großen Familie, völlig verarmt nach einigen Fehlinvestitionen in den sechziger Jahren. Sie lebte hier in einem besonders gesicherten, mit Luftbefeuchtern ausgestatteten Raum. Die Frau war siebzig, Mr. Halston. Bis vor zwei Jahren war sie Kettenraucherin, und die Wundgeschwüre wurden von Monat zu Monat schlimmer. Ich wollte, daß sie hierblieb, und wenn ich dazu die Katze behalten mußte . . .«

Halston sah auf seine Uhr.

»Gegen Ende Juni ist sie dann gestorben, irgendwann nachts. Der Arzt hat Altersschwäche angenommen . . . Er kam und schrieb den Totenschein aus, einfach so, und das war's. Aber die Katze war im Zimmer, als sie starb. Gage hat's mir gesagt.«

»Wir alle müssen sterben«, sagte Halston.

»Das hat der Arzt auch gesagt, aber das trifft hier nicht den Kern. Katzen legen sich auf Kleinkinder und alte Menschen, um sie zu ersticken.«

»Das sind Ammenmärchen.«

»Und wie bei allen Märchen gibt es auch hier ein Fünkchen Wahrheit. Katzen lieben weiche Tücher, sie lieben die Wärme, und so legen sie sich in die Krippe eines Kindes, sie legen sich auf die Brust einer alten Frau, und wenn die Frau dann auch noch so schwach ist, daß sie nicht einmal die Hand bewegen kann . . .«

Drogan verlor sich in Einzelheiten. Halston schaltete ab und dachte nach. Carolyn Broadmoor liegt in ihrem Bett, schläft tief und fest, stöhnt im Schlaf, ihre Atemgeräusche werden von der Luftkühlung und vom Luftbefeuchter übertönt. Die Katze springt auf das Bett, starrt die Schlafende an aus ihren schwarzgrün leuchtenden Augen. Die Katze setzt sich auf die Brust der Schlafenden, schnurrt, streckt sich, der Atem der alten Frau wird langsamer und langsamer, die Katze reibt ihr Näschen am Bettuch, während Carolyn Broadmoor erstickt.

Halston war ein Mensch mit wenig Fantasie, aber bei der Vorstellung, wie sich der Schwanz des Tieres über die starren Augen der Toten legte, schauderte ihn.

»Drogan«, sagte er und kraulte die Katze zwischen den Ohren, »warum geben Sie das Tier nicht einfach zu einem Tierarzt? Zwanzig Dollar, und die Katze lebt nicht mehr.«

Drogan sagte: »Carolyns Beerdigung fand am ersten Juli statt. Ich habe sie in unserem Erbgrab neben meiner Schweser beisetzen lassen, ich glaube, so hätte sie es sich gewünscht. Am dritten Juli rief ich Gage zu mir, es war in diesem Raum, ich gab ihm einen Weidenkorb mit Decken, so ein Ding, wie man's zum Picknicken mitnimmt, wissen Sie, was ich meine?«

Halston nickte ein drittes Mal.

»Ich sagte ihm, er sollte die Katze in den Korb stecken und nach Milford zum Tierarzt bringen, um sie dort einschläfern zu lassen. Gage sagte: ›Jawohl, Sir‹, nahm den Korb und ging. Das war so seine Art. Ich habe ihn dann erst wiedergesehen, als er schon tot war. Er hat einen Unfall gehabt auf der Schnellstraße nach Milford, hat meinen Lincoln zu Bruch gefahren, mit sechzig Meilen pro Stunde gegen einen Brückenpfeiler. Dick Gage war sofort tot. Als sie ihn fanden, hatte er Kratzspuren im Gesicht.«

Halston schwieg. Das Bild formte sich in seinen Gedanken. Es war still in der Wohnhalle, nur das Knistern der Scheite und das Schnurren der Katze, die in seinem Schoß schlummerte, waren zu hören. Ich und die Katze, dachte er, und dann fiel ihm ein Gedicht von Edgar Guest ein:

Die Katze auf meinem Schoß,
Die Wärme des Herdfeuers
Hüllt uns ein, sie und mich,
Müßig zu fragen, ob ich glücklich bin . . .

Dick Gage sitzt am Steuer des schweren Lincoln, er ist auf der Schnellstraße nach Milford, Gage tritt das Gas durch, der Zeiger zuckt hoch, neben Gage steht der Korb, ein Korb, wie man ihn zum Picknicken mitnimmt. Gage überholt ein Taxi, und natürlich sieht er den Schatten nicht, der aus dem Korb gekrochen kommt, kann ihn auch nicht sehen, weil die Katze auf der ihm abgewandten Seite aus dem Korb klettert. Er überholt einen Sattelschlepper, und das ist der Moment, wo ihm die Katze in Gesicht springt, sie faucht und kratzt, schlägt ihm ihre Krallen ins die Augen, durchbohrt die Netzhaut, blendet ihn. Sechzig Meilen in der Stunde, das brave Brummen des Motors, und die Kralle der Katze gräbt sich ins Nasenbein, zelebriert den Schmerz, und Gage trinkt den Schmerz, der Lincoln ist jetzt führerlos, steuert nach rechts, rammt den Sattelschlepper, dessen Fahrer betätigt das Drucklufthorn, aber Gage kann das Signal nicht hören, weil die Katze so laut jault, wie ein Adler mit ausgebreiteten Flügeln sitzt sie auf seinem Gesicht, krallt sich fest wie eine Spinne, die Ohren sind zurückgelegt, die grünen Augen funkeln wie ein Höllenfeuer, und die Hinterbeine graben sich in den Hals des alten Mannes. Der Lincoln prallt von den mächtigen Radkästen des Sattelschleppers ab, wird auf die andere Seite geschleudert, höher und höher wächst der Brückenpfeiler, der Lincoln, ein schwarzglänzender Torpedo, schießt auf den Pfeiler zu, explodiert wie eine Bombe.

Halston mußte schlucken.

»Und die Katze ist zurückgekommen?«

Drogan nickte. »Nach einer Woche. Übrigens am gleichen Tag, als Dick Gage beerdigt wurde. Wie es in dem alten Lied heißt: Die Katze kehrt zurück.«

»Die Katze soll einen Aufprall bei sechzig Meilen pro Stunde überlebt haben? Kaum zu glauben.«

»Eine Katze hat neun Leben, heißt es. Als ich die Katze durch die Tür kommen sah, da habe ich mich gefragt, ob sie nicht vielleicht eine . . .«

»Ob sie nicht vielleicht eine Teufelskatze ist, nicht wahr?«

»Wenn Sie diesen Ausdruck bevorzugen, ja. Ich wollte eigentlich sagen, ob sie nicht vielleicht ein Dämon ist, der aus der anderen Welt ausgesandt wurde . . .«

»Um Sie zu bestrafen.«

»Ich weiß es nicht. Aber ich habe Angst. Immerhin, ich gebe der Katze zu fressen. Besser gesagt, ich lasse ihr zu fressen geben, die

Tagesfrau macht das. Sie mag die Katze ebensowenig leiden wie ich. Sie sagt, die Katze ist verflucht, weil sie halb weiß, halb schwarz ist. Die Frau kommt vom Dorf, müssen Sie wissen.« Der alte Mann nahm Anlauf zu einem Lächeln. Aber der Sprung geriet zu kurz, und das Lächeln starb. »Ich will, daß Sie die Katze töten. Ich lebe jetzt seit sieben Monaten mit diesem Tier zusammen. Die Katze versteckt sich in den schattigen Ecken der Zimmer. Sie beobachtet mich. Sie lauert, ob sie eine Schwäche bei mir entdecken kann. Jeden Abend schließe ich mich in meinem Schlafzimmer ein, und doch weiß ich, eines Morgens werde ich aufwachen, und die Katze wird auf meiner Brust liegen – und schnurren.«

Der Wind heulte im Kamin. Es klang wie fünfzehntausend Katzen.

»Ich habe mich dann mit Saul Loggia in Verbindung gesetzt. Er sagte mir, Sie arbeiten – allein.«

»So ist es.«

»Er sagte mir auch, Sie sind noch nie verhaftet worden. Sie sind auch noch nie angeklagt oder verhört worden. Loggia sagte, Sie fallen immer wieder auf die Beine – wie eine Katze.«

Halston betrachtete den alten Mann in dem Rollstuhl. Er dachte nach. Seine langfingrigen, muskulösen Hände legten sich um den Hals der Katze.

»Ich kann's gleich erledigen«, sagte er leise. »Ich dreh' ihr einfach den Hals um. Sie wird nicht mal was spüren.«

»Nein!« entfuhr es Drogan. Er holte Luft, schien zu erschaudern. Dann kehrte die Farbe in seine eingefallenen Wangen zurück. »Nein, nicht hier. Bringen Sie die Katze weg . . . Und dann . . .«

Ein freudloses Lächeln stand in Halstons Mundwinkeln. Er führte den Daumen gegen das Fell. »Also gut«, sagte er. »Ich übernehme den Auftrag. Soll ich Ihnen den Kadaver ins Haus bringen?«

»Nein, nein. Töten Sie das Tier, und begraben Sie es.« Er hielt inne. Er beugte sich vor. Plötzlich sah er aus wie ein riesiger Bussard. »Bringen Sie mir den Schwanz«, sagte er. »Damit ich ihn ins Feuer werfen kann. Ich möchte zusehen, wie der Schwanz verbrennt.«

Halston fuhr einen 1973er Plymouth mit Spoiler und Breitwandreifen, das Heck war hochgestellt, so daß die Karosserie zur Fahrbahn in einem Winkel von zwanzig Grad stand. Halston hatte das Differential in Eigenarbeit umgebaut. Der Schalthebel war Pensy, die Kupplung Hearst.

Es war einundzwanzig Uhr dreißig, als er sich von Drogan verabschiedete. Er fuhr unter einem zerfetzten Novemberhimmel dahin, über den Wolken die Sichel des Mondes. Er fuhr mit offenen Fenstern, um den Gestank nach Alter und Angst auszulüften, der während des Gesprächs mit Drogan in seine Kleidung hinübergekrochen war. Der Wind war eisig und wohltuend zugleich. Es war wohltuend zu wissen, daß der Wind den gelben Gestank mit sich forttragen würde.

Auf der Höhe von Placer's Glen bog Halston von der Schnellstraße ab. Er fuhr durch den verlassenen Ort, überquerte die gelbblinkende Ampel mit braven fünfunddreißig Sachen. Am Ortsausgang bog er in die S. R. 34 ein, und dann gab er dem Plymouth Zucker, ließ ihn an der langen Leine laufen. Der hochfrisierte Motor antwortete mit wohligem Schnurren, es war das gleiche Geräusch, wie Halston es bei der Katze gehört hatte, als er sie kraulte. Er mußte grinsen. Er fuhr durch froststarrende Felder, mit siebzig Meilen in der Stunde, links und rechts die Skelette der Maisstauden.

Die Katze saß in einer doppeltgefütterten Einkaufstasche, die Halston mit einer dicken Schnur zugebunden hatte. Er hatte die Tasche in die Sitzschale des Beifahrersitzes gelegt. Die Katze war schläfrig gewesen, als er sie in die Tasche steckte, sie hatte vor Vergnügen geschnurrt, als er den Bindfaden zuknotete, und sie schnurrte immer noch. Wahrscheinlich spürte sie, daß Halston sie mochte. Sie war ein Wesen von seiner Art.

Merkwürdiger Auftrag, dachte Halston. Er war überrascht, festzustellen, daß er den Auftrag als regelrechten Mord betrachtete. Außergewöhnlich an der Sache war nicht, daß er diesmal ein Tier töten würde. Außergewöhnlich war, daß er dieses Tier gern hatte, daß er sich ihm verwandt fühlte. Diese Katze hatte drei Menschen auf dem Gewissen. Ganz sicher hatte sie den alten Gage umgebracht, der sie nach Milford bringen wollte, wo der Tierarzt, ein Mann mit Streichholzhaaren, sie in eine mit Keramik verblendete Gaskammer von der Größe eines Mikrowellenherdes gesteckt hätte. Jawohl, Halston fühlte so etwas wie Blutsverwandtschaft mit seinem Opfer. Was nicht bedeutete, daß er den Auftrag hinschmeißen würde. Er würde der Katze die Ehre antun, sie schnell und fachgerecht zu töten. Er würde den Wagen scharf rechts ranfahren, würde auf eines der Felder gehen, über die gefrorenen Novemberschollen hinweg, dann würde er die Katze aus der Tasche holen, sie streicheln, ihr das Genick brechen und ihr mit dem Taschenmesser den Schwanz abschneiden. Dem Kadaver würde er ein ehrenhaftes Begräbnis geben, er würde ihn so tief vergraben, daß die Maden nicht drankamen, nur die Würmer.

Über all die Dinge dachte Halston nach, während sein Wagen wie ein dunkelblauer Geist durch die Nacht jagte, und als er zum drittenmal das Taschenmesser in der Hand hielt, um dem Kadaver den Schwanz abzuschneiden, spazierte die Katze über das Armaturenbrett, mit arrogant erhobenem Schwanz, den schwarzweißen Kopf zu ihm gewandt. Sie schien zu lächeln.

»Sssssst!« machte Halston. Er schielte nach rechts, wo die Tasche stand, und dann sah er das Loch, das die Katze in die Tasche genagt hatte, sie hatte das Loch auf der Seite gemacht, die ihm abgewandt war. Er sah wieder nach vorn. Die Katze hatte eine Pfote erhoben. Sie wollte mit ihm spielen. Die Pfote strich über Halstons Stirn und hinterließ eine feine rote Linie. Er warf sich zur Seite, riß das Steuer herum, der Plymouth kam ins Schleudern.

Halston hieb auf das Armaturenbrett ein, wo die Katze saß. Nicht nur, daß er sie für den Kratzer bestrafen wollte, sie versperrte ihm auch die Sicht auf die Fahrbahn. Sie saß da und fauchte, machte einen Buckel, steckte seine Schläge ein wie ein Watteknäuel, wieder holte sie aus, und diesmal blieb sie nicht sitzen, sie sprang ihm auf den Kopf.

Gage, dachte er. *Wie bei Gage.*

Er trat auf die Bremse. Die Katze hatte sich in seinem Haar festgekrallt, ihr weicher Leib nahm ihm die Sicht, sie hieb mit ihren Krallen nach ihm. Halston hielt das Steuer fest umklammert, schlug auf die Katze ein, einmal, zweimal, dreimal. Und dann gab es plötzlich keine Straße mehr, der Plymouth war mit zwei Rädern im Graben, wurde auf- und niedergeschleudert. Dann kam der Aufprall, Halston spürte, wie sich sein Sicherheitsgurt straffte, und das letzte, was er hörte, war das Jaulen der Katze, aber er war nicht mehr sicher, ob es die Katze war oder eine Frau, die vor Schmerzen schrie, oder ein Mädchen, das seinen ersten sexuellen Höhepunkt erlebte.

Er schlug mit der Faust auf die Katze ein, spürte das federnde Geflecht ihrer Muskeln unter seinen Knöcheln.

Dann der zweite Aufprall. Und Düsternis.

Der Mond hing über dem Horizont. Es war eine Stunde vor Sonnenaufgang.

Der Plymouth lag in einer Schlucht, vom wallenden Bodennebel eingehüllt. Im Kühlergrill steckte ein bizarr verbogenes Stück Stacheldraht. Die Motorhaube hatte sich geöffnet. Aus dem leckgeschlagenen Kühler stieg der Wasserdampf hoch und vermählte sich mit dem Nebel.

Kein Gefühl in den Beinen.

Halston sah nach unten. Wo vorher die Beine gewesen waren, war jetzt der Motor.

Der Schrei einer Eule war zu hören. In der Ferne.

Im Wagen das Schnurren der Katze.

Die Katze schien zu grinsen, wie Alices Cheshire-Katze im Buch.

1 Recherchen für ein neues Buch: Stephen King und seine Frau Tabitha.

2 »Carrie – Des Satans jüngste Tochter« – Das von allen verschmähte Entlein (Sissy Spacek) hat sich in einen strahlenden Schwan verwandelt.

3 »Carrie – Des Satans jüngste Tochter« – Die unheilige Taufe mit Schweineblut.

4 »Carrie – Des Satans jüngste Tochter« – Der Ballsaal geht in Flammen auf.

5 »Carrie – Des Satans jüngste Tochter« – Margaret White (Piper Laurie) bereitet die rituelle Opferung ihrer Tochter vor.

Die Katze war aufgestanden, sie streckte sich. Mit einer Bewegung, leicht wie fließende Seide, sprang sie auf seine Schulter. Halston versuchte die Hand zu heben, um sie fortzujagen.

Seine Arme bewegten sich nicht.

Querschnittslähmung, dachte er. Gelähmt. Vielleicht eine Weile lang gelähmt, wahrscheinlich das ganze Leben.

Ihr Knurren in seinen Ohren war wie Donner.

»Laß mich in Ruhe«, sagte Halston. Seine Stimme klang heiser und trocken. Die Katze straffte sich, sie schien vor ihm zurückzuweichen.

Dann kam der Angriff. Die Krallen gruben sich in Halstons Wangen. Heißer Schmerz rann durch seine Kehle, Schmerz und der warme Brunnen des Blutes.

Schmerz.

Gefühl.

Er gab sich den Befehl, den Kopf zu bewegen, und der Kopf gehorchte. Sekundenlang war sein Gesicht im weichen, trockenen Fell der Katze begraben. Er versuchte sie zu packen. Sie sprang zurück, ein ärgerliches Knurren stieg aus ihrer Kehle. Sie war auf dem Beifahrersitz gelandet. Sie saß neben ihm und starrte ihn wütend an, die Ohren waren zurückgelegt.

»Ich kann mich bewegen, du wunderst dich, was?«

Die Katze riß das Maul auf und fauchte ihn an. Als er in ihr merkwürdiges, schizophrenes Gesicht blickte, begann er Drogan zu verstehen, der von einer Höllenkatze gesprochen hatte. Dieses Biest . . .

Er konnte nicht mehr weiterdenken, weil das Kitzeln in den Armen seinen Geist ausfüllte.

Gefühl. Das Gefühl kam zurück. Nadeln.

Die Katze sprang ihm ins Gesicht, mit ausgestellten Krallen.

Halston schloß die Augen und öffnete den Mund. Er biß die Katze in den Bauch, bekam aber nur das Fell zu packen. Die Krallen hatten sich in seine Ohren gebohrt, drangen mit sorgfältig geführten, zuckenden Bewegungen tiefer und tiefer in die Gehörgänge ein. Der Schmerz war so gewaltig, daß sich eine Ahnung schwarzen Schlafes über Halstons Bewußtsein legte. Er versuchte die Hände zu heben. Die Finger zitterten, aber die Hände blieben in seinem Schoß liegen.

Er beugte sich nach vorn, schüttelte sich wie ein Mann, der den Seifenschaum in seinem Gesicht loswerden will. Die Katze fauchte und kreischte, sie gab ihn nicht frei. Halston spürte, wie das Blut über seine Schläfen strömte. Das Atmen wurde schwer. Der pelzige Körper bedeckte seine Nase. Der Mund war noch frei, aber wenn er durch den Mund atmen wollte, mußte er die Haare der Katze mit einsaugen. Seine Ohren fühlten sich an, als seien sie mit brennendem Benzin gefüllt worden.

Er warf den Kopf zurück und schrie auf vor Schmerz. Beim Aufprall auf das Hindernis mußte er sich wohl eine Halswirbelzerrung zugezogen haben.

Aber der Schmerz hatte sich gelohnt. Die Katze war auf die Bewegung seines Kopfes nicht gefaßt gewesen. Die Krallen verloren den Halt, und Halston hörte, wie das Tier auf dem Rücksitz landete.

Blut rann ihm in die Augen. Er versuchte die Hand zu heben, um das Blut fortzuwischen.

Er sah seine Finger zucken und dachte an den Revolver, der im Halfter in der linken Achselhöhle steckte.

Wenn ich an mein Schießeisen komme, ist es vorbei mit deinen neun Leben.

Das Prickeln in den Fingern war heiß wie Eis geworden. Von den Füßen – er war sicher, daß seine Füße vom Motorblock zermalmt worden waren – flutete der Schmerz zum Gehirn wie ein Wasserfall, der aufgrund allerhöchsten Dispenses von den Regeln der Schwerkraft befreit war, und dann wurde der Schmerz zum Kitzel, das Gefühl, wenn eine eingeschlafene Hand aufwacht. Halston war es inzwischen egal, ob er noch Füße hatte oder nicht. Er wußte jetzt, daß sein Rückgrat unversehrt war. Er würde nicht zwanzig oder fünfzig Jahre lang ein sprechender Kopf sein, an dem ein nutzloser Körper hing.

Vielleicht habe auch ich neun Leben.

Zuerst würde er die Katze töten. Das war das Wichtigste. Dann mußte er versuchen, aus dem Wrack rauszukommen.

Vielleicht kam ein anderer Wagen vorbei. Wenn der Fahrer anhielt und ihn aus dem Wrack zerrte . . . Aber es war halb fünf in der Frühe. Unwahrscheinlich, daß ihn um diese Zeit jemand fand. Und . . .

Und was machte die Katze dort auf dem Rücksitz?

Es hatte Halston nicht sehr gefallen, wie sie auf seinem Kopf gesessen und seine Ohren mit ihren Krallen bearbeitet hatte. Aber genausowenig gefiel es ihm, daß sie hinter seinem Rücken hockte, wo er sie nicht überwachen konnte. Er versuchte den Rückspiegel, aber das erwies sich als Schuß in den Ofen. Beim Aufprall auf das Hindernis hatte sich der Spiegel verbogen, er zeigte den vom Morgengrauen bestrichenen Ausschnitt einer Wiese.

Hinter ihm ein Geräusch. Leise und scharf. Stoff, der aufgeschlitzt wurde.

Ihr Schnurren.

Die Höllenkatze, ach du große Scheiße. Die Höllenkatze legte sich schlafen.

Und selbst wenn sie nicht schlief, selbst wenn sie ihn zu ermorden plante, wie wollte sie das wohl anstellen? Sie wog vier Pfund, vielleicht ein halbes Pfund mehr, wenn man sie triefend naß aus einem Tümpel zog. Bald. Bald würde er so weit sein, daß er nach seinem Revolver greifen konnte. Ganz sicher.

Halston saß da und wartete. Das Gefühl flutete in seinen Körper zurück, Bataillone marschierender Nadeln, die in Wellen über ein blutgetränktes Schlachtfeld zogen. Als besonders widersinnig empfand er die Erektion, die sich einstellte, als er die beiden Daumen wieder bewegen konnte. *Dürfte schwerfallen, sich nur mit zwei Daumen selbst zu befriedigen, dachte er.*

Die Morgendämmerung stieg auf. Irgendwo begann ein Vogel zu singen.

Halston versuchte die Hände zu heben, er schaffte es bis zur Höhe eines Fingers, dann fielen sie zurück wie zwei Fleischlappen, die nicht ihm gehörten.

Noch nicht. Aber bald.

Das Schlagen ihres Schwanzes auf dem Rücksitz war zu hören, ein warmes, weiches Geräusch. Halston wandte den Kopf und starrte in ein schwarzweißes Gesicht mit glühenden Augen.

Er sprach mit ihr.

»Ich habe noch nie einen Auftrag vergeigt, Kitty. Aber es gibt für alles ein erstes Mal. Vielleicht hast du Glück. Aber du mußt dich vorsehen. In fünf, spätestens in zehn Minuten kann ich wieder meine Hände bewegen. Willst du meinen Rat? Spring aus dem Fenster. Die Fenster sind alle offen. Spring raus, und nimm deinen Schwanz mit, damit ich ihn dir nicht abschneiden kann.«

Die Katze sah ihm in die Augen.

Halston hob die Hände. Ein Zentimeter. Drei Zentimeter. Dann sanken sie auf den Vordersitz zurück. Er betrachtete sie. Bleiche tropische Spinnen.

Die Katze lächelte ihm zu.

Habe ich einen Fehler gemacht? Er war ein Mensch, der Vorahnungen hatte, und das Gefühl, einen Fehler gemacht zu haben, verband sich mit der Zukunft zu einer Brücke der Gewißheit. Die Katze hatte zum Sprung angesetzt, und noch bevor sie auf ihn zuflog, wußte er, was sie machen würde. Er öffnete den Mund, um zu schreien.

Die Katze landete in Halstons Schoß. Die Krallen waren abgespreizt. Sie hatte kaum Fuß gefaßt, als sie schon zu schaufeln, zu säbeln, zu reißen begann.

In jenem Augenblick wünschte sich Halston, er wäre gelähmt, so furchtbar war der Schmerz. Er hätte sich nie vorstellen können, daß es solch einen Schmerz gab auf der Welt. Die Katze war ein Gehirn mit zwei Pfoten, und die beiden Pfoten hatten nichts anderes zu tun, als Halstons Testikel zu zerfleischen.

Halston schrie, riß den Mund auf, und das war der Moment, wo die Katze seinen Schoß freigab und sich auf seinen Mund stürzte, auf den Mund und in den Mund, und Halston verstand, dieses Wesen war mehr als eine Katze, es war ein bösartiges Wesen, besessen von dem Wunsch, Schmerzen zu bereiten und zu töten.

Ein letztes Mal sah er in das schöne schwarzweiße Gesicht, bestaunte die großen, haßerfüllten Augen. Die Katze hatte drei Menschen umgebracht. Jetzt würde sie John Halston umbringen.

Wie ein ferngesteuertes Projektil glitt sie in seinen Mund hinein. Er begann zu würgen. Die beiden Vorderpfoten waren jetzt eine emsige, stetig drehende Windmühle, deren Flügel seine Zunge zerfleischten. Sein Magen krampfte sich zusammen, er erbrach sich. Das Erbrochene blieb in seinem Hals stecken.

Immer noch gab es den Willen zu überleben, und jetzt, als Halston zu ersticken begann, wurde dieser Wille so stark, daß er die Lähmung überwand. Er hob die Hände, versuchte die Katze zu packen. O my God, dachte er.

Die Katze bahnte sich ihren Weg in seinen Mund, machte sich klein, um den Engpaß seiner Zähne zu überwinden, wand sich wie ein Wurm, er spürte, wie sein Gaumen sich weitete, wie die Kiefer dem wachsenden Druck nachgaben. Sein Mund war bereit, die Katze aufzunehmen.

Er tastete nach ihrem Hals, wollte sie erwürgen, sie auslöschen für alle Zeiten . . . Aber er bekam nur ihren Schwanz zu fassen.

Es war der Katze gelungen, ihren ganzen Körper in seinen Mund einzuführen. Er stellte sich vor, daß ihr schwarzweißes Gesicht tief in seiner Kehle steckte.

Sein Hals schwoll an wie ein Gartenschlauch, der unter Druck gesetzt wird.

Sein Körper zuckte, die Hände fielen auf die Schenkel zurück. Die Augen begannen zu glänzen, die Lider schoben sich hoch. Hätte Halston noch etwas sehen können, dann hätte er – durch die unversehrte Windschutzscheibe des Plymouth – den Widerschein der Morgenröte auf den Feldern gesehen.

Aus seinem offenen Mund ragte der Schwanz der Katze, launig in alle Richtungen wedelnd.

Der Schwanz verschwand zwischen den Lippen.

Ein zweiter Vogel antwortete dem ersten. In atemlosem Schweigen ging über den frostbefruchteten Feldern Connecticuts die Sonne auf.

Der Farmer hieß Will Reuss.

Er war auf dem Weg nach Placer's Glen, wo er die Prüfplakette an seinem Lastwagen erneuern lassen wollte, aber er hielt an, weil er in der Schlucht neben der Straße die Stoßstangen eines Autos in der Sonne glitzern sah. Er stieg aus und trat an den Rand der Schlucht. Dort unten lag ein Wagen, schwerfällig und hilflos, wie ein betrunkener Elefant aus Stahl. Stacheldraht ragte aus dem Kühlergrill, die Zunge einer Kobra, im Biß erstarrt.

Der Farmer kletterte den Abhang hinunter. Unten angekommen, biß er die Zähne zusammen. Er sog die Luft ein. »O nein«, murmelte er. »O nein.« Im Licht eines schönen Novembertages saß dort ein Mann hinter dem Steuer eines Plymouth, steif wie ein Rekrut in Westpoint. Dieser Mann würde nie wieder in die Verlegenheit kommen, sich für einen von zwei fanatischen amerikanischen Präsidenten zu entscheiden. Das Gesicht war blutverschmiert. Der Mann trug noch seinen Sicherheitsgurt.

Die Fahrertür war durch den Aufprall verklemmt, aber Will Reuss war ein kräftiger Mann, und so gelang es ihm, die Tür aufzubiegen. Er beugte sich in den Wagen und löste den Sicherheitsgurt des Toten. Er würde sehen, ob sich ein Personalausweis fand. Er hatte die Hand schon in der Brieftasche des Mannes, als eine Falte auf dem Hemd des Toten erschien. Und dann noch eine. Die Falten bewegten sich. Dann hob sich das Hemd. Blut strömte aus, blühte auf wie eine Rose.

Will Reuss ergriff das Hemd an der Knopfleiste und schob es hoch. Er schaute und schrie.

Ein Fingerbreit über Halstons Bauchnabel war ein blutiges Loch mit zackigen Rändern entstanden, das Loch weitete sich, und das schwarzweiße Gesicht einer Katze erschien, zwei große, grünschwarze Augen, die ihn feindselig musterten.

Reuss taumelte zurück, schrie, schlug die Hände vors Gesicht. Vom nahen Feld flogen die Krähen auf.

Die Katze zwängte sich durch die Öffnung, streckte und reckte sich mit obszöner Lässigkeit.

Dann sprang sie aus dem offenen Wagenfenster. Reuss sah noch, wie sie ins gelbe Gras hineinlief, dann war sie verschwunden.

Sie wirkte, als hätte sie's eilig, sagte der Farmer zu dem Reporter der Lokalzeitung.

Als hätte sie noch was Dringendes zu erledigen.

Die Kiste (1979)

Dexter Stanley hatte Angst. Mehr noch; er fühlte sich, als wäre jene innere Achse, die uns mit dem verbindet, was wir Verstand nennen, einer größeren Belastung ausgesetzt als je zuvor. Als er an jenem Augustabend vor Henry Northrups Haus an der North Campus Avenue anhielt, hatte er das Gefühl, daß er verrückt werden würde, wenn er jetzt nicht mit jemandem reden konnte.

Es gab niemandem, mit den er hätte reden können, außer Henry Northrup. Dex Stanley war der Leiter des Instituts für Zoologie und hätte früher einmal Präsident der gesamten Universität werden können, wenn er sich in der Hochschulpolitik besser ausgekannt hätte. Seine Frau war vor zwanzig Jahren gestorben, und sie hatten keine Kinder gehabt. Alles, was von seiner eigenen Familie übrig war, lebte westlich der Rocky Mountains. Er schloß nicht schnell Freundschaft.

Northrup bildete da eine Ausnahme. In mancher Hinsicht gehörten sie beide demselben Schlag an; beide waren enttäuscht worden von der zwar meist bedeutungslosen, aber trotzdem hinterhältigen Intrigenwirtschaft an der Universität. Vor drei Jahren hatte sich Northrup um den vakanten Posten des Leiters des anglistischen Instituts beworben. Er war abgelehnt worden, und einer der Gründe dafür war zweifellos seine Frau Wilma gewesen, eine aufreibende, unangenehme Frau. Dex schien jetzt förmlich zu hören, wie sie bei den wenigen Cocktailpartys, auf denen er gewesen war und wo Leute aus dem anglistischen und dem zoologischen Institut ganz zwanglos zusammenkommen konnten, immer mit eselsartigem Geschrei irgendeine Frau eines neuen Dozenten aufforderte: »Bitte, nennen Sie mich doch einfach Billie, meine Liebe, das machen alle!«

Dex rannte stolpernd über den Rasen zu Northrups Tür. Es war Donnerstag, und Northrups unangenehme Gattin besuchte am Donnerstagabend immer zwei Kurse. Folglich war das Dex' und Henrys Schachabend. Die beiden Männer spielten nun schon seit acht Jahren miteinander Schach.

Dex drückte auf die Klingel neben der Tür zum Haus seines Freundes, lehnte sich dagegen. Endlich öffnete sich die Tür, und Northrup stand im Eingang.

»Dex«, meinte er, »ich habe dich erst in . . .«

Dex drängte sich an ihm vorbei ins Haus. »Wilma«, sagte er, »ist sie da?«

»Nein, sie ist vor fünfzehn Minuten gegangen. Ich wollte mir gerade was zum Futtern machen. Dex, du siehst ja furchtbar aus.«

Sie traten unter das Licht im Gang, das die käsige Blässe von Dex' Gesicht beleuchtete und die Runzeln, so tief und dunkel wie Risse in der Erde, nachzuzeichnen schien. Dex war einundsechzig, aber an jenem heißen Augustabend sah er eher wie neunzig aus.

»Ist auch kein Wunder.« Dex wischte sich mit dem Handrücken über den Mund.

»Also, was ist los?«

»Ich hab' Angst, daß ich verrückt werd', Henry. Oder daß ich es schon bin.«

»Willst du was essen? Wilma hat 'n bißchen kalten Schinken übriggelassen.«

»Ich hätt' lieber 'n Drink. 'nen großen.«

»Okay.«

»Zwei Männer sind tot, Henry«, erklärte Dex unvermittelt. »Und man könnte mich dafür verantwortlich machen. Ja, ich weiß sogar, wie man mich verantwortlich machen könnte. Aber ich war's nicht. Es war die Kiste. Und ich weiß nicht mal, was *drin* ist!« Er stieß ein irres Lachen aus.

»Tot?« fragte Northrup. »Was ist passiert, Dex?«

»Ein Hausmeister. Ich weiß nicht, wie er heißt. Und Gereson. Ein Doktorand. Er war nur zufällig da. Und stand dem . . . was auch immer es ist . . . im Weg.«

Henry musterte Dex' Gesicht einen langen Augenblick und meinte dann: »Ich hol' uns beiden was zu trinken.«

Er ging. Dex trottete ins Wohnzimmer, an dem niedrigen Tisch vorbei, auf dem das Schachspiel bereits aufgestellt war, und starrte aus dem zierlichen Erkerfenster. Dieses Ding in seinem Kopf, diese Achse oder was auch immer es sein mochte, schien jetzt nicht mehr in so großer Gefahr zu sein, umzukippen. Gott sei Dank gab es Henry.

Northrup kam mit zwei kleinen Gläsern zurück, die bis zum Rand mit Eis gefüllt waren. Eis aus der Eismaschine, dachte Stanley unwillkürlich. Wilma, »nennen Sie mich doch einfach Billie, das machen alle«, Northrup bestand darauf, daß ihr alle Annehmlichkeiten des modernen Lebens zur Verfügung standen . . . und wenn Wilma auf etwas bestand, tat sie das nachdrücklich und mit wilder Entschlossenheit.

Northrup füllte beide Gläser mit Cutty Sark. Er gab Stanley eines, der sich etwas Scotch über die Finger schüttete; der Scotch brannte in einer kleinen Schnittwunde, die er sich vor ein paar Tagen im Labor geholt hatte. Bis jetzt war ihm nicht bewußt geworden, daß seine Hände zitterten. Er trank das Glas halb leer, und der Scotch loderte in seinem Magen auf, zuerst heiß, dann beruhigende Wärme verbreitend.

»Setz dich, mein Lieber«, sagte Northrup.

Dex setzte sich und trank noch einen Schluck. Jetzt ging's schon viel besser. Er sah Northrup an, der ganz ruhig über den Rand seines eigenen Glases zurückschaute. Dex wandte seinen Blick ab und richtete ihn auf das blutige Rund des Mondes, der auf dem Rand des Horizontes hockte über der Universität, die angeblich der Sitz der Vernunft, die gedankliche Vorhut des Gemeinwesens war. Wie paßte das zu der Angelegenheit mit der Kiste? Zu den Schreien? Zu dem Blut?

»Tote?« fragte Northrup schließlich. »Bist du sicher, daß sie tot sind?«

»Ja. Die Körper sind jetzt verschwunden. Wenigstens glaube ich das. Sogar die Knochen ... die Zähne ... aber das Blut ... das Blut, weißt du ...«

»Nein, ich weiß gar nichts. Du mußt schon von vorne anfangen.«

Stanley nahm noch einen Schluck und stellte sein Glas ab. »Natürlich«, sagte er. »Ja. Es fängt genau da an, wo es aufhört. Mit der Kiste. Der Hausmeister hat die Kiste gefunden ...«

Dexter Stanley hatte Amberson Hall, das manchmal auch die Alte Zoologie genannt wurde, an jenem Nachmittag um drei Uhr betreten. Es war ein drückend heißer Tag, und das Universitätsgelände lag träge und öde da, trotz der rotierenden Rasensprenger vor den Häusern der Studentenverbindungen und dem Wohnheim Old Front.

Old Front war um die Jahrhundertwende gebaut worden, aber Amberson Hall war noch viel älter. Es gehörte zu den ältesten Gebäuden der Universität, die vor zwei Jahren ihr dreihundertjähriges Bestehen gefeiert hatte. Es war ein hohes Backsteingebäude, über und über mit Efeuranken umschlossen, die wie grüne, gierige Hände aus der Erde herauszuschießen schienen. Die schmalen Fenster ähnelten eher Schießscharten als echten Fenstern, und Amberson schien die Stirn zu runzeln über die später gebauten Gebäude mit ihren Glaswänden und gekrümmten, unorthodoxen Formen.

Das neue Zoologiegebäude, Cather Hall, war vor acht Monaten fertiggestellt worden, und es würde wahrscheinlich noch achtzehn Monate dauern, bis man mit dem Umzug endgültig fertig war. Niemand wußte, was dann mit Amberson geschehen würde. Wenn die Ausgabe von Schuldverschreibungen für den Bau der neuen Turnhalle von den Abstimmenden wohlwollend aufgenommen würde, würde man es wahrscheinlich abreißen.

Er blieb einen Augenblick stehen, um zuzusehen, wie zwei junge

Männer eine Frisbeescheibe hin und her warfen. Ein Hund rannte zwischen ihnen hin und her, verdrießlich hinter der sich drehenden Scheibe herjagend. Plötzlich gab der Köter auf und ließ sich in den Schatten einer Pappel plumpsen.

Ein VW mit einem »No-Nukes«-Aufkleber auf dem Kofferraum-deckel rollte langsam in Richtung auf den Oberen Ring vorbei.

Sonst rührte sich nichts. Vor einer Woche war das Sommersemester zu Ende gegangen, und nun lag der Campus ruhig und verlassen da, totes Erz auf dem Amboß des Sommers.

Dex mußte eine Reihe von Akten abholen, das gehörte zu dem an-scheinend endlosen Umzug von Amberson nach Cather. Das alte Ge-bäude schien gespenstisch leer. Seine Schritte hallten verträumt wi-der, als er an verschlossenen Türen mit Milchglasscheiben, an Schwarzen Brettern mit ihren vergilbten Notizen vorbei auf sein Büro am Ende des Gangs im ersten Stock zuging. Der satte Geruch frischer Farbe hing in der Luft.

Er war schon fast an seiner Tür und klimperte mit den Schlüsseln in der Tasche, als der Hausmeister aus Raum sechs, dem großen Hör-saal, hervorschoß und ihn damit ziemlich erschreckte.

Er brummte irgend etwas, lächelte dann ein wenig verschämt, so wie man lächelt, wenn einem gerade eine kleinere Gardinenpredigt gehalten worden ist. »Diesmal haben Sie mich erwischt«, sagte er zu dem Hausmeister.

Der Hausmeister grinste und spielte mit dem riesigen Schlüssel-bund, der an seinem Gürtel steckte. »Tut mir leid, Professor Stanley«, sagte er. »Ich hab' gehofft, daß Sie's sind. Charlie hat gemeint, daß Sie heut' nachmittag da sind.«

»Charlie Gereson ist noch hier?« Dex runzelte die Stirn. Gereson war ein Doktorand, der gerade an einer verwickelten und möglicher-weise sehr wichtigen Untersuchung über negative Umweltfaktoren bei Langzeitwanderungen von Tieren arbeitete. Das war ein Thema, das starken Einfluß auf großflächige landwirtschaftliche Bearbei-tungsmethoden und die Schädlingsbekämpfung haben könnte. Aber Gereson riß momentan fast fünfzig Stunden pro Woche in dem riesi-gen (und antiquierten) Labor im Erdgeschoß runter. Der neue Labor-komplex in Cather wäre um vieles besser geeignet gewesen für seine Zwecke, aber die neuen Labors würden noch weitere zwei bis vier Monate nicht voll ausgestattet sein . . ., wenn es überhaupt bis dahin klappte.

»Ich glaub', er ist rüber zur Mensa auf 'nen Hamburger«, sagte der Hausmeister. »Ich hab' ihm selbst gesagt, daß er 'ne Weile aufhören und sich was zu essen holen soll. Er ist seit neun heut morgen da.

Hab's ihm selbst gesagt. Hab' gesagt, er soll sich was zu essen holen. 'n Mann lebt nicht von der Liebe allein.«

Der Hausmeister lächelte zaghaft, und Dex lächelte zurück. Der Hausmeister hatte recht; Gereson erwies der Wissenschaft gerade einen Liebesdienst. Dex hatte zu viele Schwadronen von Studenten erlebt, die einfach nur malochten und auf gute Noten aus waren, um das nicht anerkennen zu müssen . . . und um sich nicht von Zeit zu Zeit Sorgen um Charlie Geresons Gesundheit und Wohlergehen zu machen.

»Ich hätt's ja ihm gesagt, wenn er nicht soviel zu tun gehabt hätte«, sagte der Hausmeister und versuchte es wieder mit seinem vorsichtigen Lächeln. »Außerdem wollt' ich's Ihnen irgendwie selber zeigen.«

»Was gibt's denn?« frage Dex etwas ungeduldig. Heute war der Schachabend mit Henry; er wollte das hier erledigen und danach noch Zeit haben, um in Ruhe im Hancock House zu essen.

»Nun, vielleicht hat es gar nichts zu bedeuten«, sagte der Hausmeister. »Aber . . . na ja, der Kasten hier ist doch ganz schön alt, und wir graben doch laufend irgendwie Sachen aus, oder?«

Dex wußte, was er meinte. Es war, wie wenn man aus einem Haus auszieht, das Generationen hindurch bewohnt worden ist. Halley, beispielsweise, die intelligente junge Assistenzprofessorin, die nun schon seit drei Jahren hier war, hatte ein halbes Dutzend antiker Klammern mit kleinen Messingkugeln an den Enden gefunden. Sie hatte nicht die geringste Ahnung gehabt, wofür diese Klammern, die ein wenig wie gespannte Gabelbeine aussahen, gut sein sollten. Dex hatte es ihr sagen können. Nicht allzu viele Jahre nach dem Bürgerkrieg waren die Klammern dazu verwendet worden, die Köpfe weißer Mäuse einzuklemmen, die man dann ohne Betäubung operierte. Die junge Halley mit ihrer Ausbildung in Berkeley und ihrem glänzend golden herabwallenden Farrah-Fawcett-Majors-Haar hatte ziemlich angewidert dreingeschaut. »Es gab damals noch keine Vivisektionsgegner«, hatte Dex ihr fröhlich mitgeteilt. »Wenigstens nicht in dieser Gegend.« Und Halley hatte ihn darauf mit einem ausdruckslosen Blick angesehen, hinter dem sich wahrscheinlich Ekel oder vielleicht sogar Haß verbarg. Dex war wieder einmal ins Fettnäpfchen getreten. Es sah so aus, als hätte er dafür ein ausgesprochenes Talent.

Sie hatten sechzig Kisten voll *The American Zoologist* in einem abgelegenen Winkel gefunden, und der Speicher hatte sich als ein Labyrinth aus alten Lehrmitteln und vermodernden Akten erwiesen. Einige der Fundstücke konnte niemand – nicht einmal Dexter Stanley – identifizieren.

In dem Wandschrank mit den alten Tierkäfigen am hinteren Teil des Gebäudes hatte Professor Viney ein hochentwickeltes Auslaufgehege für Wüstenspringmäuse mit herrlichen Glasscheiben gefunden. Er wurde vom Museum of Natural Science in Washington als Ausstellungsstück angenommen.

Aber die Zahl der Funde war diesen Sommer zurückgegangen, und Dex glaubte, daß Amberson Hall mittlerweile auch sein letztes Geheimnis preisgegeben hatte.

»Was haben Sie denn gefunden?« fragte er den Hausmeister.

»Eine Kiste. Ich hab' sie direkt unter der Kellertreppe gefunden. Ich hab' sie nicht aufgemacht. Sie ist sowieso zugenagelt.«

Stanley konnte nicht glauben, daß irgend etwas Interessantes so lange unbeachtet geblieben sein konnte, nur weil es unter der Treppe verstaut war. Zehntausende von Menschen gingen sie jede Woche während des akademischen Jahres hinauf und hinunter. Höchstwahrscheinlich war die Kiste, die der Hausmeister gefunden hatte, voll von Institutsakten, die fünfundzwanzig Jahre zurückreichten. Oder einfach noch prosaischer, eine Schachtel mit *National Geographics.*

»Ich glaube kaum . . .«

»Das ist 'ne richtige Kiste«, unterbrach ihn der Hausmeister ernsthaft. »Ich meine, mein Vater ist Zimmermann gewesen, und die Kiste da ist so geschreinert, wie er sie damals in den Zwanzigern gebaut hat. Und er hat das von *seinem* Vater gelernt.«

»Ich weiß wirklich nicht, ob . . .«

»Außerdem liegen fast zehn Zentimeter Staub drauf. Ich hab' 'n bißchen was davon abgewischt, und da istn Datum drunter. Achtzehnhundertvierunddreißig.«

Das war etwas anderes. Stanley schaute auf seine Uhr und beschloß, daß er eine halbe Stunde erübrigen konnte.

Trotz der feuchten Augusthitze draußen war es in dem gefliesten Schlund der Treppe fast kalt. Über ihnen verströmten gelbe matte Glühbirnen ein gedämpftes, trübes Licht. Die Stufen waren einmal rot gewesen, aber in der Mitte, wo Füße all die Jahre hindurch Schicht um Schicht neuer Farbe abgetragen hatten, waren sie jetzt zu einem toten Schwarz abgewetzt. Es herrschte fast absolute Stille.

Der Hausmeister kam zuerst am Fuß der Stufen an und deutete unter die Treppe. »Da drunter«, sagte er.

Dex starrte jetzt ebenfalls in den dunklen, dreieckigen Hohlraum unter der breiten Treppe. Er erschauerte leicht vor Ekel, als er die Stelle sah, wo der Hausmeister einen hauchdünnen Schleier von Spinnweben weggewischt hatte. Jetzt, da er sich den Hohlraum tatsächlich anschaute, hielt er es tatsächlich für möglich, daß der Mann da etwas gefunden hatte, was ein wenig älter war als Nachkriegsakten. Aber 1834?

»Einen Moment«, sagte der Hausmeister und verschwand für

108

einen Augenblick. Nunmehr allein, kauerte sich Dex nieder und spähte in das Loch hinein. Er konnte nichts erkennen außer einem Fleck, der noch tiefer im Schatten lag. Dann kehrte der Hausmeister mit einer großen Taschenlampe mit vier Batterien zurück. »Die wird hell genug sein.«

»Was haben Sie überhaupt da drunten gemacht?« fragte Dexter.

Der Hausmeister grinste. »Ich bin einfach nur dagestanden und hab' versucht, mich zu entscheiden, ob ich zuerst den Gang im zweiten Stock bohnern oder die Laborfenster putzen soll. Ich hab' mich nicht entscheiden können, also hab' ich 'ne Münze hochgeworfen. Bloß – ich hab' sie fallenlassen, und sie ist da drunter gerollt.« Er deutete auf den dunklen, dreieckigen Hohlraum. »Hätt's wahrscheinlich sausen lassen, war aber mein letzter Fuffziger für den Cola-Automaten. Hab' also die Taschenlampe geholt und die Spinnweben runtergerissen, und wie ich druntergekrochen bin, um's rauszuholen, hab' ich die Kiste gesehen. Da, schaun Sie.«

Der Hausmeister leuchtete mit der Taschenlampe in das Loch. Staubkörnchen wirbelten auf und schwebten träge in dem Strahl. Der Lichtkegel der Taschenlampe traf auf die hintere Wand, stieg kurz zu den zickzackförmigen Unterseiten der Stufen herauf, verharrte auf einer uralten Spinnwebe, in der die Mumien schon seit langem toter Käfer hingen; dann wanderte das Licht herab und konzentrierte sich auf eine Kiste, die etwa einen Meter fünfzig lang und achtzig Zentimeter breit und vielleicht neunzig Zentimeter tief war. Wie der Hausmeister schon gesagt hatte: Das war keine zusammengestückelte Sache aus Abfallholz. Die Kiste war sauber aus glattem, dunklem, massivem Holz gezimmert. Ein *Sarg,* dachte Dexter beklommen. *Das sieht aus wie ein Kindersarg.*

Die dunkle Farbe des Holzes war nur an der Seite zu erkennen; ein Griff in der Form eines Fächers. Der Rest der Kiste war einheitlich düster, staubgrau. Irgend etwas war auf die Seite geschrieben – mit einer Schablone draufgeschrieben.

Dex kniff die Augen zusammen, konnte es aber nicht lesen. Er holte umständlich seine Brille aus der Brusttasche, konnte es aber immer noch nicht lesen. Ein Teil dessen, was daraufgeschrieben war, war von einer Staubschicht verdeckt – auf keinen Fall zehn Zentimeter dick, aber trotzdem außergewöhnlich dick.

Da er sich nicht die Hose schmutzig machen wollte, wenn er hineinkroch, ging Dex in der Hocke unter die Treppe und mußte dabei ein plötzliches und erstaunlich starkes Gefühl von Klaustrophobie unterdrücken. Der Speichel trocknete ihm im Mund, und an seine Stelle trat ein trockener, wolliger Geschmack, wie von einem alten Handschuh. Er dachte an die Generationen von Studenten, die diese

Stufen hinauf- und hinuntermarschiert waren – bis 1888 alle männlichen Geschlechts, dann in gemischten Schwadronen – die Bücher und Hefte und anatomische Zeichnungen schleppten, an ihre strahlenden Gesichter und leuchtenden Augen, jeder von ihnen davon überzeugt, daß eine sinnvolle und aufregende Zukunft vor ihm lag ... und hier, unter ihren Füßen, spann die Spinne ihre ewige Falle für die Fliege und den umhertorkelnden Käfer, und hier stand in aller Ruhe diese Kiste, fing Staub, wartete ...

Eine Ranke Spinnseide streifte seine Stirn, und er wischte sie mit einem kleinen Aufschrei des Ekels und einer ganz ungewohnten inneren Verkrampfung weg.

»Nicht besonders gemütlich da unten, was?« fragte der Hausmeister voller Mitgefühl, die Lampe direkt auf die Kiste gerichtet. »Mein Gott, ich hasse enge Räume.«

Dex gab keine Antwort. Er war bis zu der Kiste vorgedrungen. Er blickte auf die Buchstaben, die dort aufgetragen waren, und wischte dann den Staub von ihnen weg, der in einer Wolke aufstieg und diesen Geschmack nach Handschuh noch verstärkte. Dex mußte trocken husten. Der Staub hing im Strahl der Lampe des Hausmeisters wie alte Magie, und Dex Stanley las, was irgendein seit langem toter Verladeleiter auf diese Kiste geschrieben hatte.

ZU VERSCHIFFEN ZUR HORLICKS UNIVERSITÄT, lautete die erste Zeile. VIA JULIA CARPENTER, lautete die mittlere Zeile. Die dritte Zeile lautete einfach: EXPEDITION IN DIE ARKTIS. Darunter hatte irgend jemand in kräftigen Zügen mit schwarzer Kohle geschrieben: 19. Juni 1834. Das war die einzige Zeile, die der Hausmeister vollkommen freigelegt hatte.

EXPEDITION IN DIE ARKTIS, las Dex noch einmal. Sein Herz begann zu pochen.

»Na, was halten Sie davon?« drang die Stimme des Hausmeisters zu ihm.

Dex packte ein Ende und hob es an. Schwer. Als er es mit einem leichten Plumpsen wieder zurückfallen ließ, bewegte sich im Inneren etwas – er hörte es nicht, sondern fühlte es durch seine Handflächen, als hätte das, was auch immer da drinnen war, sich aus eigenem Antrieb bewegt. Aber das war natürlich Blödsinn. Es war ein fast flüssiges Gefühl gewesen, als hätte sich da etwas träge bewegt, das noch nicht ganz fest war.

EXPEDITION IN DIE ARKTIS.

Dex empfand die Erregung eines Antiquitätensammlers, der im Hinterzimmer irgendeines Trödelladens in irgendeinem Nest zufällig auf einen unbeachteten Schrank mit einem Fünfundzwanzig-Dollar-Preisschild stößt ... einen Schrank, der ganz gut Chippendale

110

sein konnte. »Helfen Sie mir, sie rauszuziehen!« rief er dem Hausmeister zu.

Sie arbeiteten gebückt, um nicht mit dem Kopf gegen die Unterseite der Stufen zu knallen, zogen an der Kiste, bekamen sie heraus, packten sie dann an der Unterseite und hoben sie hoch. Dex hatte seine Hose trotz allem schmutzig gemacht, und in seinem Haar hingen Spinnweben.

Als sie die Kiste in das altmodische Labor, das fast so groß wie ein Bahnhof war, schleppten, hatte Dex wieder das Gefühl, als bewegte sich da drinnen etwas, und am Gesichtsausdruck des Hausmeisters konnte er sehen, daß auch er dieses Gefühl gehabt hatte. Sie setzten sie auf einem der Labortische, die mit hitzebeständigem Plastik beschichtet waren, ab. Auf dem Nebentisch waren Charlie Geresons Sachen verstreut – Notizbücher, Millimeterpapier, Höhenlinienkarten, ein Rechner von Texas Instruments.

Der Hausmeister trat zurück, wischte sich die Hände an seinem grauen Hemd mit den zwei Taschen ab und atmete heftig. »Ganz schön schwer, die Mami«, meinte er. »Das Biest wiegt gut und gern seine hundert Pfund. Sind Sie okay, Professor Stanley?«

Dex hörte ihn kaum. Er sah sich gerade die Stirnseite der Kiste an, wo sich noch eine ganze Reihe anderer Aufschriften befand: PAELLA/SANTIAGO/SAN FRANCISCO/CHICAGO/NEW YORK/ HORLICKS.

»Professor . . .«

»Paella«, murmelte Dex, und sagte es dann noch einmal, etwas lauter. Er wurde von einer Art ungläubiger Erregung gepackt, die nur durch den Gedanken im Zaum gehalten wurde, daß das eine Art von Scherz sein könnte. »Paella!«

»Paella, Dex?« fragte Henry Northrup. Der Mond war am Himmel aufgegangen, verwandelte sich in Silber.

»Paella ist eine winzige Insel südlich von Tierra del Fuego«, sagte Dex. »Wahrscheinlich die kleinste Insel, die jemals von Menschen bewohnt worden ist. Gleich nach dem Zweiten Weltkrieg hat man dort eine Anzahl von Monolithen gefunden, die denen auf den Osterinseln ähneln. Nicht übermäßig interessant, verglichen mit ihren größeren Brüdern, aber genauso rätselhaft. Die Eingeborenen von Paella und Tierra del Fuego waren Steinzeitmenschen. Christliche Missionare haben sie vor lauter Güte umgebracht.«

»Wie bitte?«

»Es ist extrem kalt da unten. Im Sommer erreichen die Temperaturen kaum mehr als fünf Grad. Die Missionare gaben ihnen Decken, zum Teil, damit sie nicht mehr froren, hauptsächlich jedoch, damit sie ihre sündige Nacktheit bedecken konnten. Die Decken wimmelten von Flöhen, und die Eingeborenen beider Inseln wurden durch europäische Krankheiten ausgerottet, gegen die sie kein Immunsystem entwickelt hatten. Hauptsächlich durch die Pocken.«

Dex nahm einen Schluck. Der Scotch hatte seinen Wangen etwas Farbe verliehen, aber sie flackerten wie im Fieber – zwei glühende Flecken, die über seinen Wangenknochen brannten wie Rouge.

»Aber Tierra del Fuego – und dieses Paella –, das ist nicht die Arktis, Dex. Das ist die Antarktis.«

»Nicht 1834«, sagte Dex, setzte sein Glas ab, trotz seiner Verwirrung darauf bedacht, es auf den Untersetzer zu stellen, den Henry bereitgelegt hatte. Wenn Wilma einen Ring auf einem ihrer Beistelltischchen finden würde, hätte sein Freund sicher nichts zu lachen. »Die Bezeichnungen subarktisch, Antarktis und Antarktika waren damals noch nicht eingeführt. In jenen Tagen gab es nur die Nordarktis und die Südarktis.«

»Na schön.«

»Teufel noch mal, ich hab' denselben Fehler gemacht. Ich habe mir einfach nicht vorstellen können, warum auf der Reisestrecke San Fancisco als Anlaufhafen angegeben war. Dann ist mir klargeworden, daß ich den Panamakanal einkalkuliert hatte, der erst so ungefähr achtzig Jahre später gebaut worden ist.«

»Eine Expedition in die Arktis? 1834?« frage Henry zweifelnd.

»Ich hab' bis jetzt noch keine Gelegenheit gehabt, die Berichte zu überprüfen«, sagte Dex und griff nach seinem Glas. »Aber ich weiß noch aus dem Geschichtsunterricht, daß es ›Expeditionen in die Arktis‹ schon zur Zeit von Francis Drake gegeben hat. Nur – keine hat's geschafft, das ist alles. Sie waren fest davon überzeugt, daß sie Gold, Silber, Juwelen, vergessene Kulturen, Gott weiß, was sonst noch, da finden würden. Das Smithsonian Institute hat – ich glaube es war 1881 oder '82 – eine Forschungsreise zum Nordpol finanziert. Sie sind alle umgekommen. Eine Gruppe vom Forscherklub in London hat sich in den 1850er Jahren auf den Weg zum Südpol gemacht. Ihr Schiff ist mit Eisbergen zusammengestoßen und gesunken, aber drei oder vier von ihnen haben überlebt. Sie sind am Leben geblieben, weil sie den Tau aus ihren Kleidern gesaugt und den Seetang gegessen haben, der sich an ihrem Boot verfangen hat, bis man sie aufgefischt hat. Die Zähne sind ihnen ausgefallen. Und sie haben behauptet, daß sie Seeungeheuer gesehen hätten.«

»Was ist dann passiert, Dex?» frage Henry sanft.

Stanley blickte auf. »Wir haben die Kiste aufgemacht«, sagte er ausdruckslos. »Gott helfe uns, Henry, wir haben die Kiste aufgemacht.«

112

Er machte eine lange Pause – so schien es jedenfalls –, bevor er wieder zu reden anfing.

»Paella?« fragte der Hausmeister. »Was ist das?«

»Eine Insel an der Südspitze von Südamerika«, sagte Dex. »Ist auch egal. Sehen wir zu, daß wir das Ding da aufkriegen.« Er öffnete eine der Schubladen im Labor und begann darin herumzuwühlen, auf der Suche nach etwas, das er als Brecheisen verwenden konnte.

»Lassen Sie das Zeug da drin«, meinte der Hausmeister. Er wirkte jetzt selbst ganz erregt. »Ich hab' Hammer und Meißel oben in meinem Zimmer. Ich hol' sie. Warten Sie hier.«

Er ging. Die Kiste stand auf der Plastikbeschichtung des Tisches, lauernd und stumm.

Sie hockt da, lauernd und stumm, dachte Dex und erschauderte. Woher war ihm dieser Gedanke gekommen? Aus irgendeiner Geschichte? Die Worte hatten einen rhythmischen, aber unangenehmen Klang. Er verdrängte sie. Er war ein Meister im Verdrängen des Außergewöhnlichen. Er war Wissenschaftler.

Er schaute sich im Labor um, nur um die Augen von der Kiste loszubekommen. Mit Ausnahme von Charlies Tisch war es unnatürlich ordentlich und ruhig – wie der Rest der Universität. Weiß gefließte Wände wie in einer U-Bahn-Station glänzten frisch unter den Deckenlampen; die Lampen selbst schienen sich in den polierten Plastikoberflächen zu verdoppeln und dort einzutauchen. Wie gespenstische Lichter, die aus tiefem Seewasser heraufschimmern. Eine riesige altmodische Schiefertafel beherrschte die Wand gegenüber den Waschbecken. Und Schränke, Schränke überall. Es war sehr einfach – vielleicht zu einfach –, die alten, sepiabraun verblichenen Geister all jener alten Zoologiestudenten mit ihren weißen Mänteln und grünen Ärmelschonern vor sich zu sehen, das Haar onduliert oder voll Pomade, wie sie sezierten und Berichte schrieben . . .

Schritte polterten auf der Treppe; Dex erschauderte und dachte wieder an die Kiste, die so viele Jahre, lange nachdem die Männer, die sie dort hineingeschoben hatten, gestorben und wieder zu Staub geworden waren, dort unter den Stufen gestanden hatten – ja, lauernd und stumm.

Paella, dachte er, und da kam der Hausmeister mit Hammer und Meißel zurück.

»Darf ich das für Sie machen, Professor?« fragte er; Dex wollte schon verneinen, als er den flehenden, hoffnungsvollen Blick in den Augen des Mannes sah.

»Natürlich«, sagte. Schließlich hatte dieser Mann die Kiste gefunden.

»Wahrscheinlich nix drin wien paar Steine und Pflanzen, so alt, daß sie gleich zu Staub zerfallen, wenn man sie anrührt. Aber komisch – ich bin irgendwie scharf drauf.«

Dex lächelte unverbindlich. Er hatte keine Ahnung, was in der Kiste war, aber er zweifelte daran, daß es nur Gesteins- und Pflanzenproben waren. Da war dieses leicht flüssige, wälzende Gefühl gewesen, als sie sie bewegt hatten.

»Auf geht's«, meinte der Hausmeister und begann den Meißel mit raschen Hammerschlägen unter das Holz zu treiben. Das Brett wölbte sich ein wenig und enthüllte eine Doppelreihe von Nägeln, die Dex in absurder Weise an Zähne erinnerten. Der Hausmeister drückte den Griff seines Meißels wie einen Hebel herunter, und das Brett löste sich, die Nägel kreischten aus dem Holz heraus. Er machte dasselbe am anderen Ende; das Brett löste sich völlig und polterte zu Boden. Dex lehnte es auf die Seite und bemerkte, daß sogar die Nägel irgenwie anders aussahen – dicker, viereckiger an der Spitze und ohne jenen blau-stählernen Schimmer, der auf ein hochentwickeltes Legierungsverfahren schließen läßt.

Der Hausmeister spähte gerade durch den langen, engen Streifen, den er schon abgedeckt hatte, in die Kiste. »Kann nix sehen«, meinte er. »Wo hab' ich denn meine Lampe gelassen?«

»Lassen Sie mal«, sagte Dex. »Machen Sie weiter und öffnen Sie sie.«

»In Ordnung.« Er deckte ein zweites Brett ab, dann ein drittes. Sechs oder sieben waren über den Deckel des Kastens genagelt. Er machte sich gerade ans vierte Brett, griff über den Zwischenraum, den er bereits abgedeckt hatte, hinweg, um seinen Meißel unter dem Brett anzusetzen, als die Kiste anfing zu pfeifen.

Das Geräusch hatte große Ähnlichkeit mit dem, das ein Teekessel von sich gibt, wenn das Wasser sprudelnd zum Kochen kommt, erzählte Dex Henry Northrup; aber das hier war kein fröhliches Pfeifen, sondern etwas, das in etwa dem scheußlichen, hysterischen Kreischen eines Kindes, das gerade einen Wutanfall hat, ähnelt. Und dieses Pfeifen senkte sich plötzlich und verstärkte sich zu einem tiefen, heiseren, knurrenden Geräusch. Es war nicht laut, aber es hatte einen urtümlichen wilden Klang, der Dex Stanleys Haare zu Berge stehen ließ. Der Hausmeister starrte zu ihm hin, seine Pupillen weiteten sich . . . und dann packte etwas seinen Arm. Dex sah nicht, was ihn packte; seine Augen fixierten instinktiv das Gesicht des Mannes.

Der Hausmeister schrie auf, und das Geräusch trieb Dex die Panik wie mit einem Stilett in die Brust. Der Gedanke, der ihm unwillkürlich kam, war: *Das ist das erste Mal in meinem Leben, daß ich einen erwachsenen Mann schreien höre – was für ein behütetes Leben habe ich nur geführt!*

Der Hausmeister, ein ziemlich großer Kerl, der wohl so um die

114

fünfundneunzig Kilo wog, wurde plötzlich heftig auf eine Seite gerissen. Zur Kiste hin. »Helfen Sie mir!« schrie er. »So helfen Sie mir
doch, Doktor, es hat mich erwischt, es beißt mich, es beißt miiiiich.«

Dex sagte sich vor, daß er hinlaufen und den freien Arm des Hausmeisters packen sollte, aber seine Füßen hätten genausogut am Boden festgebunden sein können. Der Hausmeister steckte inzwischen
bis zu den Schultern in der Kiste. Und dieses verrückte Knurren hörte
einfach nicht auf. Die Kiste glitt den Tisch etwa dreißig Zentimeter
nach hinten und kam dann bei einer fest verschraubten Gerätehalterung zum Stehen. Sie begann vor- und zurückzuwippen. Der Hausmeister schrie auf und riß sich mit gewaltigem Schwung von der Kiste los. Das Ende des Kastens hob sich vom Tisch und knallte dann
wieder darauf zurück. Ein Teil seines Armes ragte plötzlich aus der
Kiste, und Dex sah mit Schrecken, daß der graue Ärmel seines Hemdes zerkaut und zerissen und von Blut durchtränkt war. Lächelnde,
halbmondförmige Bisse waren in das gestanzt, was er von der Haut
des Mannes unter den zerfetzten Stofflappen sehen konnte.

Dann riß etwas, das unglaublich stark sein mußte, den Arm wieder
zurück. Das Ding in der Kiste begann zu knurren und zu schmatzen.
Zwischendurch war ab und zu ein atemloser, pfeifender Ton zu hören. Schließlich löste sich Dex aus seiner Lähmung und stürzte taumelnd vorwärts. Er packte den freien Arm des Hausmeisters. Er
zerrte – ohne jeden Erfolg. Es war, als versuchte er, an einem Mann
zu ziehen, der mit Handschellen an die Stoßstange eines Sattelschleppers gefesselt ist.

Der Hausmeister schrie wieder – ein langer, jammernder Ton, der
zwischen den funkelnden, weiß gefliesten Wänden des Labor hin-
und herrollte. Dex konnte den goldenen Schimmer der Zahnfüllun-
gen im Mund des Mannes sehen. Er konnte den gelben Hauch des
Nikotins auf seiner Zunge sehen.

Der Kopf des Hausmeisters knallte auf die Kante des Brettes herunter, das er gerade hatte hochstemmen wollen, als das Ding ihn gepackt hatte. Und diesmal sah Dex tatsächlich etwas, auch wenn das
alles mit so tödlicher, grausamer Geschwindigkeit ablief, daß er später nicht mehr in der Lage war, es Henry richtig zu beschreiben. Etwas, so trocken und braun und schuppig wie ein Wüstenreptil, kam
aus der Kiste – etwas mit riesigen Klauen. Es riß an der sich strecken-
den, zugeschnürten Kehle des Hausmeisters und durchtrennte seine
Halsschlagader. Blut pumpte über den Tisch, bildete eine Pfütze auf
dem Plastikbelag und sprudelte auf den weiß gefliesten Boden. Einen
Augenblick lang schien ein Nebel von Blut in der Luft zu hängen.

Dex ließ den Arm des Hausmeisters fallen und stolperte zurück,
die Hände flach an die Wangen gepreßt, die Augen hervortretend.

115

Die Augen des Hausmeisters verdrehten sich wie im Delirium zur Decke. Sein Mund klappte auf und schloß sich dann schnappend. Das Klicken seiner Zähne war trotz des hungrigen Knurrens zu hören. Seine Füße, die in schweren schwarzen Arbeitsschuhen steckten, führten einen kurzen, wilden Stepptanz auf dem Boden auf. Dann schien er das Interesse zu verlieren. Seine Augen sahen nun fast dankbar aus, als sie verzückt auf die Glühbirne an der Decke starrten, die ebenfalls mit Blut bespritzt war. Seine Füße fielen zu einem lockeren V auseinander. Sein Hemd rutschte aus der Hose, jetzt war sein weißer, aufgedunsener Bauch zu sehen.

»Er ist tot«, flüsterte Dex. »Oh, mein Gott.«

Das Herz des Hausmeisters pumpte nur noch stockend und kam aus dem Rhythmus. Jetzt verlor das Blut, das sich aus der tief und unregelmäßig klaffenden Wunde an seinem Nacken ergoß, an Druck und floß nur noch dem Gebot der gleichgültigen Schwerkraft gehorchend hinunter. Die Kiste war mit Blut befleckt und bespritzt. Das Knurren schien endlos weiterzugehen. Die Kiste wippte ein wenig vor und zurück, aber sie war zu stark in der Gerätehalterung verklammert, als daß sie sich hätte weit bewegen können. Der Körper des Hausmeisters rekelte sich grotesk, immer noch fest gepackt von dem, was auch immer sich da drin befand. Sein Kreuz war gegen den Rand des Labortisches gepreßt. Seine freie Hand baumelte herunter, spärliches Haar kräuselte sich auf den Fingern zwischen dem ersten und dem zweiten Knöchel. Sein großer Schlüsselbund schimmerte im Licht wie Chrom.

Und jetzt begann sein Körper langsam hin- und herzuwippen. Seine Schuhe schleiften vor und zurück, jetzt nicht mehr steppend, sondern obszön walzend. Und dann schleiften sie nicht mehr. Sie baumelten vielleicht zwei Zentimeter über dem Boden . . . dann vier Zentimeter . . . dann fünfzehn Zentimeter über dem Boden. Dex wurde bewußt, daß der Hausmeister in die Kiste gezerrt wurde.

Sein Genick lag jetzt auf dem Brett gegenüber der anderen Seite des Loches im Deckel der Kiste. Er sah aus wie ein Mann, der in irgendeiner Zen-Position des Sich-Versenkens ruhte. Seine toten Augen glitzerten. Und Dex hörte unter den wilden knurrenden Lauten ein schmatzendes Geräusch. Und dann das Knirschen eines Knochens.

Dex rannte weg.

Er stolperte quer durch das Labor und zur Tür hinaus und die Stufen hinauf. Auf halbem Weg fiel er hin, klammerte sich am Geländer fest, kam wieder auf die Beine und rannte weiter. Er kam im Gang des ersten Stockes an und hastete ihn hinunter, vorbei an den geschlossenen Milchglastüren, vorbei an den Schwarzen Brettern. Seine eige-

116

nen Schritte jagten ihn. Dieses verdammte Pfeifen klang immer noch in seinen Ohren.

Er lief geradewegs Charlie Gereson in die Arme, rannte ihn fast über den Haufen und verschüttete den Milchshake, den Charlie gerade trinken wollte, über sie beide.

»Du heiliger Strohsack, was ist denn los?« fragte Charlie und wirkte in seiner Überraschung fast komisch. Er war klein und stämmig, trug eine Khakihose und ein weißes T-Shirt. Eine dicke Brille saß grimmig auf seiner Nase, sie ließ auf Arbeit schließen und verkündete, daß sie auch noch für eine lange Ochserei dort bleiben würde.

»Charlie«, sagte Dex heiser keuchend. »Mein Junge . . . der Hausmeister . . . die Kiste . . . sie pfeift . . . *sie pfeift wenn sie Hunger hat und sie pfeift wieder wenn sie voll ist* . . . mein Junge . . . wir müssen . . . Universitätssicherheitskräfte . . . wir . . . wir . . .«

»Immer mit der Ruhe, Professor Stanley«, meinte Charlie. Er sah betroffen und ein wenig erschreckt aus. Man rechnet schließlich nicht damit, in seinem Institut vom dienstältesten Professor gepackt zu werden, wenn man selbst gerade nichts Aggressiveres im Kopf hatte als die Auflistung der unaufhaltsamen Abwanderung von Sandfliegen. »Immer mit der Ruhe, ich weiß ja gar nicht, wovon Sie sprechen.«

Stanley, der sich kaum dessen bewußt war, was er sagte, sprudelte eine völlig wirre Version dessen heraus, was mit dem Hausmeister passiert war. Charlie Gereson sah zunehmend verwirrter und zweifelnder aus. Obwohl er völlig aus der Fassung war, kapierte Dex allmählich, daß Charlie kein Wort von alldem glaubte. Er dachte mit einer neuen Art von Schrecken, daß Charlie ihn bald fragen würde, ob er zuviel gearbeitet habe, und daß Stanley selbst, wenn er das täte, in irres Glucksen ausbrechen würde.

Aber was Charlie sagte, war folgendes: »Das ist aber ganz schön verrückt, Professor Stanley.«

»Das stimmt. Wir müssen die Universitätssicherheitskräfte rüberholen. Wir . . .«

»Nein, das hat keinen Sinn. Einer von denen würde sicher gleich seine Hand reinstrecken«. Er sah Dex' betroffenen Blick und sprach weiter. »Wenn *ich* schon Schwierigkeiten hab', die Angelegenheit zu schlucken, was werden *die* dann denken?«

»Ich weiß es nicht«, meinte Dex. »Ich . . . ich hab' nie gedacht . . .«

»Die werden denken, daß Sie gerade von 'ner Riesenzecherei zurück sind und tasmanische Teufel statt rosa Elefanten sehen«, sagte Charlie Gereson fröhlich und rückte seine Brille ein Stück höher seine Stupsnase hinauf. »Außerdem, nach dem, was Sie sagen, hätte die Verantwortung sowieso von Anfang an bei den Leuten von der Zoologie gelegen . . . wie schon seit hundertvierzig Jahren.«

»Aber . . .« Er schluckte, und es knackte in seiner Kehle, als er sich zusammennahm, um seine schlimmste Befürchtung auszusprechen. »Aber es könnte inzwischen draußen sein.«

»Das glaub' ich nicht«, meinte Charlie, ließ sich aber nicht weiter darüber aus. Und jetzt erkannte Dex zwei Dinge: daß Charlie kein Wort von dem glaubte, was er gesagt hatte, und daß nichts von dem, was er noch sagen konnte, Charlie davon abhalten würde, wieder hinunterzugehen.

Henry Northrup sah auf die Uhr. Sie saßen nun seit etwas mehr als einer Stunde im Arbeitszimmer; Wilma würde erst in zwei Stunden wiederkommen. Genug Zeit. Er hatte – anders als Charlie Gereson – nicht von vornherein ein Urteil über die empirische Grundlage von Dex' Geschichte gefällt. Aber er kannte Dex nun schon länger als der junge Gereson, und er glaubte nicht, daß sein Freund die Symptome eines Mannes zeigte, der plötzlich eine Psychose entwickelt hat. Was er hatte, war ein Blick voll wahnsinniger Angst, nicht mehr und nicht weniger als man bei einem Mann erwarten würde, der noch mal ganz knapp davongekommen ist vor . . . nun, noch mal ganz knapp davongekommen ist.

»Er ist runtergegangen, Dex?«

»Ja. Das ist er.«

»Du bist mit ihm gegangen?«

»Ja.«

Henry setzte sich ein wenig anders hin. »Ich kann verstehen, warum er die Universitätssicherheitskräfte nicht holen wollte, bevor er die Lage selbst überprüft hatte. Schau, Dex, *du* hast gewußt, daß du die reine Wahrheit sagst, auch wenn *er* das nicht wußte. Warum hast *du* nicht angerufen?«

»Du glaubst mir also?« fragte Dex. Seine Stimme zitterte. »Du glaubst mir doch, Henry?«

Henry überlegte kurz. Die Geschichte war verrückt, ohne Frage. Es bedeutete, daß etwas in der Kiste sein konnte, das groß und lebendig genug war, um nach etwa einhundertvierzig Jahren einen Mann zu töten, und das war verrückt. Er glaubte das nicht. Aber das hier war Dex . . . und daran *zweifelte* er auch *nicht*.

»Ja«, sagte er.

»Gott sei Dank«, sagte Dex. »Gott sei Dank, Henry.«

»Das beantwortet aber noch nicht meine Frage. Warum hast du nicht die Unipolizei geholt?«

»Ich hab' gedacht . . . soweit ich überhaupt was gedacht habe . . . daß es nicht aus der Kiste raus, ins helle Licht, *will*. Es muß so lange im Dunkeln gelebt haben . . . so lange . . . und . . . so fantastisch das auch klingen mag . . . ich hab' gedacht, es könnte vielleicht an seine

Behausung gebunden sein oder so. Ich hab' gedacht . . . nun ja, er wird sie sehen . . . er wird die Kiste sehen . . . die Leiche des Hausmeisters . . . er wird das *Blut* sehen . . . und dann würden wir die Sicherheitskräfte holen. Verstehst du?« Stanleys Augen flehten ihn um Verständnis an, und Henry verstand. Er fand, daß Dex in Anbetracht der Tatsache, daß es eine rasche Entscheidung in einer Streßsituation gewesen war, doch noch ganz klar gedacht hatte. Das Blut. Wenn der junge Doktorand das Blut sehen würde, wäre er froh, die Polizei holen zu können.

»Aber es ist nicht so gekommen.«

»Nein.« Dex fuhr mit der Hand durch das sich lichtende Haar.

»Warum nicht?«

»Weil der Körper verschwunden war, als wir unten ankamen.«

»Er war verschwunden?«

»Genau. Und die Kiste war auch verschwunden.«

Als Charlie Gereson das Blut sah, wurde sein rundes, gutmütiges Gesicht sehr blaß. Seine Augen, die schon wegen der dicken Brille größer wirkten, wurden noch riesiger. Blutpfützen standen auf dem Labortisch. Blut war eines der Tischbeine hinuntergelaufen. Auf dem Boden hatte sich eine kleine Lache gebildet, und Tropfen hingen an der Lampe und der weiß gefliesten Wand. Ja, es war reichlich Blut überall.

Aber da war kein Hausmeister. Keine Kiste.

Dex Stanleys Kinnlade fiel herunter. »Was zum Teufel . . .« sagte Charlie leise.

Dex sah jetzt etwas, vielleicht das einzige, was es ihm erlaubte, seinen Verstand zu behalten. Er fühlte bereits, wie jene innere Achse wieder aus dem Gleichgewicht geraten wollte. Er packte Charlie bei der Schulter und sagte: »Schauen Sie sich das Blut auf dem Tisch an!«

»Ich hab' genug gesehen«, meinte Charlie.

Sein Adamsapfel hob und senkte sich wie ein Schnellaufzug, als er mit sich kämpfte, um seinen Mittagsimbiß bei sich zu behalten.

»Reißen Sie sich, um Himmels willen, zusammen«, sagte Dex barsch. »Ihr Hauptfach ist immerhin Zoologie. Sie haben doch schon öfter Blut gesehen.«

Das war die Stimme der Autorität, vorerst jedenfalls. Charlie riß sich in der Tat zusammen, und sie gingen etwas näher heran. Die planlosen Blutlachen auf dem Tisch waren gar nicht so planlos, wie es zuerst ausgesehen hatte. Jede davon hatte an einer Seite eine scharf konturierte Kante.

»Die Kiste hat hier gestanden«, sagte Dex. Er fühlte sich jetzt ein wenig besser. Die Tatsache, daß die Kiste wirklich dort gewesen *war*, brachte ihn wieder auf die Beine »Und sehen Sie – da.« Er deutete auf den Boden. Hier hatte sich das Blut zu einer langen, dünnen Spur verschmiert. Sie führte dorthin, wo die beiden standen, ein paar Schritte von der Innenseite der Doppeltür entfernt. Sie wurde immer schwächer und verlor sich schließlich ungefähr in der Mitte zwischen Labortisch und Tür ganz. Jetzt war alles kristallklar für Dex Stanley, und der Schweiß auf seiner Haut wurde kalt und klebrig. *Es war rausgekommen.*

Es war rausgekommen und hatte die Kiste vom Tisch heruntergestoßen. Und dann hatte es die Kiste weggeschoben . . . wohin? Unter die Treppe natürlich. Wieder unter die Treppe. Wo sie so lange gewesen war.

»Wo ist die . . . die . . .« Charlie führte seinen Satz nicht zu Ende.

»Unter der Treppe«, sagte Dex wie betäubt. »Sie ist wieder dahin zurückgekehrt, wo sie hergekommen ist.«

»Nein, die . . .« Er stieß es endlich hervor. ». . . die Leiche.«

»Ich weiß es nicht«, sagte Dex. Aber er glaubte, daß er es doch wußte. Nur wollte sein Verstand es einfach nicht wahrhaben.

Charlie drehte sich unvermittelt um und ging wieder durch die Tür hinaus.

»Wo gehen Sie hin?« schrie Dex schrill und lief ihm nach.

Charlie blieb vor der Treppe stehen. Das dreieckige schwarze Loch unter ihnen klaffte. Die große Taschenlampe des Hausmeisters mit den vier Batterien lag immer noch auf dem Boden. Und daneben lag ein blutverschmierter grauer Stoff-Fetzen und einer der Stifte, die in der Brusttasche des Mannes gesteckt hatten.

»Geh'n Sie nicht da runter, Charlie! Tun Sie's nicht.« Sein Herz pochte wild in seinen Ohren, und das machte ihm noch mehr angst.

»Nein«, sagte Charlie. »Aber die Leiche . . .«

Charlie ging in die Hocke, packte die Taschenlampe und leuchtete damit unter die Treppe. Und die Kiste war dort, gegen die hintere Wand gerückt, genau wie zuvor, lauernd und stumm. Nur daß jetzt kein Staub mehr darauflag und drei Bretter des Deckels weggestemmt waren.

Das Licht wanderte weiter und war jetzt auf einen der großen Arbeitsschuhe des Hausmeisters gerichtet. Charlie atmete mit einem tiefen, heiseren Keuchen ein. Das dicke Leder des Schuhs war brutal zerbissen und zerfressen. Die Schnürsenkel hingen zerrissen aus den Ösen. »Schaut aus, als hätte ihn irgend jemand in einen Heubündler geschmissen«, meinte er mit rauher Stimme.

»Glauben Sie mir jetzt?« fragte Dex.

Charlie gab keine Antwort. Er hielt sich mit einer Hand leicht an der Treppe fest und beugte sich über den Überhang – wahrscheinlich, um den Schuh zu holen. Später, als Dex in Henrys Arbeitszimmer saß, sagte er, daß er sich nur einen Grund vorstellen konnte, warum Charlie das getan hatte – um den Biß des Dinges in der Kiste zu messen und vielleicht zu kategorisieren. Er war schließlich Zoologe, und obendrein ein verdammt guter.

»Nicht!« schrie Dex und packte Charlie von hinten am Hemd.

Plötzlich starrten zwei grün-goldene Augen über den Rand der Kiste. Sie hatten fast die Farbe von Eulenaugen, nur waren sie kleiner. Ein rauhes, rasselndes, zorniges Knurren war zu hören. Charlie fuhr erschreckt zurück und schlug mit dem Hinterkopf gegen die Unterseite der Stufen. Ein Schatten fuhr mit der Geschwindigkeit eines Geschosses aus der Kiste auf ihn zu. Charlie heulte auf. Dex hörte das trockene Surren seines Hemdes, als es zerriß, und das Klappern, als Charlies Brille auf den Boden fiel und wegschlitterte. Noch einmal versuchte Charlie zurückzuweichen. Das Ding begann zu knurren, dann hörte das Knurren plötzlich auf. Und Charlie Gereson fing in Todespein zu schreien an.

Dex zog mit aller Kraft an dem weißen T-Shirt. Einen Augenblick lang neigte sich Charlie nach hinten, und Dex sah eine pelzige, sich windende Gestalt, die sich flach über die Brust des jungen Mannes ausgebreitet hatte, eine Gestalt, die nicht vier, sondern sechs Beine und den abgeflachten Rundkopf eines jungen Luchses zu haben schien. Charlie Geresons Hemdbrust war so schnell und gründlich zerfetzt worden, daß sie nun aussah wie Papierschlangen, die um seinen Hals hingen.

Dann hob das Ding den Kopf, und die kleinen grün-goldenen Augen starrten unheilverkündend in Dex' eigene. Er hatte noch niemals eine solche Grausamkeit gesehen oder sie sich auch nur träumen lassen. Seine Kräfte schwanden. Sein Griff am Rücken von Charlies T-Shirt lockerte sich einen Augenblick lang.

Und dieser eine Augenblick genügte. Charlie Geresons Körper wurde mit grotesker, trickfilmartiger Geschwindigkeit unter die Treppe gerissen. Einen Augenblick Stille. Dann fingen wieder die knurrenden, schmatzenden Geräusche an.

Charlie schrie noch einmal auf, ein langer Schreckens- und Schmerzensschrei, der aprupt abgeschnitten wurde . . . als ob irgend etwas über seinen Mund gestülpt worden wäre.

Oder in ihn hineingestopft.

Dex versank in Schweigen. Der Mond stand hoch am Himmel. Sein dritter Drink war halb leer – ein bisher fast unbekanntes Phänomen bei ihm –, und er fühlte, wie er darauf langsam mit Schläfrigkeit und Mattigkeit reagierte.

»Was hast du dann gemacht?« fragte Henry. Was er nicht getan hatte, soviel wußte er, war, zu den Universitätssicherheitskräften zu gehen; sie hätten sich so eine Geschichte nicht angehört und ihn dann gehen lassen, so daß er sie seinem Freund Henry weitererzählen konnte.

»Ich bin einfach völlig unter Schock herumgelaufen, nehme ich an. Ich bin wieder die Treppe hinaufgerannt, genauso wie nach . . . nachdem es den Hausmeister geholt hat, bloß hat's diesmal keinen Charlie Gereson gegeben, der mir über den Weg laufen konnte. Ich glaube, ich bin . . . meilenweit gelaufen. Ich glaube, ich war verrückt. Ich hab' die ganze Zeit an den Rydersee gedacht. Den kennst du doch?«

»Ja«, meinte Henry.

»Ich hab' die ganze Zeit gedacht, daß der tief genug wäre. Wenn . . . es eine Möglichkeit gäbe, diese Kiste da raus zu bekommen. Ich hab' . . . hab' die ganze Zeit gedacht . . .« Er schlug die Hände vors Gesicht. »Ich weiß nicht. Ich weiß überhaupt nichts mehr. Ich glaub', ich werd' verrückt.«

»Wenn die Geschichte, die du grad erzählt hast, stimmt, kann ich das verstehen«, meinte Henry ruhig. Er stand plötzlich auf. »Komm. Ich bring' dich heim.«

»Heim?« Dex schaute seinen Freund geistesabwesend an. »Aber . . .«

»Ich lass' Wilma 'ne Notiz hier, damit sie weiß, wo wir sind, und dann rufen wir . . . wen sollen wir rufen, Dex? Die Universitätssicherheitskräfte oder die Polizei?«

»Du glaubst mir doch? Du glaubst mir? Sag einfach, daß du's tust.«

»Ja, ich glaube dir«, sagte Henry, und das war die Wahrheit. »Ich weiß nicht, was das für ein Ding sein könnte oder wo es herkommt, aber ich glaub' dir.«

Dex Stanley fing an zu weinen.

»Trink aus, während ich den Zettel für meine Frau schreibe«, sagte Henry, der die Tränen anscheinend nicht bemerkte. Er grinste sogar ein wenig. »Und laß uns, um Himmels willen, hier abhauen, bevor sie zurückkommt.«

Dex packte Henry am Ärmel. »Aber wir gehen nicht in die Nähe von Amberson Hall, ja? Versprich mir das, Henry. Wir bleiben da weg, ja?«

»Wir wollen doch das Schicksal nicht herausfordern«, sagte Henry Northrup. Es war eine Fahrt von drei Meilen bis zu Dexters Haus außerhalb der Stadt, und bevor sie dort ankamen, schlief er schon fest auf dem Beifahrersitz.

»Die staatliche Polizei, glaub' ich«, meinte Henry. Seine Worte schienen von weit her zu kommen. »Ich denke, Charlie Gereson hat die Universitätspolizei ganz richtig eingeschätzt. Der erste von denen würde wahrscheinlich ganz fröhlich seinen Arm in die Kiste stecken.«

»Ja. In Ordnung.« Durch die Nachwirkungen der Mattigkeit hindurch, der er sich hingegeben hatte, empfand Dex eine undeutliche, aber große Dankbarkeit, daß sein Freund das Kommando übernommen hatte. Ein Teil von ihm, der noch tiefer lag, glaubte daran, daß Henry das nicht hätte tun können, wenn er das gesehen hätte, was er gesehen hatte. »Nur . . . man muß vorsichtig sein . . .«

»Ich kümmere mich schon darum«, sagte Henry grimmig, und das war der Augenblick, als Dex einschlief.

Er erwachte am nächsten Morgen; der hochsommerliche Sonnenschein zauberte kräftige Muster auf die Laken seines Bettes. Nur ein Traum, dachte er mit unbeschreiblicher Erleichterung. Alles nur ein verrückter Traum.

Aber er spürte den Geschmack von Scotch im Mund – Scotch und noch etwas. Er setzte sich auf, und ein stechender Schmerz schoß durch seinen Kopf. Aber nicht etwa der Schmerz, den ein Kater verursacht; nicht einmal, wenn man der Typ ist, der schon von drei Glas Scotch einen Kater kriegt; und so ein Typ war er nicht.

Er setzte sich auf, und da sah er Henry auf der anderen Seite des Zimmers sitzen. Sein erster Gedanke war, daß sich Henry wohl rasieren müßte. Sein zweiter, daß da etwas in Henrys Augen funkelte, das er noch nie zuvor gesehen hatte – etwas wie Eisstückchen. Dex kam ein lächerlicher Gedanke; er ging ihm durch den Kopf und war wieder weg. *Augen wie ein Scharfschütze. Henry Northrup, dessen Spezialgebiet die frühenglische Dichtung ist, hat Augen wie ein Scharfschütze.*

»Wie fühlst du dich, Dex?«

»Hab' leichte Kopfschmerzen«, sagte Dex. »Henry . . . die Polizei . . . was ist passiert?«

»Die Polizei wird nicht kommen«, sagte Northrup ruhig. »Was deinen Kopf betrifft, das tut mir leid. Ich habe eines von Wilmas Schlafpulvern in deinen dritten Drink geschüttet. Ich versichere dir, es geht vorüber.«

»Was sagst du da, Henry?«

Henry nahm einen Notizzettel aus seiner Brusttasche. »Das ist die Notiz, die ich meiner Frau dagelassen habe. Ich glaube, das wird dir vieles erklären. Ich habe sie mir wiedergeholt, nachdem alles vorbei war. Ich habe es darauf ankommen lassen, daß sie die Notiz auf dem Tisch zurücklassen würde, und es ist gutgegangen.«

»Ich weiß nicht, wovon du . . .«

Er nahm Herny den Zettel aus der Hand und las ihn; seine Augen weiteten sich.

Liebe Billie,

gerade hat mich Dex Stanley angerufen. Er hat durchgedreht. Hat sich scheinbar auf irgendein Abenteuer mit einer von seinen Studentinnen eingelassen. Er ist in Amberson Hall. Das Mädchen auch. Um Himmels willen, komm schnell. Ich weiß nicht genau, wie das alles zusammenhängt, aber vielleicht ist die Anwesenheit einer Frau dringend erforderlich, und unter diesen Umständen kann eine Schwester vom Krankenrevier einfach nichts ausrichten. Ich weiß, daß Du Dex nicht besonders magst, aber so ein Skandal könnte seine berufliche Laufbahn ruinieren. Komm bitte. Henry.

»Um Himmels willen, was hast du gemacht?« fragte Dex mit heiserer Stimme.

Henry riß Dex die Notiz aus der schlaffen Hand, holte sein Feuerzeug heraus und zündete den Zettel an einer Ecke an. Als er richtig brannte, ließ er das verkohlte Papier in einen Aschenbecher auf der Fensterbank fallen.

»Ich habe Wilma getötet«, sagte er mit derselben ruhigen Stimme. »Bim-bam, die böse Hexe ist tot.« Dex versuchte zu sprechen, konnte es aber nicht. Jene innere Achse schien wieder aus dem Gleichgewicht zu geraten. Der Abgrund geistiger Umnachtung tat sich vor ihm auf. »Ich habe meine Frau getötet, und nun bin ich dir ausgeliefert.«

Dex fand allmählich die Sprache wieder. Seine Stimme hatte einen kratzenden, schrillen Klang. »Die Kiste«, sagte er. »Was hast du mit der Kiste gemacht?«

»Das ist ja das Schöne daran«, sagte Henry. »Du hast selbst das letzte Stück in das Puzzle eingesetzt. Die Kiste liegt auf dem Grund vom Rydersee.«

Dex versuchte, das zu begreifen, während er Henry in die Augen schaute. Die Augen seines Freundes. Augen eines Scharfschützen. Man kann nicht seine eigene Königin schlagen, das steht in keinen Schachregeln, dachte er und unterdrückte den Drang, in wildes, widerliches Lachen auszubrechen. Im See, hatte er gesagt. Im Rydersee. Er war mehr als hundert Meter tief, hieß es. Er lag etwa zwölf Meilen östlich von der Universität. Während der dreißig Jahre, die Dex jetzt schon hier war, waren ein Dutzend Leute in ihm ertrunken, und vor drei Jahren hatte die Stadt dort Warnschilder aufgestellt.

»Ich habe dich ins Bett gebracht«, sagte Henry. »Mußte dich in dein Zimmer schleppen. Du warst völlig weg. Scotch, Schlafpulver – und der Schock. Aber du hast ganz normal und kräftig geatmet. Starke Herztöne. Hab' das alles überprüft. Egal, was du glaubst, aber du mußt nicht denken, daß ich dir irgendwas antun wollte, Dex.«

»Es war eine Viertelstunde, bevor Wilmas Kurs zu Ende war, und sie würde eine weitere Viertelstunde brauchen, um nach Hause zu fahren, und schließlich noch eine Viertelstunde, um nach Amberson Hall zu kommen. Mir bleiben also fünfundvierzig Minuten. In zehn Minuten war ich drüben in Amberson Hall. Es war nicht abgeschlossen. Das reichte, um meine letzten Zweifel auszuräumen.«

»Worauf willst du hinaus?«

»Der Schlüsselbund am Gürtel des Hausmeisters war mit ihm zusammen verschwunden.«

Dex erschauerte.

»Wenn die Tür verschlossen gewesen wäre – verzeih, Dex, aber wenn es einem ernst ist, dann muß man sich nach allen Seiten absichern – hätte ich noch genügend Zeit gehabt, um vor Wilma wieder zu Hause zu sein und diese Notiz zu verbrennen.«

»Ich bin nach unten gegangen – und ich bin so nah wie ich konnte an der Wand geblieben, als ich die Treppe heruntergegangen bin, das kannst du mir glauben . . .«

Henry betrat das Labor und sah sich um. Es war noch genauso, wie Dex es verlassen hatte. Er feuchtete mit der Zunge seine trockenen Lippen an und fuhr sich dann mit der Hand über das Gesicht. Das Herz pochte in seiner Brust. *Krieg dich in den Griff, Alter. Eins nach dem andern. Schau nicht nach vorn.*

Die Bretter, die der Hausmeister aus dem Deckel der Kiste herausgebrochen hatte, lagen immer noch aufgestapelt auf dem Labortisch. Einen Tisch weiter sah Henry die verstreuten Labornotizen von Charlie Gereson, die nun nie mehr vervollständigt werden würden. Henry registrierte das alles und holte dann seine Taschenlampe – die, die er für den Notfall im Handschuhfach seines Wagens aufbewahrte – aus der Gesäßtasche. Wenn das hier kein Notfall war, was war dann einer?

Er knipste sie an, durchquerte das Labor und ging zur Tür hinaus. Das Licht tanzte einen Augenblick lang in der Dunkelheit auf und ab, dann richtete er es auf den Boden. Er wollte auf nichts treten, worauf er besser nicht treten sollte. Henry bewegte sich langsam und vorsichtig, stellte sich seitlich zur Treppe und leuchtete mit der Lampe darunter. Er hielt den Atem an, und dann atmete er langsam wieder durch. Plötzlich waren alle Anspannung und Furcht verflogen, und er fror nur. Dort unten stand die Kiste, genau wie Dex es geschildert hatte. Und der Kugelschreiber des Hausmeisters lag da. Und seine Schuhe. Und Charlie Geresons Brille.

Henry ließ das Licht langsam von einem Gegenstand zum anderen gleiten und strahlte jeden an. Dann sah er auf seine Uhr, knipste die Taschenlampe aus und steckte sie wieder in die Tasche. Ihm blieb noch eine halbe Stunde. Er durfte keine Zeit vergeuden.

Im Schrank des Hausmeisters einen Stock höher fand er Eimer, Superreiniger, Lappen . . . und Handschuhe. Ja keine Fingerabdrücke. Er ging wieder nach unten, wie der Zauberlehrling, in jeder Hand einen schweren Plastikeimer mit heißem Wasser und schäumendem Reinigungsmittel, die Lappen über die Schulter gehängt. Seine Schritte hallten hohl in der Stille. Er dachte an die Worte von Dex. *Es hockt da, lauernd und stumm.* Und er fror immer noch.

Er begann aufzuräumen.

»Sie ist gekommen«, sagte Henry. »O ja, sie ist wirklich gekommen. Und sie war . . . aufgeregt und glücklich.«

»Aufgeregt«, wiederholte er. »Sie jammerte und nörgelte in derselben Weise, wie sie es immer machte, mit dieser schrillen, unangenehmen Stimme, aber ich glaube, das war einfach aus Gewohnheit so. In all den Jahren, Dex, war das einzige in meinem Leben, was sie nicht völlig kontrollieren konnte, das einzige, was sie nicht völlig unter ihre Fuchtel bringen konnte, meine Freundschaft zu dir. Unsere zwei Drinks, während sie ihre Kurse besuchte. Unsere Schachpartien. Unsere . . . Kameradschaft.«

Dex nickt. Ja, Kameradschaft war der richtige Ausdruck. Ein kleines Licht in der Dunkelheit der Einsamkeit. Es ging ihm nicht um Schach oder Drinks; es ging ihm darum, wie ihn Henry auf der anderen Seite des Schachbretts ansah, wie er Geschichten aus seinem Institut erzählte, ein bißchen harmlosen Klatsch, ein bißchen Lachen über irgend etwas.

»So jammerte und meckerte sie also in ihrer besten ›Sagen Sie doch einfach Billie zu mir‹-Art, aber ich glaube, es war wirklich nur Gewohnheit. Sie war aufgeregt und glücklich, Dex. Weil sie endlich die Kontrolle über alles gewinnen konnte, über den letzten . . . kleinen . . . Teil.« Er sah Dex ruhig an. »Weißt du, es war mir klar, daß sie sehen wollte, in was für einen Schlamassel du dich gebracht hattest, Dex.«

»Sie sind unten«, sagte Henry zu Wilma. Wilma trug eine helle gelbe Bluse ohne Ärmel und eine grüne Hose, die ihr zu eng war. »Gleich da unten«. Und er brach in lautes Lachen aus.

Wilmas Kopf fuhr herum, und über ihr schmales Gesicht huschte ein Schatten des Verdachts. »Worüber lachst du denn?« fragte sie mit ihrer lauten, dröhnenden Stimme. »Dein bester Freund sitzt wegen eines Mädchens in der Klemme, und du lachst darüber?«

Nein, er sollte besser nicht lachen. Aber er konnte einfach nicht anders. Es hockte unter der Treppe, hockte da, lauernd und stumm, Wilma, versuch doch mal, dem Ding da in der Kiste zu sagen: Nen-

126

nen Sie mich doch einfach Billie – und wieder entfuhr ihm ein lautes Lachen und rollte den dämmrigen Flur wie eine Wasserbombe entlang.

»Nun, das Ganze hat auch etwas Lustiges an sich«, sagte er, ohne sich richtig bewußt zu sein, was er sagte. »Warte nur. Du denkst doch . . .«

Ihr Blick, ständig in Bewegung, nie ruhig, fiel auf seine Brusttasche, in die er die Gummihandschuhe gestopft hatte.

»Was ist das denn? Sind das Handschuhe?«

Die Worte sprudelten nur so aus Henry heraus. Gleichzeitig legte er seinen Arm um Wilmas knochige Schultern und lenkte sie zur Treppe. »Also weißt du, er ist umgekippt. Er stinkt wie eine ganze Schnapsbrennerei. Kannst du dir gar nicht vorstellen, wieviel er getrunken hat. Hat alles vollgekotzt. Ich hab' schon saubergemacht. Verdammte Sauerei, Billie. Ich hab' das Mädchen überredet, noch ein bißchen zu bleiben. Du hilfst mir doch, oder? Schließlich geht es um Dex.«

»Weiß ich noch nicht«, sagte sie, als sie die Treppe zum Labor im Keller herunterstiegen. Ihre Augen blitzten in düsterer Schadenfreude auf. »Ich muß erst wissen, woran wir sind. Du weißt gar nichts, das ist mir klar. Du bist hysterisch. Genau wie ich es erwartet habe.«

»Das stimmt«, sagte Henry. Sie hatten das Ende der Treppe erreicht. »Direkt hier um die Ecke. Komm nur hier um die Ecke herum.«

»Aber das Labor liegt da drüben . . .«

»Ja . . . aber das Mädchen . . .« Und erneut brach er in ein wildes, verrücktes Gelächter aus.

»Henry, was ist eigentlich mit dir los?« Und nun mischte sich in ihre beißende Verachtung etwas anderes – etwas, das vielleicht Angst gewesen sein könnte.

Das brachte Henry noch mehr zum Lachen. Sein Gelächter hallte wider und prallte zurück, füllte den dunklen Keller mit einem Klang wie von Todesfeen oder Geistern, die einen besonders guten Witz beifällig aufnehmen. »Das Mädchen, Billie«, stieß Henry zwischen den unkontrollierten Lachausbrüchen hervor. »Das Mädchen, das ist so lustig daran, das Mädchen ist unter die Treppe gekrochen und will nicht rauskommen, das ist so lustig daran, *ah-hi-hi-hahahahaa* . . .«

Und nun entzündete sich in ihren Augen das düstere Feuer der Freude; ihre Lippen rollten sich nach oben wie verkohlendes Papier, in einer Weise, die die Bewohner der Hölle ein Lächeln nennen mochten. Und Wilma flüsterte: »Was hat er denn eigentlich mir ihr gemacht?«

»Du schaffst es, sie herauszuholen«, brabbelte Henry und lenkte sie zu dem dunklen, dreieckigen, klaffenden Maul. »Ich bin sicher, du schaffst es, sie herauszuholen, ohne Mühe, ohne Probleme.« Plötzlich packte er Wilma beim Genick und bei den Hüften, drückte sie mit Gewalt nach unten und stieß sie in den Hohlraum unter der Treppe.

»Was machst du da?« schrie sie nörgelnd. »Was machst du denn da, Henry?«

»Was ich schon lange hätte machen sollen«, sagte Henry und lachte. »Kriech schon darunter, Wilma. Sag ihm einfach, es soll dich Billie nennen, du Miststück.«

Sie versuchte, sich umzudrehen, versuchte, gegen ihn anzukämpfen. Eine Hand griff nach seinem Handgelenk – er sah, wie ihre schaufelförmigen Nägel die Luft durchschnitten, aber sie griffen ins Leere. »Hör auf, Henry!« schrie sie. »Hör sofort auf! Hör mit diesen Albernheiten auf! Ich . . . ich schreie!«

»Schrei, soviel du willst!« brüllte er und lachte noch immer. Er hob einen Fuß, setzte ihn mitten auf ihr schmales, armseliges Hinterteil und trat zu. »Ich helfe dir, Wilma! Komm schon raus! Egal was du bist, wach auf! Wach auf! Hier ist dein Essen! Giftiges Fleisch! Wach auf! Wach auf!«

Wilma stieß einen gellenden Schrei aus, ein undefinierbares Geräusch, das immer noch mehr Wut als Angst ausdrückte.

Und dann hörte Henry es.

Zuerst ein leises Pfeifen, das Geräusch, das ein Mensch von sich gibt, wenn er allein arbeitet, ohne daß er sich dessen bewußt ist. Dann stieg das Geräusch an, kletterte die Tonleiter bis zu einem ohrenzerreißenden Heulen hinauf, das kaum mehr wahrzunehmen war. Dann stieg es wieder herunter und wurde zu einem Brummen . . . und dann zu einem heiseren Jammern. Es war ein grausames Geräusch. In seiner ganzen Ehe hatte Northrup Angst vor seiner Frau gehabt, aber das Ding in der Kiste ließ Wilma wie ein Kind klingen, das seinen Kindergartenkoller hat. Henry blieb noch soviel Zeit zu denken: *Heiliger Gott, vielleicht ist es wirklich ein tasmanischer Teufel . . . irgendeine Art Teufel ist es bestimmt.*

Wilma fing wieder an zu schreien; aber dieses Mal klang es angenehmer – zumindest für die Ohren von Henry Nothrup. Es klang nach äußerstem Schrecken. Ihr gelbe Bluse leuchtete in der Dunkelheit unter der Treppe auf, wie ein undeutliches Leuchtfeuer. Sie stürzte auf die Öffnung zu, und Henry stieß sie mit aller Kraft zurück.

»Henry!« heulte sie. »*Henr-riiiii!*«

Sie kam noch einmal, dieses Mal mit dem Kopf voran wie ein Stier, der angreift. Henry packte ihren Kopf mit beiden Händen und spürte, wie seine Hände das straffe borstige Netz mit ihren Locken zerquetschten. Er stieß zu. Und dann sah er über Wilmas Schultern etwas, das wie die goldglänzenden Augen einer kleinen Eule aussah. Augen, die ungeheuer kalt und abscheulich waren. Das Jammern wurde lauter, steigerte sich in einem Crescendo. Und als es nach Wilma schlug, reichten die Schwingungen, die ihren Körper durchfuhren, aus, um ihn nach hinten zu schleudern.

Er sah nur flüchtig ihr Gesicht, ihre Glotzaugen, und dann wurde sie wieder in die Dunkelheit zurückgezerrt. Sie schrie noch einmal. Nur einmal.

»Sag ihm einfach, es soll doch Billie zu dir sagen«, flüsterte er.

Henry Northrup holte tief Luft und erschauderte.

»So ging es weiter . . . noch eine ganze Zeit«, sagte er. »Erst viel später, vielleicht nach zwanzig Minuten, hörten das Brummen und die . . . die Freßgeräusche . . . auf. Es fing an zu pfeifen. Genau, wie du gesagt hast, Dex. Als wenn es ein Teekessel oder so was Ähnliches wäre. Es pfiff ungefähr fünf Minuten lang, und dann war Schluß. Ich habe wieder mit der Lampe unter die Treppe geleuchtet. Die Kiste war ein Stückchen vorgezogen worden. Da waren . . . frische Blutspuren. Und der Inhalt von Wilmas Handtasche lag überall verstreut herum. Aber es hatte beide Schuhe von ihr erwischt. Das war schon was, nicht wahr?«

Dex gab keine Antwort. Das Zimmer war in Sonnenschein getaucht. Draußen sang ein Vogel.

»Ich habe im Labor fertig saubergemacht«, fuhr Henry endlich fort. »Das hat noch mal vierzig Minuten gedauert, und beinahe hätte ich einen Tropfen Blut übersehen, der an der Deckenleuchte hing. Aber als ich fertig war, sah alles blitzsauber aus. Dann bin ich zu meinem Wagen gegangen und über den Campus zum anglistischen Institut gefahren. Es war schon reichlich spät, aber ich habe mich kein bißchen müde gefühlt. Eigentlich konnte ich nie zuvor in meinem Leben klarer denken, Dex. Im Keller des anglistischen Instituts stand eine Kiste. Das ist mir zu Anfang deiner Geschichte plötzlich eingefallen. Hab' bei einem Ungeheuer gleich an ein anderes gedacht, nehme ich an.«

»Was soll das heißen?«

»Als Badlinger letztes Jahr in England war – du erinnerst dich doch an Badlinger?«

Dex nickte. Badlinger war derjenige, der Henry im Kampf um den Lehrstuhl des Anglistik-Institus aus dem Rennen geworfen hatte . . . unter anderem, weil Badlingers Frau intelligent, temperamentvoll und gesellig war, Henrys Frau dagegen zänkisch. Zänkisch gewesen war.

»Er hat gerade ein Jahr Forschungsurlaub in England gemacht«, sagte Henry. »Hat alle Sachen in Kisten verpacken und zurücktransportieren lassen. Unter anderem ein riesiges Stofftier. Nessi nennen sie es. Für seine Kinder. Der verfluchte Kerl hat es für seine Kinder gekauft. Ich wollte immer Kinder, das weißt du ja. Wilma wollte keine. Sie sagte immer, Kinder stören nur.

Das Tier ist jedenfalls in dieser riesigen Holzkiste zurückgekommen, und Badlinger hat sie in den Keller des anglistischen Instituts geschleppt, weil er zu Hause in seiner Garage keinen Platz hatte, sagte er, aber er wollte sie auch nicht wegwerfen, weil er sie vielleicht eines Tages ganz gut gebrauchen könnte. In der Zwischenzeit haben unsere Hausmeister sie als eine Art riesigen Abfalleimer benutzt. Wenn sie voll war, haben die Hausmeister sie auf den Lastwagen gekippt, wenn die Müllabfuhr kam, und dann konnten sie sie wieder vollstopfen.

Ich glaube, es war die Kiste, in der Badlingers verdammtes Stoffungeheuer aus England zurückgekommen war, die mich überhaupt auf die Idee gebracht hat. Ich sah plötzlich eine Möglichkeit, wie man deinen tasmanischen Teufel loswerden konnte. Und dabei dachte ich unwillkürlich an etwas anderes, das ich loswerden wollte. Das ich unbedingt loswerden wollte.

Ich hatte natürlich meine Schlüssel bei mir. Ich habe aufgeschlossen und bin nach unten gegangen. Die Kiste stand noch dort. Sie war groß und sperrig, aber der Transportkarren vom Hausmeister war auch da unten. Ich habe das bißchen Abfall, das in der Kiste war, ausgekippt und die Kiste auf den Karren geladen, indem ich sie hochkant stellte. Dann hab' ich sie nach oben gezogen und sie direkt über den Hauptweg nach Amberson Hall zurückgerollt.«

»Du hast doch nicht etwa deinen Wagen benutzt?«

»Nein, meinen Wagen habe ich auf dem Parkplatz vom anglistischen Institut stehenlassen. Die Kiste hätte sowieso nicht reingepaßt.«

Langsam begann es Dex zu dämmern. Henry hatte natürlich seinen MG gefahren – einen schon älteren Sportwagen, den Wilma immer Henrys Spielzeug nannte. Und wenn Henry den MG fuhr, dann hatte Wilma den Scout benutzt – einen Jeep mit einem umklappbaren Rücksitz. Viel Laderaum, wie die Werbung behauptet.

»Niemand ist mir begegnet«, fuhr Henry fort. »Zu dieser Jahreszeit – und zu keiner anderen – liegt der Campus völlig verlassen da. Die ganze Geschichte war beinahe teuflisch perfekt. Ich habe nicht einmal Scheinwerferlicht von irgendeinem Auto gesehen. Ich bin wieder in Amberson Hall angelangt und habe Badlingers Kiste nach unten geschafft. Ich habe sie auf dem Karren gelassen, so daß das offene Ende dem Hohlraum unter der Treppe gegenüberlag. Dann bin ich wieder nach oben zum Schrank des Hausmeisters gegangen und habe mir die lange Stange geholt, mit der sie die Fenster öffnen und schließen. Jetzt gibt's die Stangen nur noch in den alten Gebäuden. Dann bin ich zurück nach unten und hab' mich dran gemacht, die Kiste – deine Kiste aus Paella – unter der Treppe hervorzuangeln. Da wurde es mir plötzlich mulmig. Mir wurde bewußt, daß der Deckel von Badlingers Kiste weg war. Ich hatte das schon vorher bemerkt, aber jetzt wurde es mir *bewußt*. Ich spürte es richtig in der Magengegend.«

»Was hast du gemacht?«

»Mich entschlossen, das Risiko einzugehen«, sagte Henry. »Ich habe die Stange genommen und die Kiste hervorgezogen. *Ganz behutsam*, als wären Eier drin. Nein . . . als wären Behälter mit Nitroglyzerin drin.«

Dex setzte sich hin und schaute Henry an. »Was . . . was . . .«

Henry erwiderte düster seinen Blick. »Weißt du, ich konnte sie mir zum erstenmal richtig ansehen. Es war schrecklich.« Er machte mit Absicht eine Pause und sagte dann noch einmal: »Dex, es war schrecklich. Sie war mit Blut besprizt, und etwas davon schien sich richtig in das Holz eingefressen zu haben. Ich dachte unwillkürlich . . . erinnerst du dich noch, wie sie diese Gruselboxen verkauft haben? Man mußte auf einen kleinen Hebel drücken, und dann begann die Box zu knirschen und sich zu schütteln, und dann kam oben eine blaßgrüne Hand heraus und drückte den Hebel zurück und schnappte wieder nach innen. Daran mußte ich unwillkürlich denken.

Ich habe sie herausgezogen – oh, sehr sorgfältig –, und ich hab' zu mir gesagt, du schaust dir das da drinnen nicht an, egal, was geschieht. Aber ich hab's trotzdem gemacht. Und ich habe gesehen . . .« Seine Stimme senkte sich voller Hilflosigkeit, verlor scheinbar alle Kraft. »Ich habe Wilmas Gesicht gesehen, Dex. Ihr *Gesicht*.«

»Nein, Henry . . .«

»Ich habe ihre Augen gesehen; sie haben mich aus der Kiste angeschaut. Ihre glasigen Augen. Ich habe auch noch was anderes gesehen. Etwas Weißes. Einen Knochen, glaube ich. Und irgendwas Schwarzes. Pelz. In sich zusammengerollt. Und da war ein Pfeifen. Ein sehr leises Pfeifen. Ich glaube, es schlief.

Ich hab' die Kiste, soweit es ging, hervorgeangelt, und dann bin ich bloß dagestanden und habe sie mir angeschaut, und ich wußte, ich konnte nicht mit dem Gedanken losfahren, das Ding könnte jederzeit herauskommen . . . herauskommen und mir in den Nacken springen. Deshalb suchte ich nach etwas – irgend etwas –, um Badlingers Kiste oben zuzumachen.

Ich bin in den Raum für die Tieraufzucht gegangen, und dort standen einige Käfige, die groß genug waren, daß die Kiste aus Paella darin Platz fand, aber ich konnte die verdammten Schlüssel nicht finden. Deshalb bin ich nach oben gegangen, aber auch da konnte ich nichts finden. Ich weiß nicht, wie lange ich gesucht habe, aber ich hatte immer das Gefühl, daß die Zeit . . . wegläuft. Ich fing allmählich an durchzudrehen. Dann schaute ich zufällig in den Hörsaal am anderen Ende des Flurs . . .«

»Hörsaal 6?«

»Ja, ich glaube. Die Wände waren dort gestrichen worden. Auf dem Boden lag eine große Plane aus Segeltuch – wegen der Farbspritzer. Die habe ich genommen und bin dann wieder nach unten gegangen, und ich habe die Kiste aus Paella in Badlingers Kiste gesteckt. Ganz sorgfältig! . . . Du kannst dir nicht vorstellen, wie sorgfältig ich das gemacht habe, Dex . . .«

Als die kleinere Kiste in die größere, eingebettet war, lockerte Henry die Gurte an dem Karren aus dem Anglistischen Institut und ergriff das Ende der Plane. Sie raschelte hart in der Stille des Kellers von Amberson Hall. Sein Atem rasselte ähnlich hart. Und er konnte das Pfeifen hören. Er wartete immer darauf, daß es aufhörte, sich veränderte. Nichts dergleichen. Sein Hemd war durchgeschwitzt und klebte an Brust und Rücken.

Er ging vorsichtig vor, kämpfte gegen seine unwillkürliche Hast an und wickelte die Plane dreimal um Badlingers Kiste, dann ein viertes Mal, schließlich ein fünftes Mal. In dem dämmerigen Licht, das aus dem Labor herüberschien, sah Badlingers Kiste jetzt wie eine Mumie aus. Während er den Saum der Plane mit ausgestreckter Hand festhielt, legte er zuerst den einen, dann den anderen Gurt um die Kiste. Er zurrte sie fest und stand dann einen Augenblick regungslos da. Er sah auf seine Uhr. Es war gerade eins vorbei. Sein Puls hämmerte rhythmisch an seinem Hals.

Er bewegte sich wieder, hatte das absurde Verlangen nach einer Zigarette (er hatte schon vor sechzehn Jahren das Rauchen aufgegeben), packte den Karren, kippte ihn leicht zurück und zog ihn langsam die Treppe hinauf.

Draußen sah der Mond mit kaltem Licht zu, wie er die Ladung hochhob, den Karren und all das andere, sie hinten in – wie er immer zu sagen pflegte – Wilmas Jeep einlud, obwohl Wilma seit dem Tag, an dem er sie geheiratet hatte, keinen Pfennig mehr verdient hatte. So schwer hatte er nicht mehr heben müssen, seit er als Student bei einem Spediteur in Westbrook gearbeitet hatte. Als er das Gewicht auf den höchsten Punkt gehievt hatte, schien sich ein stechender

Schmerz unten in seinem Rücken festzusetzen. Und trotzdem ließ er die Kiste so behutsam wie ein schlafendes Kind hinten in den Jeep gleiten.

Er versuchte, die Ladeklappe zu schließen, aber sie wollte nicht zugehen; der Griff des Karrens ragte ein paar Zentimeter zu weit heraus. Er fuhr mit herunterhängender Ladeklappe los, und bei jedem Stoß oder Schlagloch schien sein Herz auszusetzen. Er horchte, ob es pfiff, wartete zitternd darauf, daß es sich zu einem schrillen Schreien steigerte und dann zu einem kehligen Wutgeheul abfiel, wartete auf das rauhe Reißen des Segeltuchs, wenn sich Zähne und Klauen einen Weg hindurch bahnen würden.

Und über ihm glitt der Mond, eine geheimnisvolle silberne Scheibe, am Himmel dahin.

»Ich bin zum Rydersee rausgefahren«, erzählte Henry weiter. »Vorne war die Straße gesperrt, aber ich habe den Jeep runtergeschaltet und bin ausgewichen. Ich bin rückwärts direkt bis an den Rand des Sees gefahren. Der Mond schien immer noch, und ich konnte sehen, wie er sich in der Schwärze des Wassers spiegelte, wie ein untergegangener Silberdollar. Ich bin nach hinten gegangen, aber es dauerte eine ganze Weile, ehe ich mich überwinden konnte, das Ding anzufassen. Auf sehr greifbare Art waren es schließlich drei Körper, Dex . . . die Überreste von drei Menschen. Und ich fing an, mich zu fragen . . . wo sind sie geblieben? Ich habe Wilmas Gesicht gesehen, aber es sah . . . Gott steh mir bei, es sah ganz platt aus, wie eine Halloween-Maske. Wieviel von ihr hat es aufgefressen, Dex? Wieviel *konnte* es denn fressen? Und langsam begriff ich, was du mit der inneren Achse, die aus dem Gleichgewicht gerät, gemeint hast.

Es pfiff immer noch. Ich konnte es gedämpft und schwach durch die Segeltuchplane hindurch hören. Dann packte ich die Kiste und wuchtete sie hoch . . . und, wirklich, jetzt oder nie, sagte ich mir. Die Kiste glitt heraus . . . und ich hatte das Gefühl, das Ding vermutete vielleicht was, Dex . . . denn als der Karren nach hinten ins Wasser zu kippen begann, fing es wieder an zu brummen und zu jammern . . . und das Segeltuch wellte und wölbte sich . . . und es zerrte wieder daran. Ich legte meine ganze Kraft hinein . . . so viel, daß ich beinahe selbst in den verdammten See gefallen wäre. Und dann rutschte die Kiste hinein. Es spritze . . . und weg war sie. Außer einem leichten Kräuseln war alles vorbei. Und dann war auch das Kräuseln vorbei.«

Er verstummte und schaute auf seine Hände.

»Und dann bist du hierhergekommen«, sagte Dex.

»Zuerst bin ich nach Amberson Hall gefahren. Hab' unter der Treppe saubergemacht. Alle Sachen von Wilma aufgesammelt und sie wieder in die Handtasche gesteckt. Hab' den Schuh und den Kugelschreiber vom Hausmeister und die Brille von deinem Doktoranden aufgehoben. Wilmas Handtasche liegt immer noch auf dem Wagensitz. Ich habe das Auto in unserer – in meiner – Auffahrt geparkt. Auf dem Weg zurück habe ich das übrige Zeug in den Fluß geworfen.«

»Und was hast du dann gemacht? Bist du hierher gelaufen?«

»Ja.«

»Was wäre denn gewesen, Henry, wenn ich schon aufgewacht wäre, bevor du hier warst? Wenn ich die Polizei geholt hätte?«

Henry Northrup sagte bloß: »Hast du aber nicht.«

Sie sahen sich an, Dex vom Bett aus, Henry von seinem Stuhl am Fenster.

Henry sagte, so leise, daß es fast nicht zu verstehen war: »Die Frage ist, was geschieht jetzt? Drei Leute werden in Kürze als vermißt gemeldet werden. Zwischen diesen dreien besteht keinerlei Verbindung. Es gibt keine Anzeichen eines gewaltsamen Todes; darauf habe ich geachtet. Badlingers Kiste, der Karren, die Plane der Anstreicher – auch diese Dinge werden wahrscheinlich als verschwunden gemeldet. Es werden Nachforschungen angestellt. Aber das Gewicht des Karrens zieht die Kiste bis auf den Grund des Sees, und . . . es sind keine Leichen da, Dex, oder?«

»Nein«, sagte Dexter Stanley. »Nein, ich nehme an, nein.«

»Aber was wirst du machen, Dex? Was wirst du sagen?«

»Oh, ich könnte da schon eine Geschichte erzählen«, sagte Dex. »Und dann, vermute ich, würde ich in einer staatlichen Nervenheilanstalt landen. Würde vielleicht beschuldigt, den Hausmeister, Gereson, wenn nicht sogar deine Frau ermordet zu haben. Egal, wie gut du saubergemacht hast, die Leute von der Polizei, die die Spuren sichern, würden bestimmt Blutspuren auf dem Boden und an den Wänden des Labors festellen. Ich glaube, ich halte lieber meinen Mund.«

»Danke«, sagte Henry. »Danke, Dex.«

Dex dachte an das, was Henry erwähnt hatte und was so schwer zu fassen war – Kameradschaft. Ein kleiner Lichtschein in der Dunkelheit. Er dachte daran, vielleicht zweimal statt einmal in der Woche . . . und wenn das Spiel um zehn noch nicht zu Ende war, vielleicht bis Mitternacht weiterzuspielen – falls keiner von ihnen schon früh am Morgen unterrichten mußte –, statt das Brett wegstellen zu müssen (und höchstwahrscheinlich würde Wilma rein »zufällig« die Figuren umwerfen, »als sie Staub wischte«, so daß sie die Partie am nächsten Donnerstagabend wieder ganz von vorne anfangen mußten). Er dachte an seinen Freund, endlich frei von jener anderen Art tasmanischer Teufel, die langsam, aber genauso zuverlässig tötete – durch Herzinfarkt, Schlaganfall, Magengeschwüre, zu hohen Blutdruck und das Gejammer und Gepfeife, das einem ständig in den Ohren klang.

Ganz zum Schluß dachte er an den Hausmeister, wie er beiläufig seinen Fünfziger in die Luft warf und das Geldstück auf den Boden fiel und unter die Treppe rollte, wo ein uralter Alp hockte, lauernd und stumm, von Staub und Spinnweben bedeckt, wartete . . . auf den geeigneten Augenblick wartete . . .

Was hatte Henry gesagt? Die ganze Geschichte war beinahe teuflisch perfekt.

»Kein Grund, mir zu danken, Henry«, sagte er.

Henry stand auf. »Wenn du dich anziehst«, sagte er, »könntest du mich zum Campus runterfahren. Ich würde dann meinen MG holen, mich auf den Weg nach Hause machen und Wilma als vermißt melden.«

Dex dachte nach. Henry bat ihn, eine fast unsichtbare Grenze zu überschreiten, die Grenze, wie es schien, vom Zuschauer zum Komplizen. Wollte er diese Grenze überschreiten?

Schließlich schwang er sich aus dem Bett. »In Ordnung, Henry.«

»Danke, Dexter.«

Dexter lächelte. »Schon in Ordnung«, sagte er. »Wozu hat man schließlich Freunde?«

Der Überlebenstyp (1982)

26. Januar

Vor zwei Tagen hat mich der Sturm an Land gespült. Heute morgen bin ich die Insel abgeschritten. 190 Schritte an ihrer breitesten Stelle und 267 Schritte von einer Spitze zur anderen.

Soweit ich weiß, gibt es nichts Eßbares.

Ich heiße Richard Pine. Dies ist mein Tagebuch. Falls ich entdeckt werde (wenn), kann ich es leicht genug vernichten. Streichhölzer habe ich jede Menge. Streichhölzer und Heroin. Beides im Überfluß. Weder das eine noch das andere ist hier einen Pfifferling wert, haha. Also werde ich schreiben. Damit vergeht wenigstens die Zeit.

Wenn ich die ganze Wahrheit enthüllen will, muß ich gleich als erstes erwähnen, daß ich als Richard Pinzetti in New Yorks Little Italy zur Welt kam. Mein Vater war aus der Alten Welt eingewandert, meine Mutter war eine Null. Ich wollte Arzt, genauer gesagt, Chirurg werden. Mein Vater lachte sich darüber halb tot, hielt mich für verrückt und ließ sich von mir ein neues Glas Wein bringen. Er starb mit sechsundvierzig an Krebs. Ich war froh darüber.

An der High-School spielte ich Football. Verdammt noch mal, ich war der beste Footballspieler, den's an meiner Schule je gab. Abwehrspieler. Ich haßte Football. Aber wenn du ein armer Itaker bist und aufs College gehen willst, dann ist Sport deine einzige Chance. Also spielte ich und bekam mein Sportstipendium.

Auf dem College spielte ich nur so lange Ball, bis meine Noten gut genug waren, um mir ein volles akademisches Stipendium zu sichern. Vorkliniker. Mein Vater starb sechs Wochen vor meinem Abschlußexamen. Das war mir gerade recht. Meinen Sie vielleicht, ich möchte über das Podium gehen, mein Diplom überreicht bekommen und dann unter den Zuschauern den fetten Scheiß-Itaker sitzen sehen? Na also. Ich trat auch in eine Studentenverbindung ein. Zwar keine der guten, denn das schafft man mit dem Namen Pinzetti nicht, aber immerhin war's eine Studentenverbindung.

Warum schreibe ich das eigentlich alles? Es ist schon fast komisch. Nein, das nehme ich zurück. Es ist komisch! Da sitzt der bekannte Dr. Pine in Pyjamahose und T-Shirt auf einer winzigen Felseninsel, die fast so schmal ist, daß man quer rüberspucken kann, und schreibt seine Lebensgeschichte. Was bin ich hungrig! Macht nichts, ich schreibe meine gottverdammte Geschichte trotzdem. Das lenkt mich wenigstens von meinem leeren Magen ab. Ich änderte meinen Namen in Pine um, bevor ich mit dem Medizinstudium begann. Meine Mutter behauptete, daß ich ihr damit das Herz breche. Was für ein Herz? Am ersten Tag, nachdem mein Alter unter der Erde lag, war sie schon hinter dem jüdischen Gemüsehändler am Ende der Straße her. Für eine, die ihren Namen so sehr liebt, hatte sie es reichlich eilig, Pinzetti gegen Steinbrunner einzutauschen.

Die Chirurgie war mein ein und alles. Schon auf der High-School habe ich meine Hände vor jedem Spiel bandagiert und hinterher gebadet. Einige der anderen Jungen machten sich deshalb über mich lustig, nannten mich Weichling und Zimperliese. Ich habe mich trotzdem nie mit ihnen geschlagen. Football war schon riskant genug. Aber es gab ja andere Möglichkeiten. Wer mir immer am ärgsten zusetzte, war Howie Plotsky, ein großer Blödmann aus Osteuropa mit pickeligem Gesicht. Ich trug Zeitungen aus und verkaufte gleichzeitig Lose. Auf vielerlei Weise verdiente ich mir ein bißchen Kies. Man muß Leute kennenlernen, Bekanntschaften schließen. Das muß man einfach, wenn man auf der Straße sein Geld verdienen will. Als wichtigstes hat man zu lernen, wie man überlebt. Jedes Arschloch kann sterben. Also zahlte ich dem stärksten Burschen der Schule, Enrico Brazzi, zehn Dollar, damit er Howie Plotskys Mund zu Brei schlug. Ich sagte Enrico, daß ich ihm für jeden Zahn, den er mir brachte, einen Dollar extra geben würde, Rico gab mir in einem Kleenextuch drei Zähne. Er hatte sich bei der Schlägerei zwei Handknöchel ausgerenkt. Da sieht man mal, in welche Schwierigkeiten ich hätte geraten können.

Beim Medizinstudium machten sich die anderen Dummköpfe – nichts für ungut, haha – völlig fertig, weil sie zwischen Serviertischen, beim Verkauf von Krawatten oder beim Bohnern von Fußböden zu büffeln versuchten. Ich dagegen blieb meinen bisherigen Erwerbsquellen treu. Football- und Basketballwetten, ein bißchen Zahlenlotto. Mit der alten Nachbarschaft blieb ich in gutem Kontakt. Und ich schaffte das Studium spielend. Mit dem Drogengeschäft fing ich erst in meiner Assistenzarztzeit an. Ich arbeitete damals an einem der größten Krankenhäuser New Yorks. Zuerst beschränkte ich mich auf Blankorezepte. Ich verkaufte einem Kumpel aus meinem alten Viertel einen Block mit hundert Rezeptblättern, und er setzte die gefälschte Unterschrift von vierzig bis fünfzig verschiedenen Ärzten drauf. Als Vorlage verwendete er Schriftproben, die ich ihm ebenfalls verkaufte. Dann spazierte er in den Straßen herum und verhökerte die so präparierten Rezepte für zehn oder zwanzig Dollar pro Stück. Die Speed-Freaks und Fixer waren ganz scharf darauf.

Nach einiger Zeit fand ich heraus, welch Chaos im Medikamenten-depot des Krankenhauses herrschte. Kein Mensch wußte, was her-einkam und was ausgegeben wurde. Es gab Leute, die schleppten das Zeug mit vollen Händen weg. Ich nicht. Ich war immer vorsichtig. Nie bin ich in Schwierigkeiten geraten, bevor ich unvorsichtig wurde ... und kein Glück mehr hatte. Aber ich werde schon wieder die Kurve kratzen.

Kann jetzt nicht weiterschreiben. Mein Handgelenk tut weh, und der Bleistift ist stumpf. Eigentlich weiß ich sowieso nicht, warum ich mir die Mühe mache.

27. Januar

In der letzten Nacht trieb das Boot weg und sank vor der Nordseite der Insel in ungefähr drei Meter Tiefe. Mir doch egal! Die Planken glichen sowieso einem Schweizer Käse, nachdem ich mit dem Boot übers Riff geschrammt war. Ich hatte schon alles an Land gebracht, das irgendwie nützlich ist. Vier Gallonen Wasser, Nähzeug, einen Er-ste-Hilfe-Kasten. Das Buch, in das ich schreibe und das als Logbuch des Rettungsbootes gedacht war. Es ist wirklich zum Lachen. Hat man je von einem Rettungsboot ohne Proviant gehört? Die letzte Ein-tragung im Logbuch stammt vom 8. August 1970. Ach ja, zwei Mes-ser sind noch da, das eine stumpf, das andere ziemlich scharf und eine Kombination aus Gabel und Löffel. Ich werde sie heute abend bei meinem Souper verwenden. Felsen vom Grill. Haha. Na, immer-hin konnte ich meinen Bleistift spitzen.

Wenn ich von diesem Haufen guanobekleckster Felsen runter-komme, werde ich der Schiffahrtslinie Paradise die Hölle heiß ma-chen und sie auf Unsummen verklagen. Schon deshalb muß ich am Leben bleiben, und ich werde auch weiterleben. Ich komme aus die-sem Schlamassel wieder raus, keine Sorge. Ich schaffe es garantiert.

(Später)

Als ich meine Bestandsaufnahme machte, habe ich etwas verges-sen: zwei Kilo reines Heroin, für das ich in New York unterderhand 125 000 Dollar bekäme. Hier ist es einen Dreck wert. Schon ver-dammt komisch, nicht wahr. Haha.

28. Januar

Also, ich habe gegessen, wenn man es essen nennen kann. Eine Möwe hockte auf einem Felsblock in der Inselmitte, wo all diese Ge-steinsbrocken voller Vogeldreck zu einer Art Minigebirge aufge-türmt sind. Ich hob einen Stein auf, der griffig in meiner Hand lag, und kletterte so nah wie möglich zu der Möwe hin. Sie blieb auf dem Felsen stehen und beobachtete mich mit glänzenden schwarzen

Augen. Es wundert mich, daß mein lautes Magenknurren sie nicht verscheucht hat.

Voller Wucht schleuderte ich den Stein nach ihr und traf sie an der Seite. Sie stieß einen krächzenden Schrei aus und versuchte wegzufliegen, aber ich hatte ihr den rechten Flügel gebrochen. Ich kroch hinter ihr her, und sie hüpfte weg. Blutstropfen liefen über die weißen Federn. Das Biest veranstaltete das reinste Fangspiel mit mir. Auf der anderen Seite der Felsen geriet ich mit dem Fuß in eine Spalte und hätte mir fast den Knöchel gebrochen.

Ich war schon reichlich erschöpft, als ich sie schließlich an der Ostseite der Insel erwischte. Sie versuchte gerade ins Wasser zu flüchten und wegzuschwimmen. Ich schnappte mir eine Handvoll Schwanzfedern, worauf sie sich umdrehte und nach mir hackte. Rasch umklammerte ich mit einer Hand ihre Füße, mit der anderen drehte ich ihr die verdammte Gurgel um. Ein höchst befriedigendes Geräusch. Es ist angerichtet.

Ich trug sie zu meinem »Lager« zurück. Noch bevor ich sie rupfte und ausnahm, betupfte ich die Wunde von ihrem Schnabelhieb mit Jod aus dem Verbandskasten. Vögel sind Träger aller möglichen Krankheitserreger, und eine Infektion ist wirklich das letzte, was ich jetzt brauchen kann.

Die Operation der Möwe verlief ganz glatt. Leider konnte ich sie nicht braten. Es gibt nämlich keinerlei Vegetation oder angeschwemmtes Holz auf der Insel, und das Boot war gesunken. Also aß ich sie roh ... Mein Magen wollte sie gleich wieder von sich geben. Ich hatte vollstes Verständnis, konnte es ihm aber nicht durchgehen lassen. Also zählte ich rückwärts, bis die Übelkeit überwunden war. Das funktioniert fast immer.

Können Sie sich dieses Biest von Vogel vorstellen, das mir erst fast den Knöchel brach und dann noch nach mir hackte? Falls ich morgen wieder eine fange, werde ich die foltern. Dieser habe ich's zu leicht gemacht. Beim Schreiben schaue ich ihren abgetrennten Kopf im Sand an. Ihre schwarzen Augen scheinen mich zu verspotten, obwohl der Tod sie mit einem Schleier überzogen hat.

Haben Möwen ein Hirn?

Ist es eßbar?

29. Januar

Heute kein Essen. Eine Möwe landete auf dem Felsenhaufen, flog aber weg, bevor ich nahe genug rankam, um einen »Sturmangriff auf sie zu starten«. Mir sprießen die Bartstoppeln und jucken wie der Teufel. Wenn die Möwe zurückkommt und ich sie erwische, dann schneide ich ihr zuerst die Augen raus, bevor ich sie töte.

Ich war ein verdammt guter Chirurg, wie ich vielleicht schon erwähnt habe. Aber sie haben mich rausgeworfen, was wirklich ein Witz ist. Alle tun's, benehmen sich dann aber verflucht scheinheilig, wenn einer dabei erwischt wird. Verpiß dich, Jack. Ich hab' selbst Sorgen. Der zweite Eid des Hippokrates und der Hypokriten.

Bei meinen Abenteuern als Assistenzarzt hatte ich genug Geld gemacht, um eine eigene Praxis an der Park Avenue eröffnen zu können. Eine irre Sache für mich, denn ich hatte keinen reichen Daddy oder etablierten Gönner wie so viele meiner »Kollegen«. Als ich mein Arztschild vor die Tür hängte, lag mein Vater schon neun Jahre lang in seinem Armengrab. Meine Mutter starb ein Jahr bevor mir meine Lizenz wieder entzogen wurde.

Es waren Provisionsgeschäfte. Ich arbeitete mit einem halben Dutzend Apothekern von der East Side, mit zwei Arzneimittellieferanten und mit mindestens zwanzig anderen Ärzten zusammen. Mir wurden Patienten geschickt, und ich schickte Patienten. Ich operierte und verschrieb die gängigen postoperativen Medikamente. Nicht jede dieser Operationen wäre erforderlich gewesen, aber ich operierte zumindest nie gegen den Willen eines Patienten. Und kein einziges Mal schaute sich ein Patient an, was ich auf das Rezept geschrieben hatte, und sagte: »Das will ich nicht.«

Ist doch klar. Die lassen sich 1965 die Gebärmutter rausnehmen oder werden 1970 an der Schilddrüse operiert und schlucken noch fünf oder zehn Jahre später schmerzstillende Mittel, wenn man sie läßt. Und manchmal ließ ich sie eben. Ich war nicht der einzige, das können Sie mir glauben. Die Leute konnten sich eine solche Angewohnheit leisten. Manchmal hatte ein Patient nach einem geringfügigen Eingriff Schlafstörungen. Oder er kam nicht an Appetitzügler oder an Librium ran. Alles konnte arrangiert werden. Wenn sie's nicht von mir bekommen hätten, dann eben von einem anderen.

Dann kamen die Steuerfahnder zu Löwenthal. Dieser Esel. Sie drohten ihm mit fünf Jahren Knast, und er spuckte ein halbes Dutzend Namen aus. Darunter auch meinen. Sie überwachten mich eine Zeitlang, und als die Falle dann zuschnappte, blühten mir weit mehr als fünf Jahre. Es gab da noch ein paar andere Dinge, wie z. B. das Ausstellen von Blankorezepten, das ich nicht ganz aufgegeben hatte. Eigentlich merkwürdig, denn ich war gar nicht mehr darauf angewiesen. Es war mir einfach zur Gewohnheit geworden. Es ist hart, auf extra Kies zu verzichten.

Nun ja, ich hatte gute Kontakte und setzte sie für mich ein. Außerdem warf ich mehrere Typen den Wölfen zum Fraß vor. Allerdings keinen, den ich mochte. Alle, die ich verpfiff, waren echte Schweine.

Jesus, bin ich hungrig.

30 Januar

Heute keine Möwen. Das erinnert mich an die Schilder, die man manchmal an den Obstkarren bei mir zu Hause sah. HEUTE KEINE TOMATEN. Ich watete bis zum Bauch ins Wasser, das scharfe Messer in der Hand. Zwei Stunden lang blieb ich bewegungslos an derselben Stelle stehen und ließ die Sonne auf mich herunterbrennen. Zweimal war ich kurz davor umzukippen, aber ich zählte rückwärts, bis der Schwächeanfall vorüber war. Ich sah keinen Fisch. Keinen einzigen.

31. Januar

Ich habe wieder eine Möwe getötet – auf die gleiche Weise wie die erste. Weil ich so hungrig war, habe ich sie nicht gefoltert, wie ich's eigentlich vorhatte. Ich nahm sie aus und verschlang sie. Eigenartig, wie man es spüren kann, daß die Körperenergie zurückkommt. Für kurze Zeit hatte ich plötzlich Angst. Ich lag im Schatten des großen zentralen Felshaufens und glaubte Stimmen zu hören. Mein Vater. Meine Mutter. Meine Exfrau. Und am schlimmsten war der große Chinese, der mir in Saigon das Heroin verkauft hatte. Er lispelte etwas, weil er vermutlich eine Art Wolfsrachen hatte.

»Na mach son«, kam seine Stimme aus dem Nichts. »Na mach son und nimm dir'n biß'sen. Dann merkst du nicht mehr, wie hungrig zu bist. Es ist wundersön . . .« Aber ich hatte nie Drogen genommen, nicht einmal Schlaftabletten.

Habe ich schon gesagt, daß Löwenthal sich umbrachte? Der Esel. Er erhängte sich in dem Raum, der sonst sein Büro war. Meiner Meinung nach hat er der Welt damit einen Gefallen getan.

Ich wollte meine Praxis wieder eröffnen, und einige Leute, mit denen ich darüber redete, meinten, das ließe sich machen, würde aber eine ganze Stange Geld kosten. Mehr Schmiergeld, als ich's mir je hätte träumen lassen. Ich hatte 40000 Dollar in einem Banksafe und beschloß, es auf einen Versuch ankommen zu lassen. Man mußte es rasch an den richtigen Mann bringen, notfalls verdoppeln oder verdreifachen.

Also besuchte ich Ronnie Hanelli. Ronnie und ich spielten in der Collegemannschaft zusammen Football, und als sein jüngerer Bruder Internist werden wollte, verhalf ich ihm zu einer Stelle im Krankenhaus. Ronnie selbst hatte von Anfang an auf Jura gesetzt. In der Straße, wo wir aufwuchsen, nannten wir ihn Ronnie, den Vollstrecker, weil er sich bei allen Hockeyspielen als Schiedsrichter aufspielte, und wenn man seine Befehle nicht mochte, hatte man nur die Wahl, entweder den Mund zu halten oder eine in die Fresse zu kriegen. Für die Puertorikaner war er nur der Itaker-Ronnie. Und dieser Knabe ging aufs College, studierte Jura, bestand beim ersten Anlauf das Examen und eröffnete dann in unserer alten Gegend, direkt über der Fish-Bowl-Bar, seine Anwaltskanzlei. Wenn ich die Augen schließe, kann ich ihn deutlich vor mir sehen, wie er in seinem weißen Continental die Straßen entlangfährt. Der größte und gemeinste Kredithai der ganzen Stadt.

Ich wußte, daß Ronnie was für mich haben würde. Er nannte mich immer Rico. Das fand er wahnsinnig komisch. »Es ist zwar gefährlich, Rico«, sagte er. »Aber du konntest ja eigentlich immer gut auf dich aufpassen. Wenn du den Stoff heil zurückbringst, stelle ich dich ein paar Leuten vor. Einer davon ist in der Regierung.«

Er nannte mir zwei Namen. Henry Li-Tsu, ein Chinese, und Seolom Ngo, ein Vietnamese. Chemiker. Gegen Honorar würde er den Stoff des Chinesen prüfen. Der Chinese war nämlich bekannt dafür, er er sich ab und zu kleine ›Späße‹ leistete. Das sah dann so aus, daß er Plastiksäckchen mit Talkumpuder, Abflußreiniger oder Maismehl füllte. Ronnie meinte, daß Li-Tsus kleine Späße ihn eines Tages umbringen würden.

1. Februar

Ein Flugzeug kam vorbei. Es flog direkt über die Insel. Ich wollte die Felsen raufklettern und winken, aber mein Fuß geriet in eine Spalte. Dieselbe verdammte Spalte, glaube ich, wie neulich, als ich die erste Möwe tötete. Ich habe mir den Knöchel gebrochen, ein komplizierter Bruch. Der Schmerz war einfach gräßlich. Ich schrie auf und verlor das Gleichgewicht, ruderte mit den Armen wie ein Verrückter, knallte aber trotzdem hin, schlug mir den Kopf an, und alles wurde schwarz. Erst bei Einbruch der Dunkelheit wachte ich wieder auf. Die Kopfwunde hat ziemlich geblutet, der Knöchel war wie ein Gummireifen angeschwollen, und außerdem hatte ich mir auch noch einen Sonnenbrand geholt. Eine Stunde länger Sonne und ich hätte vermutlich Blasen gekriegt.

Ich habe mich hierher zurückgeschleppt und die ganze Nacht über gefroren und geheult, weil mir alles so hoffnungslos vorkam. Die Kopfwunde – sie ist direkt über der rechten Schläfe – habe ich desinfiziert und so gut wie möglich verbunden. Es ist nur eine Platzwunde und eine leichte Gehirnerschütterung, schätze ich, aber mein Knöchel . . . ein übler Bruch an zwei, vielleicht sogar drei Stellen.

Wie soll ich nun auf die Möwen Jagd machen?

Sicher war es ein Flugzeug, das nach Überlebenden von der Callas Ausschau hielt. In der Dunkelheit und dem Sturm ist das Rettungsboot möglicherweise meilenweit von der Stelle getrieben worden, wo das Schiff sank. Vielleicht schicken sie gar kein Suchflugzeug mehr aus.

O Gott, mein Knöchel tut höllisch weh.

2. Februar

Auf dem kleinen weißen Kiesstrand an der Südseite der Insel, wo
das Rettungsboot unterging, habe ich ein Zeichen gemacht. Ich
brauchte dafür den ganzen Tag, weil ich mich zwischendurch im
Schatten ausruhen mußte. Trotzdem bin ich zweimal ohnmächtig geworden. Schätzungsweise habe ich knapp fünfzig Pfund Gewicht verloren, hauptsächlich durch Wasserentzug. Von meinem Sitzplatz aus
kann ich die vier Buchstaben sehen, die mich einen ganzen Tag Arbeit
kosteten. Schwarze Felsbrocken auf weißem Untergrund, Buchstaben von über einem Meter Höhe – HELP. Das nächste Flugzeug kann
mich gar nicht übersehen.

Falls noch ein Flugzeug kommt.

Mein Fuß pulst unangenehm. An der komplizierten Bruchstelle ist
er immer noch geschwollen und verdächtig verfärbt. Die Verfärbung
scheint schlimmer zu werden. Wenn ich den Knöchel so fest wie
möglich mit meinem Hemd bandagiere, ist der Schmerz etwas erträg-
licher. Aber immer noch so gräßlich, daß mein Schlaf eher eine Art
Ohnmacht ist.

Ich kann die Möglichkeit nicht ausschließen, daß ich meinen Fuß
amputieren muß.

3. Februar

Die Schwellung und Verfärbung noch übler als bisher. Ich werde
bis morgen abwarten. Ich glaube, ich kann die Operation durchste-
hen, falls sie nötig sein wird. Ich habe Streichhölzer, um das scharfe
Messer zu sterilisieren, Nadel und Faden und mein Hemd als Verband.

Außerdem habe ich sogar zwei Kilo Schmerzkiller, auch wenn es
nicht gerade die Sorte ist, die ich zu verschreiben pflege. Aber die Patienten hätten sich nicht zweimal bitten lassen, wenn ich's ihnen angeboten hätte. Na klar! Diese alten Ladys mit blau gefärbten Haaren
atmen auch Frischluftspray ein, wenn sie glauben, daß es sie high
macht. Garantiert.

4. Februar

Ich habe mich entschieden, den Fuß zu amputieren. Vier Tage lang
kein Essen. Wenn ich noch länger abwarte, werde ich vielleicht beim
Operieren vor Hunger ohnmächtig und blute mich zu Tode. Und so
kaputt ich auch bin, ich will immer noch leben. Dabei fällt mir ein,
was Mockridge im Grundkurs für Anatomie immer sagte. Old Mok-
kie nannten wir ihn. Irgendwann, pflegte er zu sagen, kommt in der

Karriere eines jeden Medizinstudenten der Moment, wo er sich fragt: »Inwieweit ist ein Patient in der Lage, ein psychisches Trauma zu bewältigen?« Und dann schlug er mit seinem Zeigestab auf die Schautafel des menschlichen Körpers, auf die Leber, die Nieren, das Herz, die Milz, die Eingeweide. Wenn man's genau betrachtet, meine Herren, pflegte er dann zu sagen, ist die Antwort darauf immer eine neue Frage: »Wie stark ist der Überlebenswille des Patienten?«

Ich glaube, ich werde es schaffen. Ja, das glaube ich wirklich.

Vermutlich schreibe ich nur, um das Unvermeidliche hinauszuzögern, aber mir fiel ein, daß ich noch gar nicht berichtet habe, wie ich eigentlich hierherkam. Vielleicht sollte ich das noch eklären, da ja die Operation schiefgehen kann. Es kostet mich nur kurze Zeit, und um ausreichendes Tageslicht für die Operation brauche ich mir keine Sorgen zu machen. Auf meiner Pulsar ist es erst 9 Uhr 9. Morgens.

Ich flog als Tourist nach Saigon. Klingt das merkwürdig? Warum eigentlich? Es gibt immer noch Tausende, die trotz Nixons Krieg jedes Jahr dorthin reisen. Schließlich gibt's auch Leute, die gern zuschauen, wenn Autos zu Schrott gefahren werden, oder die sich an Hahnenkämpfen begeistern.

Mein chinesischer Freund hatte den Stoff. Ich brachte ihn zu Ngo, der ihn als erstklassige Ware einstufte. Ngo erzählte mir, daß sich Li-Tsu vier Monate zuvor mal wieder einen Spaß erlaubt hatte, worauf seine Frau in die Luft flog, als sie den Zündschlüssel ihres Opels umdrehte. Seither hat es keine neuen Späße gegeben.

Ich blieb drei Wochen in Saigon. Für die Rückfahrt hatte ich eine Kabine erster Klasse auf dem Luxusdampfer Callas gebucht. Es machte keine Schwierigkeiten, mit dem Stoff an Bord zu gehen. Ngo bestach zwei Zollbeamte, die mich folglich passieren ließen, nachdem sie meine Koffer durchsucht hatten. Der Stoff war in einer Pan am-Umhängetasche, die sie keines Blickes würdigten.

»Es wird viel problematischer, durch den amerikanischen Zoll zu gelangen«, sagte mir Ngo. »Aber das ist Ihr Problem.«

Ich hatte gar nicht die Absicht, das Heroin durch den amerikanischen Zoll zu schmuggeln. Ronnie Hanelli hatte einen Taucher angeheuert, der für 3000 Dollar eine knifflige Aufgabe erledigen sollte. Ich war mit ihm (vor zwei Tagen, fällt mir dabei ein) in einer Absteige mit dem schönen Namen St. Regis Hotel in San Francisco verabredet. Der Stoff war in einem wasserdichten Behälter verpackt. Auf der Oberseite waren eine Schaltuhr und ein Päckchen mit roter Farbe angebracht. Kurz bevor wir vor Anker gingen, solle der Behälter über Bord geworfen werden, aber natürlich nicht von mir.

Ich hatte immer noch nicht den passenden Koch oder Steward ausfindig gemacht, der eine kleine Gehaltsaufbesserung gebrauchen

145

konnte und smart genug – oder dumm genug – war, um später den Mund zu halten, als die Callas unterging.

Bis jetzt habe ich keine Ahnung, warum eigentlich. Es war zwar stürmisch, aber das Schiff schien gut damit zurechtzukommen. Gegen 8 Uhr abends am 25. Januar gab es dann plötzlich unter Deck eine Explosion. Ich war gerade im Salon, und die Callas begann sich fast unmittelbar darauf zu neigen. Nach links . . . heißt das bei denen nun Backbord oder Steuerbord?

Die Passagiere kreischten und rannten in alle Richtungen. Flaschen fielen aus dem Regal hinter der Bar und zersplitterten auf dem Boden. Ein Mann kam von einem unteren Deck heraufgetaumelt, mit verbranntem Hemd und verkohlter Haut. Aus dem Lautsprecher kam die Anordnung, daß jeder zu dem Rettungsboot laufen sollte, das ihm zu Beginn der Kreuzfahrt bei dieser Übung zugeteilt worden war, aber viele hatten bei dieser Übung nicht aufgepaßt. Andere verschliefen sie, tranken lieber weiter oder ignorierten sie überhaupt. Ich jedoch hatte genau aufgepaßt. Das tue ich immer, wenn es um meine eigene Haut geht.

Ich stieg zu meiner Einzelkabine hinunter, holte die zwei Plastiksäckchen und steckte sie in meine Jackentasche. Dann machte ich mich auf den Weg zum Rettungsboot 8. Während ich die Treppe zum Hauptdeck hinaufstieg, erfolgten zwei weitere Explosionen, und das Schiff bekam noch mehr Schlagseite.

An Deck herrschte fürchterliches Chaos. Ich sah eine schreiende Frau mit einem Baby im Arm, die an mir vorbeirannte und das Tempo immer mehr beschleunigte, während sie das rutschige, schräge Deck überquerte, und dann über die Reling verschwand. Ein Mann in mittleren Jahren saß im Shuffleboard-Feld und raufte sich die Haare. Ein weißgekleideter Koch, dessen Gesicht und Hände schrecklich verbrannt waren, stolperte herum und schrie: »Helft mir! Ich sehe nichts. Helft mir! Ich sehe nichts.«

Totale Panik war ausgebrochen. Sie war wie eine ansteckende Krankheit von den Passagieren auf die Mannschaft übertragen worden. Man muß sich vorstellen, daß zwischen der ersten Explosion und dem endgültigen Sinken der Callas nur zwanzig Minuten lagen. Einige Rettungsboote waren von schreienden Passagieren belagert, während bei anderen keine Menschenseele war. Mein Bott, das sich auf der tiefer liegenden Schiffsseite befand, gehörte zur zweiten Sorte. Kein Mensch war zu sehen, außer mir und einem Matrosen mit bleichem, pickeligem Gesicht.

»Los, lassen wir das Boot ins Wasser«, sagte er mit wild rollenden Augen. »Dieser gottverfluchte Kahn wird gleich absaufen.«

Ein Rettungsboot ist eigentlich leicht abzuseilen, aber der Matrose

war so nervös und ungeschickt, daß er auf seiner Seite den Flaschenzug verhedderte. Das Boot rutschte knapp zwei Meter an der Bord-
wand runter und blieb dann hängen, der Bug um einen halben Meter
tiefer als das Heck.

Ich wollte zu ihm hinübergehen, um ihm zu helfen, als er zu brüllen anfing. Er hatte es zwar geschafft, die Seilwinde zu entwirren, war
aber mit der Hand hineingeraten. Das vorbeizischende Seil brannte
über seine Handfläche, rasierte ihm die Haut ab und riß ihn dann
schließlich über die Reling.

Ich klinkte die Strickleiter ein, kletterte schnell hinunter und
machte das Rettungsboot von seinen Verankerungen los. Dann begann ich zu rudern, was ich bei meinen Ausflügen zu den Sommer-
häusern meiner Freunde schon gelegentlich zum Vergnügen getan
hatte. Nun ruderte ich um mein Leben. Wenn ich nicht weit genug
von der sterbenden Callas wegkam, bevor sie sank, würde sie mich
mit in die Tiefe reißen, das war klar.

Genau fünf Minuten später geschah es dann. Ich war noch nicht
ganz aus dem Sog raus und mußte wie ein Weltmeister rudern, um
wenigstens an der gleichen Stelle zu bleiben. Das Schiff sank sehr
rasch. Noch immer klammerten sich kreischende Menschen an die
Reling am Bug. Wie eine Affenhorde.

Der Sturm nahm zu. Ich verlor ein Ruder, konnte das andere jedoch retten. Die ganze Nacht verging für mich wie im Traum; zuerst
schöpfte ich ständig Wasser, und dann paddelte ich wild mit dem Ruder, um die nächste Riesenwelle mit dem Bug voran zu erwischen.

Kurz vor Tagesanbruch am 26. Januar begannen die Wellen hinter
mir stärker zu werden. Das Boot schoß vorwärts. Es war furchteinflößend, aber irgendwie auch aufregend. Dann wurden die meisten
Planken unter meinen Füßen weggerissen, aber bevor das Rettungsboot sinken konnte, strandete es auf diesem gottverlassenen Felshaufen. Ich weiß nicht einmal, wo ich bin, nein, keinen blassen Schimmer
habe ich.

Aber ich weiß, was ich tun muß. Vielleicht ist dies meine letzte Ein-
tragung, aber eigentlich glaube ich, daß ich's schaffe. Habe ich's nicht
immer geschafft? Und heutzutage kann man wirklich einmalige Sachen mit Prothesen machen. Ich komme auch mit einem Fuß gut zurecht.

Tja, nun wird sich herausstellen, ob ich so gut bin, wie ich glaube.
Viel Glück.

5. Februar
　　Hab's getan.
　　Die Schmerzen haben mir am meisten Sorgen gemacht. Ich bin

nicht wehleidig, hatte aber Angst, daß mir in meinem geschwächten Zustand Hunger und Schmerzen derartig zusetzten, daß ich bewußtlos werde, bevor die Operation beendet ist.

Aber das Heroin hat dieses Problem blendend gelöst.

Ich öffnete ein Päckchen und nahm zwei kräftige Prisen Heroin. Zuerst mit dem rechten Nasenloch, dann mit dem linken. Es kam mir so vor, als würde ich ein wunderbar betäubendes Eis einatmen, das von unten her mein Hirn anfüllt. Ich schnupfte das Heroin, sobald ich gestern mit dem Schreiben fertig war. Um 9 Uhr 45. Als ich das nächste Mal auf meine Uhr schaute, war der Schatten gewandert, so daß ich teilweise in der Sonne lag, und es war gerade 12 Uhr 41. Ich war eingenickt. Nie hätte ich mir träumen lassen, daß es so schön ist, und ich kann nicht verstehen, warum ich es früher so verächtlich abgetan habe. Schmerzen, Furcht, Elend, alles vergeht, und zurück bleibt nur ein ruhiges Wohlgefühl.

In diesem Zustand begann ich mit der Operation.

Trotzdem hatte ich ziemliche Schmerzen, vor allem zu Beginn der Operation. Aber sie schienen von mir losgelöst zu sein wie die Schmerzen eines anderen. Sie machten mir zu schaffen, waren aber auch irgendwie interessant. Können Sie das begreifen? Falls Sie mal ein starkes Opiat genommen haben, können Sie's vielleicht. Nicht nur der Schmerz wird betäubt, sondern ein bestimmter Seelenzustand wird erzeugt. Heitere Gelassenheit. Ich kann begreifen, wieso Leute rauschgiftsüchtig werden, obwohl das ein reichlich harter Ausdruck ist, den natürlich nur Leute verwenden, die's nie probiert haben.

Etwa in der Mitte der Operation wurde der Schmerz persönlicher. Schwäche überfiel mich in Wellen. Sehnsüchtig schaute ich zu dem offenen Säckchen mit weißem Pulver hin, zwang mich dann aber wegzuschauen. Hätte ich mir wieder einen genehmigt, wäre ich ebenso sicher verblutet, als wenn ich ohnmächtig würde. Statt dessen zählte ich von hundert rückwärts.

Der Blutverlust war das Gefährlichste an der Sache. Als Chirurg wußte ich das natürlich ganz genau. Kein Tropfen durfte fahrlässig vergeudet werden. Falls ein Patient im OP-Saal einen Blutsturz hat, bekommt er Transfusionen. Was ich verlor – nach Operationsende war der Sand unter meinem Bein dunkelrot verfärbt –, war verloren, bis mein eigener Organismus den Verlust wieder ersetzen konnte. Ich hatte auch keine Klammern, keine blutstillenden Mittel, keine chirurgische Nähseide.

Ich begann um Punkt 12 Uhr 45 mit der Operation. Um 1 Uhr 50 war ich fertig und betäubte mich sofort mit Heroin, mit einer stärkeren Dosis als zuvor. Ich sank in eine graue, schmerzlose Welt und

148

verharrte dort bis fast 5 Uhr. Als ich wieder auftauchte, stand die Sonne dicht über dem westlichen Horizont, und von dort führte eine goldene Straße über den blauen Pazifik direkt zu mir. Nie zuvor hatte ich etwas so Wunderschönes gesehen. Mit diesem einen Augenblick waren alle Schmerzen bezahlt. Eine Stunde später schnupfte ich noch etwas, um den Sonnenuntergang voll würdigen und genießen zu können.

Kurz nach Einbruch der Dunkelheit.

Halt. Habe ich eigentlich schon erwähnt, daß es seit vier Tagen nichts zu essen gab? Das einzige, was ich zur Verfügung hatte, wenn ich wieder etwas zu Kräften kommen wollte, war mein eigener Körper. Habe ich nicht immer wieder gesagt, daß das Überleben eine Frage der Geisteshaltung ist? Der überlegene Geist. Ich will mich nicht rechtfertigen, indem ich behaupte, Sie hätten dasselbe getan. Erstens sind Sie vermutlich kein Chirurg. Und selbst, wenn Sie einiges über Amputationen wüßten, würden Sie vermutlich die Operation so stümperhaft durchführen, daß Sie sich zu Tode bluten. Falls Sie wider Erwarten die Operation und den psychischen Schock doch überlebt hätten, wäre Ihrem engstirnigen Geist sicher nie dieser Gedanke gekommen. Schon gut. Es braucht ja keiner zu wissen. Vor dem Verlassen der Insel wird meine letzte Tat darin bestehen, dieses Buch zu vernichten.

Ich war sehr vorsichtig.

Ich wusch ihn gründlich, bevor ich ihn aß.

7. Februar

Die Schmerzen im Stumpf waren schlimm, ab und zu so schlimm, daß es kaum auszuhalten war. Aber das starke Jucken, das mit dem Heilungsprozeß begann, ist eigentlich noch ärger. Heute nachmittag mußte ich an die vielen Patienten denken, die mir vorjammerten, daß sie Schmerzen oder das gräßliche, unaufhörliche Jucken der heilenden Wunde nicht ertragen konnten. Denen habe ich dann lächelnd versichert, daß sie sich am nächsten Tag schon besser fühlen würden, und insgeheim habe ich mir gedacht, was für Jammerlappen sie doch waren, ohne Rückgrat, undankbare Geschöpfe. Nun verstehe ich sie. Mehrmals war ich schon fast so weit, mir den Hemdenverband vom Stumpf zu reißen und zu kratzen, meine Finger in das weiche, rohe Fleisch zu graben, an den groben Stichen zu zerren und das Blut in den Sand fließen zu lassen. Alles, alles, um dieses grauenhafte Jucken loszuwerden, das mich zum Wahnsinn treibt.

In solchen Momenten zähle ich von hundert rückwärts und schnupfe Heroin.

Keine Ahnung, wieviel ich schon in meinem Körper habe, aber ich weiß, daß ich seit der Operation eigentlich ständig stoned bin. Es unterdrückt den Hunger. Ja, ich spüre kaum noch Hunger. Es gibt da ein schwaches, fernes Nagen in meinem Magen, mehr nicht. Eigentlich könnte man es sogar ignorieren. Aber ich kann das nicht, denn Heroin hat keinerlei Kalorien. Ich habe meine Kraftreserven getestet, indem ich von einer Stelle zur anderen kroch. Sie nehmen rapide ab.

Lieber Gott, ich hoffe nicht ... aber vielleicht ist noch eine Operation nötig.

(Später)

Ein zweiter Jet flog über die Insel. Zu hoch, um für mich von Nutzen zu sein. Ich konnte nur den Kondensstreifen sehen, der sich über den Himmel zog. Trotzdem habe ich gewunken. Gewunken und geschrien. Als er verschwunden war, habe ich geheult.

Es wird dunkel, um noch etwas sehen zu können. Essen. Ich habe an alle möglichen Dinge gedacht. An die Lasagne meiner Mutter. An Knoblauchbrot, Schnecken, Hummer, saftige Rippchen, Pfirsich Melba, Roastbeef. An das große Stück Pfundkuchen mit dem hausgemachten Vanielleeis, das man bei Mother Crunch auf der First Avenue als Dessert bekommt. Ofenwarme Brezeln, gekochter Lachs, gekochte Krabben, gekochter Schinken mit Ananasringen. Zwiebelringe. Zwiebeldip mit Kartoffelchips, Eistee in langen, langen Schlucken und Fritten, daß du dir die Lippen leckst.

100, 99, 98, 97, 96, 95, 94.

Gott, Gott, Gott.

8. Februar

Eine Möwe landete heute auf dem Felshaufen. Eine große, fette. Ich saß im Schatten meines Felsen, in meinem ›Lager‹, den bandagierten Stumpf hochgelegt. Mir lief das Wasser im Mund zusammen, sobald ich die Möwe sah. Genau wie bei einem Pawlowschen Hund. Hilflos sabbernd wie ein Baby. Wie ein Baby.

Ich hob einen Felsbrocken hoch, der von handlicher Größe war, und begann auf sie zuzukriechen. (Viertes Viertelspiel. Wir liegen um drei Punkte zurück. Der dritte und längste Lauf vor mir. Pinzetti fällt zurück, um den Ball abzugeben. Pine, ich meine natürlich *Pine.*) Ich hatte wenig Hoffnung. Bestimmt flog sie weg. Aber ich mußte es versuchen. Wenn ich sie erwischte, eine so fette, unverschämte Möwe wie diese hier, dann konnte ich eine zweite Operation auf unbestimmte Zeit verschieben. Ich kroch immer näher, mein Stumpf stieß ab und zu gegen eine Felskante, mir schoß der Schmerz wie Sternschnuppen durch den ganzen Körper, und ich wartete darauf, daß sie wegflog.

Sie tat's aber nicht. Sie stolzierte nur hin und her, die fleischige

Brust vorgereckt wie ein Vogelgeneral, der die Truppenparade abnimmt. Hin und wieder warf sie mir aus ihren kleinen, bösen schwarzen Augen einen Blick zu, und ich erstarrte und zählte von hundert rückwärts, bis sie wieder auf und ab zu gehen begann. Jedesmal wenn sie mit den Flügeln flatterte, fühlte ich in meinem Magen einen Eisklotz. Ich sabberte immer noch. Ich konnte nichts dagegen tun. Ich sabberte wie ein Säugling.

Keine Ahnung, wie lange ich mich anpirschte. Eine Stunde? Oder zwei? Je näher ich kam, desto heftiger schlug mein Herz und desto schmackhafter sah diese Möwe aus. Mir kam es fast so vor, als würde sie sich über mich lustig machen, und bestimmt flog sie sofort weg, sobald ich in Wurfnähe gelangte. Meine Arme und Beine zitterten, mein Mund war ausgedörrt. Der Stumpf juckte höllisch. Inzwischen glaube ich, daß ich an Entzugserscheinungen litt. Aber so rasch? Ich nehme den Stoff ja schließlich erst seit knapp einer Woche.

Macht nichts. Ich brauche ihn. Und es ist noch genug da, jede Menge. Das ist wahrlich nicht mein Problem.

Als ich nah genug rangekrochen war, brachte ich es nicht fertig, den Felsbrocken zu werfen. Ich war hundertprozentig überzeugt, daß ich danebentreffen würde, und zwar meterweit. Also krabbelte ich weiter die Felsen rauf, den Kopf im Nacken, der Schweiß strömte mir über den abgemagerten Vogelscheuchenkörper. Meine Zähne beginnen zu verfaulen, habe ich das schon erwähnt? Wenn ich abergläubisch wäre, würde ich sagen, das kommt vom Essen meines . . .

Ha. Aber wir wissen's besser, nicht wahr?

Ich hielt wieder an. Nun war ich viel näher, als ich mich bei den anderen Möwen rangewagt hatte. Aber ich konnte es immer noch nicht tun. Ich umklammerte den Steinbrocken, bis meine Finger schmerzten, und konnte ihn einfach nicht werfen. Weil ich nämlich ganz genau wußte, was es bedeutete, wenn ich nicht traf.

Mir doch egal, und wenn ich den ganzen Stoff aufbrauche. Ich werde sie verklagen, bis sie pleite sind. Ich werde den Rest meines Lebens in Luxus faulenzen. Den Rest meines langen, langen Lebens.

Vermutlich wäre ich bis zu ihr hingekrochen, ohne den Stein nach ihr zu werfen, wenn sie nicht schließlich doch weggeflogen wäre. Ich wäre zu ihr hingekrochen und hätte ihr den Hals umgedreht. Aber sie breitete die Flügel aus und flog hoch. Ich schrie sie an, kam mühsam auf die Knie und warf mit voller Wucht den Felsbrocken. Und ich erwischte sie.

Die Möwe gab ein ersticktes Krächzen von sich und fiel auf der anderen Seite des Felshaufens runter. Babbelnd und lachend, gleichgültig, ob ich mir den Stumpf anschlug oder die Wunde öffnete, kroch ich über den höchsten Felsen zur anderen Seite hinüber. Ich

151

verlor das Gleichgewicht und knallte mit dem Kopf gegen eine Kante. Ich merkte es nicht einmal, zu dem Zeitpunkt jedenfalls nicht, obwohl inzwischen eine reichlich üble Beule entstanden ist. Ich konnte nur an die Möwe denken und daran, wie ich sie getroffen hatte, welch fantastisches Glück, ausgerechnet am Flügel.

Sie taumelte die Felsblöcke zum Strand hinunter, mit gebrochenem Flügel, den Bauch mit Blut verschmiert. Ich krabbelte so schnell ich konnte, doch sie war noch schneller. Wettrennen der Krüppel. Haha. Ich hätte sie vielleicht gekriegt – ich holte schon auf –, wenn nicht meine Hände gewesen wären. Aber ich mußte gut auf meine Hände achten. Vielleicht brauche ich sie noch. Trotz meiner Vorsicht waren die Handflächen zerschunden, als wir den schmalen Kiesstrand erreichten, und unterwegs hatte ich das Glas meiner Pulsar-Armbanduhr an einem Felsen zerbrochen.

Die Möwe ließ sich ins Wasser gleiten und gab ein schauerliches Gekrächz von sich, als ich nach ihr griff. Ich bekam eine Handvoll Schwanzfedern zu fassen, mehr aber auch nicht. Dann fiel ich ins Wasser, bekam den Mund voll, prustete und schnaubte.

Ich kroch tiefer ins Wasser und versuchte sogar hinter der Möwe herzuschwimmen. Der Verband löste sich von meinem Stumpf. Ich begann unterzugehen. Mühsam schaffte ich es, an Land zurückzukommen, zitternd vor Erschöpfung, blind vor Schmerzen, schluchzend und wimmernd verfluchte ich die Möwe. Sie war noch eine lange Zeit zu sehen, wie sie immer weiter und weiter hinausschwamm. Ich glaube, ich habe sie sogar angefleht, zurückzukommen. Als sie schließlich hinter dem Riff verschwand, war sie vermutlich schon tot.

Es ist nicht gerecht!

Ich brauchte fast eine Stunde, um zu meinem Lager zurückzukriechen. Dort genehmigte ich mir eine ordentliche Dosis Heroin, aber trotzdem bin ich noch irre wütend auf das Biest. Wenn ich sie schon nicht kriege, hätte sie mich auch nicht so quälen sollen. Warum ist sie nicht gleich davongeflogen?

9. Februar

Ich habe meinen linken Fuß amputiert und die Wunde mit meinen Hosen bandagiert. Während der ganzen Operation habe ich vor mich hingesabbert. Gesabbert. Wie gestern, als ich die Möwe sah. Hilflos gesabbert. Aber ich habe mich gezwungen zu warten, bis es dunkel war. Ich zählte einfach von hundert rückwärts . . . zwanzig oder dreißigmal. Haha.

Dann . . .

Ich habe mir immer wieder gesagt: kaltes Roastbeef. Kaltes Roastbeef. Kaltes Roastbeef.

11. Februar (?)

Die beiden letzten Tage hat's geregnet. Und gestürmt. Es gelang mir, einige Felsblöcke von dem großen Felshaufen zu verrücken, bis ein Loch entstand, in das ich kriechen konnte. Fand eine kleine Spinne. Hab' sie zwischen den Fingern zerdrückt, bevor sie mir entwischen konnte, und hab' sie gegessen. Sehr gut. Würzig. Mir kam die Idee, daß die Felsen über mir zusammenbrechen und mich lebendig begraben. Mir doch egal.

Während des Sturms war ich die ganze Zeit stoned. Vielleicht hat's nicht nur zwei, sondern drei Tage geregnet. Oder nur einen. Aber ich glaube, daß es zweimal dunkel war. Ich schlafe gern ein. Dann gibt's keine Schmerzen und kein Jucken. Ich weiß, daß ich dies alles überleben werde. Es ist unmöglich, daß ein Mensch so was für nichts und wieder nichts durchmacht. Unmöglich.

Als ich ein Junge war, gab's in unserer Kirche einen Priester, einen lächerlichen Kerl, der besonders gern über die Hölle und über Todsünden redete. Er war richtig scharf darauf. Eine Todsünde kann man nicht wiedergutmachen, das war seine Ansicht. Letzte Nacht habe ich von ihm geträumt. Pater Hailey mit schwarzem Morgenrock und roter Schnapsnase, wie er mit seinem Finger auf mich deutet und sagt: »Schande über dich, Richard Pinzetti . . . eine Todsünde . . . zur Hölle verdammt, Junge . . . zur Hölle verdammt . . .«

Ich hab' ihn ausgelacht. Wenn diese Insel nicht die Hölle ist, was dann? Und die einzige Todsünde ist es, aufzugeben.

Die Hälfte der Zeit bin ich im Delirium, den Rest jucken meine Stümpfe gräßlich, und die Feuchtigkeit läßt sie höllisch schmerzen.

Aber ich gebe nicht auf. Das schwöre ich. Nicht all das für nichts.

12. Februar

Die Sonne scheint wieder, ein herrlicher Tag. Hoffentlich frieren sie sich bei mir zu Hause die Ärsche ab.

Es war für mich ein guter Tag, so gut, wie er auf dieser Insel nur sein kann. Das Fieber, das mich während des Sturms plagte, scheint gesunken zu sein. Ich war schwach und zittrig, als ich aus meinem Loch herauskroch, aber nach zwei, drei Stunden Ruhe im heißen Sand unter der Sonne fühlte ich mich wieder halbwegs wie ein Mensch.

Ich schleppte mich zur Südseite und fand einiges Treibholz, das der Sturm angeschwemmt hatte, auch einige Planken von meinem Rettungsboot. An manchen Brettern klebten Algen und Riementang. Ich aß sie. Ekliges Zeug. Schmeckt wie ein Duschvorhang aus Vinyl. Aber heute nachmittag fühle ich mich viel kräftiger.

Ich zog das Treibholz so weit wie möglich an Land, damit es trocknet. Mir ist immer noch eine ganze Packung wasserdichter Zündhölzer geblieben. Damit werde ich das Holz anzünden, um ein Signal zu geben, falls jemand auftaucht. Sonst eben ein Feuer, um etwas zu braten. Jetzt werde ich mir eine Dosis Heroin genehmigen.

13. Februrar
Ich habe einen Krebs gefunden. Ich killte ihn und briet ihn über einem kleinen Feuerchen. Heute könnte ich fast wieder an Gott glauben.

14. Februar
Heute morgen habe ich entdeckt, daß der Sturm die meisten Felsbrocken meines HELP-Signals weggerissen hat. Aber der Sturm war doch schon vor . . . drei Tagen vorüber. War ich wirklich so stoned? Ich muß aufpassen und die Tagesration verringern. Schließlich könnte ein Schiff vorbeifahren, wenn ich gerade vor mich hin dämmere.
Ich habe die Buchstaben noch einmal geformt, brauchte dafür aber fast den ganzen Tag, und jetzt bin ich ganz kaputt. Ich habe an der Stelle nach Krebsen gesucht, wo ich den anderen fand, aber nichts. Ich habe mir die Hände an den Steinbrocken verletzt, die ich für die Buchstaben verwendete, habe sie aber gleich mit Jod desinfiziert. Obwohl ich so kaputt war. Auf meine Hände muß ich achtgeben. Ganz egal, was passiert.

15. Februar
Heute landete wieder ein Möwe auf der Felsspitze. Sie flog weg, bevor ich in ihre Nähe kam. Ich wünschte sie zur Hölle, wo sie Pater Haileys blutunterlaufene kleine Augen bis in alle Ewigkeit auspicken kann.
Haha!
Haha!
Ha

17. Februar (?)
Ich habe mein rechtes Bein am Knie amputiert, verlor aber viel Blut. Schmerzen grauenhaft trotz Heroin. Der Schock hätte einen Schwächeren umgebracht. Ich möchte mit einer Frage antworten: Wie stark ist der Überlebenswille des Patienten?
Meine Hände zittern. Wenn mich die im Stich lassen, bin ich erledigt. Sie haben kein Recht, mich im Stich zu lassen. Überhaupt kein Recht. Ich habe ihr ganzes Leben lang auf sie aufgepaßt. Habe sie verhätschelt. Das tun sie mir lieber nicht an. Oder sie werden's bereuen.

Wenigstens bin ich nicht hungrig.

Eine der Planken vom Rettungsboot ist in der Mitte durchgespalten. Ein Ende läuft in einer Spitze aus. Die habe ich verwendet. Mir lief die Spucke aus dem Mund, aber ich zwang mich zu warten. Und dann dachte ich an all die . . . oh, die Barbecues, die wir machten. Will Hammersmith hatte ein Haus auf Long Island mit einem Barbecuerost, auf dem man ein ganzes Schwein braten konnte. Wir saßen mit eiskalten Drinks in der Dämmerung auf der Veranda, unterhielten uns über Operationstechniken oder Golfturniere oder sonst was. Und eine leichte Brise trug den Duft von gebratenem Schweinefleisch zu uns herüber. Judas Ischariot, der herrliche würzige Duft von gebratenem Schweinefleisch!

Februar?

Ich nahm mir das andere Bein am Knie ab. War den ganzen Tag über schläfrig. »Herr Doktor, war diese Operation nötig?« Haha. Zittrige Hände wie ein alter Mann. Ich hasse sie. Blut unter den Fingernägeln. Schorf. Erinnert ihr euch an das Modell mit dem Glasbauch im Anatomieunterricht? So fühle ich mich. Aber ich will nicht hinschauen. Unmöglich, kommt nicht in Frage.

Ich weiß noch, wie Dom das immer sagte. Er kam in seinem Straßenräuber-Aufzug um die Ecke gewalzt. Dann fragte man ihn, Dom, wie kommst du denn mit ihr aus? Und dann sagte Dom, unmöglich, kommt nicht in Frage. Verrückt. Der alte Dom. Ich hätte lieber in meinem alten Viertel bleiben sollen. Verdammter Mist, wie Dom sagen würde, haha.

Aber mir ist klar, daß ich mit entsprechender Therapie und Prothesen wieder so gut wie neu werden kann. Ich könnte hierher zurückkommen und den Leuten erzählen. »Dies . . . ist . . . es. Wo . . . es . . . passierte.« Hahaha.

23. Februar (?)

Fand einen toten Fisch. Vergammelt und stinkig. Hab' ihn trotzdem gegessen. Wollte kotzen, hab' mich aber nicht gelassen. Ich will überleben! So herrlich stoned, diese Sonnenuntergänge.

Februar

Ich traue mich nicht, muß aber. Wie soll ich bloß die Arterie am Oberschenkel abbinden? So weit oben ist sie so dick wie ein verdammter Schlagbaum.

Muß es aber trotzdem irgendwie schaffen. Ich habe einen Strich über den Oberschenkel gezogen, wo er noch fleischig ist. Ich habe den Strich mit diesem Bleistift gemacht.

Ich wünschte, ich könnte mit dem Sabbern aufhören.

Februar
Heute . . . hast du . . . eine Pause verdient . . . also steh auf und geh
los . . . zu McDonalds . . . zwei Bigburgers . . . Spezialsauce . . .
Kopfsalat . . . Essiggurken . . . Zwiebeln . . . auf einem Sesambröt-
chen . . . Di . . . dideldum . . . dideldum.

Februar
Hab' mir heute mein Gesicht im Wasser angeschaut. Nichts als ein
Totenkopf mit Haut darüber. Bin ich schon verrückt? Muß ich wohl
sein. Ich bin jetzt ein Monstrum, eine Mißgeburt. Unter den Leisten
ist nichts mehr übrig. Ein Monstrum. Ein Kopf auf einem Leib, der
sich auf den Ellbogen über den Sand schleppt. Ein Monstum, das völlig stoned ist. Ein Stoned Freak. So nennen die sich doch heute. He,
Mister, ich bin ein armer Stoned Freak, geben Sie mir 'n Dime. Haha-
hahaha.
Es heißt, man ist, was man ißt. Na, dann hab ich mich ja kein bißchen verändert. Lieber Gott Schock Schock ES GIBT NICHT SO WAS
WIE 'N SCHOCK!
Ha.

März? Februar?
Träumte von meinem Vater. Wenn er betrunken war, konnte er
kein Englisch mehr. Nicht, daß er überhaupt was zu sagen hatte, was
der Mühe wert war. Verdammter Idiot. Ich war so froh, von dir weg-
zukommen, Daddy. Aus deinem großen, feisten Schatten. Du verdammter Itaker-Idiot, du Nichts Null Trottel Null. Ich wußte, daß
ich's schaffen würde. Ich ging fort von dir, oder etwa nicht? Ich ging
auf meinen Händen.
Aber jetzt bleibt ihnen nichts mehr zum Abschneiden. Gestern waren meine Ohrläppchen dran . . .
linke Hand rechte Hand was macht's weiß die linke Hand was die
rechte tut
Löffelbiskuits, sie schmecken genau wie Löffelbiskuits.

Das Floß (1982)

Es waren vierzig Meilen von der Horlicks University in Pittsburgh bis Cascade Lake, und obwohl die Dämmerung in jener Gegend verhältnismäßig früh hereinbricht, gab es noch einen Rest Tageslicht am Himmel, als sie am See ankamen. Sie waren in Dekes Camaro gefahren. Deke fuhr schon nüchtern recht schnell. Wenn er getrunken hatte, raste er, wie wenn ihm der Teufel im Nacken säße.

Er bugsierte den Wagen bis an den Holzzaun, der den Parkplatz vom Ufer trennte, und sprang hinaus, noch ehe das Gefährt völlig zum Stillstand gekommen war. Ungeduldig streifte er sich das Hemd über den Kopf und trat an den Zaun, um nach dem Floß Ausschau zu halten, das sich irgendwo auf dem See befinden mußte. Inzwischen war auch Randy etwas zögernd ausgestiegen. Die Fahrt hierher war Randys Idee gewesen, gewiß; allerdings hatte er nicht erwartet, daß Deke ihn beim Wort nehmen würde. Wie auch immer, jetzt waren sie hier. Die beiden Mädchen auf dem Rücksitz machten sich zum Aussteigen bereit.

Deke ließ seinen Blick über das Wasser schweifen, von rechts nach links. *Er hat die Augen eines Scharfschützen*, dachte Randy, und der Gedanke war ihm irgendwie unangenehm.

Schließlich hatte Deke gefunden, was er suchte. »Da ist es!« schrie er und ließ die Hand auf die Motorhaube des Camaro niedersausen. »Genau wie du gesagt hast, Randy! Wer als letzter im Wasser ist, ist ein Feigling!«

»Deke . . .« Randy wollte noch etwas sagen, aber Deke hatte sich bereits über den Zaun geschwungen und lief am Ufer entlang, ohne sich nach Randy oder Rachel oder LaVerne umzusehen. Er hatte nur noch Augen für das Floß, das in einer Entfernung von etwa fünfzig Metern im See verankert war.

Randy warf einen Blick hinter sich, wo die Mädchen saßen; er hatte das Bedürfnis, sich bei den beiden zu entschuldigen, daß er sie in so etwas reingezogen hatte. Aber die Mädchen sahen Deke nach, sie kümmerten sich gar nicht um ihn. Daß Rachel seinem Freund hinterherblickte, war ganz in Ordnung, Rachel war schließlich Dekes Mädchen, aber auch LaVerne sah Deke nach, und Randy verspürte so etwas wie einen Stich. Eifersucht. Er schälte sich aus seinem T-Shirt, legte es neben Dekes Hemd und sprang über den Zaun.

»Randy!« rief LaVerne, aber Randy hob nur den Arm und machte einen Bewegung im Zwielicht des Oktoberabends; komm schon, sollte das heißen, und Randy haßte sich ein bißchen für die ungelenke Art, in der er es tat. LaVerne war jetzt unschlüssig, ob sie das Ganze nicht abblasen sollte. Die Vorstellung, im Oktober in einem einsamen See herumzuschwimmen, paßte so gar nicht in ihren Plan. Eigentlich wollte sie mit Randy und Deke einen unterhaltsamen Abend in dem Apartment verbringen, das die beiden Jungen gemietet hatten. Randy mochte sie, das war ihr klar, aber Deke war stärker als Randy. Sie war scharf auf Deke. Es war ein verdammt irritierendes Gefühl.

Deke hatte im Laufen seine Jeans geöffnet, und irgendwie schaffte er es weiterzurennen, während er die Hose über die schlanken Hüften streifte; es war ein Gag, den Randy nie hinkriegen würde, und wenn er tausend Jahre übte. Deke rannte weiter, er trug jetzt nur noch seine knapp geschnittene Unterhose, das Spiel der Muskeln auf seinem Rücken und auf seinem Gesäß war zu sehen. Randy kam sich klein und häßlich vor, als er seine Levis gleiten ließ. Was Deke vorführte, war Ballett; was er machte, waren komische Verrenkungen.

Deke sprang ins Wasser. »Kalt!« prustete er. »Jungfrau Maria, ist das kalt!«

Randy zögerte, aber nur in Gedanken, und in Gedanken dauerte es bei ihm sowieso immer ziemlich lange. *Das Wasser hat vielleicht sechzehn Grad. Höchstens zwanzig.* Er war Medizinstudent im ersten Semester. Er kannte sich aus, man konnte bei so etwas wirklich einen *Herzschlag* bekommen. Aber wie gesagt, er zögerte nur in Gedanken, in der physischen Welt bewies er Mut, er sprang ins Wasser, und in der Tat blieb sein Herz stehen, zumindest schien es ihm so; er rang nach Luft und spürte, wie seine Haut im eiskalten See gefühllos wurde. *Eine verrückte Idee, jetzt zu schwimmen*, dachte er. Und dann: *Aber es war deine Idee, Pancho.* Er machte ein paar kräftige Schwimmstöße auf Deke zu.

Die beiden Mädchen saßen im Wagen und sahen sich an. LaVerne grinste. »Wenn die's können, können wir's auch«, sagte sie und schälte sich aus ihrem LaCoste-Shirt. Ein durchsichtiger BH kam zum Vorschein. »Wir Frauen haben doch eine extra Fettschicht, oder?«

Sie setzte über den Zaun und rannte auf das Wasser zu, im Laufen streifte sie ihre Kordhose ab. Wenig später folgte ihr Rachel, so wie Randy Deke gefolgt war.

Die Mädchen waren am Nachmittag in der Wohnung der Jungen aufgetaucht. Es war Dienstag, die letzte Vorlesung war um ein Uhr. Dekes Monatsscheck war gekommen. Der edle Spender war ein Foot-

158

ballfan, einer aus der Gruppe ehemaliger Studenten, die die Footballspieler der Universität finanziell unterstützten. Die Jungen nannten
die alten Herren *angels*; in Dekes Fall betrug der Scheck jeweils 200
Dollar, und so kam es, daß sie ein Sechserpack Bier im Kühlschrank
hatten. Außerdem hatten sie ein Album mit Platten gekauft und ließen sie auf Randys klapprigem Stereogerät laufen. Sie waren zu viert.
Sie hatten etwas getrunken, bis sie in Stimmung kamen, und dann
war das Gespräch auf den Altweibersommer gekommen, der gerade
zu Ende ging. Im Radio war für Mittwoch Schneefall angesagt worden. (LaVerne hatte den Vorschlag gemacht, daß Wetterheinis, die für
Oktober Schneefall voraussagten, erschossen gehörten, und niemand hat ihr widersprochen.)

Rachel sagte, als sie noch ein Kind war, hätten die Sommer ewig
lange gedauert; aber seit sie erwachsen war (›eine zittrige, senile
Neunzehnjährige‹, hatte Deke gespottet, und Rachel hatte ihm dafür
unter dem Tisch einen Tritt versetzt), waren die Sommer von Jahr zu
Jahr kürzer geworden. »Mir ist es damals so vorgekommen, als wäre
ich Tag und Nacht am Cascade Lake«, sagte sie. Sie ging zum
Kühlschrank, inspizierte sein Inneres und fand eine Packung Iron
City Light, die hinter einer Reihe blauer Tupperware-Dosen versteckt
gewesen war (die mittlere Tupperware-Dose enthielt prähistorische
Chilischoten, die mit einer dicken Kruste verziert waren; Randy war
als Student ganz gut, und Deke war ein guter Footballspieler, aber
weder der eine noch der andere hatte eine Ahnung, wie man einen
Haushalt führte). Während sie die Packung öffnete, sagte sie: »Ich
kann mich noch genau erinnern, wie ich das erste Mal bis zum Badefloß geschwommen bin. Ich habe dann zwei Stunden auf dem Floß
gesessen und hatte Angst zurückzuschwimmen.«

Sie hatte sich neben Deke gesetzt, und Deke hatte den Arm um sie
gelegt. Sie lächelte in der Erinnerung an das Abenteuer, und Randy
kam auf einmal der Gedanke, daß Rachel aussah wie jemand furchtbar Berühmter, jedenfalls wie jemand, der einigermaßen berühmt
war. Allerdings fiel ihm nicht ein, wer das war. Erst später, unter wenig angenehmen Begleitumständen, sollte er darauf stoßen.

»Mein Bruder mußte dann zum Floß schwimmen und mich mit
einem Autoschlauch an Land holen. Mann, war der wütend! Und ich
hatte auf dem Floß einen Sonnenbrand bekommen, das glaubst du
nicht.«

»Das Floß ist noch da«, sagte Randy, um etwas zu sagen. Ihm war
aufgefallen, daß LaVerne schon wieder zu Deke hinübersah; Randy
fand, in der letzten Zeit sah sie Deke etwas zu oft an.

Doch jetzt schaute sie ihn an. »Es ist schon fast Allerheiligen,
Randy. Cascade Beach ist seit Labour Day geschlossen.«

»Aber das Badefloß ist noch draußen«, sagte Randy. »Wir sind vor drei Wochen am See gewesen, der Geologiekurs, und da hab' ich's gesehen. Es sah aus wie . . .« Er zuckte die Schultern. ». . . wie ein Stück Sommer, das sie beim Aufräumen vergessen haben.«

Er hatte gehofft, daß jemand über die Bemerkung lachen würde, aber den Gefallen taten sie ihm nicht, nicht einmal Deke.

»Daß sie's letztes Jahr draußengelassen haben, bedeutet noch nicht, daß sie's dieses Jahr draußen lassen«, sagte LaVerne.

»Ich hab' mit Billy DeLois darüber gesprochen«, sagte Randy. Er leerte sein Bier. »Du weißt doch, wer Billy DeLois ist, Deke?«

Deke nickte. »Ersatzspieler. Ist dann ausgeschieden wegen Verletzung.«

»Genau. Jedenfalls kommt er aus der Gegend, und er sagt, die Besitzer des Sees holen das Badefloß immer erst rein, wenn der See schon fast zugefroren ist. Sind einfach zu faul. DeLois meint, ihn würd's gar nicht wundern, wenn das Floß mal festfriert.«

Er verfiel in Schweigen und dachte darüber nach, wie das Floß ausgesehen hatte. Ein Rechteck aus weißem Holz im herbstblauen Wasser des Sees. Und dann erinnerte er sich an das Geräusch der Tonnen, die unter dem Floß festgezurrt waren, an das lebhafte *clunk-clunk*, wenn das Wasser an die Fässer schlug. Es war ein leises Geräusch, aber auf dem See war jeder Ton weithin zu hören. Randy hatte die Tonnen gehört und das Krächzen der Raben auf dem gemähten Feld irgendeines Farmers.

»Morgen schneit's«, sagte Rachel. Sie spürte, wie Dekes Hand über ihre Brüste glitt, und stand auf. Sie trat ans Fenster der Wohnung und sah hinaus. »Also der Typ hat wirklich 'ne Meise.«

»Ich sag euch was«, meldete sich Randy zu Wort. »Wir fahren jetzt zum Cascade Lake, na? Wir schwimmen zum Floß raus, sagen dem Sommer auf Wiedersehen, und dann schwimmen wir ans Ufer zurück.«

Er sagte das nur, weil er schon ziemlich betrunken war. Er war sicher, daß niemand der Idee Beachtung schenken würde. Aber Deke fuhr drauf ab.

»Einverstanden!« Er sprach so laut, daß LaVerne zusammenzuckte und ihr Bier verschüttete. Aber sie lächelte, und das verunsicherte Randy nicht wenig. »Das machen wir!«

»Deke, du bist verrückt«, sagte Rachel. Und auch sie lächelte, doch es war ein bißchen Angst in ihrem Lächeln.

»Nein, wirklich, das machen wir«, sagte Deke. Er stand auf und holte seine Jacke; mit einer Mischung von Ärger und Erwartungsfreude betrachtete Randy die Miene seines Freundes. Das Grinsen in Dekes Mundwinkeln schien ihm verwegen, ja verrückt. Die beiden

6   Stephen King und seine Familie auf der Veranda ihres Hauses in Bangor. Von links nach rechts: Naomi Rachel, Owen Philip, Tabitha, Stephen und Joe Hill.

7   Die Bedrohung des Kindes – ein in vielen King-Romanen auftauchendes Thema: Reggie Nalder und Lance Kerwin in »Brennen muß Salem«.

8   »Brennen muß Salem« – Das Ende des Vampirs.

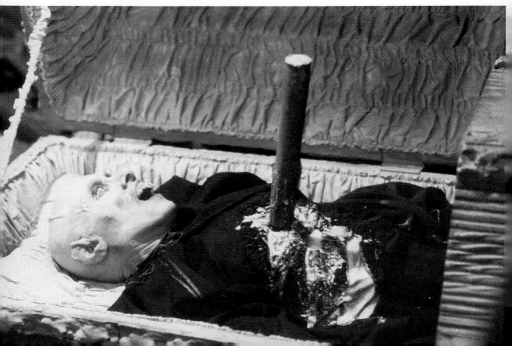

9   In Stanley Kubricks Symmetrien gefangen – Barry Nelson (M.) und Jack Nicholson (r.) in der Filmversion von »Shining«.

10   »Shining« – Jack Torrance (Jack Nicholson) unterhält sich mit dem imaginären Bartender des Overlook-Hotels.

11 Stephen King vor dem Originalposter zu »Die unheimlich verrückte Geisterstunde«, einer von ihm verfaßten Hommage an die E.C.-Comics.

12 »Die unheimlich verrückte Geisterstunde« – Nathan Grantham erhält schließlich doch noch seinen Vatertagskuchen.

kannten sich jetzt seit drei Jahren. Sie waren the Jock und the Brain, Cisco und Pancho, Batman und Robin. Randy kannte das Grinsen. Wenn Deke so ein Gesicht machte, dann meinte er es ernst.

Vergiß es, Cisco, da mach' ich nicht mit. Die Worte lagen ihm auf der Zunge, aber bevor er sie aussprechen konnte, war LaVerne aufgestanden. Auf ihren Lippen spielte das gleiche verwegene Lächeln, das ihm an seinem Freund so mißfiel. »Ich bin dafür!« schrie sie.

»Dann nichts wie hin!« Deke sah Randy an. »Was sagst du, Pancho?«

Randy sah Rachel an und erschrak, in ihren Augen war auf einmal ein Schimmer von Wahnsinn. Was ihn betraf, er hatte nichts dagegen, wenn Deke und LaVerne zum Cascade Lake rausfuhren. Es war zwar keine angenehme Vorstellung, daß die beiden die ganze Nacht lang vögeln würden, aber wenn schon, für ihn war das keine Überraschung. Allerdings war da dieser verschwundene Ausdruck in ihren Augen, die Angst ...

»O Cisco«, schrie er. Und dann klatschten er und Deke in die Hände.

Randy hatte die halbe Entfernung zwischen Ufer und Floß zurückgelegt, als er den schwarzen Fleck auf dem Wasser bemerkte. Der Fleck befand sich seitlich vom Floß, etwas zur Linken, fast in der Mitte des Sees. Fünf Minuten später und das Licht wäre so schlecht gewesen, daß er ihn für einen Schatten gehalten hätte ... falls er ihn überhaupt noch bemerkt hätte. *Abgelassenes Öl?* Er stieß sich vorwärts, irgendwo hinter ihm war das Spritzen der Mädchen zu hören. *Aber was hatte ein Ölfleck im Oktober auf einem verlassenen See zu suchen? Der Fleck war merkwürdig rund. Und klein. Wahrscheinlich nicht mehr als 1,50 Meter im Durchmesser ...*

»Huh!« hörte er Deke schreien. Randy sah auf. Deke kletterte gerade die Leiter hoch. Er schüttelte sich wie ein Hund, der aus dem Wasser kommt. »Wie findest du's, Pancho?«

»Okay«, schrie er zurück. Er beschleunigte sein Tempo. Die Kälte war wirklich nicht so schlimm, wie er zunächst gedacht hatte. Wenn man erst einmal drin war und sich kräftig bewegte, ließ es sich aushalten. Randy spürte, wie seine Haut prickelte. Die Pumpe seines Herzens arbeitete jetzt mit voller Leistung, Hitzte durchströmte seine Adern. Seine Eltern besaßen ein Haus in Cape Cod, dort war das Meer schon im Juli kälter als dieser See im Oktober.

»Wenn du jetzt schon frierst, Pancho, warte nur, bis du aus dem Wasser kommst!« schrie Deke fröhlich. Er begann zu hüpfen, bis das Floß schwankte, dann trocknete er sich ab.

Randy dachte nicht mehr über den Ölschlick nach, erst als seine

Hände an die weißgestrichenen Sprossen der Leiter stießen, fiel sein Blick wieder auf die merkwürdige Erscheinung. Der Fleck war näher gekommen. Er sah aus wie ein großer Maulwurf, der sich im Spiegel der Wellen bewegte. Als Randy den Fleck entdeckte, hatte die Entfernung zum Floß etwa 20 Meter betragen, jetzt war sie nur noch halb so groß.

Wie war das möglich? Wie . . .

Dann war er aus dem Wasser, und der kalte Wind biß in seine Haut, der Schock war noch schlimmer als in dem Moment, in dem er ins Wasser gesprungen war. »Scheiße!« brüllte Randy, er schrie und lachte und zitterte in seiner nassen Unterhose.

»Pancho, du Arschloch«, sagte Deke gut gelaunt. Er half ihm aufs Floß. »Kalt genug für deinen Geschmack? Ich wette, jetzt wirst du nüchtern.«

»Ich bin nüchtern! Ich bin nüchtern!« Er hüpfte auf dem Floß herum, wie er es bei Deke gesehen hatte. Er schlug sich mit den Armen. Und dann sahen sich die beiden nach den Mädchen um.

Rachel hatte LaVerne überholt. LaVerne paddelte wie ein Hund. Wie ein Hund, der von der Natur mit schlechten Instinkten augestattet worden war.

»Brauchen die Damen Hilfe?« schrie Deke.

»Geh zur Hölle, du Macho!« schrie LaVerne zurück, und Deke brach in Lachen aus.

Randy sah zur Linken. Der merkwürdige Fleck war auf etwa zehn Meter herangekommen, er schwamm auf dem Wasser. Man hätte ihn für den Deckel einer großen Stahltrommel halten können, aber da sich die Oberfläche in den Wellen brach, konnte er kein Gebilde aus festem Material sein. Eine namenlose Furcht befiel Randy.

»Ihr müßt schwimmen!« rief er den Mädchen zu. Er kniete sich auf das Floß, als Rachel die Leiter erreichte. Er half ihr hinauf. Die Bewegung war so heftig, daß sie sich das Knie anstieß.

»Aua! He, was . . .«

LaVerne war noch zehn Meter vom Floß entfernt. Das schwarze Gebilde hatte inzwischen die Rückseite des Floßes erreicht. Die Oberfläche war wie Öl, aber Randy war sicher, es war kein Öl, dazu war der Fleck zu schwarz, zu dick, zu *glatt*.

»Randy, du hast mir weh getan! Was soll das denn? Findest du das lus . . .«

»LaVerne! *Schwimm!*« Aus seiner Angst war Grauen geworden.

LaVerne sah in verwundert an. Sie hatte vielleicht nicht mitbekommen, daß er Todesängste ausstand, aber daß es ihm ernst war, daß Eile geboten war, das hatte sie verstanden. Sie paddelte näher.

»Randy, was hast du?« fragte Deke.

Randy beobachtete, wie sich das schwarze Gebilde um die Ecke des Floßes legte. Ein paar Sekunden lang sah es aus wie ein Fabelwesen im Fernsehen, das elektronische Bonbons verschlingen will. Dann kroch es am Floß entlang; aus dem Kreis war ein Halbkreis geworden.

»Hilf mir, sie raufzuziehen!« grunzte Randy, zu Deke gewandt. Er ging in die Knie und streckte die Hand nach LaVerne aus. »Schnell!«

Deke reagierte mit einem gutmütigen Schulterzucken. Er ergriff LaVernes freie Hand. Sie zogen das Mädchen aufs Floß, bevor der schwarze Fleck die Leiter erreichte.

»Randy, bist du verrückt geworden?« LaVerne war außer Atem. Sie hatte Angst. Unter dem nassen BH zeichneten sich ihre harten Brustspitzen ab.

»Das da«, sagte Randy und deutete ins Wasser. »Was ist das, Deke?«

Deke hatte den Fleck bemerkt. Das Gebilde war an der linken Seite des Floßes angekommen. Es wich zurück und nahm wieder seine runde Form an. Dort war es und schwamm, die vier Menschen auf dem Floß betrachteten es.

»Ein Ölfleck vermutlich«, sagte Deke.

»Du hast mir das Knie verrenkt«, fauchte Rachel böse. Sie starrte auf das schwarze Gebilde im Wasser, dann wanderte ihr Blick wieder zu Randy. »Du hast . . .«

»Das ist kein Ölfleck«, sagte Randy. »Habt ihr je einen runden Ölfleck gesehen? Das Ding da sieht eher aus wie ein großer Damestein.«

»Ich hab' noch nie einen Ölfleck gesehen« erklärte Deke. Er sagte es zu Randy, aber sein Blick war auf LaVerne gerichtet. LaVernes Höschen war fast so durchsichtig wie ihr BH. Das Delta ihrer Scham zeichnete sich ab, flankiert von den Halbmonden ihres Hinterns. »Ich bin nicht mal sicher, ob es so was wie einen Ölfleck überhaupt geben kann. Ich bin aus Missouri.«

»Ich werde eine blaue Stelle kriegen«, sagte Rachel, aber man konnte hören, daß ihr Zorn verraucht war. Sie hatte bemerkt, wie Deke LaVerne ansah.

»*Gott*, ist mir kalt«, sagte LaVerne. Sie erschauderte und achtete darauf, daß es hübsch aussah.

»Es wollte sich die Mädchen schnappen«, sagte Randy.

»Jetzt mach aber eine Punkt, Pancho. Du hast doch gesagt, du bist nüchtern.«

»Es wollte sich die Mädchen schnappen«, wiederholte er stur. »Niemand weiß, daß wir hier sind. *Niemand.*«

»Hast du denn schon mal einen Ölfleck gesehen, Pancho?« Er legte LaVerne den Arm um die nackte Schulter; es war dieselbe zerstreute Geste, mit der er in der Wohnung Rachels Brüste berührt hatte. La-

Vernes Brüste berührte er nicht, aber er hielt die Hand ganz in der Nähe. Randy sagte sich, es war egal. Nicht egal war ihm der runde schwarze Fleck auf dem Wasser.

»Ich hab' vor vier Jahren einen Ölfleck gesehen«, erklärte er. »Das war in Cape Cod. Wir haben damals die Seevögel aus der Brandung geholt und versucht, sie vom Öl zu befreien . . .«

»Ökologisch, Pancho«, lobte Deke. »*Mucho* ökologisch.«

»Aber das hat ganz anders ausgesehen«, fuhr Randy fort. »Es war eine klebrige Masse, die über das ganze Wasser verbreitet war, mit Streifen und Flecken. Es war nicht kompakt wie das da.«

Die Ölpest vor Cape Cod war ein Zufall, wollte er sagen. *Aber dieser Fleck ist kein Zufall. Er ist absichtlich da.*

»Ich möchte jetzt heim«, sagte Rachel. Immer noch sah sie Deke und LaVerne an. Sie war beleidigt. Randy fragte sich, ob sie wohl wußte, wie beleidigt sie aussah. Und ob sie überhaupt wußte, daß sie so aussah.

»Dann verschwinde«, sagte LaVerne, und Randy sah den Triumph in ihren Augen. Es war ein Gefühl, das sich nicht unbedingt gegen Rachel richtete, aber LaVerne machte auch keine Anstalten, vor Rachel zu verbergen, was sie empfand.

Sie machte einen Schritt auf Deke zu, die beiden waren jetzt nur noch eine Handbreit voneinander entfernt. Und dann berührten sich ihre Hüften. Randy löste den Blick von dem schwarzen Fleck, um LaVerne anzusehen. Er empfand jetzt Haß auf dieses Mädchen. Noch nie hatte er eine Frau geschlagen, aber in diesem Augenblick hätte er nur zu gern auf LaVerne eingeschlagen. Nicht etwa weil er sie liebte (er hatte sich nur ein bißchen verliebt in sie, nicht mehr, und geil war er auf sie, gar nicht so knapp, jawohl, und er war auch eifersüchtig gewesen, als sie Deke im Apartment schöne Augen gemacht hatte, o ja, aber wenn er sie wirklich liebte, dann hätte er sie mindestens fünfzehn Meilen von Deke entfernt gehalten), sondern nur, weil er wußte, wie sich der Ausdruck auf Rachels Gesicht innen anfühlte.

»Ich habe Angst«, sagte Rachel.

»Vor einem Ölfleck?« fragte LaVerne ungläubig. Sie lachte. Und wieder überkam Randy der schier unbezähmbare Drang, auf sie einzuschlagen, ihr eine saftige Ohrfeige zu geben, so daß der hochmütige Ausdruck aus ihrem Gesicht einem blauen Mal von der Größe seiner Hand Platz machen würde.

»Dann wollen wir mal sehen, wie du zurückschwimmst«, sagte Randy zu ihr.

Sie maß ihn mit einem nachsichtigen Lächeln. »Ich möchte noch auf dem Floß bleiben.« Sie sprach, als müßte sie einem Kind etwas erklären. Sie sah zum Himmel auf, dann blieb ihr Blick auf Deke haften. »Ich möchte die Sterne herauskommen sehen.«

Rachel war ein hübsches Mädchen, aber sie hatte auch etwas, das Randy an einen Gassenjungen erinnerte. Sie wirkte unsicher, und Randy mußte an die New Yorker Mädchen denken, wie sie morgens zur Arbeit hasteten, in ihren geschlitzten Röcken, der Schlitz konnte vorne oder auf der Seite sein, und allen stand diese neurotische Schönheit ins Gesicht geschrieben. Rachels Augen sprühten, wann immer man sie ansah, aber es war schwer zu sagen, ob das gute Laune oder Angst war.

Rachel war klein, und Deke mochte nur großgewachsene Mädchen, Mädchen mit dunklem Haar und Schlafzimmeraugen. Randy wußte, wenn die beiden etwas miteinander gehabt hatten, dann war es vorbei. Wenn da überhaupt etwas gewesen war, dann hatte sich Deke sehr langweilig angestellt; von Rachels Seite war es sicher sehr ernsthaft, tiefempfunden und kompliziert gewesen, vor allem sehr schmerzhaft. Aber es war vorbei, da hatte Randy keinen Zweifel, die Sache war eben in diesem Augenblick zu Ende gegangen; fast war es Randy, als hätte er einen Stab zerbrechen gehört.

Er war von der scheuen Art, aber jetzt trat er zu Rachel und legte den Arm um sie. Sie sah ihn kurz an. Sie wirkte unglücklich, aber doch irgendwie dankbar für die Geste, und Randy war erleichtert, daß es ihm gelungen war, ihr eine kleine Freude zu machen. Und dann kehrte der Gedanke zurück, daß sie jemandem ähnlich war. Ihr Gesicht, ihre Augen . . .

Zuerst dachte er an die Schauspielerinnen, die er bei Fernsehshows gesehen hatte, an die Mädchen, die in Werbespots Kekse oder Waffeln anboten oder anderes Zeug. Schließlich fiel es ihm ein: Sie sah aus wie Sandy Duncan, das Mädchen, das am Broadway in Peter Pan mitspielte.

»Was ist das für ein Gebilde?« fragte sie. »Randy, was ist das?«

»Ich weiß es nicht.«

Er spürte Dekes Blick auf sich ruhen, Vertrautheit lag darin, aber auch Verachtung. Wahrscheinlich war sich Deke gar nicht bewußt, daß er Randy verachtete. Der Blick bedeutete: *Randy, unser Angsthase vom Dienst, pißt sich wieder mal in die Windeln. Randy fühlte sich versucht, seiner Antwort auf Rachels Frage eine beruhigende Floskel hinzuzufügen. Wahrscheinlich ist es gar nichts. Mach dir keine Sorgen, gleich ist es verschwunden.* Etwas in der Art. Aber er sagte nichts dergleichen. Sollte Deke ruhig grinsen. Der schwarze Fleck auf dem Wasser machte ihm angst, das war die Wahrheit.

Rachel ließ Randy stehen und kniete sich anmutig an den Rand des Floßes, um das Gebilde aus der Nähe zu betrachten. Der Anblick löste in Randy die Erinnerung an das Mädchen auf den Flaschenetiketten für White Rock-Sodawasser aus. *Sandy Duncan auf den Flaschenetiketten für White Rock* war dann die Assoziation, die sein Hirn zusammenbraute. Ihr kurzes blondes Haar ließ den wohlgeformten Schädel klar erkennen. Er sah die Gänsehaut zwischen ihren Schulterblättern, oberhalb der weißen Bänder, mit denen ihr BH zugeschnürt war.

»Fall nicht rein«, sagte LaVerne mit unverhohlenem Spott.

»Laß sie in Ruhe«, erwiderte Deke, immer noch grinsend.

Randy betrachtete die beiden, die in der Mitte des Floßes standen, er sah, wie sich ihre Hüften berührten. Sein Blick wanderte zurück zu Rachel. Ein Schreck durchzuckte ihn, als er den schwarzen Fleck gewahrte, der sich auf das Floß zubewegte. Vor Sekunden noch war das Gebilde einen oder zwei Meter weiter weg gewesen. Und er sah den leeren Ausdruck in ihren Augen, der auf seltsame Weise der Ausstrahlung des schwarzen Flecks ähnelte.

Sie ist Sandy Duncan auf dem White Rock-Etikett, und jetzt tut sie so, als wäre sie von Nabisco Honey Grahams fasziniert. Es war ein idiotischer Gedanke, das wußte er selbst. Sein Puls ging schneller, ganz ähnlich wie vor einigen Minuten, als er in das kalte Wasser gesprungen war. Er schrie: »Geh da weg, Rachel!«

Was dann geschah, geschah sehr schnell, und doch nahm Randy jede Einzelheit mit einer Klarheit wahr, die ihn diabolisch anmutete.

LaVerne lachte. Auf dem Campus, an einem schönen sonnigen Tag, hätte sich das wahrscheinlich angehört wie das Lachen irgendeiner Studentin, aber hier, in der Düsternis, die von Minute zu Minute zunahm, war es wir das Kichern einer Hexe, die einen Zaubertrank zubereitete.

»Rachel, es ist vielleicht besser, wenn du jetzt . . .« Es war Deke, der das sagte, aber sie unterbrach ihn, zum ersten und zum letzten mal in ihrem Leben.

»Es hat Farben!« schrie sie. Sie starrte fassungslos in die Schwärze hinab, und für den Bruchteil einer Sekunde schien es Randy, als könnte auch er dort Farben entdecken, bunte, einwärts drehende Spiralen. Dann zerfloß das Bild, der Fleck wurde wieder schwarz. »So wunderschöne Farben!«

»*Rachel!*«

Sie streckte ihre weiße Hand nach dem Fleck aus, marmorweiß war ihre Haut; Randy sah, daß sie an den Nägeln gekaut hatte.

»*Ra . . .*«

Das Floß geriet ins Schwanken, als Deke an den Rand trat, um Rachel zurückzuhalten. Auch Randy streckte die Hand nach ihr aus, er wollte nicht, daß Deke ihm zuvorkam.

Dann berührte Rachel den Wasserspiegel mit dem Finger; ein Ring entstand, der sich alsbald ausbreitete. Randy sah, wie der schwarze Fleck an ihrer Hand hochkroch, Er hörte ihr Stöhnen. Die Leere wich aus ihrem Blick. Das Entsetzen trat in ihre Augen. Todesangst.

Die klebrige schwarze Substanz kroch an ihrem Arm hoch und in das Fleisch der Muskeln hinein, Randy sah, wie die Haut sich auflöste. Rachel stieß einen Schrei aus. Er bemerkte, wie sie die Balance verlor. Sie streckte ihre Hand nach ihm aus, ihre Finger berührten sich. Ihre Blicke trafen sich, Rachel sah Sandy Duncan in diesem Moment verteufelt ähnlich. Taumelnd, mit den Armen rudernd, fiel sie ins aufspritzende Wasser.

Die schwarze Substanz floß über der Stelle zusammen, wo sie hineingefallen war.

»*Was ist los?*« Das war LaVerne. »Was ist lost? Ist sie ins Wasser gefallen? Wie konnte das denn passieren?«

Randy machte Anstalten, ins Wasser zu springen und nach Rachel zu tauchen. Deke hielt ihn zurück. »Nicht«, sagte er. In seiner Stimme klang die Angst durch. Das war nicht mehr der Deke, den Randy kannte.

Zu dritt sahen sie, wie Rachel wieder an die Oberfläche kam. Sie schwenkte die Arme ... nein, nur einen Arm. Der andere war mit einer gespenstischen Membrane bedeckt, die an manchen Stellen den Blick auf blutige Sehnen freigab, auf Fleisch, das Randy an frisches Roastbeef erinnerte.

»Hilfe!« schrie Rachel. Ihre Augen waren wie Laternen, die in der Dunkelheit geschwenkt wurden. Unter den Schlägen ihrer Hand schäumte das Wasser. »*Hilfe, es tut so weh, es tut weh, es tut weeee ...*«

Randy war hingefallen, als Deke ihm einen Stoß versetzte. Jetzt stand er auf und wankte an den Rand des Floßes. Die Stimme ... ihre Stimme ... Er wollte ins Wasser springen, aber Deke umfing ihn mit beiden Armen.

»*Sie ist tot*«, *flüsterte er.* »*Verdammt noch mal, Pancho, siehst du denn nicht, daß sie tot ist?*«

Jäh überzog sich Rachels Gesicht mit Schwärze, ihre Schreie wurden gedämpft, und dann brachen sie ganz ab, von einer Sekunde auf die andere. Die schwarze Substanz begann das Mädchen einzuweben wie eine Spinne, die ihre Beute mit Fäden überzieht. Randy sah, wie die Schlieren, ätzender Säure gleich, in ihre Haut eindrangen, er sah, wie ihre Halsschlagader aufbrach; eine Fontäne dunklen Blutes schoß hervor, aber die schwarze Masse war schneller, sie ummantelte den Blutstrahl mit einer Hülle und holte ihn in den Körper zurück. Randy traute seinen Augen nicht, er verstand nicht, was da vorging, aber eines wußte er, es war Wirklichkeit, es war kein Traum, es war keine Halluzination.

LaVerne stand da und schrie. Sie schlug sich mit der flachen Hand auf die Augen, wieder und wieder, und die Geste erinnerte Randy an eine Stummfilmheldin. Er wollte ihr das gerade sagen, als er feststellte, daß er keinen Laut hervorbringen konnte.

Er wandte sich wieder Rachel zu. Immer noch kämpfte das Mädchen um sein Leben, aber seine Bewegungen waren sehr langsam geworden. Rachel war jetzt eingehüllt von einer dicken schwarzen Schicht. *Das Wesen ist größer geworden, dachte Randy. Mein Gott, es ist größer geworden. Und es hat Muskeln.* Er sah, wie sie mit der Hand nach dem Wesen schlug, doch ihre Finger blieben kleben wie die Flügel einer Fliege, die ans Fliegenpapier geraten ist; er sah, wie ihre Hand zerschmolz. Ihre Gestalt war noch zu erkennen, umgeben von einem klebrigen schwarzen Mantel, die Gestalt bewegte sich nicht mehr, sie wurde bewegt; etwas Glänzendes, etwas Weißes erschien, *Knochen*, dachte er, und dann kniete er am Rande des Floßes und spie ins Wasser.

LaVernes Schreie waren zu hören. Plötzlich ein Schlag. Die gellenden Schreie des Mädchens gingen in unterdrücktes Wimmern über. Er hat sie geschlagen, dachte Randy. Das wollte *ich* doch tun!

Er richtete sich auf und wischte sich den Mund ab. Er fühlte sich sterbenselend. Und da war die Angst. Sie war so groß, daß er nur noch mit einem winzigen Rest seines Gehirns denken konnte. Bald würde er selbst in Tränen ausbrechen, wenn er nicht aufpaßte. Und dann würde Deke ihm eine runterhauen. Deke würde nicht durchdrehen. Nicht er. Deke war aus dem Stoff, aus dem man Helden schnitzt. Und dann hörte er wie von fern, daß Deke mit ihm sprach. Randy sah zum Himmel und versuchte die Erinnerung an den Augenblick zu verdrängen, als Rachel zu einem Gebilde zerfloß, das nichts Menschliches mehr hatte; es war wichtig, daß er diese Erinnerung verbannte, er wollte nicht, daß Deke ihn schlug, so wie er LaVerne geschlagen hatte.

Die ersten Sterne waren zu sehen. Randy erkannte den Großen Wagen. Im Westen schimmerte der Widerschein des versunkenen Tages. Es war fast halb acht.

»Was war das?« Deke hielt seine Schultern umfaßt. »Das Mädchen ist aufgefressen worden, hast du das gesehen? *Das Ding hat sie aufgefressen!* Was war das?«

»Ich weiß es nicht, das habe ich doch vorhin schon gesagt, hast du's nicht gehört?«

»Du mußt doch wissen, was das war, du Intelligenzbolzen. Wozu gehst du in all diese wissenschaftlichen Vorlesungen, wenn du nicht weißt, was das war?« Deke war den Tränen nahe.

»In den Büchern, die ich gelesen habe, steht nichts von solch einem Ding«, sagte Randy.

Das Ding hat inzwischen wieder die Form einer schwimmenden Scheibe angenommen. Es befand sich drei Meter vom Floß.

»Es ist größer geworden«, bemerkte LaVerne.

Das Ding war etwa eineinhalb Meter im Durchmesser gewesen, als Randy es entdeckte. Jetzt maß es mindestens zweieinhalb Meter.

»Es ist größer, weil es Rachel gefressen hat«, schluchzte LaVerne.

»Hör zu heulen auf, oder ich zerschmettere dir die Kinnlade«, sagte Deke. Sie gehorchte. Sie hörte zu weinen auf wie ein Plattenspieler, der verstummt, wenn man ihm die Stromzufuhr abschneidet. Ihre Augen waren riesengroß.

Deke sah Randy prüfend an. »Bist du okay, Pancho?«

»Ich weiß nicht recht. Ich schätze, ja, ich bin okay.«

»Du bist mein Mann.« Deke versuchte zu lächeln, und Randy erschrak, als ihm das gelang. Macht Deke etwa Spaß, was sich hier abspielt? »Du hast also keine Ahnung, was das sein könnte?«

Randy schüttelte den Kopf. Vielleicht war es wirklich nur ein Ölfleck. Oder war es ein Ölfleck gewesen. Kosmische Strahlen konnten die Substanz verändert haben. Oder Arthur Godfrey hatte atomares Zeug über das Gebilde gepißt. Wer vermochte das zu sagen?

»Meinst du, wir können daran vorbeischwimmen?« fragte Deke.

»Nein!« schrie LaVerne.

»Du hältst den Mund!«

»Du hast selbst gesehen, wie schnell es Rachel verschlugen hat«, sagte Randy.

»Vielleicht, weil's Hunger gehabt hat«, antwortete Deke. »Vielleicht ist es jetzt satt.«

Vor Randy erstand Rachels Bild, wie sie am Rande des Floßes kniete, so sanft, so hübsch in ihrem BH und ihrem Höschen. Er begann zu würgen.

»Versuch an Land zu schwimmen, Deke.«

»O Pancho.«

»O Cisco.«

»Ich will nach Hause«, flüsterte LaVerne. »Okay?«

Keiner antwortete ihr.

»Wir warten, bis es weggeht«, sagte Deke. »Es ist gekommen, also geht es auch wieder weg.«

»Vielleicht«, sagte Randy.

Deke sah ihn wütend an. »Vielleicht? Was ist das für eine Scheiße: *vielleicht?«*

»Es ist gekommen, als wir kamen, das hab' ich gesehen. Ich glaube, es hat uns gerochen. Wenn es satt ist, wie du sagst, wird es weggehen. Wenn es noch Hunger hat . . .«

Deke stand da und dachte nach. Immer noch fielen Wassertropfen aus seinem kurzen Haar auf die Planken.

»Wir warten«, sagte er. »Hoffentlich frißt es Fische.«

Fünfzehn Minuten vergingen. Die drei sprachen nicht miteinander. Es wurde kälter. Sie trugen nur Unterwäsche. Zehn Minuten waren vergangen, als Randy mit den Zähnen zu klappern begann. LaVerne hatte sich an Deke schmiegen wollen. Es stieß sie zur Seite.

»Laß mich in Ruhe.«

Sie setzte sich aufs Floß und verschränkte die Arme über ihren Brüsten. Sie zitterte vor Kälte. Sie sah Randy an. Er verstand. Wenn er jetzt zu ihr ging und ihr den Arm um die Schultern legte, war das okay.

Doch er blieb, wo er war. Er hielt den Blick auf das schwarze Ding gerichtet. Es kam nicht näher, aber es entfernte sich auch nicht. Er sah zum Ufer. Ein Streifen aus geisterhaftem Weiß. Er vermeinte die Umrisse des Camaros zu erkennen.

»Wir sind einfach so losgefahren«, sagte Deke.

»Ganz recht«, erwiderte Randy.

»Wir haben niemandem gesagt, wo wir hinfahren.«

»Nein.«

»Hört auf!« schrie LaVerne. »Hört auf damit, ihr macht mir angst!«

»Halt den Rand«, sagte Deke beiläufig, und Randy mußte lachen. Immer mußte er lachen, wenn Deke diesen Ausdruck gebrauchte. »Wenn wir die Nacht auf dem Floß verbringen müssen, dann bleiben wir eben auf dem Floß. Morgen früh werden wir um Hilfe schreien, bis uns jemand hört. Wir sind hier ja nicht im Inneren Australiens, oder, Randy?«

Randy schwieg.

»Ob wir im Inneren Australiens sind?«

»Du weißt genau, wo wir sind«, sagte Randy. »Wir sind von der einundvierzigsten Straße abgebogen. Acht Meilen Landstraße . . .«

»Und alle fünfzig Meter ein Häuschen . . .«

»Sommerhäuschen. Wir haben Oktober, mein Freund. Die Häuschen sind unbewohnt.«

»Aber es gibt doch sicher jemanden, der nach dem Rechten sieht«, sagte Deke.

»Es gibt nichts zu klauen in den Häusern. Wenn's überhaupt so etwas wie einen Wächter gibt, dann taucht er vielleicht in Abständen von zwei Monaten auf.«

»Jäger?«

»In einem Monat, ja«, sagte Randy. Und dann hielt er sich die Hand vor den Mund. Ihm war der Schreck in die Glieder gefahren.

»Vielleicht geht es weg«, hörte er LaVerne sagen. Um ihre Lippen spielte ein trauriges Lächeln. »Vielleicht . . . ich meine . . . vielleicht läßt es uns in Frieden.«

»Vielleicht verirrt sich ein Bulle in die Gegend«, sagte Deke.

»Es bewegt sich«, rief Randy.

LaVerne sprang auf. Das Floß begann zu schwanken, und LaVerne stieß einen Schrei aus. Deke ging zur anderen Seite und wartete, bis sich das Floß stabilisiert hatte.

Das Ding kam mit beängstigender Geschwindigkeit näher. Randy erblickte die Farben, die Rachel gesehen hatte, ein fantastisches Rot und gelbe und blaue Spiralen, die sich in den Wellen brachen; die Farben flossen durcheinander, Randy stand am Rande des Floßes, und er ahnte, daß er das Gleichgewicht verlieren würde, sein Oberkörper begann zu schwanken, er . . .

Mit letzter Kraft versetzte er sich einen Faustschlag auf die Nase; es war die Geste eines Menschen, der mit einem Hustenanfall kämpft, nur viel kräftiger ausgeführt und etwas zu hoch angesetzt. Durch sein Nasenbein zuckte ein stechender Schmerz, und er spürte das warme Blut, das ihm über das Gesicht rann. Es gelang ihm, sich einen Schritt zum Inneren des Floßes zu bewegen. »Schau das Ding nicht an, Deke! schrie er. »Schau's nicht an, die Farben machen einen schwindlig.«

»Es will unter das Floß kriechen«, sagte Deke grimmig. »Kannst du mir erklären, was die Scheiße soll, Cisco?«

Randy inspizierte das Ding mit aller Sorgfalt. Es nagte an der Längskante des Floßes. Es hatte die Form einer durchschnittenen Pizza angenommen und schien dicker zu werden.

Und dann schob es sich unter die Bretter. Randy war es, als wäre da ein neues Geräusch, es hörte sich an wie das Kratzen einer zusammengerollten Leinwand, wie eine Rolle, die durch ein enges Fenster gezogen wurde, aber vielleicht bildete er sich das auch nur ein.

»Ist das Ding jetzt unter dem Floß?« fragte LaVerne. Sie sagte es im lockeren Gesprächston, zugleich aber weinte sie. »Ist es unter dem Floß? Ist es unter uns?«

»Ja«, entgegnete Deke. Er sah Randy an. »Ich werde jetzt an Land schwimmen. Solange das Ding unter dem Floß ist, habe ich eine gute Chance.«

»Nein!« schrie LaVerne. »Du kannst uns nicht einfach so zurücklassen, du . . .«

»Ich bin ein guter Schwimmer«, sagte Deke. Für ihn gab es nur Randy. »Aber ich muß es tun, solange das Ding unter dem Floß ist.«

»Ja«, sagte Randy. »Aber ich glaube nicht, daß du's schaffst.«

»Ich schaffe es«, sagte Deke. Er trat einen Schritt auf den Rand des Floßes zu.

Er war stehengeblieben. Er keuchte vor Aufregung. Er würde jetzt um sein Leben schwimmen. Er . . . mitten in einem Atemzug hielt er inne. Er wandte den Kopf. Randy sah, wie sich die Muskeln in seinem Nacken strafften.

»Cisco?« sagte er. Er klang erstaunt, erstickt, und dann begann Deke zu schreien.

Er schrie unglaublich laut. Bariton, hin und wieder Sopran. Es war so laut, daß die Schreie als Echo vom Ufer zurückgeworfen wurden. Erst nach einer ganzen Weile wurde Randy klar, daß sein Freund zwei Worte schrie. »*Mein Fuß! Mein Fuß! Mein Fuß!*« Randy haftete seinen Blick auf Dekes Füße. Der Spann sah seltsam eingefallen aus. Und dann verstand Randy, warum Deke schrie, der Grund war offensichtlich. Sein Fuß wurde unter Wasser gezogen, durch die Ritze zwischen zwei Bohlen hindurch.

Randy sah die schwarze Schicht, die sich um Ferse und Zehen gelegt hatte; Dekes rechter Fuß war verformt, und in das Schwarz mischte sich ein Wirbel von bösartigen bunten Farben.

Das Ding hielt Dekes Fuß gepackt *(»Mein Fuß!*« schrie Deke, ihm schien daran gelegen, die elementare Tatsache festzustellen, daß es sich um *seinen* Fuß handelte. »*Mein Fuß, o mein Fuß, mein FUUUUUU- USS!*«). Er war auf eine der Spalten zwischen den Bohlen getreten *(tritt auf den Spalt, und deine Mutter wird nicht alt,* er wußte nicht, warum ihm ausgerechnet in diesem Augenblick der idiotische Reim einfiel), und das Ding hatte sich durch die Lücke geschoben und sein Fuß . . .

»*Zieh den Fuß da raus!*« schrie Randy. »*Zieh ihn raus, Deke, verdammt noch mal!*«

»Was ist los?« brüllte LaVerne, und Randy zuckte zusammen, als sie ihm ihre messerscharfen Fingernägel ins Fleisch grub. Das Mädchen war wirklich keine Hilfe. Er stieß ihr den Ellenbogen in den Magen. Sie gab ein bellendes Geräusch von sich und landete auf ihrem Hintern. Randy ergriff Deke beim Arm.

Der Arm war hart wie Carraramarmor, die Muskeln standen heraus wie die Knochen eines Dinosaurierskeletts. Dekes Fuß aus dem Spalt zu ziehen, das war, als wollte man einen Baum ausreißen. Dekes Blick war auf den düsteren Purpur des Himmels gerichtet; er schien nicht zu verstehen, was mit ihm geschah, und er schrie aus Leibeskräften.

Randy sah, daß Dekes Fuß bis zum Knöchel im Spalt verschwunden war. Der Spalt war vielleicht so breit wie ein kleiner Finger, sicher nicht breiter als ein Zeigefinger, und trotzdem war der Fuß durch die Lücke gezogen worden. Blutspuren bedeckten das weiße Holz. Durch die Ritze quoll eine schwarze Masse nach oben und begann zu schlagen wie ein Herz.

»*Ich muß meinen Fuß da rauskriegen. Ich muß ihn sofort wieder rauskriegen, sonst schaffe ich's nie mehr . . . Halt mich fest, Cisco, bitte halt mich fest . . .*«

LaVerne hatte sich wieder aufgerappelt. Sie wich von dem schreienden Deke zurück, schüttelte den Kopf wie ein Kaufhauselefant und hielt sich den Bauch, in den Randys Schlag sie getroffen hatte.

Deke hatte sich an ihn gelehnt, Randy sah das Blut aus dem Schienbein schießen.

Die schwarze Masse schob sich höher, saugte und fraß.

Deke weinte.

Mit diesem Bein wirst du nie wieder Football spielen, von was für einem Bein rede ich überhaupt, haha. Randy zog mit aller Kraft, und immer noch war Deke wie ein festgewurzelter Baum.

Und dann waren die Schreie so schrill, daß Randy sich die Ohren zuhalten mußte. Er taumelte zurück, das Blut strömte durch die Poren auf Dekes Schenkel, die Kniescheibe war ein purpurfarbener Ball, der dem unheimlichen Sog des schwarzen Ungeheuers zu widerstehen suchte; Zentimeter um Zentimeter wurde das Bein durch den Spalt in die Tiefe gezogen.

Ich kann ihm nicht helfen! Wie stark das Ding ist! Ich kann ihm nicht mehr helfen! Tut mir leid, Deke, wirklich . . .

»Halt mich fest, Randy«, schrie LaVerne. Sie umschlang ihn und barg ihren Kopf an seiner Brust. »Halt mich fest, bitte . . .«

Er tat, was sie verlangte.

Erst als es zu spät war, kam ihm die Erkenntnis, daß er und LaVerne sich hätten retten können, während das schwarze Ding mit Deke beschäftigt war, sie hätten die Gelegenheit nutzen und an Land schwimmen können, und wenn LaVerne den Mut dazu nicht aufgebracht hätte, nun, er hätte es ja auch allein versuchen können. Die Schlüssel zum Camaro steckten in Dekes Jeans, und die Jeans lagen im Wagen, Er hätte . . . Aber er hatte die Gelegenheit verpaßt.

Deke starb, als sein Oberschenkel durch die Spalte zwischen den Bohlen gezogen wurde. Schon Minuten vorher hatte er zu schreien aufgehört. Er hatte das Bewußtsein verloren und war vornübergefallen, und dann war der Oberschenkelknochen mit einem gut hörbaren Knickbruch geborsten.

Wenig später hatte Deke noch einmal den Kopf gehoben. Es sah aus, als wollte er etwas sagen, dann aber war nur ein Schwall Blut zwischen seinen Lippen hervorgeströmt, dickflüssiges Blut. Randy und LaVerne wurden über und über bespritzt, und LaVerne hatte wieder zu heulen begonnen, sie hörte sich jetzt schon ziemlich heiser an.

»Igitt!« schrie sie. In ihren Zügen zeichnete sich der Ekel ab. »Igitt! Blut! Blut! *Blut!*« Sie wollte das Blut abwischen, statt dessen verschmierte sie es über das ganze Gesicht.

Das Blut schoß jetzt aus Dekes Augenhöhlen, es spritzte mit solcher Kraft hervor, daß Randy dachte: *Vital ist er ja, das muß man ihm lassen. Spritzt Blut wie ein Feuerlöscher! Gottogottogott!*

Das Blut quoll aus Dekes Ohren, sein Kopf sah aus wie eine Zwiebel, die sich unter gewaltigem Druck entfaltete.

Dann, ganz plötzlich, war es mit Deke zu Ende gegangen.

Er brach zusammen, und sein Haar sog sich mit dem Blut voll, das in Pfützen auf den Brettern des Floßes stand. Mit einer Mischung aus Widerwillen und Erstaunen sah Randy, daß Deke auch durch die Kopfhaut blutete.

Geräusche unter dem Floß. Schmatzende, saugende Geräusche.

Randy dachte plötzlich, daß er immer noch eine Chance hatte. Er konnte fliehen, während das Ding Dekes Überreste verspeiste. Aber da war LaVerne, sie lag in seinen Armen, merkwürdig schwer; er schob ihr ein Augenlid hoch, nur das Weiße des Augapfels war zu sehen, und da wußte Randy, daß sie einen Schock erlitten hatte und im Koma lag.

Er ließ seinen Blick über das Floß gleiten. Er konnte LaVerne auf die Bretter legen, aber da waren die Spalten zwischen den Brettern. Es waren vierzehn Bohlen, sechs Meter lang, und jede Bohle war etwa dreißig Zentimeter breit. Er konnte LaVerne nicht hinlegen, ohne daß sie auf einer Spalte war.

Tritt auf den Spalt, und deine Mutter wird nicht alt. Idiot!

Und dann hörte Randy, wie sein Verstand ihm etwas zuflüsterte. Tu's! Leg sie hin, und schwimm um dein Leben!

Aber das tat er nicht, das brachte er nicht übers Herz. Das Schuldgefühl, das in ihm bei dem Gedanken aufkam, war groß und furchtbar. Er hielt das Mädchen in seinen Armen, eine schwere Last. LaVerne war ein großgewachsenes Mädchen.

Deke wurde durch den Spalt gezogen.

Randy hielt LaVerne in den Armen, seine Muskeln schmerzten, er wollte nicht hinsehen. Einige Sekunden lang blickte er weg, vielleicht waren es auch Minuten, aber dann fanden seinen Augen zu dem entsetzlichen Schauspiel zurück.

Jetzt, da Deke tot war, steigerte sich die Geschwindigkeit, mit der sein Körper in den Spalt gezogen wurde.

Vom rechten Bein war nichts mehr zu sehen. Das linke war abgespreizt wie bei einem Ballettänzer, der einen unmöglichen Spagat ausführte. Das Becken barst, es hörte sich an wie ein Hühnerknochen, der zerbrochen wurde, und dann schwoll Dekes Bauch zu einer unförmigen Blase an. Randy sah wieder zur Seite, er versuchte die schmatzenden, schlürfenden Geräusche zu überhören und sich auf die Schmerzen in seinen Armen zu konzentrieren. Vielleicht schaffte er es, das Mädchen mitzuziehen, während er ans Ufer schwamm, aber zunächst einmal war es wohl das beste, wenn er sich auf die Schmerzen in seinen Armen konzentrierte, solange der Schmerz da war, brauchte er an nichts anderes zu denken.

Hinter ihm war ein Knacken zu hören, wie von einem Kind, das englische Bonbons zerkaut. Randy drehte sich um und sah, wie Dekes Brustkorb zusammengequetscht und durch den Spalt gezogen wurde. Nur noch die Arme und der Kopf waren zu sehen, und die Hände erinnerten Randy an Richard Nixon, wie er den Demonstranten in den sechziger und siebziger Jahren das V-Zeichen vorführte.

Dekes Augen waren geöffnet. Die Zunge hing aus dem weit aufgerissenen Mund.

Randy sah auf den See hinaus. *Du mußt nach Lichtern Ausschau halten,* hämmerte er sich ein. Es gab keine Lichter in der Nacht, trotzdem wiederholte Randy den Satz unzählige Male. *Halte nach Lichtern Ausschau, irgend jemand ist sicher die Woche über in seinem Sommerhaus geblieben, Herbsturlaub, das darf man sich doch nicht entgehen lassen, und Nikon macht das Foto davon, was glaubst du, wie deine Familie sich freut, wenn du denen die Dias vorführst.*

Als er wieder hinsah, war Deke kein Richard Nixon mehr, er war ein Schiedsrichter beim Footballspiel, der beide Arme hochreckte.

Auf dem Spalt thronte Dekes Kopf.

Immer noch die offenen Augen.

Die Zunge, die auf Randy wies.

»O Cisco«, murmelte Randy. Er mußte wieder wegsehen. Der Schmerz in seinen Armen und Schultern war schier unerträglich, aber er traute sich nicht, das Mädchen auf den Boden sinken zu lassen. Drüben am Ufer war alles dunkel. Über den schwarzen Himmel waren Sterne ausgegossen worden, Spritzer verschütteter Milch, die durch irgendwelche Kräfte am Firmament festgehalten wurden.

Minuten verstrichen. *Er ist weg, ganz sicher. Du kannst wieder hinsehen. Na wenn schon. Ist ja nicht eilig. Sicherheitshalber noch ein bißchen abwarten. Warte noch, okay? Okay.*

Er sah trotzdem hin, in dem Augenblick, als Dekes Finger in den Spalt gezogen wurden. Die Finger bewegten sich, wahrscheinlich waren es die Wellen unter dem Floß, die über das schwarze Ding auf Dekes Finger übertragen wurden. Wahrscheinlich, wahrscheinlich. Randy hatte den Eindruck, als ob Deke ihm zuwinkte. Auf Wiedersehen. Ihm war auf einmal wieder speiübel, das Floß hatte zu schaukeln begonnen wie vorhin, als sie zu viert auf einer Seite gestanden hatten. Die Bewegung ebbte ab, aber Randy hatte begriffen, er war gar nicht mehr so weit vom Zustand des Wahnsinns entfernt, wie er bis dahin angenommen hatte.

Er sah, wie Dekes Football-Ring den Finger hochwanderte, All-Conference, 1981 stand darauf, und Deke trug ihn am Mittelfinger der rechten Hand. Der Ring paßte nicht durch den Schlitz.

Der Ring lag auf dem Spalt, und das war alles, was von Deke übriggeblieben war. Deke war nicht mehr. Nie mehr würde es dunkelhaarige Mädchen mit Schlafzimmeraugen geben, die Deke den Hof machten. Nie mehr würde Deke seinem Freund Randy das nasse Handtuch auf den Hintern klatschen, wenn der aus der Dusche kam. Nie mehr würde das Publikum bei einem Footballspiel aufstehen, wenn Deke nach vorne preschte. Nie mehr würden die Anführer der Claque Purzelbäume schlagen. Nie mehr würden Deke und Randy Spritzfahrten im Camaro unternehmen. Es gab keinen Cisco Kid mehr.

Da war wieder das schabende Geräusch, wie von einer zusammengerollten Leinwand, die über ein Fenstersims gezogen wurde.

Randy sah, wie sich Schwärze in die Fugen neben seinen Füßen schob. Die Augen traten ihm aus den Höhlen. Die Erinnerung an den Schwall Blut, der aus Dekes Mund kam, war wieder da. Dekes Augen waren aus den Höhlen katapuliert worden wie Korken, die dem Druck des Gehirns nicht mehr standhalten konnten.

Es riecht, daß ich da bin. Es weiß, daß ich auf dem Floß bin. Kann es auf das Floß kommen? Kann es durch die Fugen zwischen den Brettern aufs Floß kommen? Geht das? Geht das?

Er starrte auf seine Füße, LaVerne, die immer noch in seinen Armen hing, war vergessen. Nur noch ein Gedanke beseelte Randy: Was würde es für ein Gefühl sein, wenn das Ding über seine Füße kroch, wenn es sich in sein Fleisch grub.

Die schimmernde Schwärze hatte die Oberkante der Bretter erreicht. Unwillkürlich hob Randy die Zehen. Das Geräusch der über ein Fenstersims gezogenen Leinwand setzte wieder ein. Und dann sah Randy das schwarze Gebilde im Wasser, es hatte die Form eines Maulwurfs und war vielleicht fünf Meter vom Floß entfernt. Es hob und senkte sich mit den Wellen, auf und nieder, auf und nieder. Als die Farben aufleuchteten, änderte Randy die Blickrichtung.

Er legte LaVerne zu Boden und kniete sich neben sie. Ihr Haar war ein schwarzer Fächer auf dem Weiß der Bretter. Er kniete und betrachtete den unbeweglichen schwarzen Fleck im Wasser.

Er versetzte LaVerne einen leichten Schlag auf die Wange. Aber das Mädchen hatte keine Lust aufzuwachen. Sie hatte genug gesehen. Randy allerdings konnte nicht die ganze Nacht aufpassen wie ein Kind. Er konnte sie nicht mehr aufheben, wenn sich das Ding bewegte (und dann konnte er das Ding auch nicht lange ansehen, das kam hinzu).

Aber da gab es einen Trick. Es war ein Trick, den Randy im College gelernt hatte, von einem Freund seines älteren Bruders. Der Freund hatte in Vietnam als Sanitäter gedient, er kannte eine ganze Reihe Tricks. So wußte er zum Beispiel, wie man Kokain mit Abführmitteln für Kleinkinder strecken konnte, wie man tiefe Fleischwunden mit einer ganz normalen Nähnadel nähen konnte, und eines Tages hatte er Randy auch den Trick verraten, wie man einen Betrunkenen daran hindern konnte, nach dem Vorbild von Bon Scott, dem Bandleader der AC/DC, am eigenen Erbrochenen zu ersticken.

»Wenn du jemanden aus der Bewußtlosigkeit holen willst, dann versuche das mal.«

Randy beschloß, den Trick bei LaVerne auszuprobieren. Er beugte sich über sie und biß sie, so fest er konnte, ins Ohrläppchen.

Heißes, bitteres Blut spritzte an seinen Gaumen. LaVernes Augen flogen auf wie zwei Rolladen, sie stieß einen heiseren Schrei aus und versuchte ihm einen Schlag zu versetzen. Randy sah über ihre Schulter hinweg; von dem Ding war nur noch ein Teil zu erkennen, der Rest war schon unter dem Floß. Das Ding hatte die Fähigkeit, sich sehr leise und mit einer unheimlichen Geschwindigkeit zu bewegen.

Er schüttelte und schüttelte das Mädchen. Sie schlug ihm ins Gesicht und traf sein Nasenbein, Randy sah rote Sterne.

»Hör auf damit!« schrie er sie an. »Das Ding ist unter uns, und wenn du nicht sofort aufhörst, laß ich dich ins Wasser fallen, ich schwör's dir.«

Ihre Hände schlossen sich um seinen Hals. Er sah das Weiß ihrer Augäpfel im Sternenlicht schimmern.

»Laß mich los!« Sie dachte nicht daran, ihn loszulassen. »Laß mich los, LaVerne, du erwürgst mich ja!«

Ihr Griff wurde fester. Panik überkam Randy. Das dumpfe Schlagen der Tonnen unter dem Floß klang jetzt merkwürdig gedämpft, vermutlich lag das an der schwarzen Masse, die sich um das Metall gelegt hatte.

»Ich kriege keine Luft mehr!«

Er spürte, wie sie den Griff lockerte.

»Jetzt hör mal zu. Ich lege dich jetzt auf das Floß. Es kann gar nichts passieren, wenn du . . .«

Sie hatte nur gehört *ich lege dich jetzt auf das Floß*. Ihre Finger wurden zu Krallen. Er hielt sie mit dem rechten Arm umschlungen. Er stieß ihr seine Nägel in den Rücken. Sie begann zu treten. Er hörte ihr Stöhnen, ganz nahe an seinem Ohr. Fast hätte er das Gleichgewicht verloren. Sie spürte, wie er schwankte. Nur die Angst, mit ihm hinzufallen, veranlaßte sie, ihren Kampf gegen ihn zu unterbrechen.

»Du brauchst dich doch nur hinzustellen, LaVerne.«

»Nein!« keuchte sie, er spürte ihren heißen Atem auf seinen Wangen.

»Es kann dir nichts tun, wenn du genau auf den Brettern stehst.«

»Nein, bitte nicht. Halt mich fest, sonst schnappt es nach mir, ich weiß, daß es mich . . .«

Wieder schlug er ihr seine Nägel in den Rücken. Sie schrie auf vor Schmerz und vor Zorn. »Du läßt mich jetzt los, LaVerne, oder ich laß dich fallen.«

Behutsam ließ er sie auf die Bretter sinken, ihr Keuchen vermischte sich mit seinem Stöhnen, Flöte und Oboe. Als ihre Fußspitzen das Holz berührten, begann sie zu tanzen, als seien die Bretter mit heißen Kohlen belegt.

»Stell dich richtig hin!« zischte er. »Ich bin nicht Deke, ich bin nicht so stark, daß ich dich die ganze Nacht halten kann!«

»Deke . . .«

»Tot.«

Er spürte, wie sie auf den Brettern Halt gewann. Er gab sie frei. Sie standen einander gegenüber wie zwei Ballettänzer. Er sah ihr in die Augen. LaVerne war nur noch Angst. *Wann wird es mich berühren?* Sie öffnete und schloß den Mund wie ein Goldfisch.

»Randy«, flüsterte sie, »wo ist es?«

»Unter uns. Sieh's dir an.«

Sie sah es sich an. Er stand neben ihr. Sie sahen, wie die Schwärze alle Fugen füllte.

»Randy, bitte . . .«

»Psssst!«

Sie standen da und warteten.

Randy hatte vergessen, seine Uhr abzunehmen, als er ins Wasser lief. Sie ging noch. Er betrachtete den Minutenzeiger. Ein Viertelstunde verstrich. Es war Viertel nach acht, als das schwarze Wesen sich wieder neben dem Floß blicken ließ. Es glitt in den See hinaus, um in einer Entfernung von etwa fünf Metern zu verharren.

»Ich werde mich jetzt hinsetzen«, sagte er.

»Nein!«

»Ich bin müde«, erwiderte er. »Ich setze mich hin, und du paßt auf das Ding auf. Du darfst es nur nicht direkt ansehen. Wir wechseln uns ab, wenn ich aufstehe, kannst du dich hinsetzen. Hier.« Er gab ihr seine Armbanduhr. »Fünfzehn Minuten.«

»Es hat Deke gefressen«, flüsterte sie.

»Ja.«

»Was ist das für ein Wesen, Randy?«

»Ich weiß es nicht.«

»Mir ist kalt.«

»Mir auch.«

»Dann nimm mich in die Arme.«

»Ich habe dich lange genug in den Armen gehalten.«

Sie gab es auf.

Er setzte sich. Es war ein himmlisches Gefühl, sich auf die Bretter niederzulassen, und es war reine Glückseligkeit, nicht mehr das Ding anstarren zu müssen. Statt dessen beobachtete er LaVerne. Es war wichtig, daß sie an dem Wesen vorbeisah. Die Farben . . .

»Was sollen wir tun, Randy?«

Er dachte nach.

»Warten«, sagte er.

Als fünfzehn Minuten vorüber waren, stand er auf. Er gab LaVerne eine halbe Stunde, eine Viertelstunde stand sie und eine weitere Viertelstunde lag sie. Dann half er ihr aufstehen. Sie stand eine Viertelstunde neben ihm, er ruhte sich aus. So wechselten sie sich ab. Es war Viertel nach zehn, als eine kalte Mondsichel am Himmel erschien. Um halb elf hallte ein schriller Schrei über den See, LaVerne fuhr zusammen.

»Reg dich nicht auf«, sagte er. »Das ist nur ein Seetaucher.«

»Mir ist eiskalt, Randy. Meine Glieder werden gefühllos.«

»Ich kann nichts daran ändern.«

»Nimm mich in den Arm«, sagte sie. »Du mußt mich in den Arm nehmen. Wir können doch nebeneinander sitzen und auf das Ding aufpassen, oder?«

Er widersprach ihr, aber dann war ihm selbst so kalt, daß er seinen Widerstand aufgab. »Okay.«

Sie saßen nebeneinander und hielten sich umschlungen, und dann passierte etwas, natürlich oder pervers, es passierte. Randy spürte, wie sein Glied steif wurde, seine Hand fand zu LaVernes Brüsten. Er hörte, wie das Mädchen vor Wonne zu stöhnen begann, ihre Hand stahl sich in seine Unterhose.

Er streichelte die Wärme ihres Schoßes und legte sie auf den Rükken.

»Nein«, sagte sie, aber zugleich beschleunigte sie die Bewegung ihrer Finger, die sich um sein Glied geschlossen hatten.

»Ich passe auf das Ding auf«, sagte er. Sein Herz war eine mächtige Pumpe, die das Blut durch den Körper trieb. Er spürte, wie die Hitze aus seinen Poren strömte. »Ich kann's gut sehen.«

Sie murmelte etwas, er verstand nicht, was sie sagen wollte. Er spürte, wie sie ihm die Hose über die Hüften streifte. Er hielt den Blick auf das schwarze Ding gerichtet. Dann war er in ihr. Wärme. Gott, war sie warm. Ein gurgelndes Geräusch entrang sich ihrer Kehle. Ihre Finger schlossen sich um sein Gesäß.

Er starrte das Ding an. Es bewegte sich nicht. Er beobachtete es. Er beobachtete es sehr aufmerksam. Die Empfindung, die LaVerne ihm verschaffte, war unglaublich süß. Randy war kein Junge, der viel Erfahrung mit Frauen hatte, aber er war auch kein blutiger Anfänger auf sexuellem Gebiet; er hatte mit drei Mädchen geschlafen, und noch nie war es so schön gewesen. La Verne stöhnte, sie schob ihm ihre Hüften entgegen. Das Badefloß begann zu schaukeln. Das härteste Wasserbett der Welt. Das Murmelns der leeren Fässer unter den Brettern war zu hören. Er sah, wie die Farben im Schwarz erstanden, sinnliche Farben, diesmal gab sich das Ding gar nicht bedrohlich; er beobachtete es, und er beobachtete die Farben. Er lag da mit weit aufgerissenen Augen. Er fror nicht mehr. Ihr war warm, so warm wie im Juni, als er am Strand gelegen und die Sonne auf der winterweißen Haut gespürt hatte, die Sonne hatte seine Haut gerötet, hatte ihr

(Farbe)

verliehen, Farbe und Bräune. Der erste Tag am Strand, der erste richtige Sommertag, die Oldies von den Beach Boys spielten, eine Kassette von den Ramones, die Ramones hatten eine Botschaft, die Botschaft bedeutete, man konnte per Anhalter an den Rockaway Beach fahren, Sand, Strand, Farben

(es bewegt sich, es beginnt sich zu bewegen)

das Gefühl von Sommer, das Muster war etwa so, Gary U. S. Bonds, keine Vorlesungen mehr, Ferien, ich sitze irgendwo auf den Zuschauerbänken, auf der nichtüberdachten Tribüne, und sehe mir die Yankees an, auf dem Strand Mädchen im Bikini, der Strand, feste Brüste, auf denen das Coppertone-Hautöl schimmert, duftendes Coppertone, und wenn das Bikiniunterteil knapp genug geschnitten ist, kann ich ihr

(Haar sehen, ihr Haar, Haar, Haar, IHR HAAR HÄNGT INS WASSER, O MEIN GOTT, INS WASSER, IHR HAAR!)

Er fuhr hoch, er versuchte La Verne hochzureißen, aber das Ding war schneller, es schlängelte sich mit öliger Gewandtheit auf La Vernes Haaren entlang, bis alles mit einer dicken schwarzen Schicht bedeckt war, und als es Randy gelang, das Mädchen an sich zu ziehen, schrie sie, sie war schwer von der Schwärze, das Ding wuchs als farbige Spirale aus dem Wasser und formte sich zu einer unerbittlichen Membrane, Scharlachrot gemischt mit Zinnober, flammendes Smaragdgrün, düsteres Ocker.

Wie eine Welle überschwemmte das Ding La Vernes Gesicht.

Die Füße des Mädchens führten einen Trommelwirbel auf. Das Ding war, wo La Vernes Gesicht gewesen war. Das Blut rann ihr in Strömen über den Hals. Sie schrie und weinte, ohne daß sie sich schreien und weinen hören konnte. Randy stand über ihr, er setzte den Fuß an ihre Hüfte und trat zu. Er sah, wie sich ihr Körper um die eigene Achse drehte, ein Mädchen im schwarzen Schnee, ihre Beine waren wie Alabaster, das im Mondenschein leuchtete. Endlos lang schäumte und spritzte das Wasser an der Stelle, wo sie hineingefallen war, es war, als hinge der größte Fisch der Welt am Haken.

Randy weinte. Er weinte, und dann weinte er zur Abwechslung noch etwas mehr.

Eine halbe Stunde später – die Oberfläche des Wassers war inzwischen wieder ganz ruhig – begannen die Seetaucher zu schreien.

Die Nacht dauerte ewig.

Viertel nach fünf wurde es im Osten hell, Randy spürte so etwas wie gute Laune und frischen Mut, aber das war eine Täuschung, so wie das Morgengrauen eine Täuschung war. Er stand auf dem Badefloß, mit halbgeschlossenen Augen, sein Kinn war auf die Brust gesunken. Er hatte auf den Brettern gekauert. Dann war er plötzlich aufgewacht – er hatte gar nicht bemerkt, wie er eingeschlafen war, und er fand das im nachhinein sehr beängstigend. Das unaussprechliche Geräusch der zusammengerollten Leinwand war wieder da. Er sprang hoch, Sekunden bevor die schmatzende, saugende Schwärze seine Zehen erreichen konnte. Er keuchte und biß sich auf die Lippen, bis sie bluteten.

Eingeschlafen. Du bist eingeschlafen, du Idiot!

Nach dem Aufwachen war eine halbe Stunde vergangen, als das Ding unter dem Floß hervorglitt. Die Fugen waren wieder frei, aber Randy wagte es nicht mehr, sich hinzusetzen. Er hatte Angst, er würde wieder einschlafen und nicht rechtzeitig aufwachen.

Er stand breitbeinig auf den Brettern, als Licht, richtiges Licht, am Himmel erschien. Die ersten Vögel begannen zu singen. Die Sonne ging auf. Um sechs Uhr war es so hell, daß er den Uferstreifen erkennen konnte. Dekes gelber Camaro stand noch immer dort, wo er ihn geparkt hatte, die Schnauze berührte den Zaun. Vor dem Wagen lagen T-Shirt und Pullover und vier Paar Jeans im Sand. Die Jeans anzusehen, erfüllte Randy mit Grauen. Und das, obwohl er ganz sicher gewesen war, daß es nicht mehr schlimmer kommen konnte. Er erkannte sein eigenes Paar Jeans, ein Hosenbein war ausgestülpt, das Futter der Hosentasche war zu erkennen. Die Jeans waren ein Bild von Sicherheit, sie schienen nur darauf zu warten, daß er sie aufhob und das ausgestülpte Bein wieder hineinschob. Randy hatte die Angewohnheit, die Hosentasche festzuhalten, wenn er das Hosenbein seiner Jeans wieder hineinschob, damit das Kleingeld nicht herausfiel, und jetzt war es ihm, als könnte er das Rauschen der Baumwolle auf seinen Schenkeln hören, er meinte den Messingknopf des Hosenbundes an seinen Fingern zu spüren . . .

Er sah nach links, wo das Ding im See schwamm, schwarz, rund wie ein Damestein, von der sanften Dünung geschaukelt. Farben erschienen im Schwarz, und der bunte Wirbel machte Randy so schwindlig, daß er sofort in eine andere Richtung blickte.

»Geh nach Hause«, krächzte er. »Geh nach Hause, oder geh nach Kalifornien und bewirb dich als Monster für einen Roger-Corman-Film.«

Irgendwo am Himmel dröhnte ein Flugzeug, und Randy dachte: *Wir sind als vermißt gemeldet worden, alle vier. Die Suchtrupps schwärmen aus, Horlicks ist der Ausgangspunkt. Ein Farmer sagt aus, daß er von einem gelben Camaro überholt worden ist, der Wagen sei ihm vorgekommen »wie eine Fledermaus, die aus dem Höllenfeuer entflieht«. Die Suche konzentriert sich auf die Gegend um Cascade Lake. Es gibt nur ein paar Flieger, die sich mit ihren Privatflugzeugen an der Suche beteiligen, und einer dieser Männer, ein Typ, der eine Beechcraft Twin Bonanza fliegt, meldet über Funk, daß er einen Jungen auf einem Floß sehen kann, einen Jungen, einen Überlebenden, einen . . .*

Er fing sich, taumelte vom Rande des Floßes zurück, versetzte sich einen Fausthieb auf die Nase und schrie auf vor Schmerz.

Das schwarze Ding kam blitzschnell zum Floß geschossen. Er sah, wie es sich unter die Tonnen quetschte. Wahrscheinlich konnte das Ding hören, oder es konnte fühlen, *oder . . .*

Randy wartete.

Diesmal dauerte es fünfundvierzig Minuten, bis es wieder unter dem Floß hervorkam.

Nachmittag.

Randy weinte.

Er weinte, weil das Ding jedesmal, wenn er sich setzen wollte, unter das Floß schlüpfte. Es war also mit so etwas wie Verstand begabt, es konnte fühlen oder sich ausrechnen, daß er ihm ausgeliefert war, sobald er sich hinsetzte.

»Geh weg«, heulte Randy. Das große schwarze Ding hatte die Form eines Maulwurfs angenommen. Drüben am Uferstreifen, nur fünfzig Meter vom Badefloß entfernt, turnte ein Eichhörnchen auf der Motorhaube des Camaro herum. »Bitte, geh weg, Ding, bitte, laß mich in Ruhe . . .«

Das Ding verharrte regungslos. Auf der Oberfläche erschien der Farbenwirbel. Randy ließ seinen Blick zum Ufer wandern, auf der Suche nach Hilfe, aber das Ufer war menschenleer, er gab keine Hilfe. Nur seine Jeans lagen dort, das Hosenbein verkehrt herum, das weiße Futter der Hosentasche leuchtete. Inzwischen sahen die Jeans nicht mehr so aus, als erwarteten sie, je wieder aufgehoben und angezogen zu werden. Sie sahen aus wie eine Reliquie.

Randy dachte: *Wenn ich eine Waffe hätte, würde ich mich jetzt erschießen.*

Er verharrte stehend.

Die Sonne ging unter.

Drei Stunden später tauchte der Mond auf.

Und kurz darauf begannen die Seetaucher zu schreien.

Wenig später drehte Randy sich um. Er betrachtete das schwarze Wesen, das auf dem Wasser schwamm. Er hatte keine Waffe, also konnte er seinem Leben kein Ende setzen. Aber vielleicht konnte das Ding es so einrichten, daß es nicht weh tat, vielleicht war das der Sinn der Farben im Schwarz.

»Zeig mir was Schönes«, sagte Randy.

Die Farben formten sich zu einem Wirbel. Diesmal blickte Randy nicht weg. Der Schrei eines Seetauchers hallte über das Wasser.

Der Gesang der Toten (1984)

»*Die Meeresstraße war damals breiter*«, erzählte Stelle Flanders ihren Urenkeln im letzten Sommer ihres Lebens, dem Sommer, bevor sie Gespenster zu sehen begann. Die Kinder schauten sie mit großen fragenden Augen an, und ihr Sohn Alden drehte sich nach ihr um. Er saß auf der Veranda und schnitzte. Es war Sonntag, und sonntags fuhr Alden nie mit dem Boot hinaus, ganz egal, wie hoch der Hummerpreis auch sein mochte.

»*Was meinst du damit, Oma?*« fragte Tommy, aber die alte Frau gab keine Antwort. Sie saß schweigend in ihrem Schaukelstuhl neben dem kalten Ofen, und mit ihren Pantoffeln streifte sie leise über den Fußboden.

»*Was meint sie damit?*« fragte Tommy seine Mutter.

Lois schüttelte nur lächelnd den Kopf und schickte die Kinder mit Milchkannen zum Beerenpflücken.

Stella dachte: Sie hat es vergessen. Oder hat sie es nie gewußt?

Die Meeresstraße war früher breiter gewesen. Wenn jemand das wissen konnte, so war es Stella Flanders. Sie war 1884 geboren, sie war die älteste Bewohnerin von Goat Island, und sie war in ihrem ganzen Leben nie auf dem Festland gewesen.

Liebst du? Diese Frage quälte sie jetzt oft, und dabei wußte sie nicht einmal, was sie eigentlich zu bedeuten hatte.

Der Herbst kam, ein kalter Herbst ohne den notwendigen Regen, der den Bäumen erst ihre herrlichen Farben schenkte. Es regnete weder auf Goat Island noch auf Raccoon Head jenseits der Meeresstraße auf dem Festland. Der Wind blies in jenem Herbst lange, kalte Töne, und Stella spürte, wie jeder dieser Töne in ihrem Herzen widerhallte.

Am 19. November, als der erste Schnee von einem Himmel fiel, der die Farbe weißen Chroms hatte, feierte Stelle ihren Geburtstag. Die meisten Dorfbewohner kamen zum Gratulieren. Hattie Stoddard kam, deren Mutter 1954 an einer Brustfellentzündung gestorben und deren Vater 1941 mit dem »Dancer« untergegangen war. Es kamen Richard und Mary Dodge – Richard, der von schwerer Arthritis geplagt wurde, humpelte mühsam am Stock den Pfad zu ihrem Haus empor. Natürlich kam auch Sarah Havelock; Sarahs Mutter Annabelle war Stellas beste Freundin gewesen. Sie hatten gemeinsam die Inselschule besucht, von der ersten bis zur achten Klasse, und Annabelle hatte Tommy Frane geheiratet, der sie in der fünften Klasse an den Haaren gezogen und zum Weinen gebracht hatte, ebenso wie Stella Bill Flanders geheiratet hatte, der einmal alle ihre Schulbücher – sie hatte sie unter den Arm geklemmt gehabt – mit einem kräftigen Stoß in den Dreck befördert hatte (aber sie hatte sich die Tränen verbissen). Jetzt waren sowohl Annabelle als auch Tommy tot, und von ihren sieben Kindern lebte nur noch Sarah auf der Insel. Ihr Mann, George Havelock, den alle nur Big George genannt hatten, war 1967 – jenem Jahr, als man vom Fischfang nicht leben konnte – drüben auf dem Festland eines gräßlichen Todes gestorben. Ihm war versehentlich die Axt ausgerutscht, es hatte Blut gegeben – zuviel Blut! –, und drei Tage später war er auf der Insel beerdigt worden. Und als Sarah zu Stellas Geburtstagsfeier kam und weinend »Herzlichen Glückwunsch, Oma!« rief, nahm Stella sie fest in ihre Arme und schloß die Augen.

(Liebst du?)

Aber sie weinte nicht.

Es gab einen riesigen Geburtstagskuchen. Hattie hatte ihn zusammen mit ihrer besten Freundin, Vera Spruce, gebacken. Die ganze Gesellschaft sang »Happy Birthday to you« so laut, daß sie sogar den Wind übertönte . . . zumindest für kurze Zeit. Sogar Alden sang mit, obwohl er normalerweise nur *»Onward Christian Soldiers«* und die Doxologie in der Kirche sang und ansonsten nur die Lippen bewegte, mit gesenktem Kopf und hochroten Henkelohren. Auf Stellas Kuchen brannten 95 Kerzen, und trotz des Singens hörte sie den Wind, obwohl ihr Gehör nicht mehr so gut wie früher war.

Sie hatte den Eindruck, als riefe der Wind ihren Namen.

»Ich war nicht die einzige«, hätte sie Lois' Kindern erzählt, wenn sie gekonnt hätte. »Zu meiner Zeit gab es viele, die auf der Insel lebten und starben. Damals gab es noch kein Postboot; Bull Symes brachte die Post mit. Es gab auch keine Fähre. Wenn man auf Raccoon Head etwas zu erledigen hatte, brachte der Ehemann einen mit dem Hummerfangboot hin. Wenn ich mich recht erinnere, so gab's bis 1946 auf der Insel kein Wasserklosett. Es war Bulls Sohn Harold, der das erste einbauen ließ, ein Jahr nachdem Bull beim Netzeauslegen an einem Herzschlag gestorben war. Ich erinnere mich noch daran, wie sie Bull nach Hause trugen. Ich erinnere mich daran, daß sie ihn in eine Plane gehüllt rauftrugen und daß einer seiner grünen Stiefel herausragte. Ich erinnere mich . . .«

Und die Kinder hätten gefragt: »Woran, Oma? Woran erinnerst du dich?«

Was hätte sie ihnen geantwortet? War da sonst noch etwas gewesen?

Am ersten Wintertag, etwa einen Monat nach der Geburtstagsfeier, öffnete Stella die Hintertür, um Brennholz zu holen, und entdeckte auf der Veranda einen toten Sperling. Sie bückte sich schwerfällig, hob ihn an einem Bein hoch und betrachtete ihn.

»Erfroren«, murmelte sie, und etwas in ihrem tiefsten Innern sagte ein anderes Wort. Es war 40 Jahre her, seit sie einen erfrorenen Vogel gesehen hatte – 1938. In jenem Jahr, als die Meeresstraße zugefroren war.

Sie schauderte, hüllte sich fester in ihren Mantel und warf den toten Sperling im Vorbeigehen in den alten rostigen Verbrennungsofen. Es war ein kalter Tag. Der Himmel war klar und tiefblau. Am Abend ihres Geburtstages war Schnee gefallen, aber er war kurz darauf getaut, und seitdem hatte es nicht mehr geschneit. »Jetzt wär's aber langsam Zeit«, sagte Larry McKeen vom Kaufladen der Insel weise, als wollte er den Winter herausfordern, doch fernzubleiben.

Am Holzstapel angelangt, nahm Stella sich einen Armvoll Scheite und trug sie zum Haus. Ihr klar umrissener Schatten folgte ihr.

Als sie die Hintertür erreichte, wo der Vogel gelegen hatte, sprach plötzlich Bill zu ihr – aber der Krebs hatte Bill vor 12 Jahren dahingerafft. »Stella«, sagte Bill, und sein Schatten fiel neben sie; er war länger als ihr eigener, aber ebenso scharf umrissen. Der Schirm seiner Mütze war fröhlich seitwärts gedreht – sie sah es an seinem Schatten. So hatte er die Mütze immer aufgesetzt. Stella spürte, wie ihr ein Schrei in der Kehle steckenblieb. Er war zu gewaltig, um ihr über die Lippen zu kommen.

»Stella«, sagte er wieder. »Wann kommst du rüber zum Festland? Wir holen uns Norm Jolleys alten Ford und fahren nur so zum Spaß zu Bean's in Freeport. Was hältst du davon?«

Sie drehte sich abrupt um und hätte dabei fast ihr Holz fallen gelassen – niemand war da. Ihr Hinterhof erstreckte sich ein Stück hügelabwärts, unten war die wilde weiße Grasfläche, und dahinter, ganz am Ende, lag klar umrissen die Meeresstraße, die ihr heute breiter als sonst erschien . . . und dahinter das Festland.

»Oma, was ist eigentlich eine Meeresstraße?« hätte Lona sie fragen können . . . obwohl sie es nie getan hatte. Und Stella hätte ihr die Antwort gegeben, die jeder Fischer auswendig hersagen konnte: Eine Meeresstraße ist ein Wasserstreifen zwischen Land auf zwei Seiten, ein Wasserstreifen, der an beiden Seiten offen ist. Es gab einen alten Witz der Hummerfänger, der so ging: Wißt ihr, was es bringt, Jungs, bei dichtem Nebel den Kompaß abzulesen? Man stellt dabei fest, daß zwischen Jonesport und London eine mächtige breite Meeresstraße verläuft.

»Meeresstraße – das ist das Wasser zwischen der Insel und dem Festland«, hätte sie näher ausführen können, während sie ihnen Sirupkuchen und heißen Tee mit Zucker gab. »Soviel weiß ich genau. Das weiß ich so gut wie den Namen meines Mannes . . . und wie er seine Mütze aufzusetzen pflegte.«

»Oma?« hätte Lona weiterfragen können. »Wie kommt es, daß du nie auf der anderen Seite der Meeresstraße gewesen bist?«

»Liebling«, hätte sie dann geantwortet, »Ich habe nie einen Grund dafür gehabt.«

Im Januar, zwei Monate nach der Geburtstagsfeier, fror die Meeresstraße zum erstenmal seit 1938 zu. Über den Rundfunk wurden Insel- und Festlandbewohner gewarnt, dem Eis nicht zu trauen, aber Stewie McClelland und Russell Bowie holten nach einem langen Nachmittag, den sie mit Apfelweintrinken verbracht hatten, trotzdem Stewies großes Schneemobil raus, und natürlich brach es im Eis ein. Stewie gelang es, das Ufer zu erreichen (obwohl ihm dabei ein Fuß abfror). Doch Russell Bowie verschlang die Meeresstraße und trug ihn davon.

Am 25. Januar fand ein Gedächtnisgottesdienst für Russell statt. Stella ging am Arm ihres Sohnes Alden hin, und er formte lautlos die Worte der Hymnen und brummte kräftig mit seiner mißtönenden Stimme die Doxologie vor dem Segen. Danach saß Stella mit Sarah Havelock und Hattie Stoddard und Vera Spruce im Schein des Holzfeuers im Untergeschoß der Gemeindehalle, wo ein Leichenschmaus für Russell stattfand, bei dem es Punch und hübsche kleine dreieckige Käsesandwiches gab. Die Männer gingen natürlich öfter mal hinaus, um etwas Stärkeres als Punch zu kippen. Russell Bowies Witwe saß wie betäubt mit roten Augen neben Ewell McCracken, dem Geistlichen. Sie war im siebten Monat schwanger – es würde ihr fünftes Kind sein –, und Stella, die in der Wärme des Holzofens halb vor sich hin döste, dachte: *Sie wird die Meeresstraße schon bald überqueren, nehm ich an. Vermutlich wird sie nach Freeport oder Lewiston ziehen und dort als Kellnerin arbeiten.*

Sie wandte sich wieder Vera und Hattie zu, um zu hören, worüber gerade geredet wurde.

»Nein, ich hab's nicht gehört«, sagte Hattie. »Was hat Freddy denn gesagt?«

Sie sprachen von Freddy Dinsmore, dem ältesten Mann auf der Insel (*aber zwei Jahre jünger als ich*, dachte Stella befriedigt), der 1960 seinen Laden an Larry McKeen verkauft hatte und jetzt im Ruhestand war.

»Er hat gesagt, er hätte so 'nen Winter noch nie erlebt«, sagte Vera und holte ihr Strickzeug hervor. »Er sagt, dieser Winter würde die Leute krank machen.«

Sarah Havelock schaute Stella an und fragte, ob sie schon einmal so einen Winter erlebt hätte. Immer noch war kein Schnee gefallen; die Erde war nackt und braun und gefroren. Am Vortag war Stella etwa 30 Schritt weit übers hintere Feld gegangen und hatte ihre rechte Hand

188

in Oberschenkelhöhe waagrecht gehalten, und mit einem Geräusch wie von zerbrechendem Glas war das Gras klirrend abgeknickt.

»Nein«, sagte Stella. »Die Meeresstraße ist '38 schon einmal zugefroren, aber damals gab es Schnee. Erinnerst du dich noch an Bull Symes, Hattie?«

Hattie lachte. »Ich glaub, ich hab' immer noch die blauen Flecken von der Neujahrsfeier '53, als er mir auf meinen Allerwertesten schlug. Er hat *so* fest zugeschlagen. Was war mit ihm?«

»Bull und mein Mann haben in jenem Jahr einen Ausflug aufs Festland gemacht«, sagte Stella. »Im Februar 1938 war das. Sie sind auf Schneeschuhen bis zu Dorrit's Tavern auf Raccoon Head gelaufen, haben dort jeder 'n Whisky getrunken und sind dann wieder zurückgekommen. Sie wollten, daß ich mitgehe. Sie waren wie zwei kleine Jungs, die sich aufs Schlittenfahren freuen.«

Sie schauten Stella an, tief bewegt von diesem Wunder. Sogar Vera schaute sie mit großen Augen an, und Vera hatte die Geschichte bestimmt früher schon mal gehört. Wenn man den Gerüchten Glauben schenken wollte, so hatten Bull und Vera einmal was miteinander gehabt, obwohl es, so wie sie jetzt aussah, schwerfiel zu glauben, daß sie jemals so jung gewesen war.

»Und du bist nicht mitgegangen?« fragte Sarah, die vielleicht die weite Fläche der Meeresstraße vor ihrem geistigen Auge sah, so weiß, daß sie in der kalten Wintersonne bläulich schimmerte, das Funkeln der Schneekristalle, das näher rückende Festland – hinüber*gehen*, ja, über das Meer zu wandeln wie Jesus über den See, die Insel einmal, ein einziges Mal im Leben *zu Fuß* verlassen . . .

»Nein«, sagte Stella. Sie wünschte mit einem Mal, sie hätte auch ihr Strickzeug mitgebracht. »Ich bin nicht mitgegangen.«

»Warum denn *nicht*?« fragte Hattie fast entrüstet.

»Es war Waschtag«, antwortete Stella ziemlich barsch, und dann brach Missy Bowie, Russells Witwe, in lautes Schluchzen aus. Stella blickte hinüber, und da saß Bill Flanders in seiner rot-schwarz karrierten Jacke, die Mütze schief auf dem Kopf, und rauchte eine Herbert Tareyton, während er sich eine zweite für später hinters Ohr gesteckt hatte. Einen Moment lang stand ihr fast das Herz still.

Sie stöhnte leise auf, aber genau in diesem Augenblick zerbarst ein Knorren im Ofen mit einem Geräusch wie ein Gewehrschuß, und keine ihrer Freundinnen hörte ihr Stöhnen.

»Armes Ding«, sagte Stella fast zärtlich.

»Sie sollte froh sein, diesen Taugenichts los zu sein«, knurrte Hattie. Sie suchte nach den richtigen Worten, um den verstorbenen Russell Bowie zu charakterisieren, und drückte die bittere Wahrheit schließlich folgendermaßen aus: »Der Mann war doch im Grunde genommen ein richtiger Luftikus und Liederjan. Keine Träne würde ich dem Kerl nachweinen.«

Stella hörte kaum hin. Da saß Bill, so dicht neben Reverend McCracken, daß er ihn ohne weiteres hätte in die Nase zwicken können, wenn ihm der Sinn danach gestanden hätte. Er sah nicht älter als vierzig aus; die Krähenfüße um seine Augen herum, die sich später so tief eingegraben hatten, waren kaum zu sehen, und er trug seine Flanellhose, seine Gummistiefel und darunter die grauen Wollsokken, die sorgfältig um die Stiefelschäfte umgeschlagen waren.

»Wir warten auf dich, Stel«, sagte er. »Du mußt rüberkommen und dir das Festland anschauen. Dieses Jahr wirst du nicht mal Schneeschuhe brauchen.«

Da saß er in der Gemeindehalle, so groß wie eh und je, und dann explodierte wieder ein Knorren im Ofen, und er war plötzlich verschwunden. Und Reverend McCracken fuhr fort, Missy Bowie zu trösten, so als wäre nichts geschehen.

An jenem Abend rief Vera Annie Phillips an und erwähnte im Laufe des Gesprächs, daß Stella Flanders nicht gut aussehe, gar nicht gut aussehe.

»Alden hätte bestimmt 'nen ganz schönen Kampf auszufechten, um sie von der Insel wegzubringen, wenn sie krank würde«, sagte Annie. Annie mochte Alden, weil ihr eigener Sohn Toby ihr erzählt hatte, daß Alden nichts Stärkeres als Bier trinke. Annie selbst war strikte Antialkoholikerin.

»Er würde sie überhaupt nicht von hier wegkriegen, es sei denn, sie läge schon im Koma«, sagte Vera. »Wenn Stella ›Frosch‹ sagt, hüpft Alden. Weißt du, mit Aldens Verstand ist's ja nicht allzuweit her. Stella sagt ihm immer, was er zu tun hat.«

»Tatsächlich?«

In diesem Moment setzte ein metallisches Knacken in der Leitung ein. Sekundenlang konnte Vera Annie Phillips noch hören – nicht die Worte, nur die Stimme im Hintergrund des Knackens –, und dann war die Leitung tot. Ein besonders heftiger Windstoß hatte die Telefonkabel runtergefegt, vielleicht in den Godlin's Pond, vielleicht auch unten in der Bucht. Möglicherweise waren sie auch auf der anderen Seite der Meeresstraße, auf Raccoon Head, runtergekommen . . . und manche Leute sagten vielleicht sogar (und das nur halb im Scherz), daß Russell Bowie eine kalte Hand emporgereckt und das Kabel heruntergerissen hatte, um den Inselbewohnern einen Streich zu spielen.

Keine 700 Fuß entfernt lag Stella Flanders unter ihrer Steppdecke und lauschte Aldens Schnarchkonzert im Nebenzimmer. Sie tat es, um

190

nicht dem Wind lauschen zu müssen . . . aber sie hörte den Wind trotzdem, o ja; er fegte über die gefrorene Fläche der Meeresstraße, anderthalb Meilen Wasser, das jetzt mit Eis überzogen war, Eis, unter dem sich Hummer und Barsche verbargen und vielleicht auch die gespenstisch tanzende Leiche von Russell Bowie, der jedes Jahr im April ihren Garten umgegraben hatte.

Wer wird ihn diesen April umgraben? fragte sie sich, während sie zusammengerollt und fröstelnd unter der Steppdecke lag. Und wie im Traum, den man in einem Traum sieht, antwortete ihre Stimme ihrer Stimme: *Liebst du?* Der Wind heulte und rüttelte am Winterfenster. Es kam ihr so vor, als spräche das Winterfenster zu ihr, aber sie wandte ihr Gesicht ab. Und weinte nicht.

»Aber Oma«, hätte Lona sie vielleicht weiter bedrängt (sie gab nie auf, Lona nicht; sie glich darin ihrer Mutter und ihrer Großmutter), »du hast uns immer noch nicht erklärt, warum du nie die Meeresstraße überquert hast.«

»Nun, mein Kind, ich hatte immer alles, was ich wollte, hier auf Goat Island.«

»Aber die Insel ist doch so klein. Wir wohnen in Portland. Dort gibt's Busse, Oma!«

»Ich sehe im Fernsehen zur Genüge, was in den großen Städten los ist. Nein, ich bleibe lieber, wo ich bin.«

Hal war jünger, aber einfühlsamer. Er hätte sie nicht so bedrängt wie seine Schwester, aber seine Frage wäre näher an den Kern der Sache herangekommen. »Wolltest du nie das Festland sehen, Oma? Nie?«

Und dann hätte sie sich vorgebeugt und seine kleinen Hände in die ihrigen genommen und ihm erzählt, wie ihre Eltern kurz nach der Hochzeit auf die Insel gekommen waren und wie Bull Symes Großvater Stellas Vater als Lehrling auf sein Boot genommen hatte. Sie hätte ihm erzählt, daß ihre Mutter viermal schwanger gewesen war, aber einmal davon eine Fehlgeburt gehabt hatte; ein zweites Baby war eine Woche nach seiner Geburt gestorben – ihre Mutter hätte die Insel verlassen, wenn man das Kind im Krankenhaus auf dem Festland hätte retten können, aber bevor ihr dieser Gedanke überhaupt kam, war schon alles vorbei.

Sie hätte den Kindern erzählt, daß sich Bill bei ihrer Großmutter Jane als Geburtshelfer betätigt hatte, aber sie hätte ihnen verschwiegen, daß er hinterher ins Badezimmer gegangen war und sich zuerst übergeben und dann geweint hatte wie eine hysterische Frau, die besonders starke Menstruationsbeschwerden hat. Jane hatte dann natürlich schon mit vierzehn die Insel zum erstenmal verlassen, um auf dem Festland die High-School zu besuchen; damals heirateten die Mädchen nicht mehr so früh, und als Jane mit dem Boot abgefahren

191

war – in jenem Monat war Bradley Maxwell an der Reihe gewesen, die Kinder zum Festland und zurück auf die Insel zu bringen –, hatte Stella schon tief im Herzen gewußt, daß ihre Tochter zwar noch eine Zeitlang zurückkommen, dann aber die Insel für immer verlassen würde. Sie hätte den Kindern erzählt, daß Alden zehn Jahre nach Jane auf die Welt gekommen war, als Bill und sie die Hoffnung schon aufgegeben hatten, und als wollte er seine verspätete Ankunft wettmachen, lebte Alden immer noch; er war Junggeselle geblieben, und in mancher Hinsicht war Stella froh darüber, denn Alden war nicht der Hellste, und es gab schließlich genügend Frauen, die einen Mann mit schwerfälligem Verstand und weichem Herzen nur ausnützen wollten (natürlich hätte sie das den Kindern auch nicht erzählt).

Aber sie hätte sagen können: »Louis und Margaret Godlin zeugten Stella Godlin, die Stella Flanders wurde; Bill und Stella Flanders zeugten Jane und Alden Flanders, und Jane Flanders wurde Jane Wakefield; Richard und Jane Wakefield zeugten Lois Wakefiled, die Lois Perrault wurde; David und Lois Perrault zeugten Lona und Hal. Das sind eure Namen, Kinder: Ihr seid Godlin-Flanders-Wakefield-Perraults. Auch ihr könnt diese steinige Insel nicht verleugnen, und ich – ich bleibe hier, weil das Festland unerreichbar weit entfernt ist. Ja, ich liebe; jedenfalls habe ich geliebt oder zumindest versucht zu lieben, aber die Erinnerungen sind so weit und so tief, und ich kann nicht auf die andere Seite gelangen.Godlin-Flanders-Wakefield-Perrault . . .

Es war der kälteste Februar, seit der Nationale Wetterdienst Aufzeichnungen über die Temperaturen machte, und Mitte des Monats war das Eis auf der Meeresstraße einbruchsicher. Schneemobile summten und heulten und kippten um, wenn sie die Eisberge nicht richtig anfuhren. Kinder versuchten, Schlittschuh zu laufen, stellten aber fest, daß das Eis dazu viel zu holprig war, und kehrten zum Dodlin's Pond auf der anderen Hügelseite zurück, doch erst nachdem der kleine Justin McCracken, der Sohn des Pfarrers, mit seinem Schlittschuh in eine Eisspalte geraten war und sich den Knöchel gebrochen hatte. Er wurde ins Krankenhaus auf dem Festland gebracht, wo ein Arzt ihm sagte, das Bein würde in Kürze wieder so gut wie neu sein.

Freddy Dinsmore starb ganz plötzlich drei Tage nach Justin McCrackens Beinbruch. Er hatte im Januar eine Grippe bekommen, wollte aber keinen Arzt zu sich lassen und erzählte allen, es wäre »nur eine Erkältung, weil ich ohne meinen Schal rausgegangen bin, um die Post zu holen«, und dann legte er sich ins Bett und starb, bevor man ihn aufs Festland bringen und an all jene Apparaturen anschließen konnte, die in den Krankenhäusern für Leute wie Freddy bereitstanden. Sein Sohn George – ein Säufer ersten Ranges im zumindest für

Säufer fortgeschrittenen Alter von 68 Jahren – fand Freddy mit den *Bangor Daily News* in einer Hand und seiner ungeladenen Remington neben der anderen. Offenbar hatte der Alte sie gerade reinigen wollen, als der Tod ihn ereilte. George Dinsmore begab sich auf eine dreiwöchige Sauftour, die von jemandem finanziert wurde, der wußte, daß George die Lebensversicherung seines Vaters bekommen würde. Hattie Stoddard ging überall herum und erzählte jedem, der es hören wollte, dieser alte George Dinsmore sei ein Luftikus und Liederjan, und sein Benehmen sei eine einzige Schande und Sünde.

Überall kursierte die Grippe. Die Schule schloß für zwei Wochen und nicht wie sonst üblich für nur eine, weil soviel Kinder krank waren. »Ohne Schnee gibt's jede Menge Bazillen«, sagte Sarah Havelock.

Gegen Ende des Monats, gerade als die Inselbewohner anfingen, trügerische Hoffnungen in den März zu setzen, bekam auch Alden Flanders die Grippe. Fast eine Woche lief er damit herum, dann legte er sich mit sehr hohem Fieber ins Bett. Wie Freddy, so wollte auch er keinen Arzt haben, und Stella pflegte ihn, gönnte sich keine Ruhe und machte sich große Sorgen. Alden war zwar nicht so alt wie Freddy, aber der Jüngste war er ja auch nicht mehr.

Schließlich fiel dann doch noch Schnee. Sechs Zoll am Valentinstag, weitere sechs am 20. Februar und am 29., bei starkem Nordwind, gleich zwölf Zoll. Ungewohnt war der Blick auf die verschneite Fläche zwischen Bucht und Festland, wo um diese Jahreszeit seit Menschengedenken nur graues tosendes Wasser gewesen war. Viele Leute gingen zu Fuß zum Festland und zurück. Man brauchte nicht einmal Schneeschuhe, weil der Schnee zu einer festen, glitzernden Kruste gefroren war. Stella dachte, daß vielleicht auch sie auf dem Festland einen Schluck Whisky tranken, allerdings nicht in Dorrit's Tavern, denn die war 1958 abgebrannt.

Und sie sah Bill viermal. Einmal sagte er: »Du solltest bald kommen, Stella. Wir werden tanzen gehen. Was hältst du davon?«

Sie konnte nichts sagen. Sie hatte sich die Faust in den Mund gesteckt.

»Hier gab es alles, was ich jemals wollte oder brauchte«, hätte sie ihren Urenkeln sagen können. »Wir hatten das Radio, und jetzt haben wir auch das Fernsehen, und das ist alles, was ich von der Welt jenseits der Meeresstraße will. Ich hatte jahraus, jahrein meinen Garten. Und Hummer? Nun, wir hatten hinten auf dem Herd immer einen Hummertopf stehen, und wenn der Pfarrer uns besuchen kam, stellten wir den Topf in die Speisekammer, damit er nicht sah, daß wir die ›Arme-Leute-Suppe‹ aßen.

Ich habe gutes und schlechtes Wetter erlebt, und wenn es je Zeiten gab, wo ich

*mich fragte, wie es wohl sein mochte, wirklich im Sears herumzuschlendern an-
statt nur nach dem Katalog zu bestellen, oder wie es sein mochte, in einen jener
Supermärkte zu gehen anstatt im hiesigen Laden einzukaufen oder Alden aufs
Festland rüberzuschicken, wenn etwas Besonderes wie ein Weihnachtskapaun
oder ein Osterschinken benötigt wurde . . . oder wenn ich mir je wünschte, einmal, nur einmal auf der Congress Street in Portland zu stehen und all die Leute
in ihren Autos und auf den Gehwegen zu sehen, mehr Leute auf einen Blick, als
die Insel heute Bewohner zählt . . . wenn ich mir solche Dinge je gewünscht
habe, so habe ich dies hier doch stets vorgezogen. Ich bin nicht seltsam. Ich bin
keine Ausnahme. Für eine Frau meines Alters bin ich nicht überspannt. Ich
glaube eben mit ganzer Seele, daß es besser ist, tief zu pflügen als viel.*

Dies ist meine Heimat, und ich liebe sie.«

Eines Tages im März, als der Himmel so weiß und so beängstigend
war wie ein Gedächtnisverlust, saß Stella Flanders zum letztenmal in
ihrer Küche, schnürte zum letztenmal ihre Stiefel über ihren mageren
Waden und wickelte sich zum letztenmal ihren leuchtendroten Woll-
schal (Hattie hatte ihn ihr vor drei Jahren zu Weihnachten geschenkt)
um den Hals. Unter ihrem Kleid trug sie eine Garnitur von Aldens
langer Unterwäsche. Das Taillenband der Unterhose ging ihr bis zu
den schlaffen Brüsten, das Unterhemd fast bis zu den Knien.

Draußen kam wieder stärkerer Wind auf, und im Radio wurde für
den Nachmittag Schneefall angesagt. Sie zog ihren Mantel und ihre
Handschuhe an. Nach kurzer Überlegung zog sie darüber noch ein
Paar von Aldens Handschuhen. Alden hatte sich von der Grippe er-
holt, und an diesem Vormittag waren er und Harley Blood drüben bei
Missy Bowie, um eine Wintertür wieder einzuhängen. Missy hatte
ein Mädchen zur Welt gebracht. Stella hatte es gesehen, und das arme
kleine Würmchen hatte eine verblüffende Ähnlichkeit mit seinem toten Vater.

Stella stand einen Augenblick am Fenster und blickte auf die Meeresstraße hinab, und dort war Bill, wie sie schon vermutet hatte; er
stand etwa auf halbem Weg zwischen Insel und Festland, stand auf
dem Wasser wie Jesus und winkte ihr zu, und mit seinem Winken
schien er ihr sagen zu wollen, daß es höchste Zeit war, wenn sie die
Absicht hatte, noch in diesem Leben einen Fuß aufs Festland zu setzen.

»Wenn du's unbedingt willst, Bill«, murmelte sie. »Weiß Gott, *ich*
will's nicht.«

Aber der Wind sprach andere Worte. Sie *wollte*. Sie wollte dieses
Abenteuer erleben. Es war ein schmerzhafter Winter für sie gewesen
– die Arthritis, die sich von Zeit zu Zeit bemerkbar machte, hatte sie
mit besonderer Heftigkeit überfallen und ihre Finger- und Kniege-

lenke mit rotem Feuer und blauem Eis gemartert. Ein Auge war trüb geworden, so daß sie damit nur noch verschwommen sehen konnte (und ausgerechnet am nächsten Tag hatte Sarah – mit einigem Unbehagen – festgestellt, daß Stellas Feuermal, das sie seit über 30 Jahren hatte, plötzlich sprungartig größer zu werden schien). Am schlimmsten war aber, daß die heftigen Magenschmerzen wieder eingesetzt hatten, und vor zwei Tagen war sie um fünf Uhr morgens aufgestanden, über den kalten Fußboden ins Bad gewankt und hatte einen großen Klumpen hellrotes Blut in die Toilette gespuckt. Und an diesem Morgen hatte sich der Vorfall wiederholt. Das Blut war ekelhaft und stank nach Fäule.

Die Magenschmerzen waren in den letzten fünf Jahren immer wieder gekommen und gegangen, manchmal schwächer, manchmal heftiger, und sie hatte fast von Anfang an gewußt, daß es nur Krebs sein konnte. Er hatte ihre Mutter und ihren Vater dahingerafft und ebenso auch den Vater ihrer Mutter. Keiner von ihnen war älter als siebzig geworden, und so konnte sie eigentlich ganz zufrieden sein – sie hatte allen Wahrscheinlichkeits-Berechnungstabellen der Lebensversicherungen zum Trotz ein sehr hohes Alter erreicht.

»Du ißt wie ein Scheunendrescher«, hatte Alden grinsend gesagt, kurz nachdem die Schmerzen begonnen hatten und sie zum erstenmal Blut im Morgenstuhl bemerkt hatte. »Weißt du denn nicht, daß alte Leute wie du angeblich nur noch wenig Appetit haben?«

»Halt den Mund, oder es setzt was!« hatte Stella geantwortet und gegen ihren grauhaarigen Sohn die Hand erhoben, der sich zum Spaß geduckt und gerufen hatte: »Nicht, Ma! Ich nehm's ja zurück!«

Ja, sie hatte herzhaft gegessen, nicht weil sie soviel Appetit hatte, sondern weil sie glaubte (wie viele Menschen ihrer Generation), daß der Krebs sie in Ruhe lassen würde, wenn sie ihn gut fütterte. Und vielleicht funktionierte das tatsächlich, zumindest eine Weile; das Blut in ihrem Stuhl kam und ging, und manchmal war lange Zeit überhaupt keines zu sehen. Alden gewöhnte sich daran, daß sie meistens eine zweite Portion aß (und auch eine dritte, wenn die Schmerzen besonders schlimm waren), aber sie nahm nicht ein Gramm zu.

Jetzt schien der Krebs aber schließlich doch dahin vorgedrungen zu sein, was die Franzosen *pièce de résistance* nennen.

Sie ging zur Tür und sah an einem der Holznägel im Flur Aldens Mütze hängen, die mit den pelzgefütterten Ohrklappen. Sie setzte sie auf – der Schirm rutschte ihr bis zu den buschigen, einstmals dunklen Augenbrauen, die nun aber schon größtenteils weiß waren – und blickte sich dann ein letztes Mal um. Sie wollte sich vergewissern, daß sie nichts vergessen hatte. Im Ofen brannte ein schwaches Feuer, und Alden hatte die Abzugsklappe wieder zu weit geöffnet –

sie hatte es ihm unzählige Male erklärt, aber er vergaß es immer wieder.

»Alden, du wirst jeden Winter einen Viertelklafter Holz mehr verbrauchen, wenn ich nicht mehr da bin«, murmelte sie und öffnete die Ofentür. Sie warf einen Blick hinein und stieß einen leisen entsetzten Schrei aus. Sie warf die Ofentür zu und stellte mit zitternden Fingern die Abzugsklappe richtig ein. Einen Moment lang – den Bruchteil einer Sekunde – hatte sie in der Kohlenglut das Gesicht ihrer alten Freundin Annabelle France gesehen. Es war haargenau ihr Gesicht gewesen, bis hin zu dem Grübchen in ihrer Wange.

Hatte auch Annabelle ihr zugewinkt?

Sie überlegte, ob sie Alden einen Zettel schreiben und ihm erklären sollte, wohin sie gegangen war, aber dann dachte sie, daß Alden es vermutlich auch so verstehen würde. Auf seine eigene langsame Weise würde er schon den richtigen Schluß ziehen.

Während ihr Verstand immer noch Sätze für diesen Zettel formulierte – *Seit dem ersten Wintertag habe ich mehrmals deinen Vater gesehen, und er sagt, sterben sei nicht so schlimm; zumindest glaube ich, daß es das ist, was er mir sagen will . . .* –, trat Stella in den weißen Tag hinaus.

Der Wind stürzte sich sofort auf sie, und sie mußte Aldens Mütze noch etwas tiefer ziehen, damit der Wind sie ihr nicht stehlen und nur so zum Spaß davontragen konnte. Die Kälte schien durch jede kleinste Ritze ihrer Kleidung tief in sie einzudringen; feuchte Märzkälte, die nassen Schnee ankündigte.

Sie ging den Hügel hinab in Richtung Bucht. Behutsam setzte sie ihre Füße auf die Ziegel, mit denen George Dinsmore in Abständen den Pfad ausgelegt hatte. Einmal hatte George auf dem Festland Arbeit gefunden: Er sollte für die Stadt Raccoon Head mit dem Motorpflug pflügen, aber während des großen Sturms im Jahre '77 hatte er sich mit Whisky so vollaufen lassen, daß er dann nicht nur einen, auch nicht zwei, sondern gleich drei Strommasten über den Haufen gefahren hatte. Fünf Tage lang hatten die Leute drüben in Raccoon Head kein Licht gehabt. Stella erinnerte sich jetzt wieder daran, wie sonderbar es gewesen war, über die Meeresstraße hinwegzublicken und auf der anderen Seite nur Dunkelheit zu sehen. Man war so sehr daran gewöhnt, drüben die kleine tapfere Lichtergruppe zu sehen. Jetzt arbeitete George nur noch auf der Insel, und nachdem es hier keine Motorpflüge gab, konnte er nicht viel Unheil anrichten.

Als Stella an Russell Bowies Haus vorbeiging, sah sie die totenblasse Missy aus dem Fenster schauen. Stella winkte ihr zu. Missy winkte zurück.

Sie hätte ihren Urenkeln erzählen können: »Auf der Insel haben wir uns immer selbst um alles gekümmert. Als Gerd Henreid sich damals den Blutgefäßriß in der Brust zugezogen hatte, aßen wir alle einen ganzen Sommer lang zum Abendessen nur einfachen Eintopf, um seine Operation in Boston bezahlen zu können – und Gerd kehrt lebendig auf die Insel zurück, Gott sei Dank. Als George Dinsmore jene Strommasten über den Haufen fuhr und die Stromwerke sein Haus pfänden wollten, sorgten wir dafür, daß sie ihr Geld bekamen und daß George genügend Arbeit hatte, um sich Zigaretten und Schnaps kaufen zu können . . . warum auch nicht? Nach Feierabend taugte er sowieso für nichts anderes, aber wenn er erst einmal angekurbelt war, schuftete er wie ein Ackergaul. Daß er jenes eine Mal in Schwierigkeiten geraten war, hatte nur daran gelegen, daß er abends arbeiten mußte, und der Abend war für ihn eben die Zeit zum Trinken. Sein Vater hat ihn jedenfalls immer durchgefüttert. Und jetzt ist da die arme Missy Bowie, die mit fünf Kindern allein zurückgeblieben ist. Vielleicht wird sie doch hierbleiben und ihr Geld von der Fürsorge und von der Hilfsorganisation ADC bekommen; es wird höchstwahrscheinlich nicht ausreichen, aber sie wird hier jede Hilfe erhalten, die sie braucht. Vermutlich wird sie weggehen, aber wenn sie auf der Insel bleibt – verhungern wird sie hier auf gar keinen Fall . . . und hört gut zu, Lona und Hal: Wenn sie hier auf der Insel bleibt, wird sie vielleicht imstande sein, etwas von dieser kleinen Welt mit der schmalen Meeresstraße auf der einen Seite und der unendlich breiten Meeresstraße auf der anderen Seite zu bewahren, etwas, das sie nur allzuleicht verlieren könnte, wenn sie in Lewiston mit Essenstellern oder in Portland mit Kuchen oder im ›Nashville North‹ in Bangor mit Drinks herumhasten muß. Und ich bin alt genug, um nicht wie eine Katze um den heißen Brei herumzuschleichen, was dieses Etwas sein könnte: eine besondere Existenzform, eine ganz bestimmte Lebensweise – ein ungewöhnlich starkes Gefühl der Zusammengehörigkeit, der Solidarität.«

Sie hatten hier auf der Insel die Dinge immer selbst in die Hand genommen, auch in anderer Hinsicht, aber das hätte sie ihren Urenkeln nicht erzählt. Die Kinder hätten es nicht verstanden, auch Lois und David nicht – Jane hatte allerdings die Wahrheit noch gekannt. Da war Norman und Ettie Wilsons Baby gewesen; es kam mongoloid auf die Welt, die armen winzigen Füßchen nach innen abgewinkelt, das kahle Köpfchen plump und deformiert; zwischen den Fingerchen hatte es Schwimmhäute, so als hätte es zu lange und zu tief geträumt, während es in jener Meeresstraße im Mutterleibe herumgeschwommen war. Reverend McCracken kam damals, um das Baby zu taufen, und am nächsten Tag erschien Mary Dodge, die schon zu jener Zeit bei über hundert Geburten als Hebamme dabeigewesen war, und Norman ging mit Ettie den Hügel hinab, um Frank Childs neues Boot anzuschauen, und obwohl Ettie kaum laufen konnte, ging sie ohne zu klagen mit ihm, auch wenn sie auf der Türschwelle noch einmal stehenblieb und zu Mary Dodge hinüberschaute, die ruhig neben der Wiege des Kindes saß und strickte. Mary blickte kurz auf, und als ihre Augen sich trafen, brach Eddie in Tränen aus, »Komm«, sagte Norman

*tieftraurig, »komm, Eddie, komm mit.« Und als sie eine Stunde später zurück-
kamen, war das Baby tot, und war es nicht eine Gnade Gottes, daß es so schnell
gestorben war, ohne leiden zu müssen? Und viele Jahre vor diesem Ereignis,
noch vor dem Krieg, zur Zeit der großen Depression, waren drei kleine Mädchen auf dem Heimweg von der Schule belästigt worden, nicht allzu schlimm
belästigt –* sichtbare *Narben hatten sie zumindest nicht zurückbehalten. Alle
drei erzählten von einem Mann, der gesagt hatte, er würde ihnen ein Karten-
spiel zeigen, wo auf jeder Karte eine andere Hunderasse abgebildet wäre. Er
würde ihnen diese herrlichen Karten zeigen, sagte der Mann, wenn die kleinen
Mädchen mit ihm in die Büsche gingen, und in den Büschen erklärte der Mann
dann: »Aber zuerst müßt ihr das da anfassen.« Eines der kleinen Mädchen war
Gert Symes, die später – 1978 – für ihre Arbeit in Brunswick High zur »Lehrerin des Jahres von Maine« gewählt worden war. Und die damals erst fünfjäh-
rige Gert erzählte ihrem Vater, daß dem Mann an einer Hand ein paar Finger
gefehlt hätten. Eines der beiden anderen Mädchen bestätigte das. Das dritte
konnte sich an nichts erinnern. Stella wußte noch genau, wie Alden an einem
gewittrigen Tag in einem Sommer wegging, ohne ihr zu sagen wohin, obwohl sie
ihn gefragt hatte. Sie blickte ihn aus dem Fenster nach und sah, daß am Ende
des Pfades Bull Symes auf ihn wartete, und dann stieß Freddy Dinsmore zu
ihnen, und unten an der Bucht sah sie ihren eigenen Mann, der morgens wie
gewöhnlich mit seinem Eßgeschirr unter dem Arm zur Arbeit gegangen war.
Andere Männer gesellten sich zu ihnen, und als sie sich schließlich auf den Weg
machten, zählte Stella elf Männer, unter ihnen auch den Vorgänger von Reverend McCracken. Und an jenem Abend wurde ein Bursche namens Daniels am
Fuße von Slyder's Point tot aufgefunden, wo die Felsen aus dem Meer ragen wie
die Fangzähne eines Drachen, der mit offenem Mund ertrunken ist. Dieser Daniels war ein Mann, den Big George Havelock eingestellt hatte, damit er ihm
helfen sollte, neue Fußböden in seinem Haus zu verlegen und in seinen Lastwagen einen neuen Motor einzubauen. Daniels stammte aus New Hampshire,
und er war ein wahrer Meister im Reden und hatte genügend andere Aushilfsjobs gefunden, nachdem die Arbeit bei den Havelocks beendet war ... und wie
herrlich er immer in der Kirche gesungen hatte! Offensichtlich, so hieß es, war
Daniels oben auf Slyder's Point herumspaziert, ausgerutscht und hinabge-
stürzt. Er hatte sich das Genick gebrochen, und sein Schädel war zertrümmert.
Da er, soviel bekannt war, keine Familie hatte, wurde er auf der Insel beerdigt,
und der Vorgänger von Reverend McCracken hielt die Grabrede und sagte,
dieser Daniels sei ein guter Arbeiter gewesen, der richtig zupacken konnte, obwohl ihm an der rechten Hand zwei Finger gefehlt hätten. Dann spendete er den
Segen, und die Leute gingen in die Gemeindehalle, wo sie Punsch tranken und
Käsesandwiches aßen. Stella hatte ihre Männer nie gefragt, wohin sie an jenem
Tag, als Daniels von Slyder's Point abstürzte, gegangen waren.*

*»Kinder«, hätte sie sagen können, »wir haben immer alles selbst in die Hand
genommen. Wir mußten es tun, denn die Meeresstraße war damals breiter, und*

wenn der Wind heulte und die Brandung toste und es früh dunkel wurde, kamen wir uns sehr klein vor, winzige Stäubchen in den Augen unseres Schöpfers. Deshalb war es ganz natürlich, daß wir einander die Hände reichten und eine enge Gemeinschaft bildeten.

Wir reichten einander die Hände, Kinder, und wenn es Zeiten gab, wo wir uns fragten, was für einen Sinn das alles hätte oder ob es so etwas wie Liebe überhaupt gäbe, so kam das nur daher, weil wir in langen Winternächten den Wind und die Brandung gehört hatten und uns fürchteten.

Nein, ich hatte nie das Bedürfnis, die Insel zu verlassen. Hier war mein Platz, hier war mein Leben. Damals war die Meeresstraße breiter.«

Stella erreichte die Bucht. Der Wind blähte ihre Kleidung auf wie eine Fahne. Sie blickte nach rechts und links. Wenn jemand zu sehen gewesen wäre, wäre sie noch ein Stück am Ufer weitergegangen und hätte ihr Glück bei den umgestürzten Felsen versucht, obwohl sie vereist waren. Aber kein Mensch war in der Nähe, und so ging sie den Pier entlang, vorbei am alten Bootshaus. Am Ende angelangt, blieb sie einen Moment lang mit erhobenem Haupt stehen und lauschte dem Heulen des Windes, das durch die pelzgefütterten Ohrenklappen nur gedämpft zu hören war.

Dort draußen stand Bill und winkte. Hinter ihm, jenseits der Meeresstraße, konnte sie drüben auf Raccoon Head die Congo Church sehen; nur die Kirchturmspitze hob sich vom weißen Himmel kaum ab.

Stöhnend setzte sie sich auf die Kante des Piers und ließ sich dann auf die Schneekruste hinabgleiten. Ihre Stiefel sanken dabei ein wenig ein. Sie rückte Aldens Mütze wieder zurecht – wie sehr der Wind sie ihr doch vom Kopf reißen wollte! – und begann, auf Bill zuzugehen. Einmal dachte sie daran, einen Blick zurückzuwerfen, aber dann ließ sie es lieber bleiben. Sie glaubte das nicht ertragen zu können.

Sie bewegte sich stetig vorwärts. Ihre Stiefel knirschten auf der Schneekruste, und die Eisfläche vibrierte leicht unter ihren Füßen. Dort war Bill – er stand jetzt ein Stück weiter hinten, aber er winkte immer noch. Sie hustete und spuckte Blut auf den weißen Schnee, der das Eis bedeckte. Jetzt dehnte sich die Meeresstraße nach allen Seiten zu weit aus, und zum erstenmal in ihrem Leben konnte sie ohne Aldens Fernglas das Schild »Stanton's Bait and Boat« drüben am anderen Ufer lesen. Sie sah auf der Hauptstraße von Raccoon Head Autos hin und her fahren und dachte mit Staunen: *Sie können fahren, so weit sie wollen . . . Portland . . . Boston . . . New York City. Stell sich das einer vor!* Und sie konnte es sich fast vorstellen, konnte sich fast eine Straße vorstellen, die immer weiterführte, der die Welt weit offenstand.

Eine Schneeflocke wirbelte an ihren Augen vorbei. Noch eine. Eine

199

dritte. Gleich darauf schneite es leicht, und sie ging durch eine herrlich weiße, sich ständig verändernde Welt. Sie sah Raccoon Head wie durch einen dünnen Schleier, der manchmal fast verschwand. Wieder rückte sie Aldens Mütze zurecht, und von deren Schirm fiel ihr Schnee in die Augen. Der Wind wirbelte den Neuschnee zu nebelhaften Figuren auf, und in einer davon sah sie Carl Abersham, der zusammen mit Hattie Stoddards Mann mit dem »Dancer« untergegangen war.

Bald schneite es aber heftiger, und alle Konturen verschwammen. Die Hauptstraße von Raccoon Head wurde immer unwirklicher und verschwand schließlich ganz. Eine Weile konnte sie noch das Kreuz auf der Kirche sehen, aber dann entschwand es ebenfalls ihren Blicken. Als letztes verschwand das leuchtendgelbe Schild mit der schwarzen Aufschrift »Stanton's Bait und Boat«, wo man auch Motorenöl, Fliegenfänger, Sandwiches und Budweiser bekommen konnte.

Dann ging Stella durch eine völlig farblose Welt, einen grauweißen Schneetraum. *Genau wie Jesus, der auf dem Wasser wandelte,* dachte sie, und nun warf sie doch einen Blick zurück, aber inzwischen war auch die Insel verschwunden. Sie sah ein Stück weit ihre eigenen Fußspuren, deren Umrisse immer undeutlicher wurden, bis zuletzt nur noch die Halbkreise ihrer Absätze ganz schwach zu erkennen waren ... und dann nichts mehr. Überhaupt nichts mehr.

Sie dachte: *Es ist eine richtige Waschküche. Du mußt aufpassen, Stella, sonst kommst du nie ans Festland, sondern läufst immer im Kreis herum, bis du erschöpft bist, und dann erfrierst du hier draußen.*

Ihr fiel ein, wie Bill ihr einmal erzählt hatte, wenn man sich im Wald verirre, müsse man so tun, als wäre das rechte Bein – wenn man Rechtshänder war, sonst das andere – lahm. Andernfalls würde dieses kräftigere Bein selbständig die Führung übernehmen, und man würde im Kreis gehen und das nicht einmal bemerken, bis man wieder bei seinen eigenen Fußspuren anlangte. Stella glaubte nicht, daß sie sich so etwas leisten konnte. Schneefall heute, in der Nacht und morgen, hatte es im Wetterbericht geheißen, und in dieser konturenlosen weißen Welt würde sie nicht einmal wissen, ob sie wieder bei ihren eigenen Fußspuren angelangt war, denn der Wind und der Neuschnee würden sie schon lange vorher einhüllen.

Trotz der zwei Paar Handschuhe spürte sie ihre Hände nicht mehr, und ihre Füße waren schon seit einiger Zeit taub vor Kälte. In gewisser Weise war das sogar eine Erleichterung, denn dadurch nahm sie auch die Arthritis nicht mehr wahr.

Stella begann künstlich zu hinken und zwang ihr linkes Bein zu größerer Leistung. Die Arthritis in ihren Knien war nicht eingeschlafen, und die Schmerzen wurden immer heftiger. Vor Anstrengung bleckte sie die Zähne (sie hatte immer noch ihre eigenen, und nur vier fehlten), blickte starr geradeaus und wartete darauf, daß das gelbschwarze Schild aus dem umherwirbelnden Weiß auftauchen würde.

Aber es tauchte nicht auf.

Etwas später bemerkte sie, daß das strahlende Weiß zu einem eintönigeren Grau zu verblassen begann. Es schneite immer dichter und heftiger. Sie spürte zwar noch die feste Schneekruste unter ihren Füßen, aber jetzt mußte sie durch fünf Zoll hohen Neuschnee stapfen. Sie schaute auf ihre Uhr, doch sie war stehengeblieben. Stella dachte, daß sie zum erstenmal seit zwanzig oder dreißig Jahren vergessen haben mußte, die Uhr aufzuziehen. Oder war sie einfach endgültig stehengeblieben? Die Uhr hatte früher ihrer Mutter gehört, und Stella hatte sie zweimal Alden aufs Festland mitgegeben, wo Mr. Dostie in Raccoon Head sie zuerst gebührend bewundert und dann gereinigt hatte. Zumindest ihre Uhr war auf dem Festland gewesen.

Etwa eine Viertelstunde nachdem sie das Abnehmen des Tageslichtes bemerkt hatte, fiel sie zum erstenmal hin. Einen Augenblick blieb sie so, auf Händen und Knien, und dachte, wie leicht es doch wäre, einfach hierzubleiben, sich möglichst klein zu machen und dem Wind zu lauschen, aber dann gewann ihre Entschlossenheit, mit deren Hilfe sie soviel schwierige Lebenssituationen gemeistert hatte, wieder die Oberhand, und sie richtete sich mit schmerzverzerrtem Gesicht auf. Sie stand im Wind, blickte geradeaus und strengte ihre Augen an . . . aber sie konnten nichts sehen.

Bald wird es dunkel sein.

Nun, sie mußte vom richtigen Weg abgekommen sein, nach rechts oder links, andernfalls hätte sie inzwischen schon das Festland erreicht. Sie glaubte jedoch nicht, sich so total verirrt zu haben, daß sie sich jetzt parallel zum Festland oder gar wieder in Richtung Goat Island bewegte. Ein innerer Kompaß in ihrem Kopf sagte ihr, daß sie das Hinken übertrieben hatte und zu weit nach links geraten war. Bestimmt ging sie immer noch auf das Festland zu, aber jetzt in einer zeitraubenden Diagonale.

Jener innere Kompaß wollte, daß sie sich rechts hielt, aber sie hörte nicht auf ihn. Statt dessen ging sie geradeaus weiter, stellte aber das künstliche Hinken ein. Ein Hustenanfall schüttelte sie, und wieder färbte sich der weiße Schnee rot mit ihrem Blut.

Zehn Minuten später (das Grau nahm eine immer dunklere Schattierung an, und sie war jetzt umgeben vom gespenstischen Zwielicht eines dichten Schneesturms) stürzte sie erneut, und diesmal gelang es ihr erst beim zweiten Versuch, wieder auf die Beine zu kommen.

Sie stand schwankend im Schnee, konnte sich im Wind kaum noch aufrecht halten und spürte, wie Schwächewellen sie überkamen und ihr abwechselnd ein Gefühl von Schwere und Leichtigkeit verliehen. Vielleicht rührte das dumpfe Brausen in ihren Ohren nicht nur vom Wind her, aber es war mit Sicherheit der Wind, dem es endlich gelang, ihr Aldens Mütze vom Kopf zu reißen. Stella versuchte vergeblich, sie zu erhaschen – der Wind wirbelte sie außer Reichweite, ließ den leuchtend orangefarbenen Tupfen durch das dunkle Grau tanzen; dann rollte er sie ein Stückchen durch den Schnee, hob sie wieder auf und blies sie so weit weg, daß Stella sie nicht mehr sehen konnte. Gleichzeitig fegte er durch ihr Haar und zerzauste es kräftig.

»Macht nichts, Stella«, sagte Bill. »Du kannst meine aufsetzen.«

Sie schnappte nach Luft und schaute sich nach allen Seiten um. Sie hatte sich mit den behandschuhten Händen unwillkürlich an die Brust gegriffen, und sie spürte, wie scharfe Fingernägel sich in ihr Herz krallten.

Zunächst sah sie nichts als das dichte Schneegestöber – und dann kam aus der grauen Kehle dieses Abends, durch die der Wind mit der Stimme eines Teufels in einem Schneetunnel heulte, ihr Mann auf sie zu. Zuerst sah sie nur tanzende Farben im Schnee: Rot, Dunkelgrün, Hellgrün; dann verdichteten sich diese Farben zu einer Flanelljacke mit hochgestelltem Kragen, Flanellhosen und grünen Stiefeln. Mit einer fast absurd ritterlichen Geste hielt er ihr seine Mütze hin, und sein Gesicht war Bills Gesicht, wie es ausgesehen hatte, bevor es vom Krebs gezeichnet wurde (war das alles, wovor sie Angst gehabt hatte? Daß ein ausgemergelter Schatten ihres Mannes sie erwarten würde, eine Gestalt wie aus dem Konzentrationslager, mit überstraffer, durchscheinender Haut über den Backenknochen und tief in die Höhlen eingefallenen Augen?), und eine Woge der Erleichterung erfaßte sie.

»Bill? Bist du es wirklich?«

»Klar.«

»Bill!« sagte sie noch einmal glücklich und machte einen Schritt auf ihn zu. Ihre Beine ließen sie im Stich, und sie dachte, daß sie stürzen würde, mitten durch ihn hindurch – schließlich war er ja ein Geist –, aber er fing sie auf mit Armen, die so stark und kraftvoll waren wie einst, als er sie über die Schwelle des Hauses getragen hatte, in dem sie zuletzt nur noch mit Alden gelebt hatte. Er stützte sie, und einen Augenblick später spürte sie, wie die Mütze ihr fest auf den Kopf gedrückt wurde.

»Bist du's wirklich?« fragte sie wieder und blickte in sein Gesicht empor, betrachtete die Krähenfüße um seine Augen, die sich noch nicht tief in seine Haut eingegraben hatten, betrachtete den Schnee auf den Schultern seiner Jacke, betrachtete sein dichtes braunes Haar.

»Ich bin's«, sagte er. »Wir alle sind hier.«

Er vollführte zusammen mit ihr eine halbe Drehung, und sie sah die anderen aus dem Schnee auftauchen, den der Wind in der sich verdichtenden Dunkelheit über die Meeresstraße fegte. Ein Schrei – halb vor Freude, halb vor Angst – kam aus ihrem Mund, als sie Madeline Stoddard, Hatties Mutter, in einem blauen Kleid erblickte, das der Wind glockenförmig bauschte, und ihre Hand hielt Hatties Vater, kein vermodertes Skelett irgendwo auf dem Meeresgrund, sondern jung und unversehrt. Und dort, hinter den beiden . . .

»Annabelle!« rief sie. »Annabelle Frane, bist du's?«

Es *war* Annabelle; sogar in diesem Schneegestöber erkannte Stella das gelbe Kleid, das Annabelle bei Stellas Hochzeit getragen hatte, und als sie an Bills Arm auf ihre tote Freundin zutaumelte, glaubte sie, Rosenduft wahrzunehmen.

»Annabelle!«

»Wir sind jetzt fast da, Liebes«, sagte Annabelle und nahm ihren anderen Arm. Das gelbe Kleid, das seinerzeit als »gewagt« bezeichnet worden war (das aber zum Glück für Annabelle und zur allgemeinen Erleichterung doch kein »Skandal« gewesen war), ließ ihre Schultern frei, aber Annabelle schien die Kälte nicht zu spüren. Ihr langes, weiches kastanienbraunes Haar wehte im Wind. »Nur noch ein kleines Stückchen.«

Sie bewegten sich wieder vorwärts; Bill und Annabelle stützten Stella. Andere Gestalten tauchten aus schneeiger Nacht auf (denn es *war* inzwischen Nacht geworden). Stella erkannte viele von ihnen, aber nicht alle. Tommy Frane hatte sich zu Annabelle gesellt; Big George Havelock, der in den Wäldern eines so gräßlichen Todes gestorben war, ging hinter Bill; da kam der Mann, der fast zwanzig Jahre lang Leuchtturmwärter von Raccoon Head gewesen war und der zu den Scribbage-Turnieren, die Freddy Dinsmore jeden Februar veranstaltete, immer auf die Insel zu kommen pflegte – sein Name lag Stella auf der Zunge, fiel ihr aber nicht ein. Und da war auch Freddy selbst! Etwas seitlich von Freddy ging ganz für sich, mit verwirrtem Gesichtsausdruck, Russell Bowie.

»Sieh mal, Stella«, sagte Bill, und sie sah etwas Schwarzes aus der Dunkelheit emporragen wie die zerschellten Buge vieler Schiffe. Es waren aber keine Schiffe, es waren zerklüftete Felsen. Sie hatten das Festland erreicht. Sie hatten die Meeresstraße überquert.

Sie hörte Stimmen, war aber nicht sicher, ob sie wirklich sprachen:

Gib mir deine Hand, Stella . . .

(liebst)

Gib mir deine Hand, Bill...

(oh, liebst)

Annabelle... Freddy... Russell... John... Ettie... Frank... gebt mir die Hand... gebt mir die Hand... die Hand...

(liebst du)

»Willst du mir deine Hand geben, Stella?« fragte eine neue Stimme.

Sie schaute sich um, und da war Bull Symes. Er lächelte ihr freundlich zu, und doch spürte sie, wie Angst sie überkam, als sie es ihm an den Augen ablas, und einen Moment lang wich sie etwas zurück und umklammerte Bills Hand noch fester.

»Ist es...«

»Zeit?« fragte Bill. »O ja, Stella, ich glaub schon. Aber es tut nicht weh. Zumindest habe ich nie etwas davon gehört. All die Schmerzen – die hat man *vorher*.«

Plötzlich brach sie in Tränen aus – in all die Tränen, die sie nie geweint hatte – und legte ihre Hand in Bulls Hand. »Ja«, sagte sie, »ja, ich werde lieben, ja, ich liebte, ja, ich liebe.«

Sie standen im Kreis, die Toten von Goat Island, und der Wind heulte um sie herum und trieb den Schnee vor sich her, und eine Art Lied entrang sich Stellas Brust. Es stieg in den Wind empor, und der Wind trug es fort. Und dann sangen sie alle, wie Kinder mit ihren hohen lieblichen Stimmen singen, wenn ein Sommerabend in eine Sommernacht übergeht. Sie sangen, und Stella spürte, wie sie zu ihnen und mit ihnen ging, endlich jenseits der Meeresstraße angelangt. Ein bißchen tat es weh, aber nicht allzusehr; ihre Entjungferung war schmerzhafter gewesen. Sie standen im Kreis in der Nacht. Der Schnee wirbelte um sie herum, und sie sangen. Sie sangen, und...

... und Alden konnte es David und Lois nicht erzählen, aber im Sommer nach Stellas Tod, als die Kinder wie jedes Jahr für zwei Wochen auf die Insel kamen, erzählte er es Lona und Hal. Er erzählte ihnen, daß während der großen Winterstürme der Wind mit fast menschlichen Stimmen zu singen scheint und daß es ihm manchmal so vorgekommen war, als könnte er sogar die Worte verstehen: »Praise God from whom all blessings flow, Praise Him, ye creatures here below...« / »Preiset Gott, von dem alle Gnaden kommen, Lobpreiset IHN alle Geschöpfe hienieden...« /

Aber er erzählte ihnen nicht *(man stelle sich nur einmal den langsamen, fantasielosen Alden Flanders vor, der so etwas laut sagt, wenn auch nur zu Kindern!), daß er manchmal diese Töne hörte und ihn dann fröstelte, auch wenn er dicht am Ofen saß; daß er dann seine Schnitzarbeit oder das Netz, das er flicken wollte, beiseite legte und dachte, daß der Wind mit den Stimmen all jener sang, die verstorben waren... daß sie irgendwo draußen auf der Meeresstraße standen und sangen wie Kinder. Er glaubte ihre Stimmen zu hören, und*

*in solchen Nächten träumte er manchmal, daß er – ungesehen und ungehört –
bei seiner eigenen Beerdigung die Doxologie sang.*

*Es gibt Dinge, die sich einfach nicht anderen mitteilen lassen, und es gibt
andere, die zwar nicht direkt geheimnisvoll sind, über die man aber doch nicht
spricht. Einen Tag nachdem der Sturm sich ausgetobt hatte, hatten sie Stella
erfroren auf dem Festland gefunden. Sie saß auf einem natürlichen Felsstuhl,
etwa 100 Yards südlich der Stadtgrenze von Raccoon Head. Der Arzt äußerte
sein Erstaunen. Stella hatte einen Weg von mehr als vier Meilen zurückgelegt,
und die bei unerwarteten, außergewöhnlichen Todesfällen gesetzlich vorge-
schriebene Autopsie hatte Krebs in fortgeschrittenem Stadium ergeben – die alte
Frau war davon ganz zerfressen gewesen. Hätte Alden David und Lois sagen
sollen, daß die Mütze auf Stellas Kopf nicht die seinige gewesen war? Larry
McKeen hatte diese Mütze wiedererkannt. Ebenso John Bensohn. Er hatte es in
ihren Augen gelesen, und vermutlich hatten sie es in seinen Augen gelesen. Er
war noch nicht so alt, daß er die Mütze seines toten Vaters vergessen hätte, ihre
Form oder die Stellen, wo der Schirm eingerissen gewesen war.*

*»Das sind Dinge, über die man langsam nachdenken muß«, hätte er den
Kindern gesagt, wenn er dafür die richtigen Worte gefunden hätte. »Dinge,
über die man lange nachdenken muß, während die Hände ihre Arbeit verrich-
ten und der Kaffee in einer stabilen Porzellankanne neben einem steht. Vielleicht sind es Fragen der Meeresstraße: Singen die Toten? Und lieben sie die
Lebenden?«*

In den Nächten, nachdem Lona und Hal mit ihren Eltern in Al Cur-
rys Boot aufs Festland zurückgefahren waren und die Kinder zum
Abschied gewinkt hatten, dachte Alden über diese und andere Fragen
und über die Sache mit der Mütze seines Vaters nach.

Singen die Toten? Lieben sie?

In jenen langen einsamen Nächten, als seine Mutter Stella Flanders
zu guter Letzt in ihrem Grabe lag, kam es Alden oft so vor, als täten
sie beides.

Popsy (1987)

Langsam fuhr Sheridan am Einkaufszentrum vorbei. Da sah er das kleine Kind. Es kam aus dem Haupteingang, über dem in Leuchtbuchstaben COUSINTOWN stand. Es war ein Junge von ungefähr drei, höchstens fünf Jahren. Sein Gesicht war zu einer Grimasse verzogen, die Sheridan mittlerweile bestens kannte. Er wollte nicht weinen, würde aber trotzdem gleich losheulen.

Sheridan hielt kurz an und spürte die vertraute Anwandlung von Ekel . . . doch je häufiger er ein Kind aufgriff, um so schwächer wurde das Gefühl. Nach dem erstenmal hatte er eine Woche lang nicht geschlafen. Er verabscheute sich selbst. Unentwegt mußte er an den feisten, öligen Türken denken, der sich Mr. Wizard nannte, und fragte sich, was er wohl mit den Kindern täte.

»Sie unternehmen eine Bootsfahrt, Mr. Sheridan«, hatte ihm der Türke gesagt, nur daß es aus seinem Mund so klang: *Ssie unternähmen eine Bootssfahrr-t, Miesta Sherr-idahn.* Dabei hatte er gelächelt. *Und wenn du schlau bist, dann stellst du keine Fragen mehr,* hatte das Lächeln besagt; klar und deutlich, ohne jeden Akzent.

Sheridan hatte nicht weiter gefragt, doch das bedeutete nicht, daß er sich keine Gedanken mehr machte. Schlaflos wälzte er sich hin und her, wünschte sich, er könne die Zeit zurückdrehen, stünde noch einmal vor der Entscheidung und vermöchte der Versuchung zu widerstehen.

Beim zweitenmal war es fast genauso schlimm gewesen . . . das dritte Mal ging es schon etwas besser . . . und nach dem vierten Mal interessierte ihn nicht länger die *Bootsfahrr-t* und was am Ende mit den kleinen Kindern passierte.

Sheridan fuhr mit dem Lieferwagen in eine der Parkbuchten direkt vor dem Einkaufszentrum. Diese Plätze waren fast immer frei, weil sie Behinderten vorbehalten waren. Am Heck seines Lieferwagens klebte eine dieser Plaketten, die der Staat an Schwerbehinderte ausgab; auf diese Weise wurden die Wachleute der Supermärkte nicht mißtrauisch, und diese Parkplätze lagen sehr günstig.

Du tust immer so, als seiest du nicht auf der Suche; doch ein, zwei Tage vorher »besorgst« du dir eine Invaliden-Plakette.

Scheißegal; er steckte in der Klemme, und das Kind dort konnte ihm heraushelfen.

Er stieg aus und ging zu dem Jungen, der sich immer ängstlicher umschaute. Jawohl, dachte er, der Kleine mußte um die fünf Jahre alt sein, vielleicht sogar sechs – er war nur sehr zart. In dem harten, grellen Licht, das durch die Glastür schien, sah er blaß und kränklich aus. Möglicherweise fehlte ihm wirklich etwas, doch Sheridan ging davon aus, daß er lediglich verängstigt war.

Hoffnungsvoll schaute er zu den Leuten empor, die an ihm vorbeimarschierten; Leute, die das Einkaufszentrum betraten, erpicht darauf, etwas zu kaufen, und die dann mit Tüten und Paketen beladen wieder herauskamen, die Gesichter verklärt, beinahe wie in Trance, weil sie sich auf irgendeine Weise befriedigt fühlten.

Der Junge trug Jeans und ein T-Shirt mit dem Emblem der Pittsburgh Pinguine. Er wollte, daß ihm jemand half, hielt Ausschau nach einem Menschen, der ihn beachtete und merkte, daß er Hilfe brauchte, der ihm die richtige Frage stellte – *Hast du deinen Dad verloren, mein Sohn?* – hätte bereits genügt. Er suchte einen Freund.

Hier bin ich, dachte Sheridan, während er sich dem Kind näherte. *Hier bin ich, Sonny – ich will dein Freund sein.*

Fast hatte er den Jungen erreicht, da erspähte er durch die Glasscheibe einen Wachmann, der auf die Tür zuschlenderte. Er faßte sich in die Brusttasche seiner Jacke, vermutlich, um ein Päckchen Zigaretten herauszuholen. Gleich träte er nach draußen, sähe den Jungen, und Sheridan ginge leer aus.

Scheiße, dachte Sheridan. Aber wenigstens hatte ihn der Wachmann nicht dabei erwischt, wie er das Kind ansprach. Das hätte nicht gut ausgesehen.

Sheridan zog sich ein wenig zurück und kramte umständlich in seinen Taschen, wie um sich zu vergewissern, daß er die Wagenschlüssel noch bei sich hat. Sein Blick wanderte zwischen dem Wachmann und dem Jungen hin und her. Der Kleine hatte angefangen zu weinen. Noch brüllte er nicht lauthals los, aber in seinen Augen sammelten sich Tränen, die das rötliche Licht einer Neonreklame reflektierten und ihm langsam die Wangen hinunterrollten.

Das Mädchen vom Informationsstand winkte dem Wachmann zu und sagte etwas. Sie war hübsch, brünett, ungefähr fünfundzwanzig Jahre alt; der Wachmann war dunkelblond und trug einen Schnauzer. Als er sich auf die Ellenbogen stützte und sie anlächelte, fand Sheridan, die beiden sähen aus wie die Pärchen, die auf manchen Zigarettenreklamen abgebildet waren. *Genuß zu zweit. Erlebnisse sammeln.* Er stand hier draußen wie auf glühenden Kohlen, und die beiden da drinnen begannen heftig miteinander zu flirten. Ihre Wimpern flatterten kokett. Wie raffiniert.

Kurzerhand beschloß Sheridan, die Chance zu nutzen. Die Brust des Kindes zuckte, und wenn er erst einmal losheulte, würde sich jemand um ihn kümmern. Es paßte ihm ganz und gar nicht, aktiv zu werden, wenn ein Wachmann keine zwanzig Schritte von ihm entfernt stand; doch wenn er binnen vierundzwanzig Stunden seine Schulden bei Mr. Reggie nicht beglich, dann würden ihm zwei kräftige Kerle einen Besuch abstatten und seine Arme ein paarmal umknicken.

Er ging zu dem Kind; ein großer Mann in khakifarbener Hose und unauffälligem Van-Heusen-Hemd, mit einem breiten, biederen Gesicht, das auf den ersten Blick freundlich wirkte.

Die Hände auf die Schenkel gestützt, beugte er sich über den Jungen, der ihm sein blasses, verstörtes Gesicht zuwandte. Er hatte smaragdgrüne Augen, wobei die Farbe durch die Tränen intensiviert wurde.

»Hast du deinen Dad verloren, mein Sohn?« fragte Sheridan freundlich.

»Meinen Popsy«, antwortete der Junge, während er sich die Augen wischte. »Mein Dad ist nicht hier, und ich . . . ich kann meinen P-P-Popsy nicht mehr finden!«

Der Junge begann laut zu schluchzen, und eine Frau, die auf den Eingang zusteuerte, blickte sich mit leiser Neugier um.

»Alles in Ordnung«, sagte Sheridan zu ihr, und sie ging weiter. Sheridan nahm den Jungen tröstend in den Arm, wobei er ihn ein Stückchen nach rechts zog . . . in Richtung des Lieferwagens. Dann spähte er noch einmal durch die Scheibe.

Der Wachmann und das Mädchen von der Information steckten die Köpfe zusammen und tuschelten. Zwischen ihnen schien es gefunkt zu haben . . . und falls noch nicht, dann war es bestimmt bald soweit. Sheridan atmete auf. In diesem Moment hätte die Bankfiliale im Einkaufszentrum überfallen werden können – der Wachmann hätte es nicht einmal bemerkt.

Es sah ganz danach aus, als ginge wieder alles glatt.

»Ich will zu meinem Popsy«, weinte der Junge.

»Natürlich, das kann ich verstehen«, erwiderte Sheridan. »Wir gehen ihn jetzt suchen. Hab keine Angst.«

Er zog ihn ein bißchen weiter nach rechts.

Voller Hoffnung blickte der Junge zu ihm empor. »Glaubst du, daß wir ihn finden, Mister?«

»Klar.« Sheridan grinste. »Verlorengegangene Popsys wiederzufinden – na ja, man könnte sagen, das ist eine Spezialität von mir.«

»Wirklich?« Der Junge deutete ein Lächeln an, obwohl die Augen in Tränen schwammen.

»Und ob.« Sheridan spähte abermals durch die Scheibe, um sich zu vergewissern, daß der Wachmann immer noch mit dem Mädchen turtelte. Von seinem jetzigen Standort aus konnte er die beiden kaum noch sehen. Und selbst wenn der Wachmann zufällig hochblicken sollte, wäre es mehr als fraglich, ob er Sheridan mit dem Jungen überhaupt wahrnehmen würde.

»Was für eine Kleidung trägt dein Popsy, Junge?« erkundigte sich Sheridan.

»Seinen Anzug. Den er immer anhat. Ich hab' ihn nur ein einziges Mal in Jeans gesehen.« Es klang, als wundere sich der Junge, daß Sheridan dies nicht wußte.

»Ich wette, der Anzug ist schwarz«, entgegnete Sheridan.

Die Augen des Jungen strahlten auf. Im Schein der Neonreklame leuchteten sie rot, als hätten sich die Tränen in Blut verwandelt.

»Du hast ihn *gesehen*! Wo?« Seinen Kummer vergessend, wollte der Junge zur Tür zurückrennen, und Sheridan mußte sich beherrschen, um ihn nicht gleich zum Wagen zu schleppen. Zu gefährlich. Sie konnten Aufsehen erregen. Es durfte nichts passieren, woran sich später jemand erinnern mochte. Der Junge mußte freiwillig in den Wagen steigen. Außer der Windschutzscheibe bestanden sämtliche Fenster aus dunkelgetöntem Glas. Selbst aus nächster Nähe war es beinahe unmöglich hineinzuschauen.

Als erstes mußte er das Kind in den Wagen locken.

Er berührte den Jungen am Arm. »Drinnen hab' ich ihn nicht gesehen, mein Sohn. Er war da drüben.«

Er deutete über den Parkplatz mit den endlosen Reihen von Autos. Am Ende gab es eine Zufahrtsstraße, und dahinter sah man die gelben Zwillingsbögen eines McDonald's-Restaurants.

»Was wollte Popsy denn *da*?« fragte der Junge in hellem Staunen, als seien entweder Sheridan oder Popsy – möglicherweise auch beide – plötzlich verrückt geworden.

»Das weiß ich nicht«, erwiderte Sheridan. Sein Verstand arbeitete auf Hochtouren, wie stets, wenn es darauf ankam, eine Sache nicht zu vermasseln, sondern zu einem guten Ende zu bringen.

Popsy. Nicht Dad oder Daddy, sondern Popsy. Der Junge hatte ihn korrigiert. Popsy mußte der Großvater sein, folgerte Sheridan. »Aber ich bin mir ziemlich sicher, daß er es war. Ein älterer Mann in einem schwarzen Anzug. Weißes Haar . . . grüne Krawatte . . .«

»Popsy hatte seine blaue Krawatte um«, versetzte der Junge. »Weil es meine Lieblingskrawatte ist.«

»Sicher, sie könnte auch blau gewesen sein«, räumte Sheridan ein. »Bei diesem Licht kann man sich täuschen. Komm, hüpf in den Wagen, ich fahre dich rasch zu ihm.«

»Bist du auch *sicher*, daß es Popsy war? Ich kann mir nicht vorstellen, daß er irgendwohin geht, wo man . . .«

Sheridan zuckte mit den Schultern. »Paß auf, Junge, wenn du glaubst, daß ich mich irre, dann suchst du am besten selbst nach ihm. Vielleicht findest du ihn sogar.« Ohne ein weiteres Wort schritt er zu seinem Lieferwagen.

Der Junge biß nicht an. Sheridan spielte mit dem Gedanken, umzukehren und es noch einmal zu versuchen, doch das Ganze dauerte schon zu lange. Wenn man den Kontakt nicht auf ein Minimum beschränkte, riskierte man zwanzig Jahre in Hammerton Bay. Das beste wäre, er führe gleich zu einem anderen Einkaufszentrum. Nach Scoterville vielleicht. Oder . . .

»Warte, Mister!« Der Junge rief ihn, mit Panik in der Stimme. Er kam ihm hinterhergerannt. »Warte auf mich! Ich hatte Durst, und er wollte mir etwas zu trinken besorgen. Vielleicht glaubte er, da drüben bekäme er etwas für mich. Warte!«

Lächelnd drehte sich Sheridan um. »Ich hätte dich sowieso nicht allein gelassen, mein Sohn.«

Er führte den Jungen zu dem Lieferwagen, ein vier Jahre altes, in einem unauffälligen Blau gestrichenes Modell. Während er die Tür öffnete, lächelte er den Jungen unentwegt an. Unschlüssig blickte der Kleine zu ihm empor, während die klargrünen Augen in dem bleichen Gesicht zu schwimmen schienen.

»Steig nur ein, hab keine Angst«, lockte Sheridan.

Der Junge kletterte in den Wagen. Und sobald sich die Tür hinter ihm geschlossen hatte, gehörte sein kleiner Körper Briggs Sheridan.

Frauen waren nicht sein Problem, und auf Alkohol konnte er verzichten. Seine Leidenschaft gehörte den Karten – und jedes Spiel war ihm recht, solange man dabei gewinnen konnte.

Doch er hatte nur verloren: Arbeitsstellen, Kreditkarten, das Haus, das seine Mutter ihm hinterlassen hatte. Bis jetzt war er noch nie inhaftiert gewesen, doch als er das erste Mal Scherereien mit Mr. Reggie bekam, hätte er das Gefängnis vorgezogen.

In jener Nacht war er regelrecht durchgedreht. Er stellte fest, daß es besser war, wenn man gleich zu Anfang verlor. Wurde man schon zu Beginn gerupft, verging einem der Spaß. Man zockelte heim, sah ein bißchen in die Röhre, legte sich schlafen. Erzielte man jedoch auf Anhieb einen Gewinn, hatte man Blut geleckt. Wie besessen hatte er die Nacht durchgespielt und insgesamt siebzehntausend Dollar verloren.

Er konnte sein Pech nicht fassen. Wie benebelt fuhr er nach Hause, wobei das Ungeheuerliche dieses Vorkommnisses ihn in eine Art Hysterie versetzte. Unterwegs im Wagen hielt er sich beständig vor Augen, daß er Mr. Reggie nicht siebenhundert, auch nicht sieben*tau-*

send, sondern *siebzehntausend* Dollar schuldete. Jedesmal, wenn er sich bemühte, dies mit seinem Verstand zu erfassen, kicherte er albern und drehte das Radio noch lauter.

Am nächsten Abend verging ihm das Kichern, als die beiden Gorillas – die ihm die Arme wie Streichhölzer knicken würden, falls er nicht zahlte – ihn in Mr. Reggies Büro schleppten.

»Natürlich zahle ich«, plapperte Sheridan drauflos. »Ich werde selbstverständlich bezahlen. Aber hören Sie, ich brauche ein paar Tage, vielleicht eine Woche, allerhöchstens vierzehn Tage . . .«

»Sie langweilen mich, Mr. Sheridan«, sagte Mr. Reggie.

»Ich . . .«

»Schnauze! Ich weiß genau, was Sie tun, wenn ich Ihnen eine Woche Zeit gebe. Sie pumpen sich zweihundert von einem Freund, falls Sie überhaupt noch einen Freund haben, der Ihnen was borgt. Andernfalls brechen Sie in einen Schnapsladen ein – wenn Sie dazu nicht zu feige sind. Ich persönlich traue Ihnen soviel Mut nicht zu, aber möglich ist alles.«

Mr. Reggie beugte sich vor, stützte sein Kinn in die Hände und lächelte. Er duftete nach Ted Lapidus Cologne. »Angenommen, Sie kämen in den Besitz von zweihundert Dollar. Was würden Sie damit tun?«

»Ihnen geben«, hatte Sheridan gestammelt. Mittlerweile stand er kurz davor, sich in die Hose zu machen. »Das Geld würde ich Ihnen sofort bringen.«

»Nein, das würden Sie nicht«, widersprach Mr. Reggie. »Sie würden es sofort wieder verspielen. Von Ihnen bekäme ich nichts weiter als einen Haufen fadenscheiniger Ausflüchte. Dieses Mal sitzen Sie ganz schön in der Tinte, mein Freund. Und zwar bis über beide Ohren.«

Sheridan begann zu heulen.

»Diese Burschen hier könnten Sie reif machen für einen langen Krankenhausaufenthalt«, sinnierte Mr. Reggie. »Dann lägen Sie da mit einem Schlauch in jedem Arm und einem zusätzlichen in der Nase.«

Sheridan heulte Rotz und Wasser.

»Ich gebe Ihnen eine letzte Chance«, fuhr Mr. Reggie fort. Auf dem Schreibtisch schob er ihm ein zusammengefaltetes Blatt Papier zu. »Vielleicht kommen Sie mit diesem Mann zurecht. Er nennt sich Mr. Wizard. Setzen Sie sich mit ihm in Verbindung, er ist ein Scheißkerl, genau wie Sie. Und jetzt verschwinden Sie. Aber in einer Woche sind Sie wieder hier und legen mir das Geld auf den Tisch. Andernfalls lasse ich Sie von meinen Freunden durch die Mangel drehen. Wenn die beiden erst einmal anfangen, können sie gar nicht mehr aufhören.«

Auf dem Blatt Papier stand der richtige Name des Türken. Sheridan ging zu ihm und hörte von den Kindern und den *Bootssfahrr-ten.* Mr. Wizard nannte auch eine Summe, die beträchtlich höher lag als der Betrag, den er Mr. Reggie schuldete. Danach begann er, die Einkaufszentren zu belauern. Er verließ den Parkplatz des Einkaufszentrums von Cousintown, wartete ab, bis der Weg frei war, und bog dann in die Straße ein, die zu McDonald's führte. Der Junge saß leicht vornübergebeugt auf dem Beifahrersitz, die Hände auf die Knie gestützt, die Augen hellwach. Sheridan fuhr auf das Gebäude zu, hielt jedoch nicht, sondern brauste daran vorbei.

»Warum fährst du weiter?« fragte der Junge.

»Ich will zum hinteren Eingang«, erwiderte Sheridan. »Reg dich nicht auf, mein Kleiner, mir scheint, ich habe ihn dort gesehen.«

»Wirklich?«

»Ich bin mir ziemlich sicher.«

Erleichterung malte sich auf dem Gesicht des Jungen ab, und einen Augenblick lang verspürte Sheridan Mitleid mit ihm. Teufel noch mal, er war doch kein Ungeheuer oder ein Wahnsinniger! Aber seine Schulden waren jedesmal ein bißchen größer geworden, und Mr. Reggie, dieser Schuft, kannte kein Erbarmen.

Dieses Mal waren es nicht siebzehntausend, auch nicht zwanzigtausend oder gar fünfundzwanzigtausend. Fünfunddreißig Riesen mußte er bis nächsten Samstag besorgen, andernfalls würden die beiden Gorillas ihn in die Zange nehmen.

Er hielt hinter dem Gebäude neben den Müllcontainern. Kein anderes Fahrzeug parkte dort. Gut. An der Innenseite der Tür befand sich ein Fach aus elastischem Plastik, für Karten und andere Sachen. Mit der Linken faßte Sheridan hinein und holte Handschellen aus Stahl heraus.

»Warum halten wir hier, Mister?« fragte der Junge. Der Tonfall seiner Stimme hatte sich geändert. Die Angst, die er jetzt verspürte, war neu. Vage begriff er, daß die Trennung von Popsy nicht das Schlimmste war, das ihm zustoßen konnte.

»Wir halten nicht an; wir bleiben nur ganz kurz stehen«, entgegnete Sheridan. Bei seinem zweiten Coup hatte er gelernt, daß man ein außer sich geratenes, sechsjähriges Kind nicht unterschätzen durfte. Damals hatte ihn der Junge in die Eier getreten und wäre ihm um ein Haar entkommen.

»Ich vergaß nur, meine Brille aufzusetzen, die ich beim Autofahren brauche. Wenn die Polizei mich so erwischt, könnte ich meinen Führerschein verlieren. Sie steckt in dem Brillenetui, das bei dir auf dem Boden liegt. Es muß heruntergerutscht sein. Kannst du es mir bitte geben?«

Das Kind bückte sich nach dem Brillenetui, das jedoch leer war.

Sheridan lehnte sich zu dem Jungen herüber und ließ einen Bügel der Handschellen zuschnappen. Dann begann der Ärger. Hatte er nicht eben noch gedacht, man dürfe Sechsjährige nicht unterschätzen?

Der Junge kämpfte wie eine Wildkatze; er wand und krümmte sich wie ein Aal, mit einer Kraft, die Sheridan diesem Bündel aus Haut und Knochen niemals zugetraut hätte. Er trat um sich, zappelte und warf sich gegen die Tür, während er unentwegt sonderbare, vogelartige, spitze Schreie ausstieß. Er bekam den Griff zu fassen. Die Tür ging auf, doch die Innenbeleuchtung schaltete sich nicht ein. Nach jenem zweiten Jagdausflug hatte Sheridan die Lampe zerbrochen.

Er packte den Jungen beim Halsband des T-Shirts und zerrte ihn zurück. Vergeblich mühte er sich ab, den anderen Bügel der Handschellen an der Armstütze des Beifahrersitzes zu befestigen.

Zweimal biß ihn der Junge in die Hand – bis aufs Blut. Gott, die Zähne waren scharf wie Rasiermesser. Ein stechender Schmerz durchzuckte den ganzen Arm.

Er verpaßte dem Jungen einen Faustschlag auf den Mund. Halb betäubt fiel das Kind auf den Sitz. Die Lippen und das Kinn waren verschmiert mit Sheridans Blut, und ein paar Tropfen sickerten auf das T-Shirt.

Sheridan fesselte den Kleinen an der Armstütze, dann begann er, die Wunden an seiner rechten Hand auszusaugen.

Der Schmerz war wirklich grauenhaft. Im trüben Schein der Armaturenbeleuchtung betrachtete er die Hand. Über dem Rücken verliefen vom Gelenk bis zu den Fingerknöcheln zwei flache, ausgezackte Risse, jeder ungefähr fünf Zentimeter lang. Blut quoll in kleinen Rinnsalen hervor.

Trotzdem verspürte er nicht den Wunsch, den Jungen noch einmal zu schlagen, und das hatte nichts damit zu tun, daß er die Ware in einwandfreiem Zustand abliefern wollte. Der Türke hatte ihm eingeschärft, daß dies sehr wichtig sei. *Wenn die Waarre beschädigt wirrd, ssinkt ssie im Werrt,* hatte er in seinem kehligen Akzent gesagt.

Er machte dem Jungen keinen Vorwurf daraus, daß er sich wehrte – er an seiner Stelle hätte genauso gehandelt. Die Wunden mußte er so schnell wie möglich desinfizieren – vielleicht ließ er sich am besten sogar eine Spritze verpassen –, er hatte mal gelesen, daß Menschenbisse sehr gefährlich seien – aber irgendwie bewunderte er den Jungen für seinen Mut.

Er fuhr um das Gebäude herum und gelangte wieder auf die Straße. Dort bog er links ein. Der Türke wohnte am Stadtrand von Taluda Heights in einem großen, ranchähnlichen Haus. Auf Nebenstrecken – sicher war sicher – wollte Sheridan dorthin. Für die dreißig Meilen brauchte er fünfundvierzig Minuten, höchstens eine Stunde.

Er passierte das Schild, auf dem stand: DAS COUSINTOWN-EIN-KAUFSZENTRUM DANKT FÜR IHREN BESUCH, dann bog er abermals nach links ab. Sorgsam achtete er darauf, daß er nicht schneller als die vorgeschriebenen vierzig Meilen pro Stunde fuhr. Aus der Hosentasche zog er ein Tuch und wickelte es sich um die rechte Hand. Dann kreisten seine Gedanken nur noch um die vierzig Riesen, die der Türke ihm versprochen hatte.

Ärgerlich blickte sich Sheridan um. Gerade hatte er so schön davon geträumt, wie er bei Mr. Reggie die Bank sprengte. Der winselte zu seinen Füßen, beschwor ihn aufzuhören, wenn er ihn nicht ruinieren wollte.

Der Junge hatte wieder angefangen zu weinen, und die Tränen schimmerten immer noch in diesem eigentümlichen Rotton. Zum erstenmal kam Sheridan der Gedanke, der Junge könnte krank sein. Nun, ihn brauchte das nicht zu stören, sofern er sich nicht ansteckte und Mr. Wizard ihm das Geld gab, bevor er etwas merkte.

»Wenn mein *Popsy* dich findet, dann kannst du was erleben«, zeterte der Junge.

»Sicher«, erwiderte Sheridan und steckte sich eine Zigarette zwischen die Lippen. Er verließ die Straße Nummer achtundzwanzig und fuhr auf einem nicht gekennzeichneten, zweispurigen Asphaltweg weiter. Zur Linken erstreckte sich ein Sumpfgebiet, auf der anderen Seite erhob sich dichter Wald.

Der Junge zerrte an den Handschellen und gab einen schluchzenden Laut von sich.

»Hör auf damit. Damit erreichst du ohnehin nichts.«

Trotzdem zog der Junge weiter. Dieses Mal erklang ein ächzendes, knurrendes Geräusch, das Sheridan stutzig werden ließ. Er sah hin und bemerkte zu seinem Erstaunen, daß die Metallstütze neben dem Sitz, die er selbst angeschweißt hatte, verbogen war. *Scheiße!* dachte er. *Er hat Zähne wie ein Rasiermesser, und stark wie ein Ochse ist er auch noch.*

Er fuhr auf das erdige Bankett und hielt an. »Laß das sein!« befahl er. *»Nein!«*

Wieder ruckte der Junge an den Handschellen, und Sheridan sah, wie sich die Strebe weiter durchbog. Gott, wie war das *möglich?*

Das macht die Panik, sagte er sich. *Die Angst verleiht ihm solche Kräfte.*

Doch kein anderes Kind hatte dies geschafft, und viele hatten schlimmer herumgetobt als er.

Er öffnete das Handschuhfach und nahm eine Injektionsspritze heraus. Der Türke hatte sie ihm gegeben und ihn gewarnt, sie lediglich im äußersten Notfall zu benutzen. Drogen, meinte er (nur daß es bei ihm wie *Drroogen* klang), könnten der Ware schaden.

»Siehst du das hier?«

Der Junge nickte.

»Willst du, daß ich sie benutze?«

Der Junge schüttelte den Kopf. Die Augen waren vor Schreck geweitet.

»Das ist vernünftig von dir. Sehr vernünftig sogar. Wenn ich dir diese Spritze gebe, verlierst du das Bewußtsein.« Er verstummte. Er wollte es nicht aussprechen. Verdammt noch mal, wenn ihm keiner Feuer unter dem Hintern machte, dann war er ein richtig netter Kerl. Doch es mußte sein. »Du könntest sogar sterben.«

Der Junge starrte ihn an. Die Lippen zitterten, und das Gesicht war aschfahl.

»Wenn du hübsch brav bist, dann bekommst du keine Spritze, okay?«

»Okay«, flüsterte der Junge.

»Versprochen?«

»Ja.« Der Junge zog die Oberlippe hoch und entblößte eine Reihe weißer Zähne. An einem Zahn klebte noch Sheridans Blut.

»Schwörst du es bei deiner Mutter?«

»Ich hatte nie eine Mutter.«

»Scheiße«, fluchte Sheridan und fuhr wieder los. Ein bißchen schneller jetzt, und nicht nur, weil er sich auf einer Nebenstraße befand. Das Kind war ihm unheimlich. Er wollte es dem Türken übergeben, das Geld in Empfang nehmen und abhauen.

»Mein Popsy ist sehr stark, Mister.«

»So?« entgegnete Sheridan, während er bei sich dachte: *Das kann ich mir vorstellen, mein Sohn. Wahrscheinlich ist er der einzige Opa im Altersheim, der sich den Schlips selbst umbinden kann.*

»Er findet mich bestimmt.«

»Hmmm.«

»Er kann mich riechen.«

Das glaubte Sheridan ihm gern. *Er* roch den Knaben ja auch. Daß Angst einen speziellen Geruch verströmt, hatte er auf seinen früheren Expeditionen erfahren. Doch *dieser* Junge roch anders als die Kinder, die er sonst mitgenommen hatte – nach einer Mischung aus Schweiß, Erde und langsam verkochender Batteriesäure.

Sheridan kurbelte das Seitenfenster herunter. Hinter der Straße dehnte sich scheinbar endlos das Moor. In den zahllosen Wasserlachen spiegelte sich das Mondlicht wie ein Fächer.

»Popsy kann fliegen.«

»Natürlich«, stimmte Sheridan zu. »Und besonders gut nach ein paar Flaschen Schnaps.«

»Popsy . . .«

»Halt endlich die Klappe, ja?«

Der Junge schwieg.

Nach vier Meilen ging das Moor in einen großen stillen Weiher über. Hier bog Sheridan nach links auf einen unbefestigten Fahrweg ab. Fünf Meilen weiter westlich würde er dann auf den Highway 41 stoßen, und von dort war es nur noch ein Katzensprung bis nach Taluda Heights.

Er betrachtete den Weiher, der im Mondschein wie ein silberner Spiegel glänzte . . . und dann war das Licht plötzlich weg. Einfach ausgelöscht.

Über ihm erklang ein klatschendes Geräusch, wie wenn der Wind Bettlaken an einer Wäscheleine schüttelt.

»Popsy!« schrie der Junge.

»Schnauze. Das war bloß ein Vogel.«

Doch auf einmal gruselte ihm. Immer unheimlicher wurde ihm zumute. Er sah zu dem Jungen hin. Der zog wieder die Oberlippe hoch und bleckte sein Gebiß; er hatte sehr weiße, unnatürlich große Zähne.

Nein . . . groß war nicht der richtige Ausdruck, um sie zu beschreiben; sie erschienen eher lang, besonders die beiden Eckzähne.

Der Anblick beflügelte seine Fantasie; alles mögliche fiel ihm wieder ein.

Ich hatte Durst.

Ich kann mir nicht vorstellen, daß er irgendwohin geht, wo man –(. . . hatte er sagen wollen, wo man ißt?)

Er findet mich bestimmt. Er kann mich riechen. Mein Popsy kann fliegen.

Ich hatte Durst, und er wollte mir etwas zu trinken besorgen . . . Ich hatte Durst, und er wollte mir JEMANDEN zum Trinken besorgen . . .

Mit einem dumpfen Knall landete etwas auf dem Dach des Lieferwagens.

»Popsy!« kreischt der Junge, außer sich vor Freude. Plötzlich konnte Sheridan den Weg nicht mehr sehen – eine gigantische, von prallen Adern durchzogene Schwinge, wie die einer Fledermaus, verdeckte die gesamte Windschutzscheibe.

Mein Popsy kann fliegen.

Sheridan stieß einen Schrei aus und trat auf die Bremse; er hoffte, das Ding da oben möge vom Dach rutschen. Zu seiner Rechten erklang ein stöhnendes, knarrendes Geräusch, wie es unter einem starken Zug stehendes Metall von sich gibt, dann ein trockener, schnappender Laut. Im nächsten Moment krallten sich die Finger des Jungen in sein Gesicht und zerkratzten ihm die Wange.

»Er hat mich gestohlen, Popsy!« kreischte der Junge mit seiner Vogelstimme zum Dach hinauf. *»Er hat mich gestohlen, er hat mich gestohlen, der böse Mann hat mich gestohlen!«*

Du verstehst das nicht, mein Junge, dachte Sheridan, indem er nach der Injektionsspritze griff. *Ich bin kein Unhold, ich stecke nur in einer entsetzlichen Klemme. Verdammt noch mal, unter den richtigen Umständen könnte ich dein Großvater sein . . .*

Doch als Popsys Hand, die eher einer Raubvogelklaue glich, das Seitenfenster durchstieß und Sheridan die Spritze entriß – zusammen mit zwei seiner Finger –, begriff er, daß er sich geirrt hatte.

Im nächsten Moment schälte Popsy die Tür an der Fahrerseite an einem Stück aus dem Rahmen. Zurück blieben nur noch die verbogenen Scharniere, nutzlose Metallstücke mit scharfen, glänzenden Bruchkanten. Sheridan sah ein sich im Wind bauschendes Cape, eine Art Kette mit Anhänger und die – blaue – Krawatte.

Popsy zerrte ihn aus dem Wagen, wobei seine Krallen den Stoff der Jacke und des Hemdes durchdrangen und sich tief in das Fleisch der Schulter gruben. Mit einem Mal wechselten Popsys Augen die Farbe; das Grün verwandelte sich in ein blutiges Rot.

»Wir gingen nur ins Einkaufszentrum, weil mein Enkel ein paar Spielzeugfiguren haben wollte«, flüsterte Popsy. Sein Atem stank nach fauligem Fleisch. »Die, die sie immer im Werbefernsehen zeigen. Alle Kinder sind verrückt danach. Du hättest ihn in Ruhe lassen sollen. Du hättest *uns* in Ruhe lassen sollen.«

Sheridan wurde durchgeschüttelt wie ein Sack Lumpen. Er kreischte und wurde abermals gebeutelt. Dann hörte er, wie Popsy den Jungen besorgt fragte, ob er immer noch durstig sei; der Junge sagte ja, sehr sogar, der böse Mann habe ihn erschreckt, und seine Kehle sei *soo* trocken.

Er erhaschte noch einen Blick auf Popsys Daumennagel, bevor er unter sein Kinn tauchte; ein kräftiger, ausgezackter, brutaler Nagel.

Ehe Sheridan begriff, was geschah, schlitzte ihm der Nagel die Kehle auf. Zuletzt, ehe ihm schwarz vor Augen wurde, sah er den Jungen, wie er mit den Händen einen Becher formte, um den Strahl, der aus der zerfetzten Arterie strömte, aufzufangen. Genauso hatte er als Junge an heißen Sommertagen aus dem Wasserhahn im Hof getrunken. Popsy stand neben seinem Enkel; und während der Junge seinen Durst stillte, streichelte er ihm sanft und liebevoll das Haar.

Teil 3

DIE INTERVIEWS

CHARLES PLATT

Stephen King

Er nimmt einen Stapel dicke, grelle Taschenbücher zur Hand. »Sehen Sie sich das an. Sehen Sie, was ich mir gerade gekauft habe.« Er hält eines hoch und knurrt tief und melodramatisch: »*Blutdurstig* von Robert McCammon.« Er schüttelt wie bedauernd den Kopf. »Ich fürchte, dieses Buch wird mir gefallen. Ich finde echt Gefallen an Mist. Es wird mir wahrscheinlich noch besser gefallen als dies hier, *Blood Rubies*.« Er hält ein anderes Taschenbuch hoch. »Aber *das* hier wird mir wahrscheinlich am allerbesten gefallen. *Judgement Day* von Nick Sharman. Ich wette, an einer Stelle wird einmal jemand in der Badewanne ermordet und wird schwarz, und die Finger von jemand anderem werden *sich in ihr zuckendes Fleisch krallen*.« Er grinst fröhlich.

Ich denke, genau so etwas erwartet man von Stephen King, besonders wenn man *Danse Macabre* gelesen hat, sein Buch über sich selbst und die Horror-Literatur, in dem er seinen populären Geschmack darstellt und jede Andeutung von akademischer Literaturkritik vermeidet – obwohl er natürlich das Hintergrundwissen besitzt, auch das zu schreiben, wenn er es wollte.

Aber er will es nicht. Er macht deutlich, daß er trotz seines Erfolges und des vielen Geldes immer noch Bücher kauft und wie jeder Horror-Fan auf billigen Kitzel abfährt. Er präsentiert sich als alltäglicher Amerikaner, genau wie die, über die er in seinen eigenen Romanen so fesselnd und einfühlsam schreibt.

Aber die Sache hat natürlich einen Haken. So sehr er sich auch bemüht, ein völlig normaler Mann zu sein, sein spezielles schriftstellerisches Talent beweist, daß er alles andere als durchschnittlich ist. Und wenn ich Talent sage, meine ich nicht nur sein Flair, Leute zu schockieren. Sein Kurzroman »Der Musterschüler« in der Sammlung *Frühling, Sommer, Herbst und Tod* macht deutlich, sollte daran je Zweifel geherrscht haben, daß er in einer einfühlsamen und präzisen Sprache schreiben kann. Ich persönlich bin der Meinung, er ist der beste populäre Schriftsteller, den wir haben, wenn es darum geht, das Alltagsleben zu schildern, den amerikanischen Charakter wirklich zu verstehen und auf diesem Fundament schnödester Wirklichkeit ein Gebäude moderner Mythen zu errichten. Er bringt in seinen Phantasiegebilden mit seiner Versiertheit die Quintessenz unserer Zeit zum Ausdruck.

Er würde von angesehenen Kritikern mehr Lob ernten, wenn er seine Bücher verderben würde, indem er sie langweiliger, nicht so dramatisch, prätentiöser und nicht mit soviel Spaß schreiben würde. Aber er scheint unablässig jeder Andeutung von Snobismus vorzubeugen, in seinen Büchern ebensosehr wie in seinem wirklichen Leben. Er wohnt immer noch in Maine und meidet das New Yorker Cocktailparty-Kontinuum, das als Nährboden für so viele andere sterile literarische Reputationen gedient hat.

»Ein Grund, warum ich nicht in New York leben möchte«, sagt er, »ist der, daß ich es als eine Art Literaturparty betrachte, wo ständig diese Nassauer um einen herumkriechen und sagen: ›He, komm, gehen wir aus und trinken ein paar Bier im Lion's Head.‹ Oder: ›Gehen wir rüber in meine Wohnung, wir machen ein paar Zeilen und reden über Bücher.‹ Aber wir werden keine Bücher *schreiben*, weil wir Zeilen machen und ein paar Bier im Lion's Head trinken.

Schriftsteller unterhalten sich sowieso nicht über Kunst, sondern über Geld. Sie wollen wissen: ›Was hast du für einen Vertrag bekommen? Was für einen Werbeetat hast du bekommen?‹ Ich habe schon immer festgestellt, daß die schlimmsten Feinde des Schriftstellers die Burschen sind, die um ihn sind.«

Daher bleibt er in Bangor, einer Stadt, die immer noch eine urwüchsige Grenzermentalität hat, und er besitzt dort ein großes Haus mit Stufen, die zu einer großen Veranda mit weißen Säulen hinaufführen, und mit zwei Türmchen, einem runden und einem eckigen – ein ausuferndes Anwesen, dessen Inneres, wie sich herausstellt, mit einem beinahe anonymen zeitgenössischen amerikanischen Geschmack eingerichtet worden ist: nichts Billiges, aber auch nichts übertrieben Kostspieliges.

King ist groß, läßt die Schultern aber ein wenig hängen, als wolle er seine Größe verheimlichen, und er spricht bereitwilliger über das Schreiben und Lesen als über sich selbst. Sein Gesicht ist sehr ausdrucksvoll und wandelt sich in Sekundenschnelle von verschmitzten Grübchen zu einer Spur Melancholie. Er sitzt mit uns auf der hinteren Veranda, hat ein altes T-Shirt und fadenscheinige Cordhosen an und trinkt Bier, während seine Kinder im Garten spielen. Er scheint froh zu sein, daß seine Familie um ihn ist, und er unterhält sich entspannt mit mir und Douglas Winter (der dieses Interview vereinbart hat und seine eigene Version davon in einem künftigen Buch über King zu Papier bringen wird).

»Die meisten Menschen denken, ich muß irgendwie daneben sein, weil ich Horror schreibe«, sagt King zu uns. »Wenn sie mich kennenlernen, sind sie zurückhaltend, ungefähr so: ›Fühlen Sie sich wohl? Sie werden mich doch nicht beißen oder so etwas?‹ Ich habe manch-

mal den Eindruck, als würde ich sie enttäuschen, weil ich sehr sanft-
mütig und überhaupt nicht bedrohlich bin. Wenn ich nur etwas mehr
vom Charme eines Boris Karloff oder Bela Lugosi hätte – oder selbst
eines Christopher Lee!

Der andere Mythos ist natürlich, daß ich ein sehr prunkvolles Leben an der Riviera oder sonstwo führen muß. Nun, dies ist ein schönes Haus, und ich habe ein angenehmes Leben, aber es ist nicht wie in
einem Buch von Rosemary Rodgers. Es hat nichts mit den *Glitterati* zu
tun.«

Jemand, der so berühmt ist wie Stephen King, ist natürlich schon
endlos oft interviewt worden, und zwar bis zu dem Punkt, wo man
erwarten dürfte, daß er eigentlich nichts Neues mehr zu sagen hat.
Außerdem hat er in seinem Buch *Danse Macabre* über sich selbst geschrieben. Daher werden sich manche Leser fragen, warum ich ihn
auch hier haben wollte, * , zumal er nicht einmal ein Science-fiction-
Autor ist. Zyniker werden behaupten, ich benutze seinen berühmten
Namen nur dazu, mein Buch besser zu verkaufen.

Tatsächlich kratzen die anderen Interviews mit King (ich habe etwa
ein rundes Dutzend gelesen) lediglich an der Oberfläche, und *Danse
Macabre* weicht einer Selbstanalyse aus. Das Interview, das ich hier
präsentiere, ist wesentlich enthüllender, und es faßt zudem viele Themen zusammen, die ich in den beiden *Dream Makers*-Büchern behandelt habe, daher präsentiere ich es als Finale. Wie ich eingangs schon
gesagt habe, ich betrachte Stephen King als unseren vorherrschend-
sten modernen Mythenschöpfer oder Traum-Macher, wenn Sie so
wollen. Er hat wahrscheinlich mehr Science-fiction veröffentlicht, als
vielen Leuten klar ist; und er hat eindeutig eine Menge zu dem
Thema zu sagen.

»Ich habe ein paar Science-fiction-Conventions besucht«, sagt er,
»und die Leute dort waren allesamt in einer verdammten *Leere*. Es waren eine Menge Besucher anwesend, die buchstäblich keinen Kontakt
mehr zur Wirklichkeit hatten. Ich hatte das ganz grundsätzliche Gefühl, daß sie sich alle entfremdet fühlen und deshalb Science-fiction
lesen. Wenn man sich die Mitglieder dieser Society for the Preserva-
tion of Creative Anachronisms, oder wie immer sie sich nennt, ansieht« [eine Gruppe, die mittelalterliche Fantasy in voller Kostümie-
rung nachspielt], »ich meine, diese Leute sind doch schlichtweg
ausgerastet! Sie sind *übergeschnappt*! Wenn sie niemanden hätten, der

---

* Gemeint ist die von Charles Platt veröffentlichte Interview-Sammlung
  Dream Makers II, in der das vorliegende Interview 1983 veröffentlicht
  wurde. Anmerkung des Herausgebers.

sich um sie kümmert, würden manche wahrscheinlich eingewiesen werden.«

Er beugt sich nach vorne und fügt auf eine parodierend vertrauliche Weise hinzu: »Und viele sind furchtbar *dick*. Ist Ihnen das bei Science-fiction Conventions jemals aufgefallen? Es gibt immer einen Typen, der gewissermaßen aus dem Fahrstuhl herausgeschwappt kommt, er trägt einen Overall von Bib und hat einen Umfang von zweieinhalb Metern. Der Boden bebt!

Ich habe nie einer Fan-Organisation angehört. Dieses Unterstützungssystem hatte ich nie. Ich wuchs in einem kleinen Ort namens Durham auf, der etwa hundertfünfzig Meilen von hier entfernt ist. In einer Stadt lernt man andere Leute kennen, die wie man selbst sind und dieselben Dinge mögen. Und dann kommt dieses Gerede, Gerede, Gerede, bei Clubsitzungen oder Conventions, und das ist gefährlich. Jeder fängt an, jeden nachzuahmen, und jeder schreibt über die Figuren eines jeden anderen. Man entwickelt einen Mythos. Und wenn jemand einen Mythos entwickelt, dann heißt das, die letzte Unze Kreativität ist irgendwo verlorengegangen. Zum Beispiel . . . Lin Carter auf immer und ewig!« Er lacht.

Er las viel Science-fiction, aber heute nicht mehr.

»Wenn ich die erste Seite lese und jede Menge Kursivschrift und Sätze finde wie ›Er blasterte den Hamscammer und beamte rüber nach Billegum‹ . . . ich will kein Buch lesen, für das ich ein vollkommen neues Vokabular lernen müßte. Viele Leute im Science-fiction-Genre – ich will hier keine Namen nennen – sind keine guten Schriftsteller. Aber man verzeiht ihnen, daß sie ungeschickt oder unoriginell oder etwas langweilig schreiben, weil es Science-fiction ist.

Aber nur weil man in einem Genre arbeitet, sollte man keinen schlechten Stil schreiben dürfen. Man sollte nicht sagen dürfen: ›Ich kann diesen Stil schreiben, weil er im Umfeld der Science-fiction immer noch gut ist.‹« Science-fiction-Leser werden einem Mann, der bereits seine Schwäche für Bücher wie *Blutdurstig* eingestanden hat, diese Art von Kritik vielleicht übelnehmen. Aber ich vermute, daß King ein sehr analytischer Leser ist, auch wenn er seine Schwäche für billigen Nervenkitzel eingesteht.

Als er zu schreiben anfing, schrieb er Science-fiction.

»Ich glaube, ich war sieben oder acht. Ich war krank, ständig krank, dasselbe, was ich heute auch habe – Bronchitis. Ich ging ein Jahr nicht zur Schule, sondern lag einfach nur im Bett und schrieb jede Menge Kurzgeschichten. Mir war deutlich bewußt, wie schlecht ich war, daher kopierte ich manchmal einfach die Geschichten anderer Leute, bis mir jemand sagte: ›O Stevie, das geht doch nicht! Dafür kannst du ins *Gefängnis* kommen!‹

Als ich zwölf war, fing ich an, Material an Magazine wie *Fantastic* oder *Fantasy and Science-fiction* zu schicken. Die Geschichten hatten alle einen Science-fiction-Hintergrund, sie spielten im Weltall, aber eigentlich waren sie Horror. Eine der besseren handelte von einem Asteroidenprospektor, der einen rosa Würfel entdeckt, und dann quillt eine rosa Masse aus diesem Würfel und treibt ihn immer weiter in seine kleine Raumstation zurück, indem sie eine Luftschleuse nach der anderen aufbricht. Am Ende erwischt ihn das Ding. Sämtliche Science-fiction-Magazine haben das zurückgeschickt, weil sie verdammt genau wußten, es war keine Wissenschaft dabei, keine Außerirdischen, die versuchten, mit Psi-Talenten Kontakt aufzunehmen oder so etwas. Nur dieses große rosa Ding, das jemanden auffressen wollte und am Ende auch aufgefressen hat.

Ich habe alles nachgeahmt, was mir gefiel. Ich schrieb Kurzgeschichten, die anfingen wie Ray Bradbury und aufhörten wie Clark Ashton Smith. Oder noch schlimmer, sie fingen wie James Cain an und hörten wie H. P. Lovecraft auf. Ich war ein ziemliches Dummerchen. Und selbst heute kommen noch Besprechungen, in denen steht: ›Um höflich zu sein, können wir von Steve King bestenfalls sagen, daß er keinen besonders guten Stil hat.‹ Den hatte ich noch nie, und das weiß ich. Aber ich finde, es herrscht großes Interesse an einem Stil, der schön ist, weniger an einem Stil, der nur funktionell ist, und letzterer interessiert mich mehr. Ich möchte überhaupt nicht, daß die Leute in einem Buch mein Gesicht sehen.«

Tatsächlich scheint er sich allergrößte Mühe zu geben, den populärsten, umgangssprachlichen Stil zu schreiben, als würde alles andere Gefahr laufen, prätentiös auszusehen. Aus einem mir unerfindlichen Grund macht ihm prätentiöses Getue sehr zu schaffen. Das ist ein Thema, über das er offenbar nur ungern spricht.

»Es ist schon schlimm genug, wenn jemand ein großes ›Aufhebens‹ darum macht, Schriftsteller zu sein«, sagt er. »Noch schlimmer ist es, wenn einen die Leute einen *Autor* nennen und man läßt es zu. Das ist schrecklich!

Im College lief ich mit einem Buch von John D. MacDonald oder einer Kurzgeschichtensammlung von Robert Bloch herum, und es kam unweigerlich irgend ein Arschloch daher und sagte: ›He, warum liest du so etwas?‹ Und ich sagte: ›Dieser Mann ist ein toller Schriftsteller.‹ Tatsächlich hat MacDonald einen Roman mit dem Titel *The End of the Night* geschrieben, den ich als einen der großen amerikanischen Romane des zwanzigsten Jahrhunderts bezeichnen möchte. Er steht auf einer Stufe mit *Tod eines Handlungsreisenden* oder *Eine amerikanische Tragödie*.

Aber die Leute sehen sich das Umschlagbild an, ein Gold Medal-

Taschenbuch, das eine Frau zeigt, der fast die Möpse aus der Bluse fallen, und sie sagen: ›Das ist Schrott.‹ Darauf antworte ich: ›Hast du schon einmal etwas von dem Mann gelesen?‹ – ›Nein, ich muß mir das Buch nur ansehen, dann weiß ich Bescheid.‹ Das war mein erstes Erlebnis mit Kritikern, in diesem Fall meinen Lehrern am College.

Mir hat diese Art Literatur immer gefallen, und ich wollte nie etwas anderes schreiben. Es sollte eine mittlere Ebene geben, wo man das mit Würde tun kann, anstatt a) ein Schundschmierer zu sein oder b) zu sagen, ›He, es *behaupten* nur alle, daß ich Unterhaltungsschriftsteller bin. Niemand begreift, wie empfindsam meine Seele ist.‹ Es sollte eine Ebene in der Mitte geben, wo man sagen kann: ›Ich versuche aus dem, was ich habe, das Beste zu machen und Werke zu schaffen, die mindestens ebenso ehrlich sind, wie jeder Handwerker sie machen würde.‹«

In der Novelle »Die Leiche« in der Sammlung *Frühling, Sommer, Herbst und Tod* hat King offenbar eine seiner frühesten Kurzgeschichten eingebaut – und er verspottet die Art, wie sie sich selbst allzu wichtig nimmt, als »schmerzlich pennälerhaft . . . Konnte etwas *ernster* sein? *Literarischer?*« –, als wäre das die endgültige Peinlichkeit.

»Die Leiche« schildert auch eine scheinbar autobiographische Kindheit unter den Kindern der unteren Mittelschicht, deren Situation aussichtslos ist: ein beinahe anti-literarischer Hintergrund, wo kein Platz für jemanden ist, der sich in Affektiertheit ergeht.

»In der Familie, aus der ich stamme«, sagt er, »war das oberste Gebot, daß man für sich blieb. Ich zog mit den Kindern herum, ich habe an Autos gearbeitet, ich habe Sport betrieben – ich mußte Football spielen, weil ich groß war. Wenn man groß war und nicht Football spielte, dann bedeutete das, man war eine verdammte Schwuchtel, richtig? Aber in meinem Innersten empfand ich meistens anders und war unglücklich. Aber das behielt ich immer für mich. Ich wollte nicht, daß es jemand erfuhr. Ich stellte mir vor, sie würden es mir wegnehmen, wenn sie wußten, was ich über dies oder das oder jenes dachte. Es war nicht so sehr, daß es mir peinlich war, ich wollte es einfach für mich behalten und selbst damit klarkommen.

Ich konnte schreiben, und damit grenzte ich mich auch schon als Kind ab. Vielleicht kam ich beim Football nicht einen Schritt am Centerfield vorbei, und möglicherweise taugte ich wirklich nur zum linken Verteidiger. Sie wissen schon, ich hatte immer Stollenspuren am Rücken. Aber ich konnte schreiben, und damit grenze ich mich auch heute noch ab; das ist gefährlich, weil man sein Selbstwertgefühl, seine Männlichkeit oder was auch immer damit gleichsetzt, und wenn man es dann verliert, hat man überhaupt nichts mehr.

Nachdem *Carrie* veröffentlicht war, wurde meine Frau einmal ziemlich böse auf mich und sagte: ›Du hast eine Menge Geld verdient, du bist erfolgreich, laß uns einen Teil davon ausgeben.‹ Aber ich war im Innersten lange unsicher und sagte: ›Hör zu, ich traue der Situation nicht. Niemand schafft das. Es klappt nicht zwei- oder dreimal.‹ Ich dachte mir, daß sich der Erfolg nicht wiederholen lassen und uns das Geld allmählich wieder ausgehen würde. Die Kinder würden vielleicht wieder Cheerios und Erdnußbutter zu Mittag essen, aber – das macht nichts! Sollen sie! Ich *schreibe.*«

Als hätte er den Eindruck, daß das alles allmählich zu ernst wird, fügt er hinzu.

»Ich habe es immer als Gabe betrachtet, Schriftsteller zu sein, wie es eine Gabe ist, wenn man das hier machen kann.« (Er knickt den Daumen ab, der zweigelenkig ist.) »Zufällig kann man damit« (er knickt den Daumen wieder ab) »kein Geld verdienen. Aber der Wunsch oder die Fähigkeit, alles aufzuschreiben, ist genau dieselbe Gabe.«

Ich frage ihn, ob er wie manche anderen Schriftsteller das Gefühl hat, für eine bestimmte Person zu schreiben.

»Ich glaube, das könnte sein. Ich schätze, ich schreibe nur für mich selbst; aber es scheint ein Ziel zu geben, auf das alles hinausläuft. Mich interessiert immer die Vorstellung, daß viele Schriftsteller für ihren Vater schreiben, weil ihre Väter nicht mehr sind.« (Kings Vater hat die Familie verlassen, als dieser noch ein Kind war.) »Ich weiß nicht, ob da etwas dran ist oder nicht. Aber wenn es am besten läuft, hat man immer das Gefühl, auf einen bestimmten Punkt zuzuschreiben.«

Dies scheint eine endgültige Aussage über den kreativen Prozeß zu sein, daher wenden wir uns dem nächsten Thema zu, das eigentlich auf der Hand liegt: Horror-Romane. Was ist seiner Meinung nach das wichtigste Element beim Horror?

»Die Figuren. Man muß die Personen der Geschichte lieben, weil es ohne Liebe und Gefühle keinen Horror geben kann. Horror ist eine Empfindung, die unserem Wissen, was gut und normal ist, vollkommen zuwiderläuft.

Wenn man keine Personen schildern kann, die die Leute glauben und als Bestandteil des normalen Spektrums akzeptieren, dann kann man keinen Horror schreiben. Das ist ein Problem, das viele Supermarkt-Romane haben: Man glaubt nicht an die Personen, daher glaubt man auch nicht an den Horror und hat keine Angst.«

Kings Bücher handeln daher auch fast immer von gewöhnlichen Menschen in gewöhnlichen alltäglichen Situationen, mit denen sich die Leser rückhaltlos identifizieren können. Aber für manche Leute sind seine Geschichten manchmal *zu* real.

»Ich bekam wirklich heftige Reaktionen auf ›Der Musterschüler‹ in *Frühling, Sommer, Herbst und Tod*. Mein Verleger rief an und protestierte. Ich sagte: ›Nun, finden Sie es antisemitisch?‹ Die Geschichte handelt von einem alten Nazi-Kriegsverbrecher, und der klopft die ganzen beschissenen alten Sprüche, als der Junge ihn enttarnt hat. Aber das war nicht das Problem. Es war zu *real*. Wäre dieselbe Geschichte im Weltraum angesiedelt gewesen, dann wäre alles in Ordnung gewesen, denn dann hätte man die bequeme Ausrede gehabt: ›Das ist ja alles nur erfunden, das müssen wir nicht weiter ernst nehmen.‹

Die Geschichte hat ihnen wirklich zu schaffen gemacht, und ich dachte mir: ›Herrgott, jetzt habe ich es wieder geschafft, ich habe etwas geschrieben, das wirklich jemandem unter die Haut ging.‹ Und das gefällt mir. Ich mag das Gefühl, daß ich jemandem ganz schön zwischen die Beine gegriffen habe.« (Er macht eine eindeutige, greifende Geste.) »Genau so. Dieser primitive Impuls ist seit jeher Bestandteil meines Schreibens gewesen.«

Die neuerliche Popularität von Horror ist natürlich eine vergleichsweise junge Erscheinung. Einige Schriftsteller in *Dream Makers II* haben sich beschwert, daß ihre Werke nicht in Genrekategorisierungen passen und sich daher schlechter verkaufen. Kings Lösung dafür war, daß er einfach ein neues literarisches Genre erfunden hat, in das seine Bücher passen. Aber er weiß, wie alles hätte kommen können, wenn er in einer anderen Zeit geschrieben hätte.

»In den fünfziger Jahren hätten sie das Manuskript von *Brennen muß Salem!* bekommen, es um die Hälfte gekürzt und als ›Crime Club‹-Titel veröffentlicht. Ich hätte fünfzehnhundert Dollar dafür bekommen. Es gibt einen Roman von Richard Matheson, *A Stir of Echoes*, der in den fünfziger Jahren als ›Crime Club‹ veröffentlicht worden ist. Damals wollte keiner das Buch haben. Aber heute nennen sie es Horror, und es läßt sich vermarkten. Und die Kritiker kaufen das total. Die Kritiker kaufen fast alles, was ein Publizist ihnen vorsetzt.«

Anfangs scheint er widerwillig, sich über die Kritik zu unterhalten, die er selbst erfahren hat. Aber er hegt eindeutig einige Verstimmungen.

»Viele Kritiker scheinen der Überzeugung zu sein, was populär ist kann gar nicht gut sein, denn der kleinste gemeinsame Nenner wird von Leuten wie Sidney Sheldon, Jacqueline Susan gebildet, und anderen, die nicht gut sind.

Aber ich bin felsenfest davon überzeugt, daß die meisten Kritiker, die populäre Unterhaltungsliteratur besprechen, sie überhaupt nicht als Ganzes begreifen. Sie scheinen überhaupt keinen Bezug dazu zu haben. In einigen Genres scheinen sie fast literarisch ungebildet zu sein. Es existiert soviel Unterhaltungsliteratur, die nie jemand sieht, weil sie nie in der Bestsellerliste der *Times* auftaucht. Es gibt Bücher, die keine Bestseller und *trotzdem* Unterhaltungsliteratur sind, wunderbare Bücher, wunderbare Geschichten. Es gibt einen Schriftsteller namens Don Robertson; ich halte ihn für einen der interessantesten Schriftsteller dieses Landes. Es gibt einen Horror-Schriftsteller, den nicht einmal Leute im Genre gelesen haben; er hat *The Beguiled* geschrieben und heißt Thomas Culenin, ein interessanter Schriftsteller. Südstaaten-Schauerromantik. Ich habe ihn in *Danse Macabre* erwähnt. Und in der kritischen Presse hat niemand je Michael McDowell besprochen, und den halte ich derzeit für einen der aufregendsten Romanciers im Land. Niemand schreibt bessere Taschenbuchoriginalausgaben als er; aber er wird nicht besprochen.

Ich halte nicht viel vom Persönlichkeitskult, aber wenn man hart an einem Buch gearbeitet hat, dann sieht man nicht gerne, wie es mit drei oder vier Sätzen abgetan oder überhaupt nicht rezensiert wird. Ich habe seit *Das letzte Gefecht* kein Buch mehr im Sonntagsliteraturteil der *New York Times* besprochen gehabt, und selbst diese Besprechung war nur drei Absätze lang, und ich bin völlig davon überzeugt, daß der Rezensent das Buch entweder gar nicht oder bestenfalls sehr oberflächlich gelesen hat.

Nach einer Weile, wenn man lange genug gelebt hat, wenn man so alt geworden ist, daß man anfängt, sich selbst zu parodieren oder der schriftstellerische Niedergang eingesetzt hat oder man selbst und sämtliche Zeitgenossen ihre Herzanfälle hinter sich haben, *dann* fangen die Leute an, gute Besprechungen zu schreiben – hauptsächlich deshalb, weil man das Karambolagerennen überlebt hat. Dann bekommt man gute Besprechungen: Wenn die wichtigen Bücher längst hinter einem liegen.«

Er fügt hinzu, daß er den Eindruck hat, viele Kritiker würden seine Bücher einfach deshalb nicht mögen, weil die Verlage soviel dafür bezahlen. Deshalb hat er seinen Roman *Christine* für einen Vorschuß von einem Dollar verkauft. Dieser wird im Lauf der Zeit natürlich seine Tantiemen vom Verkaufspreis des Buches einbringen, aber es wurde vorab kein Geld bezahlt, über das sich die Kritiker ereifern könnten, und er wird nur in dem Maß bezahlt, wie die Leute das Buch auch tatsächlich kaufen.

Ich habe den Eindruck, als würde er eher dem Urteil des durchschnittlichen Buchkäufers vertrauen als dem eines Kritikers – oder selbst eines Lektors, was das anbelangt.

»Viele Lektoren in Buchverlagen scheinen mir ein ausgeprägtes Elfenbeinturm-Denken zu haben. Früher haben sie immerhin ansehnliche Romane herausgebracht, auch wenn dann nicht mehr als zweitausend Exemplare davon verkauft wurden. Aber heute sagen sie nur noch« (er spricht mit hochnäsigem Tonfall): »›Nun gut, wir müssen diese fürchterlichen Reißer veröffentlichen, dann nehmen wir sie halt.‹ Und dann suchen sie sich die schlechtesten, gräßlichsten, dümmsten Bücher heraus und versuchen, sie groß rauszubringen. Ich spreche nicht von Bestsellern – ich spreche von den Büchern, die irrsinnige Werbeetats bekommen und *trotzdem* keine Bestseller werden. Eines stammt von einem Mann namens William Kinsolving und trägt den Titel *Born With the Century*. Das muß der allerübelste Schund sein. *Princess Daisy* nimmt sich dagegen wie *Krieg und Frieden* aus. Und trotzdem hat jemand geglaubt, damit ließe sich jede Menge Geld verdienen, weil sie keine Ahnung vom populären Geschmack haben – eine Ahnung, die wir schon anhand dessen hätten, was wir uns selbst am Kiosk kaufen. Aber diese Lektoren gehen nicht zum Kiosk. Fragen Sie einen Hardcoverlektor, was er gelesen hat, und er wird in den meisten Fällen antworten: ›Nun, ich lese gerade zum fünften Mal Henry James, aber davon abgesehen komme ich praktisch nur noch dazu, Manuskripte zu lesen.‹

In Wahrheit ist der Geschmack der Masse der Leute, die in diesem Land lesen, etwas höher, als sich die meisten Buchlektoren in ihrer Arroganz eingestehen wollen. Wirklich schlechte Bücher verkaufen sich nicht. Aber die amerikanische Öffentlichkeit spricht auf gute Unterhaltungsliteratur an. *Watership Down/Unten am Fluß* war zum Beispiel ein großer Bestseller.«

Man sollte meinen, daß jemand, der so erfolgreich ist wie Stephen King, keine Probleme mit Lektoren mehr hat, was seine eigenen Bücher anbelangt. Aber der Erfolg bringt neue Probleme mit sich.

»Ich schreibe gern drei Fassungen: eine erste, eine zweite und dann die endgültige, die ich als Lektoren-Überarbeitung betrachte, wenn ich mich hinsetze und versuche, mit dem kritischen Auge eines Lektors zu lesen, das ganze Buch noch einmal abtippe und letzte Hand anlege. Seit meinem ungeheuren Erfolg fällt es mir immer schwerer, meinen Lektoren die Zeit für diese dritte Korrektur abzuringen. Ich habe mittlerweile wirklich Angst, daß einer sagen könnte: ›Das Buch ist großartig‹, nur weil es in den Publikationsplan paßt. Das Karussell dreht sich immer schneller, jedes Jahr. Heute soll ich Fahnen von *Frühling, Sommer, Herbst und Tod* bekommen. Das Buch hat 600 Seiten, aber die bei Viking wollen, daß ich innerhalb von fünf Tagen korrekturlese, damit sie für eine gemeinsame Werbung zwischen dem Taschenbuchverlag, ihnen selbst und der Filmgesellschaft, die *Creepshow* verleiht, im Terminplan bleiben. Sie wollen den Comic *Creepshow* von Bernie Wrightson, die gebundene Ausgabe von *Frühling, Sommer,*

Herbst und Tod und die Taschenbuchausgabe von *Cujo* in dreitausendzweihundert Werbedisplays anbieten, und zwar nicht nur in Buchhandlungen, sondern auch in Shop'n Saves-Supermärkten und dergleichen. Daher soll ich innerhalb von fünf Tagen korrekturlesen. Was ist jetzt, wenn ich dadurch ein paar dumme Fehler übersehe? Es ist keine Frage von Kreativität oder dem Versuch, das bestmögliche Buch zu veröffentlichen, was momentan zählt – es zählt nur die Werbung. Und das macht mir eine Heidenangst, denn eines Tages werden wir wirklich einen dicken Fehler machen, und dann können die Leute sagen: ›Steve King schreibt nur noch des Geldes wegen‹, und *dann werden sie recht haben.*

Was die letzten Bücher anbelangt, die Viking veröffentlicht hat, so waren die Hardcover-Verkäufe gewaltig. Sie verkaufen so um die 385 000 Exemplare als gebundene Ausgaben. Wir sprechen also von einem Umsatz von 13 Dollar 95 mal 385 000. Das ist so wichtig, daß ich überzeugt bin, wenn mir der Lektor Veränderungen vorschlägt, die ich nicht will, müßte ich nur noch sagen: ›Nein, das mache ich nicht.‹ Und es würde nie zur Diskussion stehen, daß sie meinen Vertrag kündigen, oder? Sie würden letztendlich einfach sagen: ›Also gut, dann lassen Sie es eben.‹ Das bedeutet, wenn ich mich wirklich querstelle, wird es überhaupt keine lektoratsmäßige Überarbeitung mehr geben.«

Viele Schriftsteller betrachten das wahrscheinlich als ideale Machtposition. Aber King ist sich über die Gefahren im klaren, keine Unterstützung vom Lektorat mehr zu bekommen.

»Es ist eine schreckliche Lage. Ich glaube, ich muß mich einfach dem Lektorat beugen und Veränderungen akzeptieren, auch wenn ich der Meinung bin, daß sie falsch sind. Etwas anderes tun hieße, ein Monster zu werden und zu behaupten, daß man alles richtig macht und keine Kritik, Hilfe des Lektors oder Anleitungen mehr braucht. Und das kann ich nicht machen.

Andererseits sage ich zu mir: ›Was ich schreibe, hat mich erfolgreich gemacht.‹ Und wenn jemand daran etwas ändern will, dann irrt er sich vielleicht.«

Die Beziehung Schriftsteller–Lektor ist ein Thema, das immer wieder in den beiden *Dream Makers*-Bänden* zur Sprache gekommen ist, wenn ich deutlich zu machen versucht habe, wie Kompromisse zwischen dem gemacht werden, was der Autor will und was der Lektor im Hinblick auf die Leser für richtig hält. Stephen King muß sich frei-

---

* Der erste Band erschien Deutsch unter dem Titel *Gestalter der Zukunft,* Köln-Lövenich 1982. Anmerkung des Herausgebers.

lich keine Gedanken mehr darüber machen, daß seine Manuskripte abgelehnt werden oder er ein Buch ändern muß, damit es den Anforderungen des Marktes genügt – er *ist* der Markt, zumindest ein großer Teil davon. Aber seine Bemerkung über Eingriffe des Lektors in seine Bücher beweist, daß es kein isolierter Prozeß ist, wenn ein Schriftsteller schreibt, wie wichtig er auch immer geworden sein mag. Es findet immer eine subtile Wechselwirkung statt; der Prozeß der Veröffentlichung drückt jedem Buch seine Spuren auf.

Und das ist natürlich immer mein Thema gewesen.

Ich habe in der Einführung zu *Dream Makers I* gesagt, wenn wir einfach das fertige Buch betrachten und uns nicht darum kümmern, durch welchen Prozeß es ausgedacht, geschrieben und in der wirklichen Welt veröffentlicht wurde, dann lassen wir dabei einige der wichtigsten Aspekte des Romans unberücksichtigt.

Stephen King hat seiner Sammlung *Frühling, Sommer, Herbst und Tod* das bescheidene Motto ›Die Geschichte zählt, nicht der Erzähler‹ vorangestellt. Aber dieses Interview hat deutlich gezeigt, daß die Geschichte derjenige *ist*, der sie erzählt; aber sie ist auch ein Produkt kommerzieller Berücksichtigungen, finanziellen Drucks und anderer praktischer Faktoren, die den kreativen Prozeß vergiften oder fruchtbar machen.

DOUGLAS E. WINTER

Stephen King, Peter Straub und die Suche nach dem Talisman

Die Geschichte, wie *Der Talisman* geschrieben wurde, ist beinahe so episch wie der Roman selbst. Es fing ungefähr im Herbst 1977 an, als sich Stephen King und Peter Straub in London zum ersten Mal begegneten. Bis vor zwei Jahren hatte keiner etwas von dem anderen gehört, als King auf Bitten des Verlegers *Julia* gelesen und einen kurzen Kommentar für den Klappentext des Buches geschrieben hatte. Es war »auf jeden Fall die einsichtigste« Antwort, die der Verlag erhielt, erinnert sich Straub, der damals in England lebte. »Ihm waren meine Absichten gewissermaßen sofort klar geworden.« Als Kings *Shining* und Straubs *Wenn du wüßtest* 1977 veröffentlicht wurden, spürten die beiden Schriftsteller, die auf verschiedenen Seiten des Atlantiks lebten und immer noch keinen direkten Kontakt hatten, eine bemerkenswerte Affinität, als sie die jeweiligen Bücher des anderen lasen.

STRAUB: »Mir wurde klar, wenn ich irgendwo auf der Welt einen idealen Leser hatte, dann war es wahrscheinlich Stephen King; und mir war auch klar, daß der Grund dafür war, daß seine Ziele und Ambitionen meinen sehr ähnlich waren. (. . .) Das Erlebnis, Stephen King zum ersten Mal zu lesen, war so, als hätte ich plötzlich ein lange verschollenes Familienmitglied entdeckt – oder tatsächlich einen Bruder wiedergefunden –, und das ist keine Übertreibung.«

Die beiden fingen einen Briefwechsel an. Etwa zur selben Zeit bereiteten sich Stephen King und seine Familie auf einen längeren Urlaub in England vor. Nach der Geburt seines dritten Kindes im Spätsommer 1977 und während der Niederschrift des Romans *Cujo* fand der Umzug statt.

Kings erste Bemühung, Straub kennenzulernen, wurde vereitelt, weil er an einem regnerischen Tag kein Taxi finden konnte, das ihn zu Straubs Haus im Stadtteil Crouch End von London fuhr. (Dieses Erlebnis hat er später zu einer Kurzgeschichte mit dem Titel »Crouch End« verarbeitet, die für Ramsey Campbells Anthologie *New Tales of the Cthulhu Mythos* geschrieben wurde.) Als sich die beiden Schriftsteller schließlich zu Drinks in Brown's Hotel trafen, schlug King Straub vor, sie sollten gemeinsam einen Roman schreiben. Das Thema wurde nach einem Essen in Straubs Haus erneut angesprochen.

STRAUB: »Wir blieben ziemlich lange wach und unterhielten uns darüber, und wir beschlossen, daß wir es tatsächlich versuchen würden, wenn wir die Niederschrift noch ein paar Jahre verschieben konnten, weil wir beide andere Bücher unter Vertrag hatten, die wir schreiben mußten, bevor wir damit anfangen konnten.«

KING: »Es war zum ersten Mal, daß ich ihn zu Hause zum Essen besuchte – in der Nacht, als Bing Crosby starb. Das werde ich nie vergessen. Ich kam nach Hause, und meine Schwägerin Stephanie, unser Babysitter, kam herausgelaufen und sagte: ›Du wirst nie erraten, was passiert ist! Bing Crosby ist gestorben!‹ Und ich sagte: ›Gut, keine *Road*-Filme mehr.‹ Sie war entsetzt.«

Wenig später kamen die Kings zu dem Ergebnis, daß England nichts für sie war – der geplante ein Jahr dauernde Aufenthalt wurde auf drei Monate verkürzt, sie kehrten im Dezember 1977 nach Maine zurück, aber die Pläne für den *Talisman* gingen weiter.

KING: »Das Buch nahm auf jeder Fantasy Convention, die wir besuchten, deutlichere Gestalt an. Und schließlich fanden wir auch einen Weg, wie das Buch veröffentlicht werden konnte – hauptsächlich wegen *Danse Macabre*. Wir hatten an diesem Punkt einen gemeinsamen Verlag – die Verlagsgruppe Putnam –, und als es möglich wurde, daß Berkley die Taschenbuchausgabe machte, war auf einmal alles möglich, denn es sind die Taschenbuchverlage, die den Hammer schwingen, wenn es um Geld geht.«

Aber die Geschichte wurde erst 1980 entwickelt, als Peter Straub nach zehnjähriger Abwesenheit im Kielwasser des enormen Erfolges von *Geisterstunde* in die Vereinigten Staaten zurückkehrte und sich in Connecticut niederließ. »Wann immer wir uns sahen«, erinnert er sich selbst, »versuchten wir, einen oder zwei Einfälle zustandezubringen und festzustellen, was sich daraus ergeben würde.« Eines Tages, als Straub und seine Familie die Kings besuchten, veranlaßte »eine komische Reihe von unglücklichen Zufällen« im Zusammenhang mit einer Videokassette die beiden Schriftsteller, mehrmals nacheinander die beinahe fünfzig Meilen zwischen Center Lovell und Portland, Maine, zu fahren. »Millionen Bierdosen klapperten in Kings Auto«, kichert Straub, »aber es gelang uns, den zentralen Teil des Buches fast völlig auszuarbeiten.«

Die Prämisse von *Der Talisman* hat sich King ausgedacht, aber er schreibt die Vitalität des Buches Straub zu.

KING: »Den Einfall hatte ich eigentlich schon am College. Ich muß neunzehn oder zwanzig gewesen sein, als mir einfiel, eine Geschichte über eine gescheiterte Schauspielerin und deren jungen Sohn zu schreiben, die an einem einsamen Abschnitt der Atlantikküste leben, wo sie auf den Tod wartet und wie das wohl sein würde. Ich dachte mir, daß der Junge versuchen würde, etwas zu finden, um sie zu retten.

Ich habe damit angefangen – das Stück trug den Titel ›Verona Beach‹ –, aber dann habe ich es einfach sein gelassen, weil ich damals nicht mit dem Thema zu Rande kam. Ich brachte es zur Sprache, als wir uns über Einfälle den Kopf zerbrachen, und Peter sprach darauf an. Seine Abwandlungen schienen dem Ding tatsächlich Leben einzuhauchen – genügend Leben, um es in Gang zu bringen. In diesem Sinne ist es wahrscheinlich mehr sein Buch als meins.«

1981 schrieben sie ein grobes Exposé – ein ungewöhnliches Vorgehen für beide Schriftsteller, da beide dazu neigen, instinktiv zu arbeiten, ohne detaillierte Notizen irgendwelcher Art.

STRAUB: »Ich hatte zwei Drittel von *Der Hauch des Drachen* geschrieben, und Steve kam im Frühling hierher. Wir blieben etwa drei Tage in meinem Büro und unterhielten uns darüber, was am Anfang des Buches tatsächlich passieren sollte. Es war eine sehr, sehr arbeitsame Zeit. Und dann kam er noch einmal zu Besuch, nachdem ich *Der Hauch des Drachen* fertiggeschrieben hatte, und wir fingen an, es auf meinem Textcomputer zu schreiben. Wir schossen einfach Pfeile ins Dunkel und versuchten herauszufinden, wohin sich unsere Geschichte entwickeln würde. Steve überraschte mich eines Abends, indem er unsere Notizen abtippte und in eine organisiertere, zusammenhängendere Form brachte. Ich habe dasselbe mit dem Rest unseres Exposés gemacht; das Ergebnis war ein umfangreicher, komplizierter Plan für die erste Hälfte des Buches – etwa fünfundzwanzig bis fünfunddreißig Seiten lang, und das war unsere ursprüngliche Rahmenhandlung. Wie sich herausstellte, war sie so nicht zu gebrauchen, weil sie viel zuviel Material enthielt. Aber sie ist spannend zu lesen. Sie beweist, daß hier zwei Leute an der Arbeit waren, die voller Ambitionen steckten.«

Die Niederschrift begann im Frühling 1982. Schon zu Beginn stellten die Autoren das faszinierende Zusammenspiel ihrer deutlich verschiedenen Stile fest. (King hat seinen Stil das »literarische Äquivalent eines Big Mac mit einer großen Portion Fritten« genannt und beschrieb Straubs Stil als »guten Stil . . . so dicht wie ein Zeitschloß«.)

STRAUB: »Wir hatten eine sehr arbeitsame, aber äußerst kameradschaftliche Zeit, während wir die ersten Kapitel auf meiner Maschine schrieben. Dann wußten wir, daß alles hinhauen würde, weil es keine Probleme mit dem Tonfall gab und keine Probleme mit der Zusammenarbeit. Unsere Stile schienen zu verschmelzen. Das Buch hat seinen eigenen Klang, es klingt nicht nach mir, und es klingt nicht nach Steve. Und das ist schön. So wollten wir es haben.

Ich glaube nicht, daß es jemandem möglich ist zu sagen, wer was geschrieben hat. Es gab Zeiten, da habe ich absichtlich Steves Stil nachgeahmt, und er hat manchmal absichtlich und spielerisch meinen nachgeahmt.«

KING: »Wir waren uns beide darin einig, daß es schön wäre, das Buch vollkommen nahtlos zu machen. Es sollte den Lesern nicht wie ein Spiel vorkommen, herauszufinden, wer welche Kapitel geschrieben hatte. Als ich meinen Teil der Überarbeitung erledigte, arbeitete ich große Teile des Manuskripts durch und war selbst nicht mehr sicher, wer was geschrieben hatte. Manchmal habe ich sogar einen Abschnitt gelesen und mir gedacht, das hast du aber wirklich gut hingekriegt, und wie sich herausstellte, stammte er von Peter! Ich konnte es nur am Abtippen unterscheiden. Er macht zwei Leertasten nach Ausrufungszeichen und zwischen Bindestrichen, und ich mache das nicht. Außerdem buchstabiert er andere Worte falsch als ich. Einmal kommt eine Uzi-Maschinenpistole vor, und Peter schrieb das Wort *Uzzi*. Und ich sagte: ›Peter, wirklich komisch, wie du Uzi schreibst.‹ Er sagte: ›Dann schau dir mal an, wie du *cemetery* schreibst!‹«

Das spielerische Element beim Verfassen des Romans beinhaltete freilich mehr als nur das gegenseitige Nachahmen des Stils. In *Der Talisman* finden sich massenhaft interne Scherze und Anspielungen, angefangen von Ortsnamen (zum Beispiel die Rainbird Towers, nach dem einäugigen Schützen in *Feuerkind*), bis hin zu einer Homage an den Horror-Schriftstellerkollegen Michael McDowell, als man ganz kurz den weiblichen Weralligator aus dessen sechsbändigem Roman *Blackwater* sieht.

Das Buch wurde von Anfang bis Ende in Teilen geschrieben, wobei die Autoren einander die Teile zuwiesen und jeder dort weiterschrieb, wo der andere aufgehört hatte. Diese Zuteilungen waren nicht von Figuren oder Schauplätzen oder Kapiteln und Unterkapiteln abhängig.

STRAUB: »Es war vollkommen wahllos. Wenn einer von uns weitermachte, dann schrieb er normalerweise bis zu einem Punkt, an dem er aufhören wollte. Wir achteten also gar nicht auf unsere Einteilungen, sondern schrieben einfach weiter, bis wir nicht mehr wollten. Im großen und ganzen fingen wir an, starr zu schreiben, und machten es schließlich instinktiv, und das war bei weitem der bessere Weg.«

Die Seiten wurden elektronisch ausgetauscht, per Telefonmodem zwischen ihren jeweiligen Textcomputern.

KING: »Es war ein wenig wie beim Tennisspielen. Er schickte das, was er geschrieben hatte, und dann arbeitete ich drei oder vier Wochen und schickte ihm alles wieder zurück. Diese Vorgehensweise gefiel mir wirklich – teilweise, weil Schriftsteller so faul sind. Es war herrlich, das Buch wuchs ohne mein Zutun. Aber es war auch ein wenig wie früher, als ich die *Saturday Evening Post* mit dem Fortsetzungsroman bekam. Wenn Peter sagte, daß er etwas schickte, war ich immer sehr aufgeregt, weil ich wieder einen Teil der Geschichte lesen konnte.«

Erst als das Buch fertig war, hat der eine revidiert oder bearbeitet, was der andere geschrieben hatte.

STRAUB: »Ich glaube, wir waren diesbezüglich beide ein wenig zimperlich. Wie dem auch sei, wir akzeptierten bis zum Ende des Buches beide, was der andere geschrieben hatte. Bei der letzten Bearbeitung nahmen wir uns dann ziemlich freie Hand mit dem Material des anderen. Es gab Zeiten, da wünschte ich mir, wir hätten das ganze Buch so schreiben können, denn es war ein wunderbares und tiefgreifendes Erlebnis, wie es nur den wenigsten Schriftstellern je einmal zuteil wird. Wenn man Material auf diese Weise bearbeitet, dann ist das, als hätte man eine Röntgenaufnahme vom Verstand des anderen vor sich.«

Das fertige Buch beinhaltet etwa ein Viertel des ganzen geschriebenen Materials.

KING: »Die Probleme beim *Talisman* waren immer Probleme mit der Länge. Das Buch war als ›Hol-es-und-bring-es-zurück‹-Geschichte konzipiert worden, ganz im Gegensatz zum *Herrn der Ringe*, das eine ›Nimm-es-und-werde-es-los‹-Geschichte ist. Allmählich wurde uns klar, daß wir nur die Hälfte der Geschichte ausgearbeitet hatten – das heißt, ungefähr bis zu dem Punkt, an dem Jack es bekommt; wie er es zurückbringt, hatten wir einer anderen Planungssitzung vorbehalten. Aber im November 1982 hatten wir bereits sechshundert Manuskriptseiten. Also setzten wir uns zusammen, sahen einander an und sagten: ›Wir *müssen* etwas unternehmen.‹ Wir haben zahlreiche Einfälle durchdiskutiert, weil wir uns über viele Vorfälle während des Rückwegs unterhalten hatten, und wir hatten Zwischenfälle für den Rückweg geplant, zu denen wir noch gar nicht gekommen waren, und uns wurde klar, daß die Geschichte *lang* werden würde.«

STRAUB: »Es wäre ein Roman mit viertausend Seiten geworden, und Steve und ich wären beide tot, wenn wir immer noch versuchen würden, das Ding zu schreiben!«

Am Erntedankfest 1982 trafen sich die beiden Familien im Long Wharf Marriot in Boston. Nachdem die Frauen und Kinder zu Bett gegangen waren, blieben die beiden Schriftsteller noch lange wach und tranken und führten den »großen Erntedank-Putsch« durch, im Verlauf dessen das Buch radikal auf seine veröffentlichte Form und Länge zusammengestrichen wurde.

KING: »Es muß gegen Mitternacht gewesen sein. Wir saßen in einer Bar und unterhielten uns über alles, und wir hatten beide zuviel getrunken. Ich stand auf und ging aufs Klo, und während ich dort stand, dachte ich mir: ›Angenommen, sie bekommen es, und die böse Seite fällt einfach auseinander, und sie selbst fahren mit einer Limousine nach Hause?‹ Also ging ich zu Peter zurück und sagte: ›Hör mal, ich habe beim Pissen einen Einfall gehabt . . .‹«

STRAUB: »Ja, genau das hat er gemacht, er ging aufs Klo, und als er zurückkam, hat er mir seinen Einfall erzählt. Er war brillant, und er war richtig. Dann unterhielten wir uns darüber, wie wir das Buch beenden konnten, was sehr schnell Form annahm – und auf eine Weise, die ich emotional sehr bewegend fand. Wir sahen allmählich das Ende. Ich sah es, während wir gemeinsam entwarfen, als eine Reihe sehr grell gemalter Bilder, wie eine Reihe von Gobelins, mit großen, einfachen Aussagen darauf. Und wir dachten, weil alles so einfach war, würde der Effekt überwältigend sein.«

Der Talisman fängt am 15. September 1981 an, als ein Junge namens Jack Sawyer am Arcadia Beach an der Küste von New Hampshire steht, »da, wo Wasser und Land zusammentreffen. (. . .) Er war zwölf Jahre alt und groß für sein Alter. Der Seewind wehte ihm das braune, ein wenig zu lange Haar aus der klaren Stirn. (. . .) Sein Leben kam ihm so unstet vor wie das wogende Wasser vor ihm.« Obwohl er anfänglich nur etwas Geheimnisvolles spürt, wird sich Jack Sawyer bald auf eine epische Suche begeben – eine lange Reise von einer Küste zur anderen –, deren Ausgang das Schicksal dieser Welt bestimmen könnte . . . und das des anderen Landes ebenfalls. Jack wurde von seiner Mutter Lily Cavanaugh, »über zwei Jahrzehnte hinweg die Königin der B-Filme«, nach Arcadia Beach gebracht. Sie stirbt an Krebs und hat ihr Haus am Rodeo Drive in Los Angeles unvermittelt verkauft – zuerst, um eine Wohnung am Central Park West zu mieten, dann, um sich noch weiter zurückzuziehen, in das ruhige Hotel Alhambra Inn an der Küste von New Hampshire. Bei ihrer Ankunft glaubt Jack einen Regenbogen über dem Giebeldach des Hotels zu sehen: »Eine Art Zeichen, die Verheißung besserer Dinge. Aber da war kein Regenbogen gewesen.« Der Zustand seiner Mutter verschlechtert sich weiter, zusätzlich vorangetrieben vom ränkeschmiedenden, gierigen Geschäftspartner ihres verstorbenen Mannes, Morgan Sloat, der darauf aus zu sein scheint, Lily nicht nur ihr Geld zu nehmen, sondern auch das

238

Leben. Nur die Regenbogenträume von einem Land wie Oz geben Jack und seiner Mutter Hoffnung.

Der große amerikanische Roman eines Jungen, Mark Twains *Die Abenteuer von Huckleberry Finn* (der erstmals 1884 veröffentlicht wurde, genau hundert Jahre vor dem *Talisman*), endet damit, daß Huck nach Westen deutet und bereit ist,»in die Region« aufzubrechen, die er im Verlauf seiner Reisen mit Nigger Jim auf dem Mississippi stets gesucht, aber nie gefunden hat. Jack Sawyer, der diese Reise nach Westen unternehmen wird, ist ein Amalgam solcher literarischer jugendlicher Abenteurer, der einerseits in ihrer Tradition lebt und dennoch durch und durch modern ist. (Er mag zwar Sawyer heißen, aber wir erfahren gleich zu Beginn, »auch Onkel Tommy war tot.«)

In einem verlassenen Vergnügungspark am Arcadia Beach findet Jack seinen eigenen Nigger Jim – den alten aber zeitlosen Speedy Parker, der ihn »Travelling Jack« nennt, eben der Spitzname, der ihm von seinem verstorbenen Vater verliehen wurde. Speedy Parker, Nachfahre von Dick Hallorann in *Shining* und Bud Copeland in *Schattenland*, ist die Pforte zu einer Wildnis des Instinkts und primitiven Entsetzens, die Jack konfrontieren muß. Er offenbart ihm, daß die Tagträume von Jacks Jugend real sind: Durch einen Schluck aus einer billigen Weinflasche kann Jack »überwechseln« – sich in eine andere Welt katapultieren, die »die Region« heißt, ein »gutes Land«, das in einer verklärten mittelalterlichen Vergangenheit verblieben ist . . . das von der Zeit geheiligte Reich, das in den »Narnia«-Büchern von C. S. Lewis und so vielen anderen Fantasy-Romanen unsterblich gemacht worden ist. Die Reise durch dieses Land, erfährt Jack, führt zu etwas, das der Talisman heißt – die einzige Hoffnung des Überlebens für seine Mutter.

KING: »Der Einfall für das Buch hat mich wirklich erregt, so wie ich immer aufgeregt werde, wenn ich denke, daß ich etwas entdeckt habe, was brandneu ist, das noch niemand vorher gemacht hat. Und dann kommt natürlich immer der Tiefschlag – in diesem Fall, als ich meinem Sohn Owen die *Oz*-Geschichten vorgelesen und festgestellt habe, daß Frank Baum die Vorstellung, in eine andere Welt überzuwechseln, schon vor Jahren erfunden hatte. Aber wir hatten viel Spaß mit diesem Einfall, und ich denke immer noch, daß er ein echter Kunstgriff war. Das war einer der Vorteile, mit Peter zusammenzuarbeiten: Alles ging mehr in die Richtung, ein Buch künstlerisch zu gestalten, ganz anders als diese Art weißglühender Hitze, die ich immer bei meinen Büchern empfunden habe – abgesehen von *Dead Zone* –, wenn sie sich fast von selbst zu formen schienen.«

Die Dualitäten, die implizit in Kings erstem Roman einer epischen

Suche, *Das letzte Gefecht,* und Straubs magischem Spiegelkabinett *Schattenland* enthalten sind, werden in *Der Talisman* explizit gemacht. Die Region ist eine Parallelwelt im wahrsten Sinne des Wortes: Menschen, Orte und Geschehnisse werden dort dupliziert und auf uns zurückgespiegelt, wobei die Ursache und Wirkung scheinbar gleichermaßen unzutreffend sind. So kann der Zweite Weltkrieg seinen Ursprung in einer Palastrevolution in der Region haben, während Atomwaffenversuche in Nevada und Utah den westlichen Teil der Region in das verwüstete, apokalyptische »verbrannte Land« verwandelt haben könnten.

Jack findet heraus, daß die meisten Menschen ein Spiegelbild, einen »Zwilling« in der Region haben. Seine Mutter, die Königin der B-Filme, ist Zwilling von Laura DeLoesian, der buchstäblichen Königin des phantastischen anderen Landes, die unter einer seltsamen Schlafkrankheit leidet. Der böse Morgan Sloat – der so tückisch und feist ist, wie sein Name andeutet – entspricht Morgan von Orris, dem pferdefüßigen Thronräuber der Region. Aber Jack Sawyer hat kein anderes Selbst; sein Zwilling, der im Kindbett gestorben ist, hieß Jason – nicht nur eine Anspielung auf die mythische Suche nach dem Talisman des Goldenen Vlieses, sondern auch, wie sich bald herausstellt, der in der Region gebräuchliche Name für Jesus. Obwohl Jason von Morgan im Schlaf ermordet wurde, lebt er in Jack weiter. (»Jungs wie Jason haben die Eigenheit, wiederzukehren«, wird Jack klar.) Seine Jason-Seite ist die Verkörperung der klassischen Heldenmythologie, die King und Straub überall im *Talisman* beschwören.

KING: »Es ist ein sehr mythisches Buch. Das wunderbarste für mich ist, wie sehr das Buch in seiner Erzählweise an das achtzehnte und neunzehnte Jahrhundert erinnert, und auch in seinem Versuch, gewaltige Archetypen zu schaffen.

Uns interessierte das Konzept des Helden in der Literatur. Wir unterhielten uns über den Helden hinsichtlich der Suche, der Mythifizierung des Helden, und die Rückkehr des Helden zu einem geringeren Wesen, nachdem die Suche zu Ende ist. *Huckleberry Finn* ist ein pittoresker Roman, der keinen bestimmten Gegenstand für seine Suche braucht, daher konzentrierten wir uns statt dessen auf Geschichten wie die von Jesus, von König Arthur, Sir Gawain und dem grünen Ritter. Wir haben uns über all das unterhalten, und als wir das Buch schrieben, schlug es sich nieder wie Sediment.«

Der Talisman ist ganz sicher nicht der Horror-Roman, den sich viele Leser von der Zusammenarbeit erhofft haben werden. Straub hofft, daß das Buch mit dazu beiträgt, die Etiketten zu entfernen, mit denen ihre Namen versehen sind.

240

STRAUB: »Wenn Steve eine Liebesgeschichte schreiben würde, würden die Verlage sie als ›Liebesgeschichte vom Meister des Horrors‹ vermarkten. Der Ruf, Horror-Autor zu sein, ist so, als würde man einen langen Mantel mit Schleppe tragen; er breitet sich hinter einem aus, ohne jemals richtig aufzuholen. Ich finde daran nichts Schlimmes. Die Leute brauchen bequeme Nischen im Kopf, in die sie einen schieben können. Und ich glaube nicht, daß es die Leute stören wird, wenn es kein konventioneller Horror-Roman ist, solange sie ihn bewegend oder spannend oder schön finden.«

Obwohl *Tom Sawyer* und *Huckleberry Finn* in dem Buch zitiert werden, beschwört es Mark Twain nicht so bewußt herauf wie der Leser vermuten könnte.

STRAUB: »Am Anfang hatten wir Twain vor Augen, aber das fertige Buch erweckt den Eindruck, als wären unsere Anstrengungen bewußter gewesen, als sie es tatsächlich waren. Ich weiß, daß wir an Tom Sawyer dachten, als wir Jack getauft haben; aber wir dachten wirklich nicht das ganze Buch über an Twain.«

Jack Sawyer ist nicht die einzige Figur, deren Namen absichtlich gewählt wurde. Seine fiktive Tante Helen Vaughan hat eine Namensvetterin in Arthur Machens »Der große Gott Pan«; und zwei weniger angenehme Figuren, Smokey Updike und Sunlight Gardener, wurden – scherzhaft – nach John Updike und John Gardner genannt, zwei Schriftstellern, die von der literarischen Kritik mit Lob überhäuft werden, während Horror und Fantasy so häufig herabgesetzt werden.

Während der Niederschrift von *Der Talisman* las King alles, was Twain über Tom Sawyer und Huck Finn geschrieben hat.

KING: »Alles – und er hat eine ganze Menge geschrieben. Eine ganze Menge, um sein Haus zu bezahlen, und vieles davon ist nicht gut, aber ich habe alles gelesen – Sie wissen schon, auch *Tom Sawyer Abroad* und *Tom Sawyer, Private Detective*. Aber im *Talisman* findet sich nicht besonders viel von Twain. Man hat nie den Eindruck, als würde Huck die Welt betrachten und sagen: ›Herrje, das ist echt prächtig.‹ Jack ist nie glücklich über seine Reise. Kaum etwas von dem, was er sieht, versetzt ihn in Hochstimmung. Mir scheint, er steht seiner Reise nur einmal positiv gegenüber, als er verschiedene Erlebnisse in der Region hat und von Schönheit und einem guten Gefühl überwältigt wird.«

Der Talisman spielt bewußt auf Leslie Fiedlers kontroversen Essay »Come Back to the Raft Ag'in, Huck Honey!« an, in dem erstmals deutliche Untertöne von Homosexualität in *Huckleberry Finn* und anderen klassischen amerikanischen Romanen erforscht wurden.

STRAUB: »Das Material ist teilweise vorhanden, weil wir uns beide bewußt waren, wir waren gefährlich nahe daran, ein Jugendbuch zu schreiben, und wir wollten ganz sicher sein, daß es nicht wie Walt Disney geriet, deshalb wollten wir ein paar derbe, deutlich sexuelle und schockierende Dinge darin haben. Und wir stolperten schon beim Abfassen des Exposés in diese Stimmung. Es ist daher als thematisches Motiv vorhanden, sollte aber auf gar keinen Fall als Reflexion über das Thema Homosexualität verstanden werden.«

Die Heilung von Jacks Mutter ist nicht der einzige Grund der Suche des Jungen; die implizite Mutterfigur in *Der Talisman* ist Mutter Erde, die von der krebsartigen Ausbreitung der modernen Zivilisation befallen ist. Nachdem Morgan Sloat das Geheimnis der Region erfahren hat, hat er versucht, Land und Menschen seinen Willen aufzuzwingen. Er hat die Schwarze Magie moderner Technologie importiert, einschließlich automatischer Waffen und Explosivstoffe; noch schlimmer, er hat das Land und seine Bewohner mit dem kranken Weltbild steriler Vernunft angesteckt. Romantik und Zauber der Region verschwinden ebenso schnell, wie die Gesundheit der Königin schwindet; Sloat und die krebserzeugenden Maschinen des »Fortschritts« setzen die alten Weisheiten und den intimen Kontakt zwischen Mensch und Umwelt außer Kraft. Die dunkle Seite, das machen die Autoren klar, ist das moderne Amerika, wo »Travelling Jack« am Rande der Zivilisation leben und in der nomadischen Subgesellschaft, die King »Reagans Amerika« nennt, überleben muß: »Die Gezeiten einer Unterschicht, die Opfer der Gesellschaft, die Obdachlosen, auf die andere Menschen heruntersehen, die Obdachlosen und Heimatlosen, die existieren, ohne daß jemand sie wahrnimmt.«

STRAUB: »Was Steve als ›Reagans Amerika‹ bezeichnet, ist fast implizit in den Elementen enthalten, die wir für das Buch gesammelt haben. Das Buch scheint vom Tod des Landes zu handeln, von der schrecklichen Vergiftung des Landes. Es ist, unter anderem, eindeutig gegen die Kernenergie.

Wenn ich an *Der Talisman* denke, muß ich diese von Leichen übersäte Landschaft sehen, voller Blut und Leichenteile. Aber obwohl das Buch voll ist von Gewehrfeuer und dem Dröhnen der Trommeln, ist es meiner Meinung auch voll Güte und Zuneigung. Es ist ein sehr zärtliches Buch, viel zärtlicher als man gedacht haben könnte.«

Wie paßt *Der Talisman* zu den anderen Romanen von King und Straub?

KING: »Wie Casey Stengel zu sagen pflegte, man muß es mit einem Sternchen kennzeichnen.«

STRAUB: »Die Tatsache, daß wir so ein langes Buch geschrieben haben und soviel Zeit mit individuellen Episoden verbrachten, hat mich zu einer erzählerischen Einfachheit gezwungen, wie ich sie sonst nicht habe. Das Buch ist viel einfacher als die, die ich normalerweise schreibe – das heißt, es setzt sich nicht bruchstückhaft aus Episoden zusammen, die scheinbar nichts miteinander zu tun haben, wie ich normalerweise zu schreiben pflege. Und da ich mit Steve zusammengearbeitet habe, ist es viel offenherziger geworden. Ich glaube, daß man auch in meinen Büchern Güte und Großzügigkeit findet, aber normalerweise nicht so deutlich ausgedrückt. Es enthält wahrscheinlich dieselben Neurosen wie meine anderen Bücher, aber da ich nicht weiß, was sie sind, kann ich sie auch nicht aufzählen. Ich weiß, daß ich eine Menge dabei gelernt habe; sein Einfluß wird sich vielleicht in meinen späteren Büchern zeigen.«

KING: »Abgesehen von *Julia,* drückt Peter in all seinen Büchern ein Interesse für Jungs aus, die erwachsen werden – und für die Ausbildung von Jungs. Und dieses Buch handelt auf zahlreiche unterschiedliche Weisen von der Ausbildung eines Jungen. Ich glaube, es handelt auch von einem Konflikt von Lebensstilen, den wir nur zu gut kennen – dem Lebensstil des Jungen, der erzogen wird, um Gutes zu tun, und dem Lebensstil des Jungen, der erzogen wird, Geld zu verdienen.«

STRAUB: »Es scheint etwas mehr in Steves Domäne zu liegen, weil er häufiger über Kinder schreibt als ich, und dies ist wirklich ein gutes Buch über einen Jungen. In den Büchern, die jeder von uns geschrieben hat, finden sich einige ödipale Anwandlungen, ich glaube, dies ist eine Art Zusammenfassung. Es ist ein monumentaler ödipaler Roman, aber das wurde mir erst Monate nachdem wir ihn vollendet hatten bewußt.«

KING: »Es handelt von Kindern, die Macht haben. Es handelt von Geschichten. Es schien in vieler Hinsicht eine Art Sport zu sein, und doch trage ich die Einfälle dazu schon seit zwanzig Jahren mit mir herum, demnach scheint es mir schon wichtig zu sein.

Ich weiß nicht, was die Kritiker daraus machen werden. Als wir mit dem Projekt anfingen, dachte ich mir, daß wir von der Kritik zerrissen werden würden. Ich weiß nicht, ob das noch so sein wird, denn das Buch ist gut. Ein Vorzeichen könnte sein, daß die Zeitschrift *People* in ihrem ›Das-Beste-und-Schlechteste-des-Jahres‹-Artikel sowohl *Christine* als auch *Der Hauch des Drachen* in der Rubrik ›die schlechtesten Bücher‹ besprochen hat, und dort hieß es: ›Behalten Sie diese beiden Männer im Auge. Sie haben die beiden schlechtesten Bücher des Jahres geschrieben, und jetzt schreiben sie eines gemeinsam.‹ Man muß sich sagen, daß einem die Kritiker nicht freundlich gesonnen sein werden, denn das Projekt wird garantiert eine Menge Geld abwerfen – und wenn man die Tatsache mit berücksichtigt, daß Steven Spielberg die Filmrechte hat, wird es noch schlimmer sein, denn dann können die Kritiker auch noch mit seinem Namen herumspielen.

Ich glaube, die Leser werden das Buch mögen, aber es wird sein wie mit *E. T.* oder ein paar anderen Sachen, die Spielberg in letzter Zeit gemacht hat. Es wird sich ganz von vorne behaupten müssen, weil unsere vorhergehenden Bücher so erfolgreich waren. Auf anderen Gebieten gelten diese Standards nicht; wenn jemand außerhalb künstlerischer Tätigkeit immer wieder Erfolg hat, dann sagt man, er ist gut, niemand ist überrascht, daß er etwas Richtiges gemacht hat, jeder wäre überrascht, würde er etwas Falsches machen. Aber wenn man in unserem Bereich gut und populär in dem ist, was man macht, muß man sich um so mehr beweisen, je erfolgreicher man wird. Die Leute neigen dazu zu denken: ›Nun, er wird bald aufhören, hart zu arbeiten, und nur noch hinschludern.‹ Das sagt natürlich am deutlichsten etwas über das Denken des Kritikers aus, über das, was er tun würde, würde er so etwas schreiben, und das läuft etwa auf folgendes hinaus: ›Wenn ich genügend Geld verdient hätte, würde ich mich einfach hinsetzen und ab und zu ein wenig Gedankenrotz aus meinem Kopf schneuzen, zu Papier bringen und wieder das große Geld machen.‹

Mit anderen Worten, es herrscht die Meinung vor, daß solche Bücher vollkommen unwichtig sind. Nun, scheiß drauf; ich denke, ob zu Recht oder zu Unrecht, daß das, was wir tun, *wichtig* ist.«

Spekulationen darüber, ob die Autoren vorhaben, noch einmal zusammenzuarbeiten, sind wohl zwangsläufig, aber vorläufig existieren keine Pläne für eine Fortsetzung von *Der Talisman* oder eine andere Zusammenarbeit – obwohl King in einem Roman mit dem Titel *Die Augen des Drachen* wieder in die Region zurückkehren wird.

STRAUB: »Ich glaube, Steve und ich sind beide froh darüber, daß wir das hinter uns haben. Es war eine ungeheure Anstrengung – und nur ein Teil hatte mit der Art der Zusammenarbeit zu tun. Es gab Probleme, die man normalerweise nicht hat, wenn man ein Buch schreibt, denn es waren zwei Visionen von zwei dickköpfigen Menschen, und manchmal paßten die Visionen nicht zusammen. Ich halte es für unwahrscheinlich, daß wir noch einmal etwas gemeinsam schreiben, und das ist in mancherlei Hinsicht schade. Aber in anderer Hinsicht ist es wieder überhaupt nicht schade, denn es war außerordentlich aufreibend und hat manchmal Dinge von mir verlangt, die ich normalerweise nicht zu geben bereit bin.«

KING: »Es war eine sehr zufällige Sache. Vielleicht wird es nie wieder dazu kommen. Als wir sagten, daß wir es machen würden, haben viele Leute zu uns gesagt, unsere Freundschaft würde daran zerbrechen. Aber das ist nicht passiert; und ich glaube, wir haben ein Buch geschrieben, auf das wir beide sehr stolz sind.

Wie dem auch sei (lächelt), Peter hat die schmutzigen Fotos zurückgegeben, die er in dem Motel gemacht hat, und damit ist jetzt alles in Ordnung.«

ERIC NORDEN

Das *Playboy*-Interview mit
Stephen King

PLAYBOY: Der Protagonist von *Brennen muß Salem!*, ein aufstrebender junger Autor, der Ähnlichkeiten mit seinem Schöpfer aufweist, gesteht einmal: »Wenn ich manchmal nachts im Bett liege, denke ich mir ein *Playboy*-Interview mit mir selbst aus. Zeitverschwendung. Sie nehmen nur Autoren, wenn ihre Bücher groß rausgekommen sind.« Zehn Romane und mehrere Millionen Dollar auf dem Konto später, *sind* Ihre Bücher groß rausgekommen. Wie ist einem dabei zumute?

KING: Großartig! Gefällt mir! Und es ist meinem Ego natürlich ungeheuer zuträglich, wenn ich mir vorstelle, Partner eines *Ihrer* Interviews zu sein, bei dem mein Name schwarz und fettgedruckt erscheint, und dazu die drei Fotos unten auf der Seite, über den Zitaten, wo ich es etwas versaut und mich verplappert habe. Es ist eine Ehre, in der unsterblichen Gesellschaft von George Lincoln Rockwell und Albert Speer und James Earl Ray zu sein. Was war los, konntet ihr Charles Manson nicht bekommen?

PLAYBOY: Wir haben Sie dieses Jahr als unseren Angstmacher auserkoren. Die Abstimmung war nicht einmal knapp.

KING: O. K., Waffenstillstand. Ich freue mich wirklich, denn als ich – scheinbar ohne nennenswerten Erfolg – versuchte, den Durchbruch als Schriftsteller zu schaffen, las ich immer Ihre Interviews, und sie waren mir stets ein sichtbares Symbol der Errungenschaft ebenso wie des Ruhms. Ich krame, wie die meisten Schriftsteller, in meinen Erinnerungen nach Stoffen, aber ich bin selten wirklich explizit autobiographisch. Der Abschnitt aus *Brennen muß Salem!*, den Sie zitiert haben, ist eine Ausnahme, und er spiegelt meine Einstellung aus der Zeit wieder, bevor ich mein erstes Buch verkaufte, als wirklich nichts zu klappen schien. Wenn ich in jenem schwarzen Loch der Nacht, wenn alle Zweifel und Ängste und Unsicherheiten fauchend auf einen einstürmen – die Skandinavier nennen das die Wolfsstunde – nicht schlafen konnte, lag ich im Bett und fragte mich, ob ich nicht das kreative Handtuch werfen sollte. Dann dachte ich mir Masturbationsphantasien aus, in denen ich ein erfolgreicher und angesehener Schriftsteller war. Dort fing mein imaginäres *Playboy*-Interview an. Ich stellte mir vor, wie ich ruhig

247

und gefaßt, majestätisch, sein würde, wie ich mit erleuchtet formulierten Antworten auf die schwersten Fragen antworten und brillante *aperçus* wie Tennisbälle von der Wand abspielen würde. Und jetzt, wo Sie tatsächlich hier sind, werde ich wahrscheinlich nichts anderes tun als stammelnde Ungereimtheiten von mir geben! Aber ich schätze, daß es eine gute Therapie war. Es beschäftigte mich die Nacht über.

PLAYBOY: Was Sie die Nacht über beschäftigt, wird ein wesentliches Thema dieses Interviews sein. Interessierten Sie sich als Kind für Gespenstergeschichten?

KING: Ghulchen und Gespensterchen und alles, was in der Nacht herumspukt – was Sie wollen, ich liebte alles! Damals konnte mein Onkel Clayton, ein großartiger alter Bursche, der seinen kindlichen Sinn für das Wunderbare nie verloren hatte, einige der besten Geschichten erzählen. Onkel Clayt schob die Jagdmütze auf seinem schlohweißen Haarschopf zurück, rollte sich mit einer leberfleckigen Hand eine Bugler-Zigarette, zündete sie mit einem Diamond-Streichholz an, das er an seiner Schuhsohle anzündete, und fing an, tolle Geschichten zu erzählen, nicht nur von Gespenstern, sondern auch von hiesigen Legenden und Skandalen und familiären Angelegenheiten, den Unternehmungen von Paul Bunyan, allem unter der Sonne. Ich lauschte an Sommerabenden auf der Veranda atemlos seinem östlichen Akzent, und ich war in einer anderen Welt. Möglicherweise in einer besseren Welt.

PLAYBOY: Haben diese Geschichten Ihr Interesse am Übernatürlichen geweckt?

KING: Nein, das reicht zurück, soweit ich mich erinnern kann. Aber Onkel Clayt war ein großartiger Geschichtenerzähler. Clayt war ein Original. Wissen Sie, er konnte Bienen »spüren«. Das ist eine merkwürdige ländliche Begabung, die es einem ermöglicht, einer Honigbiene von einer Blume bis zu ihrem Bienenstock zu folgen – manchmal meilenweit durch Wälder und Unterholz und Moore, aber er hat nie eine verloren. Manchmal frage ich mich, ob dazu nicht mehr als nur gute Augen gehörten. Außerdem hatte Onkel Clayt noch eine andere Begabung: Er war Wünschelrutengänger. Er konnte mit einer alten Astgabel Wasser finden. Ich weiß nicht, wie und warum er es gemacht hat, aber er konnte es.

PLAYBOY: Glauben Sie wirklich an dieses Ammenmärchen?

KING: Nun, eine entzündete Wunde mit einer Scheibe schimmligen Brotes zu bedecken, das war auch ein Ammenmärchen, aber es ging dem Penicillin um tausend Jahre voraus. Aber zugegeben, anfangs war ich skeptisch, was das Wünschelrutengehen anbelangt, bis ich es tatsächlich selbst sah und erlebte – als Onkel Clayt sämtliche Experten Lügen strafte und einen Brunnen in unserem Vorgarten fand.

PLAYBOY: Sind Sie sicher, daß Sie nicht einfach der Macht der Suggestion aufgesessen sind?

KING: Zugegeben, das wäre eine Erklärung, oder zumindest eine vernunftmäßige Begründung, aber ich bezweifle es. Ich war ein unerschütterlicher Skeptiker. Ich halte es für wahrscheinlicher, daß es eine vollkommen logische und nicht übernatürliche Erklärung für das Wünschelrutengehen gibt – lediglich eine, die die Wissenschaft bis jetzt noch nicht versteht.
Es ist leicht, sich über solche Sachen lustig zu machen, aber vergessen Sie nicht Haldanes Gesetz, eine Maxime, die der berühmte britische Wissenschaftler J. B. S. Haldane geprägt hat: »Das Universum ist nicht nur seltsamer, als wir uns vorstellen, es ist seltsamer, als wir uns vorstellen *können*.«

PLAYBOY: Hatten Sie sonst noch übersinnliche Erlebnisse als Kind?

KING: Nun, nochmals, ich bin nicht sicher, ob das Wünschelrutengehen überhaupt übersinnlich war – wenigstens nicht in dem Sinne, wie der Ausdruck heute mißbraucht wird. War es ein übersinnliches Erlebnis, wenn Menschen im achtzehnten Jahrhundert Steine vom Himmel fallen sahen? Das wissenschaftliche Establishment brauchte sicherlich noch fünfzig Jahre, bis die Existenz von Meteoriten eingestanden wurde. Aber um Ihre Frage zu beantworten, nein, ich habe als Kind sonst nichts erlebt, das nach Übernatürlichem riecht.

PLAYBOY: Haben wir nicht anderswo gelesen, daß es in Ihrem Haus – in dem dieses Interview übrigens stattfindet – spukt?

KING: Oh, gewiß, es ist der Schemen eines alten Mannes namens Conquest, der vor etwa vier Generationen aus diesem irdischen Jammertal verschied. Ich habe den alten Tattler nie gesehen, aber wenn ich ab und zu bis spät in die Nacht arbeite, bekomme ich das unbehagliche Gefühl, daß ich nicht allein bin. Ich wünschte, er würde sich zeigen, vielleicht könnten wir zusammen Cribbage spielen. Niemand meiner Generation spielt das mit mir. Er starb übrigens im Salon, in dem wir gerade sitzen.

PLAYBOY: Danke. Dürfen wir Ihren Erfahrungen mit dem Wünschelrutengehen und ähnlichem entnehmen, daß Sie an außersinnliche Wahrnehmung und übersinnliche Phänomene im allgemeinen glauben?

KING: Ich würde nicht sagen, daß ich daran glaube. Wissenschaftliche Verdikte schließen das meiste davon aus, und man sollte sie sicherlich nicht einfach gutgläubig akzeptieren. Aber ich bin nicht der Meinung, wir sollten sie nur deshalb abtun, weil wir nicht verstehen können, wie und warum und nach welchen Gesetzen sie funktionieren. Es besteht ein gewaltiger und wichtiger Unterschied zwischen dem Unerklärten und dem Unerklärlichen, daran sollten wir immer denken, wenn wir von sogenannten übernatürlichen Phänomenen sprechen. Ich persönlich ziehe übrigens den Ausdruck »wilde Talente« vor, den der Science-Fiction-Autor Jack Vance geprägt hat.

Es ist jedenfalls zu schade, daß das orthodoxe wissenschaftliche Establishment solchen Fragen nicht unvoreingenommener gegenübersteht, denn sie sollten rigorosen Untersuchungen und Überprüfungen unterzogen werden – schon allein aus dem Grund, daß sie nicht zur alleinigen Angelegenheit von Spinnern und Scharlatanen verrückter okkulter Randgruppen werden.

Es gibt eine Menge Beweise dafür, daß die amerikanische und die sowjetische Regierung dieses Thema verdammt viel ernster nehmen, als sie öffentlich zugeben wollen, und daß sie Forschungen höchster Priorität betreiben, um ein ganzes Spektrum esoterischer Phänomene zu verstehen und zu isolieren – von Levitation und Kirlian-Fotografie (das ist ein fotografischer Prozeß, der die menschliche Aura sichtbar macht) bis hin zu Telepathie, Teleportation und Psychokinese.

Traurigerweise und wahrscheinlich seltsamerweise verfolgt keine Seite das Thema aufgrund einer objektiven Suche nach wissenschaftlicher Wahrheit. Sie interessieren sich in Wahrheit nur für Spionage und das militärische Potential, etwa um die Gehirne von Raketensilo-Kontrolleuren zu verwirren oder um die Entscheidungen von nationalen Führern in Krisensituationen zu beeinflussen. Eine Schande, denn wir sprechen hier davon, die Geheimnisse des menschlichen Verstandes zu enträtseln und die innere Grenze zu erforschen. Das sollte man auf gar keinen Fall in den Händen des CIA oder des KGB lassen.

PLAYBOY: Sowohl *Carrie* als auch *Feuerkind* handeln von den wilden Talenten junger Mädchen an der Schwelle zum Erwachsenwerden. Waren das literarische Aufarbeitungen des Poltergeist-Themas, wie es von Steven Spielbergs Film *Poltergeist* populär gemacht wurde?

KING: Nicht direkt, wenngleich ich gestehen muß, daß eine Ähnlichkeit existiert. Poltergeistaktivität soll angeblich eine plötzliche Manifestation quasihysterischer psychischer Energie bei Kindern, im allgemeinen Mädchen, sein, die gerade in die Pupertät kommen. Diesbezüglich könnte man also sagen, daß speziell Carrie eine Art Poltergeist ist. Ich möchte aber damit nicht sagen, daß an dem sogenannten Poltergeist-Phänomen etwas objektiv Gültiges dran wäre, nur daß das eine der möglichen Erklärungen sein könnte. Aber ich habe das ganze Thema niemals ernsthaft recherchiert, und die Fälle, von denen ich gelesen habe, sind von soviel *National-Enquirer*-Material und Sensationshascherei umgeben, daß ich dazu neige, mir ein Urteil zu verkneifen. Charlie McGee, das Mädchen in *Feuerkind*, besitzt tatsächlich eine spezielle Begabung, wenn das der richtige Ausdruck ist, die über das Poltergeist-Phänomen hinausgeht, auch wenn sie gelegentlich in Verbindung damit genannt wird. Charlie kann Feuer entfachen – sie kann Häuser niederbrennen, oder, wenn ihr kein anderer Ausweg mehr bleibt, Menschen.

Beim ganzen Themenkreis wilder Talente war es während der Recherchen für *Feuerkind* faszinierend herauszufinden, daß es ein ausreichend dokumentiertes und dennoch völlig verblüffendes Phänomen mit der Bezeichnung Pyrokinese gibt, oder spontane menschliche Verbrennung, wobei ein Mann oder eine Frau in einem Feuer, das fast unvorstellbare Temperaturen erzeugt, gebraten werden – ein Feuer, das aus dem *Inneren* des Opfers zu kommen scheint. Es gibt medizinisch dokumentierte Fälle auf der ganzen Welt, in denen ein Leichnam zur Unkenntlichkeit verbrannt aufgefunden wurde, während das Bett oder der Sessel, in dem er gefunden wurde, nicht einmal angesengt war. Manchmal sind die Opfer buchstäblich zu Asche verbrannt, und ich weiß durch Recherchen über Begräbnisrituale für ein neues Buch, daß die dazu erforderliche Hitze unglaublich ist. Sehen Sie, nicht einmal in einem Krematorium kann man das erreichen; daher steht ein Mann am anderen Ende des Förderbands, auf dem der Leichnam aus dem Brennofen herauskommt, der einen Rechen hat, um die Knochen zu beseitigen, bevor sie jemanden in die kleine Urne fegen, die auf den Kaminsims gestellt wird.

Ich erinnere mich an einen Fall, der Mitte der sechziger Jahre durch die Presse ging, bei dem ein Junge einfach am Strand lag, als er plötzlich in Flammen aufging. Sein Vater zerrte ihn ins Wasser und tauchte ihn unter, aber er brannte *unter Wasser* weiter, als wäre er von einer Phosphorbombe getroffen worden. Der Junge starb, und der Vater mußte mit Verbrennungen dritten Grades an den Armen ins Krankenhaus eingeliefert werden.

Es gibt viele Geheimnisse auf der Welt, viele dunkle, schattige Ecken, die wir noch nicht erforscht haben. Wir sollten nicht so anmaßend sein, alles einfach abzutun, was wir nicht verstehen können. Das Dunkel kann *Zähne* haben, Mann!

PLAYBOY: Das Dunkel war außerdem sehr lukrativ für Sie. Abgesehen von den phänomenalen Verkaufszahlen der Bücher selbst, wurde *Brennen muß Salem!* als Miniserie ans Fernsehen verkauft, und aus

Carrie und *Shining* wurden Kinofilme. Sind Sie mit den Ergebnissen zufrieden?

KING: Nun, wenn man die engen Grenzen des Fernsehens bedenkt, dann hätte *Brennen muß Salem!* wesentlich schlechter werden können. Bei dem Fernseh-Zweiteiler führte Tobe Hooper Regie, der mit *Blutgericht in Texas* Ruhm erlangte, und abgesehen von ein paar Patzern – daß er meinen Vampir Barlow zum Beispiel genau wie das leichenhaft unmenschliche Geschöpf der Nacht in dem berühmten deutschen Stummfilm *Nosferatu* aussehen ließ –, hat er seine Sache ziemlich gut gemacht. Ich atmete jedoch erleichtert auf, als Pläne, eine Fernsehserie daraus zu machen, aufgegeben wurden, weil das heutige Fernsehen einfach zu institutionalisiert, feige und phantasielos ist, echten Horror zu machen.

Brian De Palmas *Carrie* war großartig. Er handhabe das Material gekonnt und künstlerisch und spornte Sissy Spacek zu einer hervorragenden schauspielerischen Leistung an. Der Film ist in vieler Hinsicht besser als mein Buch, das meiner Meinung immer noch eine spannende Lektüre ist, aber von einer gewissen Schwerfälligkeit beeinträchtigt wird, einer Sturm-und-Drang-Eigenschaft, die im Film fehlt. Stanley Kubricks Version von *Shining* kann ich viel schwerer bewerten, weil ich der ganzen Sache immer noch zutiefst ambivalent gegenüberstehe. Ich bewunderte Kubrick lange Zeit und machte mir daher größte Erwartungen, was das Projekt anbetraf, aber vom Endergebnis war ich zutiefst enttäuscht. Teile des Films sind grauenerregend und vollgepackt mit einem gnadenlosen klaustrophobischen Entsetzen, während andere deutlich abfallen.

Ich glaube, der Film hat zwei grundlegende Probleme. Zunächst einmal ist Kubrick ein sehr kalter Mensch – pragmatisch und rational –, und er hatte größte Schwierigkeiten, sich eine übernatürliche Welt auch nur akademisch vorzustellen. Er rief mich zu den unmöglichsten Tages- und Nachtzeiten aus England an, und ich erinnere mich, einmal rief er an und sagte: »Glauben Sie an Gott?« Ich dachte etwas nach und sagte dann: »Ja, ich denke schon.« Kubrick antwortete: »Nein, ich glaube nicht, daß es einen Gott gibt«, und legte auf. Nicht daß Religion im Horror enthalten sein muß, aber ein eingefleischter Skeptiker wie Kubrick konnte das schiere, unmenschliche Böse des Overlook-Hotels einfach nicht begreifen. Daher suchte er nach dem Bösen in den Personen und machte aus dem Film eine häusliche Tragödie mit nur vagen übernatürlichen Schwingungen. Das war der grundlegende Makel: Weil er selbst nicht glauben konnte, konnte er den Film auch für andere nicht glaubwürdig machen.

Das zweite Problem liegt an der Charakterisierung und der Wahl der Darsteller. Jack Nicholson ist zwar ein guter Schauspieler, aber für diese Rolle überhaupt nicht geeignet. Seine letzte große Rolle hatte er in *Einer flog über das Kuckucksnest* gehabt, und damit und mit seinem irren Grinsen sah das Publikum schon bei der ersten Einstellung automatisch einen Irren in ihm. Aber das Buch handelt davon, wie Jack Torrance durch den verderblichen Einfluß des Overlook, das wie eine große Batterie ist, die mit einem so übermächtigen Bösen geladen wurde, daß sie alle verderben kann, die damit in Kontakt kommen, allmählich erst wahnsinnig *wird*. Wenn der Mann von Anfang an verrückt ist, dann ist die ganze Tragödie seines Untergangs nichtig. Aus diesem Grund hat der Film kein Zentrum und kein Herz, trotz seiner auf brillante Weise entnervenden Kameraeinstellungen und des atemberaubenden Einsatzes der Steadycam. Der grundlegende Fehler bei Kubricks Version von *Shining* ist, daß der Film von einem Mann gemacht wurde, der zuviel denkt und zuwenig fühlt; und aus diesem Grund packt er einen nie richtig am Hals und wirkt, wie richtiger Horror wirken sollte.

Ich würde eines Tages gerne ein Remake von *Shining* machen, vielleicht sogar selbst Regie führen, wenn mir jemand genügend Seil gibt, mich selbst damit aufzuhängen.

PLAYBOY: In *Das letzte Gefecht*, das für viele Ihrer Fans eine Art Kultobjekt geworden ist, löscht ein sich rapide verändernder Grippevirus, der versehentlich vom US-Militär freigesetzt wurde, neun Zehntel der Weltbevölkerung aus und bereitet damit die Bühne für einen apokalyptischen Kampf zwischen Gut und Böse. Diesem Höchstmaß an Völkermord gingen *Carrie* und *Feuerkind* auf einer bescheideneren Ebene voraus; am Ende beider Bücher lassen die in die Enge getriebenen Heldinnen Feuer auf ihre Peiniger und auf Unschuldige gleichermaßen herabregnen; ebenso *Brennen muß Salem!*, wo die Stadt am Ende niederbrennt; und die Explosion und das Niederbrennen des Overlook Hotels am Ende von *Shining*. Ist in Ihnen ein Pyromane oder ein wahnsinniger Bombenleger, der danach schreit, befreit zu werden?

KING: Auf jeden Fall, und diese destruktive Seite meiner Natur findet starken Niederschlag in meinen Büchern. Mein Gott, es macht mir *Spaß*, Sachen niederzubrennen – jedenfalls auf dem Papier. Ich glaube, im wirklichen Leben würde Brandstiftung nicht halb soviel Spaß machen wie in der Literatur. Eine meiner Lieblingsszenen aller meiner Werke findet sich etwa in der Mitte von *Das letzte Gefecht*, als einer meiner Bösewichter, der Mülleimer-Mann, die vielen Tanks einer Ölraffinerie in Brand steckt und sie hochgehen wie

Bomben. Es ist, als wäre der Nachthimmel selbst in Brand gesteckt worden. Mein Gott, das war riesig! Ich schätze, das ist der Werwolf in mir, aber ich liebe Feuer, ich liebe Zerstörung. Sie ist groß und schwarz und aufregend. Wenn ich solche Szenen schreibe, dann komme ich mir vor wie Samson, der den Tempel niederreißt und auf alle Köpfe regnen läßt.

Das letzte Gefecht war eine besondere Erfüllung, denn da hatte ich die Möglichkeit, die ganze menschliche Rasse auszurotten, und, Mann, das hat vielleicht *Spaß* gemacht! Wenn ich an der Schreibmaschine saß, fühlte ich mich wie Alexander der Große, der das Schwert über dem gordischen Knoten erhoben hatte und knurrt: »Scheiß drauf, ihn aufzufriemeln, ich werde das auf *meine* Weise machen!« Ein Großteil des zwanghaften, besessenen Gefühls, das ich hatte, während ich an *Das letzte Gefecht* schrieb, war auf den diabolischen Kitzel zurückzuführen, daß ich mir ausmalen konnte, wie eine ganze verwurzelte Gesellschaftsordnung mit einem einzigen Schlag vernichtet wurde. Ich schätze schon, daß das die Seite des wahnsinnigen Bombenlegers meines Charakters ist.

Aber das Ende des Buches offenbart einen anderen, wie ich hoffe, konstruktiveren Aspekt. Nach der ganzen Auslöschung, dem Leiden und der Verzweiflung, ist *Das letzte Gefecht* inhärent optimistisch, weil es eine allmähliche Wiedereinführung menschlicher Werte beschreibt, als die Menschheit sich wieder aus der Asche erhebt und letztendlich das moralische und ökologische Gleichgewicht wieder herstellt. Bei allen schlimmen Szenen ist das Buch auch ein Vermächtnis an die beständigen menschlichen Werte Mut, Güte, Freundschaft und Liebe, und am Ende wiederholt es Camus' Bemerkung »Auch das Glück ist unausweichlich.«

PLAYBOY: Aber vor Wohlstand und Ruhm muß es doch auch eine Zeit gegeben haben, als Ihnen das Glück nicht unausweichlich erschienen ist. Wie schwer waren Ihre frühen Jahre?

KING: Nun, wollen wir einfach sagen, daß ich wie jeder, der über Nacht Erfolg hatte, meinen Preis bezahlen mußte. Als ich Anfang der siebziger Jahre mit einem Abschluß in Englisch und einer Lehrerlaubnis das College verließ, stellte ich fest, daß eine Lehrerschwemme herrschte, daher arbeitete ich zunächst als Tankwart in einer Tankstelle und später für sechzig Dollar pro Woche als Bügler in einer Großwäscherei. Wir waren so arm wie Kirchenmäuse und hatten zwei kleine Kinder, und es erübrigt sich wohl zu sagen, daß es nicht leicht war, mit diesem Gehalt auszukommen. Meine Frau suchte sich Arbeit in einem benachbarten Dunkin' Donuts und kam jeden Abend heim und roch wie ein Krapfen. Anfangs ein ganz netter Geruch, Sie wissen schon, angenehm und süß, aber nach einer Weile wurde er verdammt penetrant – ich war seither nicht mehr imstande, einem Krapfen ins Gesicht zu sehen.

Wie auch immer, im Herbst 1971 bekam ich schließlich einen Job als Englischlehrer an der Hampden Academy, jenseits des Penobscot Rivers in Bangor, aber sie zahlten nur sechstausendvierhundert Dollar jährlich, kaum mehr, als ich vorher verdient hatte. Ich mußte sogar nachts wieder in der Wäscherei arbeiten, damit wir uns über Wasser halten konnten. Wir lebten auf einer kahlen, verschneiten Bergkuppe in Hermon, Maine, in einem Wohnwagen – was nicht der Arsch des Universums sein mag, aber bestenfalls einen Furz weit davon entfernt ist. Ich kam erschöpft von der Schule heim und zwängte mich in den Heizraum des Wohnwagens, wo ich Tabbys kleine tragbare Olivetti auf einen Kindertisch stellte, den ich auf den Knien balancieren mußte, und dort versuchte ich dann, funkelnde Prosa zu tippen.

Dort habe ich übrigens *Brennen muß Salem!* geschrieben. Es war mein zweites veröffentlichtes Buch, aber ich hatte den größten Teil davon fertiggestellt, bevor *Carrie* von Doubleday angekauft worden war. Und glauben Sie mir, wenn ich nach einem Tag des Unterrichtens nach Hause kam und mit ansehen mußte, wie Tabby kühn mit einem Berg unbezahlter Rechnungen jonglierte, war es ein Vergnügen, mich in diesen engen Heizraum zu zwängen und mit einer Horde blutsaugender Vampire zu kämpfen. Verglichen mit unseren Gläubigern, waren sie eine verdammte Erleichterung!

PLAYBOY: Haben Sie zu der Zeit irgendwelche Sachen verkauft?

KING: Ja, aber nur Kurzgeschichten, und auch nur an die weniger verbreiteten Herren-Magazine wie *Cavalier* oder *Dude.* Das Geld war weiß Gott hilfreich, aber wenn Sie diesen speziellen Markt kennen, dann wissen Sie, daß es nicht viel war. Jedenfalls reichte das Honorar für meine Kurzgeschichten nicht aus, uns aus den roten Zahlen zu halten, und meine längeren Arbeiten führten zu nichts. Ich hatte mehrere Romane geschrieben, die von unlesbar über mittelmäßig bis ganz passabel reichten, aber alle waren abgelehnt worden, wenn gleich ich etwas Zuspruch von einem wunderbaren Lektor bei Doubleday namens Bill Thompson erhielt. Aber so dienlich seine Unterstützung auch war, damit konnte ich nicht zur Bank gehen. Meine Kinder hatten aufgetragene Sachen von Freunden und Verwandten an, unser alter klappriger Buick Special Baujahr 1965 war in rapider Selbstvernichtung begriffen, und wir mußten schließlich Ma Bell bitten, unser Telefon abzuholen.

Und zu alledem ging auch persönlich noch alles schief. Ich würde heute zu gerne sagen, daß ich wacker aufgestanden bin und allen widrigen Umständen mutig die Faust ins Antlitz geschüttelt und unbeeinträchtigt weitergemacht habe, aber das kann ich nicht. Ich ergab mich Selbstmitleid und meinen Ängsten und fing an, zuviel zu trinken und das Geld mit Poker und Glücksspiel durchzubringen. Sie kennen die Szene ja: Es ist Freitagabend, und man löst seinen Gehaltsscheck in der Bar ein und fängt an, sie runterzukippen, und ehe man sich's versieht, hat man das halbe Lebensmittelbudget der Woche auf den Kopf gehauen.

PLAYBOY: Wie hat Ihre Ehe unter diesen Belastungen gehalten?

KING: Nun, eine Zeitlang stand sie auf Messers Schneide, und die Lage zu Hause konnte ziemlich angespannt werden. Es war ein Teufelskreis: Je kläglicher und unzureichender ich mich wegen meines Scheiterns als Schriftsteller fühlte, je mehr versuchte ich, mit der Flasche auszubrechen, was den häuslichen Streß nur verschärfte und mich noch deprimierter machte. Tabby war natürlich sauer wegen des Fusels, aber sie sagte mir, ihr wäre klar, der Grund für mein Trinken war, ich würde nicht mehr daran glauben, daß ich es noch schaffen, daß ich jemals ein Schriftsteller von irgendwelcher Bedeutung werden würde. Und ich hatte natürlich Angst, sie könnte recht haben. Ich lag nachts wach und stellte mir vor, ich wäre fünfzig, mit ergrauendem Haar, kantigem Kiefer und einem Netz von geplatzten Whiskey-Äderchen – wir hier in Maine nennen sie ›Säufertätowierung‹ – auf der Nase; und einer verstaubten Truhe voll unveröffentlichten Romanen, die im Keller verfaulten, während ich den Rest meines Lebens High-School-Englisch unterrichten und meinen letzten Rest literarischer Ambitionen darauf verwendete, die Schülerzeitung zu beraten oder Kurse in kreativem Schreiben abzuhalten. *Bäääh!* Obwohl ich erst Mitte Zwanzig war und vernunftmäßig wußte, daß ich noch eine Menge Zeit und Möglichkeiten vor mir hatte, baute sich der Druck, mit meiner Arbeit den Durchbruch zu schaffen, zu einer Art psychischem Crescendo auf, und wenn diese Chance vertan zu sein schien, fühlte ich mich schrecklich deprimiert und in die Enge getrieben. Ich kam mir vor wie in einem selbstmörderischen Rattenlabyrinth gefangen, aus dem es keinen Ausweg gab.

PLAYBOY: Haben Sie jemals ernsthaft an Selbstmord gedacht?

KING: O nein, niemals; dieser Ausdruck eben war lediglich ein sinnbildlicher Overkill. Ich habe meinen Teil menschlicher Schwächen, aber ich bin auch bis auf die Knochen störrisch. Das ist vielleicht das Maine-Erbe; ich weiß nicht. Wie dem auch sei, hat nicht Mencken gesagt, Selbstmord sei ein verspätetes Eingeständnis, daß die Meinung der Verwandten seiner Frau richtig ist? Aber es hat mir schon Sorgen gemacht, welche Auswirkungen das alles auf meine Ehe hatte. Verdammt, wir waren damals schon auf schlüpf-

13   »Shining« – Wendy Torrance (Shelley Duvall) bemerkt entsetzt die Würgemale am Hals ihres Sohnes Danny (Danny Lloyd).

14   »Cujo« – Donna Trenton (Dee Wallace) wehrt sich verzweifelt gegen den tollwütigen Bernhardiner.

15   Stephen King an der Pforte seines Hauses in Bangor.

16   Life in the fast lane: Nach seinem Erfolg konnte es sich Stephen King leisten, seinem Hang zu deutschen Wagen und schnellen Motorrädern nachzugehen.

17 Der unumstrittene Meister des modernen Horrors beim Tranchieren eines neuen Gruselkuchens.

18 »Die unheimlich verrückte Geisterstunde« – Stephen King in der Rolle des tumben Farmers Jordy Verrill, der von einem außerirdischen Gemüse aufgefressen wird.

19 »Dead Zone – Der Attentäter« – Kurz nachdem er aus seinem Koma erwacht ist, erlebt der Lehrer Johnny Smith (Christopher Walken) seine erste Vision.

20 »Dead Zone – Der Attentäter« – Greg Stillson (Martin Sheen) ruiniert seine politische Zukunft endgültig.

rigem Boden, und ich fürchtete, der Treibsand könnte gleich nach der nächsten Kurve anfangen.

Ich liebte meine Frau und die Kinder, doch als der Druck wuchs, bekam ich meine Zweifel ihnen gegenüber. Einerseits wollte ich nichts mehr als für sie sorgen und sie beschützen – aber gleichzeitig hatte ich auch – da ich auf die Zwänge der Vaterschaft unzureichend vorbereitet war – eine ganze Menge böser Gefühle, angefangen von Abneigung bis Zorn und gelegentlichem unverhohlenem Haß, sogar Anfälle geistiger Gewalttätigkeit, die ich Gott sei Dank unterdrücken konnte. Ich wanderte um drei Uhr morgens in einer kalten Winternacht im engen Wohnzimmer unseres Wohnwagens herum und hatte meinen zahnenden, neun Monate alten Sohn Joe im Arm, der mir meistens aufs Hemd spuckte, und ich versuchte herauszufinden, wie und warum ich mich selbst diesem speziellen Irrenhaus anvertraut hatte. Dann stürmten sämtliche klaustrophobischen Ängste auf mich ein, und ich fragte mich, ob für mich nicht schon alles vorbei war, ob ich dem Traum eines Narren nachjagte. Manchmal heulte ein nächtliches Schneemobil in der dunklen Ferne wie ein wütendes Insekt, und ich sagte zu mir: »Scheiße, King, sieh es ein; du wirst den Rest deines Lebens verdammte High-School-Kinder unterrichten.« Ich weiß nicht, was aus meiner Familie und meiner geistigen Gesundheit geworden wäre, hätte ich nicht 1973 die unerwartete Nachricht erhalten, daß Doubleday *Carrie* gekauft hatte, das meiner Meinung nach kaum Verkaufschancen gehabt hatte.

PLAYBOY: Was war wichtiger für Sie – das Geld für *Carrie* oder die Tatsache, daß man Sie endlich als ernst zu nehmenden Romancier erkannt hatte?

KING: Eigentlich beides, auch wenn ich bezweifeln möchte, ob sie mich bei Doubleday für einen ernst zu nehmenden Romancier hielten. Sie hatten nicht die Absicht, *Carrie* als diesjährige Antwort auf *Madame Bovary* anzupreisen, soviel steht fest. Obwohl es in dem Buch vieles gibt, das mir immer noch gefällt und zu dem ich stehe, bin ich der erste, der zugibt, daß es oft linkisch und unkünstlerisch ist. Aber *Carrie* war sowohl kreativ wie auch finanziell eine Art Notausgang für Tabby und mich, durch den wir in eine völlig andersartige Existenz fliehen konnten. Verdammt, unser Leben veränderte sich so schlagartig, daß wir noch über ein Jahr später mit breitem, fassungslosem Grinsen im Gesicht herumliefen und kaum zu glauben wagten, daß wir endgültig aus dem Gröbsten heraus waren. Es war ein großartiges Gefühl der Befreiung, denn ich konnte endlich das Unterrichten an den Nagel hängen und meine, wie ich glaube, einzige Funktion im Leben erfüllen: Bücher schreiben. Gute, schlechte oder gleichgültige Bücher, das müssen andere entscheiden; mir genügt es, einfach nur zu *schreiben*. Ich schreibe, seit ich zwölf Jahre alt war, anfangs zwar ernsthaft, aber sehr schlecht, und ich verkaufte *Carrie*, als ich sechsundzwanzig war, also hatte ich eine ziemlich lange Lehrzeit. Aber dieser erste Hardcover-Verkauf war durchaus süß!

PLAYBOY: Sie haben angedeutet, daß der Zwang, Schriftsteller zu werden, in Ihnen wohnt, seit Sie ein Junge waren. War er eine Möglichkeit, einer unglücklichen Kindheit zu entfiehen?

KING: Vielleicht, wenngleich es im allgemeinen unmöglich ist, sich der Empfindungen und Motivationen der Kindheit zu erinnern, noch weniger, sie zu begreifen oder vernunftmäßig zu analysieren. Kinder sind Gott sei Dank nach unseren vertrockneten Erwachsenennormen auf köstliche, kreative Weise verrückt. Aber es stimmt, daß ich als Kind Opfer vieler widersprüchlicher Gefühle war. Ich hatte Freunde und all das, aber ich fühlte mich häufig unglücklich und anders, anderen Kinder meines Alters entfremdet. Ich war ein dickes Kind – kräftig war die Bezeichnung, die sie in Bekleidungsgeschäften dafür hatten –, und meine Koordination war schlecht, ich wurde immer zuletzt gewählt, wenn eine Mannschaft gebildet wurde.

Manchmal verspürte ich, speziell zwischen zehn und zwanzig, einen gewalttätigen Impuls, als wollte ich es der Welt heimzahlen, aber ich hielt diese Wut im verborgenen. Sie war ein heimlicher Ort in mir selbst, den ich keinem anderen offenbaren wollte. Das liegt teilweise sicher daran, daß mein Bruder und ich als Kinder eine rechte Rockzipfel-Existenz führten. Mein Vater verließ uns, da war ich zwei und mein Bruder vier, und er ließ meine Mutter ohne einen roten Heller sitzen. Sie war eine wunderbare Dame, eine im altmodischen Sinne sehr *wackere* Dame, und sie ging arbeiten, um uns durchzubringen, meistens in irgendwelchen schäbigen Jobs, weil sie keine Ausbildung hatte. Nachdem mein Vater seinen Abgang gemacht hatte, führte sie eine haltlose Existenz und folgte normalerweise den Jobs durchs Land. Wir reisten durch Neuengland und den Mittelwesten, und eine schlechtbezahlte Stelle folgte der anderen. Sie arbeitete als Büglerin und Krapfenbäckerin – wie meine Frau zwanzig Jahre später –, als Haushälterin, Lagerarbeiterin, was Sie wollen: sie hat es getan.

PLAYBOY: Hat es irgendwelche bleibende Narben hinterlassen, am Rande der Armut zu leben?

KING: Nein, ich habe es weder damals noch heute als Armut betrachtet. Wir haben keineswegs ein Leben immerwährenden Elends geführt, und wir haben nie eine Mahlzeit versäumt, auch wenn selten ein feines Lendensteak auf unseren Tellern war. Als ich zehn war, zogen wir schließlich nach Maine, in die kleine Stadt Durham.

Wir führten zehn Jahre praktisch eine Tauschexistenz, ohne jemals Bargeld zu sehen. Wenn wir Essen brauchten, brachten Verwandte eine Tüte Lebensmittel vorbei; wenn wir Kleidung benötigten, gab es immer etwas Aufgetragenes. Glauben Sir mir, ich war in der Schule nie auf der Liste der Bestangezogensten! Der Brunnen versiegte in diesem Jahr, und wir mußten den Außenabort benützen. Es gab auch kein Bad oder eine Dusche, und wir mußten in den eiskalten Wintern von Maine etwa eine halbe Meile zu meiner Tante Ethelyn gehen, um ein heißes Bad zu nehmen. Scheiße, wir *dampften*, wenn wir durch den Schnee nach Hause gingen. Ich schätze daher schon, daß es eine harte, strapazierende Existenz war, ja, aber keine verarmte im wichtigsten Sinne des Wortes. Dank meiner Mutter fehlte es nie an einem, und das war, so kitschig es sich anhören mag, das zu sagen, Liebe. In diesem Sinne war ich wesentlich gesegneter als zahllose Kinder von wohlhabenden oder Mittelschichtsfamilien, deren Eltern für alles Zeit haben, nur nicht für ihre Kinder.

PLAYBOY: Hat Ihr Vater in den Jahren, seit seinem Weggehen, jemals Kontakt mit Ihnen aufgenommen, entweder aus Schuldgefühlen, oder – angesichts Ihres neuerlangten Reichtums – Gier?

KING: Nein, auch wenn ich vermute, letzteres wäre seine wahrscheinlichere Motivation. Es war übrigens ein klassisches Verlassen, er hat nicht einmal ein Schriftstück der Erklärung oder der Rechtfertigung hinterlassen. Er sagte *buchstäblich*, er würde ins Lebensmittelgeschäft gehen, um Zigaretten zu holen, und er hat keines seiner Besitztümer mitgenommen. Das war 1949, und seither hat keiner von uns je wieder etwas von dem Mistkerl gehört.

PLAYBOY: Jetzt sind Sie ein Multimillionär, dem mehr Mittel zur Verfügung stehen, als Ihre Mutter sich je hätte träumen lassen – haben Sie daran gedacht, eine eigene Untersuchung zu veranlassen, um Ihren Vater zu finden oder wenigstens festzustellen, ob er noch lebt oder tot ist?

KING: Im Lauf der Jahre ist mir das ein paarmal durch den Kopf gegangen, aber etwas hat mich immer zurückgehalten. Aberglauben, nehme ich an, wie das alte Sprichwort, daß man schlafende Hunde nicht wecken soll. Um die Wahrheit zu sagen, ich weiß nicht, wie ich reagieren würde, sollte ich ihn je finden und ihm von Angesicht zu Angesicht gegenüberstehen. Aber selbst wenn ich je eine Untersuchung anfangen würde, ich glaube nicht, daß etwas dabei herauskommen würde, weil ich ziemlich sicher bin, daß mein Vater tot ist.

PLAYBOY: Warum?

KING: Nach allem, was ich über meinen Vater gehört habe, müßte er sich mittlerweile selbst ausgebrannt haben. Er hat viel getrunken und gezecht. Andeutungen meiner Mutter konnte ich entnehmen, daß er mehr als einmal Ärger mit dem Gesetz hatte. Er hat häufig genug Tarnnamen benutzt – er wurde als Donald Spansky in Peru geboren, dann nannte er sich Pollack und ließ seinen Namen schließlich gesetzlich in King ändern.

Er fing als Electrolux-Vertreter im Mittelwesten an, aber ich glaube, er hat irgendwo unterwegs seinen Quittungsblock verschwinden lassen. Meine Mutter hat mir einmal gesagt, er war der einzige Mann des Vertreterteams, der regelmäßig schönen jungen Witwen um zwei Uhr morgens Staubsauger vorführte. Wie meine Mutter sagte, war er ein rechter Frauentyp, und ich habe möglicherweise eine wunderschöne uneheliche Halbschwester in Brasilien. Wie auch immer, er war ein rastloser Mann, ein »Travelin' Man«, wie es in dem Lied heißt. Ich glaube, er kam leicht in Schwierigkeiten.

PLAYBOY: Sie sind also nicht unbedingt erpicht darauf, als Ihres Vaters Sohn angesehen zu werden?

KING: Wollen wir hoffen, daß in meinem Fall das Erbteil hinter den Umwelteinflüssen zurücksteht. Nach allem, was ich gehört habe, hat mein Vater mich jedenfalls um Längen geschlagen, was die Eheabteilung anbelangt, wo ich monoton monogam bin, aber ich habe eine Schwäche für Fusel, die ich zu beherrschen versuche, und ich liebe schnelle Autos und Motorräder. Seine Wanderlust teile ich eindeutig nicht, was einer der Gründe ist, warum ich in Maine geblieben bin, obwohl ich mittlerweile die finanziellen Möglichkeiten hätte, überall in der Welt zu leben. Seltsamerweise scheint die einzige Gemeinsamkeit unser literarischer Geschmack zu sein. Mein Vater empfand eine heimliche Liebe zu Science-Fiction und Horror-Geschichten, und er hat selbst versucht, welche zu schreiben, die er den bedeutenden Magazinen seiner Zeit, etwa *Bluebook* und *Argosy*, anbot. Aber er verkaufte keine Geschichte, und es ist keine erhalten.

PLAYBOY: Ein Album der persönlichen Belange Ihres Vaters nimmt im Arbeitszimmer Ihres Sommerhauses eine herausragende Stelle ein. Deutet dieser Erhalt eines Erinnerungsstückes an einen Mann, den Sie nie persönlich gekannt haben, nicht an, daß Sie geistig immer noch an dieser Wunde nagen?

KING: Nein, die Wunde selbst ist verheilt, aber das schließt ein Interesse, wie und warum sie zugefügt wurde, nicht aus. Und ich glaube, das ist sehr weit davon entfernt, an einem seelischen

Schorf zu kratzen. Wie auch immer, dieses Album, das Sie erwähnen, ist keine Art heiliger Schrein zu seinem Gedenken, sondern lediglich ein paar Souvenirs: einige eselsohrige Postkarten, die er meiner Mutter aus verschiedenen Häfen geschickt hat, besonders in Lateinamerika; ein paar Fotos verschiedener Schiffe, auf denen er gesegelt ist; ein verblichenes und eher schmeichelndes Porträt eines mexikanischen Marktplatzes. Nur die Habseligkeiten, die er hinterlassen hat, wie der Leichnam in den E. C. Horror-Comics der fünfziger Jahre – Herrgott, wie ich diese Dinger geliebt habe! –, der aus seinem feuchten Grab zurückkehrt, um an seiner Frau und ihrem Geliebten, die ihn umgebracht haben, Rache zu nehmen, aber vorher ruft er sie an und flüstert: »Ich komme: Ich wäre schon früher da, aber es fallen ständig Stücke von mir ab.«
Nun, die Stücke, die meinem Vater unterwegs abgefallen sind, sind in diesem kleinen Album aufbewahrt wie in einer Zeitkapsel. Alles hört 1949 auf, als er die Flatter machte. Manchmal blättere ich die Seiten durch, und das erinnert mich an einen kalten Herbstnachmittag in den fünfziger Jahren, als mein Bruder und ich einige alte Filmrollen fanden, die mein Vater aufgenommen hatte. Er war offenbar ein großer Fotofan, aber abgesehen von ein paar Schnappschüssen haben wir nie viel von seiner Kunst gesehen. Meine Mutter hatte den Film auf dem Dachboden meiner Tante und meines Onkels verstaut. Da waren also die beiden Kinder – ich muß um die acht und David um die zehn gewesen sein –, die sich abmühten, den Dinosaurier von einem Filmprojektor zu bedienen, den wir gemietet hatten.
Als wir ihn endlich am Laufen hatten, war das Material zunächst ziemlich enttäuschend – jede Menge fremde Gesichter und exotische Schauplätze, aber keine Spur von dem Alten. Dann, nachdem wir mehrere Filmspulen angesehen hatten, sprang David plötzlich auf und rief: »Das ist er! Das ist unser Vater!« Er hatte einem seiner Kumpels die Kamera gegeben, und da war er, er lehnte an der Schiffsreling, im Hintergrund die wogende See. Mein alter Herr. David erinnerte sich an ihn, aber für mich war es das Gesicht eines Fremden. Wie das Meer aussah, war er wahrscheinlich irgendwo im Nordatlantik, also muß der Film während des Krieges aufgenommen worden sein. Er hob die Hand und lächelte und winkte damit Söhnen zu, die noch gar nicht geboren waren. He, Dad, vergiß nicht zu schreiben.
PLAYBOY: Wenn man bedenkt, was Sie schreiben, haben Sie jemals daran gedacht, zu einer Seance zu gehen oder nach einer anderen übernatürlichen Möglichkeit zu suchen, Kontakt mit ihm aufzunehmen?

KING: Soll das ein Witz sein? Ich habe in meinem ganzen Leben keine Seance besucht! Mein Gott, nein! Das würde ich als allerletztes tun, eben weil ich ein wenig über das Thema Bescheid weiß. Sie könnten mich nie zu so etwas bringen, und dasselbe gilt für das Ouija-Brett. Diese ganze Scheiße – Finger weg! Zugegeben, ich weiß, die meisten Medien sind Schwindler, Betrüger und Täuschungskünstler, die übelsten menschlichen Geier, die aus dem Elend und Leid und der Einsamkeit der Menschen ein Geschäft machen. Aber *wenn* Wesenheiten dort draußen schweben – körperlose Geister, Dämonen, wie immer man sie nennen möchte –, dann ist es der Gipfel der Narretei, sie aufzufordern, einen als Leitung in diese Welt zu benützen. Es könnte ihnen gefallen, was sie sehen, Mann, und sie könnten beschließen zu bleiben!

PLAYBOY: Ist Ihre Angst vor Seancen ein einmaliges Phänomen, oder stehen Sie allen Aspekten des sogenannten Übernatürlichen abergläubisch gegenüber?

KING: Oh, sicher, ich bin von Natur aus ziemlich abergläubisch. Ich meine, ein Teil meines Verstandes, der rationale Teil, will sagen: »Komm schon, Mann, das ist alles blöde Scheiße«, aber der andere Teil, der Teil, der so alt ist wie der erste Höhlenmensch, der sich an seinem Feuer niederkauert, während etwas Riesiges und Hungriges in der Nacht heult, sagt: »Ja, vielleicht, aber warum ein Risiko eingehen?« Daher beherzige ich sämtliche Formen von Aberglauben: Ich gehe nicht unter Leitern durch, ich habe eine Scheißangst vor sieben Jahren Pech, wenn ich einen Spiegel zerdeppere; ich bleibe am Freitag, dem 13., zu Hause und verkrieche mich unter den Laken. Mein Gott, einmal mußte ich am Freitag, dem 13., fliegen – ich hatte keine andere Wahl –, und die Besatzung mußte mich nicht gerade um mich tretend und schreiend an Bord tragen, aber es war auch kein Picknick. Daß ich sowieso Angst vor dem Fliegen habe, war auch nicht gerade hilfreich. Ich glaube, es paßt mir einfach nicht, mein Leben einem anonymen Piloten anzuvertrauen, der vielleicht den ganzen Nachmittag über heimlich einen weggesoffen hat oder der ein Blutgerinnsel im Kopf hat, das wie eine unsichtbare Zeitbombe ist. Aber ich habe es allgemein mit der Zahl 13; sie streicht immer mit ihrem eiskalten Finger meine Wirbelsäule rauf und runter. Wenn ich schreibe, dann höre ich nie auf Seite 13 oder einem Vielfachen der Zahl 13 auf; ich tippe einfach weiter, bis ich zu einer sicheren Zahl gekommen bin.

PLAYBOY: Haben Sie Angst vor der Dunkelheit?

KING: Selbstverständlich. Hat das nicht jeder? Ich kann sogar meine eigene Familie manchmal nicht verstehen. Ich schlafe nur, wenn ein Licht im Zimmer brennt, und es erübrigt sich wohl zu sagen, daß ich sehr genau darauf achte, daß die Bettdecke ganz fest unter meine Füße gesteckt ist, damit ich nicht mitten in der Nacht aufwache und eine klamme Hand meinen Knöchel umklammert. Als wir jung verheiratet waren, das war im Sommer, schlief Tabby unverhüllt, während ich dalag und die Decke bis an die Augen hochgezogen hatte, und sie sagte: »Warum schläfst du so komisch?« Und ich versuchte ihr zu erklären, daß es so einfach sicherer war, aber ich bin nicht sicher, ob sie es verstanden hat. Und jetzt hat sie noch etwas gemacht, worüber ich nicht besonders glücklich bin: Sie hat einen flauschigen Teppich um unser Doppelbett herum gelegt, und das bedeutet, wenn man vor dem Zubettgehen nachsehen will, was sich darunter versteckt, muß man diesen Teppich hochheben und die Nase direkt darunterschieben. Und das ist *zu nahe*, Mann; etwas könnte einem das Gesicht wegkratzen, bevor man es überhaupt sehen kann. Aber Tabby kann meinen Standpunkt einfach nicht einsehen.

PLAYBOY: Haben Sie jemals daran gedacht, mit einem Besenstiel unter dem Bett zu stochern?

KING: Nee, Mann, das wäre memmenhaft. Ich meine, wir haben ab und zu Gäste, die über Nacht bleiben; wie würde es aussehen, wenn sie am nächsten Morgen sagen würden: »Gute Güte, wir sind gestern abend ins Bad gegangen, und dabei haben wir Steve gesehen, der auf Händen und Knien war und einen Besenstiel unter das Bett geschoben hat.« Das wäre dem Image abträglich. Aber nicht nur Tabby versteht mich nicht, auch das Verhalten meiner Kinder macht mir Sorgen. Ich meine, ich leide ein wenig unter Schlaflosigkeit, und ich sehe jede Nacht an ihren Betten nach, ob sie noch atmen, und meine beiden Ältesten, Naomi und Joe, sagen immer zu mir: »Vergiß nicht, das Licht auszumachen und die Tür zu schließen, wenn du gehst, Daddy.« Das Licht ausmachen! Die Tür schließen! Wie halten sie das nur aus? Ich meine, großer Gott, *alles mögliche* könnte in ihren Zimmern sein, sich im Schrank zusammenkauern oder unter dem Bett verstecken und nur darauf warten, hervorzukriechen, zu ihnen zu schleichen und die Fangzähne in sie zu schlagen! Diese Wesen können das Licht nicht ertragen, wissen Sie, aber die Dunkelheit ist *gefährlich!* Aber versuchen Sie einmal, das den Kindern begreiflich zu machen. Ich hoffe nur, es ist alles in Ordnung bei ihnen. Gott weiß, als *ich* in ihrem Alter war, da wußte ich genau, daß das Schreckgespenst auf mich wartete. Vielleicht wartet es immer noch.

PLAYBOY: Was macht Ihnen, abgesehen von Ihrer eigenen Phantasie, noch Angst?

KING: Ein Film, den ich mit Sicherheit nie vergessen werde, ist *Flie-*

gende Untertassen greifen an, mit Hugh Marlowe in der Hauptrolle; es
war grundsätzlich ein Horror-Film, der sich als Science-Fiction verkleidet hatte. Es war im Oktober 1957, ich war gerade zehn geworden, und ich sah ihn im alten Stratford-Theater in der Innenstadt
von Stratford, Connecticut – eine von diesen Vierteldollar-pro-
Vorführung Samstagnachmittagsmatineen für Kinder. Der Film
war eine reine Routineangelegenheit, er handelte von einer Invasion der Erde durch eine tödliche Rasse Außerirdischer von einem
sterbenden Planeten; aber gegen Ende – als der Film sich gerade
dem guten Teil näherte, als Washington in Flammen aufging und
die letzte, entscheidende interstellare Schlacht bevorstand – wurde
die Leinwand plötzlich schwarz. Nun, Kinder fingen an zu klatschen und Buhrufe auszustoßen, weil sie dachten, der Vorführer
hätte einen Fehler gemacht oder der Film wäre gerissen, aber dann
gingen auf einmal die Lichter im Kino volle Stärke an, was alle
überraschte, denn so etwas war noch nie während eines Films vorgekommen. Dann kam ein bleich aussehender Geschäftsführer
den Mittelgang entlang, erklomm die Bühne und sagte mit zittern-
der Stimme: »Ich möchte Ihnen mitteilen, daß die Russen einen
Weltraumsatelliten in die Erdumlaufbahn geschossen haben. Sie
nennen ihn Sputnik.« Oder *Spootnik,* wie er es ausgesprochen hat.
Es folgte, eine lange, gedämpfte Pause, während diese Bande Kinder der fünfziger Jahre in umgekrempelten Jeans, mit Bürsten-
schnitten oder Zauseschnitten oder Pferdeschwänzen versuchte,
das zu verdauen; und dann schnitt plötzlich eine den Tränen nahe,
aber dennoch von bebendem Zorn erfüllte Stimme durch das fas-
sungslose Schweigen: »Ach, zeigen Sie den Film weiter, Sie Lüg-
ner!« Der Film ging nach ein paar Minuten tatsächlich weiter, aber
ich saß einfach erstarrt auf meinem Sitz, weil ich wußte, daß der
Geschäftsführer nicht gelogen hatte.
Es war ein grauenerregendes Wissen für ein Mitglied dieser ganzen Generation von Kriegsbabys, die mit *Captain Video* und *Terry
and the Pirates* und *Combat-Casey*-Comics groß geworden waren,
sich im Mythos von der amerikanischen Unverwundbarkeit und
moralischen Überlegenheit geborgen fühlten und überzeugt waren, sie seien die Guten und Gott wäre mit ihnen bis ans Ende. Ich
stellte sofort die Verbindung zwischen dem Film, den wir sahen,
und der Tatsache her, daß die Russen einen Weltraumsatelliten am
Himmel kreisen hatten, der, wie ich wußte, mit H-Bomben gefüllt
sein mochte, die bereit waren, auf unsere arglosen Köpfe herabzu-
regnen. In diesem Augenblick überkreuzten sich die Ängste des
erfundenen Horrors lebhaft mit der Realität eines möglichen nuklearen Holocaust; der Übergang von Fantasy zur wirklichen Welt

wurde mit einemmal wesentlich geheimnisvoller und bedrohlicher. Und während ich da saß, endete der Film mit den Stimmen der bösen eindringenden Untertassenpiloten, die als letzte Drohung von der Leinwand hallten: »Seht zum Himmel . . . eine Warnung wird vom Himmel kommen . . . Seht zum Himmel . . .« Ich kann immer noch nicht, nicht einmal meinen eigenen Kindern, begreiflich machen, wie verängstigt und allein und deprimiert ich mich in diesem Augenblick gefühlt habe.

PLAYBOY: Kinder haben, wie Sie sagen, eine aktive Phantasie, aber war Ihre nicht auf ungesunde Weise überhitzt?

KING: Ich glaube, die meisten Kinder haben einige meiner morbiden Besessenheiten, und bei denen, die es nicht haben, fehlt wahrscheinlich etwas. Ich schätze, es ist alles eine Frage des Ausmaßes. Eine aktive Phantasie hat immer zu der Last gehört, die ich mit mir herumschleppen mußte, und wenn man ein Kind ist, kann das mitunter ein verdammt grausamer Tribut sein. Aber viele Ängste, mit denen ich zurechtkommen lernen mußte, hatten nichts mit dem Übernatürlichen zu tun. Sie entstammten zahlreichen alltäglichen Ängsten und Unsicherheiten, mit denen viele Kinder zurechtkommen müssen. Während ich heranwuchs, dachte ich zum Beispiel häufig darüber nach, was passieren würde, sollte meine Mutter sterben und ich zum Waisen werden. Nun würde ein Kind mit wenig Phantasie, mit einer großen Zukunft im Computerprogrammieren oder im Handelsministerium, zu sich sagen: »Ach was, sie ist nicht tot, sie ist nicht einmal krank, also vergiß es.« Aber mit der Phantasie, die ich hatte, konnte man die Bilder nicht einfach wieder abschalten, wenn man sie einmal heraufbeschworen hatte, daher sah ich meine Mutter in einem mit Seide ausgekleideten Mahagonisarg mit Messinggriffen, und ihr totes Gesicht war ausdruckslos und wächsern; ich hörte die Orgel im Hintergrund spielen; und dann sah ich mich selbst, wie ich von einer schrecklichen alten Dame in Schwarz zu einer Art Dickensscher Arbeitsstelle gezerrt wurde.

Was mir an der Vorstellung vom Tod meiner Mutter am meisten zu schaffen machte, war nicht, zu irgendeiner Institution verschleppt zu werden, so schlimm das gewesen sein mochte, sondern ich hatte Angst, ich könnte den Verstand verlieren.

PLAYBOY: Hatten Sie je Zweifel an Ihrer geistigen Gesundheit?

KING: Ich habe ihr nicht vertraut, soviel steht fest. Während ich heranwuchs, war eine meiner größten Ängste, ich könnte den Verstand verlieren, besonders nachdem ich den beunruhigenden Film *Die Schlangengrube* mit Olivia de Havilland im Fernsehen gesehen hatte. Da waren diese Irren in einem staatlichen Irrenhaus, die sich selbst mit ihrem Wahn und ihren Psychosen quälten, und sie wurden wiederum von ihren sadistischen Wärtern gequält, und es bereitete mir überhaupt keine Mühe, mich in ihrer Mitte zu sehen. Aber in den dazwischenliegenden Jahren habe ich gelernt, was für ein zähes und widerstandsfähiges Organ das menschliche Gehirn ist und wie vielen psychischen Hammerschlägen es trotzen kann, aber damals war ich sicher, daß ich einmal mit einem Schlag verrückt werden würde; man geht eine Straße entlang, und – pfft! – plötzlich hält man sich für ein Huhn oder fängt an, die Nachbarskinder mit Gartenharken zu zerstückeln. Ich hatte lange Zeit Angst davor, wahnsinnig zu werden.

PLAYBOY: Gibt es Fälle von Wahnsinn in Ihrer Familie?

KING: O, wir hatten eine reiche Ernte Exzentriker, um es milde auszudrücken, jedenfalls von seiten meines Vaters. Ich erinnere mich an meine Tante Betty, die meine Mutter immer als Schizophrene bezeichnete und deren Leben offenbar in einer Klapsmühle zu Ende ging. Dann war da die Mutter meines Vaters, Granny Spansky, die David und ich kennenlernten, als wir im Mittelwesten lebten. Sie war eine große, kräftige Frau, die mich wechselweise faszinierte und abstieß. Ich sehe sie immer noch vor mir, wie sie wie eine alte Hexe mit zahnlosem Zahnfleisch kicherte, während sie einen ganzen Laib Brot in zerlassenem Speck auf einem antiken Herd röstete, was sie dann verschlang und dabei schwelgte: »Mein Gott, das ist *rösch*!«

PLAYBOY: Welche anderen Ängste hatten sie in Ihrer Kindheit?

KING: Nun, der Tod faszinierte und entsetzte mich – der Tod im allgemeinen und meiner im besonderen –, was wahrscheinlich die Folge davon war, daß ich als Kind viele Rundfunksendungen hörte und ein paar verdammt brutale Fernsehserien sah, zum Beispiel *Peter Gunn* und *Highway Patrol*, in denen der Tod schnell kam und billig war. Ich war felsenfest davon überzeugt, daß ich keine zwanzig werden würde. Ich stellte mir vor, wie ich eines abends durch eine dunkle, verlassene Straße nach Hause ging und jemand oder etwas aus dem Gebüsch hervorsprang, und aus. Der Tod als Konzept und die Leute, die den Tod austeilten, faszinierten mich.

Ich erinnere mich, daß ich ein ganzes Album über Charlie Starkweather sammelte, den Massenmörder der fünfziger Jahre, der zusammen mit seiner Freundin eine blutige Schneise durch den Mittelwesten pflügte. Mein Gott, ich hatte eine Menge Mühe, das vor meiner Mutter geheimzuhalten. Starkweather tötete kaltblütig acht oder neun Menschen, und ich schnitt sämtliche Artikel über ihn aus, die ich finden konnte, und dann saß ich da und versuchte, den inneren Horror hinter diesem gewöhnlichen Gesicht zu ergründen. Ich wußte, ich sah das ganz große soziopathische Böse vor mir, nicht den netten kleinen Bösewicht von Agatha Christie, sondern etwas Wilderes und Dunkleres und Entfesseltes. Ich schwankte zwischen Faszination und Ekel, möglicherweise weil mir klar wurde, daß das Gesicht auf dem Foto mein eigenes sein konnte.

PLAYBOY: Um es noch einmal zu sagen, das sind nicht die Gedanken eines typischen Mitglieds der Little League. Haben Sie sich nicht schon damals Sorgen gemacht, es könnte etwas Abnormales an Ihrer Besessenheit sein?

KING: Besessenheit ist ein zu starkes Wort. Es war mehr, als wollte ich ein Puzzle lösen, weil ich wissen wollte, wie jemand so etwas wie Starkweather tun konnte. Ich vermute, ich wollte das Unaussprechliche entschlüsseln, so wie die Leute versuchen, den Sinn hinter Auschwitz oder Jonestown zu ergründen. Ich fand das Böse sicher nicht auf eine üble Weise verführerisch – das wäre pathologisch –, aber ich fand es anziehend. Und ich glaube, das trifft auf die meisten Menschen zu, andernfalls wären die Buchhandlungen nicht fünfunddreißig Jahre nach dem Zweiten Weltkrieg immer noch voll von Büchern über Adolf Hitler. Die Faszination des Abscheus, wie Conrad das genannt hat.

PLAYBOY: Sind die Ängste und Unsicherheiten Ihrer Kindheit bis ins Erwachsenenleben hinein erhalten geblieben?

KING: Ein paar der alten und getreulichen nächtlichen Alpdrücke habe ich noch, etwa die Angst vor der Dunkelheit, aber einige der anderen habe ich einfach gegen neue ausgetauscht. Ich meine, man kann nicht ewig an den Ängsten von gestern kleben bleiben, richtig? Wollen mal sehen, einige modernisierte Phobien. O. K., ich habe Angst vor dem Ersticken, vielleicht weil mein Sohn in der Nacht, als meine Mutter an Krebs starb – sogar praktisch in derselben Minute –, zu Hause in seinem Bett einen furchtbaren Erstickungsanfall hatte. Er war blau angelaufen, als es Tabby endlich gelang, das Hindernis herauszuklopfen. Ich kann mir vorstellen, wie mir dasselbe am Eßtisch passiert, und alle geraten in Panik und vergessen die Heimlich-Methode, und ich werde von einem halben Big Mac weggeputzt. Was sonst noch? Ich mag Insekten allgemein nicht, aber ich konnte mit den dreißigtausend Küchenschaben in *Creepshow* zurechtkommen. Aber Spinnen kann ich nicht ertragen! Unmöglich – schon gar nicht diese großen haarigen, die wie pelzige Basebälle mit Beinen aussehen, sich in Bananenstauden verstecken und darauf warten, einen anzufallen. Herrgott, solche Sachen versteinern mich.

PLAYBOY: Da Sie *Creepshow* erwähnen, das Sie geschrieben und in dem Sie auch mitgespielt haben, ist dies vielleicht der Zeitpunkt zu fragen, warum der Film an der Kinokasse so sehr durchgefallen ist?

KING: Wir wissen nicht, ob das so ist, denn noch sind nicht alle Abrechnungen aus dem Land da und verbucht. Der Film lief in den ersten Wochen fantastisch, und seither hier schlecht und dort ganz gut. Ich glaube, die Verrisse, die er erhalten hat, haben manche Erwachsene davon abgehalten, ihn sich anzusehen, dafür standen viele Teenager Schlange, ihn zu sehen. Ich habe natürlich mit schlechten Besprechungen gerechnet, weil *Creepshow* auf den Horrorcomic-Traditionen der fünfziger Jahre beruht und keine Weiterentwicklung ist, sondern eine Nachgestaltung. Hätten die Mainstream-Kritiker das begriffen und gewürdigt, dann hätte ich auf der Stelle gewußt, daß wir mit dem, was wir versucht haben, kläglich gescheitert sind. Natürlich haben ein paar hochangesehene Kritiker wie Rex Reed den Film gemocht, aber das liegt daran, daß sie mit diesen Comics groß geworden sind und sich ihrer mit nostalgischer Verklärung erinnern.

PLAYBOY: Aber selbst Reed war weniger als überwältigt von Ihrer Darstellung; er schrieb: »King sieht aus und schauspielert genau wie ein übergewichtiger Li'l Abner.« Ungerecht?

KING: Nein, vollkommen richtig, denn das ist genau die Art von Hinterwäldler, die ich spielen sollte, und Romero hat zu mir gesagt, ich sollte ihn »so breit wie einen Highway« zeichnen. Meine Frau behauptet natürlich, daß ich die Idealbesetzung war, aber dazu sage ich nichts.

PLAYBOY: Zurück zu dem, was Sie immer noch versteinert – abgesehen von Flops an der Kinokasse. Welches ist Ihre schlimmste Angst?

KING: Ich glaube, daß eines meiner Kinder sterben könnte. Ich glaube nicht, daß ich damit fertig werden würde. Aber es gibt eine Menge anderer Dinge: die Angst, daß etwas mit meiner Ehe schiefgeht; daß die Welt in einen Krieg stürzt; Scheiße, ich bin nicht einmal über die Entropie glücklich. Aber das sind alles Gedanken der Wolfsstunde, die man hat, wenn man nicht schlafen kann und sich herumwälzt und es einem möglich wird, sich selbst davon zu überzeugen, daß man Krebs oder einen Gehirntumor hat, oder, wenn man auf der linken Seite liegt und sein Herz klopfen hört, daß man kurz vor einem tödlichen Herzanfall steht. Und manchmal kann man in der Dunkelheit liegen und davon überzeugt sein, daß man unten etwas hört, besonders wenn man überarbeitet ist. Und wenn man sich dann wirklich anstrengt, kann man Laute höre, die die Treppe *herauf* kommen. Und dann, heiliger Gott, sind sie *hier*, sie sind im Schlafzimmer! Sie wissen schon, alle Gedanken der finsteren Nacht – der Stoff, aus dem die angenehmen Träume sind.

PLAYBOY: Sie haben Ihre Schlaflosigkeit erwähnt, und Sie haben während des ganzen Interviews Exedrin wie Fruchtgummi hinuntergeschluckt. Leiden Sie auch an chronischen Kopfschmerzen?

KING: Ja, ich habe ziemlich schlimme Kopfschmerzen. Sie kommen und gehen, aber wenn sie anfangen, dann heftig. Exedrin hilft, aber wenn es wirklich schlimm wird, kann ich nur nach oben gehen und mich im Dunkeln hinlegen, bis sie wieder weg sind. Früher oder später verschwinden sie ganz unvermittelt, dann funktioniere ich wieder. Nach allem, was ich in der medizinischen Fachliteratur gelesen habe, ist es keine klassische Migräne, sondern »Streß-Kopfschmerzen«, die mich in Zeiten extremer innerer Anspannung oder Überarbeitung heimsuchen.

PLAYBOY: Sie konsumieren noch mehr Bier als Exedrin; und sie haben selbst gesagt, daß Sie einmal ein Alkoholproblem hatten. Rauchen Sie auch Gras?

KING: Nein, ich ziehe härtere Drogen vor. Jedenfalls früher; ich habe seit ein paar Jahren nichts Hartes mehr genommen. Gras macht mich nicht besonders high; ich werde ein wenig ausgelassen, aber hinterher ist mir immer übel. Aber ich besuchte Ende der sechziger Jahre die Universität. Es war nicht einmal an der University of Maine ein Problem, an Drogen heranzukommen. Ich habe jede Menge LSD und Peyote und Meskalin eingeworfen, alles in allem mehr als sechzig Trips. Ich würde mich aber niemals für Acid oder andere halluzinogene Drogen stark machen, denn es gibt gute Trip-Persönlichkeiten und schlechte Trip-Persönlichkeiten, und letztere Kategorie kann ernsthafte emotionale Schäden bekommen. Wenn man das falsche physiologische und geistige Make-up hat, kann es wie russisches Roulette mit einer geladenen .45er Automatic sein, Acid zu nehmen. Aber ich muß sagen, daß die Ergebnisse bei mir weitgehend positiv waren. Ich hatte nie einen Trip, von dem ich nicht wie nach einer geistigen Läuterung heruntergekommen wäre; es war stets wie eine psychische Müllabfuhr, die den ganzen angesammelten Abfall aus meinem Kopf wegschaffte. Und zu der Zeit brauchte ich diese spezielle Art von geistigem Einlauf.

PLAYBOY: Hatten die Erfahrungen mit halluzinogenen Drogen irgendwelche Auswirkungen auf Ihr späteres Schreiben?

KING: Überhaupt keine. Acid ist nur eine chemische Illusion, ein Spiel, das man mit seinem Gehirn spielt. Wenn es um eine echte Bewußtseinserweiterung geht, ist es vollkommen wertlos. Ich habe Aldous Huxleys Behauptung, daß Halluzinogene die Pforten der Wahrnehmung öffnen, nie glauben können. Das ist mystische Selbsttäuschung, die Scheiße, die Timothy Leary zu predigen pflegte.

PLAYBOY: Haben Sie Angst vor einer schriftstellerischen Sperre?

KING: Ja, das ist eine meiner größten Ängste. Sehen Sie, wir haben uns vorhin über meine Kindheitsfurcht vor dem Sterben unterhalten, aber die ist etwas, mit dem ich einigermaßen zu Rande gekommen bin. Ich meine, ich kann intellektuell und gefühlsmäßig begreifen, daß einmal ein Tag kommen wird, da ich unheilbaren Lungenkrebs habe, oder ich gehe eine Treppe hinauf und spüre plötzlich eisigen Schmerz meinen Arm entlanglaufen, bevor der Hammerschlag die linke Seite meiner Brust trifft und ich tot die Treppe hinunterfalle. Ich würde mich wohl ein wenig überrascht fühlen und Bedauern empfinden, aber ich würde auch wissen, daß es sich um etwas handelt, dem ich lange den Hof gemacht habe und das sich nun endlich entschlossen hat, mich zu heiraten. Was ich andererseits nicht begreifen oder womit ich nicht zu Rande kommen kann, das ist, als Schriftsteller einfach auszutrocknen.

Das Schreiben ist für meine geistige Gesundheit notwenig. Als Schriftsteller kann ich meine Ängste und Unsicherheiten und nächtlichen Schrecken auf dem Papier externalisieren, und dafür bezahlen manche Leute den Seelenklempnern kleine Vermögen. In meinem Fall bezahlen sie *mich* dafür, daß ich mich in meinen gedruckten Büchern psychoanalysiere. Und dadurch bin ich imstande, mich »geistig gesund zu schreiben«, wie es die große Dichterin Anne Sexton ausgedrückt hat. Wissen Sie, das ist eine alte Technik der Therapeuten: Bringe den Patienten dazu, sich seine Dämonen von der Seele zu schreiben. Ein Freudscher Exorzismus. Ich kann alle gewalttätigen Energien, die ich habe – und das sind eine Menge – auf Papier auskotzen. Meine ganze Wut, meinen Haß und meine Frustration, alles Gefährliche und Kranke und Schlechte in mir, kann ich in meine Werke speien. Überall auf der Welt sitzen Leute in Gummizellen, die dieses Glück nicht haben.

PLAYBOY: Was glauben Sie, wären Sie heute, wenn Sie Ihre schriftstellerische Begabung nicht hätten?

KING: Schwer zu sagen. Vielleicht wäre ich ein gelinde verbitterter Englischlehrer an der High-School und würde mich so durchschlagen, bis ich meine Pension erhalten und in die Dämmerjahre abtreten könnte. Andererseits hätte ich ebensogut zusammen mit Charlie Whitman oben im Texas Tower enden können, um meine Dämonen mit einem Zielfernrohr auszutreiben, anstatt mit dem Textcomputer. Ich meine, ich *kenne* diesen Whitman. Mein Schreiben hat verhindert, daß ich selbst in diesen Turm gegangen bin.

PLAYBOY: Sie haben freizügig über Ihre innersten Ängste und Unsicherheiten gesprochen, aber bisher sind wir noch nicht auf sexuelle Dinge zu sprechen gekommen. Haben Sie da irgendwelche Probleme?

KING: Nun, ich glaube, ich habe ziemlich normale sexuelle Gelüste, was immer das Wort normal in diesen haltlosen Zeiten bedeuten mag. Ich meine, ich stehe nicht auf Schafe oder Klistiere oder mehrfach Amputierte oder Marshmallowanbetung oder was immer der letzte Schrei sein mag. Mein Gott, ich bin kürzlich durch einen Sexshop gegangen und habe ein Hochglanzmagazin mit einem Mann gesehen, der auf ein nacktes Mädchen gekotzt hat. Ich meine, *chacun à son goût* und so weiter, aber *bäääh!* Ich bin auch nicht auf dem Sadomasochismus-Trip, auf dem Ihre Konkurrenz *Penthouse* ein ganzes Imperium aufgebaut hat. Verdammt, Sie können ein Foto von einem nackten Mädchen mit diamantbesetzem Hundehalsband machen, das von einem Mann in Leder und mit Knobelbechern an der Leine geführt wird, und trotz künstlerischem Glanz und Gazeschirm vor der Linse und Pastellfarben ist es Schund: Es riecht dennoch übelkeiterregend nach KZ-Porno. Es gibt eine Reihe sexueller Möglichkeiten, die mich anmachen, aber ich fürchte, sie sind alle langweilig normal.

PLAYBOY: Also versteckt sich kein Schreckgespenst in Ihrer Libido?

KING: Nein, nicht in diesem Sinne. Das einzige sexuelle Problem, das ich hatte, war mehr funktioneller Natur. Ich litt vor einigen Jahren vorübergehend unter Impotenz, und das ist überhaupt nicht komisch, glauben Sie mir.

PLAYBOY: Was hat sie verursacht?

KING: Nun, ich bin nicht gut genug in klinischer Selbstbetrachtung, daß ich das sagen könnte. Es war kein dauerhaftes Problem. Ich schätze, teilweise war das Trinken dafür verantwortlich – die Engländer nennen das den Brauereihänger. Henry Fiedling hat gesagt, daß zuviel Alkohol bei einem langweiligen Mann den Sexualtrieb hemmen kann, daher gehe ich davon aus, daß ich langweilig bin, wenn das stimmt, denn wenn ich sie zu schnell runterkippe, bin ich schlichtweg zu betrunken zum Ficken. Fusel steigert vielleicht das Verlangen, aber er beeinträchtigt die Ausführung entschieden. Natürlich müssen teilweise psychologische Gründe dafür verantwortlich sein, denn der sicherste Weg, den ich kenne, jemanden impotent zu machen, ist, wenn er sich selbst ständig sagt: »Mein Gott, was ist, wenn ich impotent bin?« Zum Glück habe ich schon eine ganze Weile keine Probleme mehr damit. Scheiße, warum habe ich dieses Thema angeschnitten? Jetzt werde ich wieder anfangen, darüber nachzudenken!

PLAYBOY: Haben Sie festgestellt, daß Ihre sexuelle Anziehungskraft zugenommen hat, seit Sie zu Geld und Berühmtheit gekommen sind?

KING: Ja, es gibt eine Menge Frauen, die Ruhm oder Macht oder was auch immer ficken möchten. Das gesamte Groupie-Syndrom. Manchmal ist die Vorstellung eines anonymen Ficks faszinierend: Sehen Sie, jemand kommt zu einer Signierstunde in einer Buchhandlung und sagt: »Gehen wir zu mir«, und Sie verlassen am nächsten Morgen die Stadt, und ein Teil von Ihnen ist versucht zu sagen: »Klar doch, gehen wir; wir schütten Wesson-Öl übereinander und vögeln uns echt die Augen raus.« Aber es ist besser, sich nicht auf diese schlüpfrige Ebene zu begeben – keine Anspielung auf Wesson-Öl beabsichtigt –, und ich habe es auch nicht getan. Meine Ehe ist mir zu wichtig, und außerdem fließt soviel meiner Energie ins Schreiben, daß ich es eigentlich nicht nötig habe, herumzumachen.

PLAYBOY: Waren Sie Ihrer Frau immer treu?

KING: Ja, so altmodisch sich das anhören mag. Ich weiß, man erwartet, daß jemand so etwas sagt, wenn es gedruckt wird, aber es stimmt dennoch. Ich würde die Liebe meiner Frau niemals wegen eines Abenteuers aufs Spiel setzen. Ich bin ihr zu dankbar für ihre unerschütterliche Hingabe an mich und für die Hilfe, die sie mir gegeben hat, damit ich so leben und arbeiten kann, wie ich es will. Sie ist natürlich auch eine Rose mit Dornen, und ich habe mich früher häufig an ihnen gestochen, daher würde ich es, von allem anderen abgesehen, gar nicht *wagen*, sie zu betrügen!

PLAYBOY: Haben Sie sich bedroht gefühlt, als Ihre Frau ihre eigene schriftstellerische Laufbahn einschlug und ihren ersten Roman, *Das Puppenhaus*, veröffentlichte?

KING: Aber sicher. Ich war verdammt eifersüchtig. Meine Reaktion war wie die eines Kindes. Ich wollte sagten: »He, das sind *meine* Spielsachen, mit denen kannst du nicht spielen.« Aber daraus wurde rasch Stolz, als ich das fertige Manuskirpt gelesen hatte und feststellte, daß sie verflucht gute Arbeit abgeliefert hatte. Ich wußte, daß sie es in sich hatte, denn Tabby war eine gute Dichterin und Kurzgeschichtenautorin, als wir in meinem Seniorjahr am College anfingen, miteinander zu gehen, und sie hatte bereits einige Preise für ihre Arbeiten gewonnen. Daher gelang es mir, dieses kindischen Eigensinns sehr rasch Herr zu werden. Aber wenn ihre Bücher sich zum ersten Mal besser verkaufen als meine, dürfte das wieder etwas anderes sein!

PLAYBOY: Weshalb finden sich in Ihren Büchern so auffällig wenig explizite Sexszenen? Fühlen Sie sich damit nicht wohl?

KING: Nun, Peter Straub sagt: »Stevie hat den Sex noch nicht entdeckt«, und ich versuche ihn zu widerlegen, indem ich auf meine drei Kinder deute, aber ich glaube nicht, daß ihn das überzeugt. Ich fühle mich wahrscheinlich tatsächlich nicht wohl damit, aber dieses Unbehagen resultiert aus einem anderen Problem, das ich habe, glaubwürdige romantische Beziehungen zu schildern. Ohne solche starken Beziehungen, auf denen man aufbauen kann, ist es schwer, Sexszenen zu schildern, die glaubwürdig sind und die Handlung voranbringen; sonst würde ich Sex nur willkürlich und sinnlos einbringen, Sie wissen schon: »O verdammt, zwei Kapitel ohne eine Fickszene, wird Zeit, daß ich eine zusammenschustere.« In *Cujo* finden sich ein paar explizite Sexszenen, und in meinem Kurzroman »Der Musterschüler« in *Frühling, Sommer, Herbst und Tod*, in dem ein vom Nazi-Bösen verführter Teenager sich zusammenphantasiert, wie er ein Mädchen tötet, während er sie vergewaltigt, er bringt sie langsam mit Stromschlägen um und genießt jede Zuckung und jeden Schrei, bis er seinen Orgasmus mit ihren Todeszuckungen koordiniert. Das vereinbarte sich mit dem verdrehten Charakter des Jungen, aber weiter konnte ich nicht in Richtung S/M gehen, denn nach einem gewissen Punkt wirken einfach meine geistigen Unterbrecher.

PLAYBOY: Abgesehen von Ihren Schwierigkeiten, Sexszenen zu schreiben, haben Sie offenbar auch Probleme mit Frauen in Ihren Büchern. Die Kritikerin Chelsea Quinn Yarbro hat geschrieben: »Es ist niederschmetternd, wenn ein Schriftsteller mit soviel Talent und Kraft und Vision nicht imstande ist, glaubwürdige weibliche Personen zwischen siebzehn und sechzig darzustellen.« Ist das eine faire Kritik?

KING: Ja, unglücklicherweise ist es, glaube ich, von aller Kritik, die an mir geübt worden ist, die zutreffendste. Ich würde ihre Kritik sogar noch dahingehend erweitern, wie ich schwarze Personen darstelle. Sowohl Halloran, der schwarze Koch in *Shining*, wie auch Mutter Abigail in *Das letzte Gefecht* sind pappkameradenhafte Karikaturen von schwarzen Superhelden, die durch die rosa getönte Brille weiß-liberaler Schuld gesehen werden. Und wenn ich glaube, daß ich von der Anklage freigesprochen werden kann, daß die meisten männlichen amerikanischen Schriftsteller Frauen entweder als Dummerchen oder als zerstörerische Huren-Göttinnen porträtieren, dann erschaffe ich jemanden wie Carrie – die als dümmliches Opfer anfängt und dann zur zerstörerischen Göttin *wird*, die in einer Explosion hormoneller Wut eine ganze Stadt vernichtet. Ich sehe die Probleme schon, kann sie aber derzeit noch nicht ändern.

PLAYBOY: Man wirft Ihnen außerdem vor, daß Ihre Werke übertrieben nachahmend sind. In *Fear Itself*, einer kürzlich erschienenen Sammlung kritischer Essays über Ihre Romane, sagt Verfasser Don Herron: »King scheint damit zufrieden zu sein, ohnehin abgenutztes Material neu aufzuarbeiten ... Selten findet man in Kings Geschichten übernatürliche Schöpfungen, die nicht wenigstens auf frühere Werke hindeuten oder sogar offen daraus geborgt sind.« Würden Sie dem widersprechen?

KING: Nein, ich gebe es offen zu. Ich habe mich nie als strahlend originellen Schriftsteller betrachtet, wenn es darum geht, vollkommen neue Einfälle für die Handlung auszudenken. Selbstverständlich sind in der Genre- wie in der Mainstream-Literatur gleichermaßen nicht mehr besonders viele davon übrig, und die meisten Schriftsteller arbeiten lediglich ein paar grundlegende Themen auf, ob das nun die ängstliche Introspektion und die ermüdenden Identitätskrisen der Ästheten sind, die sexuellen und häuslichen Probleme der John-Updike-Schule von Schwanzbetrachtern oder die traditionellen Schemata von Kriminalroman und Science-Fiction und Horror. Ich versuche – gelegentlich erfolgreich, hoffe ich – neuen Wein aus alten Gläsern einzuschenken. Ich bestreite jedoch nicht, daß die meisten meiner Bücher bis zu einem gewissen Grad nachahmenden Charakter haben, aber einige der Kurzgeschichten sind hinreichend *sui generis*, und *Cujo* und *Dead Zone – Das Attentat* sind beide im Grunde genommen originelle Konzepte. Aber *Carrie*, zum Beispiel, wurde zu einem erheblichen Anteil von einem gräßlichen alten B-Film mit dem Titel *Die Augen des Satans* abgeleitet, *Shining* wurde von Shirley Jacksons großartigem Roman *The Haunting of Hill House* beeinflußt; *Das letzte Gefecht* verdankt sowohl George R. Stewarts *Leben ohne Ende* und M. P. Shiels *Die Purpurne Wolke* einiges; und *Feuerkind* hat zahlreiche Vorgänger in der Science-Fiction. *Brennen muß Salem!* wurde natürlich von dem großen Klassiker des Genres, Bram Stokers *Dracula*, beeinflußt, und es weist eine ganz bewußte Ähnlichkeit damit auf. Daraus habe ich nie ein Geheimnis gemacht.

PLAYBOY: Außerdem scheint Sie das Phänomen des Nazitums zu faszinieren, über das Sie hinreichend in *Frühling, Sommer, Herbst und Tod* und im Roman *Dead Zone* geschrieben haben, in dem es um den Aufstieg eines amerikanischen Hitlers und den verzweifelten Versuch eines Mannes geht, ihn aufzuhalten, bevor es zu spät ist.

KING: Nun, die Natur des Bösen ist ein natürliches Interesse für jeden Horror-Schriftsteller, und das Nazitum ist wahrscheinlich die dramatischste Inkarnation dieses Bösen. Was war der Holocaust schon anderes als die buchstäbliche Erschaffung der Hölle auf Erden, ein Fließbandinferno mit Feueröfen und menschlichen Dämonen, die die toten mit Mistgabeln in Kalkgruben schaufelten? Natürlich sind auch im Gulag oder in Ländern wie Kambodscha Millionen gestorben, aber die Verbrechen der Kommunisten resultieren aus der Pervertierung einer im Grunde genommen vernünftigen und apollonischen Philosophie des neunzehnten Jahrhunderts, während das Nazitum etwas Neues und Verderbtes und durch seine ureigenste Natur Perverses war. Ich kann mir gut vorstellen, was für eine gefährliche Faszination er ausgeübt haben muß, als er in den zwanziger Jahren explosionsartig auf der Bildfläche Deutschlands erschien. Der Werwolf in uns ist nie weit von der Oberfläche entfernt, und Hitler wußte, wie man ihn befreit und füttert. Ja, wenn ich in den frühen dreißiger Jahren in Deutschland gewesen wäre, hätte mich das Nazitum wahrscheinlich auch angezogen, glaube ich.

Aber ich bin auch ziemlich sicher, daß ich schon vor 1935 oder 1936, bevor die Konzentrationslager kamen und die Massenmorde ernsthaft anfingen, die Natur der Bestie erkannt haben würde, und zwar in mir selbst ebenso wie in der Ideologie, und dann wäre ich ausgestiegen. Aber wenn man nicht selbst in so einer Situation steckt, weiß man natürlich nie, wie man reagieren würde. Doch man kann die Echos des verrückten dionysischen Motors, der die Nazis antrieb, rings um sich herum sehen. Ich bin ein großer Rock-'n'-Roll-Fan, und Rock war ein großer Einfluß auf mein Leben und meine Arbeit, aber selbst dort kann man ab und zu die Bestie mit ihren Ketten rasseln hören und sehen, wie sie sich zu befreien versucht. Nichts so Dramatisches wie Altamont; nur die wilden, aufgepeitschten Mobemotionen, die man erzeugen kann, wenn man ein paar tausend Menschen in einem Auditorium hat, die vom Sound und dem Dope aus ihren Schädeln gefetzt werden.

Ich bewundere Bruce Springsteen, und meine Frau und ich besuchten kürzlich eines seiner Konzerte in Toronto, wo er plötzlich den Arm mit geballter Faust gerade ausstreckte wie beim Faschistengruß, und die kreischenden Fans im Auditorium folgten dem Beispiel sofort, und uns war einen unbehaglichen Augenblick zumute, als wären wir in Nürnberg. Und in Springsteen ist nun eindeutig nicht die geringste Spur von Faschismus oder Rassismus oder gewalttätigem Nihilismus wie in einigen der englischen Punks, aber diese Massenhysterie, die man bei Rockkonzerten erzeugen kann, war plötzlich zu einer dunklen und beängstigenden Erscheinung geronnen. Natürlich kann guter, starker Rock ein ganzes Kraftwerk emotionaler Regungen hervorbringen, weil er von Natur aus Aufs-Ganze-gehen-Stoff ist; er ist im attraktivsten Sinne des Wortes anarchistisch; er handelt davon, schnell zu leben, jung zu sterben und eine schöne Leiche abzugeben. Und Horror ist genauso. Beide greifen nach der Schlagader, und wenn sie funktionieren, beschwören sie urtümliche Archetypen herauf.

PLAYBOY: Sie werden gemeinhin als Horror-Autor bezeichnet; aber sollten Romane wie *Das letzte Gefecht*, der grundsätzlich ein futuristischer Katastrophenroman ist, nicht eigentlich als Science-Fiction bezeichnet werden?

KING: Ja, technisch gesehen haben Sie recht. Es ist sogar so, die einzigen Bücher von mir, die ich als puren, unvermischten Horror bezeichnen möchte, sind *Brennen muß Salem!*, *Shining* und jetzt *Christine*, weil sie alle keinerlei Erklärung für die stattfindenden übernatürlichen Ereignisse liefern. *Carrie*, *Dead Zone* und *Feuerkind* andererseits liegen weit mehr innerhalb der Science-Fiction-Tradition, da sie sich mit psionischen wilden Talenten beschäftigen, von denen wir vorhin gesprochen haben. *Das letzte Gefecht* hat in beiden Lagern einen Fuß, denn der zweite Teil des Buches, der Teil, der die Konfrontation zwischen den Kräften der Finsternis und den Kräften des Lichts schildert, enthält ein starkes übernatürliches Element. Und *Cujo* ist weder Horror noch Science-Fiction, aber ich hoffe, es ist *furchteinflößend*. Es ist natürlich nicht immer leicht, solche Sachen einzuordnen, aber ich betrachte mich im Grunde genommen schon als Horror-Autor, weil es mir *Spaß* macht, den Leuten angst zu machen. So wie Garfield sagt, »Lasagne ist mein Leben«, so kann ich mit Fug und Recht sagen, daß Horror meines ist. Ich würde ihn auch dann schreiben, wenn ich nichts dafür bezahlt bekäme, weil es auf Gottes grüner Erde nichts Schöneres gibt, als den Leuten eine Scheißangst einzujagen.

PLAYBOY: Wie weit würden Sie gehen, den erwünschten Effekt zu erzielen?

KING: Soweit ich gehen muß, bis der Leser davon überzeugt ist, daß er sich in den Händen eines echten, stammelnden, nachweislich mörderischen Wahnsinnigen befindet. Das Genre existiert auf drei Ebenen, die verschieden und voneinander getrennt sind, und jede ist ein wenig grober als die vorhergehende. Zuoberst kommt der Schrecken, die erlesenste Empfindung, die jeder Schriftsteller erzeugen kann; dann Horror; und dann, auf der untersten Ebene, der Würgereflex des Ekels. Ich versuche natürlich zuerst, Sie zu erschrecken, und wenn das nicht wirkt, versuche ich Horror zu erzeugen; bleibt auch das wirkungslos, dann versuche ich, es mit Niederknüppeln. Ich habe keinen Stolz, ich würde Ihnen ein Sandwich geben, in dem sich Würmer winden, oder ich würde Ihre Hand in ein von Maden wimmelndes totes Waldmurmeltier stecken. Ich würde *alles* machen, was erforderlich ist; ich würde alles auf mich nehmen, ich würde eine Ratte schlachten, wenn es sein muß – ich habe zu meiner Zeit jede Menge Ratten geschlachtet. Schließlich hat Oscar Wilde gesagt, nichts ist so erfolgreich wie der Exzeß. Wenn jemand wegen dem, was ich geschrieben habe, schreiend erwacht, dann freut mich das sehr. Wenn er lediglich seine Kekse auskotzt, ist das immer noch ein Sieg, wenn auch ein kleinerer. Ich glaube, der größte Triumph wäre, wenn jemand tot umfällt – Herzschlag, weil er sich buchstäblich zu Tode geängstigt hat. Ich würde sagen: »Herrgott, was für ein Jammer«, und es wäre mein Ernst, aber ein Teil von mir würde denken: Mein Gott, es hat tatsächlich *funktioniert!*

PLAYBOY: Würden Sie irgendwo eine Grenze ziehen – sagen wir einmal Nekrophilie, Kannibalismus oder Kindesmord?

KING: Ich kann mir nicht vorstellen, daß ich über ein Thema nicht schreiben würde, obwohl es wahrscheinlich welche gibt, über die ich nicht schreiben *kann* – in *Brennen muß Salem!* ist eine Kindesmordszene, als der Vampir ein Baby opfert, aber sie wird nur angedeutet, nicht in allen Einzelheiten geschildert, was meiner Meinung nach die Obszönität der Tat noch steigert. Was Kannibalismus anbelangt, so habe ich eine Geschichte geschrieben, die von einer Art Kannibalismus handelt. Sie trägt den Titel »Der Überlebenstyp« und handelt von einem Chirurgen, der nach einem Schiffsunglück an ein winziges, kahles Korallenatoll im Südpazifik angespült wird. Um zu überleben ist er gezwungen, sich selbst Stück für Stück aufzuessen. Er schreibt alles peinlich genau in seinem Tagebuch nieder, und nachdem er seinen Fuß amputiert hat, vermerkt er: »Ich habe alles nach Hoyle getan. Ich habe ihn gewaschen, bevor ich ihn gegessen habe.« Die Leute sagen, ich wäre so berühmt geworden, daß ich meinen Einkaufszettel veröffentlichen könnte, aber diese Story hat *niemand* auch nur mit einem drei Meter langen Stab angerührt, und sie sammelte fünf Jahre in meiner Schublade Staub an, bis sie kürzlich in einer Anthologie erschienen ist. Ich gebe zu, daß ich ein paar schreckliche Sachen geschrieben habe, furchtbare Sachen, die mir immer noch Sorgen machen. Ich denke dabei besonders an mein Buch *Friedhof der Kuscheltiere*, und dabei an eine spezielle Szene, in der ein Vater seinen toten Sohn exhumiert. Es ist ein paar Tage nachdem der Junge bei einem Verkehrsunfall getötet worden ist, und während der Vater auf dem Friedhof sitzt und den toten Sohn in den Armen hält und weint, gibt der von Faulgas aufgedunsene Leichnam gräßliche Rülpser und Fürze von sich – wahrhaft abscheuliche Laute und Gerüche, die mir von Leichenbestattern und Friedhofsarbeitern in allen scheußlichen Einzelheiten beschrieben worden sind. Diese Szene beschäftigt mich immer noch, denn als ich sie geschrieben habe – sie hat sich gewissermaßen selbst geschrieben; meine Schreibmaschine raste wie beim automatischen Schreiben –, da sah ich den Friedhof und konnte die abscheulichen Laute hören und die gräßlichen Gerüche riechen. Kann ich immer noch. *Brrr!* Wegen solcher Szenen wollte Tabby nicht, daß ich das Buch veröffentliche.

PLAYBOY: Haben Sie Ihre Bücher jemals selbst zensiert, weil etwas einfach so abscheulich war, daß man es nicht veröffentlichen konnte?

KING: Nein, wenn ich es zu Papier bringen kann, ohne dabei den ganzen Textcomputer vollzukotzen, dann ist es, soweit es mich betrifft, geeignet, ans Tageslicht zu gelangen. Ich dachte, ich hätte deutlich gemacht, daß ich nicht zimperlich bin. Vergessen Sie nicht, ich habe keine Illusionen, was das Horror-Genre anbelangt. Es mag durchaus zutreffen, daß wir die Grenzen des Wunderbaren erweitern und ein Gefühl der Ehrfurcht angesichts der Geheimnisse des Universums erzeugen und diesen ganzen Mist. Aber trotz der großen Worte, die Sie von Schriftstellern des Genres hören, daß Horror eine sozial und psychologisch nützliche Katharsis für die Ängste und Aggressionen der Menschen bildet, ist die brutale Tatsache, daß wir immer noch öffentliche Hinrichtungen als Geschäft betreiben.

Wie auch immer, ich würde mich nicht selbst zensieren, aber ich *wurde* einmal zensiert. In der ersten Fassung von *Brennen muß Salem!* hatte ich eine Szene, in der Jimmy Cody, der dortige Arzt, im Keller eines Gasthauses von einer Horde Ratten aufgefressen wird, die der Obervampir dorthin befiehlt. Sie wuseln über ihn wie ein sich windender, pelziger Teppich und beißen und krallen, und als er versucht, seinen Gefährten oben eine Warnung zuzurufen, wuselt ihm eine in den offenen Mund und windet sich da, während sie ihm die Zunge frißt. Ich liebte diese Szene, aber mein Lektor machte mir klar, daß Doubleday sie *unter gar keinen Umständen* veröffentlichen würde, und ich fügte mich schließlich und spießte den armen Jimmy auf Messern auf. Aber, Scheiße, es war einfach nicht dasselbe.

PLAYBOY: Machen Sie sich nie Sorgen, daß geistig instabile Leser Ihre erfundene Gewalt im tatsächlichen Leben begehen könnten?

KING: Aber gewiß doch, und das bekümmert mich nicht wenig, ich würde lügen, wenn ich sagen würde, daß es nicht so ist. Ich fürchte sogar, es könnte bereits geschehen sein. Letztes Jahr wurde in Florida ein Homosexueller ermordet; ein berühmter Ernährungswissenschaftler namens Junk-Food Doctor wurde auf besonders bestialische Weise getötet, er wurde gefoltert und langsam erstickt, während der Mörder danebensaß und Billigfraß verspeiste und ihm beim Sterben zusah. Hinterher kritzelten sie das Wort REDRUM an die Wand, das ist MURDER – also Mord – rückwärts, was natürlich genau das Wort aus *Shining* ist. Die dummen Kerle sollten nicht nur geröstet oder wenigstens auf Lebenszeit eingesperrt werden, nein, man sollte sie auch noch wegen Plagiarismus verklagen!

Es gab noch zwei andere, ähnliche Fälle. 1977 wurde in Boston eine Frau von einem jungen Mann ermordet, der eine Vielzahl von Küchengeräten verwendete, und die Polizei vermutete, daß er eine Szene aus dem Film *Carrie* imitiert hatte, in der Carrie ihre Mutter tötet, indem sie sie buchstäblich an die Wand nagelt, und zwar mit Küchengeräten vom Korkenzieher bis zum Kartoffelschäler. Und 1980 las eine Frau in Baltimore ein Buch an einer Bushaltestelle; sie wurde das Opfer eines versuchten Überfalls. Sie zückte sofort ein verstecktes Messer und erstach ihren Angreifer, und als ein Reporter sie danach fragte, was sie gelesen hatte, zog sie stolz ein Exemplar von *Das letzte Gefecht* hervor, und dort werden die Guten nicht eben dazu aufgefordert, die andere Wange hinzuhalten, wenn die Bösen kommen. Vielleicht liegt hier tatsächlich ein Nachahmungstrieb vor wie bei den Tylenolvergiftungen.

Aber andererseits wären diese Menschen auch tot, wenn ich nie ein einziges Wort geschrieben hätte. Die Mörder hätten dennoch gemordet. Ich finde daher, wir sollten dem Impuls widerstehen, den Botschafter seiner Botschaft wegen zu töten. Das Böse ist im Grunde genommen dumm und phantasielos und braucht keine kreative Inspiration von mir oder sonstwem. Aber obwohl ich das alles vernunftmäßig weiß, muß ich gestehen, es ist beunruhigend zu denken, daß ich, wie weitläufig auch immer, mit der Mordtat von jemand anderem in Verbindung gebracht werden könnte. Wenn ich mich also verteidigend anhöre, dann liegt es daran, daß mir so zumute ist.

PLAYBOY: In einer Besprechung Ihrer Arbeit in *The New Republic* hat die Autorin Michele Slung gesagt, die grimmige Natur Ihrer Themen könnte einige Kritiker verleiten, Ihre literarische Begabung zu unterschätzen. Slung meint:»King wurde vom Establishment der Kritik nicht besonders ernst genommen, wenn überhaupt... Sein wahres Stigma – der Grund dafür, daß man ihn nicht im Wettstreit mit *echten* Schriftstellern sieht – ist, daß er beschlossen hat, über Dinge zu schreiben, die in der Nacht spuken.« Finden Sie, daß die Kritiker Sie ungerecht behandelt haben?

KING: Nein, im allgemeinen nicht. Die meisten Kritiker im ganzen Land waren freundlich zu mir, daher habe ich diesbezüglich keine Beschwerden. Aber sie hat natürlich recht, wenn sie auf die Tatsache hinweist, daß ein kleines, aber einflußreiches Element des literarischen Establishment Horror und Fantasy zur Getto-Literatur abstempelt und sofort außerhalb des Bereichs der sogenannten ernsten Literatur verweist. Ich bin sicher, die Vorgänger dieser Kritiker im neunzehnten Jahrhundert hätten Poe verächtlich als den großen amerikanischen Schundschreiber abgetan.

Aber dieses Problem reicht über mein spezielles Genre hinaus. Diese kleine Elite, die sich in den Literaturmagazinen und Rezensionsspalten einflußreicher Zeitungen und Zeitschriften an beiden Küsten drängt, geht davon aus, daß *jede* populäre Literatur per Definitionen auch schlechte Literatur sein muß. Diese Kritik richtet sich eigentlich gar nicht gegen *schlechtes* Schreiben, sie richtet sich gegen eine ganze *Art* des Schreibens. Meine Art des Schreibens, wie sich herausstellt. Diese Bewahrer der hehren Kultur betrachten es fast als religiöses Glaubensgebot, daß sich Handlung und Story dem Stil unterordnen müssen, wogegen es meine tiefste innere Überzeugung ist, daß die Story das Wesentliche drin *muß*, weil sie die gesamte literarische Arbeit definiert. Alle anderen Überlegungen sind zweitrangig – Thema, Stimmung, sogar Charakterisierung und Sprache.

PLAYBOY: Das Magazin *Time*, das kaum eine hochgestochene Bastion ist, hat Sie als einen Meister der »postliterarischen Prosa« verdammt, und *The Village Voice* veröffentlichte einen ätzenden Angriff, der mit einer Karikatur Ihrer Person illustriert war, die Sie als fettes, bärtiges Schwein zeigt, das über Säcken voll Geld grinst, während Ihnen eine Ratte bewundernd auf der Schulter sitzt. In der *Voice* stand: »Wenn Sie Geist, Intelligenz oder Einsichten schätzen, selbst wenn Sie nur bereit sind, sich mit dem geringsten Anzeichen guten Stils zu begnügen, dann können Sie Kings Bücher getrost vergessen.«

KING: Dieser Angriff der *Voice* hat ein politisches Element. Sehen Sie, ich betrachte die Welt auf eine altmodische Weise. Ich glaube, daß die Menschen ihr eigenes Schicksal bezwingen und gewaltige Anforderungen konfrontieren und meistern können. Ich bin davon überzeugt, daß es absolute Werte von Gut und Böse gibt, die in diesem Universum um die Vorherrschaft ringen – was natürlich vom Ansatz her ein religiöser Standpunkt ist. Und ich bin der Meinung – was mich in den Augen der »erleuchteten« *cognoscenti* natürlich noch mehr verdammt –, daß die traditionellen Werte von Familie, Treue und persönlicher Ehre nicht samt und sonders in der modischen kalifornischen Gußform der »Ich«-Generation ertrunken und aufgelöst worden sind. Das bringt mich natürlich in Widerspruch zu einer essentiell städtischen und liberalen Sensibilität, die jedwede Veränderung mit Fortschritt gleichsetzt und sämtliche Konventionen zerstören will, und zwar in der Literatur ebenso wie in der Gesellschaft. Ich betrachte diese Art von Radical Chic nun freilich ungefähr ebenso wohlwollend, wie Tom Wolfe das in seinen frühen politischen Schriften getan hat, und die *Village Voice* hat als Fahnenträger linksliberaler Werte nun ganz treffend geschlossen, daß ich in gewisser Hinsicht der Feind bin. Sehen Sie, Menschen wie ich erbosen Menschen wie sie. Sie sagen letztendlich: »Welches Recht hast du, die Leute zu unterhalten? Dies ist eine ernste Welt mit einer Menge ernsten Problemen. Sitzen wir herum und kratzen am Schorf; *das* ist Kunst.«

Der kritische Ansatz in dem Artikel von *Time* war etwas anders. Dort wurde ich weitgehend angegriffen, weil ich auf Bilder zurückgreife, die Film und Fernsehen entstammen, und man fand, daß das entwürdigend für die Literatur ist und möglicherweise ihrer bevorstehenden Demontage den Weg ebnet. Tatsache ist aber, ich schreibe für eine Generation, die unter dem Einfluß der Ikonen populärer amerikanischer Kultur aufgewachsen ist, von Hollywood zu McDonalds, und es wäre lächerlich, so zu tun, als würden diese Menschen den ganzen Tag herumsitzen und über Proust nachdenken. Der Kritiker von *Time* hätte seine Kritik an Henry James richten müssen, der schon vor achtzig Jahren festgestellt hat, »eine gute Gespenstergeschichte muß an hundert verschiedenen Stellen mit den gewöhnlichen Dingen des Lebens verbunden sein.«

PLAYBOY: John D. McDonald, einer Ihrer großen Fans, hat vorhergesagt, daß »Stephen King sich nicht auf sein derzeitiges Interessensgebiet beschränken wird«. Hat er recht? Und wenn ja, was werden Sie in Zukunft machen?

KING: Nun, ich habe schon früher sogenannte Mainstream-Stories und sogar Romane geschrieben, aber die Romane waren ziemlich frühe und amateurhafte Werke. Ich werde über alles schreiben, was meine Phantasie anregt, ob das nun Werwölfe sind oder Baseball. Ein paar Leute scheinen überzeugt davon, daß ich Horror lediglich als Schablone für kommerziellen Erfolg ansehe, eine Geldmaschine, deren Hebel ich den Rest meines Lebens ziehen werde, während andere der Überzeugung sind, sobald mein Bankkonto die richtige kritische Masse erreicht, werde ich allen kindischen Unsinn hinter mir lassen und die Antwort dieser Generation auf *Wiedersehen mit Brideshead* schreiben. Tatsache ist aber, daß Geld so oder so nichts damit zu tun hat. Was ich schreibe, das macht mir Spaß, und ich wollte und *könnte* nichts anderes schreiben.

Meine Art des Geschichtenerzählens liegt in einer langen, von der Zeit geheiligten Tradition, die bis zu den griechischen Barden und mittelalterlichen Minnesängern zurückreicht. In gewisser Weise sind Leute wie ich das moderne Äquivalent der alten walisischen Sündenesser, den wandernden Barden, die ins Haus gerufen wurden, wenn jemand auf dem Totenbett lag. Die Familie setzte ihm ihr bestes Essen und Trinken vor, denn während er aß, nahm er gleichzeitig auch alle Sünden der sterbenden Person in sich auf, damit seine Seele im Augenblick des Todes unbefleckt und reingewaschen gen Himmel fahren konnte. Und das machten die Sündenesser Jahr für Jahr, und alle wußten, sie würden zwar mit vollen Bäuchen sterben, aber dafür direkt zur Hölle fahren.

In diesem Sinne absorbieren also ich und meine Kollegen Horror-Autoren alle Ihre Ängste und Befürchtungen und Unsicherheiten und nehmen sie auf uns selbst. Wir sitzen in der Dunkelheit außerhalb Ihres wärmenden Feuerscheins, und wir kichern in unsere Kessel und spinnen unsere Spinnennetze der Worte, während wir die ganze Zeit das Kranke aus Ihren Köpfen saugen und in die Nacht spucken.

PLAYBOY: Sie haben vorhin gesagt, daß Sie ein abergläubischer Mensch sind. Haben Sie jemals die Befürchtung, daß alles zu gut für Sie läuft und daß plötzlich eine böse kosmische Kraft kommen und Ihnen alles wieder wegnehmen wird?

KING: Das fürchte ich nicht, das *weiß* ich. Es muß so sein, daß eine Katastrophe oder Krankheit oder eine andere kataklysmische Betrübnis schon ein Stück die Straße entlang auf mich wartet. Sehen Sie, es wird niemals besser; sie werden nur schlimmer. Und wie John Irving gesagt hat, wir werden nur bescheiden dafür belohnt, daß wir gut sind, aber unsere Übertretungen werden mit absurder Härte bestraft. Ich meine, nehmen Sie einmal etwas Schönes wie das Rauchen. Was ist das doch für eine kleine Freude: Sie setzen sich nach dem Essen mit einem guten Buch und einem Bier hin, zünden sich eine Zigarette an und entspannen sich zehn Minuten lang, und Sie schaden dabei keinem, jedenfalls so lange Sie ihm nicht den Rauch ins Gesicht blasen. Aber welche Strafe verhängt Gott für diese läßliche Sünde? *Lungenkrebs, Herzanfall, Herzschlag!* Und wenn Sie eine Frau sind, die während der Schwangerschaft raucht, dann stellt er sicher, daß Sie einen hübschen, tropfenden, gesunden Mongoloiden gebären. Komm schon, Gott, wo ist dein Sinn für Verhältnismäßigkeit? Aber dieselbe Frage stellte Hiob vor dreitausend Jahren, und Jehova brüllte aus seinem Wirbelwind zurück: »Wo warst du, als ich die Welt erschaffen habe?« Mit anderen Worten: »Halt's Maul, Arschgesicht, und nimm das, was ich dir gebe.« Und das ist die einzige Antwort, die wir jemals bekommen, daher weiß ich, daß es schlimmer werden wird. Ich *weiß* es einfach.

PLAYBOY: Bei jedem anderen wäre diese abschließende Frage ein Klischee. Bei Ihnen scheint Sie genau richtig zu sein: Welche Inschrift hätten Sie gern auf Ihrem Grabstein?

KING: In meiner Novelle »Atemtechnik« in *Frühling, Sommer, Herbst*

282

und Tod habe ich einen geheimnisvollen Privatklub in einem alten Backsteinhaus in der East 35th Street in Manhattan erschaffen, in dem sich eine seltsame Schar Männer regelmäßig trifft, um sich ungewöhnliche Geschichten zu erzählen. Oben sind viele Zimmer, und als ein neues Mitglied sich nach der exakten Zahl erkundigt, sagt der seltsame alte Butler zu ihm: »Das weiß ich nicht, Sir, aber Sie könnten sich da oben verirren.« Dieser Herrenklub ist in Wahrheit eine Metapher für den gesamten Prozeß des Geschichtenerzählens. In mir sind ebenso viele Geschichten, wie es Zimmer in diesem Haus gibt, und ich kann mich sehr leicht in ihnen verirren. Im Klub wird jedenfalls vor jeder Geschichte ein Trinkspruch ausgebracht, der die Worte über dem großen Kamin in der Bibliothek wiedergibt: DIE GESCHICHTE ZÄHLT, NICHT DER ERZÄHLER. Für mich war das im Leben ein guter Führer, und ich glaube, das würde einen guten Spruch für meinen Grabstein geben. Nur das, kein Name.

Teil 4

PROMINENTE KOLLEGEN ÜBER STEPHEN KING

PETER STRAUB

Mein Freund Stevie

Er tauchte als Name auf einem Klappentext in meinem Leben auf – einem jener kurzen Kommentare, die Verlage zu ergattern versuchen, indem sie Fahnenabzüge an jeden schicken, der ihrer Meinung nach ein paar unkritische Freundlichkeiten von sich geben könnte. Neben ermutigenden Bemerkungen von Robert Bloch und Dorothy Eden erhielt mein Verleger auch einen Absatz von Stephen King, »Autor von *Carrie* und *Brennen muß Salem!*.« Ich hatte noch nie von diesen beiden Büchern gehört und auch von Stephen King nicht, aber das hatte auch sonst noch niemand. Aber der Kommentar dieses obskuren Autors war auf jeden Fall die einsichtigste der zehn oder zwölf Antworten auf *Julia*. Die anderen lobten, und ich war dankbar für dieses Lob, aber Stephen King demonstrierte mit einigen wenigen Sätzen, daß er begriffen hatte, worum es mir ging – ihm waren meine Absichten gewissermaßen sofort klar geworden. Daher speicherte ich den Namen erst einmal . . .

Fast ein Jahr später stöberte ich in einer Buchhandlung in London – es war Hatchards, einer der wunderbaren Buchläden, die fast alles haben und es sorgfältig ausstellen – und sah *Brennen muß Salem!* auf dem Tisch in der Mitte. Es war gerade in England erschienen. Ich kaufte es aus Loyalität, ohne große Erwartungen. An jenem Abend ließ ich alles andere liegen, was ich gelesen hatte, und befaßte mich mit Stephen King. Ich habe das andere Buch überhaupt nicht mehr angesehen. Die kleine Stadt, das Marsten Haus, Ben Mears und Susan und Mark Petrie, sie fesselten mich und machten mich selbstvergessen. Gelegentlich sah ich meine Frau an und sagte: »Mein Gott, der Bursche ist wirklich gut.« Ich kann mich noch gut an den freudigen Schock erinnern, als ich Seite 158 erreicht hatte und Mr. Barlow durch Dud Rogers Augen sah: »Das Gesicht, welches sich im rötlichen Schein des erlöschenden Feuers offenbarte, hatte hohe Wangenknochen und war nachdenklich. Das Haar war weiß und von seltsam männlich wirkenden eisengrauen Strähnen durchzogen. Der Mann hatte es gleich einem jener schwulen Konzertpianisten aus der hohen, wächsernen Stirn gekämmt. Das rote Leuchten der Glut fing sich in den Augen, die sie festhielten, so daß sie wie blutunterlaufen wirkten.« Mein Gott! Ich dachte: ein Vampir! Fast alles an dieser Szene verschlug mir den Atem, und ich möchte die Gründe dafür nennen:

1. Ich war der Meinung, daß es Mitte der siebziger Jahre außerordentlichen Mut erforderte, diese alte und abgenutzte Karte auszuspielen, und zwar ernsthaft zu spielen. King alberte nicht herum, er machte sich nicht einmal die Mühe, das Absurde am Auftauchen eines Vampirs in einer hinterwäldlerischen Kleinstadt in Maine zu erwähnen, er schlug die Karte einfach auf den Tisch.

2. Und die Überraschung war hervorragend getimet; daher funktionierte sie; daher war sie nicht absurd. Es war ein Vampir, der Dud Rogers ansah. Barlows Erscheinen erklärte die Geheimnisse und Stimmungen im ersten Teil des Romans. Alles klickte zusammen wie bei einem gutgeölten Schloß. Die Enthüllung Barlows war die Enthüllung des ganzen Buches. Und King hatte sie mehr als hundertfünfzig Seiten zurückgehalten! Das war verblüffend.

3. Durch diese wunderbar selbstsichere Technik hatte King meine Zweifel entwaffnet. Barlow war da, mit jeder Einzelheit des suspekten und fragwürdigen Ruhms eines Vampirs, auf der von flackernden Feuern erhellten Müllkippe. Die Umgebung war ebenso sorgfältig gewählt wie der Augenblick der Offenbarung: sogar die Landschaft besaß die illusorische Schönheit des Vampirs.

4. Die Schludrigkeit des Stils spielte keine Rolle. Im letzten Abschnitt, den ich zitiert habe, sind es doch sicher die Augen, die blutunterlaufen wirken, und nicht die Glut. Mir gefiel die umständliche Formulierung »welches sich im rötlichen Schein des Feuers offenbarte« nicht besonders und auch nicht die linkische Mischung von Ausdrücken, bei der sich die Stimme des Autors in die des Beobachters einmischt. Aber verglichen mit dem freudigen Schock des Abschnitts waren das Nebensächlichkeiten. Jeder hätte den Stil besser machen können, aber niemand konnte Barlow mit so wenigen Worten so überzeugend präsentieren.

Das Eindrucksvollste war aber wohl, wie er einen hohen Zaun überwunden hatte, ohne auch nur heftiger zu atmen. Stephen King wurde auf der Stelle einer meiner Lieblingsschriftsteller. Ich las das Buch, so schnell ich konnte, und dann las ich es noch einmal, bevor ich mich etwas anderem zuwandte. Das nächste Mal, daß ich ein Buch so las, zweimal, ohne aufzuhören, war, als es mir gelang, meinem Agenten ein Vorabexemplar von *Shining* herauszulocken.

Zu dem Zeitpunkt war ich schon ein junger Stephen King geworden; ich hielt ihn für einen Schriftsteller, der so gut war, daß jeder ihn lesen sollte. Mein kleiner Freundeskreis in London muß es satt gehabt haben, von Stephen King zu hören, aber wenn sie ihn gelesen hatte, waren sie bekehrt. Ich glaube, drei oder vier meiner Freunde legte sich das Geld für *Shining* schon Monate vor seinem Erscheinen zurecht.

Meine Gründe dafür, daß ich es lesen wollte, waren aber persönlicher als ihre. King hatte einen weiteren Klappentext geschrieben, diesmal für meinen 1977 veröffentlichten Roman *Wenn du wüßtest,* und der lief auf ein Mini-Essay hinaus: zwei Seiten Großzügigkeit und Einsicht. Meine Verleger hielten soviel davon daß sie es fast ungekürzt auf der hinteren Klappe des Buches abdruckten. Mir wurde klar, wenn ich irgendwo auf der Welt einen idealen Leser hatte, dann war es wahrscheinlich Stephen King; und mir war auch der Grund dafür klar: Seine Ziele und Ambitionen waren meinen sehr ähnlich. Ich habe an anderer Stelle gesagt, das Erlebnis, Stephen King zum ersten Mal zu lesen, war so, als hätte ich plötzlich ein lange verschollenes Familienmitglied entdeckt – oder tatsächlich einen Bruder wiedergefunden –, und das ist keine Übertreibung.

Denn er war ganz einfach in erster Linie Schriftsteller und erst in zweiter Linie Schriftsteller, der Horror und Fantasy schrieb (obwohl er wahrscheinlich Einwände dagegen erheben würde); er nahm Form und Tonfall seines Schreibens sehr ernst, und er wollte mit den tatsächlichen Gegebenheiten der Welt arbeiten, mit Ehen und Katern nach Alkoholgenuß, mit Zigaretten und Rockbands und Billigfraß und Pensionen und mit dem bizarren und grotesken Material unseres Genres. Er stattet seine Figuren mit Gefühl aus; er war zärtlich ihnen gegenüber. Keiner hatte einen komischen Namen, und keiner war nur eine Sammlung von Schrullen und Attributen. Das war seltener, als es beim Schreiben sein sollte, und ist es immer noch. Ich denke, ich will damit sagen, daß er sich voll in seine Bücher einbrachte, und zwar auf die bestmögliche Weise: indem er es Stück für Stück tat, sich durch das ganze Buch hindurch ausbreitete, um zwischen den Leser und die Erzählung zu gelangen. Was heißen soll, er war ein sehr ernsthafter Geschichtenerzähler. Ich reagierte auf diese Ernsthaftigkeit, auf die besessene Art seines Schreibens und sah, daß er, genau wie ich, sein möglichstes tat, um Bücher zu schreiben, die neben den besten Zeitgenossen meines Genres gelesen werden konnten, und King schien der einzige zu sein, der um den höchsten Einsatz spielte.

Nachdem ich *Shining* gelesen hatte, schrieb ich ihm, brachte einiges davon zum Ausdruck und bedankte mich für die Kommentare, die er zu meinen Büchern geschrieben hatte. Nach *Shining* war es mir nicht möglich, ihm *nicht* zu schreiben. Es war eindeutig ein Meisterwerk und wahrscheinlich einer der besten Romane über das

Übernatürliche der letzten hundert Jahre. Er hatte seit *Brennen muß Salem!* einen gewaltigen Sprung nach vorne gemacht, was Qualität anbelangt, und war mittlerweile eindeutig einer der besten Schriftsteller in den Vereinigten Staaten überhaupt. Die reichen Ausschmückungen des Buches beeindruckten mich besonders – seine Fähigkeit, einfallsreiche Einzelheiten in einer solchen Vielzahl einzustreuen, daß die ganze Geschichte von ihnen eingeschlossen wurde, sogar davon überkrustet war. Und jede Einzelheit schien vollgepumpt mit Gefühlen zu sein.

Außerdem hatte er mir gezeigt, wie ich meiner eigenen Ausbildung entkommen konnte. Guter Geschmack spielte in seinem Denken keine Rolle: Er hatte keine Angst davor, laut und vulgär zu sein, Schrecken Kopf voraus zu präsentieren, und weil er imstande war, Vorstellungen von gutem Geschmack über Bord zu werfen, konnte er seine Ambitionen zu schierem und entzückendem Prunk steigern – zur prunkvollen Schönheit des Geschmacklosen. Vor ihm hatte nur Tod Brownings Film *Freaks* sich in diesen Bereich des übertrieben Aufgeblasenen und übertrieben Geschmacklosen gewagt. Für mich war das wie eine Straßenkarte, die mir den Weg zeigte: Er stählte meine Ambitionen.

Bevor ich fortfahre, muß ich einen weiteren Aspekt von *Shining* erwähnen, der mich beeindruckte, den Stil. Es war ganz und gar kein literarischer Stil, eher das Gegenteil. Er erhob Umgangssprache und Klarheit zu Werten. Der Stil konnte in Witze und Derbheiten verfallen, konnte sich in lyrische Höhen aufschwingen, aber das wirklich Fesselnde daran war, saß er sich fortbewegte wie der Verstand selbst. Es war ein nie dagewesener direkter Stil, jedenfalls für mich, und er wirkte wie ein Blitzstrahl ins Innenleben seiner Figuren.

Er antwortete mir: Er und seine Familie würden bald nach England kommen, um ein Jahr dort zu verbringen. Ob wir uns treffen könnten?

Steve kam in verschiedenen Stufen an, wie eine Raupe. Zuerst seine Frau, die Schwiegermutter und das neugeborene Baby während einer Party im Büro meiner Agenten. Ich erinnere mich an eine große Menschenmenge, Rauchwolken, billigen Wein, ein verrücktes Essen in einem griechischen Restaurant – aber auch an Tabitha Kings witzige und geistreiche Art. Dann eine Reihe Telefonanrufe von ihm selbst, zuerst aus Maine, dann aus Londoner Hotels, während wir versuchten, eine Zusammenkunft zu arrangieren.

Es regnete, und er konnte kein Taxi finden. Als er eines gefunden hatte, wollte der Fahrer nicht so weit nach Norden bis Crouch End fahren. Das Problem hatte ich selbst schon kennengelernt.

Schließlich verabredeten wir uns nachmittags in der Bar des

Brown's Hotel, dem englischsten und zurückhaltendsten, dem Agatha Christie-ähnlichsten aller Hotels in London. Die Inhaber des Brown's würden es vorziehen, wenn ihr Hotel den meisten Amerikanern ein Geheimnis bleiben würde. Es ist ein »Rotes-Leder-und-Brunnenkresse-Sandwiches«-Typ von Hotel. Aber vor allem anderen ist es vornehm.

Steve kam ganz und gar nicht vornehm, er stapfte einen Gang zwischen der Bar und der verschlafenen Halle entlang auf mich zu. »Peter!« brüllte er. Wir gingen in die Bar. Er war riesengroß und aufgedreht und herzlich und lachte viel; wir waren nicht sicher, ob wir einander mochten. Ich kann mich nur an eines erinnern, was er an diesem Nachmittag sagte: »Wie kannst du es dir leisten, in einem Land mit solchen Steuern zu leben?« Er redete, wie jeder andere Schriftsteller, den ich kenne, viel über Geld.

Etwa eine Woche später kamen er und seine Frau Tabby zum Essen zu uns. Sie platzten voll Energie und mit einem Redeschwall herein. Man kann getrost sagen, daß sie völlig unenglisch waren, was anfangs ungewöhnlich war – wir lebten seit zehn Jahren dort und waren weniger muskulöse gesellschaftliche Umgangsformen gewohnt –, aber schließlich erfrischend. Neben Roastbeef servierten wir Taramosalata, was die Kings nicht aßen. Wieder wurde viel über Geld geredet: Vorschüsse und Tantiemen, Strategien. Wir tranken und tranken. Als sie gingen, waren meine Frau und ich erschöpft.

Es folgten weitere Treffen; der Druck ließ nach. Begegnungen zwischen Schriftstellern sind immer wie das Treffen von Prinzen, die über kleine, aber höchst unabhängige Länder herrschen, und ein falsches Wort, ein Hauch Unhöflichkeit, kann zu unerklärtem Krieg führen; das Dekor ist ebenso wichtig wie Zuneigung. In unserem Fall schien das kein Problem zu sein. Wir konnten, ohne zu brüllen, von unseren jeweiligen Berggipfeln miteinander reden. Es folgt ein ausgelassenes, turbulentes Erntedank-Essen in ihrem düsteren gemieteten Haus, bei dem der Truthahn nicht auftauen wollte und wir Raumfahrer spielten, um die Kinder der Kings zu unterhalten. Meine Agentin, Carol Smith, hatte mit mehr Würde gerechnet und sperrte vor Staunen den Mund auf – danach begutachtete sie die gewachsten Wände des Kingschen Hauses und murmelte etwas über *Amityville Horror*.

Das war der Tag, an dem Steve und ich nach draußen gingen, um Holz fürs Feuer zu holen. Die Luft war bitter kalt, mehr das Wetter von Neu-England, nicht vom alten England. Steve brach dünne Zweige ab, indem er sie an eine Bank lehnte und mit einer Fußbewegung wie beim Kickstart darauf trat.

»Weißt du«, sagte ich, »du und ich sind der Hammett und Chandler dieses Genres.«

»Ich weiß«, sagte Steve und kick-startete einen weiteren Zweig in zwei Hälften.

Heute ist mir klar, daß ich ungerecht war, wahrscheinlich sogar anmaßend. Robert Bloch und Richard Matheson waren zuerst da, und wenn sie der Dash und Ray des Genres waren, was war dann Shirley Jackson? Die Dorothy Sayers? Das ist lächerlich. Aber er wußte, was ich meinte – daß unser Genre in der größeren Welt der Literatur bestehen mußte, sonst war es nur eine verkümmerte Form von Kinderbüchern, daß es so gut geschrieben sein mußte wie alle anderen Romane auch, um etwas wert zu sein. Wir wollten nicht in der Fantasy-Reihe eines Verlags veröffentlicht werden (aber wir hatten keinen Streit mit denen, die es wurden). Wir wollten das Risiko außerhalb des Gettos von Horror-Fantasy eingehen und auch die Leser erreichen, die Lovecraft für den Verfasser von Sex-Handbüchern halten.

Er war taktvoll genug, nicht darauf hinzuweisen, daß er das viel besser machte als ich.

Im Verlauf der folgenden zwei Jahre habe ich Steve noch häufig getroffen. Wir waren Freunde geworden, unsere Familien waren Freunde geworden. Irgendwann einmal fing ich an, ihn Stevie zu nennen, was teilweise daran lag, daß ich meinen Freund Steve Miller so nannte und die beiden einiges gemeinsam hatten. Eine Weile danach stand *Dead Zone* an der Spitze der Bestsellerliste der *New York Times*. Im Verlauf einer Rede beim World Fantasy Con in derselben Woche sagte Charles Grant, daß Steve einen gewaltigen Keil in diese Liste geschlagen hatte, und das war der zutreffendste Ausdruck für seine Wirkung auf Verleger und die Leserschaft. Er hatte andere Laufbahnen ermöglicht – sein Erfolg war großmütig. Aber darüber werden sich die meisten, die zu diesem Buch etwas beigesteuert haben, und alle, die es lesen, im klaren sein.

Es ist schwer, auf diese Weise über einen Freund zu schreiben, aber hier ein wenig, was ich über Stephen King weiß. Er ist sehr großzügig. Er gehört zum ersten Rang der Hausgäste. Er nimmt Tabletten gegen Bluthochdruck und raucht sich den Kopf weg. Er scheint durch und durch monogam zu sein. Er ist so ziemlich der einzige Mensch, mit dem ich noch herumalbern kann. Nichts in einem Fernsehstudio kann ihm angst machen, aber er geht nicht unter Leitern durch oder zündet drei Zigaretten nacheinander mit demselben Streichholz an. Er besitzt alle Werte des idealen Pfadfinders, ausgenommen vielleicht Bescheidenheit, wenn der ideale Pfadfinder jede Menge Bier trinkt und eine Vorliebe für teure Autos hat.

Er mag Rockmusik, hat sich aber tatsächlich eine Platte von Dexter Gordon gekauft, ein Zeichen von Wachstum seinerseits. Er würde einen schrecklichen Haushälter, einen schrecklichen Kellner und einen schrecklichen Soldaten abgeben. In folgendem wäre er gut, ohne wertende Reihenfolge: Musiker, Lkw-Fahrer, Geburtshelfer. Wenn er ein Chef wäre, dann wäre er wie Julia Child, exzentrisch und groß. Wenn er über Nacht in einem Fahrstuhl steckenbleiben würde, würde er sich selbst Geschichten erzählen, bis ihn der Hausmeister am nächsten Morgen herausholt. Wissen Sie, es ist wirklich so – und das zu sagen fällt mir leicht –, daß ich ihn sehr gern habe und nicht wüßte, was ich ohne ihn anfangen würde.

RAMSEY CAMPBELL

Willkommen in Zimmer 217

Ich kenne zwei Hotel-Anekdoten von Steve King. Eine ist meine Lieblingserinnerung an Baltimore, wo das Hotelpersonal entweder vom Geist von Halloween beseelt war oder sich bemühte, den Besuchern des World Fantasy Con das Willkommen zu geben, das angemessen schien. Die Dame an der Rezeption, die offensichtlich argwöhnte, Steve könnte seine Hotelrechnung nicht bezahlen, weil er keine Kreditkarte hatte, war, soweit ich mit erinnern kann, als Kürbis verkleidet. Ich kann mir keine bessere Einstimmung auf ein Wochenende der Fantasy vorstellen als das Schauspiel, als daß der populärste Autor des Genres von einer Kürbisdame der Zahlungsunfähigkeit verdächtigt wird. Das ist eine Anekdote; die zweite kommt aus Birmingham, England, wo Steve King beinahe war.

(O Gott dieses Zimmer im Imperial darf nicht daran denken sprich von etwas anderem)

Er sollte Ehrengast bei der British Fantasy Convention 1978 sein, bis der Chirurg Einspruch erhob – besser gesagt, bis die Nachwirkungen einer Samenstrangexstirpation Einspruch erhoben. Ich werde die Einzelheiten Ihrer Fantasie überlassen, nicht zuletzt, weil ich keine potentiellen Interessenten von der Operation abbringen möchte, die meiner Meinung nach eine gute Sache ist. Ich sollte es wissen, da ich schon zwei gehabt habe. (Ich bin sicher, es ist falsch, wenn ich denke, daß der Chirurg beim nächstenmal eine Kettensäge nehmen wird, um ganz sicher zu gehen.) Freilich ist nichts Wahres an den immerwährenden Gerüchten,

(immer klingt wie Zimmer denk nur nicht an das Zimmer, das sich verändert hat)

daß Steve und ich die Absicht hatten, gemeinsam einen Samenstrangexstirpations-Roman zu schreiben, besonders nicht, wenn uns die Gilde der Meister-Exstirpatisten reich dafür belohnt, daß wir es nicht tun. Aber es ist jammerschade um die dadurch vergeudeten Buchtitel: DER UNFREUNDLICHE SCHNITT, HODENLOS, KEINE SKRUPEL AM SKROTUM, AUS FÜR DIE EIER, RÜCKSICHT VORBEI . . . Aber ich sprach von Birmingham und Steve King als Gast, der nie kam.

Ich habe gerade den Artikel nicht zur Hand, den ich für das Programmheft über ihn geschrieben habe, aber ich glaube, ich habe dort gesagt, King ist für die Gegenwart das, was Matheson für die fünfziger Jahre war. *Brennen muß Salem!* entdeckt die logischen Schrecken von *Ich bin Legende* neu, das Overlook Hotel ist im Begriff, das Höllenhaus als den Ort zu verdrängen, wo man besser nicht übernachten sollte (und das ist ein großes Lob von mir, denn *Das Höllenhaus* war tatsächlich der letzte Roman, den ich gelesen habe, bei dem ich mir wünschte, ich wäre nicht so lange aufgeblieben, um ihn zu Ende zu lesen). Ich habe auch behauptet, glaube ich, daß das Geheimnis seines Erfolges (abgesehen von seiner Gabe des Geschichtenerzählens, wie sie in der zeitgenössischen Literatur nicht ihresgleichen hat) zum Teil wenigstens darin begründet liegt, wie er in seinen Büchern populären Themen einen Zerrspiegel vorhält: »Der amerikanische Schriftsteller kehrt heim« in *Brennen muß Salem!*, »Der Künstler kämpft gegen Alkoholismus« in *Shining*, »Das häßliche Entlein schlägt zurück« in *Carrie*, »Der Junge von nebenan schlägt sich durch« in *Cujo* und *Dead Zone* . . . Freilich sind die Verzerrungen so stark, daß sie erschreckend sind, aber das ist sicherlich eine von Steves bemerkenswertesten Errungenschaften – daß es ihm gelingt, so viele Leser anzusprechen, indem er ihnen (mit den Worten von Hitchcock) das gibt, was sie glauben, nicht zu wollen und ihnen sagt, was zu wissen sie lieber nicht eingestehen möchten. Das, nebenbei, ist ein Faktor, der guten Horror von Eskapismus unterscheidet. Es ist außerdem lohnender, als die Seite des Lesers anzusprechen, die bei Autounfällen gaffen möchte. Steves Bücher enthalten viel weniger vom letzteren, als er sich selber manchmal eingestehen möchte, aber dafür viel mehr edle Sachen.

Möglicherweise ist es der aufrichtigste Tribut, den man einem anderen Schriftsteller zollen kann, wenn man ihn nachahmt, und daher sollte ich vielleicht auf etwas Tribut meinerseits hinweisen. *The Parasite* wurde geschrieben, weil ich herausfinden wollte, ob ich etwas von *Shining* lernen konnte – wie Peter Straub das getan hat, wie er mir sagte –, ob ich übernatürliche Effekte und volle frontale Schrecken in größerem Maßstab erzeugen konnte. Ich glaube, ich war dabei nur bescheiden erfolgreich, daher schrieb ich ein paar Jahre später die Geschichte »Down There« als Tribut an Steve und sein Werk. Welcher Geist des Bösen hinderte mich daran zu sehen, daß das größte Übel der Geschichte den Namen Steve trägt? Freudianer werden daraus zweifellos machen, was sie wollen.

Ich hatte noch mit einem anderen Tribut an Stephen King zu tun, und wenn man den Geschichten glauben kann,

(*nur eine Geschichte nur eine Geistergeschichte nur ein Fehler den die Leute übersehen [»overlook«] sollten o Gott overlook*)

dann geht dieses immer noch schief und hält sich hartnäckig wie die Telefonnummer, die Steve in seiner Heimatstadt hinterlassen hat (ich habe den Überblick verloren, wie viele ehemalige Nummern ich gewählt habe, nur um entnervt zu hören zu bekommen, nein, dies ist nicht mehr Stephen Kings Nummer). Aber die Geschichten sind sicherlich ein Witz, genau wie der Streich, der zu ihrer Entstehung führte.

Es war nämlich vorgesehen, müssen Sie wissen, daß Steve feststellen sollte, wenn er im Hotel in Birmingham ankam, er habe Zimmer 217. Aber es gab keine Suite mit dieser Nummer, und weniger als eine Suite kam eindeutig nicht in Frage. Daher beschlossen wir, wie Kubrick in seiner Verfilmung des Buches, aber aus ganz anderen Gründen, die Nummer an der Tür der Suite auswechseln zu lassen. Dann verhinderte Steves Samenstrangexstirpation, daß er kommen konnte, und die Nummer wurde nicht verändert, und daher konnte nichts in dem Hotel passieren, nicht wahr? Sicherlich bedeuten die Gerüchte doch nur, daß das Hotelpersonal versuchte, die British Fantasy Convention an Fantasie noch zu übertrumpfen, wie unbritisch das auch sein mag. In den Unterlagen des Hotels steht nicht einmal der Name des Gastes, der, wie ein paar Leute behaupten, die Suite gebucht haben soll.

Wer immer die Zimmernummern verändern sollte, muß seinen Kollegen den Grund dafür genannt haben. Einige lesen Stephen King, aber was ist daran so überraschend? Scheißt ein Bär in den Wald? Das Zimmermädchen, das behauptete, sie habe die Suite für Mr. Bachman hergerichtet

(der Mann der King sein würde nein der Mann ohne Gesicht o Gott)

war sicher ein Fan von Steve, daher können wir nicht auschließen, daß ihre Bewunderung und Fantasie mit ihr durchgingen, nicht? Vielleicht war der Gedanke, ein Zimmer zu betreten, das das von Steve geworden wäre, einfach zuviel für sie, oder der Gedanke, ins Badezimmer einer Suite zu gehen, die beinahe 217 geworden wäre. Sie muß daran gedacht haben, denn sie sagt, als die Tür zum Flur langsam hinter ihr zufiel, ohne daß sie sie berührt hätte, habe sie ganz bestimmt die Nummer 217 an der Tür gesehen.

Sie sagte sich, sie solle nicht albern sein, behauptet sie. Sie zwang sich, rasch ins Badezimmer zu gehen, um sich zu vergewissern, daß da nichts war – obwohl der Duschvorhang fast das ganze Bad verdeckte. Sie hörte ihre Schritte über das Linoleum klicken wie das Ticken einer Uhr, die die Sekunden zählte, die sie brauchte, den Vorhang zu erreichen. Das Neonlicht gab ein leises Summen von sich, als sie die Hand um das kalte Plastik schloß. Sie nahm einen Atemzug, der nach frischer Seife schmeckte, und riß dann den Vorhang zurück.

297

Das Bad war leer. Das war eine solche Erleichterung, daß sie sich mit einer Hand an den feuchten Kacheln über der Wanne abstützen mußte. Sie konnte sich gerade noch zurückhalten, die schweißnasse Stirn mit einem der frischen Handtücher abzuwischen, die sie über die Halterung hängen sollte. Da lachte sie über sich und schwor sich, sie würde eine Weile keine Bücher mehr lesen, die ihr angst machten, und statt dessen lieber Shaun Hutson. Sie schaltete das Badezimmerlicht aus und ging durch den Flur ins Schlafzimmer, um die Betten frisch zu beziehen.

Anfangs konnte sie den Türknauf nicht halten; ihre Finger glitten daran ab. Sie wischte sich die Hand an der Uniform ab und versuchte es noch einmal. Dieses Mal drehte sich der Türknauf, obwohl er naß war. Da fiel ihr ein, daß die Kacheln über der Wanne naß gewesen waren, obwohl der letzte Gast die Suite schon vor Tagen verlassen hatte. Dann stellte sie fest, daß sie noch etwas bemerkt hatte, was ihr zu dem Zeitpunkt gar nicht bewußt gewesen war. Es waren nasse Flecken auf dem Teppich im Flur – Flecken wie Fußabdrücke, die vom Bad ins Schlafzimmer führten.

Sie mußten vor einer Weile gemacht worden sein. Wären sie gerade frisch gemacht gewesen, hätte nicht viel an den Füßen sein können, die sie erzeugt hatten. Plötzlich beschloß sie, doch nicht ins Schlafzimmer zu gehen, jedenfalls nicht allein. Sie biß sich auf die Lippen, sprach ein Gebet und ließ den Türknauf los. Gerade als sie losließ, konnte sie spüren, wie sich der Türknauf von alleine weiterdrehte.

Etwas auf der anderen Seite der Tür drehte ihn. Bevor sie den Flur entlanglaufen konnte, der nur ein paar Schritte lang war, und doch schien die Tür nach draußen unendlich fern zu sein, ging die Schlafzimmertür auf, und

(nein Gott nicht die ertrunkene Frau das ist nur eine Geschichte ich verspreche ich werde so etwas nie wieder lesen nur noch die Bibel)

als das Hotelpersonal ihre Schreie hörte, mußte ein Zimmermann die Scharniere abschrauben, bevor sie die Suite betreten konnte, so reglos drängte sie gegen die Tür nach draußen.

Sie war wochenlang im Krankenhaus in Birmingham. Als sie anfing, mit ihren Besuchern zu sprechen, erfuhren diese, daß sie sich an nichts mehr erinnern konnte, nachdem sie die Tür der Suite aufgemacht hatte, die nicht 217 war. Sie machte einen glücklichen Eindruck, besonders als eine Krankenschwester ihr die Bibel gebracht hatte, und vielleicht hätte nie jemand erfahren, was sie hinter der Schlafzimmertür zu sehen glaubte, wäre nicht ein John Smith im öffentlichen Adreßsystem des Krankenhauses eingetragen gewesen. Da fing sie an zu schreien

(o Gott die Dead Zone ist endlos und es hört nie auf Es)
und drückte sich ins Kissen und fing an zu plappern, bis sie dachten, sie würde nie wieder aufhören.

Was auch immer sie in dem Zimmer gesehen hat, sie kann umöglich alles gesehen haben, was sie behauptete: ein sterbendes junges Mädchen, dessen Tod nach ihr zu greifen und sie ins Dunkel zu ziehen schien, eine Falltür zum Keller, die gähnte, als das Dunkel darüber fiel, und eine Stimme, die von unten »Komm herunter«, rief, einen Mann im weißen Jackett, der ihr sagte, daß sie immer das Zimmermädchen gewesen war, einen Mann, der einen Anorak trug, unter dessen Kapuze nur Schwärze und zwei leuchtende Augen zu sein schienen, jemanden, der eine Krallenhand vors eigene Gesicht hob, einen Schrank, der langsam aufging und aus dem ein teuflisches Knurren drang, einen Kopf, in dessen Mund Federn gesteckt worden waren, im Kühlschrank . . . das alles, und eine Stimme, die sagte: »Noch mehr Geschichten?« Konnte sich soviel hinter einer einzigen Tür befinden?

Wenn sich wirklich eine Tür geöffnet hat, versuchen wir uns zu beruhigen, dann sicher nur in ihrem Verstand. Aber diese Erklärung ist keineswegs so tröstlich, wie sie scheint. Was immer sich in der Hotelsuite abgespielt hat, war mehr als Einbildung. Etwas jenseits aller Vorstellungskraft war erforderlich, damit ihre Zuhörer im Geiste alle Worte sehen konnten, die sie plapperte, *in Klammern, kursiv gedruckt.*

Vielleicht zollte sie ganz einfach Steve King einen Tribut, neben dem meine amateurhaft und ungeschickt aussehen. Aber ich habe mein Bestes getan. Auf Steve. Trinken wir eine Dose Bud auf ihn. Möge er noch lange Türen in den gotischen Gewölben unserer Köpfe aufmachen.

CLIVE BARKER

Die Fahrt überleben

> »Die Tiger des Zorns sind klüger
> Als die Pferde des Lernens.
> William Blake
> Die Ehe von Himmel und Hölle

Vorab ein Geständnis: Ich habe keine These. Ich schreibe diese Seiten, ohne einen Überblick vorzulegen; lediglich voll substantiellem Enthusiasmus für das Werk von Stephen King und einem *Potpourri* von Gedanken über Angst, Literatur, Träume und Geographien, die eine hauchfeine Beziehung zueinander und zu Kings Literatur haben könnten.

Theoretisches Denken war nie meine große Leidenschaft, aber Geisterbahnen sind es. Und deshalb möchte ich mit einer Geisterbahn anfangen.

heißt – ambitioniert genug – *L'Apocalypse*. Der Größe ihres Äußeren nach zu urteilen, gleicht die Fahrt mit ihr einem Epos; die gewaltige, dreigeschossige Fassade läßt die Punks zur Zwergenhaftigkeit schrumpfen, die davor stehen und mit einer Mischung aus Zagen und Appetit zur Reklamewand aufsehen und sich fragen, ob sie die Nerven aufbringen, aus der Wärme der Sonne und durch die Schwingtür in die muffige Dunkelheit zu treten, die sie erwartet.

Sie sagen sich beruhigend, daß eine Vergnügungsfahrt auf dem Rummelplatz doch sicher nicht so schlimm sein kann wie die Bilder, die jeden Zentimeter des Bauwerks bedecken, versprechen: Denn die Bilder stellen Scheußlichkeiten dar, die de Sade den Magen umgedreht haben würden.

Es sind keine besonders guten Bilder; sie sind zu dilettantisch ausgeführt, und die fröhlichen Primärfarben, die die Künstler gewählt haben, scheinen kaum zu dem Thema zu passen. Doch das Auge betrachtet die hier dargestellten Schrecken immer wieder und kann sich nicht davon losreißen. In einer Ecke wird einem zerlumpten Mann der Kopf abgeschnitten; er scheint auf einem Geysir scharlachroten Bluts zu uns herauszuspringen. Ein paar Meter davon entfernt, über einer Reihe Bögen, die mit kanariengelben Lichtern eingefaßt sind, sieht ein Mann zu, wie ihm ein Kardinal im fortgeschrittenen Zustand der Verwesung die Eingeweide aus dem Unterleib zieht. Neben der Eingangskabine wird eine gekreuzigte Frau in einer von weißglühenden Schwertern gesäumten Kammer bei lebendigem Leibe verbrannt. Wir mögen versucht sein, über solche *Grand Guignol*-Exzesse zu lachen, aber wir können es nicht. Denn sie sind ungeachtet ihrer grobschlächtigen Präsentation zutiefst beunruhigend.

Ich selbst bin nie in *L'Apocalypse* gefahren. Ich kenne sie lediglich von einem Foto, das ich vor einem guten Dutzend Jahren aus einer Zeitschrift ausgeschnitten und seither wie einen Schatz gehütet habe. Das Foto spricht mich noch immer lautstark an. Er erzählt vom unbestreitbaren Glanz des Schrecklichen; von seiner Macht, gleichzeitig zu faszinieren und abzustoßen. Und er erinnert mich daran – mit den Punks mit ihren schweißfeuchten Handflächen, die unter einem kristallblauen Himmel auf die Chance warten, das Dunkel zu sehen –, daß nie jemand Geld verloren hat, der eine gute Fahrt in die Hölle anbot.

Was uns ganz zwangsläufig zum Baumeister der populärsten Geisterbahnen der Welt bringt: Stephen King.

Es ist wahrscheinlich überflüssig, daß ich in einem Buch, das Stephen Kings Fähigkeiten feiert, seine Werte in allzu großer Länge auflıste. Wir, seine Leser und Bewunderer, kennen sie gut. Aber es könnte sich lohnen, wenn wir darüber nachdenken, *was* genau er uns durch den Charme und die Zugänglichkeit seines Stils verkauft, durch seine überzeugenden Figuren und das unbarmherzige Tempo seiner Erzählweise.

Er verkauft den Tod. Er verkauft Geschichten von Bluttrinkern, Fleischfressern und vom Verfall der Seele; von der Zerstörung geistiger Gesundheit, von Gemeinschaften und Glauben. In seiner Literatur ist sogar die Fähigkeit der Liebe, die Dunkelheit zu überwinden, ungewiß; auch sie können die Monster verschlingen, wenn man ihnen auch nur eine halbe Möglichkeit dazu bietet. Auch Unschuld ist keine sehr wirksame Verteidigung. Kinder landen ebenso ungeschont im Grab wie die Erwachsenen der Rasse, und die wenigen Fälle von Wiederauferstehung, die die Umstände gewähren, entsprechen schwerlich der von der Kanzel gepredigten Erlösung.

Keine besonders kommerzielle Themenwahl, sollte man meinen. Aber in Kings Händen kann an ihrer Verkäuflichkeit kein Zweifel bestehen. Er hat das Horror-*Genre*, das so lange ein Außenseiter der Verlagsszene war, in eine Kraft verwandelt, mit der man rechnen muß.

Viele Gründe sind für Kings Popularität angeführt worden. Gemeinsames Element zahlreicher Theorien ist seine *Glaubwürdigkeit* als Schriftsteller. In seinen Romanen – weniger in den Kurzgeschichten – beschreibt er die Konfrontation zwischen den realen und fantastischen Elementen in seinem Werk so glaubwürdig, daß die rationale Sensibilität des Lesers selten, wenn überhaupt jemals, erbost wird. Die Bilder von Macht, von Verlust, von Verwandlung, von wilden Kindern und schrecklichen Hotels, von mythologischen und tollwütigen und menschlichen Bestien – sie alle werden so geschickt in die Beschaffenheit der Welt, die er heraufbeschwört, eingearbeitet – Teilchen für Teilchen –, daß wir, wenn wir schließlich den Mund voll haben, mehr als bereitwillig schlucken.

Der Vernetzungseffekt ist vergleichbar mit einer Fahrt in *L'Apocalypse*, nur stellen wir dabei fest, daß die Puppen rechts und links von den Schienen, die ihre abstoßenden Todesszenen immer wieder durchspielen, auf frappante Weise Menschen ähneln, die wir kennen. Das steigert den Horror maßlos. Wir sind nicht mehr nur Voyeure, die eine künstliche Scheußlichkeit beobachten, die sich vor unseren Augen abspielt. Wir sind auf vertraute Weise mit den Leidenden verbunden. Wir teilen ihre Qualen und ihr Entsetzen. Und wir teilen auch den Haß auf ihre Peiniger.

Das ist natürlich keineswegs die einzige Möglichkeit, dunkle Fantasy zu schreiben. Viele Schriftsteller entscheiden sich dafür, ihre Leser in die Welt des Unterbewußten zu stoßen (die eindeutig das Gelände ist, das diese Literaturgattung kartographiert), ohne dabei einen Blick über die Schultern auf die »Wirklichkeit« zu werfen, die der Leser bewohnt. In der Geographie des Fantastischen, zum Beispiel, steht Prinz Prosperos Schloß – das so unzugänglich vor dem Roten Tod verriegelt ist – wesentlich tiefer in der Welt reiner Träume als das Overlook Hotel, dessen Zimmer zwar gleichermaßen den Spuk gewaltsamer Tode beherbergen, die aber ungleich realistischer gezeichnet werden als Poes barocke Schöpfungen.

Dabei gibt es unweigerlich Verluste und Gewinne auf beiden Seiten. Poe opfert durch seine Methode eine gewisse Zugänglichkeit; man muß die fiktionalen Konventionen, die er angewendet hat, erst akzeptieren, bevor man die Geschichte voll und ganz genießen kann. Er gewinnt jedoch eine mythische Resonanz, die in keinem Verhältnis zum geringen Umfang von »Die Maske des Roten Todes« steht. Er hat sich scheinbar mühelos in die Landschaft unserer Träume hineingeschrieben.

Kings Methode – die die Einführung einer ungleich komplexeren fiktionalen »Wirklichkeit« erfordert – gewinnt durch unseren *Glauben* an diese Welt und die Figuren, die sie bewohnen. Sie hat darüber hinaus die Macht, unser Gefühl für die Wirklichkeit zu untergraben, indem sie uns eine Welt zeigt, die wir zu kennen glauben, um dann einen völlig anderen Aspekt davon zu offenbaren. Meiner Meinung nach verliert er durch diese Vorgehensweise eine gewisse *Doppeldeutigkeit*. Darauf komme ich später noch zurück.

Vorher noch ein paar Gedanken über Subversion. Man hat darauf hingewiesen, und zwar ausdrücklich, daß trotz aller Zutaten von Revolution in Kings Literatur – die Schwachen entdecken unbekannte Kraftreserven in sich, die Starken scheitern; die ständige Drohung (oder das Versprechen) von Verwandlung; ein unter der geschwätzigen Oberfläche des Stils kaum verborgenes Gefühl, daß hier mit mythischen Elementen jongliert wird –, daß trotz dieses apokalyptischen Zubehörs das Weltbild des Autors im Grunde genommen konservativ ist. Ist er möglicherweise ein Wolf im Schafspelz, der uns mit Bildern des Chaos beunruhigt, um uns davon zu überzeugen, uns noch fester an die Werte zu klammern, die seine Monster bedrohen?

Ich muß gestehen, ich habe einiges für dieses Argument übrig, und ich bewundere diejenigen seiner Geschichten am meisten, in denen die Welt unwiderruflich verändert wird und keine Hoffnung auf das behagliche, freudlose Tod-im-Leben besteht, welches das Ideal des ausgehenden zwanzigsten Jahrhunderts zu sein scheint. Doch wenn es Beweise gibt, die dieses Argument bekräftigen, so findet sich in Kings Werk auch vieles, was aufrichtig subversiv ist: Bilder, die Geisteszustände und Daseinsformen des Fleisches heraufbeschwören, welche nicht nur unsere Ängste anregen, sondern auch unser Verlangen und unsere Perversionen.

Sie mögen sich nun vielleicht fragen, warum ich so großen Wert auf Subversion lege?

Dafür gibt es viele Gründe. Der passendste ist hier meine Meinung, daß fantastische Literatur dem Schriftsteller außergewöhnliche Möglichkeiten in dieser Richtung eröffnet, und ich bin der ausgeprägten Überzeugung, ein Kunstwerk (sei es Theaterstück, Buch, Gedicht) sollte daran gemessen werden, wie enthusiastisch es die Möglichkeit ergreift, das, was es vollbringen kann, *einmalig* zu vollbringen. Die Literatur des Fantastischen – und Filme, und die Malerei – kann im besten Fall die Beschaffenheit von Erfahrungen eingehender reproduzieren als jedes »naturalistische« Werk, weil sie die Komplexität der Welt, in der wir leben, erfassen kann.

Womit ich sagen will: unseren Verstand. Denn da leben wir immerhin. Und unser Verstand ist ein außergewöhnlicher Schmelztiegel, in dem Informationen der Sinne, Erinnerungen daran, intellektuelles Wiederkäuen, Alpträume und Träume als zunehmend intensiver werdender Eintopf kochen. Und wo anders als in Wer-

304

ken, die (häufig abwertend) *Fantasy* genannt werden, kann eine solche Mixtur von Elementen Seite an Seite aufgereiht werden?

Wenn wir die in solchen Werken dargebotene Vision einmal aufnehmen, wenn wir den Metaphern ein Zuhause in unserer Psyche gestatten, hat die Subversion ihren Anfang genommen. Wir sehen uns vielleicht zum erstenmal als *Ganzes* – schätzen unseren Appetit auf das Verbotene, anstatt ihn zu unterdrücken, begreifen, daß unser Geschmack für das Seltsame oder das Morbide oder das Paradoxe im Gegensatz zu dem steht, was uns anerzogen wurde, nämlich ein Zeichen von Gesundheit ist. Daher sage ich – Subversion. Ohne Entschuldigung.

Das ist eine von Kings höchsten Errungenschaften. Er hat sich von Anfang an nie entschuldigt, hat sich nie geschämt, ein Horror-Autor zu sein. Er schätzt das Genre, und wenn die Horror-Literatur ihrerseits heute ein höheres Ansehen genießt als vor zehn oder zwanzig Jahren, dann ist das sicher in keinem geringen Umfang sein Verdienst. Schließlich dürfte es selbst dem besessensten Rationalisten schwerfallen, die Existenz des Mannes zu ignorieren: Er wird in Bussen und Zügen gelesen; in Universitäten und Krankenhäusern; von den Guten, den Bösen und den moralisch Gleichgültigen.

An dieser Stelle dürfte es sich lohnen, sich daran zu erinnern, daß die Träume, die er für gewöhnlich beschwört, normalerweise nicht Träume, sondern *Alpträume* genannt werden. Dies an sich lohnt sich schon zu erwähnen. Wir haben andere Traumgattungen, die ebenso verbreitet wie Alpträume sind. Zum Beispiel erotische Träume; Träume von Demütigung. Aber nur der Traum der Angst wurde mit einem eigenen Namen bedacht, als wäre uns klar, daß diese Erfahrung unter allen, die im Schlaf zu uns kommen, eine besondere Bedeutung genießt. Liegt es vielleicht daran, daß wir im Wachsein (zutreffender- oder unzutreffenderweise) der Meinung sind, wir hätten Kontrolle über sämtliche Reaktionen, nur nicht über die Angst? Wir können das Wort Alptraum sicherlich ungezwungen benützen, um Erlebnisse im Wachsein zu beschreiben (»der Verkehr war ein Alptraum«, sagen wir für gewöhnlich), aber wir erreichen im Leben nur äußerst selten dieses Ausmaß an Entsetzen – von einem Gefühl des Unausweichlichen begleitet, das das Blut in den Adern gefrieren läßt –, das den Traum des Grauens begleitet.

Wenn wir gute Horror-Literatur lesen, können wir freiwillig ins Traumstadium überwechseln; wir können vielleicht sogar hoffen, daß wir einige der Zeichen und Signale, die uns der Alptraum vermittelt, interpretieren können. Und wenn das nicht, so bleibt uns immerhin der Trost, daß wir diese Bilder mit anderen *teilen*.

(Ein Einschub: Ein Vergnügen jeglicher Literatur ist es, die vielschichtigen Reaktionen darauf mit anderen Lesern auszutauschen, aber dieser Vorgang nimmt eine herrlich paradoxe Eigenschaft an, wenn zwei Horror-Enthusiasten ihre Meinung über ihr Lieblingsbuch oder ihren Lieblingsfilm austauschen. Die wonnevoll detailreiche Schilderung der Verwüstungen, das gemeinsame Entzücken, wenn man sich an entscheidende Augenblicke von Ekel und Angst erinnert: Wir lächeln, wenn wir uns erzählen, wie wir geschwitzt haben.)

Es gibt viele Arten von Alpträumen. Manche haben einen vertrauten, sogar häuslichen Schauplatz, in dem gewöhnliches Zubehör mit der unheimlichen und unerklärlichen Energie einzuschüchtern aufgeladen sind. Diesen Alptraum kann King am gekonntesten beschwören, und damit wird er wahrscheinlich am ehesten identifiziert. Es ist wahrscheinlich ein ganz natürlicher Weg von der Praxis, fremden Horror – *Carrie, Brennen muß Salem!* – in vertrauten Umgebungen, wie wir sie bewohnen, anzusiedeln, bin hin zu der Praxis, Objekte *aus* dieser Umgebung – einen Hund, ein Auto – zu Gegenständen der Angst zu machen. Ich muß gestehen, ich ziehe die früheren Bücher deutlich vor, aber das liegt teilweise daran, daß die dort heraufbeschworenen Apokalypsen verständlicher zu sein scheinen und ich praktisch einen unstillbaren Hunger nach Geschichten habe, in denen das Innerste der Welt nach außen gekehrt wird.

Die andere Art Alptraum ist eine vollkommen andersartige Erfahrung und dreht sich nicht – jedenfalls im herkömmlichen Sinne – um Bedrohung. Ich meine jene Art von Traumreise, die einen aus jedem erkennbaren Kontext heraus in ein vollkommen anderes Dasein führt. Die Art, die einen aufwirbelt (möglicherweise buchstäblich; derlei Alpträume fangen sehr oft mit einem Sturz an, der in Fliegen übergeht) und zu einem Ort versetzt, der sowohl vertraut wie auch vollkommen neu, vollkommen seltsam ist. Man war im wachen Dasein noch nie an diesem Ort, dessen ist sich das träumende Selbst vollkommen sicher; aber es sind Präsenzen hier, die vertraut sind, und hinter jeder Ecke ein Anblick, den man erkennt, gleichwohl er einen verblüfft.

Was sich während dieser Reisen tatsächlich abspielt, reicht vom Banalen zum Wagnerianischen, was vom Sinn für Ironie des Träumenden abhängt, aber diese zweite Art von Alpträumen wirkt gänzlich anders auf die Psyche als die erste. Zunächst einmal sind die Ängste, mit denen sich die erste Art befaßt, wahrscheinlich einer Analyse zugänglich. Es sind Ängste vor Autoritätsfiguren, vor unheilbaren Krankheiten oder vor Beischlaf mit der Mutter. Aber die zweite Art ist meiner Meinung nach nicht in den Spezifika der Persönlichkeit verwurzelt, sondern in etwas Primitiverem; etwas, das zu unserer Reaktion als von Gedanken beseelte Materie der Welt, in die wir geboren wurden, gehört. Die Bilder, die uns in dieser Region überwältigen, sind daher keine Projektionen von Neurosen; es sind unermeßliche; widersprüchliche; mythologische Dinge.

King versteht es, solches Material heraufzubeschwören; ich bedaure nur, daß seine Brillanz als Schöpfer häuslicher Dämonen ihn davon abgehalten hat, mehr von dieser anderen Region zu schreiben. Wenn er sich nämlich daran versucht, ist die Wirkung erstaunlich. »Der Nebel«, zum Beispiel, ist eine Geschichte, die in vertrautem King-Land beginnt und verschiedene Stimmungen durchläuft – einschließlich Szenen, die in ihrer Vermischung von Monströsem und Gewöhnlichem als erstklassige, grimmige Komödien funktionieren –, bis sie in einer Welt gipfelt, die den Menschen verloren ist, einer Welt, die die Fantasie noch lange beschäftigt, nachdem man das Buch zugeklappt hat. Im letzten Abschnitt der Geschichte begegnen die Überlebenden einem Wesen, das so riesig ist, daß es die Protagonisten nicht einmal bemerkt:

. . . Seine Haut legte sich in tiefe Falten, und Hunderte jener rosa Insekten-Wesen mit Stielaugen saßen auf ihm herum. Ich weiß nicht, wie groß es wirklich war, aber jedenfalls stapfte es einfach über uns hinweg. (. . .) Mrs. Reppler sagte später, sie hätte seinen Bauch nicht sehen können, obwohl sie ihren Nacken nach oben verrenkt hätte. Sie sah nur zwei gewaltige säulenartige Beine, die in den Nebel emporragten wie lebende Türme, so weit das Blickfeld reichte.

In *Das letzte Gefecht* findet sich noch mehr atemberaubende Bandbreite der Phantasie, und ebenso auf einer kleineren, aber trotzdem nicht weniger überzeugenden Skala in *Shining* und *Brennen muß Salem!*. Augenblicke, da das Entsetzen mehr wird als ein Kampf ums Überleben mit einem unerwünschten Eindringling; wenn sich der Horror in eben diesem Augenblick, da er uns veranlaßt zurückzuweichen, als Quelle von Faszination und Ehrfurcht und Selbstbegreifen entpuppt.

Dies ist die Wurzel der Doppeldeutigkeit, von der ich eingangs gesprochen habe und auf die ich noch einmal zurückkommen wollte. Wir *wollen* die Begegnung mit Wesen, die unser Leben verändern – die uns ein für allemal ins Reich der Götter bringen (»Im Traum sah ich Gott durch Harrison auf der anderen Seite des Sees gehen, einen Gott, der so riesig war, daß Er von der Taille aufwärts in einem klaren blauen Himmel verschwand.« – »Der Nebel«) –, und gleichzeitig fürchten wir, daß wir vernachlässigbare Wesen sind und so weit unter diesen Mächten stehen, daß uns jede Konfrontation einfach umbringen würde.

Ich meine, daß das Kartographieren dieser Doppeldeutigkeit etwas ist, das das Fantasy-Genre auf einmalige Weise vollbringen kann. Es ist möglicherweise die Schuld von Kings Tugenden, daß diese Doppeldeutigkeit häufig als Gegenleistung für eine direkte Identifizierung mit den Mächten des Lichts aufgegeben wird. Kings Monster (menschlich, unter-menschlich oder zyklopisch) mögen uns gelegentlich *verständlich* sein, aber sie können seltenst einmal unsere Sympathie erringen. Sie sind moralische Abweichler, deren Färbung von Anfang an deutlich ist. Wir beobachten sie, wie sie Hunde tottreten und Kinder verschlingen, und wir sind von der fraglichen Gewißheit erfüllt, daß wir nicht wie sie sind; daß *wir* auf der Seite der Engel stehen.

Und genau *das* ist Dichtung. Es stimmt nämlich nicht. Die Dunkelheit hat einen Platz in jedem von uns; einen substantiellen Platz, der, unserer Gesundheit wegen, respektiert und untersucht werden muß.

Schließlich ist ein Grund, weshalb wir Geschichten des Grauens lesen, sicherlich der, daß es uns danach *gelüstet*, Zorn und Tod und alle Paraphernalien des Monströsen zu beobachten. Das entspricht nicht dem Dasein von Engeln.

Es erscheint mir von lebenswichtiger Bedeutung, daß wir uns in dieser Zeit einer neuen Rechtschaffenheit – da moralische Sauberkeit wieder zum Kriegsruf wird und die alte Scheinheiligkeit stündlich mehr Jünger hinzugewinnt – bemühen sollten, keinerlei Illusionen von Perfektheit zu schüren und statt dessen die Komplexität und Widersprüchlichkeit feiern sollten, die die Fantastik, wie ich schon sagte, so einmalig ansprechen kann. Wenn uns das gelingt, können wir vielleicht gerade noch verhindern, daß wir in einer Woge von Vereinfachungen ertrinken, zu denen so große und falsche Grundsätze wie Gut versus Böse, Dunkel versus Licht, Wirklichkeit versus Fiktion gehören. Aber wir müssen bereit sein, unsere Paradoxe offen zu tragen.

In Kings Werk ist es häufig das Kind, das diese Weisheit besitzt; das Kind, das »reale« und »imaginäre« Erlebnisse fraglos verschmilzt und instinktiv weiß, daß die Fantasie uns auf eine Weise die Wahrheit sagen kann, wie es unseren Sinnen niemals möglich ist. Diese Lektion kann man gar nicht oft genug lehren. Sie steht in direktem Widerspruch zu den grundlegenden Prinzipien, die man uns einfleischt und die uns angeblich in der Welt stark machen sollen. Prinzipien verifizierbarer Beweise; und einer Logik, die, so man ihr freien

Lauf läßt, zu einem schrecklichen, aber makellos logischen Wahnsinn führt.

Ich kehre wieder zur Liste der Waren zurück, die King in seinen Büchern verkauft, und stelle fest, daß meine Aufzählung unvollständig ist. Ja, der Tod steht auf der Liste und viel über den Verfall der Seele. Aber auch *Vision*.

Nicht die Art, wie sie von Politikern oder Fabrikanten oder Männern der Kirche für sich beansprucht wird. Nicht die Vision von der *besseren* Wirtschaft, dem *besseren* Verbrennungsmotor, dem *besseren* Eden. Diese Visionen dienen lediglich dazu, uns zu fesseln und blind zu machen. Wenn wir sie zu lange betrachten, verstehen wir nicht mehr, was uns unsere Träume sagen; und ohne dieses Wissen sind wir schwach.

Nein, King schenkt uns eine ganz andere Vision; er zeigt uns Erwachsenen das, was die Kinder in seinen Büchern so häufig als gegeben hinnehmen; daß es auf der Reise, die er so gründlich kartographiert hat, wo sich der Schrecken nur auf Straßen zeigt, die wir selbst schon entlanggegangen sind, letztendlich nicht die schalen Stereotypen und die abgedroschene Metaphysik, die man uns von Kindesbeinen an beibringt, sind, die uns lebend zum Ende der Fahrt bringen; sondern nur die Vertrautheit mit unserem dunklen und träumenden Selbst.

Teil 5

DAS WERK
VON STEPHEN KING

STEPHEN KING

Zur Einführung: Warum lesen wir phantastische Geschichten?

Zu den häufigsten Fragen, mit denen ich bei Lesungen oder Signierstunden konfrontiert werde, gehört: *Warum lesen Leute so was? Warum verkaufen sich Ihre Geschichten?*

Diese Frage impliziert eine unausgesprochene Vermutung – die Vermutung, daß die Lektüre einer Story der Angst und des Horrors irgendwie von einem ungesunden Geschmack zeugt. In Briefen von Lesern stoße ich oft auf Sätze wie: »Vielleicht bin ich ein wenig morbid, aber ich habe *Shining* von der ersten bis zur letzten Seite genossen . . .«

Ich glaube, der Schlüssel zu dieser Einstellung läßt sich in einem Satz finden, den ich in einer Filmkritik in »Newsweek« zu einem nicht besonders guten Horror-Film fand. Er lautete ungefähr: ». . . ein wunderschöner Film für Leute, die Spaß daran finden, wenn sie einen Autounfall bemerken, langsam daran vorbeizufahren und ihn sich genau anzusehen.« Das ist eine gute, treffende Bemerkung, aber wenn man genauer darüber nachdenkt, trifft sie auf alle Horror-Filme und -Geschichten zu. George Romeros *Die Nacht der lebenden Toten* mit seinen grausamen Szenen von Kannibalismus und Muttermord war sicher ebenso ein Film für Leute, die sich gerne die Autounfälle genau ansehen; und wie war das wohl mit diesem kleinen Mädchen, das einen Priester mit Erbsensuppe bespuckte, in *Der Exorzist?* In Bram Stokers *Dracula*, den man oft als Muster des modernen Horror-Romans heranzieht (zu Recht, denn es ist der erste Roman seiner Art mit offenkundigen Freudschen Obertönen), kommt ein Verrückter namens Renfield vor, der Fliegen herunterschlingt, Spinnen und schließlich einen ganzen Vogel. Er würgt den Vogel wieder aus, nachdem er ihn mit Federn und allem geschluckt hat. Zum Roman gehört auch die Pfählung – die rituelle Penetration kann man sagen – eines jungen und schönen weiblichen Vampirs und der Mord an einem Baby und seiner Mutter.

Auch die große Literatur des Übernatürlichen weist oft dasselbe »Laß uns den Unfall genauer ansehen«-Syndrom auf: Beowulf schlägt Grendels Mutter; der Erzähler in »Das verräterische Herz«, der seinen kranken Wohltäter umbringt und zerstückelt unter den Dielen versteckt; der grimmige Kampf von Sam, dem Hobbit, mit der Spinne Kankra in Tolkiens *Ring-Trilogie*.

313

Einige werden hier gegen diese Gedankenführung sehr entschieden einwenden, daß es auch subtilere Geschichten gibt, daß Henry James uns in *Die Tortur* keinen Autounfall zeigt oder daß Nathaniel Hawthornes makabere Geschichten von wesentlich besserem Geschmack zeugen als *Dracula*. Doch dies ist ein unsinniger Einwand. Auch sie zeigen uns den Autounfall; die Leichen sind bei ihnen fortgeschafft, aber man kann noch immer die zerquetschten Autowracks mit dem Blut auf den Polstern sehen. In mancher Hinsicht ist sogar die klare Eindringlichkeit von Hawthorne, sein bewußtes Weglassen des Melodramatischen und sein gelehrter, vorsichtiger Tonfall der Rationalität noch viel schrecklicher als Lovecrafts Monstrositäten oder Poes Foltern in »Grube und Pendel«.

Tatsache ist einfach – und im Grunde unseres Herzens wissen wir das fast alle –, daß nur sehr wenige an dem Unfall vorbeifahren können, ohne nicht einen schnellen, neugierigen und unbehaglichen Blick auf die Autowracks zu werfen, die da vom flackernden Blaulicht eingerahmt werden. Rentner schlagen die Zeitung erst einmal auf der Seite mit den Todesanzeigen auf, um zu sehen, wen sie überlebt haben. Wir alle sind für einen Augenblick unbehaglich gebannt, wenn wir erfahren, daß eine Janis Joplin gestorben ist, ein John Lennon oder sonst jemand, dessen Tod unerwartet eingetreten ist. Wir verspüren Entsetzen vermischt mit einer eigenartigen Faszination, wenn wir in der Boulevard-Presse lesen, daß eine Frau auf einem kleinen Landflughafen während eines dichten Regenschauers in einen laufenden Propeller gestolpert ist oder daß ein Mann von einer Stahlpresse erfaßt und zerquetscht wurde. Es ist nicht notwendig, weiter für diese offenkundige Tatsache zu argumentieren: Das Leben steckt voller großer und kleiner Schrecken, aber weil die kleinen Katastrophen diejenigen sind, die unsere Vorstellungskraft nicht überschreiten, sind sie es, die uns am deutlichsten mit unserer Sterblichkeit konfrontieren.

Unser Interesse an solchen Westentaschen-Schrecken läßt sich nicht leugnen, aber ebensowenig läßt sich unser angeekeltes Schaudern bestreiten. Beiden mischt sich auf beunruhigende Weise, und ein Nebenergebnis dieser Mixtur scheinen Schuldgefühle zu sein ... Schuldgefühle, nicht unähnlich denjenigen, die wir beim Erwachen unserer Sexualität erleben.

Es ist nicht meine Sache, jemandem zu erzählen, hier seien Schuldgefühle angebracht, genausowenig wie ich meine Romane und Kurzgeschichten rechtfertigen will. Aber zwischen Sex und Furcht läßt sich eine interessante Parallele beobachten. Während wir zur körperlichen Fähigkeit zu sexuellen Beziehungen reifen, erwacht unser Interesse an solchen Beziehungen; dieses Interesse wendet sich, soweit

314

es nicht pervertiert wird, auf natürliche Weise der Kopulation und damit der Erhaltung unserer Art zu. Während uns unser eigenes unvermeidliches Ende bewußt wird, erwacht in uns das Gefühl für Furcht. Und ich bin der Ansicht, daß, wie alle Kopulation letztlich der Selbsterhaltung dient, alle Furcht letztlich dem Begreifen unseres unabwendbaren Todes dient.

Es gibt die alte Geschichte über die sieben Blinden, die sieben verschiedene Teile eines Elefanten zu fassen bekommen. Einer von ihnen meinte, er hätte eine Schlange, ein anderer, er hätte ein riesiges Palmenblatt, ein dritter, er würde eine steinere Säule berühren. Als sie ihre Beobachtungen dann zusammentrugen, stellten sie fest, daß es ein Elefant war.

Furcht ist die Emotion, die uns blind macht. Vor wie vielen Dingen fürchten wir uns? Wir fürchten uns, das Licht anzuknipsen, wenn wir nasse Hände haben. Wir fürchten uns, mit einem Messer im Toaster herumzustochern, um den angeschmorten Toast herauszubekommen, solange der Stecker noch nicht abgezogen ist. Wir fürchten uns vor dem, was der Arzt uns nach der Röntgenuntersuchung sagt; und genauso, wenn das Flugzeug plötzlich in ein Luftloch sackt. Wir fürchten uns davor, daß es mit dem Öl zu Ende geht, mit dem Trinkwasser, mit dem guten Leben. Wenn die Tochter versprochen hat, um elf Uhr zu Hause zu sein, und jetzt ist es Viertel nach zwölf und der Regen hämmert gegen die Fensterscheiben, sitzen wir vor dem Fernseher und tun so, als wollten wir uns unbedingt den Spätfilm ansehen, während wir immer wieder nach dem stummen Telefon schielen; und wir fühlen jene Emotion, die uns blind macht, die Emotion, die jeden vernünftigen Gedankengang ruiniert.

Der Säugling ist ein angstfreies Wesen, bis die Mutter ihm zum erstenmal nichts zum Saugen in den Mund schieben kann, wenn er schreit. Das Kleinkind entdeckt schnell die erschreckenden und schmerzhaften Wahrheiten einer zuschlagenden Türe, des heißen Ofens, des Fiebers, das mit den Masern und dem Keuchhusten kommt. Kinder lernen Furcht schnell; sie lernen sie aus dem Gesicht des Vaters oder der Mutter, wenn die Eltern ins Badezimmer kommen und ihre Kleinen mit Rasierklingen oder Tablettenrollen spielen sehen.

Furcht macht uns blind, und wir nähern uns unseren Ängsten mit all der typischen Neugier des Selbstinteresses, indem wir versuchen, aus den Hunderten verschiedenen Ängsten auf das Ganze, die eine große Angst zu schließen, genau wie die Blinden mit dem Elefanten.

Wir bekommen so langsam einen Eindruck von der Gestalt der Sache. Kinder erfassen sie leicht. Die Sache ist da, und die meisten von uns kommen früher oder später zu der Erkenntnis, womit wir es bei ihr zu tun haben: Es ist die Gestalt eines Körpers unter einem Tuch. All unsere Ängste zusammen ergeben die eine große Furcht, all unsere Ängste sind Teil dieser einen Furcht – ein Arm, ein Bein, ein Finger, ein Ohr. Wir haben Angst vor dem Körper unter dem Tuch, dieser stummen reglosen Gestalt. Es ist unser Körper. Und die große Anziehungskraft der unheimlichen Fantastik war zu allen Zeiten, daß sie uns als Probeaufführung unseres eigene Todes dient.

Das Genre hat sich selten besonderer literarischer Wertschätzung erfreut. Lange Zeit waren die Franzosen die einzigen Freunde von Poe und Lovecraft. Die Franzosen haben offenbar zu einem Arrangement mit dem Sex und dem Tod gefunden, zu dem sich Poes und Lovecrafts amerikanische Mitbürger nie durchringen können. Die Amerikaner waren zu eifrig damit beschäftigt Eisenbahnen und Flugplätze zu bauen, und Poe und Lovecraft starben gebrochen. Tolkiens Fantasy-Trilogie von Mittelerde verstaubte zwanzig Jahre in den Buchhandlungen, bis sie von einem Geheimtip zum Bucherfolg wurde. Und Kurt Vonnegut, dessen Bücher sich so oft mit dem Gedanken der Generalprobe des Todes beschäftigen, haben immer gegen eine wütende Kritik anzukämpfen gehabt, die sich teilweise bis zur Hysterie steigerte.

Das mag daran liegen, daß der Horror-Autor immer schlechte Nachrichten zu melden hat: Du mußt sterben, sagt er; er erzählt Ihnen, daß Sie sich nichts aus all der aufbauenden Alltagspsychologie in der Art von »es wird Ihnen immer wieder etwas *Gutes* widerfahren« machen sollen, denn es wird Ihnen auch immer etwas *Schlechtes* passieren, und das könnte ein Schlaganfall sein, Krebs, ein Autounfall, aber es kommt bestimmt. Und er nimmt Sie bei der Hand, öffnet Ihnen Ihre Hand, führt Sie in das Zimmer und legt Ihre Hand auf die Form unter dem Tuch . . . und sagt Ihnen, daß Sie diese Gestalt unter dem Tuch berühren sollen . . . hier . . . und hier . . . und da . . .

Natürlich ist das Thema der Angst und des Todes nicht exklusiv für den Horror-Autor reserviert. Eine ganze Reihe von Schriftstellern der sogenannten »Hochliteratur« haben sich mit diesen Fragen beschäftigt und auf die verschiedenste Art – von Dostojewskis *Schuld und Sühne* über Edward Albees *Wer hat Angst vor Virginia Woolf* zu Ross MacDonalds Lew-Archer-Geschichten. Die Angst ist immer ein großes Thema gewesen. Der Tod ist immer eines gewesen. Sie sind zwei der menschlichen Konstanten. Aber nur der Autor von unheimlichen und fantastischen Geschichten gibt dem Leser die Möglichkeit zu einer totalen Identifikation und Katharsis. Wer in diesem Genre schreibt und auch nur die blasseste Ahnung hat von dem, was er da tut, weiß, daß es sich bei dem ganzen Gebiet der unheimlichen Fantastik um einen Filter zwischen dem Bewußtsein und dem Unterbewußtsein handelt. Horror-Geschichten sind wie ein U-Bahn-Hauptbahnhof in der menschlichen Psyche, wo sich die blaue Linie dessen, was wir uns unbesorgt aneignen, mit der roten Linie dessen kreuzt, was wir auf die eine oder andere Art wieder loswerden müssen.

Wenn man unheimliche Geschichten liest, glaubt man nicht wirklich, was der Autor da geschrieben hat. Wir glauben nicht an Vampire, Werwölfe oder Lastwagen, die plötzlich von selbst fahren. Die Schrecken, an deren Realität wir alle glauben, sind die, über die Dostojewski, Albee oder MacDonald schreiben: Haß, Entfremdung, ungeliebt alt werden zu müssen, auf unsicheren Teenagerbeinen in eine feindliche Erwachsenenwelt zu stolpern. In unserer realen Alltagswelt sind wir oft wie Theatermasken von Tragödie und Komödie, auf der Außenseite grinsend, nach innen Grimassen schneidend. Und irgendwo in uns gibt es eine Art zentrale Umschaltstelle, einen Transformator, wo die Drähte von den beiden Masken miteinander verbunden sind. Diese Stelle ist es, an der uns die Horrorgeschichte zu packen bekommt.

Der Horror-Autor unterscheidet sich nicht sehr von walisischen Sündenesser, der die Sünden des teuren Verblichenen auf sich nimmt, indem er das Brot des teuren Verblichenen ißt. Die Geschichte der Monstrositäten und des Grauens ist ein Korb, vollgepackt mit Problemen; wenn der Schriftsteller vorbeikommt, nimmt man einen von seinen imaginären Schrecken aus dem Korb und legt einen eigenen wirklichen dafür hinein – für eine Zeitlang jedenfalls . . .

Die Werke von Edward Albee, von Steinbeck, Camus, Faulkner – sie handeln von Angst und Tod, manchmal auch von Horror, aber für gewöhnlich befassen sich die Autoren der Hochliteratur auf eine realere, alltäglichere Weise damit. Ihre Werke gehören in den Rahmen der rationalen Welt; es sind Geschichten, die »passieren könnten«. Sie gehören zu der U-Bahn-Linie, die draußen durch die äußere Welt führt. Es gibt andere Autoren – James Joyce, Faulkner beherrscht beides, Lyriker wie T. S. Eliot oder Sylvia Plath und Anne Sexton –, deren Werk im Land des symbolischen Unterbewußtseins angesiedelt ist. Sie fahren mit der Linie, die durch die Landschaften der Innenwelt führt. Aber der Horror-Schreiber befindet sich fast immer an jenem zentralen Umsteigebahnhof, an dem sich alle Linien treffen. Wenn er sein Bestes gibt, haben wir oft jenes unheimliche Gefühl, nicht zu wachen und nicht zu schlafen, wenn die Zeit sich zur Endlosigkeit zerdehnt, wenn wir Stimmen hören, aber ihre Worte nicht verstehen, wenn der Traum uns real erscheint und die Realität wie ein Traum.

Ein seltsamer und wunderbarer Umsteigebahnhof ist das. Hill House befindet sich dort, wo die Züge in beide Richtungen abfahren, mit seinen geisterhaft verschlossenen Türen; die Ringgeister, die Frodo und Sam verfolgen, sind dort; und Pickmans Modell; der Wendigo; Norman Bates und seine furchtbare Mutter. Kein Wachen oder Träumen gibt es auf jenem Bahnhof, nur die Stimme des Autors ist da, gedämpft und rational, und sie erzählt davon, wie die solide Struktur der Wirklichkeit mit schockierender Plötzlichkeit einen Riß bekommen kann. Er erzählt dir, daß du den Autounfall sehen willst, und ja, er hat recht – du willst. Da ist eine tote Stimme am anderen Ende der Leitung mitten in der Nacht . . . hinter den Wänden des alten Hauses bewegt sich etwas, das sich größer als eine Ratte anhört . . . eine Bewegung im Dunkeln am Ende der Kellertreppe. Er will, daß du all diese Dinge siehst und noch mehr; er will, daß du deine Hand auf die Gestalt unter dem Tuch legst. Und du willst auch mit deinen Händen nach ihr fühlen. Ja, das willst du.

BEN P. INDICK

Wie macht er uns nur
solche Angst?

Es gibt spannende Geschichten, schockierende Geschichten, Kriminalgeschichten und, alles vereinend, Geschichten der Angst. Ken Follett und Alistair MacLean sind Meister der Spannung; man liest wie in einem Wirbelsturm von Handlungen und Intrigen und sorgt sich um die Sicherheit und den Erfog des Helden. Trevanian und Robert Ludlum fügen das Element des Schocks hinzu, indem sie den Helden in eine brutale und paranoide Welt werfen. Die Zahl der Kriminalschriftsteller ist Legion, ebenso die verschiedenen Stile, aber gemeinsames Element ist, daß es ein Geheimnis zu enträtseln gibt. Angst wird für gewöhnlich als Mischung erreicht, zusammen mit ihrer ureigensten Eigenschaft als Emotion, und wird von den meisten Lesern mit den Büchern von Stephen King in Verbindung gebracht.

Wenn eine Geschichte der Angst erfolgreich sein soll, müssen Figuren und Situationen so gestaltet sein, daß sie sofort Assoziationen im Leser wecken; die Gefahren müssen von einer lebenswichtigen und grundlegenden Natur sein, sei es nun für das Ich oder das Leben selbst. Jeder Roman bietet dem Leser die Möglichkeit, stellvertretend an der Handlung teilzuhaben; Angst erfordert mehr. Man kann an den Helden glauben, mit ihm fühlen und sich um ihn sorgen, aber nur wenn die Gefahr, in der er schwebt, als zusammenhängend, vertraut und zuletzt identisch mit den eigenen Kümmernissen des Lesers angesehen wird, kann aufgebaute Angst zur überwältigenden, treibenden Kraft der Geschichte werden. Das ist eine Technik, in der King ein Meister ist, sie bildet das Rückgrat vieler seiner wirkungsvollen Bücher.

Der grundlegende Ausgangspunkt dieser Geschichten ist ihr Realismus, der grundsätzlich im Kleinstadtleben verwurzelt ist, sowie recht durchschnittliche Personen nebst allen vertrauten Lebensumständen – ihre Jobs, Erholung, Streitigkeiten, Vorzüge, Treulosigkeiten, Ambitionen, die Patchworkdecke gewöhnlicher Gemeinschaft und individuellen Lebens. Der Stil ist dicht und idiosynkratisch, mit Obszönitäten gewürzt, die der gesprochenen Sprache angemessener sind als der gedruckten, aber stets getreu den Figuren. In diese Kulisse bringt er das Abnormale, ob nun eine persönliche Schwäche des Protagonisten oder eine fantastische Situation. Kings Methoden vari-

319

ieren in den Romanen, aber die ständig steigende Angst ist ihre Stärke.

Angst ist ein so übermächtiges Element in seinem zweiten und dritten Roman, *Brennen muß Salem!* und *Shining*, daß es in der Retrospektive überrascht, welch untergeordnete Rolle sie in *Carrie* spielt, seinem ersten veröffentlichten Roman. Da fast alle Figuren unsympathisch sind, auch Carrie selbst, fällt dem Leser eine Identifizierung schwer. Sie ist Schülerin der High-School und wird als körperlich unattraktiv dargestellt, »ein Frosch unter Schwänen«, picklig, dick, farblos und ungeschickt. Dieser Aspekt des »häßlichen Entleins« der Geschichte bewirkt tatsächlich, daß sie funktioniert, während wir beobachten, wie Carrie durch die garstigen Streiche stapft, die ihr gespielt werden, die Hinweise zusammenzählen, die King in Auszügen aus zukünftigen Büchern über ihren Fall liefert, und auf den großen Knall warten.

Dennoch ist Angst ein grundlegendes Element, und sie wird auf dreierlei Weise erreicht. Zuerst einmal durch die Ahnung des Lesers, daß etwas Schreckliches und Außergewöhnliches passieren wird, und noch schlimmer, daß so etwas möglich sein könnte. Zweitens durch das Leitmotiv, das King wählt, nämlich Blut, für viele Leser sicher beängstigend und beunruhigend. Carrie gelingt es, mehrmals zu triefen, zum erstenmal, »als die ersten dunklen Tropfen Menstruationsblut auf den Fliesen zerspritzten«, später, als ihre Klassenkameraden sie demütigen, indem sie während der Abschlußfeier einen Kübel Schweineblut über ihr ausschütten, und zuletzt, als sie ihre fanatische Mutter umbringt und selbst stirbt, während die Menstruationsblutung wieder anfängt.

Sind diese Elemente der Angst erfunden, so hat das dritte und grundlegendste nichts mit Fantasy zu tun, schwingt aber unterschwellig im ganzen Buch mit. Es sind die bewußten, wirklichen und eingebildeten Ängste von Jugendlichen (die auch beim Erwachsenwerden nicht verschwinden) vor Unzulänglichkeit, körperlichen Veränderungen, dem Bedürfnis nach Liebe und Aufmerksamkeit, und sie werden mit Haß und Eifersucht beschworen und dem Wunsch, solche Ängste in der eigenen Geißelung zu sublimieren. Ihre Brutalität in Sprache und Handlung spricht den einfühlsamen Leser an, und das entstehende Gefühl der Angst wird persönlich als Ausdruck unterdrückter Zweifel und Emotionen erlebt.

Um diese inneren Gefühle festzunageln, wendet King Schock-Ausdrücke an. Er schreibt: »Der endgültige beschissene herunterputzende Fertigmacher, nachdem lange gesucht worden war, war endlich gefunden worden.« Die Mädchen schreiben Graffiti: »Carrie White frißt Scheiße.« Und als ihre Mutter, eine fundamentalistische religiöse Fanatikerin, Carrie wegen ihrer Menstruation verflucht: »DU STINKST!« schreit das Mädchen. »Du bis BESCHISSEN!« Nicht die Demonstration von Carries übersinnlichen Kräften entsetzt, sondern ihre Anwendung im Dienste dieser dunklen, unterbewußten Zweifel.

In *Brennen muß Salem!* verwendet King ein externes Agens, den legendären Vampir, um seine Geschichte voranzutreiben. Obwohl das Grauen, welches Barlow und sein bedrohlicher Assistent traditionell mit sich bringen, genügend Angst erzeugt, ist die eigentliche Quelle der Angst die Gefahr, mit der gewöhnliche Menschen, mit denen der Leser mitfühlt, konfrontiert werden. Die kleine Stadt in Neu-England bietet eine breite Palette von bewundernswerten und weniger bewundernswerten Figuren, aber alle sind im Kontext der Stadt sehr wirklichkeitsgetreu, keiner ist gegen die schleichende Korruption gefeit, die allmählich über sie kommt. Daß *alle* korrumpiert werden könnten, ist eine ausgesprochen zeitgenössische Erweiterung von Bram Stokers Vampir und seinem aristokratischen Geschmack. Wenn sie zu Opfern werden, sind sie nicht mehr so real für den Leser, der sie als die Nachbarn und Freunde von gestern in Erinnerung hat, und es ist nur allzugut denkbar, daß sie unsere eigenen Nachbarn und Freunde waren. Und als der Autor schließlich seine Geschichte mit den bekannten Paraphernalien Holzpflock, Weihwasser, Sonnenuntergang und so weiter beschließen muß, befreit er wiederum durch den Triumph eines gewöhnlichen Mannes und eines Jungen von der Angst.

In seiner Kurzgeschichte »Einen auf den Weg« präsentiert King ein eindrucksvolles Postskriptum, in dem das unschuldigste Geschöpf, ein sieben Jahre altes Kind, als Vampir bloßgestellt wird. Eine zufällige Bibel stoppt sie, aber die Botschaft des Entsetzens ist deshalb nicht weniger bedrohlich: »Irgendwo dort draußen ist ein kleines Mädchen. Und ich glaube, sie wartet immer noch auf ihren Gutenachtkuß.«

Shining ist mit seinem komplexen Charakter wahrscheinlich Kings angsteinflößendster Roman und handelt von einem alten Hotel, in dem die Vergangenheit spukt, einem Kind mit bemerkenswerten Fähigkeiten und einem Mann, der sich dem lebenden Bösen der Atmosphäre und seiner eigenen Schwäche ergibt. Dannys Begabung sieht vage künftige Schrecken voraus; die zunehmenden unbeherrschten Wutanfälle seines Vaters bilden Gegenstücke zu diesen Visionen. Danny hat eine solche Vision von einer schemenhaften Gestalt, die flucht und einen Hammer schwingt; er wird in die Wirklichkeit zurückgeholt, als sein Vater vorfährt, aber plötzlich sieht er auf dem Vordersitz: »Neben seinem Daddy lag auf dem Beifahrersitz ein Hammer mit kurzem Stiel, mit Blut und Haaren verklebt.« Er weicht zwar auf der Stelle der Lebensmitteltüte, die tatsächlich da ist, aber der Schrecken sitzt tief. Er läßt sich nicht abschütteln. Etwas Schreckliches könnte geschehen, und wenn sich die Familie in dem riesigen, einsamen Hotel niederläßt, *muß* es geschehen. Inzwischen hat King ein Mini-Universum abseits der Vernunft geschaffen, das viel enger ist als der winzige Kosmos von *Brennen muß Salem!*. Es bestätigt sich ausgesprochen schnell, wie zutreffend Dannys Visionen von Gewalt sind; der Leser, der zusammen mit den Figuren klaustrophobisch in dem Hotel eingesperrt ist, gehört mittlerweile fast zu ihnen, fürchtet sich vor dem, was Danny sehen könnte, und schreckt vor Jacks irrationalem Verhalten zurück, während die Spannung zwischen den beiden Polen steigt. Schein und Wirklichkeit vermischen sich unbehaglich in den Szenen mit den suggestiv haßerfüllten Heckentieren, geisterhaften Gestalten und dem Wissen um vergangene Morde.

Wenn die Zukunft Möglichkeiten bietet, kann es Hoffnung geben; wenn die Zukunft bereits vom Wissen um Bedrohung und Schrecken eingeschränkt ist, muß eine Atmosphäre der Verzweiflung und bösen Vorahnungen auf den Ausgang vorherrschen. Erst mit Veröffentlichung seines *Friedhof der Kuscheltiere* sollte Stephen King wieder eine so tödlich angsteinflößende Situation schaffen.

Wir leben in einem paranoiden Zeitalter und brauchen keine Fantasy in täglichen Bedrohungen für das Individuum und die Welt. Kafka und Camus haben von der Hilflosigkeit einer Person in einem blinden Universum geschrieben; viele Filme von Alfred Hitchcock und Bücher von Robert Ludlum handeln von unschuldigen Menschen, die plötzlich in eine Situation geworfen werden, die ihnen unbekannt ist und in der ihr Leben bedroht wird.

Das verwendet auch King einfühlsam in einigen Büchern. Im ersten Teil von *Das letzte Gefecht* macht ein geheimes Labor der Regierung einen Fehler und läßt eine tödliche Bedrohung auf eine hilflose, unwissende Welt los. In seinem Kurzroman »Der Nebel« erzeugt die Angst vor einer unbekannten Bedrohung eine beinahe unerträgliche Spannung für eine Gruppe von Menschen, die sich zur eigenen Sicherheit in die ansonsten weltliche Umgebung eines Supermarkts zurückgezogen haben. Die Angst wird greifbarer, als sie monströse Kreaturen als ihre Gegner sehen, aber am Ende, als diese verschwunden zu sein scheinen, bleibt die paranoide Angst vor dem Unsichtbaren.

Ebenso könnte man *Cujo*, wo die Heldin und ihr Kind in der beinahe unerträglich engen Umhüllung eines Autos gefangen sind und von einem unvernünftigen, bösartigen Tier bedroht werden, auf abstrakte Weise als existentialistische Versinnbildlichung eines blinden, gleichgültigen Universums ansehen, das ohne Sinn zerstört. Der Höhepunkt ist weniger ein Sieg als eine Erlösung.

Aber mit *Feuerkind* hat Stephen King seinen besten paranoiden Roman geschrieben. Verfolgung durch schattenhafte, aber wirkliche Gestalten stürzt den Leser in eine Flucht, das Gefühl der Hilflosigkeit wird später betoniert durch Gefangenschaft in den Zellen einer mächtigen und bedrohlichen Regierungsorganisation. Alles wird verschlimmert durch unser Wissen, daß die jugendliche Heldin das Potential der Vernichtung in sich trägt, aber außerstande zu sein scheint, er heraufzubeschwören.

Angst um Charlie, Angst um uns selbst in einer Situation, die wir nicht kontrollieren können, sind die Wurzeln der Spannung des Romans. Dieses essentiell paranoide Weltbild bestätigt die Tatsache, daß das letzte Kapitel trotz Charlies bitterem Triumph über ihre Häscher den Titel »Charlie Allein« trägt. Die immer noch gejagte Charlie versteckt sich bei Freunden und bestätigt, daß »sie« – diese anonyme, verborgene, geduldige, verfolgende Bedrohung, »sie« ihren Vater getötet haben und immer noch versuchen, auch sie zu töten. Sie erzählt ihre Geschichte einem gegen das Establishment gerichteten Magazin, das wahrscheinlich auf die mißachteten Rechte des Individuums pochen wird.

In *Christine* erlaubt sich King seinen Spaß mit der heißgeliebtesten aller Jugendikonen, dem Automobil, und hier ist reine physische Zerstörungswut die Ursache der Angst. Schließlich, wer wäre sich nicht der Macht einer großen Maschine bewußt, besonders eines so dämonischen Autos wie dem gräßlichen, nicht aufzuhaltenden Plymouth Baujahr 1958! Christine ist mindestens ebenso schlimm und weitaus direkt angsteinflößender als ein blindes, gleichgültiges Universum, aber am Ende scheint sie, wie dieser abstrakte Gegner, ebenfalls unsterblich zu sein und unsterblich gefährlich. (Das kann die Verlobte des Verfassers dieser Studie bestätigen. Sie hat diesen Roman, vielleicht fälschlicherweise, um Mitternacht zu Ende gelesen und verbrachte die nächsten Stunden damit, eine Packung True Blue 100s zu rauchen und großzügige Portionen Remy-Martin-Cognac zu trinken.)

Philosophie und sardonischer Humor zogen eine Zeitlang Kings Aufmerksamkeit auf sich, und andere schriftstellerische Impulse als Angst zu erzeugen erfüllten die Seiten der sehr schätzenswerten Bücher *Dead Zone*; *Frühling, Sommer, Herbst und Tod*; *Schwarz* und *Der Talisman*, aber mit *Friedhof der Kuscheltiere* kehrte der Autor wieder in die Provinz der Angst zurück. Das Buch erwies sich, möglicherweise weil er es ein paar Jahre vorher geschrieben hatte, als Angst sein Hauptanliegen war, als sein nervenaufreibendstes Buch seit *Shining*.

King braut eine eigenwillige Mixtur, in der Liebe und Tod verbunden sind, was zu einer schrecklichen Travestie beider führt. Der Tod eines geliebten Menschen gehört zu unseren schmerzlichsten Erfahrungen. Er ist unumkehrbar, und nicht einmal Erinnerungen können uns über den Verlust hinwegtrösten; zudem ist es eine Angst, mit der wir alle leben müssen und vor der uns graut. King postuliert die Möglichkeit einer Wiedererweckung, die ironischerweise selbst furchteinflößend ist. Wenn der Tod etwas Endgültiges ist, wie kann es dann eine wiedererweckte Person geben?

Dieser beunruhigende Gedanke wird beschworen, als Louis Creed, dessen Familie und er selbst die Protagonisten sind, herausfindet, daß es auf einem geheimnisvollen und uralten Friedhof möglich ist, die Toten wiederzuerwecken, so fantastisch es auch anmuten mag. Die Möglichkeit dazu erhält er, als die Hauskatze der Familie überfahren wird. Aber die wiedererweckte Katze ist nicht mehr die, die sie einmal war. »Etwas an ihr war entschieden anders, entschieden *falsch.*« Ein möglicherweise freudiges Wunder wird von dieser Wahrnehmung überschattet.

King spielt mit unterschwelligen Gedanken an Verwesung und Verfall, die mit wiederauferstandenen Toten assoziiert werden, und als Creed das Tier voller Abscheu betrachtet, das Haß ausschwitzt und nicht imstande ist, Liebe zu empfangen oder zu geben, fühlt er sich unbehaglich und ist unsicher. Auch in Creed muß etwas verändert sein. »Denken Sie an mich, Dr. Creed«, hört er das Tier in seiner Fantasie sagen, ». . . ich bin hier, um Ihnen zu sagen, daß ein Mann anbaut, was er kann, und es versorgt . . . Ich bin Teil dessen, was jetzt in Ihrem Herzen wachsen wird . . .« Die Emotionen des Lesers, die bereits durch frühere Vorstellungen und Ängste vor dem Tod konditioniert sind, werden durch diese neue Erfahrung und die ihr eigenen Unsicherheiten mühelos manipuliert. Man vermutet, daß die Katze nicht das letzte Opfer sein wird.

Die Zeit vergeht, und weil der Tod niemals fern ist, werden andere Sterbefälle zur Kenntnis genommen. Creeds Frau erinnert sich mit Grausen an den Tod ihrer Schwester, als sie beide noch Kinder waren, eine schreckliche Erinnerung, die auf ewig in ihrem Verstand lauert. Der Tod wird von Krankheit, Häßlichkeit und Ekel begleitet, und in der Litanei des Grauens entwickelt sich der Verlust schlichter Liebe, die die kleine Familie trotz religiöser Unterschiede und der Verachtung, die die Eltern seiner Frau für ihn empfinden, glücklich gemacht hat.

In diesem unruhigen Haus wartet der Leser, zusätzlich mit dem Wissen um das Geheimnis des Doktors belastet, von ängstlichen Vorahnungen erfüllt, darauf, was als nächstes geschehen wird, und der Argwohn verdichtet sich, als der kleine Sohn bei einem Verkehrsunfall ums Leben kommt. Der Doktor ist fest entschlossen, den Vorgang der Wiederauferstehung nochmals durchzuführen, wie hoch der Preis auch immer sein mag.

Das Tempo hat sich bereits deutlich beschleunigt. Die Emotionen sind gespannt, weil die Familien erbittert streiten, Alpträume unbeschreiblichen Schreckens den Schlaf belasten, sich Schrecken auf Schrecken türmt, seine übermüdete Frau gezwungen ist, zwischen ihrer Familie und ihrem Haus hin und her zu pendeln, während sie von Angst und Grauen überwältigt ist; alles entwickelt sich über Creeds schlimmste Erwartungen hinaus und endet mit einer vernichtenden letzten Seite voll Ironie, die einen frösteln macht.

Kings Fähigkeit besteht darin, daß er die Grenzen menschlicher Sensibilität versteht – und berechnen kann –, die eine solche Szene möglich machen, und er hinterläßt im Leser einen Niederschlag der Angst, der noch lange nach Beendigung der Lektüre anhält.

CHARLES L. GRANT

Die graue Arena

Einem Autor bestimmte persönliche Überzeugungen zuzuschreiben, nachdem man Bände und Seiten seines Werkes gelesen hat, ist bestenfalls ein fragwürdiges Unterfangen. Viele Kritiker vergessen in Augenblicken enthüllenden Eifers, daß ein Autor manchmal in Überzeugungen schlüpft, die der Geschichte am angemessensten sind, auch wenn es sich um Dinge handelt, die er selbst unrealistisch oder empörend findet, die aber für kontinuierliche Entwicklung von Handlungsstruktur und Charakterausarbeitung erforderlich sind.

Es überrascht daher wenig, daß Verfasser von Horror ständig mit denselben Fragen bombardiert werden: Glauben Sie wirklich an Vampire? Werwölfe? Gespenster? Ghule? Glauben Sie wirklich, daß es in Häusern spuken kann? Daß sie von Grund auf böse sind? Besessen? Glauben Sie wirklich an den Teufel? Einen Gott? Eine Schar Dämonen der Unterwelt? Dabei wird davon ausgegangen, daß der Autor ja sagt. Die Enttäuschung kommt, wenn der Schriftsteller nein sagt, er glaubt nicht an das alles, aber es ergibt eine verdammt gute Geschichte, wenn er es sich zunutze macht, oder nicht?

Abgesehen von den üblichen populären psychologischen Betrachtungen über das Genre – es hilft uns, den Tod zu ertragen, indem es uns aus zweiter Hand zeigt, was »auf der anderen Seite« ist; es ermöglicht uns, ohne die zugehörigen Gefahren Angst zu verarbeiten; es beunruhigt uns, indem es Poes Postulat bestätigt, daß nicht alles so ist, wie wir es sehen oder wie es scheint –, erweckt es für einen kurzen Augenblick, während sich die Geschichte entfaltet, auch den Glauben, daß etwas anderes neben uns auf diesem Planeten existiert, das uns entweder beschützt oder bedroht, ganz nach Meinung des Autors. Die Geschichte muß nicht speziell von Göttern oder Teufeln handeln. Aber sie nimmt die Wirklichkeit von Kräften an, die mit Intelligenz ausgestattet sind und übernatürlichen Wesen ihre Existenz gewähren.

Diese Annahme hat zweierlei Probleme: Sie geht von Kenntnis um die persönlichen Ansichten eines Autors aus, und sie führt Kritiker und Leser auf eine Suche nach offensichtlichen Symbolen, anstatt sich die Mühe zu machen, die äußeren Schichten abzulösen und zum Kern vorzudringen (und dieser Kern hat im allgemeinen wenig mit dem Übernatürlichen an sich zu tun).

So kommt es, daß Stephen King Rezensionen von Leuten wie Meyer Levin bekommt, der *Das letzte Gefecht* für die *New York Times* und deren »Sunday Book Review« besprach und den über achthundertseitigen Roman als nicht einmal besonders gut geschriebenes Pseudo/SF/Fantasy-Duell zwischen Gott und dem Teufel abtut. Man kann über den künstlerischen Erfolg (und die Exzesse) des Buches geteilter Meinung sein, aber nicht über den Gott/Teufel-Aspekt. Hätte sich Levin die Mühe gemacht, die anderen Bücher von King zu studieren, hätte er gewußt, mit welchen thematischen Strängen er es zu tun hat – aus dem einfachen Grund, daß King es ziemlich deutlich zum Ausdruck gebracht hat, damit unfähige Rezensenten es nicht übersehen können.

In Stephen Kings literarischer Welt sind Gott und der Teufel lediglich kleine Teile eines weit größeren und umfassenderen Ganzen. Einer Kraft, die in Weiß und Schwarz dargestellt ist, obwohl diese Unterteilung nicht immer gleichmäßig oder fest ist. Gott gehört zur ersteren, der Teufel zur letzteren, und ihre gelegentlichen Frontalkonfrontationen sind lediglich die Folge des Aufeinanderprallens der beiden größeren Mächte. Daher sind Fran Goldsmith, Stu Redman und Nick Andros in *Das letzte Gefecht* eindeutig nicht Handlanger Gottes, sondern der weißen Macht; wogegen Whitney Horgan, Lloyd Henreid und der Mülleimer-Mann zum Schwarz gehören. Randall Flagg ist nicht der Teufel, und Abigail Freemantle ist kein Symbol für Gott – den beiden so einfach Rollen zuzuschreiben, heißt, die breitere Leinwand zu irgnorieren, auf der King malt.

Es ist eine Leinwand, zu der trotz des explosiven Schlusses von *Das letzte Gefecht* nicht die Endgültigkeit von Armageddon gehört.

King zieht es vor, sich mit den Scharmützeln zu beschäftigen, die zu sehr realen Opfern auf beiden Seiten führen. Was wie ein Happy-End (das Gute triumphiert, und wir alle werden gerettet) für die weiße Macht erscheinen mag (wie in *Feuerkind*, *Brennen muß Salem!* und *Shining*), ist tatsächlich ein von Melancholie durchzogenes Ende, wenn man das »Danach« eines jeden Romans bedenkt – die sehr schwache Andeutung, daß die schwarze Macht zwar zurückgeschlagen wurde, aber der offenbare Sieg der weißen lediglich vorübergehend ist.

Viele andere Schriftsteller haben diesen Konflikt zwischen Hell/Dunkel aufgegriffen (wenn auch nicht so offensichtlich wie King), und die meisten mischen die Karten zugunsten der einen oder anderen Seite. Allerdings so deutlich und mit so wenig Geschick, daß der Ausgang auf monotone Weise vorhersehbar wird und es einem leichtfällt, etwas zu überspringen und gleich den Schluß zu lesen, ohne zu stolpern.

Eine Möglichkeit, die Karten zu mischen, ist die, Kinder in vorderster Front zu stellen, an die Demarkationslinie zwischen Gut und Böse.

Das bezeichnet man als kommerzielle Lebensfähigkeit.

Man nennt es auch, auf die Eingeweide des Lesers zielen; oder nach dem Wahren zu gehen.

Mit wenigen Ausnahmen haben all jene, aus denen sich die bücherkaufende amerikanische Öffentlichkeit zusammensetzt (die meisten sind Frauen), eine besondere Zuneigung für Kinder. Ich vermute, das liegt daran, daß sie entweder vergessen haben, wie es ist, ein Kind zu sein, oder weil der Romantiker in ihnen darauf besteht, daß Kinder unweigerlich zur weißen Macht gehören (gut, unschuldig, unbefleckt) und auf alle Fälle gerettet werden sollten – und sei es nur aus dem einzigen Grund, daß sie die Zukunft sind.

Sie in Rollen zu drängen, die wir ihnen normalerweise nicht zuschreiben, ist ein kalkuliertes Hilfsmittel beim Vermarkten/Schreiben. Weil sie (vom populären romantischen Standpunkt) die Unschuldigen sind, wirken sie um so entsetzlicher, wenn man herausfindet, daß sie hochkarätige Agenten des Dunkel sind. Wer würde schließlich vermuten, daß ein hilfloses blindes Mädchen von den Toten wiederkehren möchte (nachdem sie von einer Klippe gestoßen wurde), um eine Familie und eine Küstenstadt zu vernichten *(Blinde Rache)*? Wer mißtraut einem rosigen kleinen Jungen, dessen Vater Botschafter ist und der einen seltsamen schwarzen Hund als Beschützer hat *(Das Omen)*?

Stephen King ist sich dieser Vermarktungs/Stil/Kalkulationshilfsmittel bewußt. Aber er ist ein Romantiker. Er glaubt an das Gute im Kind, lehnt eben diese Berechnung, die Kinder als böse Gegenspieler oder hilflose-aber-garantiert-mitleiderregende Opfer darstellt, entschieden ab. Für einen weniger begabten Schriftsteller genügt es meistens, einer kleinen Figur das angemessene Alter und einen niedlichen (oder gebräuchlichen) Namen zu geben, um Handlung in Bewegung umzusetzen. Für King ist die Sache komplizierter. Seiner Meinung nach sind Kinder auf ihre Weise ebenso komplex wie Erwachsene und sollten mit ebensoviel Würde behandelt werden. Das Bemühen, heranzuwachsen und erwachsen zu werden, ist ebenso wichtig wie alles, womit sich ein Erwachsener herumschlagen muß.

King verwendete den Aufhänger des bösen Kindes nur am Anfang seiner Laufbahn. »Suffer the Children« und »Kinder des Zorns« handeln von den Heranwachsenden und Teenagern, die so populär geworden sind. Aber weil er nicht an solche Kinder glaubt (oder vielleicht glauben will), scheitern diese beiden Geschichten auf der vielleicht wichtigsten Ebene des Horrors – der Erschaffung wirklichkeitsgetreuer Menschen, um die und vor denen man bangen kann.

Die Kinder in diesen Geschichten wirken nicht echt, nicht dreidimensional, *weil sie nicht in Kings eigener Welt existieren.*

Für King gehören Kinder zur Truppe der hellen Macht. Und er setzt sie nicht nur so wirkungsvoll ein, weil er sie nicht als Wegwerfpersonen betrachtet, die man in schreckliche Situationen werfen und wieder herausholen kann, sondern auch, weil sie Gefühle ansprechen, die der Leser im wirklichen Leben mühelos nachvollziehen kann; Gefühle, die nicht an den Haaren herbeigezogen werden, um vorhersehbare Wirkungen zu erzeugen, sondern die ehrlich und ohne Scham sind.

Durch denselben Kunstgriff – weil Kinder (und viele seiner Erwachsenen) da draußen in vorderster Front sind – werden sie manchmal in einen breiten grauen Bereich gelockt, der die Hauptsektoren von weiß und schwarz vermischt und wieder trennt. Und genau da sind sie am wirkungsvollsten. Sie sind weder reine Opfer noch pure Unschuldige; sie hassen und lieben gleichermaßen, sie können die Qualen zu Recht überleben und auch Rache suchen, und sie erwecken stets die spezielle Aufmerksamkeit des Lesers, weil ihre Schicksale nicht immer so klar umrissen sind, wie sie scheinen mögen.

Carrie White. Ihr Name ist kein Zufall. Von allen Kindern Kings ist sie am deutlichsten in der grauen Arena plaziert. Ihre besondere Begabung hätte in ungeschickteren, nicht so einfühlsamen Händen leicht grundlos benützt werden können, aber hier wird sie zu einem wirksamen Symbol für alle Frustrationen und Rückschläge, die ein Heranwachsender durchmachen muß, bevor er erwachsen ist. Und es ist kein Zufall, daß ihre Widersacher ebenfalls in diese Arena gehören und von gut zu böse wechseln, da sie sich ihrem Alter entsprechend verhalten wollen, ihnen aber gleichzeitig befohlen wird, erwachsen zu werden und sich wie Erwachsene zu benehmen. Als Carrie schließlich soweit getrieben wird, daß sie es nicht mehr erträgt, und die Chamberlain High – Sitz all dessen, was sie anzieht und ihr angst macht – buchstäblich dem Erdboden gleichgemacht wird, da setzt sie die einzige Waffe ein, die, wie sie weiß, funktionieren wird. Nicht Weiß gegen Schwarz, nicht Haß gegen Liebe – es ist das beständige Schlachtfeld des Grau, wo Weiß und Schwarz eindringen, aber selten obsiegen.

Charlie McGee ist nicht ganz so komplex. Ihre pyrokinetischen Fähigkeiten und ihre Jugend wirken nicht so ausgeprägt, weil sie in der Haltung von *Feuerkind* ständig auf der Flucht ist. Sie hat, anders als Carrie, keinen Platz, wo sie sich niederlassen kann, kein normales Leben, in dem sie sich bemühen muß, in dem sie Erfahrungen sammelt, durch die sie wächst. Ihre Waffe ist ein chemisch ausgelöster Unfall, keine genetische Laune; sie reagiert so, wie ein Kind reagieren würde, und schlägt blind zu, ohne Carries intellektuelle und emotionale Neugier und Verzweiflung, was für eine Person/Mißgeburt sie sein mag. Sie gehört tatsächlich so viel mehr zur weißen Macht als Carrie, daß sie nicht so bedroht ist wie ihr Vater, der zuviel Zeit gehabt hat, über seine eigene »Fähigkeit« nachzudenken. Trotz der gefährlichen Situationen, in denen sie sich befindet und aus denen sie entkommt, gehört Charlie so felsenfest zu ihren Rängen wie die Klassenkameraden aus »Suffer the Children« in ihre.

In *Brennen muß Salem!* freilich bekommt der Leser das gesamte Schlachtfeld präsentiert – Schwarz, Weiß und die graue Arena dazwischen. King setzt hier zwar Kinder als Weiß (Mark Petrie) und Schwarz ein, aber die dunklen Opfer sind mit einem sardonischen Kniff versehen, der sie davor bewahrt, zu völligen und beunruhigenden Ausbeutungsobjekten zu werden.

Dud Rogers steht den Möglichkeiten, die Straker und Barlow ihm bieten (». . . er begriff alles und wollte es, und als der Schmerz kam, war er so sanft wie Silber . . .«), nicht gerade ablehnend gegenüber, um es milde auszudrücken. Die anderen Erwachsenen sind nicht ganz so bereitwillig. Einige der Kinder schaffen es allerdings (nachdem das Dorf Barlows unablässiger Kampagne unterlegen ist), ihr Vampirdasein etwas »Gutem« zuzuführen: Charlie Rhodes, der Fahrer des Schulbusses, empfängt seine Strafe nicht von den erwachsenen Vampiren, sondern von einem Busvoll jener Kinder, die er jahrelang gequält hat; es ist ein Augenblick großartigen Grauens, der aber gleichzeitig durch das Wissen versüßt wird, daß die Kinder die perfekte Rache gefunden haben. Man sollte auch beachten, daß diese Kinder zwar Opfer des Dunkels sind, die Katastrophe des Finales sie aber läutert und erlöst, so daß sie nicht ewiger Verdammnis anheim fallen.

Das ist, wie bei Carrie White, kein Zufall. King benützt den Böses/Opfer-Trick (den ihm die Horror-Literatur bietet), um Angst zu erzeugen, gleichzeitig entreißt er die Kinder durch das läuternde Feuer ihrem Schicksal im Dunkel – der Romantiker kann Frieden mit seiner literarischen Masche schließen.

Die graue Arena ist auch der perfekte Schauplatz für Strakers Aktivitäten, während er die Stadt und das Marstenhaus auf die Ankunft Barlowes vorbereitet. Ben Mears und Mark Petrie sind grell weiße Flecken im Grau, Straker ist das Dunkel. Und zwar wesentlich mehr als der Vampir Barlow, weil Straker loyal zum Dunkel steht, sich aber zugleich in der Welt der Menschen aufhält. Er macht sich Sorgen. Er plant. Er vollendet die notwendigen Opfer von Leib (Ralph Glick) und Seele (Larry Crockett) und verfällt dann in ein allzu menschliches Nachdenken, ob er alles getan hat, was er tun sollte (und das unterstreicht seinen wirklichkeitsgetreuen Charakter). Diese Augenblicke dauern nicht lange, aber sie dauern lange genug, um ihm teilweise einen grauen Ton zu geben. Nicht einmal die Ränge des Bösen sind durch und durch böse.

Mit wenigen Ausnahmen liegen Kings Stärken genau hier. Nicht bei Barlow oder den Viertkläßlern oder bei Maggie White oder dem Dunklen Mann, sondern bei diesen Scharmützeln im Zwischenreich, bei Carrie und Andy und Susan und Straker. Anders als die Absoluta, die John Saul und Graham Masterton und andere, weniger populäre Autoren ihren Lesern präsentieren, ermöglicht King mit seiner Weiß/ Schwarzen Macht das Zustandekommen der grauen Arena, jenes Ortes, wo nichts absolut und niemand sicher ist, wo Siege und Niederlagen in den günstigsten Fällen unvorhersehbar sind.

Sie ist damit wie die wirkliche Welt, und die Horror-Literatur trägt mit dazu bei, ein wenig Licht dorthin zu bringen.

ALAN RYAN

Das Marstenhaus in 'Salem's Lot

Kinder sind die besten Zuhörer bei Geschichten und nehmen den größten Anteil daran. Wir als Leser sind am besten, wenn wir wie Kinder sind. Liest man einem Kind immer wieder Märchen vor, wird es unweigerlich einmal eines zu seinem Lieblingsmärchen erküren und verlangen, daß es immer wieder vorgelesen wird. Ob das Märchen vor dem Schlafengehen laut aus einem Buch vorgelesen wird, oder ob man es sich, vielleicht auf die Familie bezogen, einfach ausdenkt und an Regentagen am Kaminfeuer erzählt, das Kind wird sich mit Freuden immer wieder dieselbe Geschichte anhören, die immer wieder gleich erzählt wird. Kinder langweilen sich in fast jeder anderen Beziehung ziemlich schnell, wenn etwas wiederholt wird oder allzu vertraut ist, dennoch bestehen sie darauf, daß man eine sattsam bekannte Geschichte wiederholt. Warum? Die grundlegendste, universellste Faszination des Geschichtenerzählens – die Befriedigung herauszufinden, was am Ende passiert – wird schon beim ersten Erzählen befriedigt. Trotzdem hören sie zu. Immer wieder.

Die Antwort darauf liegt in den Protesten, die laut werden, wenn der Erzähler die Geschichte verändert. Werden Einzelheiten verändert oder weggelassen, beschwert sich das Kind sofort: Erzähl den Teil von dem-und-dem! Noch wesentlicher, wenn der Erzähler die *Art* des Erzählens verändert, beschwert sich das Kind: So hast du es vorher nicht erzählt!

Hierbei sind sicherlich noch andere Faktoren im Spiel – die Mühelosigkeit, der Trost und die Sicherheit von etwas bereits Bekanntem –, aber das zentrale Element der Faszination ist eindeutig das Erzählen selbst, speziell die *Art* des Erzählens: die Form der Geschichte selbst, das sorgfältige Aneinanderreihen ihrer Einzelheiten, das Tempo der Geschehnisse, die Struktur der Effekte. Wenn der Erzähler garstig oder achtlos die Stimmung der Sprache verändert oder es wagt, eine wichtige Einzelheit oder Episode wegzulassen, merkt das Kind sofort, daß etwas Wertvolles fehlt und die Geschichte Gefahr läuft, ihrer Essenz beraubt zu werden, die sie ja gerade erst zu dem macht, was sie ist. Dieses unbewußte Wissen des Kindes ist komplexer als der simple Wunsch zu erfahren, wie die Geschichte ausgeht.

Wäre das nicht so, hätten Eltern es ziemlich leicht, wenn die Zeit für eine Geschichte gekommen ist. Siehst du, da war dieses kleine

Mädchen, das zum Haus ihrer Großmutter ging, und der Wolf sah sie, lief ihr voraus, verkleidete sich als Großmutter und hätte sie beinahe erwischt, aber das kleine Mädchen kam davon. Ende. Aber damit kommt man nicht durch. Die Geschichte lebt von den Einzelheiten, und zwar von allen: Wald, der Korb, die Zähne, Großmutters Nachthaube. Sie muß Sympathie für das Mädchen wecken, die Gefahr verdeutlichen, die sich ergibt, die Spannung allmählich steigern. Erst wenn wir den bösen Wolf in Großmutters Bett sehen, *wie er ihre Nachthaube aufhat*, wird uns tatsächlich klar, wie unmittelbar die Gefahr ist, spüren wir die Konfrontation zwischen Gut und Böse, werden wir Zeuge der furchteinflößenden Verzerrung der Realität, die das Herz jeder guten Horror-Geschichte ausmacht. Die Geschichte *braucht* Großmutters Nachthaube, damit sie im richtigen Augenblick die richtige Wirkung erzeugen kann. Sie muß richtig erzählt werden.

Als erfahrene, erwachsene Leser reagieren wir zuallererst mit schlichter Neugier, was von Anfang bis Ende eines Buches mit den handelnden Personen geschieht. Wird der Butler als Mörder entlarvt werden? Wird die Kavallerie rechtzeitig eintreffen? Wird das Monster die schöne Tochter des Wissenschaftlers verschlingen? Wird Odysseus überleben und seine Männer wohlbehalten nach Ithaka zurückbringen? Wir sprechen besonders auf Geschichten an, die eine interessante Vielzahl von Nebenhandlungen präsentieren, weil es dadurch viel mehr interessante Fragen zu beantworten und viel mehr Spannungsquellen gibt.

Aber in Wirklichkeit brauchen wir mehr als das. Wir brauchen dieselben Zutaten, auf die das Kind so stark anspricht. Wir brauchen eine geschickte Erzählweise. Der wunderbarste, faszinierendste Handlungsverlauf oder Story-Aufhänger, den je ein Schriftsteller erfunden hat, wird zu trockener, staubiger Langeweile zerfallen, wenn die Geschichte nicht mit Geschick erzählt wird, mit einem komplexen und hinreichend gebildeten Talent, damit uns die Personen ans Herz wachsen, damit wir empfinden, was sie empfinden, damit wir in ihre Welt versetzt werden, damit uns ebensoviel am Ausgang der Geschichte liegt wie ihnen.

Horror-Geschichten erfordern dieses hohe Maß an Können und Geschick noch viel mehr als andere Arten des Geschichtenerzählens, weil sie sich häufig mit außergewöhnlichen Dingen beschäftigen, die am Rande des Glaubwürdigen liegen, und weil sie sich normalerweise stark auf Atmosphäre stützen. Die Handlung ist natürlich trotzdem von äußerster Wichtigkeit. Die Handlung ist immer wichtig. Aber hier ist das Erzählen viel wichtiger als anderswo, weil der Leser mehr sucht – und mehr braucht, da man ihm das Unglaubwürdige glaubhaft machen muß – als einfach nur die Enthüllung, wie

334

alles ausgeht. Um ehrlich zu sein, wir wissen meistens schon von Anfang an ganz genau, wie die Geschichte ausgehen wird. Das gräßliche Monster wird die Tochter des Wissenschaftlers nicht verschlingen, weil diese buchstäblich im allerletzten Augenblick entkommen kann. Das Ungeheuer wird daran gehindert, Cleveland zu fressen, weil dem Helden (nach zweihundert Seiten Buch oder zwei Rollen Film) rasch noch etwas einfällt. Das alles wissen wir vorher. Wenn wir ein Buch aufschlagen oder im Kinosessel Platz nehmen, haben wir uns längst entschieden, das Unglaubwürdige als gegeben zu nehmen. Aber aufgrund der Natur der Horror-Literatur brauchen wir dazu mehr als das übliche Maß Hilfe. Versuchen Sie einmal, Handlung oder Prämisse einer berühmten Horror-Story in wenigen Worten nachzuerzählen. Die Chancen stehen gut, daß sie sich aufs Wesentliche reduziert ziemlich albern anhören wird. Nein, es kommt ausschließlich auf das Erzählen an, und der sorgfältig geplante Anblick von Großmutters Nachthaube auf dem Kopf des Wolfs ist für unseren Spaß von grundsätzlicher Bedeutung.

Stephen King weiß ganz genau, welche Bedeutung diese Nachthaube hat, und seine Bücher sind voll von sorgfältig gewählten und bildlich dargestellten Details, voll von Schauplätzen, die wirklichkeitsgetreu und glaubwürdig sind und voll von Personen, die, schon bevor die Geschichte anfängt, gelebt zu haben scheinen und sich in einem zwischenmenschlichen Kontext bewegen, den wir als unseren eigenen wiedererkennen können. In diese sehr wirklichkeitsgetreue Welt, zu diesen sehr glaubwürdigen Personen, bringt er dann ein Element des Horrors, etwas nominell Unwirkliches und Unglaubwürdiges. Und der Leser glaubt es dennoch. Und hat, wie die Personen im Buch, Angst davor.

Wie werden die Geschichten so? Wie werden diese Wirkungen erzielt? Sie müssen sorgfältig konstruiert werden, und ein einziger Absatz im Manuskript erfordert viel Zeit und gründliches Überlegen.

Kings schriftstellerisches Niveau ist im allgemeinen sehr hoch. Manchen seiner Werke (*Feuerkind, Der Nebel,* »Travel«) fehlt die straffe Disziplin, die wir von seinen besten Büchern gewohnt sind – worin sich vielleicht eine durch kommerziellen Druck erzeugte Hast zeigt. Aber in seinen besten Werken (*Brennen muß Salem!, Cujo,* »Der Gesang der Toten«) bietet sein Stil eine seltene Direktheit, eine erkennbare Realität, Gefühle, die vom Autor, seinen Figuren und dem Leser gleichermaßen geteilt werden. Seinen Figuren fallen Dinge auf, die uns auch auffallen; sie empfinden das, was wir auch empfinden würden. Darüber hinaus gibt es selbstverständlich noch die Handlung: Geschichten von Personen, die wir ins Herz schließen können (weil sie

335

uns so ähnlich sind), die sich in höchst bedrohlichen Situationen befinden und (wie wir letztendlich auch) einen Weg finden müssen, mit dem Dunklen und Unbekannten fertigzuwerden. Und neben Charakterisierung und Handlung gibt es selbstverständlich noch das Erzählen.

Brennen muß Salem! bietet eine ganz besonders gute Gelegenheit, den Text eingehender zu betrachten und herauszufinden, wie die Effekte – Gefühle, Atmosphäre, Spannung – erzeugt werden. Zuvor sollten wir aber noch feststellen, (d. h. den Leser beeinflussen), ob der Leser es merkt oder nicht. Tatsächlich funktionieren sie am *besten*, wenn der Leser nichts davon mitbekommt und sich einfach von der Story mitreißen läßt. Wir jedenfalls können nur davon profitieren, wenn uns bewußter wird, wie das Schreiben tatsächlich funktioniert.

Gleich zu Anfang von *Brennen muß Salem!*, nach dem Prolog (der das sehr wichtige Gefühl des Unbehagens erzeugt, das jegliche gute Horror-Literatur hervorruft) stellt King das Marstenhaus vor, die Wurzel des Übels, die für alles, was später in der Geschichte passiert, von entscheidender Bedeutung ist. Es ist wichtig, daß das Marstenhaus schon bei der ersten Erwähnung Angst einflößt. King bereitet den Leser darauf vor, es so zu sehen, indem er noch vor Beginn der eigentlichen Geschichte den ersten Abschnitt von Shirley Jacksons *The Haunting of Hill House* zitiert. Dabei handelt es sich, besonders mit dem einprägsamen Ausdruck »nicht normal« und der unheimlichen letzten Zeile, um ein herausragendes Stück beschwörender Prosa. Aber King tut an dieser Stelle mehr, als einer großen Vorgängerin seinen Tribut zu zollen. Als Pragmatiker schöpft er den vollen Wert dieses Zitats aus, weil es ganz unweigerlich Assoziationen zu seinem eigenen Marstenhaus weckt.

Und nachdem der Leser solchermaßen in die richtige Grundstimmung versetzt worden ist, kann die eigentliche Geschichte anfangen.

Wir sehen Ben Mears, der durch ein sehr realistisches und detailliertes Maine fährt. King erläutert uns den Weg sorgfältig anhand von Straßenziffern, Ausfahrten, Biegungen, herausragenden landschaftlichen Merkmalen, einem flüchtigen Blick auf Jungs mit Angelruten auf den Schultern, die am Straßenrand gehen. Wir werden mit Ben Mears Bewegung mitgerissen und erleben seine Aufregung darüber, daß er sich dem Ende einer Reise nähert, eine natürliche Reaktion, die der Leser mühelos nachvollziehen kann. Wir finden, daß Ben ein netter Mann ist. Wohin fährt er? Warum ist er so aufgeregt, endlich dort anzukommen? Was bedeutet es ihm? Dann sehen wir plötzlich das Hinweisschild, das sein Ziel andeutet, so wie es auch Ben sieht, als das Schild »gleißend aus der Landschaft hervorschnellt«. JERUSALEM'S LOT. Auf der Stelle kommt eine »plötzliche Dunkelheit« über Ben, die ihn mit »besonderer Gewalt« überfällt.

336

Diese »plötzliche Dunkelheit« steht mit vagen Bruchstücken von Erinnerungen an einen brutalen und beunruhigenden Vorfall in Bens Vergangenheit in Zusammenhang – etwas mit einem Motorrad, einem Lastwagen, dem Schrei seiner Frau Miranda –, aber im Kopf des Lesers ist die Reaktion fest mit dem ersten Anblick des Hinweisschilds der Stadt verbunden.

Er fährt immer weiter, und wir folgen jeder Kurve in der Straße und erfahren mittlerweile richtige Straßennahmen; die Informationen werden uns in derselben Perspektive und Reihenfolge übermittelt, wie Ben sie bekommt. Dann sieht er etwas, das ihn veranlaßt, auf die Bremsen zu treten. Auch das Auto steigert die Dramatik noch, indem es mit einem Ruck stehenbleibt. Aber King hat uns noch nicht verraten, was Bens erstaunliche Reaktion verursacht hat. Es wird nur von dem bewirkt, »was er dort sah«, und King hält die Enthüllung zurück bis zum Ende eines weiteren Absatzes, womit er die Spannung noch weiter steigert.

Jetzt sehen wir einen Rundblick auf Bäume und Hänge, während wir zusammen mit Ben den Horizont absuchen. Aber anders als Ben kennen wir den wichtigsten Anblick der Szene immer noch nicht, und das Warten steigert unsere Erwartungsfreude nur noch. King dehnt es noch weiter aus, läßt uns noch etwas warten, indem er uns eine beinahe elegische Wiederholung präsentiert: »Nur die Bäume. Und in der Ferne, wo die Bäume sich gegen den Himmel abzeichneten . . .« Nach diesem langen Aufbau und in der besten Position am Ende des Satzes wie auch des Abschnitts sehen wir endlich »das spitze Dach des Marstenhauses«.

Um die Wirkung des Augenblicks zu steigern und uns weiter zu der Reaktion zu führen, die er haben will, zeigt uns King, wie Ben es »fasziniert« betrachtet, während sein Verstand von den »gegensätzlichsten Empfindungen« erfüllt ist – nicht nur gemischt oder verwirrt, sondern »gegensätzlich«. In diesem Augenblick wird uns klar, daß dieses Haus, und nicht nur die Stadt Jerusalem's Lot, das Ziel seiner Reise war.

Während er das Haus betrachtet, murmelt Ben ein paar Worte und bekommt eine Gänsehaut auf den Armen. Viele Schriftsteller sind zu zurückhaltend, zu gebildet, um vertraute Sachen wie Gänsehaut auch nur zu erwähnen. King ist diesbezüglich ganz und gar nicht schüchtern und weiß genau, daß die kühnsten Schläge meist am wirkungsvollsten sind. Sie mögen nicht elegant sein, aber sie funktionieren. Und Gänsehaut ist wie das Gähnen: ansteckend. Das weiß King und macht es sich zunutze, und nur ein Leser mit einem steinernen Herzen könnte das Haus nicht mit derselben unheimlichen Faszination ansehen, die Ben selbst verspürt.

Dieser kurze Blick auf das Marstenhaus ist vorerst der einzige, der uns gegönnt wird. Ben setzt seine Reise fort, indem er die Stadt umrundet und sich ihr von der anderen Seite nähert wie ein Kind, das die gruseligen Empfindungen auskosten will und den Kitzel so lange wie möglich hinauszögert. Der Abschnitt, der seinen Weg beschreibt, steckt voll anheimelnder und tröstlicher Bilder einer Kindheit und eines Lebens auf dem Land, und die Wärme der Einzelheiten bildet einen schroffen Kontrast zur Kälte der Erinnerung an das Haus. Schließlich führt Bens Route ihn unweigerlich zum Marstenhügel zurück, dessen Name wieder bis zum Ende eines Absatzes aufgehoben wird.

Als Ben und der Leser nun endgültig in der Nähe des Hauses sind, geschieht etwas Seltsames. Die Grammatik der Erzählung löst sich auf und reflektiert Bens »gegensätzliche Empfindungen«, womit der Leser, wahrscheinlich absichtlich, weiter in das notwendige Stadium des Unbehagens gestoßen wird. Wir sehen. »Die Bäume oben auf der Kuppe fielen an beiden Seiten der Straße ab.« Noch findet sich hier nichts Ungewöhnliches, doch sollte man die Ausdruckskraft der Formulierung »fiel ab« zur Kenntnis nehmen, die der Landschaft gewissermaßen ein Eigenleben zuweist, eine Vorgehensweise, die sich häufig in Kings Werken findet. Doch dann kommt der nächste Satz: »Rechts konnte man direkt ins Stadtzentrum hinabsehen – Bens erster Eindruck davon.«

Das ist immer noch eine recht einfache und normale Beschreibung, aber die Reaktionen sind in die Sprache selbst eingebaut. In diesem Satz hat sich Ben von dem Haus abgewendet und sieht von der Straße in die Stadt hinunter. Aber es ist ein ungeschickter und nervöser Satz – versuchen Sie einmal, ihn laut zu lesen –, und man kann den Zusammenhang zwischen dem ersten und zweiten Satzteil nicht leicht herstellen. Und dann der nächste Satz: »Links, das Marstenhaus.« Diese einzige Information, die kahl und allein dasteht, ganz wie das Haus, das sie schildert – nicht einmal durch die Anmut eines Verbs geschmückt –, gewinnt eine besondere Bedeutung. Tatsächlich bringt sie Ben zu einer ganz eindeutigen Tat, die fast so schnell geschildert wird, wie sie geschieht, ohne ein überflüssiges Wort: »Er fuhr an den Straßenrand und stieg aus.«

Der nächste Abschnitt besteht aus nur drei Sätzen, die in ihrer Knappheit beinahe atemlos sind und mit der Schnelligkeit automatischer und unüberlegter Gedanken kommen. Der zweite Satz der drei enthält wieder eine grammatikalische Eigenheit (die Verwendung des Ausdrucks »keinerlei« anstelle des passenderen »gar keiner«), und wieder ist die Wirkung verunsichernd. »Es war genau gleich. Kein Unterschied, keinerlei. Es war, als hätte er es gestern zuletzt gesehen.«

338

Wir konnten das Haus selbst immer noch nicht gut sehen. Wir kennen einen Teil seiner Situation, wir kennen einen Teil seiner Wirkung, aber es *selbst* kennen wir noch nicht. Und wir müssen uns noch länger gedulden, denn nun richtet King unseren Blick wieder auf den Boden, indem er detailliert die Annäherung an das Haus beschreibt, wie ein Kameraauge, das uns aufreizt und warten läßt. Er zeigt uns das angemessen genannte »Hexengras«, die Pflastersteine des Weges, den Vorgarten, eine Andeutung der Veranda. Der visuelle Fokus hier ist eng, nahe, und wir fühlen uns fast veranlaßt, den Blick gesenkt zu halten, weg vom Haus. Wir sehen sogar die Grillen und Grashüpfer, die diesen winzigen Ausschnitt der Landschaft bewohnen und beleben. Die Einzelheiten hier sind nicht zufällig gewählt. Das Hexengras wächst »wild und hoch«, die Grashüpfer springen in »ziellosen Parabeln« (aus verschiedenen Gründen eine hervorragende Beschreibung), und selbst die Pflastersteine, die zur Veranda führen, sind »frostgeschädigt«, eine nachdrücklichere, pittoreskere und psychologisch beunruhigendere Beschreibung als etwa *unregelmäßig* oder *ungleichmäßig* oder *gesprungen*.[*]

Und jetzt, nach langem Warten, nach beinahe endlosem Aufreizen, sehen wir das Haus selbst. Die Spannung wurde aufgebaut, Neugier geweckt, das Unbehagen gesteigert, und diese Faktoren tragen allesamt dazu bei, das zu tönen, was wir jetzt sehen. Und was wir nach alledem nun zu sehen bekommen, ist nicht nur ein Haus, sondern ein Monster, eine lebende Bestie. Es ist, erzählt King uns, »riesig«, »wuchernd«, »durchhängend«, »bedrohlich«, »grau«, »versunken«, »lauernd«. Das ist kein Haus; es ist ein Ungeheuer aus unseren finstersten Träumen.

Das Ding lebt schon ab dem ersten Satz dieses Abschnitts. »Das Haus überblickte die Stadt.« Das Wort »überblickte« etabliert das Haus als aktiv, fast denkend, wie es eine sterile Wendung wie »war der Stadt zugewandt« niemals gekonnt hätte. King schwächt die Wirkung dieses Wortes »überblickte« nicht, indem er es in einen langen und komplexen Satz kleidet; die Tatsache wird knapp und vollständig und sehr wirkungsvoll vermittelt. Adjektive wie »wuchernd« und »bedrohlich« und »lauernd« bewirken noch mehr, daß wir das Haus als etwas Lebendiges betrachten. Und was ihm da oben auf dem Hügel erst alles widerfahren ist – Winde haben Dachziegel »fortgerissen«, ein Sturm hat »einen Teil des Daches eingedrückt« –, sind Unbillen, die keinem leblosen Gegenstand geschehen, sondern einem Lebewesen.

---

[*] Der größte Teil dieser ausführlichen Beschreibungen wurde leider aus der deutschen Ausgabe gekürzt. (–) Anmerkung des Herausgebers.

Ben reagiert auf eine Weise, die wir nur zu gut verstehen können, und wird zu dem Haus hingezogen, wird beinahe verlockt, es zu betreten wie ein Passant, der nicht anders kann als einen Autounfall betrachten und der perverserweise hofft, einen Blick auf die Leichen werfen zu können. Als er das Haus anstarrt und nervös schluckt, ist er beinahe hypnotisiert. Kein Wunder. Und das Haus, das Monster, das es ist, starrt ihn ebenfalls mit »idiotischer Gleichgültigkeit« an.

Dann folgen wir Bens Gedanken, einem umfangreichen Abschnitt der Erinnerungen ans Innere des Hauses. King nimmt uns fast buchstäblich an der Hand und führt uns hinein. Hier ergibt sie sich fast von selbst, die unbestimmte Form, und die Verwendung des unpersönlichen »man« wäre sicherlich korrekt. Statt dessen verwendet King charakteristischerweise das natürlichere, kontroversere »du«, das den Leser durch seine Beiläufigkeit entwaffnet und verleitet, willig zu folgen, und das ungleich direkter ist. Wir erfahren eine Reihe sehr realistischer und dennoch stimmungsvoller Einzelheiten – Mäuse wuseln in den Wänden, Staub abgefallenen Verputzes auf den Böden, die genaue Zahl der Stufen zum ersten Stock – Einzelheiten, die das Gefühl des Unbehagens beim Leser noch steigern. Es sind zum Beispiel vierzehn Stufen, »genau vierzehn«, und unsere Aufmerksamkeit wird auf diese Tatsache gelenkt, weil sie sich nicht nur richtig anhört wie etwas, an das wir uns selbst erinnern könnten, wenn wir einmal ein Haus besucht haben, sondern weil sie auch so deutlich betont wird. »Aber die oberste Stufe war kleiner«, berichtet King uns, »unproportional, als wäre sie zusätzlich angefügt worden, um die böse Zahl zu vermeiden.« King, der sich so häufig und so mühelos in großen Gesten ergeht, kann auch zurückhaltend sein, wenn Zurückhaltung am wirksamsten ist. Hier würde die schlichte Verkündigung, die angedeutet und gleich wieder fallengelassen wird, entwertet werden, würde er die Zahl tatsächlich nennen.

Mittlerweile haben wir das obere Ende der Treppe erreicht (fast ohne es richtig zu merken, und ebenso in der Illusion gefangen, wie Ben in seinen Erinnerungen verloren ist) und gehen den Flur entlang auf eine verschlossene Tür zu. Aber vergessen wir nicht, dies ist kein gewöhnliches Haus; es ist ein Haus, von dem wir bereits überzeugt sind, daß es irgendwie lebt und bedrohlich ist. Wenn man also einen Flur entlang geht, bewegt man sich nicht einfach nur allmählich auf diese geheimnisvolle und ominöse geschlossene Tür zu. »Du gehst den Flur entlang auf sie zu und beobachtest sie, als wärst du gar nicht in dir selbst, während die Tür näher kommt und größer wird.« Tatsächlich kommt die *Tür* auf einen zu. Doch plötzlich, als die Hand schon den Türknauf berührt und wir kurz davor sind zu sehen, was sich hinter dieser Tür befindet, etwas, das Ben eindeutig fasziniert

340

und ängstigt, weicht er zurück und wendet sich auf dem Höhepunkt der Spannung und Neugier ab.

Plötzlich befinden wir uns in einem anderen Abschnitt. Ben hat sich körperlich vom Haus abgewendet, hat sich aus den Erinnerungen befreit (Erinnerungen, die mittlerweile wie eigene fest in unserem Denken verhaftet sind) und uns damit in die Wirklichkeit des Augenblicks zurückgeholt. Ben gesteht, daß ihn das Haus fasziniert, ebenso wie die Erinnerung daran. »Noch nicht«, denkt er. »Vielleicht später, aber noch nicht.« An dieser Stelle sind wir ebenso sehr wie Ben davon überzeugt, daß das Haus »auf ihn gewartet« hat. Und weiter warten wird.

Dann wendet sich Ben ganz ab, sein Blick gleitet »über die Stadt«. Wir erfahren, daß er mit dem Gedanken spielt, das Haus zu mieten. Wir sind nicht sicher, ob er schon vor dieser Begegnung daran gedacht hat, aber jetzt ist es da und legt einmal mehr Zeugnis davon ab, wie sehr das Haus ihn fasziniert. Aber es kommt noch mehr, ein weiterer, fast gleichzeitiger Teil desselben Gedankens. Selbst wenn er das Haus bekommen sollte, wird er »sich nicht gestatten, nach oben zu gehen.« Die Erinnerung, die jetzt auch unsere eigene ist, an die geschlossene Tür, die näher kommt und größer wird, kommt wieder. Ohne es jemals deutlich auszusprechen, läßt King uns wissen, daß da oben etwas durch und durch Gräßliches und Furchteinflößendes ist, das nur auf den richtigen Augenblick wartet, sich zu zeigen. Wird das geschehen? Kommt dieser Augenblick? Er könnte tatsächlich kommen, denn Ben denkt, daß er nur hinaufgeht, wenn »es sich ganz und gar nicht vermeiden« läßt. Die Struktur dieses Gedankens und der Gedanke selbst gestehen die zwanghafte Macht von Erinnerungen und Angst, aufgrund der wir Taten vollbringen, die die Vernunft verbietet und uns selbst in Gefahr bringen. Wir sind sicher, daß wir das Marstenhaus wiedersehen werden. Und wir werden diese geschlossene Tür sehen. Und wir werden sie öffnen.

Der Gedanke an künftige Möglichkeiten wie diese ist plötzlich beunruhigend, und Ben flieht überstürzt von dem Haus und den Gedanken und Erinnerungen, die es heraufbeschwört. »Er stieg ins Auto ein, ließ den Motor an und fuhr den Hügel hinab nach Jerusalem's Lot.« Dieser Satz verschwendet kein einziges Wort, und das Auto fährt eindeutig in die Sicherheit.

Zwischen der Schilderung, wie Ben es an diesem ersten Tag sieht, und der späteren Enthüllung seiner dunklen Geschichte wird das Marstenhaus nur ein einziges Mal erwähnt. So kurz diese Erwähnung auch ist, King nutzt sie mit bester Wirkung.

Wir haben gesehen, wie Ben sich im Park mit Susan Norton traf.

Wir fühlen uns wie er zu ihr hingezogen, und wir wurden Zeugen der warmen und freundlichen und irgendwie tröstlichen Remineszenzen, in denen sie sich beim Eisessen ergingen. Die Szene und Unterhaltung sind lang, beiläufig, richtiggehend herzerweichend, *nett*, und die plötzliche Wärme ihrer Beziehung beinhaltet das Versprechen von noch größerer Herzlichkeit. Als sie sich vor dem Geschäft mit dem Wissen verabschieden, daß sie sich wiedersehen werden, staunen sie beide über das »mühelose, natürliche, zufällige Zusammentreffen« ihrer Lebenswege. Alle – Ben, Susan, der Leser – werden in ein Gefühl behaglichen Friedens eingelullt.

Ben schlendert allein zur Ecke und sieht »beiläufig« zum Hügel und dem Marstenhaus. Die Stimmung verändert sich auf der Stelle und wird bedrohlich. Eine plötzliche, beunruhigende und unangenehme Erinnerung kommt ihm ins Gedächtnis und löscht die Herzlichkeit seiner Begegnung mit Susan aus. »Der große Waldbrand von 1951 war praktisch bis an seinen Vorgarten vorgedrungen, bevor der Wind drehte.« Die unausgesprochene Bedeutung ist die, daß das Haus irgendwie die Elemente beeinflußt hat, daß es Wind und Feuer gebot und sich nicht verbrennen lassen wollte, weil seine Zeit noch nicht gekommen war. »Vielleicht hätte es verbrennen sollen«, denkt Ben. »Vielleicht wäre das besser gewesen.« Nachdem der Leser Bens ersten ängstlichen Blick auf das Haus teilte, teilt er nun dessen nervöse Reaktion und die Erinnerung an in seinem Inneren ausgestandene Ängste, sowie diese beunruhigende neue Erinnerung an ein Feuer, das dem Haus nichts anhaben konnte, und er kann dem nur zustimmen.

Als wir das nächste Mal von dem Haus hören, als Ben und Susan nach ihrer ersten Verabredung heimfahren und sich unterhalten, erfahren wir endlich die Geschichte von »Skandalen und Gewalt«, die es hat. Es ist eine »Horror«-Geschichte, ein Bericht, wie sie in diesen Kleinstädten »feierlich von Generation zu Generation weitergegeben wird.« An dieser Stelle haben wir die Auswirkungen dieser Geschichte schon anhand ihres Einflusses auf Ben erfahren, und daher ist uns, als würden wir die Einzelheiten gar nicht zum ersten Mal erfahren. Wir scheinen uns vielmehr von selbst daran zu erinnern.

Selbstverständlich sehen wir in *Brennen muß Salem!* noch viel mehr vom Marstenhaus, da es im ganzen Buch als Brennpunkt des Bösen dient. Jede Erwähnung ist von vergleichbarer Nervosität und Angst überfrachtet, was unsere Ansicht, daß das Haus ein Quell der Dunkelheit ist, nur noch verstärkt. Und da das Böse im Zentrum der Geschichte untrennbar mit dem Bösen des Hauses verflochten ist, ist die Betonung des Hauses als etwas Schreckliches und Mächtiges und

Furchteinflößendes für das Innerste des Romans von grundlegender Bedeutung. Diese Überzeugung ist von den ersten Seiten des Romans im Denken des Lesers verankert, von dem Augenblick, als wir uns des Hauses erstmals bewußt werden, sie ist aufgrund der spezifischen Sprache und Wortwahl ebenso die Folge der Einzelheiten selbst, wie auch der Struktur des Erzählens.

HEIKO LANGHANS

Kurzarbeit für die Nachtschicht

Die Kurzgeschichten des Stephen King

1

Seit über zwanzig Jahren, genauer gesagt seit 1965, ist Stephen King als professioneller Autor tätig. Laut eigener Aussage begann er erste ernsthafte Schreibversuche bereits im zarten Alter von zwölf Jahren; eine erste Veröffentlichung erschien jedoch erst sechs Jahre später unter dem wahrhaft entsetzlichen Titel »I Was A Teenage Graveyard Robber« in der Zeitschrift *Comic Review*. Zwar trifft es zu, daß King schon immer Schriftsteller werden wollte, aber dabei dachte er eher an Romane: dicke große Bände, die die Bestsellerlisten erreichen würden.

Dieser Traum hat sich erfüllt, wie wir wissen: Stephen King ist kommerziell gesehen zu den erfolgreichsten Autoren der Gegenwart zu zählen, für seine Bücher werden Millionenvorschüsse gezahlt, und selbst die unter dem Pseudonym Richard Bachman herausgebrachten frühen Werke sind zu Bestsellern geworden – King ist ein Autor, den man einfach im Regal haben muß, will man nicht völlig am literarischen Leben vorbeilaufen. Eine zweifelhafte Ehre, gewiß: Denn sie schließt solche Pflichtbücher wie *The Mists of Avalon* oder hierzulande *Die Unendliche Geschichte* mit ein, und es ist viel zu häufig als betrübliche Tatsache zu verzeichnen, daß Bücher nicht gelesen, sondern lediglich zu Dekorationszwecken gekauft werden.

King hat das Glück, daß er sowohl Pflicht- wie auch Kultlektüre liefert: Man liest ihn immer noch so gern wie vor, sagen wir, fünf oder zehn Jahren, als er »entdeckt« wurde. Seine Bücher sind länger geworden, sein Stil hat kaum eine Weiterentwicklung erfahren, aber das ist nicht unbedingt wichtig: Sein Unterhaltungswert ist ungebrochen. Kings Haupttrick besteht darin, die eigene Kindheit auszuschlachten und die damals – und vielleicht auch heute – erlebten Ängste und Zwänge in seinen Geschichten zu verarbeiten. Dabei teilt er sich dem Leser so unmittelbar mit, daß sein Gesamtwerk mit den erforderlichen Abstrichen durchaus zur Autobiographie gerät und dadurch auch zu einem – wenngleich subjektiven – Porträt Amerikas wird. Dabei trifft er den Nerv seiner Landsleute so haargenau, daß er häufig Leserbriefe erhält, in denen ihm völlig unbekannte Leute gratulieren, daß er sie so genau getroffen und betroffen hätte.

Kings Kurzgeschichten standen vor der Veröffentlichung seines ersten, unter eigenem Namen veröffentlichten Romans *Carrie* (1974) bei ihm in geringerem Ansehen. Er schrieb sie, um Frau und Kinder über Wasser zu halten, nahm ungeliebte Jobs an, um zwischen den seltenen Verkäufen leben zu können, und konnte es selbst kaum fassen, als ihm 1973 der Verkauf seines fünften geschriebenen Romans gelang[1]. Danach schrieb er weiterhin Kurzgeschichten, obwohl er innerhalb kürzester Zeit zwei weitere Romane verfaßte und lukrativ verkaufen konnte, und nutzte sie in einer ungewöhnlichen Umkehrung des üblichen Vorgehens nicht selten dazu, die in den Romanen entworfenen Szenerien und Charaktere weiterzuentwickeln und auszuarbeiten. In *Frühling, Sommer, Herbst und Tod*, seiner wohl wichtigsten Sammlung, merkt King an, mittlerweile die kürzeren Texte zum Teil als eine Art Erholung von den Romanen zu verfassen, und gesteht ihnen somit durchaus eine gewisse therapeutische Wirkung zu.

Kings Werk ist auf vielschichtige Weise miteinander verbunden. In *Dead Zone* (1979) und *Cujo* (1981) taucht die fiktive Stadt Castle Rock auf, deren Umfeld auch in zahlreichen kürzeren Texten eine wichtige Rolle spielt. Flagg, die Verkörperung des Bösen in *Das letzte Gefecht* (1978), hat eine tragende Rolle in *Die Augen des Drachen* (1984), und es gibt Hinweise, daß Flagg lediglich eine Manifestation von *Es* (1986) ist. Ebenfalls in *Es* hat Dick Hallorann, der dem Leser schon aus *Shining* (1977) bestens bekannt ist, einen kurzen Auftritt, und der gemeinsam mit Peter Straub geschriebene Roman *Der Talisman* (1982) spielt teilweise in der Welt von *Die Augen des Drachen*; die weitere Geschichte von Jack Sawyer wird in Kings letztem Roman *Das Monstrum / Tommyknockers* (1987) in tragischer Weise erneut aufgegriffen. *Das Monstrum* schlägt zudem auch durch den »Shop« eine Brücke zu *Feuerkind*. »Das Floß«[2] und *Christine* spielen in der gleichen fiktiven Stadt Pittsburgh. Mittlerweile haben sich drei oder vier verschiedene Komplexe in Kings Gesamtwerk herausgebildet. Es bleibt abzuwarten, ob diese Großkomplexe letztlich zu einem einzigen verschmelzen werden. Kings Topos eines Weltennexus in den *Roland*-Geschichten und *Der Talisman*, in dem sich alle Zeiten und Dimensionen treffen, läßt eine derartige Deutung jetzt schon zu. Auch wenn dieses Phänomen für das Verständnis von Kings Gesamtwerk nicht ausschlaggebend ist, so entsteht dadurch doch eine vollständige Welt unmittelbar vor der eigenen Haustür und im eigenen Kopf, die in ihrer vom Alltagsirrwitz beherrschten Stimmigkeit etwas niederträchtig Beunruhigendes aufweist.

Kings erste Kurzgeschichtensammlung erschien 1978 unter dem Titel *Night Shift*. Sie umfaßte zwanzig Geschichten, von denen vier – »Jerusalem's Lot«, »Quitters, Inc.«, »Die Frau im Zimmer« und »Die letzte Sprosse der Leiter« – zum erstenmal abgedruckt wurden. Wie der spätere Band *Skeleton Crew* (1985) macht auch *Nachtschicht* einen etwas unordentlichen Eindruck; die Geschichten sind eher nach dem persönlichen Geschmack ihres Verfassers ausgewählt worden, ohne daß es ein durchgehendes Thema gäbe. Die Reihenfolge der Geschichten hat etwas Zielloses: Es gibt weder eine themenzyklische noch eine chronologische Anordnung. Der Band wird mit »Jerusalem's Lot« eingeleitet, einem Lovecraft-Pastiche in Briefform, das King 1967 als Abschlußarbeit für einen Kurs in *Gothic Fiction* (zu deutsch: Schauerromantik) verfaßt hatte. King läßt seinen zweiten veröffentlichten Roman wiederum in »Salem's Lot« (1975) spielen, wobei der Ort diesmal die Kulisse für eine moderne Variante der Vampirthematik bildet. 1977 erscheint dann »Einen auf den Weg«, die einige Zeit nach der Romanhandlung angesiedelt ist und ein weiteres Streiflicht auf das Schicksal der Vampire wirft. (Seit Jahren ist eine Roman-Fortsetzung zu *Brennen muß Salem!* angekündigt.) King macht also einen Ort zum Protagonisten, wobei Salem's Lot weniger ein realer Ort als vielmehr ein Geisteszustand ist – wie auch Castle Rock eine vertraute, kleine, umheimliche Stelle im eigenen Kopf.

»Nächtliche Brandung«[3] beginnt mit einem Schockeffekt. Eine Gruppe Jugendlicher hat bei der Verbrennung eines Mannes zugesehen und geht anschließend zum Strand. Eine Art Supergrippe mit der ironischen Bezeichnung *Captain Trips* hat die Menschen hingerafft, und wir erfahren, daß die Verbrennung eine Art Opfer gewesen ist. Alle Bestandteile einer Strandfete sind dabei, Musik, Alkohol, Zigaretten, und dazwischen berichtet der Ich-Erzähler Bernie über das Ende der Menschheit, über den bevorstehenden Tod seines Freundes Needles, über den eigenen Tod. Der Text steigert sich zu einem einzigen schrillen Mißklang und endet, wie er begonnen hat, mit Feuer. Anklänge an Vietnam sind spürbar, und die verdrängte Erkenntnis des eigenen unausweichlichen Todes ist das Hauptthema der Geschichte. Es sei angemerkt, daß *Das letzte Gefecht* (1979) in der gleichen Welt spielt, und es könnte sich bei der Gruppe am Strand um versprengte Überlebende abseits des großen Konflikts zwischen Mutter Abigail und Randall Flagg handeln.

Die im Wind raschelnden Maisfelder, die Mutter Abigails kleine Farm umgeben, könnten beinahe auch die gleichen sein, durch die das junge Paar in »Kinder des Zorns« fährt. Nur liegen hier im Zentrum der Felder nicht Ruhe und Frieden, sondern die Opferstelle des Maisgottes und seiner minderjährigen Anhänger . . .

Die Prämisse von »Trucks« ist denkbar einfach: Autos nehmen ein Eigenleben an, entledigen sich ihrer Besitzer, zwingen die Menschen, sie aufzutanken. Und die Geschichte endet mit der düsteren Aussicht, daß es auch keine Menschen mehr sind, die die Fließbänder in Detroit Mototown am Laufen halten . . . Das Thema des »beseelten« Autos wird in *Christine* erneut angerissen, aber ein Anklang daran findet sich auch in der sehr kurzen »Onkel Otto's Truck«[4]: Ein verschrotteter Lastwagen bewegt sich allmählich auf ein kleines Haus in der Nähe von Castle Rock zu, um zu töten . . . King zollt hier der Autobesessenheit seiner Landsleute Tribut. Die Vehikel, die durch einen Amerikaner erstmals in Masse der Öffentlichkeit zugänglich gemacht wurden und so die moderne Zivilisation mitprägten, werden zu den Werkzeugen des Untergangs.

»Trucks« bildete auch die Grundlage für den Film *Maximum Overdrive* (1986), bei dem King selbst Regie führte. Überhaupt dürfte *Nachtschicht* die Sammlung eines Autors sein, aus der die meisten Geschichten für die Leinwand adaptiert wurden. Neben »Trucks« findet sich dort auch die Erzählung »Kinder des Zorns«, die 1984 – leider nicht sonderlich gelungen – verfilmt wurde. Außerdem fanden »Die Frau im Zimmer«, »Das Schreckgespenst«, »Der Mauervorsprung« und »Quitters, Inc.« ihren Weg in die Kinos.

Immer wieder findet man in Kings Werk Hinweise auf seine Faszination mit dem vielleicht vorhandenen Leben im Unbelebten: Maschinen, die sich verselbständigen (man denke nur an die Wäschemangel in »Der Wäschemangler« in *Nachtschicht*, technische Haushaltsgeräte, die rebellieren (in *Christine* erwähnt ein Mann, daß es auf seinem Müllplatz einmal einen Kühlschrank gegeben hätte, der kleine Vögel und Igel eingefangen hätte – und einmal sei ein kleines Mädchen darin erstickt . . .) oder Spielzeuge (»Der Affe« in *Der Fornit*. Gelegentlich wird eine Erklärung angeboten, häufiger ist es eine Besessenheit durch einen früheren Inhaber des bewußten Gegenstandes, am meisten jedoch ist das Gerät einfach nur *böse*. Unbelebte Gegenstände werden bei King zu Sammelbecken des Bösen (in *Brennen muß Salem!* fällt der Begriff Trockenbatterie des Bösen), und dies trifft in noch stärkerem Maße auf die von ihm beschriebenen Häuser zu.

Häuser faszinieren King, aufgegebene, leerstehende oder nur teilweise genutzte Häuser; zu letzteren zählt er auch Fabriken, die außerhalb der Arbeitszeiten praktisch tot sind und auf etwas zu warten scheinen – tote Gewebeteile der Zivilisation. In »Spätschicht«, die zu Kings frühesten Werken gehört (sie wurde 1970 in *Cavalier* veröffentlicht), widmet er sich den Dingen, die sich in den Kellern der alten

Spinnerei entwickelt haben, in die eines Nachts ein Trupp hinab-
steigt, um die Ratten zu vernichten ... Hier, wie auch in »Jerusalem's
Lot«, das stark an H. P. Lovecrafts »Die Ratten im Gemäuer« erinnert,
ist der eigentliche Handlungsträger das Haus mit einer unheimlichen, ungeahnten Vorgeschichte. Und die Romane *Brennen muß Salem!* und *Shining* handeln ebenfalls von Häusern mit Geschichte. 1982
erschien die überarbeitete Version einer 1975 erstmals erschienen
Kurzgeschichte in *Whispers 17/18*. »It Grows on You« orientiert sich
an David Grubbs klassischer Horrorstory »Where the Woodbine
Twineth«. Ein Haus und seine Erbauer und Bewohner stehen in einer
geheimnisvollen symbiotischen Beziehung miteinander. Als die Besitzer einen neuen Flügel anbauen, um die bevorstehende Geburt
ihres Kindes zu feiern, kommt das Kind mißgebildet auf die Welt und
stirbt kurz darauf. Später sterben die Eltern. Als dann die Alten der
Stadt – die in jungen Jahren dem Haus und seinen Bewohnern feindselig gegenüberstanden – sterben, entstehen neue Flügel und Veran-
den auf dem verlassenen Haus ...

Grubb, King und später der von Stephen King unmittelbar beeinflußte Autor Alan Moore in seiner Comic-Story »Ghost Dance« (erschienen in *Swamp Thing*, Vol. 2, No. 46 (February 1986) beziehen sich
dabei wahrscheinlich auf die Ereignisse um das Winchester-Grund-
stück in Kalifornien. Die Witwe des gleichnamigen Waffenfabrikan-
ten litt unter dem Wahn, böse Geister würden sie quälen, um sich für
ihren Mann, der indirekt für mehrere Massaker mit dem neuen Repe-
tiergewehr verantwortlich war, zu rächen. Angeblich wurde sie von
guten Geistern beauftragt, durch Hammerschläge die bösen Geister
zu vertreiben. Jahrelang beschäftigte sie rund um die Uhr Zimmer-
leute, Bauarbeiter, Tischler, die neue Balkone innerhalb der Räume
erbauten, Türen, die sich zu einer Wand hin öffneten, Treppen, die
direkt in die Decke hinein verliefen. Das restaurierte Gebäude kann
heute noch in der Nähe von San José besichtigt werden.

Jüngstes Produkt der Kingschen Obsession ist übrigens ein Bildband, der 1989 unter dem Titel *Nachtgesichter* erschienen ist und pitto-
reske Außenfassaden von alten Häusern zeigt. King trug den Text zu
faszinierenden Aufnahmen von f-Stop Fitzgerald bei.

3

Wie auch Lovecraft, hat sich King eine eigene Provinz im Land der
Bücher erschaffen, in deren Mitte sich die Kleinstadt Castle Rock befindet. In einem Umkreis von vielleicht sechzig Meilen findet der Leser Orte wie das Shawshank-Staatsgefängnis, die Städte Derry, Ha-

ven, Troy, Salem's Lot. In den verschneiten Bergen von Colorado erhebt sich das Overlook-Hotel, am Strand von New Hampshire das leicht verfallene Alhambra Inn. Kings Amerika ist so wirklich oder unwirklich wie die Realität selbst, und nur allzugerne glaubt man dem Autor bei der Lektüre seiner Texte, daß sich irgendwo auf dem Lande tatsächlich eine Vampirstadt befindet, daß (damals, 1982) ein kleines Mädchen einen Großbrand in einer Regierungsanlage ausgelöst hat, daß ein abgerissener junger Mann eine Mordserie für seine Geliebte begeht, die vielleicht eine riesige Ratte ist oder vielleicht auch gar nicht existiert ... Castle Rock ist eine ganz normale, etwas verschlafene kleine Stadt, und die Geschichten, die man sich erzählt, – Wißt ihr noch, damals die Sache mit dem Seher? Und Frank Dodd? Und Joe Cambers Hund? Erinnert ihr euch noch an Cambers Hund? –, werden von den Bewohnern nach einer gewissen Zeit wieder vergessen – nur nicht vom Leser. Oder wird einfach nicht mehr darüber gesprochen, damit man sich nicht erinnern muß?

Kings zweite Sammlung, *Frühling, Sommer, Herbst und Tod,* besteht aus vier Novellen. Zwei frühe Kurzgeschichten sind in »Die Leiche« eingearbeitet worden. Die Texte unterscheiden sich von Kings vorangegangenen Arbeiten unter anderem dadurch, daß es kaum fantastische Elemente in ihnen gibt, sieht man einmal von der letzten und zweitschaurigsten Geschichte des Bandes, »Atemtechnik«, ab, die übrigens kurz nach der Vollendung von *Feuerkind* geschrieben wurde. (Man beachte den Kontrast zwischen der Feuersymbolik in *Feuerkind* und den Winterbildern in der Novelle!) Die Erzählung gehört mit »Der Mann, der niemandem die Hand geben wollte« (in *Im Morgengrauen*) zu Kings Klubgeschichten, die unter das Motto »IT IS THE TALE, NOT HE WHO TELLS IT« gestellt sind. Der Klub im Haus 249 B in der 35th East wird von Stevens betreut, einem vollkommenen Butler, dessen Familie seit Jahrzehnten – oder noch länger? – dem Klub dient. Am Donnerstag vor Weihnachten werden unheimliche Geschichten erzählt, die meistens kurz nach dem Ersten Weltkrieg spielen. »Der Mann, der niemandem die Hand geben wollte« ist eine eher schwache Fantasystory um einen Mann, der unter dem Fluch steht, daß alles Lebende, was er berührt, stirbt. »Atemtechnik« hingegen hat die Auszeichnung des British Fantasy Award verdient. Es ist die Geschichte einer Schwangerschaft und einer Geburt: Aber die Frau, die das Kind gebärt, ist kurz zuvor bei einem Unfall geköpft worden ... Trotz des makabren Ausgangs der Geschichte konzentriert sich Kings Schilderung jedoch auf den Lebensmut einer Frau, die in einer moralisch arroganten Zeit ein uneheliches Kind austrägt. Die Rahmenhandlung eröffnet einen neuen Aspekt der Klubge-

350

schichten, wie sie unter anderem schon von Lord Dunsany, Arthur C. Clarke und Sterling E. Lanier geschrieben wurden.

Die schrecklichste Geschichte von *Frühling, Sommer, Herbst und Tod* ist jedoch »Der Musterschüler«. Ein netter aufgeweckter Junge von nebenan erkennt in einem alten Mann einen Kriegsverbrecher wieder und erpreßt ihn. Zuerst hört er sich »nur« die Geschichten von den Konzentrationslagern und den Gaskammern an. Dann vertieft er sich in das Gedankengut der Nationalsozialisten. Und dann beginnt er zu töten . . . Das Furchtbarste daran ist, daß dieser Prozeß nachvollzogen werden kann. Der Leser entwickelt Verständnis und beinahe sogar Sympathie für Schüler und Lehrer, wobei nie völlig klar ist, wer eigentlich wen dominiert. »Der Musterschüler« endet entsprechend der konsequent durchdachten Philosophie des Dritten Reiches mit dem Untergang der Handlungsträger, läßt jedoch die Möglichkeit der Wiederholung offen. Denn schließlich ist der junge Nazi zuerst der nette Junge von nebenan gewesen – es könnte jederzeit wieder passieren. Und vielleicht wirkt die Geschichte auf einen deutschen oder europäischen Leser anders als auf einen Amerikaner. King selbst gibt allerdings zu Protokoll, daß er nach der Fertigstellung der Story, die er innerhalb von zwei Wochen herunterschrieb, drei Monate lang nichts zu Papier zu bringen vermochte.

King orientiert sich hierbei, wie auch in »Nona«, »Kains Aufbegehren« und vielleicht »The Man Who Loved Flowers«, an den Ereignissen um Charles Starkweather und den Schützen vom Texas Tower. Die Subversion des Alltäglichen durch den Horror in der Psyche des einzelnen macht den Weg für einen stillen Amok frei, der sich zu einem fruchtbaren Crescendo steigert. Der Übergang vom netten All American Kid zum kaltblütigen Mörder vollzieht sich mit unheimlicher Reibungslosigkeit, und obwohl King Hinweise auf einen Gehirntumor gibt, so bleiben doch die Tätigkeiten der Lagerkommandanten Todds ureigenes großes Interesse, von dem ihm seine Schullehrerin versichert hat, daß er es irgendwann finden würde, um dann genau zu wissen, was er mit seinem Leben anfangen soll . . .

Ein interessanter Aspekt zu »Der Musterschüler« findet sich aus zwei völlig verschiedenen Quellen, die Kings Darstellung in gewissem Sinne untermauern: Todds Machtfantasie und Kälte erinnern an eine These von Philip K. Dick, die besagt, daß es möglicherweise in der Mitte des zwanzigsten Jahrhunderts eine Trennung innerhalb der Menschheit gegeben hat, die auf die bekanntgewordenen Verbrechen des Dritten Reiches zurückzuführen ist und eine Gleichgültigkeit gegenüber dem menschlichen Leben bewirkt, die sich in völliger Mißachtung und Kälte äußert und Menschen zu Maschinen macht. Ergänzt wird dies durch die von Karl Popper während einer Tagung aufgestellte Theorie, daß durch die Greuel des zwanzigsten Jahrhunderts (Konzentrationslager, Atombomben, Wettrüsten, Umweltzerstörung etc.) ein stetiger Angriff auf die geistige Gesundheit der Menschen stattfindet, der zu Aggressivität, Depressionen und einer allgemeinen Zunahme geistiger Störungen führt. Poppers Aussage wurde auf der Tagung teilweise empört aufgenommen, während andere seinen Mut bewunderten.

Die restlichen beiden Geschichten »Pin-Up« und »Die Leiche« sind Kings versöhnlichste Texte in diesem Band. »Pin-Up« steht unter dem Motto *Hope Springs Eternal* und entstand kurz nach Kings Roman *Dead Zone*. Hierin bedient sich King erstmals in einem kürzeren Text des Castle Rock Countys, das er in dem erwähnten Roman vorgestellt hat. Es ist die Geschichte von Andy Dufresne, einem Bankier, der 1948 wegen Mordes an seiner Frau und ihrem Geliebten in das – fiktive – Shawshank-Gefängnis in der Nähe von Castle Rock eingeliefert wird. Der Erzähler ist sein Mitsträfling Red, der Organisator, »the man who can get it for you«. Er beobachtet Andy während der nächsten siebenundzwanzig Jahre, beschafft ihm einen Felshammer, Polierlappen und ein Poster von Rita Hayworth und wird allmählich ins Vertrauen gezogen. Und er ist der einzige, der um Andys Aufenthaltsort weiß, als Dufresne 1975 aus der verschlossenen Zelle verschwindet.

»Rita Hayworth . . .« ist nicht die Geschichte einer Flucht, sondern eine Geschichte von Hoffnung und Beharrlichkeit. Zugleich wird auf 92 Seiten eine Beschreibung des Gefängnislebens und des Innenlebens der Insassen geliefert, die mehr sagt, als es in einer Trilogie getan werden könnte. Monotonie, Banden, Wärter, Direktoren – all diese Dinge werden in einem knappen Stil abgehandelt, ohne daß etwas ausgelassen wird. Dufresne wird aus der Sicht eines Mannes geschildert, der um seine eigene Schuld weiß (Red hat seine Frau getötet) und erkennt, daß Andy unschuldig ist. Aus diesem Kontrast entsteht eine gewisse innere Spannung, die die knappen Beschreibungen des Gefängnislebens um so aufschlußreicher wirken läßt. Die Geschichte entwickelt sich zu einem Hohelied auf Stolz und Würde des Menschen: Obwohl Andy unschuldig verurteilt worden ist und seine einzige Chance auf Revision und Freispruch von einem mißgünstigen Gefängnisdirektor vereitelt wird, setzt er sich durch. (Selbst der Direktor erhält seine Strafe: Nach Andys Flucht ist er ein gebrochener Mann.)

Die zweitlängste Geschichte des Bandes nach »Der Musterschüler« ist Kings persönlichstes Prosastück. »Die Leiche« (Untertitel »Fall from Innocence«) basiert auf einer Begebenheit aus Kings Jugend.

Der vierjährige Stephen kam eines Tages völlig verstört nach

352

21 »Katzenauge« – Ein putziger Schlafzimmer-Kobold macht sich auf die Jagd nach Kinderseelen.

22 »Cujo« – Ihren bewußtlosen Sohn (Danny Pintauro) im Arm, tritt Donna Trenton (Dee Wallace) zum letzten Showdown mit Cujo an.

23 »Kinder des Zorns« – Die gekreuzigte Vicky (Linda Hamilton) warten auf »Ihn, der hinter den Reihen wandelt«.

24 »Kinder des Zorns« – John Franklin als fanatischer Kultführer Isaac, der als Opfer für den Maisgott eine ganze Kleinstadt in Nebraska ausrotten läßt.

25 »Der Werwolf von Tarker Mills« – Der verwandelte Reverend Lester Lowe greift sein nächstes Opfer an.

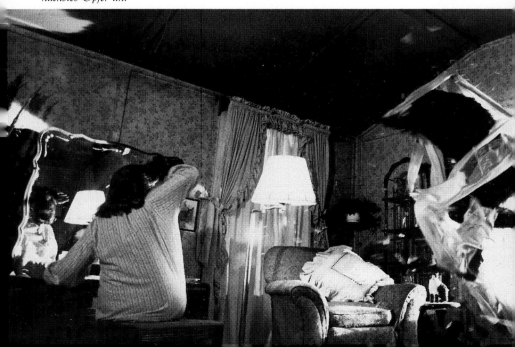

26 »Der Feuerteufel« – Nach dem Tod ihres Vaters läßt Charlie McGee (Drew Barrymore) ihren pyrokinetischen Kräften freien Lauf.

27 »Christine« – Der eifersüchtige Plymouth versucht, die Freundin Arnie Cunninghams zu ermorden.

Hause und war kaum ansprechbar. Es stellte sich heraus, daß sein Freund von einem Güterzug überrollt und getötet worden war. Stephen erinnerte sich nicht, ob er dabeigewesen sei, auch nicht, was er getan hatte. Später verneinte er die Behauptung, daß es unter anderem dieses Ereignis gewesen sei, das ihn zu einem Autoren gemacht hätte, der hauptsächlich Geschichten mit starken Horrorelementen schreibt.

In »Die Leiche« hören vier Jungen aus Castle Rock von einer Leiche, die neben einem Bahndamm in der Nähe ihrer kleinen Stadt liegen soll. Sie machen sich auf, um die Leiche zu suchen und den Behörden zu übergeben. Dabei erleben sie auf dieser Expedition durch eigene Unachtsamkeit und die Gemeinheit anderer Menschen genügend Gefahren. Zu ihren Gegnern gehört eine Gruppe älterer Jugendlicher, die von Ace Merrill angeführt wird, einem brutalen, bauernschlauen Schlägertypen. King macht diese Sorte Mensch für gedankenlose Dummheit und Mangel an Zivilcourage verantwortlich, und Auseinandersetzungen mit diesem Menschentyp finden sich in fast allen seiner Bücher wieder. Folgerichtig taucht Merrill auch in der bereits erwähnten Kurzgeschichte »Nona« auf; dort verprügelt er den Mann, der später mordend durch die Kleinstädte fährt, und legt somit vielleicht den Keim für die Morde.

Die vergleichsweise einfache Handlung wird durch zahlreiche Rückblenden und gelegentliche Vorausblicke ergänzt. Die Hauptperson, Gordon Lachance, wird später Schriftsteller, der glücklich verheiratet ist und Millionen verdient (wie sein geistiger Vater). Er hat den Entschluß gefaßt, über diese Expedition zu schreiben, um seine Jugend zu verarbeiten und sich über seine Entwicklung klar zu werden. Keiner seiner Freunde erreicht das fünfundzwanzigste Lebensjahr; sie kommen alle innerhalb von zwölf Jahren nach den Ereignissen in »Die Leiche« ums Leben.

Die Übereinstimmungen zwischen Gordon und Stephen sind unübersehbar: So sind z. B. beide zum Zeitpunkt der Geschichte – 1960 – dreizehn Jahre alt. Doch zahlreiche Details aus Kings eigener Biographie finden sich auch bei den Charakterisierungen der anderen Jungen wieder, und die Deutung, daß King im letzten Abschnitt von »Die Leiche« gescheiterte Versionen seiner selbst beschreibt, ist nicht völlig von der Hand zu weisen. Die Freundschaft der Jungen bricht bald nach der Sache mit der Leiche auseinander – der Verlust der Unschuld setzt ein und vervollkommnet sich mit dem Tod. Für King ist es dabei wichtig, daß sich der Mensch weiterentwickelt, aber auch noch in der Lage ist, die schönen Dinge der Vergangenheit als solche zu erkennen. Gordon Lachance kann um seine Freunde weinen, Ace Merrill hat keine Chance, da er immer noch so ist, wie er früher war.

353

In gewisser Hinsicht ist die 1974 entstandene Kurzgeschichte »Die Frau im Zimmer« ein Gegenstück zu »Der Leichnam«: Joes Mutter stirbt an Krebs. Ihr Sohn bringt ihr die verlangten Pillen, die in Überdosis tödlich wirken. Danach fühlt er sich ». . . weder besser noch schlechter«, seine Mutter sagt ihm jedoch zum Abschied, daß er schon immer ein guter Junge gewesen sei. King schrieb die Geschichte, um seine Gefühle zu verarbeiten, die aus dem Krebstod seiner Mutter resultierten.

4

1985 erschien die lang erwartete dritte Kurzgeschichtensammlung *Skeleton Crew**. Zwanzig Prosatexte und zwei Gedichte sind der Inhalt. (Eine weitere Story, »The Revelations of 'Becka Paulson«[5], erschien später in einer Sonderausgabe des Bandes und wurde von King in überarbeiteter Form in seinen Roman *Das Monstrum* aufgenommen.) Der Band steht unter dem Motto »Liebst du?«, das in einigen Texten expressis verbis auftaucht. Abgesehen von diesem Motto gibt es jedoch wie schon bei *Nachtschicht* nicht viel, was die Texte miteinander verbindet. Groß sind die Unterschiede in Länge, Thema und Aussage. Die Sammlung bietet für jeden etwas.

Was King allerdings auch in *Skeleton Crew* wieder demonstriert, ist seine Fähigkeit, die unwahrscheinlichsten Ehen zwischen den Genres zu schließen – eine Fähigkeit, die mit *Das Monstrum* in eindrucksvoller Weise vollends bestätigt wird. Zweimal verknüpft er Horror mit Science-fiction: »Travel« ist ein Garn über eine Art Transmitterantrieb, bei dessen Anwendung die Notwendigkeit zur Bewußtlosigkeit besteht. Ein kleiner Junge läßt sich jedoch nicht einschläfern und erlebt die Reise durch einen fremden Raum bei vollem Bewußtsein mit . . . Die Geschichte wurde von *Omni* abgelehnt und erschien schließlich im – mittlerweile leider eingestelltem – *Twilight Zone Magazine*. »Der Dünenplanet«[6] ist weit besser. Nach einer Bruchlandung auf einem Wüstenplaneten verfällt einer der beiden Raumfahrer dem Wahnsinn, während der Sand Hände und Arme formt und auch den zweiten Mann zu verschlingen droht. Durch in Nebensätzen hingeworfene Bemerkungen in der Unterhaltung der beiden gelingt es King, das skizzenhafte Bild einer zukünftigen Gesellschaft zu entwerfen, das für eine Geschichte von achtzehn Seiten eine bemerkens-

---

* (deutsch in den drei Bänden *Im Morgengrauen*, *Der Gesang der Toten* und *Der Fornit*).

werte Schlüssigkeit aufweist. Zahlreiche Zitate aus den Liedern der Beach Boys bilden einen eigenartigen Kontrast zu der Schilderung der öden Landschaft.

Skeleton Crew wird jedoch bemerkenswert durch Geschichten wie »Der Nebel« (ein Kurzroman, der ebenso wie die Geschichten um den Revolvermann *Roland,* die bisher in *Schwarz* [1982] und *Drei* [1987] gesammelt erschienen sind, an anderer Stelle behandelt werden wird), »Mrs. Todds Abkürzung«, »Der Hochzeitsempfang«, »Omi«, »Der Textcomputer der Götter«, »Das Floß«, »Nona und die Ratten« oder »Der Gesang der Toten«. Man könnte sagen, daß diese Erzählungen, ein Drittel der gesammelten Texte, die zusammen etwa die Hälfte des Bandes ausmachen, die Sammlung aus dem Durchschnitt heraushebt.

Die schon erwähnte Geschichte »Nona und die Ratten« wurde 1978 erstmals abgedruckt[7]. Ein langhaariger Anhalter kommt in eine Kneipe, gerät mit einem Fernfahrer in Streit, prügelt sich mit ihm und wird schließlich hinausgeworfen. Ein Mädchen, das ihn in der Kneipe angesprochen hat, schließt sich ihm an. Er gerät unter ihren Bann und beginnt zu morden, fährt mit ihr in einem gestohlenen Wagen durch Maine bis in seine Heimatstadt, geht mit ihr auf den Friedhof und schläft mit ihr auf dem Grab seiner Familie, während sie sich in eine Ratte verwandelt. Man findet ihn allein. Nona ist nirgends zu finden. Wir erfahren seine Geschichte aus den Notizen, die er in der Irrenanstalt anfertigt, bevor er sich umbringt, weil er die Geräusche in den Wänden nicht erträgt . . .

In der ursprünglichen Version der Geschichte heißt die Heimatstadt des Mörders übrigens Blainesville. Für die Veröffentlichung in *Skeleton Crew* hat King sie in Castle Rock umbenannt und einige Erweiterungen wie z. B. die Begegnung mit dem aus »Die Leiche« sattsam bekannten Ace Merrill eingefügt.

King gelingt es hier, eine vergleichsweise nüchtern beginnende Erzählung zu einer Tour de force durch die Hölle des menschlichen Geistes zu machen. Am Ende scheint klar zu sein, daß der Ich-Erzähler völlig verrückt ist, aber seine Denkweise ist – wie auch schon bei Todd in »Der Musterschüler« – vollkommen einsichtig und nachvollziehbar: Der Wahnsinn ist nur um Haaresbreite von der Rationalität entfernt.

»Mrs. Toods Abkürzung« spielt ebenfalls in Castle Rock County, doch diesmal nimmt King eine Position ein, die er selten vertritt. Für gewöhnlich konzentriert er sich auf Angehörige der Mittelklasse, die in den Vororten leben und einer geregelten Tätigkeit nachgehen: Junglehrer, Werbefachleute, Büroangestellte mit Familien und gesicherter Existenz. Diesmal stellt er zwei alte Männer in den Mittelpunkt, die ihren Lebensabend unter anderem dadurch bestreiten, daß sie Hausmeister- und Reparaturarbeiten für die Sommergäste um Castle Lake ausführen. Homer Buckland erzählt seinem Freund die Geschichte von 'Phelia Todd, die damals auf der Suche nach immer neuen Abkürzungen verschwunden ist. Später, Jahre nach ihrem Verschwinden, holt Mrs. Todd Homer zu sich, und sie fahren zusammen über Strecken, die kürzer sind als die Entfernungen zwischen zwei Punkten . . . King beschwört hier in schmuckloser, aber wirksamer Weise die Gedankenwelt zweier Landbewohner auf, die die Stadtfräcke eher als lästiges Übel ansehen und eigentlich ganz froh sind, wenn man sie in Ruhe läßt. Die Beschreibung der abendlichen Szenerien hat etwas von Ray Bradbury.

»Der Textcomputer der Götter« ist eine Geschichte, die recht gut in die Fernsehserie *Twilight Zone* gepaßt hätte. (Tatsächlich wurde sie für die Anthologieserie *Tales from the Darkside* verfilmt.) Richard Hagstrom ist ein vergleichsweise erfolgloser Schriftsteller, der eine lieblose Ehe führt und einen ungeliebten Sohn hat. Sein Neffe Jon, seine Schwägerin – die Frau, die er geliebt hat – und sein Bruder, der ihm schon als Kind heftig zusetzte, sind bei einem Autounfall ums Leben gekommen. Jon hat Richard einen Computer gebastelt, ein ganz besonderes Gerät, das die eingegebenen Dinge Wirklichkeit werden läßt. Richard sieht die Chance, sein Leben im wahrsten Sinne des Wortes neu zu schreiben . . . King greift hier einen Topos auf, den er auch in *Dead Zone* anwendet: Die schuldlos verpaßte Gelegenheit und die – für gewöhnlich unerfüllbare – Sehnsucht, sie noch einmal ergreifen zu können, bzw. die geschehenen Dinge anders zu tun. Eigentlich ist es eine recht einfache Geschichte nach Art der »Drei Wünsche«. Hier allerdings wird kein Wunsch bereut, und Richard hat sie verdient.

»Omi« kann anhand einiger Referenzen dem Cthulhu-Mythos zugerechnet werden, spielt aber ebenfalls in Castle Rock. Ein kleiner Junge soll auf seine kranke Großmutter aufpassen, die seit fünf Jahren bettlägerig ist und sich vor langer Zeit mit fremden Dingen und unheimlichen Büchern eingelassen hat. Sie stirbt. Dann steht sie auf, um den Jungen zu holen . . . Die Geschichte wird aus der Perspektive des Jungen George erzählt, der die Vorgänge und die früheren Ereignisse nicht so recht begreift und sich nur undeutlich erinnert. Der Leser erkennt allmählich, worum es geht, während der Junge in aller Unschuld sich am Rande des Untergangs bewegt. Die Wirkung des Textes entsteht aus diesem Gegensatz.

Es ist nicht das erste Mal, daß King auf den Cthulhu-Mythos seines berühmten Vorgängers Howard Phillips Lovecraft zurückgreift. Der bereits oben erwähnte Text »Jerusalem's Lot« ist ein konzediertes Lovecraft-Pastiche, und 1980 erschien in der von Ramsey Campbell herausgegebenen Anthologie *New Tales of the Cthulhu Mythos* »Crouch End«, das in London spielt. Der Titel leitet sich übrigens von einem Londoner Stadtteil her, in dem Peter Straub sein zeitweiliges Domizil aufgeschlagen hatte, als King ihn 1977 besuchte; dort entstand auch die Geschichte, die im wesentlichen eine Innsmouth-Situation beschreibt: Ein junges Ehepaar stößt auf Straßen, die in keinem Stadtplan stehen, und entdeckt die Monstrosität der Bewohner. Von den drei Cthulhu-Texten ist »Omi« jedoch bei weitem als die herausragendste anzusehen. Harlan Ellison verfaßte ein Drehbuch dazu, und ein danach gedrehter Fernsehfilm wurde 1985 in der neuaufgelegten TV-Serie *The Twilight Zone* ausgestrahlt: Eine durchaus passende Ehrung, wenn man in Betracht zieht, daß King zu seinen stärksten Einflüssen die Kurzgeschichten von Richard Matheson zählt, der seinerzeit für die erste Serie der *Twilight Zone* von 1959 bis 1964 etwa zwei Dutzend Drehbücher und Adaptionen eigener Geschichten beisteuerte.

»Das Floß«[8] spielt – wie bereits erwähnt – im gleichen fiktiven Pittsburgh wie Kings Roman *Christine* (1983). Zwei Pärchen schwimmen zu einem Floß auf dem See. Als sie ankommen, bemerken sie in einiger Entfernung einen schwarzigen öligen Fleck, der sich schnell als mörderisches Ungeheuer herausstellt, dessen Farbenspiel eine hypnotische Wirkung ausübt. Nacheinander fallen sie dem Fleck zum Opfer.

Douglas E. Winter bezeichnet »Das Floß« als eine Metapher auf die verlorene Jugend und die Unschuld der Kindheit. Das Floß symbolisiert ». . . den unbewußten Widerstand gegen das Erwachsenwerden, mit dem sich jeder (. . .) auseinanderzusetzen hat.«[9] Winter weist besonders auf das Ende hin, das mit dem freiwilligen Tod des Jungen endet, ohne daß der Fleck besiegt oder erklärt wird, und sieht darin eine symbolische Aussage: Der Mensch bestimmt sein Schicksal im Angesicht der Gefahr selbst. Zwar mag dies alles zutreffen, im Mittelpunkt von »Das Floß« steht jedoch nicht die Symbolik, sondern die Geschichte – eine Horrorgeschichte, die bei der Lektüre echtes Unbehagen erzeugt. Und das ist das Wichtigste.

»Der Gesang der Toten«[10] gewann 1981 den Wold Fantasy Award und gehört zu Kings besten Texten. Zugleich ist er auch am stärksten mit Symbolen befrachtet. Stella Flanders, eine fünfundneunzigjährige Frau, hat ihr gesamtes Leben auf Goat Island verbracht, einer kleinen Insel vor der Küste von Maine. Als sie an Krebs erkrankt, beginnt sie Geister zu sehen, die Angehörigen ihrer Generation, die lange schon verstorben sind und sie jetzt bitten, die Wasserstraße zu überqueren und sich ihnen anzuschließen. Sie folgt dem Ruf und überquert das Wasser, um mit den Toten zu singen. Ihr Körper wird in sitzender Stellung auf einem Felsen am Rande der Insel gefunden. Die Mütze ihres toten Mannes sitzt auf ihrem Kopf . . . Wir erfahren Einzelheiten aus Stellas Leben, die in Form von Erinnerungsszenen sowie in erzählten Erinnerungen, die sie ihren Urenkeln mitteilt, in den Text eingeflochten sind. Die Idee für diese Geschichte wurde King von seinem Schwager Thomas Spruce geliefert, der bei der Küstenwache tätig war und von einer Frau gehört hatte, die ihr ganzes Leben lang nicht von ihrer Heimatinsel heruntergekommen war.

Mit »Der Hochzeitsempfang«[11] kehrt King formal gesehen wieder zum Mainstream zurück, den er in *Frühling, Sommer, Herbst und Tod* so erfolgreich angewendet hat. Die Geschichte spielt 1927, in der Zeit, ». . . als der Jazz noch Jazz und kein Krach war . . .« Eine Jazzband wird für die Hochzeitsfeier der Schwester eines kleinen Gangsters angemietet. Die Frau ist keine Schönheit: Sie ist ausgesprochen dick und recht häßlich. Ihr Bruder wird von einem rivalisierenden Gangster während der Feierlichkeiten erschossen. Später sucht Maureen Scollay die Band auf, um mit ihnen zu reden, verläßt jedoch bald das Lokal. In den folgenden Jahren baut sie mit brutaler Rücksichtslosigkeit ein Prohibitionsimperium auf, das Al Capone durchaus Konkurrenz macht. 1933 stirbt sie mit einem Körpergewicht von fünfhundert Pfund an einem Herzanfall. Der Bandleader muß sich daraufhin fragen, ob er dies hätte verhindern können, wenn er mit ihr geredet hätte . . .

5

Neben den in Sammlungen erschienen Texten gibt es noch eine Anzahl Geschichten, die bisher nur in Zeitschriften oder Anthologien erschienen sind. Zwei Ausnahmen sind jedoch erwähnenswert: »The Revenge of Lard Ass Hogan« (erschienen 1975 in *Cavalier*) und »Stud City« (erschienen 1969 in der Collegezeitschrift *Ubris*) sind Geschichten, die Gordon Lachance seinen Freunden in »Die Leiche« erzählt. Literarische Selbstreferenz findet sich bei King häufiger: In *Dead Zone* z. B. wird das Buch *Carrie* erwähnt, und in »The Blue Air Compressor«, einem schamlosen EC-Verschnitt, taucht der Autor selbst als Charakter auf.

Seit 1985 sind ausgesprochen wenig Kurztexte erschienen. »The End of the Whole Mess« (*Omni*, Oktober 1986) handelt von einer Droge, die eine friedliche Grundhaltung der Menschen bewirkt – und als Nebeneffekt die Alzheimersche Krankheit auslöst. »Popsy« (in J. N. Williamsons Anthologie *Masques II* [1987]) stellt wenig mehr als eine routinierte Horrorgeschichte dar. Ein Verbrecher will einen kleinen Jungen kidnappen. Auf der Flucht warnt ihn der Junge vor seinem Popsy, der ihn finden wird (»Mein Popsy kann fliegen!«). Popsy kommt auch tatsächlich: Er bricht durch das Dach des Fluchtwagens, und er und sein Enkel tun sich an dem Entführer gütlich. Die Story fällt in die gleiche Kategorie wie zum Beispiel »Das Schlachtfeld« (*Cavalier*, August 1972): Verbrecher stehen sich plötzlich Mächten gegenüber, die sie ihrer Strafe zuführen, in der Ausführung und der Struktur jedoch noch furchtbarer sind als die Delinquenten selbst. King hat sich mehrere Male auf dem Gebiet der Kriminalgeschichte versucht, und seine einzige[12] unter Pseudonym (*John Swithen*) erschienene Kurzgeschichte »The Fifth Quarter« (*Cavalier*, April 1972) gehört ebenfalls dieser Gattung an.

1988 erschienen aus der Feder des Meisters lediglich vier Kurzgeschichten. »The Night Flier« ist in Douglas Winters Anthologie *Horror vom Feinsten* enthalten und greift auf den Reporter eines Bild-Zeitungs-ähnlichen Käseblattes zurück, der dem Leser schon aus *Dead Zone* in Erinnerung ist. Er ist ein Zyniker, der seine Stories nötigenfalls erfindet, um eine Auflagensteigerung zu erreichen. Diesmal ist er auf der Spur eines Massenmörders, der in einem kleinen Flugzeug an der Ostküste entlangfliegt und Angriffe auf kleine Flughäfen ausführt. Bei dem Mörder könnte es sich um einen Vampir handeln. Tatsächlich sind der Mörder und der Reporter sich merkwürdig ähnlich: Beide sind in gewissem Sinne Vampire, die vom Leben anderer Menschen zehren.

Die übrigen drei Geschichten sind in der ebenfalls von Douglas E. Winter herausgegebenen Anthologie *Night Visions 5* erschienen. Die Bände dieser Serie erscheinen in jährlichem Abstand im Hardcover-Verlag Dark Harvest und beinhalten Arbeiten von drei Autoren. King zeigt hierbei wiederum, wie unterschiedlich – in Thematik wie in Qualität – er schreibt.

»The Reploids« befaßt sich mit dem Parallelweltenthema, liest sich allerdings eher wie eine Einleitung zu einem in Vorbereitung befindlichen Roman. »Sneakers« handelt von einem von Geistern heimgesuchten Herrenklo und greift damit ein – etwas unappetitliches – Sujet auf, das bereits von John Skipp und Craig Spector in »Gentlemen«[13] und von Clive Barker in »Der Zelluloidsohn«[14] eingeführt wurde. Allerdings unternimmt King keinen Versuch, sich in die Garde der sogenannten Splatterpunks[15] einreihen zu lassen. Die beste Novelle des Bandes ist jedoch »Dedication«. Darin wird die Beziehung zwischen einem schwarzen Zimmermädchen in New York und einem bigotten Romancier aus den Südstaaten geschildert. Die Frau wird schwanger und setzt alle ihre Kraft und ihre (Voodoo-)Fähigkeiten dazu ein, ihrem ungeborenen Sohn einen anständigen Lebensanfang zu verschaffen. Der SF-Autor und Kritiker Edward Bryant ordnet die Geschichte in die gleiche qualitative Kategorie wie »Die Leiche«, »Der Gesang der Toten« oder »Mrs. Tood's Abkürzung« ein, wobei er gleichzeitig anmerkt, daß einige Redakteure sich von Kings Beschreibung der Voodooverschwörung abgestoßen fühlten.

6

Aus dem unbeholfenen Schlaks, der Mitte der sechziger Jahre auf einer geliehenen Schreibmaschine Beiträge für seine Collegezeitung zusammenschrieb und sich gelegentlich an Stories versuchte, ist mittlerweile ein Autor geworden, dessen Gesamtwerk beim Publikum und in zunehmendem Maße auch bei den Kritikern höchste Anerkennung erhält. Wie William F. Nolan jedoch anmerkt[16], werden seine kürzeren Texte angesichts des immensen Erfolges der Romane von der Kritik fast völlig vernachlässigt, als seien sie irgendwie aus seinem Gesamtwerk herausgenommen. Kings Kurzgeschichten sind jedoch weitaus mehr als bloße Nebenprodukte, waren es schon, als er mit ihnen noch die Miete finanzieren mußte. Sie sind, selbst wenn sie Themen, Orte oder Personen aus den Romanen wieder aufgreifen (und dies ist, wie bereits erwähnt, bei King keine Schwäche), immer eigenständige literarische Erzeugnisse. Denn King ist nicht nur ein Meister der Romankunst, sondern auch ein Meister der so ur-amerikanischen Einrichtung, der *short story*. Kurzgeschichten und Romane unterliegen völlig unterschiedlichen Maßstäben, auch wenn dies so gern von Kritikern übersehen wird. Oft ist es viel schwieriger, den Leser in das Geschehen hineinzuziehen, wenn einem dafür nur zehn Seiten zur Verfügung stehen. Während seine Romane gelegentlich zu übermäßiger Länge neigen, zeigt sich an seinen Kurztexten eine schriftstellerische Disziplin, die beweist, wie sehr King sein Material beherrscht.

Für die Nachtschicht wird es auch weiterhin Kurzarbeit geben. Nach Kings Mammutanschlag auf die Verlagsindustrie, der aus vier Büchern innerhalb von 15 Monaten (*Es, Die Augen des Drachen, Sie* und *Das Monstrum*) bestand, ist das relative Abebben 1987 und '88 keinesfalls als drohendes Anzeichen baldigen Verstummens zu verstehen. Im Gegenteil: Stephen King hat zu Beginn des Jahres 1989 einen Vertrag über vier zum Teil noch nicht einmal entworfene Romane abgeschlossen. Da die »kleinen Kings« immer als spontane Einfälle und nicht als Folge von Vertragsabschlüssen entstanden sind, sind Prognosen schwer zu erstellen – bis auf die (sichere) Prophezeiung, daß es weitere Kurzgeschichten geben wird.

Erläuterungen der Fußnoten:

1 *Amok*, geschrieben 1966, überarbeitet 1971, erschienen 1977; *Todesmarsch*, geschrieben 1967, erschienen 1979; *Sword in the Darkness*, geschrieben 1968, bislang unveröffentlicht; *Menschenjagd*, geschrieben 1972, erschienen 1982. Eine erste Version von *Carrie* entstand 1973.

2 in *Skeleton Crew*

3 *Cavalier*, August 1974; eine erste Version erschien in *Ubris*, Spring 1969.

4 *Skeleton Crew*

5 zuerst erschienen in *Rolling Stone*. (July 19 / August 2, 1984)

6 in *Weird Tales*, 1985

7 in *Shadows 1*, hrsg. von Charles L. Grant

8 *Gallery*, November 1982

9 Winter, *Stephen King – The Art of Darkness* (1984/86), S. 232

10 *Yankee*, November 1981 unter dem Titel »Do the Dead Sing?«

11 *Ellery Queen's Mystery Magazine*, December 1, 1980

12 Kings einzige Pseudonyme sind tatsächlich Richard Bachman und John Swithen. Jahrelang hielten sich jedoch die Gerüchte, »Aaron Wolfe«, der Verfasser des SF-Romans *Invasion*, und »Stephen Marlowe« *(Transition)* seien King-Pseudonyme. Dies trifft jedoch nicht zu. »Wolfe« ist ein Verlagsname von Laser Books, den Dean R. Koontz für den genannten Roman verwendete, und »Marlowe« ist in Wahrheit Milton Lesser.

13 in *The Architecture of Fear*, hrsg. von Douglas E. Winter

14 in *Clive Barker's Books of Blood, Volume 3* (1984)

15 Als »Splatterpunks« werden die neuen Horror-Autoren bezeichnet, die sich in Anlehnung an ihre Namenspaten, die sogenannten Splattermovies, sowie ihre »Vettern«, die Cyberpunks der Science-fiction, der beinahe gelassenen und visuell plastischen Beschreibung von Schreckensszenen als Stilmittel innerhalb ihrer Erzählungen verschrieben haben. Zu den Splatterpunks zählen u. a. Joe Lansdale, John Skipp und Craig Spector, die sich auch im Filmbereich in unterschiedlicher Weise betätigen. Eine wichtige Anthologie dieses Subgenres ist *Silver Scream* (1989), hrsg. von David J. Schow.

16 in Underwood/Miller, *Kingdom of Fear* (1985)

DENNIS RICKARD

Horror ohne Grenzen:
Ein Blick in den Nebel

Was ist passiert? Hm? Was ist passiert?
Was ist dieser verdammte Nebel?

Man kann Stephen King nicht den Vorwurf mangelnder Vielseitigkeit machen. Er hat Vampire wiederbelebt, Werwölfe abgestaubt, mit Science-fiction gespielt und sich an psychologischem Terror, postapokalyptischem Epos, surrealistischem Western, märchenhaften Abenteuern, »Mainstream« und natürlich an jeder Menge richtigem, regelrechtem Horror versucht. Das alles mit unterschiedlicher literarischer Qualität, aber mit legendärem kommerziellem Erfolg.

Ich habe fast den ganzen Kanon gelesen, den Stephen King veröffentlicht hat, und »Der Nebel« aus der Sammlung *Im Morgengrauen* scheint mir sein bemerkenswertestes Werk zu sein. Nicht etwa deshalb, weil es »essentiell« King ist, auch nicht, weil es sich radikal von anderen Geschichten Kings unterscheidet – obwohl man für beides argumentieren könnte. Es finden sich massenhaft Widersprüchlichkeiten. Es ist seine hoffnungsloseste Geschichte, und doch ist Hoffnung angesichts eines vollständigen (und buchstäblichen) Pandämoniums das Hauptanliegen. Im Aufbau konfrontiert die Geschichte einen Querschnitt durch die Bevölkerung, umgeben von den Ikonen der »Zivilisation«, mit dem vollkommen Unbekannten. Und für eine Geschichte, in der das Ausmaß des Horrors so überwältigend ist, herrschen zum Ausgleich eine Zurückhaltung und eine Betonung der *Atmosphäre* vor, die »Der Nebel« in die vordersten Ränge von Kings Werken katapultieren.

Die Geschichte wird von dem Künstler David Drayton erzählt, der mit seiner Frau und seinem Sohn am Long Lake im südlichen Maine lebt. Ein plötzlicher heftiger Sturm zwingt die Familie, im Keller Schutz zu suchen. Als sie am nächsten Morgen den Schaden begutachten, sehen sie eine außergewöhnlich dichte Nebelbank, die sich gegen den Wind auf sie zubewegt. Trotz böser Vorahnungen läßt Drayton seine Frau zurück und fährt mit seinem Sohn und einem Nachbar in die Stadt, um Vorräte einzukaufen. Während sie im Supermarkt sind, zieht der Nebel in die Stadt. Mehrere Kunden gehen hinaus, um sich umzusehen, nur einer taumelt in den Supermarkt zu-

363

rück und schreit: »Irgendwas im Nebel hat John Lee gepackt, und ich hörte ihn schreien!«

Nach und nach wird den verbliebenen Einkäufern klar, daß schreckliche Dinge in dem Nebel hausen. Einige glauben, daß der Sturm eine nahe gelegene Regierungseinrichtung beschädigt hat, das Arrowhead Projekt, wo offenbar Experimente im größten Maßstab durchgeführt wurden. Der Mikrokosmos der Gesellschaft, der den Tag und die Nacht über gefangengehalten wird, reagiert auf die Schrecken des Nebels – und die furchterregenden Folgen, die er nach sich zieht –, indem alle rasch in Wahnsinn und Hysterie verfallen. Drayton und ein paar andere, die diesen Impulsen widerstanden haben, beschließen daher, den Supermarkt zu verlassen, nachdem ihnen klar geworden ist, daß von der vor Angst halbverrückten Meute eine größere Gefahr ausgeht als von den unbekannten Schrecken im Nebel.

Seit dieser Kurzroman 1980 in Kirby McCauleys überragender Anthologie *Dark Forces* erschienen ist, waren die Reaktionen der Kritiker fast durchweg positiv. Bemühungen, »Der Nebel« zu würdigen, haben sich bislang jedoch fast ausschließlich auf periphere Aspekte konzentriert, was zu einem unvollständigen Verständnis geführt hat. Douglas E. Winter, der ausführlich über King geschrieben hat, betrachtet »Der Nebel« als Warnung vor den Gefahren ungehinderter wissenschaftlicher und militärischer Experimente in Form einer Parabel: »Dieser Kurzroman ist eine Zusammenfassung der komplexen Metaphern faustischer Experimente und technologischen Schreckens, die sich in allen Werken von Stephen King finden.« Winter führt aus, daß diese Botschaft in einen Kontext verpackt wurde, der den zahlreichen »Technohorror-Filmen« aus den fünfziger Jahren (wie zum Beispiel *Formicula!, The Beginning of the End, Tarnatula, Attack of the Giant* . . .) und den neueren Filmen von George Romero entlehnt wurde, speziell *Die Nacht der lebenden Toten* (1968) und *Zombie* (1979).

Es besteht kein Zweifel daran, daß diese Vorstellungen und Einflüsse »Der Nebel« durchdringen. King selbst hat gesagt, »man sollte sich die Geschichte in körnigem Schwarzweiß vorstellen.« Und die Parallelen zwischen Kings Figuren, die in einem Supermarkt Schutz suchen, und Romeros Überlebenden, die sich vor den Armeen der Untoten in einem Bauernhaus *(Die Nacht der lebenden Toten)*, einem Einkaufszentrum *(Zombie)* und einem Militärbunker (in dem nach »Der Nebel« entstandenen *Zombie 2*) verbarrikadieren, sind offensichtlich. Kings Kurzromane und Romeros Trilogie sind sogar ein grimmiger, absurder Humor eigen, der davon herrührt, daß das Vertraute mit dem Unvorstellbaren konfrontiert wird.

Aber wenn wir »Der Nebel« lediglich als Warnung vor der Technologie und ihren Gefahren betrachten, schränken wir die Geschichte ein. Sie ist mehr und zugleich weniger als Technohorror. Weniger insofern, als wir zu weit vom Ursprung der Katastrophe, von einer Vorstellung ihrer Natur und irgendwelchen zentral daran Beteiligten entfernt sind, um alles in erster Linie als Warnung vor der Technologie zu betrachten. Es handelt sich bei dem Nebel um weit mehr als nur eine Giftmüllkatastrophe oder einen nuklearen Unfall. Die Tatsache, daß uns King so wenige Daten gibt, anhand derer wir das unerklärliche Ereignis extrapolieren könnten, deutet darauf hin, daß er sich absichtlich so wenig mit der *Ursache* des schrecklichen Nebels beschäftigte, um die *Wirkung* um so drastischer darstellen zu können.

»Der Nebel« ist auch viel mehr als nur ein Traktat über die Schrecken der Technologie. Der größte Teil der Geschichte befaßt sich mit rein menschlichem Schrecken. Der Zusammenbruch der Werte und die Flucht in den Wahnsinn angesichts der Katastrophe sind fast ebenso beunruhigend wie die Monster im Nebel. Richtig würdigen kann man die Geschichte aber nur dann, wenn man an den schwindelerregenden Kontakt mit der Ewigkeit denkt, der für die Erzählung von so zentraler Bedeutung ist. In »Der Nebel« findet man ein offenes Ende, eine Größe und Endgültigkeit, wie man sie sonst nirgends in Kings Werk findet. Er hat eine grauenerregende und nicht rückgängig zu machende Apokalypse mit einem bewundernswert mitleiderregenden menschlichen Kontrapunkt geschaffen.

Natürlich fügt sich vieles in »Der Nebel« mit Kings restlichem Werk zusammen. Der Kritiker Michael Collings bezeichnet die Geschichte als »archetypischen Stephen King« in dem Sinne, daß sie »im Miniaturformat alles repräsentiert, was Stephen Kings Erzählungen einmalig macht«. Sie spielt in seiner Heimat Maine, in einer Stadt, wo King selbst eine Weile gewohnt hat. Geschrieben ist sie in dem umgangssprachlichen Stil, der Kings Markenzeichen geworden ist und den er mit einer ansehnlichen Einkaufsliste von Produktnamen pfeffert (Pepsi, Cricket-Feuerzeuge, McCullogh-Motorsägen, Ragu Spaghettisauce, Naragansett-Bier, Special K, Purina Puppy Chow), was uns in die Welt seiner Figuren hineinversetzt.

Der gemeinsame Faktor, der Kings Figuren zusammenbringt, ist Essen – sie kamen in den Supermarkt, um es zu holen, und bleiben dort, um nicht selbst dazu zu werden. Viele Charakterisierungen sind King-Lesern bekannt. Der *Erzähler,* der versucht, für seine Familie zu tun, was er kann. Das *Kind,* das sich verzweifelt an ein Elternteil klammert, als Vater und Mutter getrennt werden. *Der neidische Nachbar*, ein weiterer »ärgerlicher kleiner Scheißkerl« in Kings Werk. Die *ältliche Lehrerin,* fest und unerschütterlich. Der *stille, bescheidene Mann,* der in der außergewöhnlichen Situation über sich selbst hinauswächst. Und eine von Kings übertriebeneren »Typen«, die *verrückte alte Schachtel*, Mrs. Carmody, die in anderen Werken als Sylvia Pittman *(Schwarz)*, Vera Smith *(Dead Zone)* und zuletzt Annie Wilkes *(Sie)* auftaucht. Ist sie zuvor lediglich eine tatterige alte Überbringerin schlechter Nachrichten und Verkäuferin erlösender Volksweisheiten, so wird Mrs. Carmody schnell zur wetternden Prophetin, die nach Menschenopfern verlangt, um Vergebung dafür zu erbitten, daß sich der Mensch in Gottes Werk eingemischt hat. Anfangs wird sie von allen im Supermarkt gemieden, aber dann sammelt sie allmählich eine Gruppe gebannter »Bekehrter« um sich. Diese Figur, wahrscheinlich die unglaubwürdigste der ganzen Geschichte, dient als Verkörperung von Aberglauben und irregeleitetem religiösem Fanatismus, als Symbol für Religion als negative Kraft, ein Monster im Inneren, das denen ebenbürtig ist, die draußen lauern.

Kommende Ereignisse werfen, wie das in Kings Werken üblich ist, ihre Schatten voraus. Als Draytons Familie von dem Sturm in den Keller getrieben wird, hat er einen Traum – einen Traum, übrigens, den King tatsächlich selbst hatte und der ihm die Idee zu »Der Nebel« gab –, der den bevorstehenden Holocaust symbolisch ankündigt:

Ich hatte einen Traum, in dem ich Gott durch Harrison auf der anderen Seite des Sees gehen sah, einen so gigantischen Gott, daß er oberhalb der Hüfte in einem klaren blauen Himmel verschwand. Im Traum konnte ich das reißende Krachen und Splittern brechender Bäume hören, während Gott den Wald in die Form seiner Schritte trampelte. Er ging um den See herum auf uns zu, und hinter ihm verwandelte sich alles, was grün gewesen war, in ein häßliches Grau, und alle Häuser und Hütten und Sommerhäuschen brachen wie nach einem Blitzschlag in purpur-weiße Flammen aus, und bald verdeckte der Rauch alles. Der Rauch verdeckte alles wie dichter Nebel.

Die im Keller gefangene Familie findet ihre Entsprechung in größerem Maßstab, als die Stadtbewohner im Supermarkt Zuflucht suchen. Nach der späteren Flucht aus dem Supermarkt kauert eine kleine Gruppe von Familiengröße klaustrophobisch in Draytons Scout.

Das Wetter selbst ist, bevor der Sturm kommt, ein Vorbote der Katastrophe. Mrs. Carmody hat jedem in ihrer Reichweite erzählt, daß der »Schwarze Frühling« in der Gegend Böses bringt. Die Kombination von hartem Winter, spätem Frühling und sengendem Sommer bringt die Leute wieder dazu, über »die langfristigen Folgen der A-Bombentests in den fünfziger Jahren zu sprechen. Das und natürlich das Ende der Welt. Die älteste aller Kamellen.«

Auf einer persönlicheren Ebene empfindet Drayton Angst um seine Frau, als er sie zurückläßt, um im Kielwasser des Sturms alles wieder in Ordnung zu bringen; eine Angst, die eigentlich unbegründet ist, bis die tödliche Bedrohung durch den Nebel offenbart wird. Die Wortwahl deutet schon an, was geschehen wird: Drayton spricht vom »Nebel des Unbehagens«, der sich über ihn gesenkt hat, bevor der Nebel tatsächlich die Stadt überrollte. Auch Mrs. Carmody demonstriert niederschmetternde Vorahnungen, als die den Nebel sieht, und ruft: »Das ist der Tod! Ich spüre es, das da draußen ist der Tod!«

Die Geschichte im Kingschen Kanon, die größte Ähnlichkeit mit »Der Nebel« aufweist, ist »Das Floß«. Vier Teenager schwimmen in einem abgelegenen See zu einem Floß hinaus, wo sie von einem gewaltigen amorphen Blob festgehalten werden, der sie einen nach dem anderen verschlingt – am spektakulärsten, als er einen Jungen in die Ritze zwischen zwei Brettern hinuntersaugt. In beiden Geschichten ist eine kleine Gruppe, die auf engstem Raum gefangengehalten wird und keine Hoffnung auf Hilfe von außen hat, gezwungen, schwierige Entscheidungen zu treffen . . . oder sich zu entscheiden, keine Entscheidungen zu treffen. Wieder finden sich Anspielungen auf Horror-Filme (»Als ich so etwas zum letztenmal gesehen habe, war ich in der Halloween Schock Show drunten im Rialto, und ich war zwölf«), und die Ähnlichkeiten mit dem 1958 entstandenen Film *Blob – Schrekken ohne Namen* sind unübersehbar. Wichtig jedoch ist, daß die Bedrohung, der sie sich gegenübersehen, völlig unerklärlich ist. Es gibt keinen Präzedenzfall, keine akzeptierten Regeln, wie man mit der Situation umgehen sollte – sie ist etwas völlig Neues. Dem letzten Überlebenden auf dem Floß wird klar, daß rationale Erklärungen schlicht und einfach am Wesentlichen vorbeigehen:

Vielleicht war es doch ein Ölteppich . . . oder war einer gewesen, bis etwas damit geschah. Vielleicht hatten ihn kosmische Strahlen auf eine bestimmte Weise getroffen. Oder vielleicht hatte Arthur Godfrey atomares Bisquick darübergepißt, wer weiß? Wer konnte das wissen?

In diesen beiden Geschichten interessiert sich King mehr für die Figuren als für die Mechanismen des Horrors. Die größere Gruppe im Supermarkt bietet selbstverständlich eine größere Bandbreite von Aktionen und Reaktionen in den zwei Tagen und zwei Nächten, die beide Gruppen gefangen verbringen. Die Einkaufenden zerfallen ziemlich schnell in zwei Fraktionen. Dayton nennt eine Gruppe, die von seinem Nachbarn angeführt wird, die »Flat Earth Society« [was sinngemäß »die Unbelehrbaren« heißen soll], weil sie sich standhaft weigern zu akzeptieren, daß vier Menschen gesehen haben, wie ein Monster mit Tentakeln einen Jungen von der Verladerampe gerissen hat. Die Unbelehrbaren freilich handeln nur zögernd ihrer Überzeugung gemäß – anfänglich. Später fühlt sich die Gruppe bemüßigt, Hilfe zu suchen, mit vorhersehbaren Resultaten.

Andere in dem Geschäft reagieren anders. Großspurige Skeptiker, die den Jungen auslachen, werden plötzlich zu Feiglingen, als sie das Krakenwesen sehen. Viele beschließen, im Trinken einen Ausweg zu suchen; andere ziehen sich in eine Katatonie des Leugnens oder Wahnsinns zurück. Der Geschäftsführer beschäftigt sich damit, daß er die Waren notiert und auflistet, die die Kunden verzehren, als wäre die Situation lediglich eine zwar beängstigende, aber vorübergehende Episode. Zwei junge Soldaten dagegen gehen ins Lager und erhängen sich. Sie waren beim Arrowhead-Projekt stationiert, und ihre Selbstmorde scheinen nicht nur die Bestätigung für die Ursache des Nebels zu liefern, sondern auch, daß er wahrscheinlich kein vorübergehendes Phänomen sein wird. King hätte die beiden Soldaten mühelos erklären lassen können, was wirklich hinter allem steckt – aber ihre Vorgehensweise so ist eindeutig vielsagender.

Auch die »bessere« Seite der menschlichen Natur wird gezeigt, da sich eine andere Gruppe damit beschäftigt, Fenster zu verbarrikadieren und Wachen aufzustellen. Es ist auf bemitleidenswerte Weise deutlich, wie unzureichend ihre Maßnahmen sind, aber das Gefühl ist wertvoll, daß sie etwas tun, um sich selbst zu helfen.

Trotz edler und tapferer Taten laugt die Hilflosigkeit ihrer Lage sogar den Erzähler aus. Drayton verzieht sich in ein leerstehendes Büro und schläft mit der *attraktiven Frau*, damit sie beide für kurze Zeit dem Grauen entkommen können: Ein Paar in »Das Floß« bemüht sich auf dieselbe Weise, mit der Angst fertig zu werden.

Unzählige Kreaturen summen und schlurfen durch den Nebel und erschrecken die Figuren, aber der wahre Schrecken geht von dem Nebel selbst aus. Er ist ein maßgeschneidertes Hilfsmittel, das Zurückhaltung ermöglicht, sogar betont. Er beeinträchtigt Seh- und Hörfähigkeit und zwingt diejenigen in dem Geschäft, angestrengt nach Andeutungen und Hinweisen auf die Dinge zu achten, die er birgt – ein Vorgehen, das ebenso lähmend ist wie die Herkunft des Nebels.

Es waren nicht einmal so sehr die monströsen Geschöpfe, die in dem Nebel lauerten . . . Es war der Nebel selbst, der die Kräfte auslaugte und die Willenskraft brach. *Allein die Sonne noch einmal zu sehen* . . . Dafür allein hätte es sich gelohnt, eine Menge durchzumachen.

Der Nebel ist mehr als nur ein Schleier, der die Schrecken verbirgt und dann selektiv wieder preisgibt. Man kann ihn – fast zu mühelos – als Symbol für die Wiederkunft der dunklen Zeitalter sehen, der kurz der rasche Verlust menschlicher Werte vorausgeht, während die Schale der Zivilisation sich ablöst. Er ist eine falsche Nacht, die sehr reale Alpträume birgt.

In der Literatur des Makabren gab es schon andere Nebel. In *The Great Fog* von H. F. Heard erzeugt eine seltsame Abart von Schimmel ihre eigene schützende Nebelwolke, die bald den ganzen Planeten einhüllt und zum Zusammenbruch der Zivilisation führt. John Carpenters Film *Fog – Nebel des Grauens* und Dennis Etchisons Roman zum Film schildern eine Nebelbank als Deckmantel für eine Schiffsladung von Gespenstern, die Rache an den Nachkommen ihrer Verfolger üben. Donald Wandreis Kurzgeschichte »The Black Fog« erzählt, wie die Erde kurz durch einen zähen, tintenschwarzen Nebel läuft, der ein Kapitel des Lebens auf diesem Planeten beendet und ein seltsames neues einläutet.

Von allen Werken des Genres, in denen Nebel eine entscheidende Rolle spielt, hatte James Herberts *The Fog* (1975) wahrscheinlich den unmittelbarsten Einfluß auf King. Herberts Roman, der ein geeigneterer Kandidat für das Etikett »Technohorror« ist, handelt von der versehentlichen Freisetzung vom Militär entwickelter Bakterien, die einen ekligen gelben Nebel entwickeln, der einen glühenden, vernunftbegabten Kern umhüllt. Wenn sie dem Nebel ausgesetzt werden, verfallen Menschen und Tiere gleichermaßen in Wahnsinn, und *The Fog* glänzt damit, daß es die Früchte dieses Wahnsinns zeigt. Eine Kuhherde trampelt systematisch den Farmer zu Tode. Der Pilot einer 747 rast mit seinem Flugzeug in einen Wolkenkratzer, um den Liebhaber seiner Frau zu töten. Der Massenselbstmord von fast einhundertfünfzigtausend Bewohnern von Bournemouth, England, ist eine packende Szene.

King widmete mehrere Seiten seiner 1981 veröffentlichten Studie über Horror als Buch und Film, *Danse Macabre*, diesem Roman von Herbert. Kings Analyse erschien ein Jahr nach Veröffentlichung von »Der Nebel«, aber es scheint wahrscheinlich, daß er *The Fog* gekannt hat, bevor er seine Variation des Themas schrieb. Abgesehen von dem tödlichen Nebel und seiner militärisch/wissenschaftlichen Herkunft, scheint keine große Verwandtschaft zwischen den beiden Werken zu bestehen. So gräßlich Herberts Heimsuchung ist, sie kann studiert (bis zu einem gewissen Ausmaß), verstanden und bekämpft werden. Eine deutliche Ähnlichkeit ist jedoch, daß beide mit einer dem Film entlehnten Technik arbeiten. In seiner Würdigung von Herberts Roman schreibt King:

In seinem Aufbau zeigt *The Fog* die Wirkung der apokalyptischen Insekten-Filme der fünfziger und frühen sechziger Jahre. Alle Zutaten sind vorhanden: Wir haben einen verrückten Wissenschaftler, der mit etwas herumspielte, das er nicht verstand, und der von dem Mycoplasma getötet wurde, das er erfand; das Militär, das Geheimwaffen testete und den Horror freisetzte; den Helden, einen »jungen Wissenschaftler«, John Holman, den wir erstmals sehen, wie er tapfer ein kleines Mädchen aus der Erdverwerfung rettet, aus der der Nebel auf die ahnungslose Menschheit losgelassen wurde; die schöne Freundin Casey . . .

Hört sich der Tonfall hier noch etwas zurückhaltend an, so hebt King *The Fog* schon bald über das Stereotyp hinaus:

Diese obligatorischen Zutaten der Science-fiction kennen wir aus Filmen wie *Tarantula, The Deadly Mantis, Them!* und einem Dutzend anderen; doch wir erkennen auch, daß sie nicht mehr als Beiwerk sind und daß das Herz von Herberts Roman nicht im Ursprung des Nebels oder seiner Zusammensetzung liegt, sondern in seiner eindeutig dionysischen Wirkung – Mord, Selbstmord, sexuelle Abartigkeiten und alle Arten unziemlichen Verhaltens. Holman, der Held, ist unser Abgesandter aus einer vernünftigeren, apollonischen Welt.

Diese Dualität zwischen Apollonischem und Dinoysischem wird im Supermarkt von »Der Nebel« wirkungsvoll illustriert. Auch hier haben wir versuchten Mord (in Form eines rituellen Opfers), einen doppelten Selbstmord, eine sexuelle Begegnung und ein breites Spektrum trotzigen Verhaltens. Holman, Herberts »whole man« – sein »ganzer Mann« – bleibt nicht unbeeinflußt von dem Nebel. Aber der direkte Kontakt und die Genesung stärken ihn. Draytons kurzes Beisammensein mit der Frau ist zwar nicht eben rühmlich, zieht ihn aber nicht auf die Ebene hinunter, auf die die meisten anderen Einkaufenden gesunken sind. Er dient mit seiner realistischen Reaktion auf den Nebel als der Repräsentant der apollonischen Welt des Kurzromans.

Und so treffen zahlreiche Kommentare Kings zu *The Fog* auch auf »Der Nebel« zu. Auch hier wird das Format der »Insekten-Filme« ausgeborgt, ist aber wesentlich mehr als Abklatsch.

Das filmische Flair von »Der Nebel« ist deutlich. Der Nebel draußen und das Fehlen künstlicher Beleuchtung drinnen zwingen uns fast, alles in Schwarzweiß zu sehen. Drayton betont diesen Zusammenhang mit den Science-fiction-Filmen der fünfziger Jahre, indem er die Kreaturen im Nebel als etwas bezeichnet, das man in einem

Horror-Film erwarten würde. In seiner Studie *The Shorter Works of Stephen King* fallen Michael Collings noch andere filmische Aspekte des Kurzromans auf:

>»Der Nebel«, von einem Schriftsteller, für den das visuelle Abbild zum Handwerkszeug gehört, führt diese Technik zum Extremen und baut Szene für Szene auf dem Gerüst auf, das Filmemacher seit den fünfziger Jahren hinterlassen haben. (. . .) Auch individuelle Anklänge scheinen auf bestimmte Filme hinzudeuten. Man kann sich kaum vorstellen, daß einige Szenen nicht nach Kings Erinnerungen an *The Crawling Eye* und zahllose weitere Meisterwerke des B-Films gestaltet wurden, in denen überlebende Pterosaurier, Schnecken, Monster mit vielen Gliedmaßen und Riesenspinnen die Hauptrolle spielten; der Kampf gegen die Tentakel, der schon recht früh in der Geschichte stattfindet, erscheint visuell als eine an Land spielende Version des Riesentintenfischs in Disneys *Zwanzigtausend Meilen unter dem Meer.*

Der Kurzroman ist auch für andere Medien äußerst anpassungsfähig. Abgesehen von filmischen Möglichkeiten wurde »Der Nebel« bereits als Tonkassette aufgenommen und zu einem Computerspiel gestaltet. Die Geschichte ließe sich mit vergleichsweise geringem Aufwand für das Theater adaptieren: Alles spielt sich an einigen wenigen abgeschlossenen Schauplätzen ab, der Nachdruck liegt auf dem Verhalten von wenigen Menschen zueinander, der größte Teil des Horrors wird nur angedeutet und nicht im Rampenlicht vor uns ausgebreitet – eine Bühnenversion wäre eine denkbare und faszinierende Vorstellung.

Man kann »Der Nebel« zwar in einem Kontext sehen, der der traditionellen Struktur von Einführung, Handlung und Auflösung folgt, aber der bemerkenswerteste Aspekt der Geschichte ist, daß *keine losen Enden verknüpft werden.* Das ist typisch für King und geht den meisten Geschichtenerzählern wahrscheinlich gegen den Strich, aber die Geschichte wirkt um so beunruhigender, weil sie offen und ungelöst bleibt. Zwei zusammenhängende Faktoren tragen zu diesem Erfolg bei: Kosmizismus und Doppeldeutigkeit.

King hat im Verlauf seiner Karriere eine Handvoll Geschichten geschrieben, am bemerkenswertesten »Jerusalem's Lot« und »Crouch End«, die bewußt Einfälle und Elemente von H. P. Lovecraft borgen. Mehr als alle vor ihm bringt »Der Nebel« jedoch Lovecrafts zugrundeliegende literarische Philosophie zum Ausdruck. King ist sich natürlich Lovecrafts bewußt; man könnte die beiden, aus unterschiedlichen Gründen, als die einflußreichsten Horror-Schriftsteller dieses Jahrhunderts bezeichnen. Lovecraft wurde bekannt mit Stories und

Kurzromanen, die er in den zwanziger und dreißiger Jahren für zahlreiche Amateur- und Pulp-Magazine geschrieben hat; *Weird Tales* war sein häufigster Abnehmer. Der größte Teil seiner Werke beruht auf einem Hintergrund oder Rahmen, den er erfunden hatte, um seinen Horror-Geschichten zusätzliche Tiefe zu verleihen. Dieser basiert auf einem grimmigen und entschieden nicht anthropomorphen Konzept des Kosmos und der Rolle des Menschen darin sowie einem Pantheon von »Göttern« der übelsten Sorte. Diese Konstruktion und die Geschichten, die Lovecraft geschrieben hat, werden etwas irreführend als »Cthulhu-Mythos« bezeichnet, nach der tentakelbewehrten Monstrosität Cthulhu, der in der versunkenen Stadt R'lyeh unter den Wassern des Pazifik schläft. Aber der Mythos, wie sehr er auch Wirkung, Glaubwürdigkeit und Atmosphäre auf die Literatur übertragen kann, war nicht Lovecrafts essentielle Botschaft.

Für Lovecraft war Horror mehr als nur die Monster. Wie E. F. Bleiler in seinem *The Guide to Supernatural Fiction* bemerkt:

> Seine Literatur ist stilistisch zwar die eines technischen Schriftstellers, der nach den grellen Formeln seiner Zeit arbeitet, ihr kommt aber besondere Bedeutung zu, weil er in klarster Form einen der Entfremdungsmythen des zwanzigsten Jahrhunderts beschreibt: die gefährliche Einsamkeit des Menschen, umgeben von Schrekken, die sowohl aus der Innenwelt der Psyche kommen wie auch aus dem Kosmos, jenseits des Sichtbaren.

Bedenkt man dazu, was sein Schriftstellerkollege Donald Wandrei über Lovecrafts Geschichten sagt:

> Lovecraft verlieh oft (. . .) seiner Überzeugung Ausdruck, daß die wirkungsvollsten Horror-Geschichten von dem, was in allen Einzelheiten bekannt ist, in das übergehen, was in allen Einzelheiten unbekannt ist; die im Vertrauten anfangen und auf einer solchen Ebene kosmischer Losgelöstheit von allen menschlichen Dingen aufhören, daß der Leser aus seiner Umgebung herausgerissen und mit Schrecken konfrontiert wird, für die es keinen Namen gibt.

Beide Aussagen treffen auch auf »Der Nebel« zu; beide tragen mit dazu bei, den Erfolg des Kurzromans zu erklären. King schreibt zwar nicht nach den »grellen Formeln« von Lovecrafts Zeit, aber er schreibt sehr häufig nach seinen eigenen Formeln. Winter beispielsweise hat in Kings Werken das immer wiederkehrende Thema der »nächtlichen Reise« entdeckt – buchstäbliche und sinnbildliche Reisen und Rituale des Übergangs –, und zwar in Werken angefangen mit *Das letzte Ge-*

fecht. »Der Nebel« ist dafür eines der besten Beispiele. In diesem Kurzroman behandelt King auf meisterhafte Weise, wie Lovecraft, die Einsamkeit des Menschen angesichts von Schrecken von innen wie außerhalb. »Der Nebel« erfüllt auch Wandreis Forderung eines Übergangs vom Vertrauten zum vollkommen Fremden. Man kann von keinem anderen Werk von King sagen, »daß der Leser aus seiner Umgebung herausgerissen und mit Schrecken konfrontiert wird, für die es keinen Namen gibt«.

Nun, vielleicht *könnte* man das monumentale Epos *Es* dafür nominieren. Dieser Roman ist monumental, was die Länge anbelangt, und auch in dem Sinne, daß *Es* eben ein Monument ist – »eine Zusammenfassung von allem, was ich in meinem ganzen Leben bis zu diesem Punkt gelernt und getan habe«. So gewaltig das Unternehmen *Es* auch sein mag, Kings umfangreichster Roman ist dennoch kein so herausragendes Beispiel für kosmischen Schrecken wie »Der Nebel«. »Kosmisch« ist das entscheidende Wort. Beide Zitate über Lovecraft gebrauchen den Ausdruck in dem Sinne, daß in der Unermeßlichkeit des Kosmos so gewaltige und seltsame Mächte existieren, daß der Mensch dagegen zwergenhaft wirkt und seine Fähigkeit zu verstehen mehr als unzureichend ist. Lovecrafts Kosmos, der auf die Welt einwirkt, und der Kings in »Der Nebel« zeigen die schreckliche Gleichgültigkeit, mit der das Universum die Menschheit betrachtet.

»Es« ist nicht gleichgültig. Im Jahre 1958 kämpft eine Gruppe Kinder aus Maine gegen ein böses, gottgleiches Geschöpf, das ihre kleine Stadt seit Jahrhunderten belagert. Sie besiegen das Ding, das zahlreiche, aus B-Filmen der fünfziger Jahre entlehnte Gestalten annehmen kann, aber dann wird es bis zum nächsten Höhepunkt des siebenundzwanzigjährigen Zyklus aus ihrer Erinnerung verdrängt. Dieses Mal kämpfen die erwachsen gewordenen Kinder gegen Es in seiner natürlichen Gestalt als riesige Spinne. In *Es* und in »Der Nebel« sehen wir einen Riß in der sogenannten »Beschaffenheit der Wirklichkeit«. Etwas dringt irgendwie von außen in die Welt ein, die wir kennen. Dabei ist unerheblich, ob dieses Eindringen die Folge der Machenschaften eines Spinnenwesens oder wissenschaftlicher Experimente ist. Wesentlich ist, daß wir eine handfeste Unwirklichkeit haben, mit der wir zu Rande kommen müssen. Doch die unwissende, unpersönliche, allumfassende Bedrohung in »Der Nebel« wirkt glaubwürdiger als die persönliche Vendetta, die Es führt. Daß das Monster in *Es* schließlich von den Kindern besiegt wird (die ein Rezensent in *Newsday* als »eine Gruppe kindlicher Männer« bezeichnet hat), erfordert schon eine Menge Gutgläubigkeit.

Auch die Wesen, die im Nebel lauern, fordern einen Vergleich mit

Lovecraft heraus, der in »Das Fest« (der ersten Geschichte, in der sein unsterbliches *Necronomicon* erwähnt wird) schreibt:

> Bastardähnliche geflügelte Geschöpfe, die kein normales Auge ganz begreifen kann oder deren sich ein gesundes Gehirn jemals ganz erinnern könnte. Sie waren weder Krähen noch Maulwürfe, noch Bussarde, noch Ameisen, noch verweste Menschenleiber . . .

Die Geschöpfe im Nebel sind nicht von dieser Welt, daher versucht King, ihre Fremdartigkeit zu vermitteln, indem er Bestien erschafft, die bizarre Variationen normaler Wesen sind. Manchmal ist es nur eine Frage der Größe; der übergroße Tintenfisch an der Laderampe oder der riesige rote Hummer, der einen Mann auf dem Parkplatz zerteilt, sind, davon abgesehen, daß sie sich außerhalb ihres natürlichen Elements befinden, außerordentlich groß. Ein Ausflug zur Apotheke neben dem Supermarkt, den Drayton und einige andere Unternehmen, führt die Gruppe in ein Spinnennest:

> Eine der Spinnen war hinter uns aus dem Nebel gekommen. Sie war so groß wie ein großer Hund. Sie war schwarz und hatte gelbe Streifen. *Rennstreifen*, dachte ich wie irrsinnig. Ihre Augen waren purpurrot wie Granatäpfel. Sie wuselte eiligst auf uns zu – scheinbar auf zwölf bis vierzehn Beinen mit zahlreichen Gelenken –, es war keine gewöhnliche irdische Spinne, die auf Horrorfilmgröße aufgeblasen worden war; sie war etwas völlig anderes, vielleicht überhaupt keine Spinne . . .

Diese Spinnen erzeugen auch seilförmige, ätzende Fäden, die Fleisch durchschneiden, als wäre es warme Butter. Eine andere obszöne Parodie von Lebensformen vor dem Nebel zeigt sich an den Fenstern des Supermarkts:

> Es war etwa sechzig Zentimeter lang, in Segmente unterteilt und hatte die rosa Farbe von verbrannter und verheilter Haut. Kugelförmige Augen sahen am Ende von zwei kurzen Stielen in zwei verschiedene Richtungen gleichzeitig. Es klammerte sich mit breiten Saugnäpfen am Fenster fest. Am anderen Ende ragte etwas hervor, das entweder ein Geschlechtsorgan oder ein Stachel war. Und auf dem Rücken hatte es übergroße Membranschwingen, die den Flügeln einer Stubenfliege glichen.

Das bei weitem abstoßendste Geschöpf wird nie ganz gesehen. Nachdem Drayton, sein Sohn, die Lehrerin und die attraktive Frau in Draytons Auto vom Supermarkt fliehen, werden sie beinahe von etwas zertreten, das »so groß ist, daß es die Fantasie überforderte«. Sie sehen nur zwei titanische Beine, die oben im Nebel verschwinden; die Spur, die sie hinterlassen, ist »so groß, daß der Scout hätte hineinfallen können«. Das ist natürlich eine verzerrte Wiederholung des Traums von »Gott«, der über den See läuft, wie ihn Drayton hatte. Aber der rächende Jehova ist in eine kolossale Bestie verwandelt, die nicht einmal auf die unbedeutenden Wesen unter ihren Füßen achtet. Dieser »Gott« wirft eine noch viel beunruhigendere Frage auf: Da sich die Evolution des Schreckens ungeheuer schnell abzuspielen scheint, was steht noch bevor ... oder ist bereits da draußen?

Damit befinden wir uns wieder in Lovecrafts Reich; sogar die Ausdrucksweise ist ähnlich, als würde man uns sagen, daß es »gewisse Dinge gibt, die unser Gehirn einfach nicht zuläßt. Es gibt Dinge von solcher Dunkelheit und solchem Schrecken – wie es, vermute ich, auch Dinge von solcher Schönheit gibt –, daß sie nicht durch die winzigen Pforten der menschlichen Wahrnehmung passen.«

Sicher, nicht alle diese Geschöpfe haben etwas Übernatürliches, so wie die von Lovecraft. Drayton spricht es sogar aus, als er sagt: »Sie waren keine Lovecraftschen Schrecken mit einem unsterblichen Leben, sondern nur organische Wesen, die verwundbar waren.«

Eines der Käferwesen, das in den Laden eindringt, wird von der Lehrerin mit Konservendosen Marke Raid getötet, die sie als Wurfgeschosse nimmt. (Später greift sie zu Black Flag, um eine der Spinnen in der Apotheke anzugreifen.) Ein Albinopterodaktyl (»ein wenig wie die Bilder von Pterodaktylen, die man in Saurierbüchern findet, aber eher etwas aus dem Alptraum eines Wahnsinnigen«), wird mit behelfsmäßigen Fackeln und Flammen in der Teigwarenabteilung niedergestreckt. Diese Wesen, die Mischungen und Mutationen verschiedener irdischer Geschöpfe der Gegenwart oder Vergangenheit zu sein scheinen, sind terrestrischer orientiert als die meisten von Lovecraft, aber auch er erschuf Variationen der uns vertrauten Fauna – weder Krähen noch Maulwürfe ...

King mag von Lovecraft noch eine andere Lektion gelernt haben, und zwar bezüglich dessen, was man nicht machen darf. Der Hang, zuviel zu schreiben, dem Leser alle Arbeit abzunehmen, ist in dieser Literaturgattung häufig unwiderstehlich. In *Danse Macabre* schreibt King über Lovecraft:

»Ich kann es nicht beschreiben«, erzählt uns ein Protagonist nach dem anderen. »Wenn ich es tun würde, würde ich vor Angst wahnsinnig werden.« Aber irgendwie bezweifle ich das. Ich glaube ... Lovecraft wußte ... daß es in neunundneunzig von hundert Fällen

375

den einheitlichen, traumähnlichen Effekt des besten Horrors zunichte macht, wenn man diese Tür öffnet. »Damit werde ich fertig«, sagt das Publikum zu sich, lehnt sich zurück, und *peng!* hat man das Spiel in der neunten Runde verloren.

Die Linie hier ist dünn – Atmosphäre und Zurückhaltung sind gut; Verwirrung und Unsicherheit, wohin die Geschichte führen soll, sind nicht gut. In seiner Einführung zu *Dark Forces* erzählt Kirby McCauley von der Entstehung von »Der Nebel«. Was als Kurzgeschichte mit etwa fünfzehntausend Worten geplant war, wuchs während des Schreibens zu einem Kurzroman mit vierzigtausend. (King selbst behauptet, daß McCauley sie mit einem Haken an der Kette aus ihm herausgezogen hat.) Das heißt nicht, daß King einfach nicht gewußt hat, wo er aufhören soll; es war eine kluge Entscheidung, an der Stelle aufzuhören, wo er aufgehört hat, ohne noch mehr zu enthüllen. Aber es wäre möglich, daß King nicht ganz glücklich damit war, welchen Schluß er der Geschichte gab. Am Ende des Romans scheint er mit Kritik zu rechnen:

Es ist, schätze ich, genau das, was mein Vater stets stirnrunzelnd einen »Alfred-Hitchcock-Schluß« nannte, womit er einen doppelsinnigen Schluß meinte, der es dem Leser oder Zuschauer selbst überließ, sich zu entscheiden, wie alles ausgegangen ist. Mein Vater hatte für solche Geschichten nur Verachtung übrig, er bezeichnete sie als »billige Tricks«.

Wenn King diese Bemerkung als Selbsterniedrigung gedacht hat, so hätte er sich keine Sorgen machen brauchen. Der Horror-Schriftsteller Clive Barker vergleicht ihn in seinem Essay »Die Fahrt überleben« mit Poe. Barker ist der Meinung, daß Poes Bemühen, »den Leser in die Welt des Unterbewußten zu stoßen«, ihn ein gewisses Maß an Zugänglichkeit kostete; Kings sorgfältiges Bemühen, Einzelheiten aufzubauen, um den Horror plausibel zu machen, führe dagegen zu einem Verlust der Doppeldeutigkeit.

Aber Barker erkennt an, daß King diese Doppeldeutigkeit in »Der Nebel« erreicht hat. Er betrachtet King als einen meisterhaften Verfasser von Geschichten über »häusliche Dämonen« – Geschichten mit vertrauten Schauplätzen und üblichem Beiwerk, die dem Horror einen glaubwürdigen Kontext verschaffen –, dennoch gibt Barker seiner Vorliebe für Alptraum-Reisen Ausdruck, es sind

unermeßliche; widersprüchliche; mythologische Dinge. King versteht es, solches Material bestens heraufzubeschwören; ich bedaure nur, daß seine Brillanz als Schöpfer häuslicher Dämonen ihn davon abgehalten hat, mehr von dieser anderen Region zu schreiben. Wenn er sich nämlich daran versucht, ist die Wirkung erstaunlich. »Der Nebel«, zum Beispiel, ist eine Geschichte, die in vertrautem King-Land beginnt und verschiedene Stimmungen durchläuft – einschließlich Szenen, die in ihrer Vermischung von Monströsem und Gewöhnlichem als erstklassige, grimmige Komödien funktionieren –, bis sie in einer Welt gipfelt, die den Menschen verloren ist, eine Welt, die die Phantasie noch lange beschäftigt, nachdem man das Buch zugeklappt hat.

Barker definiert diese Doppeldeutigkeit, von der er spricht, mit einer weiteren Dualität. Selbst in Augenblicken des Entsetzens können wir Ehrfurcht und Faszination empfinden, »wir *wollen* die Begegnung mit Wesen, die unser Leben verändern – die uns ein für allemal ins Reich der Götter bringen (. . .) und gleichzeitig fürchten wir, daß wir vernachlässigbare Wesen sind und so weit unter diesen Mächten stehen, daß uns jede Konfrontation einfach umbringen würde.«

Das Ende von »Der Nebel« bietet nur geringste Hoffnung; es könnte eine abschließende Beschwichtigung sein, um die trostlosen Aussichten der Menschheit etwas freundlicher zu machen. Wir wissen nicht, wie weit sich der Nebel ausgebreitet hat oder ausbreiten wird, aber man kann nur schwerlich glauben, daß er begrenzt ist. Etwas, das wir nicht ausloten oder kontrollieren können, ist in unser Leben eingedrungen. Drayton glaubt, daß er das Wort »Hartford« in der Statik einer Rundfunkübertragung gehört hat, als er und seine kleine Gruppe sich in einem Howard Johnson Restaurant an der Straße befinden. Es könnte eine Grenze des Nebels geben . . . oder eine wachsende Enklave der Menschheit in Hartford, die versuchen, gegen den Nebel zu kämpfen . . . oder alles könnte Wunschdenken sein.

Die Menschheit mag ihre äußerste Grenze erreicht haben. Der Horror hat es nicht.

WHOPPI GOLDBERG

Wie man »Es« liest

Bevor Sie das Buch *Es* aufschlagen, müssen Sie mit einigen Eigenschaften ausgestattet sein.

1. Sie müssen Geduld haben, der Geschichte zu folgen. Zum Beispiel durch Kapitel, die abwechselnd in der Vergangenheit und der Gegenwart spielen.

2. Sie müssen eine ausgezeichnete Erinnerung daran haben, was wann mit wem passiert ist und warum und wie das alles mit dem zusammenhängt, was Sie momentan lesen.

3. Sie müssen einen kräftigen Magen haben. Manche Beschreibungen sind so lebhaft, daß sie die Willenskraft für die ersetzen können, die eine Diät machen.

4. Sie müssen Sinn für Humor haben – im Idealfall einen *merkwürdigen* Sinn für Humor.

Das alles, wie ich ausdrücklich betonen möchte, *bevor* Sie anfangen, Stephen Kings längstes und (glauben Sie das einem langjährigen Fan) kompliziertestes Buch zu lesen.

Es fängt im Jahre 1957 an, acht Monate bevor der Schrecken anfängt und achtundzwanzig Jahre vor der letzten Konfrontation. Eine der Hauptpersonen, Stotter-Bill, wird uns gleich zu Beginn vorgestellt. Bills jüngerer Bruder George ist der erste, der dem Zorn von Es zum Opfer fällt. Nach einer Überschwemmung in der Stadt. George spielt mit einem Spielzeugboot im Freien, sieht ihm zu, wie es die Straße hinabschwimmt und schließlich in einen Gully fällt. Er kniet hin, um danach zu suchen, und hört eine Stimme, die Stimme eines Clowns, die zu ihm spricht. George streckt die Hand aus, um den Clown zu berühren und . . . wird nicht mehr lebend gesehen.

Als nächstes werden wir in Ermittlungen eines Mordes in der Gegenwart verstrickt. Das Opfer war schwul. Im Verlauf der Ermittlungen begegnen wir sowohl dem Mörder und dem Freund des Opfers. Beide sagen, daß sie einen Clown gesehen haben. Ein Polizist, nur einer, denkt daran, daß der Clown wichtig sein könnte.

Dann geht es wieder zurück in die Vergangenheit, wo wir die anderen Hauptpersonen kennenlernen, eine Gruppe Kinder, die in einer Stadt namens Derry aufwachsen. Als die Kinder auf Es und das Leid, das Es erzeugt, aufmerksam werden, erzählen sie sich ihre individuellen Erlebnisse. Sie schließen im Angesicht der gemeinsamen Angst und dem Bestreben, Es zu vernichten, Freundschaft. Die Jungs finden außerdem heraus, daß sie alle Beverly bewundern. Sie erleben die »ersten Sachen« zusammen – erster Kuß, erstes usw. – und fangen an, sich umeinander zu kümmern. Zeit vergeht. Das Band zwischen ihnen wird stärker.

Schließlich werden sie erwachsen und gehen getrennte Wege, schlagen überall auf der Welt erfolgreiche Laufbahnen ein und verlieren den Kontakt miteinander, bis sie beschließen, sich wieder in Derry zu treffen. Sie haben beschlossen, nach einer Möglichkeit zu suchen, Es zu töten und so ein für allemal zu verhindern, daß Es weiteren Schaden anrichtet.

Als Erwachsene erinnern sich die Figuren nicht an spezifische Ereignisse, die sich zutrugen, als sie aufwuchsen. Erst nach dem Wiedersehen in Derry offenbart sich ihnen die Lage – und uns.

In einer Szene, die man nur in einem hell erleuchteten Zimmer lesen sollte, konfrontiert Es die Gruppe in einem chinesischen Restaurant; Es wendet sich nacheinander an jede Person und versucht, ihre Zuversicht individuell und kollektiv zunichte zu machen. Kings Figuren wirken so echt, daß man den Eindruck hat, man würde über sich selbst lesen. Und er besitzt die außerordentliche Begabung, Ängste zu schaffen, mit denen sich die Leser identifizieren können, die seltsamen Ängste der Kindheit, zum Beispiel: Wird mir die Haut vom Gesicht abfallen?

Als Beverly ins Haus ihrer Kindheit zurückkehrt, wird sie von einer alten Frau begrüßt, die sie darüber informiert, daß ihr Vater nicht mehr hier wohnt. Die alte Frau lädt Beverly zum Tee ein. Aber im Verlauf der Unterhaltung stellt Beverly fest, daß mit dieser Frau ganz eindeutig etwas nicht stimmt. Beverly wird immer unbehaglicher zumute, und dann passieren plötzlich seltsame Dinge. Der Tee schmeckt auf einmal seltsam. Die Frau zerfällt langsam vor Beverlys Augen. Horror-Fantasy? Ja, aber wenn Sie jemals das Gefühl hatten, daß jemand oder etwas nicht ganz richtig zu sein schien, werden Sie auf diesen Vorfall ansprechen.

Ich warte auf jeden neuen Roman von Stephen King, wie ein Alkoholiker auf den nächsten Drink wartet. Ich bin süchtig. Wenn Sie es nicht sind, würde ich vorschlagen, machen Sie sich durch einen seiner früheren Romane mit Kings Werk bekannt – mit *Carrie* oder *Shining*. Aber wenn Sie bereits King-süchtig sind, dann wird *Es* Sie überwältigen.

BERNADETTE BOSKY

Angst und Freundschaft:
Stephen King und Peter Straub

Freundschaften zwischen Schriftstellern sind immer interessant, die zwischen Stephen King und Peter Straub ist sowohl eine der interessanteren wie auch der produktiveren in der Geschichte der phantastischen und der Horror-Literatur. Selbst in einem Genre, dessen Autoren einen Sinn für Gemeinschaft haben, können Freundschaften schwierig sein. Wie Peter Straub es ausgedrückt hat: »Begegnungen zwischen Schriftstellern sind immer wie das Treffen von Prinzen, die über kleine, aber höchst unabhängige Länder herrschen, und ein falsches Wort, ein Hauch Unhöflichkeit, kann zu unerklärtem Krieg führen.«[1] Literarische Freundschaften – wie die zwischen Howard Phillips Lovecraft und Robert Bloch, Frank Belknap Long oder Clark Ashton Smith – sind selten, besonders wenn beide Beteiligten bereits etablierte Schriftsteller sind, wenn sie einander begegnen.

Die Freundschaften, die sich entwickeln, sind jedoch meist tief und anhaltend, und man kann ihre Auswirkungen sowohl in den Werken wie auch im Leben der Schriftsteller verfolgen. Das literarische Studium solcher Freundschaften ist lohnend, selbst für diejenigen, die überzeugt sind – mit den Worten von Stephen Kings unheimlichem Herrenklub in »Atemtechnik« – »Es ist die Geschichte, die zählt, nicht der Erzähler.« Eine Untersuchung der Freundschaft zwischen King und Straub zeigt ihre großen Unterschiede und die noch wichtigeren Gemeinsamkeiten ihrer individuellen Leistungen in der Literatur. Das gemeinsam verfaßte Buch *Der Talisman* ist das konkreteste Ergebnis ihres wechselseitigen künstlerischen Einflusses, aber auch das Studium ihrer separaten Werke vor und während der Zusammenarbeit ist sehr aufschlußreich.

Man kann sich nur schwerlich zwei unterschiedlichere Erscheinungen als Stephen King und Peter Straub vorstellen. King ist ein typischer bodenständiger, unkomplizierter Amerikaner aus Maine; Straub ist reserviert, penibel und aufgrund seines zehnjährigen Aufenthalts in England ebensosehr Brite wie Amerikaner von Geburt. Im Programmbuch des World Fantasy Cons 1982, wo Straub einer der Ehrengäste war, beschreibt King Straub folgendermaßen:

»Ein gewisser Peter Straub«, kann ich Rod Serling beinahe intonieren hören, »irgendwo zwischen Brooks Brothers . . . und der *Twilight Zone*.« Dabei ist es gar nichts so Gewöhnliches wie Brooks Brothers; es ist wahrscheinlicher, daß er einen dreiteiligen Nadelstreifenanzug von Paul Stewart trägt. Seine Krawatte ist höchstwahrscheinlich dezent, aber nicht so hoffnungslos unscheinbar, daß man sie überhaupt nicht sieht. (. . .) Er trägt eine Brille mit dunklem Plastikgestell, die fest auf seiner Nase sitzt und aller Welt verkündet: *Keine Faxen!*[2]

Straub beschreibt seine erste Begegnung mit King in einem vornehmen Londoner Hotel: »Steve kam, ganz und gar nicht vornehm, er stapfte einen Gang zwischen der Bar und der verschlafenen Halle entlang auf mich zu. ›Peter!‹ brüllte er. (. . .) Er war riesengroß und aufgedreht und herzlich und lachte viel. (. . .)«[3]

Diese äußeren Erscheinungen sind beinahe Ikonen der Unterschiede zwischen ihrer Literatur. Wie Douglas Winter bemerkt: »Wenn Stephen King das Herz der zeitgenössischen Horror-Literatur ist (. . .) dann muß Peter Straub als deren Kopf betrachtet werden (. . .) Im Gegensatz zu Stephen Kings scheinbar intuitivem und umgangssprachlichem Stil ist die Sprache von Peter Straub sorgsam gewählt, von komplexer Struktur und vor allen Dingen stilisiert.«[4] Kings Gesellenstücke waren Kurzgeschichten in *Startling Mystery Stories* (seine erste professionelle Veröffentlichung) und Herrenmagazinen wie *Cavalier*, die manchmal linkisch oder unfertig wirken; Straubs Gesellenstücke waren Gedichte und zwei Mainstream-Romane (*Das geheimnisvolle Mädchen* und *Die fremde Frau*), sie sind manchmal weltfern und zu mariniert.

Doch die Unterschiede zwischen den beiden Männern sind in vieler Hinsicht weniger wichtig als ihre Gemeinsamkeiten. Da ist natürlich zunächst einmal der künstlerische wie kommerzielle Erfolg, der beiden zuteil wurde. King ist zwar fleißiger und populärer, aber jeder ist auf seine Weise eine führende Gestalt der modernen Phantastik und Horror-Literatur. Beide hatten wiederholt Titel in den Bestsellerlisten, Bücher von beiden wurden mit unterschiedlichem Erfolg verfilmt; am wichtigsten aber ist, beide haben eine entscheidende Rolle dabei gespielt, das Publikum für Horror auf eine Weise zu vergrößern, die vor dreißig Jahren als unmöglich angesehen worden wäre. Bücher wie *Der Exorzist* oder *Das andere Gesicht* waren möglicherweise nötig, um den Weg zu ebnen, aber lediglich King und Straub konnten Erfolge mit Horror auch wiederholen. »Wir wollten das Risiko außerhalb des Gettos von Horror-Fantasy eingehen«, sagt Straub für sich selbst und King, »und wir wollten auch die Leser erreichen, die dachten, daß Lovecraft ein Verfasser von Sex-Ratgebern war.«[5] Ein Grund für ihren respektvollen Erfolg ist ihre künstlerische Hingabe an ihre Kunst und die Anforderungen des Erzählens; das ist mehr als alles andere Grundlage ihrer Freundschaft.

Die Geschichte von der Begegnung und Bekanntschaft von King und Straub, über die an anderer Stelle berichtet worden ist[6], ist von gegenseitigem Respekt und Verständnis für die Werke des anderen gekennzeichnet. Es ist weder Schmeichelei noch freundschaftliche Voreingenommenheit, wenn Straub King »ganz eindeutig einen der besten Schriftsteller in den Vereinigten Staaten« nennt und darauf hinweist, daß *Shining* »eindeutig ein Meisterwerk und wahrscheinlich einer der besten Romane über das Übernatürliche der letzten hundert Jahre«[7] ist, oder wenn King sagt: »Peter Straub ist einer der besten« und *Geisterstunde* »einen der besten gotischen Schauerromane des Jahrhunderts«[8] nennt. Es handelt sich hier vielmehr um die Anerkennung für die Werke, die die beiden Männer überhaupt erst zu Freunden gemacht haben.

Die erste Begegnung zwischen den beiden Männern war, als King den, wie Straub sagte, »auf jeden Fall einsichtigsten« Klappentext[8] schickte (gemeint sind lobende Worte über einen Roman für Umschlaggestaltung und Werbung), den er für seinen ersten unheimlichen Roman, *Julia*, erhielt. King, dessen eigene Laufbahn gerade ins Rollen kam, war Straub unbekannt, aber er wurde in dem Zitat als »Autor von *Carrie* und *Brennen muß Salem!*« bezeichnet. Straub sagt, als er eine Ausgabe von *Brennen muß Salem!* sah, habe er sie »aus Loyalität, ohne große Erwartungen« gekauft, sei aber hinterher überrascht und beeindruckt gewesen. Nun war Straub »ein Jünger Stephen Kings geworden; ich hielt ihn für einen Schriftsteller, der so gut war, daß jeder ihn lesen sollte«, und dann schrieb King einen zweiten Klappentext, dieses Mal für *Wenn du wüßtest*, Straubs zweiten unheimlichen Roman; Straub vermerkt, »der lief auf ein Mini-Essay hinaus: zwei Seiten Großzügigkeit und Einsicht ... mir wurde klar, wenn ich irgendwo auf der Welt einen idealen Leser hatte, dann war es wahrscheinlich Stephen King.« Straubs Schilderungen seiner Reaktionen auf *Brennen muß Salem!* und später *Shining* zeigen, daß diese ideale Beziehung zwischen Autor und Leser auf Gegenseitigkeit beruhte.[9]

»Nach *Shining*«, sagt Straub, »war es mir *nicht* möglich, [King] nicht zu schreiben.«[10] Es entwickelte sich ein Briefwechsel, 1977 wurden Vorbereitungen getroffen, daß die Familien sich in England treffen konnten, wo Straub und dessen Frau lebten, die King und seine Frau besuchen wollten. Nach einem vereinbarten Treffen, das nicht zustande kam, weil der Taxifahrer nicht bis zu Straubs Haus im Londoner Viertel Crouch End fuhr – was Stephen King zu der Kurzgeschichte »Crouch End« inspirierte, die in *New Tales of the Cthulhu Mythos* erschien[11] – trafen sich die beiden schließlich.

Aber die Auswirkungen ihrer Freundschaft auf Straubs Werk fingen schon lange vorher an. Man merkt Straubs Büchern nach *Wenn du wüßtest* – *Geisterstunde, Schattenland* und ganz besonders *Der Hauch des Drachen* – deutlich an, wie ihn die Analyse von Kings Stil galvanisierte und ihm in mancherlei Hinsicht half, seine eigenen Werke weiterzuentwickeln. In den meisten Fällen änderte Straub die Richtung jedoch nicht, sondern experimentierte mit neuen und besseren Methoden, seine eigene einmalige Vorgehensweise zu aktualisieren.

Ein möglicher Gegenstand tatsächlicher Veränderungen und deutlichstes Beispiel von Kings Einfluß auf Straub ist die Anwendung von subtilem gegen unverhohlenem Horror; doch selbst da hat man den Eindruck, als hätte das Beispiel von Kings Werk Straub in eine Richtung geführt, die er wahrscheinlich auch von selbst eingeschlagen haben würde.

Es besteht zweifellos ein deutlicher Unterschied zwischen dem subtilen Horror von *Julia* und dem entfesselten Horror-Panoptikum von *Der Hauch des Drachen*. Im ersteren Werk findet der größte Schrecken – wie Julia einen behelfsmäßigen und fatalen Luftröhrenschnitt an ihrer kleinen Tochter vornimmt – sogar hinter der Bühne statt und wird nur indirekt gezeigt, hauptsächlich durch Julias Erinnerung. Straub sagt: »Ich war mit allem belastet, was ich über die unheimliche Geschichte zu wissen glaubte – eine Art Henry-James-Lektion: Um gut zu sein, mußten solche Bücher zweideutig sein, bescheiden und zurückhaltend. Sie mußten gute Manieren haben.«[12] Diese Beschreibung paßt kaum zu *Der Hauch des Drachen* mit seiner Parade von lebenden Leichnamen, »Tropfern«, die zu Gallerte schmelzen, übersinnlichen Kooperationen und Konfrontationen und abstoßenden wie furchteinflößenden Halluzinationen. »Es ist ein völlig entfesseltes Buch«, bemerkte Straub und sagte vor Veröffentlichung des Buches schon zutreffend voraus, daß es manchen gefallen würde und manche die eingeschlagene Richtung auch als unglücklich betrachten würden.[13]

Diese Richtung ist eindeutig teilweise auf Kings Einfluß auf Straub zurückzuführen. Straub sagt:

(. . .) nachdem ich *Brennen muß Salem!, Shining* und *Das letzte Gefecht* gelesen hatte, wurde mir klar, daß meine Vorstellungen von einem gutgeschriebenen Roman nicht zu diesen Büchern paßten. Sie waren sogar hemmend. Es war besser, daß diese Art von Büchern lärmend und opernhaft waren und schlechte Manieren hatten. (. . .) King beschrieb den Horror und hielt ihn einem direkt vors Gesicht

– und das funktionierte. Das verblüffte mich. »Verdammt«, dachte ich, »das kann ich auch. Ich kann auch unverblümt sein, anstatt alles schattenhaft und zweideutig anzudeuten.«[14]

An anderer Stelle hat Straub gesagt: »Ich bin Stephen King sehr dankbar dafür, daß er mir gezeigt hat, man (. . .) kann so unverhüllt und deutlich sein, wie man nur will, und damit durchkommen«[15], und »Kings Bücher waren wie eine Straßenkarte, die zeigte, wo es lang ging: Er hat meine Ambitionen geschürt.«[16]

Doch ergänzend zu dem, was Straub selbst darüber sagt, wie er in Kings Schuld steht, sollte man sich zweierlei bewußt machen. Zunächst einmal war Straubs Neigung, vom Zweideutigen und Zurückhaltenden zum Unverhüllten und Deutlichen zu gehen, wahrscheinlich schon im Frühstadium seiner Laufbahn, am Ende von *Wenn du wüßtest*, vorhanden. Der Schluß dieses Buches wurde tatsächlich in zwei Fassungen geschrieben: In der ersten ist ein Mensch der Mörder; Straub forderte das Buch von seinen Verlegern zurück und schrieb die letzten achtzig Seiten zu dem übernatürlichen Schluß um.[17] »Ich kam schließlich«, sagte Straub, »nach reiflicher Überlegung zu dem Ergebnis, daß es Betrug wäre, das Gespenst nicht zu enthüllen.«[18] King schürte zwar seine Ambitionen, indem er ein erfolgreiches Beispiel und einige Techniken bot, die übernommen werden konnten, aber wahrscheinlich scheint, daß die Ambition schon vorher da war.

Des weiteren ist Kings eigene Methode viel komplexer und unterschiedlicher, als Äußerungen über seinen Schreibstil manchmal vermuten lassen. Manche der unverhülltesten Schockszenen mögen am einprägsamsten sein, aber King hat beim Schreiben stets mehr als das getan. In seiner ausgezeichneten Studie über das Horror-Genre *Danse Macabre* schreibt King: ». . . daß das Genre auf drei mehr oder weniger separaten Ebenen funktioniert, wobei jede etwas weniger fein als die vorangehende ist.« Schrecken, sagt er, ist »das beste Gefühl (. . .) Wir *sehen* nichts richtiggehend Häßliches (. . .) Das, was der Verstand sieht, macht (. . .) Geschichten zu fundamentalen Geschichten des Schreckens.« Dann kommt Horror. Eine Empfindung, die »etwas weniger schön ist, weil sie nicht völlig vom Verstand kommt. Horror fordert auch eine körperliche Reaktion heraus, indem er uns etwas zeigt, das physisch falsch ist.« Zuletzt kommt »ganz unten der Würgereflex des Ekels«. Abschließend schreibt King:

Meine eigene Philsophie als Verfasser von Horror-Literatur ist es, diese drei Unterscheidungen zu treffen, weil sie manchmal nützlich sind, doch vermeide ich es, einen den Vorzug auf der Basis zu

geben, daß ein Effekt irgendwie besser als der andere ist. (. . .) Ich
betrachte den Schrecken als erlesenste Empfindung (. . .) und daher
versuche ich, dem Leser oder der Leserin einen Schrecken einzujagen. Wenn ich ihm oder ihr keinen Schrecken einjagen kann, dann
versuche ich, Entsetzen zu erzeugen, und wenn ich auch das nicht
kann, dann versuche ich es mit der Niederknüppel-Methode. Ich
kenne keinen Stolz.[19]

Ein Grund, weshalb Straub Kings Vorgehensweise angemessen fand,
war möglicherweise der, daß sie eine größere Vielseitigkeit bot als die
von Straub und dabei dennoch effektive Indirektheit und Entsetzen
respektierte. *Shining* ist unbedingt ein virtuoses Beispiel für alle drei
Formen des Genre-Schreibens, einschließlich Entsetzen, das jeden
übernatürlichen Roman übertrifft; das könnte ein Grund sein, weshalb Straub das Buch so außerordentlich lobt. Don Herron hat geschrieben, daß King, wie seine Figur Billy Nolan in *Carrie*, die »einzigartige Gabe besitzt, sich das Vulgäre herauszupicken«.[20] Das trifft
sicherlich zu, und er setzt es treffsicher ein; aber es ist falsch, das als
einziges herausragende Merkmal von Kings Stil hervorzuheben –
ebenso wie es falsch wäre, die Entwicklung von Straubs Büchern als
unvorbereitet anzusehen oder einzig und allein auf Kings Einfluß zurückzuführen. Da King Schrecken höher bewertet als Horror oder
Ekel, aber nicht nützlicher findet, konnte er Straubs Bücher schätzen;
und da sich Straub nach *Wenn du wüßtest* des unermeßlichen Potenti-
als des Genres bewußt geworden war – »man kann *alles* mit der übernatürlichen oder gotischen Struktur machen«[21] –, war es ihm möglich, Kings breiteres Repertoire an Techniken zu erkennen.

Straubs *Hauch des Drachen* mit seinen »fröhlicheren Spielzeugen«,
die von der gleichzeitigen Zusammenarbeit mit Stephen King bei *Der
Talisman*[22] beeinflußt wurden, verdeutlicht ebenfalls Stephen Kings
Einfluß auf den Prosastil. Man kann sich die Figuren eines anderen
Romans von Peter Straub nur schwerlich, wenn überhaupt, vorstellen, wie sie jemanden »dummes Schwein« oder »Lahmarsch« nennen,
wie Bruce und Dickie Norman das in *Der Hauch des Drachen* tun[23];
darin kann man unschwer Einfluß von Kings unverblümten und umgangssprachlichen Stil erkennen.

Im allgemeinen ist Kings Stil extrovertiert und der Straubs intro-
vertiert – im Jungschen Sinne. Das bedeutet, Kings Stil ist von äußeren Referenzen gekennzeichnet, der Straubs basiert auf inneren Sta-
dien und Wahrnehmungen. Als *Schattenland* veröffentlich wurde,
schrieb Schriftstellerkollege Charles Grant: »Stephen King ist Realist
– seine Auflistung von Einzelheiten trägt viel zum Jetzt seiner Ausführungen bei; Straub ist in seinen besten Szenen Impressio-

nist . . .«[24] Stärken und Schwächen von Straubs Vorgehen kann man auf die »Henry-James-Lektion« zurückführen; King vergleicht seines mit Theodore Dreiser[25], ein zutreffender Vergleich. Dreiser und King sind nicht nur Geschichtenerzähler, sondern auch – wie Fran Goldsmith mit ihrem Tagebuch in *Das letzte Gefecht* – Historiker, deren Anliegen es ist, ihre Gesellschaft so gründlich und lebhaft wie möglich aufzuzeichnen, und zwar im allgemeinen Muster wie auch in den Einzelheiten. Diese *copia* (eine Tradition, die mindestens bis in die Renaissance zurückreicht) hat ihre Fallgruben einschließlich der, daß es dem Werk an Gestalt fehlen kann und sie so lange weitergehen kann, wie der Leser es wünscht. Im Gegensatz dazu stellt sich bei Straubs Büchern, wie Charles Grant sagt, das Problem eines jeglichen Impressionismus: »rasche Pinselstriche und Umrisse, aber wenn man zu genau hinsieht, wird der Effekt geschwächt . . .«, obwohl die allgemeine Wirkung stark ist.[26] Dafür haben seine Romane oft eine künstlerische Geschlossenheit, die denen von King fehlt, und sie zeigen häufig eindrucksvolles literarisches Können, wie etwa die metafiktiven Elemente in *Geisterstunde*. Tatsächlich ist *Geisterstunde* Zusammenfassung und Hommage an das Genre der gotischen Schauerliteratur, so wie *Das letzte Gefecht* Zusammenfassung und Hommage an die amerikanische Kultur seiner Zeit ist.

Nun mögen zwar die Ausarbeitungen der beiden größte Unterschiede aufweisen, aber das Ziel ist in jedem Fall dasselbe: eine überzeugende Geschichte hervorzubringen, deren Bedeutung primär in der Erforschung und Verdeutlichung unserer menschlichen Natur und unseres Daseins liegt. Aus dieser Perspektive preist jeder die Werke des anderen. Stephen King bemerkt:

[Straubs] Stil war stets so makellos und korrekt wie seine Kleidung. Er ist das, was ich als »guten Stil« betrachte, ein Stil, der fast immer korrekt im Aufbau ist . . . und auf seine eigene Weise ebenso dezent – aber ebenso deutlich – wie seine Krawatten. Es ist kein munterer, sprunghafter Stil, sondern jeder Satz sitzt so eng wie ein Zeitschloß, er ist so unauffällig und trotzdem so beständig wie die guten (aber versteckten) Balken in einem viktorianischen Haus, das dreihundert Jahre überdauern kann. »Der gute Stil« hat vielen Schriftstellern gute Dienste geleistet, obwohl ihm die Lebhaftigkeit fehlt – diejenigen, die ihn pflegten, bilden eine lange Reihe, in die Schriftsteller wie Sinclair Lewis, Henry James, Thomas Hardy, M. R. James, Wilkie Collins und Charles Dickens gehören. (. . .) [Sie] schrieben den »guten Stil«, aber dieser Stil hat nie verhindert, daß ihre Bücher fesselnd waren – und in vielen Fällen subversiv.[27]

Peter Straub bemerkt:

(. . .) ein anderer Aspekt von *Shining*, der mich beeindruckte, war der Stil. Es ist ganz und gar kein literarischer Stil, eher das Gegenteil. Er erhob Umgangssprache und Durchsichtigkeit zum Wert. Der Stil konnte in Witze und Derbheiten verfallen, konnte sich in lyrische Höhen aufschwingen, aber das wirklich Fesselnde daran war, daß er sich fortbewegte wie der Verstand selbst. Es war ein nie dagewesener direkter Stil, jedenfalls für mich, und er wirkte wie ein Blitzstrahl ins Innenleben seiner Figuren.[28]

Es ist sehr vielsagend, daß Straub an Kings Stil wieder einmal seine Vielseitigkeit erkennt und lobt, während King an Straubs Stil seine Geschlossenheit feststellt und lobt. Im Hinblick auf Stil hat King gesagt: »Ich finde, es herrscht großes Interesse an einem Stil, der schön ist, weniger an einem Stil, der nur funktionell ist, und letzterer interessiert mich mehr.«[29] King stellt fest, daß bei Straubs Stil »schön« und »funktionell« zusammenarbeiten und nicht im Widerspruch stehen. Straub dagegen stellte fest, daß er seinen Stil verändern konnte, wenn er es wollte, damit er besser zu den Situationen und Figuren paßt; in *Der Hauch des Drachen* demonstriert er diese größere Vielseitigkeit und gewinnt neue Stimmen hinzu, ohne alte zu verlieren. Der Kontrast zwischen der Chandlerschen Ich-Erzählweise von *Wenn du wüßtest* und der James'schen Atmosphäre von *Julia* zeigt, daß Straub die Vielseitigkeit des Prosastils bereits schätzte und suchte, aber seine Verbindung mit King hat die Bandbreite seiner Techniken ausgedehnt.

Die Art der Zusammenarbeit bei *Der Talisman*, über die an anderer Stelle geschrieben wurde[30], führte zu einem einzigartigen Stil, bei dem es praktisch unmöglich ist, den Autor eines bestimmten Kapitels zu identifizieren. King und Straub haben nicht nur versucht, das ganze Buch über einen »nahtlosen Stil« anzustreben, manchmal hat der eine auch aus Spaß den Stil des anderen nachgeahmt. Der Stil von *Der Talisman* ist glatt und wirkungsvoll; er zeigt die Art der Zusammenarbeit zweier Autoren, engagierte Schriftsteller, die ihre Kunst verbessern, im Umgang damit aber trotzdem sicher genug sind, daß sie verspielt sein können.

Ein stilistisches Mittel, das »wie ein Blitzstrahl ins Innenleben der Figuren« wirkt, ist in den Solo-Arbeiten beider Autoren die Verwendung von immer wiederkehrenden Refrains oder Motiven; Straub jedoch entwickelt das über Bilder, während King es durch Wiederholung von Sätzen oder Worten entwickelt. Straub bekennt, daß die Struktur seines Stils von der Jazzmusik beeinflußt ist, die er bewun-

388

dert.[31] Wie Straub sagt: »Mir gefällt an einem Buch, wenn alle Teile zusammenpassen; wenn etwas am Anfang des Buches in einem späteren Teil sein Echo hat. Selbst Worte und Sprachmuster werden später wiederholt. Kleine Bilder lassen sich später wiederholen. Dadurch hat das ganze Buch einen inneren Zusammenhang.«[32] Beispiele dafür sind der »tödliche Rhythmus«[33] von Heather Rudges Mord an ihrer Tochter und Julia Lofting, die ihre Tochter ebenfalls tötet, in *Julia;* die Figuren mit den Initialen A. M. – Alma Mobley, Angie Maule, Alice Montgomery – in *Geisterstunde;* und die allgegenwärtigen Vogelbilder in *Schattenland,* von Motto *Alis volat propriis* und der Ventnor-Eule bis zu dem gräßlichen, riesigen weißen Vogel und der letzten Verwandlung von Del.

King verwendet in seinen Büchern nur sehr wenige dieser assoziativen Strukturmittel, er verläßt sich auf rasante Handlungen und zu einem gewissen Ausmaß auf Themen. Ein Blitzstrahl ins Innenleben seiner Figuren ist jedoch die Wiederholung auf einer rein verbalen und nicht visuellen Ebene als Element eines inneren Monologs. Das paßt ganz besonsers zu Kings Horror-Romanen, wo sich der Verstand in Augenblicken der Angst häufig an einen bestimmten Ausdruck klammert oder sich darum dreht; darüber hinaus wendet King diese Technik an, um zu zeigen, was im Verstand der Figuren vor sich geht und wie dieser Verstand funktioniert. Im zweiten Kapitel von *Dead Zone – Das Attentat,* nachdem Johnny Smith am Glücksrad gewonnen hat und vor dem Unfall, der ihn fünf Jahre lang ins Koma bringt, finden sich viele exzellente Beispiele dafür. Bemerkenswert ist, daß selbst etwas so Visuelles wie das Glücksrad weitgehendst durch Wortmuster in der Rede des Budenbesitzers heraufbeschworen wird.

Bis nur noch ein riesiges schwarzrotes Rad übrig war, das sich in der unendlichen Leere drehte, wie es sie zwischen den Sternen gab, versuchen Sie Ihr Glück einmal, einmal ist Zufall, zweimal ist Glück, he-he-he. Das Rad dreht sich auf und ab, rot und schwarz, der Klöppel tickt an den Bolzen vorbei, und er strengte sich an, um zu sehen, ob der Zeiger bei ∞ haltmachen würde, Haus-Nummer, nur das Haus gewinnt, alle anderen verlieren.[34]

Interessanterweise finden sich bildhafte und verbale Wiederholungen in »Atemtechnik«, einer Novelle von King, die Peter und Susan Straub gewidmet und in Kings Band *Frühling, Sommer, Herbst und Tod* erschienen ist.[35] Der Ausdruck »billige Magie« zieht sich durch die ganze Geschichte, wie viele Ausdrücke in Kings Technik des inneren Monologs: Die unverheiratete Mutter gebraucht ihn, um einen billigen Ehering zu beschreiben, der den Eindruck erweckt, als wäre sie verheiratet und respektabel; später kommt er im Traum des Arztes von ihrem Ende vor und als der Arzt ihr Kind zur Welt bringt. In jedem der beiden letzteren Fälle fügt der Arzt selbst hinzu, daß die Magie zwar billig ist, uns aber nicht mehr zur Verfügung steht. Eine weitere Einheit gewinnt die Geschichte durch die Statue von Harriet White und deren Motto »Ohne Schmerz gibt es keinen Trost – ohne Leiden keine Erlösung«, und natürlich durch die Atemtechnik selbst. Dieses letztere Motiv in »Atemtechnik« ist nicht einmalig in Kings Werk, aber es ist eigentlich typischer für Straub; darüber hinaus hat es durch die Kompaktheit der kürzeren Form in der Novelle eine größere Wirkung als in einem von Kings Romanen, während die Anwendung der Technik in Romanen typisch für Straub ist, aber nicht für King.

Stephen Kings und Peter Straubs Vorgehensweisen beim Aufbau von Handlungen und Struktur eines Romans zeigen einige Einflüsse ihrer Zusammenarbeit und erneut eine große Zahl unabhängig voneinander zustande gekommener Übereinstimmungen. King und Straub schrieben zwar ein Exposé für ihre Zusammenarbeit bei *Der Talisman*, aber normalerweise verwendet keiner der beiden ein Exposé oder Notizen beim alleinigen Verfassen eines Romans.[36] Straub sagt, er habe lediglich für das Ende von *Schattenland* und die letzten zwei Drittel von *Der Hauch des Drachen* ein Exposé geschrieben; ansonsten sei er »blind hineingesprungen und schwamm und versuchte, oben zu bleiben«, wobei er manchmal gewußt habe, was am Ende passieren würde, und manchmal nicht.[37] King sagt, er hätte eine ungefähre Vorstellung davon, was in einem Buch passieren würde, aber er wisse auch, »es wird wahrscheinlich zu einigen Abweichungen kommen«.[38] Es ist interessant, daß *Carrie* und *Wenn du wüßtest*, beides frühe und bahnbrechende Werke für den jeweiligen Autor, als Kurzgeschichten anfingen, die dann einfach zu Romanen wuchsen.[39]

Wegen diesem intuitiven, assoziativen Vorgehen beim Schreiben und dem Fehlen eines strikten Exposés sagen sowohl King als auch Straub, daß sie manchmal von Entwicklungen in ihren eigenen Büchern überrascht werden. Die ungeplanten oder unterbewußt geplanten Entwicklungen in Kings Romanen liegen meistens im Verhalten oder Schicksal der Figuren. So sagt King zum Beispiel, als er *Brennen muß Salem!* geschrieben habe, sei seine Absicht gewesen, am Schluß alle außer dem Schriftsteller sterben zu lassen, aber »ich habe mich in den kleinen Jungen vernarrt, über den ich geschrieben habe, und ich konnte ihn nicht sterben lassen, daher durfte er auch davonkommen«.[40] Im Gegensatz dazu war King, als er *Cujo* schrieb, sicher, daß Tad überleben würde. Sein Bericht darüber, was geschah, als er das Ende schrieb, deutet auf den tiefempfundenen Prozeß des Schreibens hin, der manchmal sogar im Widerspruch zu seinen schriftstellerischen Absichten stehen kann:

> Sie brachte den Hund also schließlich zur Strecke und stieg mit dem Jungen aus, und da sah der Junge aus wie tot; aber ich machte mir keine Sorgen, denn ich dachte mir, wahrscheinlich hatte sein Herzschlag ausgesetzt ... Und daher machte sie Mund-zu-Mund, und ihr Mann kam, und plötzlich wurde mir klar, daß es fünfzehn Minuten später ist und sie immer noch die Heimlich-Methode an ihm übt – ich habe alles so umgeschrieben, daß es sich in ungefähr zehn Minuten abspielt; aber wenn man aufhört, wenn man wirklich aufhört, dann legt man im Gehirn den Rückwärtsgang ein, und das verdirbt alles. Weil alles von irgendwo da unten kommen soll, Sprache, Syntax und das alles. Ich will nicht darüber nachdenken, was zu tun ich mich beim Schreiben entschieden habe, und daher ist mir der Junge einfach weggestorben.[41]

Stephen King neigt dazu, mit einer »Was wäre wenn«-Mutmaßung anzufangen, aus der sich die Handlung und, sekundär, die Figuren ergeben[42], und sich dann davon überraschen zu lassen, was den Figuren tatsächlich zustößt; Straub neigt dazu, mit einer Stimmung oder einem Bild anzufangen und sich dann von der Bedeutung dessen, was vor sich geht, überraschen zu lassen – und wie sie ins Muster der Bilder paßt. Straub richtet die Geschichte danach ein, daß sie eine Anzahl thematischer oder bildhafter »Reime« oder »struktureller Zusammenhänge« bildet[43], und dann tauchen in der Geschichte mehr davon auf, als er eigentlich geplant hatte. Straub sagt, Magnus zum Vater des bösen Mädchens in *Julia* zu machen, »traf mich wie ein Blitzschlag, als ich das Buch schrieb«.[44] Als Straub seinem Lektor die beiden ersten Drittel von *Schattenland* vorlegte, fragte dieser, ob Rose Armstrong eine Meerjungfrau sei. »Da fing ich an, darüber nachzudenken«, berichtet Straub, »und ich kämpfte eine Weile gegen diese Vorstellung an, aber dann schien sie mir plötzlich einfach *perfekt* zu sein.«[45]

Daß King und Straub das Schreiben zum Zeitpunkt der Komposition so unmittelbar empfinden, trägt wahrscheinlich zur emotionalen Wirkung ihrer Romane auf den Leser bei. Die ähnlichen Vorgehensweisen – die Fähigkeit, ein Exposé zu verwenden, aber dennoch stets zu improvisieren – ermöglichte es ihnen, bei *Der Talisman* zusammenzuarbeiten; wichtiger noch, es verleiht ihren jeweiligen Werken trotz vieler Unterschiede eine ähnliche Atmosphäre.

Was die Fähigkeit betrifft, Handlungsgerüste zu entwickeln, hat

Straub, bewußt oder unbewußt, eine Menge von Stephen King gelernt. Doch wieder gilt, daß King Straub zwar Motive und Techniken zum Aufbau komplexerer Handlungen lieferte, die Tendenz und Fertigkeit aber bereits vorhanden gewesen sein muß; das zeigt sich besonders in der kunstvollen und wirksamen Manipulation von Raum und Zeit in *Der Hauch des Drachen*, die ungleich besser als Kings fesselnde, aber manchmal linkische Art des Handlungsaufbaus in Romanen wie *Das letzte Gefecht* ist.

Straubs frühe Schauerromane *Julia* und *Wenn du wüßtest* waren vergleichsweise einfach, mit einer Handvoll Personen und nur einer Handlung. Die Lektüre von Kings Büchern, besonders *Brennen muß Salem!*, hat Straub geholfen, den größeren Maßstab und den komplexeren Charakter der Handlung von *Geisterstunde* zu entwerfen. Zunächst einmal lieferte die Kenntnis von Kings Werk Straub ein Grundmuster, dem er folgen konnte. »Brennen muß Salem!«, sagt er, »hat mir in gewisser Weise gezeigt, wie man alle diese Figuren organisieren kann. Ich habe einfach Stephen Kings ›Methode‹ verwendet, und das hat mir geholfen, alles auf die Reihe zu kriegen. *Geisterstunde* ist in vieler Hinsicht ganz anders als *Brennen muß Salem!*, aber ich habe auf jeden Fall seine Methode geborgt, die Stadt zu organisieren.«[46]

Wichtiger als die Techniken, die Straub für *Geisterstunde* borgte, ist die Motivation, die der Kontakt mit King brachte. »Jedesmal, wenn man ein Buch schreibt«, bemerkt Straub, »muß man die ganze Zeit so ziemlich das ganze Buch im Kopf haben. (. . .) Ich dachte immer, daß ich das könnte (. . .) aber ich hatte nie den Mut, es zu versuchen, bis [*Geisterstunde*].« Ein Grund, weshalb er es versuchte, sagt Straub, ist der, daß »ich Stephen King kennenlernte, und ich dachte mir: ›Nun, wenn er es konnte, sollte ich es eigentlich auch können.‹ Und ich war beeindruckt von dem, was er vollbringen konnte, und ich dachte mir, wenn ich einen bleibenden Eindruck hinterlassen wollte, würde ich etwas Größeres als bisher versuchen müssen.«[47]

Straub verfügt eindeutig über die Fähigkeit, komplexe Handlungsmuster zu entwerfen, wie seine späteren Bücher zeigen. Er selbst sagt: »Wie sich herausstellt, denke ich mir (. . .) sehr, sehr komplizierte Handlungen aus. Sie erfinden sich irgendwie selbst.«[48] *Der Hauch des Drachen* ist eine virtuose Darbietung ineinander verwobener Handlungsstränge, es ist viel stilisierter und kunstvoller als Kings Bücher und enthält zahlreiche Muster von Zwischenspielen, Andeutungen von vergangenen und zukünftigen Ereignissen und Vor- und Rückblenden. Ereignisse dienen als »loci«, bei denen mehrere Figuren im Spiel sind, deren Reaktionen sich nach vorne und hinten im Text auswirken und dabei die strenge zeitliche Abfolge von Ursache und Wirkung, wie wir sie kennen, unterminieren: Daher dienen Geschehnisse wie diejenigen, als Patsys Mann mit einer Waffe weggeht und Tabby Patsy begegnet, oder als eine Person an einem Restaurant vorbeigeht und Tabby mit Bruce und Dickie Norman sieht, dazu, die Handlung des Romans zu zentrieren, während sie ihre eigene Bedeutung als Treffpunkte der Bruderschaft im Roman haben. Straub erzeugt durch diese Technik Spannung, aber manchmal macht das Gefühl künstlerischer Ausgewogenheit, das sie dem Roman verleiht, ihn zwar unterhaltender, aber nicht notwendigerweise unheimlicher.

Kings Ineinanderweben von Nebenhandlungen ist einfacher, aber ebenso wirksam, was die unterschiedlichen Ziele betrifft, die er in seinen Romamen damit verfolgt. Die Rahmenhandlung in *Brennen muß Salem!* versichert dem Leser, daß Ben und Mark die Vampire überleben, aber es werden generell Vorausblenden und (weniger häufig) Rückblenden verwendet, um ein Gefühl des Unbehagens zu erzeugen; die eingestreuten Artikel und Aussagen in *Carrie* sind ein deutliches Beispiel dafür, doch King zieht in allen Büchern seinen Nutzen aus dieser Technik. In *Das letzte Gefecht* schafft der Einsatz mehrerer Nebenhandlungen Spannung, wenn ein Handlungsstrang unterbrochen wird – häufig in einer Gefahrensituation, wie sie eines jeden samstagvormittäglichen Serials würdig wäre – und andere fortgesetzt werden. Das mögen zwar manche Leser ärgerlich finden, aber King besitzt ein bewundernswertes Gespür dafür, wann genau die Leser ein unerträgliches Verlangen dafür verspüren, zu einem bestimmten Handlungsstrang zurückzukehren, und er kehrt genau an dieser Stelle dorthin zurück.

Abgesehen vom Aufbau von Spannung benützt King den Wechsel von Handlungssträngen auch dazu, die übernatürliche Bedrohung und die natürliche Entwicklung von sozialen Themen und Hintergrund der Personen in seinen Romanen ins Gleichgewicht zu bringen. King und Straub wissen beide, daß das übernatürliche Element thematisch mit anderen Entwicklungen im Buch zusammenhängen muß. Straub sagt: »Es ist (. . .) in diesem Genre wichtig, daß das Böse, das Grauen, nicht einfach so aus dem Blauen kommt wie etwas Erfundenes; es sollte von den Figuren selbst kommen.«[49] Stephen King zeigt überall in *Danse Macabre*, daß er sich darüber im klaren ist; dort führt er Horror-Werke vor, die ihre Angst von sozialen Belangen, persönlichen Ängsten, grundlegenden menschlichen Ängsten wie Angst vor dem Tod und der Verlockung und dem Schrecken des Narzißmus ableiten: »daß die Monster nicht mehr nur auf der Maple Street erscheinen, sondern ganz plötzlich in unserem eigenen Spiegel auftauchen können – jederzeit«.[50] Daß beide Autoren dieses Wissen in ihre Werke einfließen lassen, unterscheidet sie von den meisten Horror-Taschenbüchern, in denen das übernatürliche Element nichts mit den Figuren zu tun und daher auch keinen echten thematischen Zweck hat.

Im Aufbau gelingt Straub die Verschmelzung von Natürlichem und Übernatürlichem auf jeden Fall besser. Dafür haben Kings Figuren manchmal mehr Tiefe, Geschichte und Einzelheiten als die von Straub: Wie Alan Ryan es ausgedrückt hat, handelt es sich um Figuren, die »schon gelebt zu haben scheinen, bevor die Geschichte anfängt«; ihnen »fallen Dinge auf, die auch uns auffallen; sie empfinden das, was wir auch empfinden würden«.[51] Der umfangreiche Hintergrund der Figuren vor dem Eindringen des übernatürlichen Elements hat zwar seine Vorteile, aber häufig ist die Folge, daß der resultierende Roman in zwei verschiedene Richtungen zieht, wobei zwei Entwicklungen einander bekämpfen anstatt zusammenzuwirken.

James van Hise wählt *Shining* als Beispiel von Konflikten bei der Entwicklung[52], aber ich glaube, die meisten Kritiker würden mit mir darin übereinstimmen, daß es sich hierbei um ein Gegenbeispiel handelt, bei dem Jacks alkoholisierte Wut und das Böse des Overlook Hotels sich nicht nur gegenseitig Nahrung zuführen, sondern irgendwie grundsätzlich ein und dasselbe sind. Jedoch haben viele von Kings Romanen Probleme damit; Don Herron führt recht überzeugend aus, daß der wahre Horror in Kings Romanen gar nicht übernatürlicher Natur sei und in manchen Fällen, beispielsweise *Brennen muß Salem!*, die übernatürlichen Elemente nicht besonders fesselnd wären.[53] *Christine* und *Cujo* sind Beispiele dafür, wie diese Trennung fast, aber nicht ganz, Kings Fähigkeiten, damit zurechtzukommen, übersteigt. King erwähnt jemanden, der »sagte, daß ihn die unheimlichen Elemente meiner Bücher nicht ansprechen – daß er ausgestiegen sei, als das menschenfressende Auto auftauchte. Was ihm in *Christine* gefallen habe, sei die Beziehung zwischen Arnie Cunningham und seinen Eltern gewesen – mit anderen Worten, die ›echten‹ Stellen«, aber jemand anders sagte, »was ihr gefallen habe, seien gerade die unheimlichen Elemente gewesen, dieser Aspekt davon«.[54] Das Problem hierbei ist nicht – wie Herron andeutet –, daß King einem den Vorzug über das andere geben sollte, sondern daß er, wenn der Horror vollkommen aus den Figuren und dem Ort der Handlung erwächst, überhaupt gar keine Möglichkeit mehr hat, etwas den Vorzug zu geben.

Der zweite Hauptgrund für die Verwendung verflochtener Handlungsstränge ist für Stephen King, psycho-soziale und übernatürliche Szenen ins Gleichgewicht zu bringen, wenn schon nicht miteinander zu verschmelzen. In *Das letzte Gefecht* hielten Szenen mit dem Walkin' Dude die übernatürliche Spannung aufrecht, während er Figuren wie Harold, Frannie, Stu und andere herausarbeitete. In Büchern wie *Feuerkind* und *Dead Zone – Das Attentat*, in denen keine inhärente Verbindung zwischen der Gabe und der Persönlichkeit existiert – eine alltägliche Person wie Carrie White kann nicht so aussehen, als wäre ihre Begabung genau auf sie zugeschnitten –, sind die übersinnlichen Ereignisse sehr sorgfältig ausgeglichen mit Szenen, die Charlie und ihren Vater zusammen oder Johnny Smith beim Unterrichten zeigen, so daß kein Aspekt des Buches die Oberhand gewinnt.

Bedenkt man dieses Geschick beider Autoren beim Aufbau so unterschiedlicher Stränge, ist die Struktur von *Der Talisman* ein wenig enttäuschend. Selbstverständlich vereinfacht das Thema der Queste – der Suche – die Handlung notwendigerweise, darüber hinaus war die endgültige Planung des Buches um ein Vielfaches kürzer als das ursprüngliche fünfundzwanzig- oder dreißigseitige Exposé. Die Autoren nennen es ihren »großen Thanksgiving-Putsch«, als das Buch, mit Douglas Winters Worten, »radikal auf seine Veröffentlichungsform und Länge zurechtgestutzt wurde«, da die volle Version, die auf dem Exposé beruhte, Tausende Seiten umfaßt hätte.[55] Diese Begrenzungen von Zeit und Energie sowie die Rücksichtnahme auf den Verlag sind verständlich, aber dem Endergebnis fehlt manchmal das Gefühl des Unausweichlichen, das aus Straubs Stil resultieren kann, und die Glaubwürdigkeit, die Kings Figuren und Geschichten haben können, weil sie so fest im Alltäglichen verwurzelt sind.[56]

Erfolgreicher ist die Verschmelzung thematischer Belange beider Autoren in *Der Talisman*, besonders die Entwicklung Jack Sawyers vom Knaben zum Mann, sowie die Untersuchung des amerikanischen Traums und des Alptraums, der er in der gegenwärtigen sozialen und politischen Situation manchmal werden kann.

Beide Autoren haben in ihren individuellen Büchern ausgezeichnet über Kinder geschrieben. King neigt dazu, über kleine Kinder und Heranwachsende zu schreiben, und legt besonderen Wert darauf, die Welt des Kindes so zu zeigen, wie sie ist, wozu selbstverständlich auch das Wachstum gehört. Wie Charles Grant gesagt hat: »Nach [Kings] Meinung sind Kinder auf ihre Weise ebenso komplex wie Erwachsene und sollten mit ebensoviel Würde behandelt werden.«[57] Herausragende Beispiele dafür sind Charlie McGee und Danny Torrance, aber sie sind beileibe nicht die einzigen. Straub zeigt ebenfalls Verständnis für diese Komplexität und Würde von Kindern, aber sein Augenmerk richtet sich mehr auf Jungs (im Gegensatz zu King hat er nie ein junges Mädchen als Hauptperson gehabt), die gerade einen Fuß im Erwachsenenwerden haben und nun diesen schmerzlichen Übergang bewerkstelligen müssen, da man nicht zurückgehen kann. Straub hat gesagt, dieses Thema in *Schattenland* sei auf Bruno Bettelheims Buch *Kinder brauchen Märchen*[58] zurückzuführen, aber Peter Barnes und Tabby Smithfield sind bemerkenswerten Anforderungen und Veränderungen ausgesetzt.

In *Der Talisman* sucht Jack Sawyer nicht nur nach der Magie, die seine sterbende Mutter retten und die Region erneuern kann, sondern auch nach seiner Mannwerdung: wie es im Zitat aus *Tom Sawyer*, das den Roman beschließt, heißt: »So endet diese Geschichte. Da es, strenggenommen, die Geschichte eines *Jungen* ist, muß hier Schluß sein; die Geschichte könnte nicht weitergehen, ohne zur Geschichte eines *Mannes* zu werden.«[59] Der Unterschied zwischen Jack, dem es um Reife geht, und seinem Freund Richard Sloat, der sich lieber in kindliche Verantwortungslosigkeit zurückziehen würde, ähnelt in mancher Hinsicht dem zwischen Tom und Del in Straubs Roman *Schattenland*. Er gleicht auch auf seltsame Weise dem Unterschied zwischen Charlie McGee in Kings *Feuerkind* und seiner Heldin aus dem gleichnamigen Buch; Carrie ist zwar chronologisch gesehen älter, aber sie wird von ihrer Fähigkeit beherrscht, während Charlie entschlossen ist, ihre zu beherrschen. Jack bekommt am Anfang seiner Suche Hilfe von Speedy Parker, einem Farbigen, der die Rolle der sicheren und wohlmeinenden Vaterfigur spielt, die ihre Vorbilder in Dick Halloran aus *Shining* und Speckle John/Bud Copeland aus *Schattenland* hat. Aber nachdem Jack seine Reise erst einmal begonnen hat und Morgan Sloat, die böse Vaterfigur, dominiert, sind Speedy Parkers Fähigkeiten, Jack zu helfen, deutlich eingeschränkt.

Im allgemeinen gilt, was Douglas Winter sagt: »Jack Sawyers Suche nach dem Talisman findet wenig Trost, weder in unserer Welt noch in der Region; das Leben auf der Straße ist eine alptraumhafte, demoralisierende Erfahrung.«[60] Ein Grund dafür ist der, daß *Der Talisman* nicht nur die Geschichte eines Jungen ist, der erwachsen wird, sondern darüber hinaus eine Landschaft der amerikanischen Gesellschaft und ihrer Werte; das entworfene Bild ist düster. Straub sagt: »Was Steve [King] als ›Reagans Amerika‹ bezeichnet, ist in allen Elementen enthalten, die wir für das Buch gesammelt haben. Das Buch scheint vom Sterben des Landes zu handeln, von der schrecklichen Vergiftung des Landes.«[61] Die reine Luft der Region ist ein verurteilender Kontrapunkt zum Kohlenwasserstoffgestank unserer Welt, und das »verwüstete Land« der Region ist wahrscheinlich auf unseren Militarismus zurückzuführen.

King und Straub zeigen in ihren individuellen Werken verschiedene Betrachtungsweisen der amerikanischen Geschichte, aber beide fügen sich ausgezeichnet zum Porträt Amerikas in *Der Talisman* zusammen. Kings Betrachtungsweise ist traurig, aber hoffnungsvoll: Die grenzenlosen Versprechungen des besten Amerika machen Verrat und Scheitern um so schlimmer, aber irgendwie besteht noch immer Hoffnung auf Besserung. In *Danse Macabre* erinnert sich King an die Desillusionierung und Angst, die er empfand, als die Russen den Sputnik in die Erdumlaufbahn geschossen hatten, aber gleichzeitig schildert er leidenschaftlich, was er vorher empfunden hat:

> Desweiteren hatten wir [die USA] eine große Geschichte, von der wir zehren konnten (alle kurzen geschichtlichen Abschnitte sind große Abschnitte). (. . .) Jeder Grundschullehrer zitierte zum Vergnügen seiner Schüler dasselbe Wort; ein Zauberwort, das glitzert und leuchtet wie ein wunderschönes Neonschild; ein Wort von fast unglaublicher Kraft und Anmut; und dieses Wort heißt: PIONIERGEIST. Ich und meine Altersgenossen wuchsen wohlbehütet mit dem Wissen um Amerikas PIONIERGEIST auf (. . .) Wir waren, wie es in diesem sarkastischen, amerikanischen Ausspruch heißt, die Schnellsten und Besten mit dem meisten, und das waren wir immer gewesen.[62]

King ist enttäuscht und sogar wütend darüber, was aus dem amerikanischen Traum geworden ist, aber er glaubt immer noch an dessen Botschaft von Eroberung von Grenzen und einfacher menschlicher Güte. Diese Dichotomie kann man im Kontrast zwischen Irv Manders und dem Shop in *Feuerkind* sehen und natürlich in der gesamten Grundlage von *Das letzte Gefecht*.

Straubs Vision des amerikanischen Erbes ist literarischer und melancholischer. Er, der von frühen amerikanischen Schriftstellern wie Hawthorne und Cooper beeinflußt wurde, sieht die Grenze weniger als vielversprechendes Potential, sondern mehr als furchteinflößende Leere mit ungeklärter Geschichte und Bestimmung an. In den meisten Romanen Straubs finden sich offene Scham und Schuld angesichts des Landes, implizit in *Wenn du wüßtest* und *Geisterstunde*, ziemlich explizit in *Der Hauch des Drachen*. Straub sagt, als er das College besucht habe, hätte ein Lehrer eine Kurzgeschichte von Faulkner erwähnt und »etwas gesagt, das mir durch und durch ging (. . .) ›ein sexuelles Verbrechen in der Vergangenheit‹.« Anschließend spekuliert er, daß dieser Satz das grundlegende Thema all seiner Romane summiert.[63] Tatsächlich sind in Straubs Romanen, wie in vielen Romanen Faulkners, sexuelle Schuld und die Schuld des Landes untrennbar verflochten – und beide sind unvermeidlich. Es ist interessant, das unvermeidliche und historische Böse von *Der Hauch des Drachen* und das Böse von *Brennen muß Salem!*, das weitgehend vom Marstenhaus, möglicherweise aber auch nur durch Zufall angezogen wird, miteinander zu vergleichen.

Diese beiden Ansichten von Amerika, seiner Geschichte und seinen Versprechungen passen in *Der Talisman* gut zusammen. Die Infektion, die unsere Kultur in die Region trägt, ist eine Quelle unerklärlicher Schuld und erwächst so unvermeidlich wie der Tod durch einen unheilbaren Makel in unserem Land; doch Jacks großer amerikanischer Traum der Suche ist auf seine Weise zum Glück erfolgreich, und trotz des unveränderten Zustands herrscht das Gefühl vor, daß sich manches eben doch in Ordnung bringen läßt.

Beide Themen des Romans, das der persönlichen Reife und das der amerikanischen Gesellschaft, werden durch die metafiktiven Resonanzen in *Der Talisman*, die besonders an Straubs Romane erinnern, noch deutlich hervorgehoben. King zitiert häufig Literatur von »Christabel« bis zum Magazin *Vampirella;* diese Anspielungen sind unterhaltend, aber nicht wirklich metafiktiv. Sie verwurzeln die Geschichte in unserer Welt und liefern gewissermaßen einen assoziativen Kontext, und sie erfreuen den Horror-Kenner, sind aber für das Werk selbst grundsätzlich von nebensächlicher Bedeutung, wie Don Herron nachgewiesen hat.[64] Damit soll freilich ihre Bedeutung nicht geschmälert werden, wie Mr. Herron das tut; sie dienen wiederum als ein weiteres verbales Motiv, das King verwenden kann, während sie den Brennpunkt der Erzählung auf Situationen richten, die unserer akzeptierten Sehweise »echter« Menschen und Ereignisse entsprechen. Straubs Werk ist häufig insofern wahrhaft metafiktiv, als literarische Anspielungen auch Ereignisse in den »wirklichen« Personen der Romane strukturieren können, beispielsweise als Sears James von einem Erlebnis berichtet, das, wie der Leser weiß, auf Henry James' *Die Daumenschraube* basiert.

In *Der Talisman* finden sich beide Formen literarischer Anspielungen. Douglas Winter hat aufgezeigt[65], daß der Spaß des Romans zum Großteil in Anspielungen besteht, die beinahe spielerisch einfließen und sich auf die Bücher anderer Autoren oder Kings und Straubs eigene Werke beziehen: Rainbird Towers, eine Anspielung an die Figur in *Feuerkind;* und die Zeile »als wir alle in Kalifornien lebten, und niemand anderswo lebte«, die verballhornte Version eines in *Schattenland* immer wiederkehrenden Ausdrucks. Von grundlegender Bedeutung für Figuren, Handlung und Entwicklung von *Der Talisman* – vergleichbar mit der Rolle, die die Geschichte der Schauerromantik in *Geisterstunde* spielt, oder des Märchens in *Schattenland* – sind zwei Arten von Literatur: Mark Twains Bücher über Huck Finn und Tom Sawyer, einschließlich weniger bekannter Bücher wie *Tom Sawyer Abroad;* und heroische oder »Queste«-Literatur »wie die Geschichte von Jesus, die Geschichte von König Artus, Sir Gawain und dem grünen Ritter«.[66] Letztere waren beim Verfassen von *Der Talisman* wahrscheinlich wichtiger als erstere, aber erstere waren wahrscheinlich, wenn schon sonst nichts, nützlich wegen ihres rein amerikanischen Tons und der Schilderung eines glaubwürdigen Menschenjungen, der erwachsen wird.

Zwei weitere Hauptthemen in *Der Talisman* lassen sich ebenfalls durch Staubs und Kings individuelle Laufbahnen zurückverfolgen, nämlich das der Epistemologie und das von Gut und Böse. Diese Fragen sind für die menschliche Erfahrung von so grundlegender Bedeutung, daß man sie wahrscheinlich in jedem guten Roman finden kann, aber die Verfasser von übernatürlicher Literatur haben Vorteile bei der Beantwortung dieser Fragen innerhalb der Universen ihrer Bücher; King und Straub haben zu diesen Themen einige Glanzlichter ihrer Werke geschrieben.

Ein Verfasser von übernatürlicher Literatur, dessen Figuren Wesen und Phänomene als wirklich erachten, an die der Leser im allgemeinen nicht glaubt, ist in einer einmaligen Position, epistemologische Fragen zu erforschen. Straub sagt, als er *Geisterstunde* geschrieben habe, hätten ihm die Stellen ganz besonders gefallen, »bei denen die Figuren selbst nicht wissen, was wirklich ist. Sie wurden in etwas Unbekanntes gestoßen und müssen herumtasten und herauszufinden versuchen, was los ist.«[67] Diese Art Szenen gewinnen in *Schattenland* und *Der Hauch des Drachen* mit ihren vielfachen Schichten von Halluzinationen, außersinnlichen Wahrnehmungen, geistiger Beeinflussung und tatsächlichen übernatürlichen Geschehnissen eine zentrale Bedeutung. In den meisten Büchern Kings kommen unglaubliche Ereignisse vor, aber sie werden schlicht und einfach so präsentiert, als würden die Figuren daran glauben – tatsächlich hat Straub darauf hingewiesen, daß das eine Methode ist, wie King den Leser dazu bringt, sie ebenfalls zu glauben.[68] Hierzu gibt es zwei wichtige Ausnahmen: Kings »Schattenland«-hafteste Bücher, in denen die Wirklichkeit unmerklich und unumkehrbar dem Surrealen weicht, sind *Shining*, das Straub sehr beeinflußte, und »Atemtechnik«, in dem der Einfluß wieder auf King zurückfiel.

Es ist kein Zufall, daß Straub in einem Interview auf eine Bemerkung über die »wunderbar ornamentale« Komplexität von *Shining* mit einer eigenen Bemerkung über »den Wechsel zwischen Innenwelt und Außenwelt, das Jonglieren mit Fantastischem und Wirklichem« in *Geisterstunde* antwortet: »Ich habe mich mit meinem eigenen Erfindungsreichtum überrascht.«[69] *Brennen muß Salem!* war ein Haupteinfluß auf Straubs Werk, was Aufbau anbelangt, *Shining* war ein Haupteinfluß auf Straubs Handhabung des Übernatürlichen.

Ein Vergleich zwischen *Shining* und *Schattenland* ist faszinierend, wegen der großen Gemeinsamkeiten ebenso wie wegen der deutlichen Unterschiede. In beiden Fällen bringt ein Junge mit übersinnlichen Fähigkeiten Kräfte in Gang, die er nicht kontrollieren kann und die ihn fast umbringen: Danny Torrance im Overlook wird mit einem Schlüssel verglichen, der eine Uhr aufzieht[70], und Tom Flanagans Macht, die die Ereignisse in der Carson School auslöst und von Cole im Schattenland benützt wird, wird mit einer »starken Batterie« gleichgesetzt.[71] Toms Macht freilich wirkt von innen nach außen und bringt seine Träume, Alpträume und sein Bemühen zu Skeleton Ridpath und anderes hervor; Dannys Fähigkeit ermöglicht es dem Overlook, von außen zu arbeiten, indem es seine Geschichte zu einem Teil von Dannys übersinnlicher Wirklichkeit macht.

Die Gespenster in Shining mögen Straubs Fantasie angeregt und seine »Ambitionen geschürt« haben, das Zusammenwirken von Innenwelt und Außenwelt zu erforschen und Tricks mit der »Wirklichkeit« zu spielen. Shining ist ein Buch von King, bei dem der Leser häufig im Zweifel ist, was die Natur einer Erscheinung anbelangt. Als in Christine der tote ehemalige Besitzer des Autos, LeBay, hinter dem Lenkrad erscheint, haben sich so viele unerklärliche Ereignisse zugetragen, daß der Leser bereit ist, Spuk als Erklärung zu akzeptieren; aber Jack Torrances Unterhaltung mit dem Barkeeper Lloyd in Shining scheint anfangs eine Halluzination zu sein und verändert die Stimmung nicht, auch dann nicht, nachdem die »Halluzinationen« den Riegel der Vorratskammer öffnen und Jack freilassen. Die kurzen Szenen mit dem Hundemann und den anderen Gespenstern des Overlook haben einen surrealen Hauch an sich, der in anderen Romanen Kings fehlt.

Einerlei, welchen Einfluß Shining auf Straubs Entwicklung seiner epistemologischen Themen hatte, er ging auf eine Weise damit um, an der King keinerlei Interesse mehr zeigte. Charlie McGees Entwicklung ihrer Begabung in Feuerkind und die von Tom Flanagan in Schattenland verlaufen weitgehend ähnlich – der Shop, Geldmangel –, aber die von Tom beeinflussen dessen Wahrnehmung des Universums. Selbst Charlies Kampf mit ihrem eigenen Wunsch, ihrer Begabung freien Lauf zu lassen, werden subjektiv gezeigt, aber nicht auf die schemenhafte Weise wie Toms Bemühungen; soll heißen, King führt uns zwar einfühlsam und geschickt in Charlie McGees Verstand, aber der Leser verliert nie das Gefühl für die Trennung zwischen ihrem Verstand und der externen Wirklichkeit, wie das in Toms Fall häufig ist.

In »Atemtechnik« verbindet King das realistische Setting mit einer surrealen Unsicherheit, die er möglicherweise bewußt bei Straub abgekupfert hat, um den verführenden, aber furchteinflößenden Klub in 249B East 35th Street zu erschaffen. Abgesehen vom bereits erwähnten imagistischen Muster steht die Geschichte wahrscheinlich

400

Kings anderer »Geschichte-in-der-Geschichte«, nämlich »Der Mann, der niemandem die Hand geben wollte«[72], näher als Straubs Werken. Durch die »ganze Vorstellung von alten Tattergreisen, die herumsitzen und einander Geschichten erzählen«[73], was der gesamten Geschichte den Rahmen gibt, ist »Atemtechnik« am meisten mit Straubs Büchern verbunden, und natürlich durch bewußte Anspielungen auf *Geisterstunde.* Die Bücher in den Regalen des Klubs, die in keinem Katalog und keiner Bibliographie erwähnt werden, die scheinbar endlosen Flure, und die Fragen, die unerklärlicherweise gar nicht gestellt werden, ziehen den Leser unmerklich in eine so seltsame Trugwelt, daß sie auf furchteinflößende Weise unwirklich ist, und dennoch unmittelbar genug, um auf furchteinflößende Weise wirklich zu sein – ein gnädigeres, aber deshalb nicht weniger beunruhigendes Schattenland. Wie Charles Grant ausgeführt hat, resultiert der Schrecken des Klubs-der-nicht-exakt-ein-Klub-ist mehr aus Indirektheit als aus direkter Darstellung[74] und könnte auch diesbezüglich eine Hommage an Staub sein.

Abgesehen davon, daß sie das Thema aufwarfen, was wirklich ist und was nicht – oder das verschiedener Arten der Wirklichkeit –, mögen die Unterhaltungen mit Lloyd im Overlook Hotel Straub auch noch auf eine andere Weise beeinflußt haben. Anders als die traditionellen heulenden Gespenster oder gar Skelette sind die Geister in *Shining* auf erschreckende Weise normal – natürlich davon abgesehen, daß sie tot sind. Selbst die, bei denen man ihre tödlichen Verletzungen oder Verwesungsspuren noch sehen kann, wie zum Beispiel die Frau in der Badewanne, gehen und sprechen vollkommen gelassen, was in vieler Hinsicht einen größeren Schrecken erzeugt als Übertreibungen.

Darüber hinaus sind sämtliche Gespenster in *Shining* mörderisch – selbst die, die in ihrem Leben bestenfalls korrupt waren –, und zwar nur, weil sie eben tot sind. In *Danse Macabre* weist Stephen King darauf hin, daß die meisten von uns schon Geschichten über gütige Geister gehört oder gelesen haben werden, er selbst hat sogar Nick Andros' Gespenst eine gütige Rolle in *Das letzte Gefecht* zugewiesen, aber »für den Horror-Roman muß das Gespenst böse sein.«[75]

Diese Charakteristiken treffen auch auf die Gespenster in *Geisterstunde* – die freilich gar keine richtigen Gespenster sind, sondern gestaltverändernde unsterbliche Kreaturen – und besonders in *Der Hauch des Drachen* zu. Das Kind in *Julia* ist zwar so solide, daß es eine wirkliche Person sein könnte, aber das Ganze wird beinahe als Vision präsentiert, daher bleibt der Schock der anderen Bücher aus, die Entrüstung, die der Leser empfindet, wenn Richard Albee mit seiner toten Frau konfrontiert wird, die (anfangs) genau so aussieht wie zu

Lebzeiten. Ebenso kommt Alison Greening in *Wenn du wüßtest* als rächender Geist von den Toten zurück, aber sie hat einen Grund und ist letztlich zugänglich. Der Kontakt mag verblüffend sein, aber es ist möglich[76]; die ertrunkenen Kinder in *Der Hauch des Drachen*, die zu ihren Müttern zurückkehren, oder die Toten ganz allgemein, sind vollkommen unfähig zu denken. Es gibt bestenfalls, wie bei der Frau in Zimmer 217, »ihr Denken war Wehtun . . . wie an dem Abend die Wespen in meinem Zimmer.«[77]

Der Hauch des Drachen präsentiert das trostloseste Bild vom Tod und den Toten, aber gleichzeitig das positivste der universellen Kräfte von Gut und Böse. Als er nach dem Bösen in seinen Büchern gefragt wurde, sagte Straub, der zu der Zeit an *Der Hauch des Drachen* schrieb: »Es ist sehr mächtig. Ich habe tatsächlich immer Mühe, mir vorzustellen, wie Menschen dagegen gewinnen können, denn mir scheint immer, wenn man ein wirklich einseitiges, entschlossenes, übernatürliches Böses gegen Menschen antreten läßt, dann müssen sich die Menschen ganz schrecklich anstrengen, um es zu besiegen.«[78] In *Der Hauch des Drachen* gibt es neben der Freundschaft und Entschlossenheit der beteiligten Personen auch eine universelle Kraft des Guten, die die vier Gegenspieler des Bösen unterstützt. Die Szenen, als ihre Waffen in Flammenschwerter verwandelt werden, besonders als Richard letztlich den Drachen tötet[79], gleichen, was Bilder und Stimmung betrifft, den Szenen in *Brennen muß Salem!*, als die Waffen der Vampirjäger glühen, zuerst die Äxte und dann ihre eigenen Hände.[80]

Die Kraft ist in keinem der beiden Fälle das, was der Leser erwartet hat. Wie King in *Brennen muß Salem!* sagt: »Das Gute war elementarer, weniger ausgeklügelt.« In einem Interview führt King das weiter aus: »Ich sehe das Gute nicht als ausschließlich christliche Kraft an. Ich betrachte es als weiß. Weiß. Nur unglaublich mächtig, etwas, das einen überfahren würde, stünde man ihm im Weg.«[81] Die Gemeinschaft in *Der Hauch des Drachen* findet es herausfordernd und praktisch unverständlich.

Das Konzept der weißen Macht ist in Kings *Brennen muß Salem!* und *Das letzte Gefecht* und in Straubs *Der Hauch des Drachen* nicht nur sehr ähnlich, es bildet auch eine Ausnahme im Genre. In Horror-Romanen – einschließlich Straubs früheren Büchern – ist es üblicher, sich gar nicht damit auseinanderzusetzen, und zwar wegen der Faszination des Bösen, wie King ausführt[82], oder weil das Blatt, wie Charles Grant gesagt hat, »mit so wenig Geschick, daß das Ergebnis auf monotone Weise vorhersehbar wird«[83], gemischt wird. Die weiße Macht konzentriert sich auf das Gute und bringt Hoffnung, während sie Plattheit und zu dick aufgetragene Allegorie vermeidet. Die Kräfte von

402

Gut und Böse in *Der Talisman* sind ähnlich, obwohl dort die Unterstützung nicht so offensichtlich und ungleich schwerer zu erringen ist.

Was Stil, Aufbau von Romanen und thematische Entwicklung anbelangt, haben King und Straub in den Jahren, seit sie sich kennenlernten, viel erreicht. Straub sagt, als sie sich trafen, »hatte er eine galvanisierende Wirkung auf mich. Ich spürte, wie hart er arbeitete; das drückte seine Persönlichkeit aus. (. . .) Ich dachte mir: ›Jetzt weiß ich, was ich tun muß‹, und meine Fantasie machte sich auf die Reise.«[84] Die Freundschaft mit King hat Straub eindeutig Gutes getan, aber er hat das Schreiben schon vorher stets sehr ernst genommen und sich bereits ansatzweise in viele Richtungen entwickelt, die ihm Kings Bücher schließlich gezeigt haben, was einige Zweifel an der gesamten Vorstellung von »Beeinflussung« hervorruft; dasselbe könnte man über einige Aspekte von *Der Talisman* sagen, die Straubs Büchern ähnlicher sind. King und Straub bilden in vielerlei Hinsicht ein Beispiel für konvergente literarische Evolution, sie trafen sich, als beide gerade angefangen hatten, Pläne für ihre eigene Literatur und für das Genre des Übernatürlichen oder Horrors allgemein zu entwickeln.

Die Techniken und Vorgehensweisen von Stil, Aufbau und Thema sind für jeden Schriftsteller grundlegend, aber noch grundlegender ist der Wunsch, eine emotional fesselnde Geschichte zu erzählen, sowie die Einfühlsamkeit und Aufrichtigkeit, dazu auch imstande zu sein. Als er gefragt wurde, welches das bedeutendste Element beim Verfassen von Horror sei, antwortete King: »Die Figuren. Man muß die Personen der Geschichte lieben, weil es ohne Liebe und Gefühle keinen Horror geben kann.«[85] Ganz ähnlich sagt Straub, *Geisterstunde* ist »ein sehr erschreckendes Buch, weil ich sehr an meine Figuren *geglaubt* habe – ich habe sie sogar geliebt. (. . .) Als die Figuren dann bedroht wurden, verspürte das auch der Leser als Bedrohung.«[86] Diese Liebe zu den Figuren und zum in der Geschichte geschilderten Leben dieser Figuren ist das Herz der Bücher von King und Straub und erklärt nicht nur ihren gegenseitigen Respekt und ihre Freundschaft, sondern auch den Respekt und die Freundschaft, die ihnen ihre Leser entgegenbringen.

Anmerkungen

1 Peter Straub: »Mein Freund Stevie«, Tim Underwood und Chuck Miller (Hrsg.): FEAR ITSELF (San Francisco/Columbia 1982, Underwood-Miller), S. 11–12

2 Stephen, King: »Peter Straub: An Informal Appreciation«, Pro-

grammbuch *World Fantasy Convention '82*, hrsg. von Kennedy Poyser (New Haven 1982), S. 30

3 Straub, S. 11
4 Douglas E. Winter: *Stephen King: The Art of Darkness,* New York 1982, New American Library, S. 138
5 Straub, S. 12
6 Straub: »Mein Freund Stevie« und Winter, *Art of Darkness;* vergleiche auch: Douglas E. Winter: »Stephen King, Peter Straub, and the Quest for the Talisman«, *Twilight Zone Magazine,* January/February 1982, S. 62
7 Straub, S. 10
8 Stephen King: »Twilight Zone Interview: Stephen King« von Charles L. Grant, *Twilight Zone Magazine,* April 1981, S. 21
9 Straub, S. 7–10
10 Ebenda, S. 10
11 Stephen King: »Crouch End« in: Ramsey Campbell (Hrsg.): *New Tales of the Cthulhu Mythos* (Sauk City, Arkam House 1980), S. 3–32
12 Peter Straub: »TZ Interview: Peter Straub« von Jay Gregory, in: *Twilight Zone Magazine,* May 1981, S. 14
13 Peter Straub: »An Interview with Peter Straub« von Paul Gagne, *American Fantasy,* Jg. 1, Nr. 1, February 1982, S. 24
14 Straub/Gregory, S. 15
15 Straub/Gagne, S. 15
16 Straub, S. 10
17 Straub/Gagne, S. 13
18 Straub/Gregory, S. 14
19 Stephen King: *Danse Macabre,* Deutsch von Joachim Körber, München 1988, Wilhelm Heyne Verlag, S. 43–48
20 Don Herron: »Horror Springs in the Fiction of Stephen King«, in: *Fear Itself,* hrs. von Tim Underwood und Chuck Miller (San Francisco/Columbia 1982, Underwood-Miller) S. 71
21 Straub/Gregory, S. 15
22 Peter Straub: »The ›General‹, the *Dragon,* Carlos Fuentes, P. S.: The Story's Story«, in: *The General's Wife* (West Kingston 1982, Donald M. Grant) S. 21
23 Peter Straub: *Der Hauch des Drachen,* Deutsch von Harro Christensen, Bergisch Gladbach 1984, Bastei Lübbe Verlag, S. 112–113
24 Charles L. Grant: »Many Years Ago, When We All Lived in the Forest . . .«, in: Douglas E. Winter (Hrsg.): *Shadowings, The Reader's Guide to Horror Fiction 1981–82* (Mercer Island 1983, Starmont House) S. 32
25 King, *Danse Macabre,* S. 416
26 Grant, S. 32

27 King: »Peter Straub: An Informal Appreciation«, S. 30
28 Straub: »Mein Freund Stevie«, S. 10
29 Stephen King in *Dream Makers II* von Charles Platt (New York 1983, Berkley Books) S. 277. Die deutsche Fassung dieses Interviews ist im vorliegenden Band enthalten.
30 Winter: »Quest for the Talisman«; Winter, *Art of Darkness,* S. 139–142, Douglas E. Winter: »Stephen King's Art of Darkness: The First Decade«, *Fantasy Review,* November 1984, S. 12
31 Straub/Gregory, S. 16
32 Straub/Gagne, S. 15
33 Peter Straub: *Julia,* Deutsch von Joachim Körber, München 1986, Wilhelm Heyne Verlag
34 Stephen King: *Dead Zone – Das Attentat,* Ungekürzte Neuübersetzung von Joachim Körber, München 1987, Wilhelm Heyne Verlag, S. 73
35 Stephen King: »Atemtechnik«, in: *Frühling, Sommer, Herbst und Tod,* Deutsch von Harro Christensen, Bergisch Gladbach 1984, Bastei Lübbe Verlag, S. 473–540
36 Winter: »Quest for the Talisman«, S. 64
37 Straub/Gagne, S. 24–25
38 Stephen King: »Shine of the Times: An Interview with Stephen King«, von Lewis Shiner u. a., *Shayol,* Jg. 3 Nr. 1, Sommer 1979, S. 46
39 Stephen King: »On Becoming A Brand Name«, *Fear Itself,* hrsg. von Tim Unterwood und Chuck Miller (San Francisco/Columbia 1982, Unterwood-Miller), S. 20–21; Straub/Gagne, S. 13
40 Stephen King: »Interview mit Lewis Shiner u. a.«, Deutsch von Joachim Körber, in: *Angst. Gespräche über das Unheimliche mit Stephen King,* Linkenheim 1989, Edition Phantasia, vergleiche auch: Douglas E. Winter: »Some Words with Stephen King«, in: *Fantasy Newsletter,* February 1983, S. 13
41 Winter: »The First Decade«, S. 15; vergleiche auch Winter, »Some Words with Stephen King«, S. 13
42 Stephen King: »The Stephen King Interview Part 2«, von David Sherman, in: *The Bloody Best of Fangoria,* Nr. 4, 1985, S. 45
43 Straub/Gagne, S. 23
44 Ebenda, S. 12
45 Ebenda, S. 22
46 Ebenda, S. 25
47 Ebenda, S. 15
48 Ebenda, S. 16
49 Straub/Gregory, S. 15
50 Stephen King: *Danse Macabre,* S. 326

51 Alan Ryan: »The Marsten House in ›Salem's Lot‹«, in: *Fear Itself,* hrsg. von Tim Unterwood und Chuck Miller (San Francisco/Columbia 1982, Underwood-Miller), S. 171–2. Deutsche Übersetzung ist im vorliegenden Buch enthalten.

52 James van Hise: »The Stephen King Review«, in: *Enterprise Incidents Presents Stephen King* (Tampa 1984, New Media Publishing Inc.), S. 12–13

53 Herron, besonders S. 73–78

54 Winter, »The First Decade«, S. 10

55 Winter, »Quest for the Talisman«, S. 64–65

56 Dies ist die alte Technik des Verfassens von Horror; vergleiche Ryan S. 171–2; und Fritz Leiber: »Horror Hits a High«, in: *Fear Itself,* 1982, S. 89

57 Charles L. Grant: »The Grey Arena«, in: *Fear Itself,* 1982, S. 148

58 Straub/Gagne, S. 18

59 Stephen King und Peter Straub: *Der Talisman,* Deutsch von Christel Wiemken, Hamburg 1986, Hoffmann und Campe, S. 715

60 Winter: *Art of Darkness,* S. 144

61 Winter: »Quest for the Talisman«, S. 68

62 King: *Danse Macabre,* S. 29

63 Straub/Gagne, S. 26

64 Vergleiche Herron, S. 61–69

65 Winter: *The Art of Darkness,* S. 212–13; Winter: »Quest for the Talisman«, S. 64, 67

66 Winter: »Quest for the Talisman«, S. 66–67

67 Straub/Gagne, S. 16

68 Ebenda, S. 22

69 Ebenda, S. 15

70 Stephen King: *Shining,* Deutsch von Harro Christensen, Bergisch Gladbach 1982, Bastei Lübbe Verlag

71 Peter Straub: *Schattenland,* Deutsch von Walter Brumm, München 1983, Wilhelm Heyne Verlag; vergleiche auch Straub/Gagne, S. 19–20

72 Stephen King: »Der Mann, der niemandem die Hand geben wollte«, Deutsch von Alexandra von Reinhardt, in: *Im Morgengrauen,* München 1985, Wilhelm Heyne Verlag, S. 7–40

73 »Die ganze Vorstellung von alten Tattergreisen, die herumsitzen und einander Geschichten erzählen, ist, wie Stephen King mir erzählt hat, das älteste Klischee in dem Buch.« Straub/Gagne, S. 15

74 Charles L. Grant, »The Breathing Method«, Rezension in: *Fantasy Newsletter,* February 1983, S. 17

75 King: *Danse Macabre,* S. 335

76 Peter Straub: *Wenn du wüßtest,* Deutsch von Elisabeth Hartweger, Wien/Hamburg 1979, Paul Zsolnay Verlag, S. 379 ff.

77 King: *Shining,* S. 223

78 Straub/Gagne, S. 26

79 Straub: *Der Hauch des Drachen,* S. 519–20

80 Stephen King: *Brennen muß Salem!,* Deutsch von Ilse Winger und Christoph Wagner, Wien/Hamburg 1979, Paul Zsolnay Verlag

81 King: »Interview«, in *Angst*

82 Ebenda

83 Grant, »Grey Arena«, S. 147

84 Straub/Gregory, S. 15

85 King: *Dream Makers II,* S. 279

86 Straub/Gregory, S. 15

BEN P. INDICK

King als Schriftsteller für Jugendliche

Literatur für Kinder, in die sich der vielseitige und nicht zu brem-
sende Stephen King jetzt mit *Die Augen des Drachen* vorgewagt hat, ist
wahrscheinlich so alt wie die Kunst des Geschichtenerzählens
selbst. Man kann sich unschwer die offenen Münder und aufgrisse-
nen Augen vorstellen, mit denen Kinder einst zuhörten, wenn Geschichten am Feuer erzählt wurden, und später die Homersche Epen
von den ehrfurchtsgebietenden oder menschlichen Göttern, die sein
Pantheon bevölkerten. Noch später »lauschten sie den Minnesängern und stimmten in die Refrains der Balladen ein (. . .) standen
fasziniert vor den lebhaften malerischen, temporeichen und bunten
Dramen, die wir Schauspiele von Wunder, Geheimnis und Ethik
nennen.«[1]
   Die moderne Kinderliteratur hat zahlreiche Untergattungen – für
verschiedene Altersstufen, Stile, Inhalte, Absichten, usw. In den Anfängen der Buchdruckerkunst freilich, als Literatur selbst unter Erwachsenen begrenzt und Bücher sehr selten waren, schürten die
Kinder, die lesen gelernt hatten, ihre Fantasie zuerst an Stoffen für
Erwachsene. John Bunyans *Pilgrim's Progress* (1676–78) war eine Pre-
digt in Form einer Allegorie, die Botschaft eines aufrechten Purita-
ners, der ängstlich darauf aus war, die Gefahren und Fallgruben des
Lebens aufzuzeigen. Es war jedoch auch eine bunte und vielseitige
Abenteuergeschichte, die junge Leser angesprochen haben dürfte.
Die nächste Generation unterhielt sich, wie ihre Eltern auch, mit Daniel Defoe und seiner Odyssee des heldenhaften und einsamen Robinson Crusoe (1719). Zur selben Zeit bereitete Jonathan Swift seine
beißende Satire *Gullivers Reisen in mehrere entlegene Länder der Erde*
(1726) vor. Von diesen »entlegenen Ländern« sprach nur Liliput Kindern an, aber das auf Dauer.
   Es ist ziemlich ironisch, daß diese Meisterwerke im Laufe der Zeit
ausschließlich als Literatur für Kinder angesehen wurden. Da andere
literarische Werke rar waren, wurden diese Bücher, die vieles ent-
hielten, was den fantasiebegabten Verstand anregte, auf das Wesentliche reduziert, gekürzt, bearbeitet und blieben beständig. Ein heuti-
ger Erwachsener, der die ungekürzten Fassungen liest, wird vielleicht überrascht feststellen, daß sie auch heute noch vital und
lebhaft sind. Das deutet darauf hin, daß der ungebildete Verstand

des Kindes erkennen kann, was ehrlich ist und seinen Bedürfnissen entspricht, ein Leihsatz, den alle potentiellen Kinderbuchautoren beherzigen sollten.

Als speziell für ein kindliches Publikum geschriebener Lesestoff schließlich gegen Ende des achtzehnten Jahrhunderts zu erscheinen begann, geschah dies für gewöhnlich in Form von Traktaten und didaktischen Werken, die Konformität, Zufriedenheit mit seinem Platz im Leben und die akzeptierte Moral predigten, aber das abenteuersuchende Kind konnte auch anderswo Lesevergnügen finden, in den Werken der Romantik, die die Kunst, Dichtung, das Theater und die Literatur beherrschte. Die Bälger des achtzehnten Jahrhunderts, die lesen konnten, konnten vielleicht sogar einen der gotischen Schauerromane auftreiben, die vor grellbunter und übertriebener Melodramatik strotzten und den trockenen Abhandlungen und Predigten, welche von kleinen Gedichten aufgelockert wurden, sicherlich vorzuziehen waren.

Eine Wendung zum Besseren brachten die Werke von Charles und Mary Lamb, die Shakespeare (1806) und Homers Odyssee (1808) als Geschichten nacherzählten, die ausschließlich für Kinder gedacht waren. Walter Scotts Romane, die wenige später erschienen, zielten zwar nicht auf jugendliche Leser, waren aber wohl auch im Hinblick auf sie geschrieben worden. Dasselbe gilt für James Fenimore Cooper und Washington Irving. Besonders Cooper erlangte Weltruhm mit seinen robusten Geschichten von Pionieren und Indianern, die damals ebenso exotisch waren wie heute Außerirdische. Richard Henry Danas *Two Years Before the Mast* (1840) spornte alle an, die von der Seefahrt träumten; Nathaniel Hawthorne folgte dem von den Lambs eingeschlagenen Weg und präsentierte eine lebhafte und eigentümliche Nacherzählung griechischer Legenden in seinem *Wonder Book* (1852) und den *Tanglewood Tales* (1853).

Dichtung stellte den kindlichen Verstand immer zufrieden, weil sie den hypnotischen Spaß von Reimen und Rhythmus und leicht verständlichen Bildern bot, auch wenn die Absicht pietistisch und moralisierend war. Schon 1822 schrieb Clement Moore »A Visit from St. Nicholas«, dessen einziger Zweck darin bestand, jugendliche Leser zu entzücken. 1846 erschien Edward Lears *Book of Nonsense* mit seinen spaßigen und beschwingten Versen und phantastischen Geschöpfen.

Märchen, das perfekte Medium für das Kind, wurden mit dem Werk von Charles Perrault in Frankreich (1698) gedruckt. Sie wurden bald übersetzt und waren wahrscheinlich das erste Märchenbuch, das in England erschien.[2] Nicht nur die Unsterblichen . . . Aschenputtel, Rotkäppchen, Schneewittchen und der gestiefelte Kater, sondern auch Mother Goose erschienen (auf dem Umschlagbild der französischen Ausgabe) in der Rolle von Geschichtenerzählern. Sie speziell sollte in England später zu einer Gestalt werden, deren unschuldige Allegorien andere, weniger offensichtliche Bedeutungen bemäntelten.

Die Märchen der Gebrüder Grimm, die sie sorgfältig nach mündlichen Überlieferungen gesammelt hatten, erschienen zwischen 1812 und 1814 in Deutschland, ein paar Jahre später in England. Die Märchen von Hans Christian Andersen, die weitgehend seiner eigenen Phantasie entsprangen, erschienen ab 1835; sie wurden 1846 ins Englische übersetzt. Das Genre sollte bald beständig von anderen Schriftstellern beackert werden, darunter John Ruskin mit *The King of the Golden River* (1851), W. M. Thackeray mit *The Rose and the Ring* (1855), Charles Kingsley mit *The Water-Babies* (1863) und Charles Dickens mit *The Magic Fishbone* (1868).

Der mittelalterliche Eindruck, den die meisten Märchen hinterließen, war so stark, daß L. Frank Baum, als er seinen *Zauberer von Oz* (1900) veröffentlichte, viel Mühe auf sich nahm, darauf hinzuweisen, daß er »die stereotypen Dschinns, Zwerge und Feen« aufgegeben hatte. Aber sein »modernes Märchen« wäre vielleicht nie veröffentlicht worden, wäre nicht 1864 ein Buch erschienen, dessen einzige Absicht es war, ein aus mehreren Mädchen bestehendes Publikum zu unterhalten, das Buch eines Klerikers ohne Moralpredigten, Lewis Carrols *Alice im Wunderland*. Das war möglicherweise das erste wahre Kinderbuch, aber es wurde seines genialen satirischen Inhalts wegen auch von Erwachsenen gerne gelesen. Charles Dodgson, den sein Erfolg erboste, hielt seine eigene Person sorgfältig von dem Pseudonym getrennt, aber der Erfolg des Buches spornte Kinderbücher in allen anderen Genres an: Fantasy, immer ein Favorit, in George MacDonalds *Hinter dem Nordwind* (1871); patriotischer Realismus in Edward Everett Hales *The Man Without A Country* (1863); häuslicher, wenn auch sentimentaler Realismus in Louisa Mae Alcotts *Little Women* (1867); Science-fiction in Jules Vernes *20000 Meilen unter dem Meer* (1869); amerikanische Nostalgie in Mark Twains *Die Abenteuer von Tom Sawyer* (1871), dessen Held noch einmal kurz in den komplexeren *Die Abenteuer des Huckleberry Finn* (1884) auftaucht. Gleichzeitig kamen die populären »dime novels« – »Groschenromane« – mit ihren unterschiedlichen Themen für erwachsene Leser auf (die später für Kinder von so populären Genre-Serien wie Frank Merriwell, Horatio Alger, Tom Swift, The Hard Boys und Nancy Drew repräsentiert wurde).

Illustrationen waren häufig Bestandteil von Kinderbüchern, aber die Bilderbücher für sehr kleine Kinder, normalerweise mit einfachen

Versen oder Prosa, die laut vorgelesen wurden, wurden im neunzehnten Jahrhundert von Walter Crane, Randolph Caldecott und Kate Greenaway mit großer Schönheit entwickelt und wurden zu einer Tradition, die in den »Peter Rabbit«-Büchern von Beatrix Potter, dem dauerhaften *Millions of Cats* von Wanda Gag (1928), den Büchern von Maurice Sendak und schließlich den »Ich kann lesen-Büchern« für Leseanfänger fortgesetzt wurde, die der unnachahmliche Dr. Seuss mit seinem *Katze im Hut* (1957) einleitete.

Ein so knapper Überblick muß auf zahlreiche Namen verzichten, aber die wachsende Popularität von Kinderbüchern führte im zwanzigsten Jahrhundert zu einer Spezialisierung. Nicht nur »easy readers«, sondern auch Bücher für fortgeschrittene Leseanfänger, etwa Madeleine L'Engles Science-fiction-Roman *Die Zeitfalte* (1963), Bücher für Teenager-Fantasyliebhaber wie Lloyd Alexanders *Tarzan und der Zauberkessel* (1980), die manchmal kontroversen Bücher von Judy Blume, etwa *Tiger Eyes* (1981) und Robert Cormiers *I Am The Cheese* (1978) – Bücher, deren gesellschaftlicher und sexueller Gehalt dem Wissen jugendlicher Leser angemessen sind, die erwachsen werden.

Jugendliche Helden und Heldinnen sind in Kinderbüchern allgemein üblich geworden; Mother Goose's Jack und Jill, Hänsel und Gretel der Gebrüder Grimm, MacDonalds Diamant, Stevensons Jim Hawkins, Baums Dorothy, Milnes Christopher Robin und viele weitere. Ihre Anwesenheit ist freilich nicht Pflicht und deutet nicht immer darauf hin, daß ein Buch für junge Leser geeignet ist, noch müssen sie in allen Kinderbüchern vorhanden sein: Zahlreiche Märchen sind ausschließlich von Erwachsenen bevölkert, in vielen Geschichten kommen nur Tiere vor. Manchmal kann ein Buch potentieller Leser durch seine Helden verwirren: *Watership Down/Unten am Fluß* von Richard Adams (1972) handelt von Hasen und anderen Tieren und ist ein hervorragendes Buch für Erwachsene, das sich als Fantasy für Jugendliche verkleidet hat.

In den Büchern von Stephen King kommen viele Kinder vor, ein notwendiger Teil seines Milieus. Kings Stärke ist Glaubwürdigkeit, Heimat, urbane und vorstädtische Schauplätze, die bekannten Artikel aus der Werbung, das alles kann der Leser mühelos mit seinem eigenen Leben in Verbindung bringen. Als Vater und ehemaliger Lehrer braucht King die Anwesenheit von Kindern für seine realistischen Rahmen. *Carrie, Shining, Dead Zone* und *Feuerkind* handeln alle von Kindern mit außergewöhnlichen psychokinetischen Fähigkeiten; *Brennen muß Salem!*, »Der Nebel«, *Cujo, Christine, Frühling, Sommer, Herbst und Tod* und *Friedhof der Kuscheltiere* schildern gewöhnlichere Kinder und Teenager. Die Bücher sind für ein erwachsenes Publikum gedacht, aber ihre Popularität erstreckt sich inzwischen auch auf ein eher jugendliches Publikum. Aber erst mit *Die Augen des Drachen* (1984) hat King eines seiner Bücher speziell als Kinderbuch konzipiert. Freilich war das nicht das erste, die Saat findet sich bereits in *Der Talisman* (1984).

Der Talisman

Der Talisman entstand in Zusammenarbeit mit Kings Kollegen Peter Straub, ebenfalls ein Meister des Übernatürlichen und Unheimlichen. Wie bei King tauchen auch bei Straub Kinder als Figuren auf, angefangen von den unheimlichen Erscheinungen in *Julia* (1975) bis zu den pubertierenden Jugendlichen, die das brutale Vorspiel und die gespenstische Rache auf dem Höhepunkt von *Wenn du wüßtest* (1977) bevölkern. In *Schattenland* (1980) konzentrierte sich Straub auf jugendliche Protagonisten als Opponenten eines bösen erwachsenen Magiers; es ist ganz und gar kein Kinderbuch, enthält aber dennoch Szenen, die mit den Brüdern Grimm und der scharf getrennten schwarz-weißen Welt von Märchen zu tun haben.

Der Talisman zielt noch viel deutlicher auf die Phantasie eines aktiv träumenden Kindes, metaphorisch gesehen: Die zahlreichen Abenteuer des jugendlichen Protagonisten werden ausschließlich durch *seine* Augen gesehen, sie spielen sich nicht nur in seiner (unseren) Welt ab, sondern in einer gründlich dargestellten Alternativwelt. In beiden Welten sind Erwachsene seine Feinde. Der Traum eines solchen Kindes ist es, eine große Suche zu überstehen und zu triumphieren gegen alle Prüfungen, die eine feindliche Welt ihm auferlegt. Dafür gibt es Vorläufer in klassischen Romanen, in deren Schuld die Autoren stehen.

Auf gar keinen Fall ein Prototyp ist Walter Scotts 1825 erschienener Roman desselben Titels, *Der Talisman*, obwohl er gewisse Ähnlichkeiten aufweist. Hier findet sich der für Scott charakteristische Gobelin einer exotischen Vergangenheit, zur Zeit der Kreuzzüge, mit Englands König Richard Löwenherz und seinem Gegenspieler Saladin von den Sarazenen. Sir Kenneth, ein Ritter, der Richard dient, wird von dem unpäßlichen König auf eine Mission geschickt. Ein Ergebnis seiner Bemühungen ist es, daß er einen moslemischen Arzt findet, der aus einem Talisman ein Mittel machen kann, das Richard heilt. Das erinnert an Jack Sawyers Mission in zwei Welten, um den Talisman zu finden, mit dem er seine sterbenskranke Mutter heilen kann, und man kann hinzufügen, daß sich im Grunde genommen auch in Scotts Roman zwei Welten begegnen, die des Christentums und die andere des Islam. Scotts Geschichte entwickelt sich weiter zu einer Liebesgeschichte und einer Schlacht mit anschließender Einigung zwischen den Kontrahenten, aber am Ende erhält der junge Held den Talisman als Hochzeitsgeschenk. Er kann zwar immer noch einige Krankheiten heilen, ist aber nicht mehr so wirksam wie zuvor. Gleichermaßen wird die sagenhafte Kugel von King und Straub schwächer und verschwindet schließlich, als sie ihren letzten Zauber gewirkt hat. Man muß nicht unbedingt einen Zusammenhang herstellen, aber es wäre denkbar, daß das farbige Abenteuer von Scott, das früher an vielen Schulen zur Lektüre gehörte, seine Spuren im Verstand des einen oder anderen Schriftstellers hinterlassen hat.

Direkter ist die Beziehung, was Inspiration und Form anbelangt, zu Mark Twain, und die Autoren verheimlichen nicht, was sie ihm verdanken. Tatsächlich ist dem Buch ein Ausschnitt aus *Die Abenteuer von Huckleberry Finn* vorangestellt, und es endet mit Zeilen aus *Die Abenteuer von Tom Sawyer*, aber es ist ersteres Werk, das die grundsätzliche Form des Romans liefert. Es handelt sich auf gar keinen Fall um eine Nachahmung von Twains Klassiker, aber es ermutigt ganz bewußt zu Vergleichen.

Der Held heißt Jack Sawyer und ist zwölf Jahre alt, ungefähr so alt wie Huck. Jack hat nur noch ein Elternteil, seine kranke Mutter; Huck hat eine Zeitlang seinen Vater, einen hoffnungslosen Alkoholiker. Jack wird, wie Huck, von den Umständen zu einer Reise gezwungen. Beide schließen Freundschaft mit einem freundlichen Schwarzen. Hucks Jim ist Sklave; Jacks Speedy ist kein Sklave und viel älter als Jim. Er sieht in Jack einen »kleinen Wanderer«, begleitet ihn aber nicht. Jims Rolle wird zu einem gewissen Teil, einschließlich ihrer gegenseitigen Zuneigung, von Wolf übernommen, Jacks Freund – auch kein Weißer – aus der Region, der Alternativwelt. Beide Jungen haben ein Ziel: Jack sucht nach dem heilenden Talisman, Huck und Jim fliehen vor Verfolgung und Sklaverei. Hucks zahlreiche Abenteuer auf dem Mississippi finden ihre Entsprechung in den sehr unterschiedlichen Episoden, die Jack auf seinem Weg in einen nicht näher bezeichneten Westen erlebt.

Der Talisman ist zwar nicht *per se* ein Buch für jugendliche Leser, aber kein einsichtiger junger Leser würde die Bedeutung von Jacks schrecklichen Abenteuern mißverstehen: die Notwendigkeit eines Jobs, um Geld zu bekommen; Schulen, die in extrem übersteigerter Form die schlimmsten Alpträume widerspiegeln, die ein junger Mensch von solchen Institutionen haben kann; erwachsene Gestalten, die feindselig sind und die Welt und die Bedürfnisse von Jugendlichen nicht verstehen. Ein solcher Leser könnte mühelos Jacks Erlebnisse und Reaktionen nachvollziehen. Jack ist, wie Huck, stets ein ehrlicher Begutachter – der Situation und seiner eigenen Fähigkeiten.

King und Straub neigen dazu, in grellen Farben zu malen. Sie bieten ihrem Helden eine Zeitlang die Möglichkeit, sich seinen Problemen mühelos zu entziehen; als diese Möglichkeit nicht mehr besteht, kann Jack so einfallsreich sein wie Huck. Twain ist weniger anpassungsfähig, was solche Mechanismen betrifft, und er neigt nicht so sehr dazu, das vollkommen Böse zu beschreiben, was Teil der Maschinerie einer phantastischen Suche ist. Selbst ein schicksalhaftes Blutvergießen wird von Twain mit Verständnis betrachtet, und er präsentiert einen humorvollen Abstecher entlang seiner Fluß-Route mit seinen Schauspieler-Vagabunden Dauphin und Duke. King und Straub, die getreulich ihrer eigenen Zeit verhaftet sind, bieten Jack eine Straßenkarte durch das Echte und das Phantastische und kennzeichnen es mit Orten und Produktnamen und auch mit vertrauten Schimpfworten und zeitgenössischen Bildern, zum Beispiel als der Talisman »einen dicken Lichtstrahl gleich einem Todesstrahl in einem Weltraumfilm« aussendet.

Die Anspielungen auf Twain zeugen von Liebe und Respekt. Die Form des Romans, die *Suche*, entstammt breiteren Traditionen, die einige der besten Bücher für jugendliche Leser hervorgebracht haben. Der Roman einer Suche hat seine eigenen speziellen Parameter. Ein gewöhnlicher Roman kann die verschlungenen Lebenswege der Protogonisten schildern, in denen Ambitionen ausgedrückt, erkannt oder verloren werden, und meist bestimmen Ausarbeitung und Charakterisierung oder Handlung den Ausgang, der unausweichlich oder unerwartet sein kann. Die Suche gleicht mehr einem Weg zu einem Ziel, das schon früh enthüllt und danach durch so viele aufeinanderfolgende Episoden verfolgt wird, wie der Roman tragen kann. Diese Episoden können vollständige Geschichten in sich selbst sein, aber sie bleiben dennoch kleine Umwege auf einem vorbestimmten Weg, und schließlich muß das Ziel der Suche konfrontiert werden. Da die Absichten des Helden schon so früh bekannt sind, ist das Wachstum durch Charakterisierung notwendigerweise begrenzt.

Ein klassischer Prototyp ist die Aufgabe, die König Polydektes Perseus stellt, nämlich das Haupt der Medusa zurückzubringen; zahlreiche zusammenhanglose Abenteuer ergeben sich, bevor das Ziel erreicht wird. Bei Mallory verschleißen sich die Ritter bei ihrer vergeblichen Suche nach dem Gral, bilden aber eine beständige Variante des Genres. Eine wunderschöne, zu Unrecht vergessene Fantasy-Suche ist Walter de la Mares *Die Reise der drei Malla-Malgars* (1919), in der seine drei tapferen, bemitleidenswerten Affen, die ihren eigenen Talisman tragen, den Wunderstein, eine lange und gefährliche Reise unternehmen, um das Affenkönigreich Assasimmon zu finden.

1937 begann der berühmteste moderne Roman einer Suche mit Bilbo Beutlin und einer Bande von Zwergen, die den Schatz eines Drachen suchten, und endete ein paar Jahre später mit der Suche nach dem Bösen, um es zu vernichten, in J. R. R. Tolkins *Der kleine Hobbit* und dem Nachfolger *Der Herr der Ringe*. Tolkiens Bücher haben eine Unzahl Nachahmer inspiriert, einschließlich Terry Brooks' Shannara-Serie und David Eddings Belgariade. Echos kann man auch in Kings epischem Roman einer Suche, *Das letzte Gefecht*, wiederfinden.

In *Der Talisman* haben die Autoren das Thema der Suche als roten Faden benützt, an dem eine Reihe von Abenteuern aufgehängt sind, die Suche selbst gilt einem geheimnisvollen und mächtigen Gegenstand, der allein das Leben von zwei spiegelbildlichen Frauen beider Welten retten kann, das von Jacks Mutter Lily und das von Laura De-Loessian, der Königin der Region. Ironischerweise werden zahlreiche grundsätzliche Elemente sowohl in *Der Talisman* wie auch in *Der Herr der Ringe* jugendliche Leser ansprechen, obwohl keines der beiden Bücher für ein jugendliches Publikum geschrieben worden ist: Tolkien nicht deshalb, weil er jugendliche Protagonisten hat, sondern weil seine Hobbits entsprechenden Ersatz liefern; ihre Naivität und ihr Sinn für das Wunderbare entsprechen dem von Kindern: Sie werden in eine völlig neue Welt geworfen, die wunderschön und furchteinflößend zugleich ist, und damit fesseln sie den jugendlichen Verstand mit einer aus Märchen geborenen Fantasy. King und Straub brauchen keinen Ersatz: Jack und später sein Freund Richard Sloat sind junge Menschen, und obwohl ihre Abenteuer mehr in Richtung spannender Horror und Schrecken gehen, sind sie im Grunde ihres Herzens, wie oben angedeutet, Verlängerungen einer Wirklichkeit, die jugendliche Leser verstehen können.

Als Roman einer Suche freilich verdankt *Der Talisman* Tolkien wenig, was Handlung oder Inhalt betrifft. Anders als der mächtige Zauberring, den die Kontrahenten gleichermaßen begehren und der ständig vorhanden ist, taucht der Talisman erst auf dem Höhepunkt auf. Jack wird, wie Frodo, von der faszinierenden Macht des Gegenstands in Versuchung geführt und gefährdet damit die gesamte Suche. Es gelingt Jack, seine Schwäche zu überwinden und den Talisman freiwillig, wenn auch nur kurz, an Richard abzugeben; Frodo kann es im entscheidenden Augenblick nicht über sich bringen, den Ring aufzugeben, und wird nur durch das Eingreifen von Smeagol gerettet.

In dem früheren Roman von de la Mare findet sich eine interessante Übereinstimmung mit den beiden Büchern. Der Affe Nod muß im Verlauf der Reise, wie Frodo, den Wunderstein tragen. Als er einmal friert und hungrig ist, begegnet er der wunderschönen Meerjungfrau, die in ihrer Einsamkeit ewig traurig ist. Sie fleht ihn an, ihr zu erlauben, den Stein zu halten – »Ich glaube, ich werde nie wieder traurig sein.« Man hat ihm verboten, den Stein aus der Hand zu geben, aber angesichts ihrer Schönheit kann er nicht nein sagen. Sie nimmt ihn, verschwindet unter der Oberfläche ihres Sees, und er bleibt allein zurück. Nach einigen trübseligen Tagen, in denen alle seine Anstrengungen vergeblich gewesen zu sein scheinen, kehrt sie zurück, gibt ihm den Wunderstein wieder und bittet nur, »daß du mich nicht vergißt, wenn du und deine Brüder das Königreich Assasimmin und das Tal Tishnar erreichen«.

Er ist ein außerordentlich ausdrucksstarker Augenblick, besonders wenn man ihn Kindern laut vorliest, Jacks und Frodos Erlebnissen emotional ebenbürtig. Für Kinder, die selbst wertlosen Gegenständen große Bedeutung beimessen können, wird es keine Schwierigkeiten machen, die Bedeutung so eines Rings, eines Wundersteins oder eines Talismans zu verstehen. Für ein Kinderbuch ist jedoch ein Element erforderlich, das im *Talisman*, so spannend, satirisch und manchmal brillant er auch sein mag, nicht vorhanden ist; das ist die Liebe des Geschichtenerzählers für Kinder und ihre eifrigen Reaktionen. Das ist ein Impuls, der das Herz von Stephen Kings erstem wirklichen Buch für Kinder bildet:

Die Augen des Drachen

Es ist interessant, daß einige der besten Kinderbücher ihren Ursprung in Geschichten haben, die liebende Erwachsene Kindern *erzählt* haben. Clement Moore schrieb seine Gedichte für seine eigenen Kinder, sie wurden zuerst ohne sein Wissen veröffentlich.[3] Lewis Carroll schrieb die Abenteuer von Alice, die er einfach während einer Bootsfahrt erfunden hatte, als Manuskript und Geschenk für ein kleines Mädchen auf, Alice Liddell. Robert Louis Stevenson schuf *Die Schatzinsel* für seinen Stiefsohn. Beatrix Potters heißgeliebtes Kaninchen taucht erstmals in einem Brief an das älteste Kind ihrer ehemaligen Gouvernante auf. Kenneth Grahames *Der Wind in den Weiden* begann als abendliche Geschichte vor dem Zubettgehen und wurde später in Briefen an seinen Sohn fortgesetzt.

Hans Christian Andersen hat einmal geschrieben: »Man muß die Stimme des Geschichtenerzählers im Stil hören. Das bedeutet, das geschriebene Wort muß dem gesprochenen so weit es geht gleichen. Die Geschichte mag für Kinder sein, aber sie muß auch von Erwachsenen verstanden werden.«[4] Deshalb wird das Kind, wie auch immer die Natur der Fantasy sein mag, auf Logik, ehrliche Figuren und Glaubwürdigkeit Wert legen. Und wenn der Geschichtenerzähler seine eigenen Kinder als erstes Publikum hat, müssen die Worte auch ihrer Vorstellung von ihm entsprechen. Im Falle Kings bedeutet das als Grundvoraussetzung eine phantastische Geschichte und weiter Spannung, Offenheit und sogar Andeutungen von Themen, die man in Kinderbüchern selten findet und früher vielleicht sogar für unangemessen hielt. Kinder sind ein kritisches Publikum und werden Predigten und Belehrungen ablehnen; wenn ihnen das Buch aufrichtig erscheint, wird es auch auf Erwachsene aufrichtig wirken. Das war das Ziel des Autors, und so wurde es auch in der Werbung für den Roman ausgedrückt: »Eine vergleichsweise Seltenheit: ein Kinderbuch für jedes Alter.«

King spielte früher ein Spiel, indem er kleine Manuskripte für seine Kinder vorbereitete, an denen alle teilhaben konnten. Dieselbe Präsenz des Vaters, dem es gefällt, die Phantasie seiner Kinder anzuregen, verwandelt sich in *Die Augen des Drachen* in jene eines Geschichtenerzählers für die Masse. (Da der Roman, während ich diesen Artikel schreibe, lediglich in einer geringen limitierten Auflage erschienen ist[6], werde ich an dieser Stelle nicht die ganze Geschichte erzählen; die Freude, sie zu entdecken, wird für den Leser aufgehoben, bis das Buch 1986 in einer Normalausgabe lieferbar sein wird. Aber ich werde es in allgemeiner Weise als Bestandteil des Genres der Kinderliteratur behandeln.)

Das Buch ist bezeichnenderweise Peter Straubs Sohn Ben und Kings Tochter Naomi gewidmet, deren Namen von wichtigen Figuren getragen werden, Kennzeichen für eine Geschichte, die sowohl dem Erzähler wie auch seinem speziellen Publikum vertraut ist (King hat an anderer Stelle geschrieben, daß der Roman als Geschichte für seine Tochter entstand, die »Fantasy mag, aber keine Horror-Geschichten«.[7] Man kann die simple Handlung in einem Satz beschreiben: Ein Prinz wird ungerechtfertigter Weise des Königsmordes angeklagt und muß gegen alle Umstände Freiheit und Triumph suchen. Das ist eine Schablone, die hier durch gründliche Charakterisierung, realistische Szenen, Spannung, Genialität und vor allem anderen menschlichem Verständnis belebt wird.)

Obwohl der Schauplatz mittelalterlich ist, ist *Die Augen des Drachen* durch die unromantische Bescheidenheit seiner Protagonisten modern. König Roland ist »weder der beste noch der schlechteste König, der das Land bisher regiert hatte«, und er ist, wie der Autor zugeben muß, »ein recht mittelmäßiger König«. Das Denken ist Schwerarbeit für ihn: »Wenn er angestrengt nachdachte, wurde seine Nase verstopft.« Aber er ist liebenswert und nur zu verständlich für Kinder, die ein manchmal unfähiger Vater in Verlegenheit bringt. Modern ist auch der freie, ungenierte Umgang mit Sex, ein Baby im Mutterleib, den »schlaffen Penis« im Angesicht seiner jungen Braut. Gesellschaftlich peinliche Angewohnheiten wie Nasebohren, Blähungen und Ausscheidungen, die allesamt mit unverhohlenem Humor geschildert werden, sind keine Beispiele für Vulgärität, sondern Teil der wachsenden Einsicht eines Sohnes, der einen Menschen sieht, wo er vorher nur ein Symbol gesehen hat. Solche freizügigen Schilderungen und Vokabulare haben nichts mit Prüderie zu tun.

Es gibt, wie in vielen Märchen, einen guten und einen bösen Sohn. Ersterer braucht keine Entschuldigungen, und es gelingt King, den letzteren verständlich und damit mitleiderregend darzustellen. Einmal vergißt der König seinen prinzenhaften älteren Sohn einen Augenblick und umarmt seinen weniger liebenswürdigen, weniger intelligenten, weniger hübschen jüngeren Sohn. »Thomas vergaß diesen Tag niemals – den hellen Sonnenschein, den leicht modrigen Geruch von Wasser, die Wärme in den Armen seines Vaters, seinen kratzigen Bart.« Aber es ist ein isolierter Augenblick, und die Verbitterung des Jungen kommt wieder, als er niedergeschlagen einen hilflosen alten Hund verletzt und dann tötet. Junge und alte Leser werden die Ursache dieser Grausamkeit verstehen: »Er war häufig ein verwirrter Junge, häufig ein trauriger, unglücklicher Junge, aber ich bleibe bei dem, was ich gesagt habe – er war niemals ein wirklich böser Junge.«

King macht die Rolle des Geschichtenerzählens Spaß, er spricht häufig den Leser in Randbemerkungen direkt an, manchmal als Ermahnung, die möglichen Folgen einer Tat zu bedenken: »Ich überlasse die Entscheidung euch«, sagt er häufig. Manchmal ist er sogar der Gefährte des Lesers; nach der Beschreibung eines Irrgartens von Fluren schreibt King: »Ihr hättet euch ziemlich schnell verirrt, und ich hätte mich früher oder später wahrscheinlich auch verirrt, aber Thomas kannte den Weg so gut, wie ihr im Dunkeln durch euer Schlafzimmer findet.«

Obwohl er in der Literatur des zwanzigsten Jahrhunderts unüblich ist, war dieser vertraute, beinahe intime Tonfall bei Romaciers des achtzehnten Jahrhunderts wie Henry Fielding und Tobias Smollett durchaus gebräuchlich, und er wurde von C. S. Lewis in seinen populären Fantasy-Romanen um Narnia in die Kinderliteratur eingeführt. So schreibt Lewis im dritten Band, *The Voyage of the Dawn Treader:* »Da war ein Junge, der hieß Eustace Clarence Scrubb, und das verdiente er fast . . . Ich kann euch nicht sagen, wie ihn seine Freunde nannten, denn er hatte keine . . .« Lewis' Bücher bieten zahlreiche Abenteuer, aber ihr Tonfall ist väterlich und selbst in Gefahrensituationen harmlos, und zudem überdeutlich moralisierend. Jugendliche Leser mögen die Extravaganzen; ältere Leser werden das Werk vielleicht etwas prätentiös finden.

In der Rolle des Geschichtenerzählers ist King von allen seinen Figuren gleichermaßen fasziniert, einschließlich des Bösewichts, denn schließlich, was wäre ein Märchen ohne Bösewicht, bei dem einem das Wasser im Mund zusammenläuft? Von allen bösen Dingen, die der Autor je geschaffen hat, ist ihm keiner besser gelungen als Randall Flagg, der Dunkle Mann aus *Das letzte Gefecht*, der allein durch seine Person, sein Geheimnis, seine Ziele und ruchlosen Ambitionen das Böse verkörpert. Kein Wunder, daß der böse Zauberer in *Die Augen des Drachen* kein anderer als ein Mann namens Flagg ist! Sein Charakter ist deutlich verändert, er ist keineswegs der *andere* Flagg, und doch ist er auf faszinierende Weise derselbe. Es ist, als wollte King uns warnen, daß das Böse, egal, unter welchem Namen es auftritt, eben eines ist – das Böse. Der Einsatz dieses mittelalterlichen Flagg als personifiziertes Böses in einem modernen Kontext ist ein Geniestreich.

Fantasy per se ist nicht das eigentliche Interesse des Autors in diesem Roman, sie gehört allein ins Reich des bösen Flagg und läßt seine Macht daher nur um so gefährlicher und übermächtiger erscheinen. Der jugendliche Leser wird seine Angst konzentrieren und erkennen, daß nur Mut und Einfallsreichtum, Eigenschaften, die keine Zauberei erfordern, den Helden Peter retten können. Das unerwartete Auftauchen eines Drachen, der selbst im Roman ein legendäres Geschöpf ist, wird herrlich unvermittelt und rasch erzählt, aber die Figuren selbst vergessen diese Begegnung niemals. Drachen, wird dem Leser klar, sind so einmalig wie Zauberei. Dieser Drache spielt keine bedeutende Rolle, so wie Bilbos Smaug, aber er hat seinen besonderen Platz in einer Geschichte von Ehrlichkeit und Ritterlichkeit.

Es gibt in allen Romanen Kings Augenblicke, in denen er sein rasantes Tempo und seinen Hang zu schockieren zurückhält. Das kann als Reaktion auf etwas Übertriebenes sein oder weil er eine Atempause benötigt, bevor das Pendel vom Wirklichen ins Unwirkliche schlägt. In diesen Augenblicken kann er Kommentare über Menschen abgeben. In *Carrie* geschieht das mit sardonischem Tonfall als Auszüge aus Büchern, die viel später über das Mädchen geschrieben werden. In *Dead Zone* drückt die Erzählung Verbitterung über das Schicksal aus, das dem bescheidenen Helden ein normales Leben unmöglich gemacht hat. In Kings echten Horror-Büchern läßt er sich mitunter Zeit, um die destruktiven Auswirkungen auf die beteiligte menschliche Psyche zu betonen.

In einem Roman heroischer Legenden aber, wie zum Beispiel *Schwarz*, herrscht ein zurückhaltender, bewußterer Stil vor, wie ihn die Form der epischen Literatur verlangt; daher sind die erzählerischen Pausen länger und werden manchmal durch vage Bezüge zur

Vergangenheit ergänzt. In *Die Augen des Drachen* wirken Kings Absicht, für ein jugendliches Publikum zu schreiben, seine überdeutliche erzählerische Präsenz und der mythische Rahmen der Geschichte selbst zusammen und erzeugen den Eindruck einer gemesseneren Weise des Geschichtenerzählens.

Das ist eine glückliche Folge, denn es gibt King größere Freiheit. Er kann sich den Luxus weiser Beobachtung gönnen, was der erwachsene Leser schätzen und auch ein Kind verstehen kann.

»Niemand vergißt ein Spielzeug, das ihn als Kind sehr glücklich gemacht hat«, schreibt er diesbezüglich, »auch wenn dieses Spielzeug durch eines ersetzt wird, das viel schöner ist.« Und als in *Die Augen des Drachen* einer Figur etwas zugeschrieben wird, an dem er keinen Anteil hatte, heißt es nur, »er lächelte und sagte nichts«. Um Größe zu erreichen, sagt King, muß man »manchmal nur klug aussehen und den Mund halten«. Einmal schreibt er: »Schuld ist wie eine Wunde, endlos faszinierend, und der Schuldige fühlt sich immer beflissen, sie zu untersuchen und daran zu zupfen, so daß sie niemals heilt.« (Erzähler von Geschichten für Kinder sind sich offenbar durchaus darüber im klaren, daß Kinder solche Wunden tatsächlich wiederholt untersuchen können. In *The Voyage of the Dawn Treader* wurde Lewis Eustace in einen Drachen verwandelt und erhält seine normale Gestalt wieder, indem er die Haut des Drachen abzieht. Er bemerkt: »Ihr wißt schon, wenn ihr jemals den Schorf von einer Wunde abgeklaubt habt, das tut höllisch weh, aber es macht *solchen* Spaß, ihn abgehen zu sehen.«)

Manchmal haben Kings Ausführungen, die eines überlegenen Erwachsenen, der den jungen Lesern etwas erklärt und nicht belehrend zu ihnen herunterspricht, die melodiöse Schönheit der Metaphern: »Der Staub der Jahre legte sich über die bunten Freuden der Kindheit, und sie waren vergessen. (. . .) Und nun lassen wir viele Jahre innerhalb eines Augenzwinkerns verstreichen – das Schöne an Geschichten ist, wie schnell man die Zeit verstreichen lassen kann, wenn nichts wirklich Wichtiges passiert. (. . .) Was ist die Geschichte schon wenn nicht eine Art weitgespanntes Märchen, indem an die Stelle von verstreichenden Jahren verstreichende Jahrhunderte treten?«

Aber er kann auch mühelos umgangssprachlich sein: »Wir werden später noch von ihm sprechen müssen, wollen es aber vorerst dabei bewenden lassen.« Und als einer der Jungen ein Geschenk gemacht hat, das von seinem Empfänger mißachtet wird, ist ihm zumute, »als müßte er sich gleich übergeben«.

Nichtsdestotrotz gilt es, eine düstere Bedrohung und ein Drama auszuspielen, das seine Schatten voraus wirft. Diese Vorausahnun-

421

gen, eine Technik, die in Kings ersten Büchern Verwendung fand, wird hier meisterlich angewendet, denn wir erfahren zum Beispiel sehr schnell, daß der junge Held in Ungnade fallen wird, aber nicht wie und zu welchem Zeitpunkt das geschieht.

King, der literarische Anspielungen liebt, kann sich einen direkten Hinweis auf eine der bekanntesten Schöpfungen seines illustren Vorläufers H. P. Lovecraft nicht verkneifen. (Für einen Bewunderer des Gentleman aus Providence war es eine Freude, ihn im richtigen Zusammenhang zu lesen. Der Leser wird ihn ebenfalls als eine freudige Überraschung des Romans entdecken.)

Weniger deutlich, aber möglicherweise aus Erinnerungen an Mallory und T. H. White destilliert, sind die Szenen, wie Rolands zwei Söhne empfangen werden. Die erste hat das Ungestüme und Triumphierende von Uther Pendragons Vollziehen seiner Liebe zu Igraine; die zweite Echos der Unsicherheit, aber Unausweichlichkeit von Arthurs Verführung durch seine Halbschwester. Der Schluß des zweiten Buches von Whites Tetralogie *The Once and Future King* ist ein entscheidender Augenblick in der Arthurschen Geschichte, denn der naive junge König, der müde und von einem »Liebeszauber« eingelullt ist, kann Morgause nicht widerstehen. »Man kann unmöglich erklären, wie so etwas geschieht«, schreibt White, und weil »Arthur nie seine eigene Mutter gekannt hatte, brachte ihn die Rolle der Mutterliebe zwischen Wind und Wasser«. In Kings Roman kann sich der alte Roland nicht für den Liebesakt erregen und braucht ein Aphrodisiakum. Wie White so kann auch King keine Gründe für die plötzlichen Gefühle finden, die Flagg in jener Nacht veranlaßten, ein besonders starkes Mittel zu brauen. Bezüglich Flagg schreibt King: »Vielleicht trieb etwas im Wind ihn dazu, es zu tun.« Für Arthur ist die Folge ein Sohn, der ihn ermorden wird; für Roland ist es der unglückliche Thomas, der Zeuge seiner Ermordung werden soll.

Am Ende muß der ungewöhnlich zurückhaltende Geschichtenerzähler, der seine Worte so behutsam und liebevoll gewählt hat, sich selbst und dem Schriftsteller, den wir kennen, treu bleiben. Eine der Figuren sieht in einem Alptraum »Ströme frischen Blutes, die als helle, anklagende Rinnsale zwischen dem Kopfsteinpflaster flossen und sich im Rinnstein zu Bächen vereinigten«. Der erschütternde und atemberaubende Höhepunkt beschwört Echos des Irrsinns von *Shining* und des großen Symbols des Bösen aus *Das letzte Gefecht*.

Für den fleißigen King, der diese Geschichte als eine Art Liebesdienst für seine Kinder geschrieben hat (die in ihrer ersten limitierten Ausgabe eine prachtvoll gedruckte Kostbarkeit ist), ist das Ergebnis einer Geschichte, die gleichberechtigt neben den großen Fantasy-Abenteuern für jugendliche Leser steht, Walter de la Mares *Die Reise*

422

der drei Malla-Malgars, Ursula K. LeGuins *Erdsee*-Trilogie, Lloyd Alexanders *Prydain*-Zyklus, Susan Coopers Zyklus *The Dark is Rising* und J. R. R. Tolkiens Suche der unsterblichen Brüderschaft.

Anmerkungen

1 *A Critical History of Children's Literature,* Cornelia Meigs, Anne Thaxter Eaton, Elizabeth Nesbitt, Ruth Hill Viguers, The Macmillan Co., 1953, S. 20. Es handelt sich um eine hervorragende enzyklopädische Darstellung des Genres von seinen Anfängen an.

2 Meigs, u. a., S. 113

3 Meigs, u. a., S. 163

4 *On Childrens Literature,* Isabelle Jan, Schocken Books, 1974, zitiert auf S. 46

5 *The Magazine of Fantasy and Science Fiction,* November 1984, S. 3

6 *The Eyes of the Dragon (Die Augen des Drachen)* wurde 1984 von der Philtrum Press in Bangor, Maine, in einer von Kenneth R. Linkhauser illustrierten limitierten Ausgabe von 1250 Exemplaren veröffentlicht und war schon vor Erscheinen ausverkauft.

7 *Castle Rock,* Juni 1985, »The Politics of Limited Editions«, S. 4. Wenn Sie Informationen über diese monatlich erscheinende Zeitschrift für Stephen King-Fans wollen, dann schreiben Sie an: Castle Rock, Box 8183, Bangor, ME 04401.

L. SPRAGUE DE CAMP

Der Drache mit den gläsernen Augen

Wie Fantasy-Kenner wissen, wurde die mehr als ein Jahrhundert lang mißachtete Fantasy im achtzehnten Jahrhundert durch Gallands Übersetzung der *Geschichten aus Tausendundeiner Nacht* und durch den gotischen Schauerroman neu belebt, der in Deutschland begründet und von Horace Walpole nach Großbritannien importiert wurde. Weiterentwickelt wurde sie durch die Niederschrift von überlieferten Geschichten durch Hans Christian Andersen, die Gebrüder Grimm und andere; und schließlich durch die Veröffentlichung von Fantasy-Geschichten für die Jugend durch Lewis Carroll, George MacDonald und deren Nachfahren.

In den achtziger Jahren des neunzehnten Jahrhunderts versuchte William Morris, unter anderem ein vom Mittelalter beeinflußter Romantiker, die mittelalterliche Romanze wiederzubeleben, die schlafend darniederlag, seit Cervantes' Ritter von der traurigen Gestalt sie niedergestreckt hatte. Als Folge entstand die moderne heroische Fantasy. Dieses Subgenre wurde von Lord Dunsany und Eric R. Eddison in Großbritannien und schließlich von Robert E. Howard in den Vereinigten Staaten aufgegriffen. Es erlebte in den sechziger Jahren, als J. R. R. Tolkiens *Der Herr der Ringe* und Robert Howards *Conan*-Geschichten im Taschenbuch veröffentlicht wurden, eine Blüte. Mittlerweile verläßt eine große Anzahl Schwert-und-Magie-Romane die Druckereien. Sie sind von unterschiedlichster Qualität; viele vereinigen die Jugendbuch-Handlung von reinem Guten gegen reines Böses mit einem eindeutig fürs erwachsene Publikum zugeschnittenen Ausmaß an Sex, Sadismus und Abschlachtereien.

Wo steht nun *Die Augen des Drachen*, ein über dreihundert Seiten langer Fantasy-Roman von Stephen King, dem derzeitigen Meister der Horror-Literatur? Die fraglichen Augen sind Glasaugen, die sich im an der Wand aufgehängten Kopf eines Drachen im Palast von Roland dem Guten befinden, und *Die Augen des Drachen* ist eine verführerische Geschichte, die mit Kings feinem Gespür für Sprache erzählt wird und den Leser im Griff des Entzückens mit sich reißt.

Roland der Gute, König von Delain, ist ein wirklich mittelmäßiger Monarch, weder sehr gut noch sehr schlecht. Er will zwar nur das Beste, ist gütig und hat Verständnis für seine Untergebenen, aber er ist nicht besonders klug und läßt sich mühelos von seinem bösen Hofzauberer Flagg einwickeln. Roland, der mit fünfzig noch unverheiratet ist, läßt sich schließlich doch noch davon überzeugen, daß er sich eine Braut sucht. Königin Sasha schenkt ihm im Lauf der Zeit zwei Söhne, stirbt aber bei der Geburt des zweiten. Flagg hat das arrangiert, denn Königin Sasha ist zu gut und hat zuviel Einfluß auf König Roland, was Flagg nicht paßt.

Der Klappentext behauptet, daß die Geschichte »Leser jeden Alters zu fesseln vermag«. Das deutet darauf hin, daß sie irgendwo zwischen Märchen für Jugendliche und moderner heroischer Fantasy für Erwachsene angesiedelt ist. Obwohl es sich ausgezeichnet lesen läßt, fügt sich das Buch nicht so richtig in diese beiden Kategorien ein.

Ein erwachsener Leser mag sich beispielsweise am Gebrauch von »Lieber Leser«-Manierismen stören, wie sie viele Romanciers des vorigen Jahrhunderts gebrauchten, die aber heute einzig und allein Geschichten für sehr junge Leser vorbehalten sind. In Kapitel 66 wendet sich der Autor beispielsweise selbst an den Leser: »Wir werden später noch auf diese Kammer zu sprechen kommen; vorerst möchte ich euch nur soviel verraten . . .« Und in Kapitel 70 noch einmal: »Ihr habt inzwischen sicher schon erraten, wie Peters Fluchtplan aussah . . .«

Man beachte auch die gelegentliche Verwendung von Kurzformen wie »ins« oder »aufs« nicht nur in Zitaten, wo sie hingehören, sondern auch im eigentlichen Text. Ihr Gebrauch paßt besser in ein Werk für jugendliches Publikum als in eines für Erwachsene.

Ein weiteres Charakteristikum der Jugendliteratur ist die Tatsache, daß ein feudalistischer Staat mit einer mehr oder weniger absoluten Monarchie fraglos als politische Norm akzeptiert wird. Sie war in Märchen mittelalterlicher europäischer Herkunft die Norm, da sie außerhalb von Italien die politische Wirklichkeit in Europa widerspiegelte. An anderen Orten und zu anderen Zeiten war diese Norm anders. Selbst im mittelalterlichen Europa kam es so häufig zu Klassenkämpfen und Bauernaufständen, daß das konventionelle Märchenklischee vom »rechtmäßigen« König, galanten Edelmännern (abgesehen von ein paar bösen Fürsten oder Herzögen) und loyalen Untertanen modifiziert wurde.

Auf der anderen Seite enthält der Roman viele Dinge, die ein Verfasser von Jugendbüchern nicht geschrieben hätte. Die Erzählung enthält zwar nicht mehr Sex als Tolkiens *Der Herr der Ringe* (also praktisch gar keinen), aber man sollte einmal Kapitel 2 betrachten. König Roland nähert sich in der Hochzeitsnacht seiner siebzehnjährigen Braut. »Vor ihrer Hochzeitsnacht hatte sie noch nie einen Mann ohne Hosen gesehen. Als sie in eben dieser Nacht seinen schlaffen Penis erblickte, fragte sie mit großem Interesse: ›Was ist denn das, mein Gemahl?‹« Ich spreche hier nicht von einem bestimmten Typus von Romanen für Erwachsene, in deren Mittelpunkt derzeitige soziale Probleme stehen. Ich habe einmal gehört, wie ein Sprecher sich bei einer Versammlung von Bibliothekaren über diese Bücher beschwerte: »Jedes vierte Wort ist ficken!«

Und ich kann mir auch nicht vorstellen, daß Verfasser von Kinderbüchern das Nasebohren in so übelkeitserregender Deutlichkeit schilder würden.

Kings Geschichte ist jedoch so stark an Erwachsenen orientiert, daß sie ein tragisches Gespür für das Leben hat. Das Gute wird nicht immer belohnt; ebensowenig wie das Böse unweigerlich bestraft wird. Manchmal sterben gute Menschen eines bösen Todes, wie es in der wirklichen Welt so häufig der Fall ist. In Kapitel 2 erstickt Rolands Mutter, die Königinwitwe, an einem Stück Zitrone, als ein Jongleur, der sie unterhalten soll, eine Kristallkugel fallen läßt. Der ansonsten schuldlose Jongleur wird auf der Stelle geköpft, eine recht harte Strafe für bloße Ungeschicklichkeit.

Um die Spannung zu erhöhen, macht sich King ab und zu etwas zunutze, was beim Film Parallelmontage heißt. Er wechselt von Kapitel zu Kapitel die Erzählperspektive, wie Edgar Rice Burroughs das in seinen »Barsoomian Stories« getan hat. Bei ERB ging Deja Thoris auf Reisen und geriet in eine gefährliche Klemme; dann Schnitt zu John Carter, der sein Liebchen verzweifelt sucht, bis er seinerseits in die Klemme gerät; dann wieder Schnitt zu Deja. In den Kapiteln 117 und 130 übertreibt King ein wenig, wo er manchmal zwischen Kapiteln hin und her wechselt, die nur drei oder vier Zeilen lang sind.

King streut auch einen kleinen Insiderwitz für Lovecraft-Fans ein. Auf Seite 76 liest der Zauberer Flagg in seinem Zauberbuch, das »in Menschenhaut gebunden« ist. Er hat »schon tausend Jahre« in diesem Buch gelesen und trotzdem »erst ein Viertel davon geschafft«. Es wurde »auf der fernen Hochebene von Leng von einem Wahnsinnigen namens Alhazred« geschrieben. (Ich war immer der Meinung, daß Lovecrafts Alhazred, der Verfasser des gräßlichen *Nekronomikon*, ein Yamani-Araber war und Leng sich irgendwo in Tibet befindet, etwa viertausend Meilen von Arabien entfernt; aber das ist unwichtig. »Abdul Alhazred« ist sowieso kein richtiger arabischer Name, obwohl es sich um eine Verballhornung von Abdallah Zahr-ad-Din, »Diener-der-göttlichen-Blume-des-Glaubens«, handeln könnte.)

Rolands zwei Söhne wachsen heran. Der ältere, Peter, ist der perfekte strahlende Held: groß, kräftig, stattlich, tapfer, virtuos und intelligent. Er ist so durch und durch befähigt, daß es ihm gelingt, den Wärter zu verprügeln, nachdem er zu Unrecht des Mordes an seinem Vater für schuldig befunden und eingesperrt worden ist, als dieser Wärter ihn verprügeln will.

Der jüngere Sohn, Thomas, wird statt dessen zum König. Aber Thomas gerät nach seinem Vater. Er ist zu dem Zeitpunkt immer noch ein Heranwachsender, ein dicklicher, pickliger, linkischer Nasebohrer, der es zwar auch meistens gut meint, aber nicht besonders klug ist. Er ist schwach, neigt zum Trinken und läßt sich ohne weiteres von Flagg manipulieren. Natürlich zieht der Zauberer Thomas als Rolands Nachfolger dem entschlossenen und klugen Peter vor.

Roland, Thomas und verschiedene nebensächliche Figuren werden gekonnt und glaubwürdig dargestellt und haben die üblichen Stärken und Schwächen menschlicher Wesen. Die unglaubwürdigsten Figuren sind tatsächlich die beiden Hauptkontrahenten, Prinz Peter und Zauberer Flagg; Peter, weil er einfach zu gut ist, um wahr zu sein, und Flagg, weil er zu böse ist, um glaubwürdig zu wirken. Er erinnert einen an Thurbers bösen Herzog, der sich selbst mit den Worten entschuldigt: »Wir haben alle Fehler; meiner ist der, daß ich böse bin.« In unserer Zeit nach Freud fällt es einem belesenen Erwachsenen schwer, an das absolute Böse zu glauben. Ob Gott tot ist oder nicht, Satan ist auf jeden Fall begrenzt.

Menschen, die die Herrschaft von Hitler und Stalin überlebt haben, hüten sich manchmal davor, die menschliche Grausamkeit als begrenzt anzusehen. Aber Hitler und Stalin wurden von verständlicher, wenn auch stark übertriebener Gier nach Macht und Ruhm getrieben und von unversöhnlichem Haß. Davon abgesehen jagte jeder seiner eigenen pervertierten Vision einer besseren Welt nach. Flaggs Begehren ist schlicht und einfach Chaos und Vernichtung, die weder ihm noch anderen einen ersichtlichen Vorteil bringen.

Flaggs Art wird durch sein Wesen erklärt; er ist kein Mensch, sondern ein Ding von einer anderen Ebene. Ein erwachsener Leser dürfte sich fragen: Wenn zur Fauna dieser Ebene Dämonen gehören, wäre es dann nicht wahrscheinlich, daß sie versuchen zu überleben, einander zu beherrschen und kleine Dämonen zu machen so wie andere Organismen auch? Vielleicht brauchte Flagg einen guten Seelenklempner, die es in seiner Heimat nicht gab.

Alles in allem haben wir hier eine entzückende Geschichte, die fast hypnotischen Lesegenuß bietet und mit der unfehlbaren Plausibilität anderer Werke Kings erzählt wird, soweit ich mit ihnen vertraut bin. Ich kenne aber nicht allzu viele. Ich habe keine anderen Romane von ihm gelesen, nur kurze Beiträge in Magazinen. Manche haben mir gefallen, andere nicht. Besonders angetan war ich von »Der Fornit«, wo die Frage gestellt wird: Spukt es in der Schreibmaschine, oder ist der Besitzer paranoid?

Der Grund dafür, daß ich die anderen Romane nicht gelesen habe, ist der, daß ich Horror nicht besonders mag. Als ich jüngst Kings Vorwort zu dem Buch *Kingdom of Fear* gelesen habe, das bei Underwood-Miller erschienen ist, habe ich den Grund dafür herausgefunden. King erklärt, daß er seine Geschichten auf den Urängsten aufbaut, die die Leute von Kindesbeinen an im Hinterkopf haben. Er listet seine eigenen zehn schlimmsten Ängste auf: Angst vor der Dunkelheit, vor glitschigen Dingen, vor Mißbildungen, vor Schlangen und so weiter.

Das Problem ist, nur zwei davon bereiten mir gelindes Unbehagen, während mir die anderen überhaupt nichts ausmachen. Ich *mag* Schlangen, bin aber selbstverständlich nicht so dumm, daß ich eine giftige mit bloßen Händen anfassen würde. Da ich schon als Junge lernte, die Natur zu lieben, interessieren mich alle Organismen. Wenn ich an Gespenster glauben würde, würde ich etwas über ihre Physiologie, ihren Metabolismus und Ethnologie erfahren wollen.

Damit will ich mich nicht selbst als so furchtlos wie ein John Carter darstellen. Ich habe einige Ängste, die ich häufig im täglichen Leben überwinden muß. Das sind Akrophobie (Angst vor großen Höhen, worüber ich in einer Episode meines historischen Romans *The Bronze God of Rhodes* geschrieben habe) und Erythrophobie (Angst vor Peinlichkeiten); aber die stehen nicht auf Kings Liste.

Was seine hervorragenden Eigenschaften anbelangt, so kann man *Die Augen des Drachen* ohne weiteres mit *Der Herr der Ringe* vergleichen, dessen Stärken und Schwächen es auch aufweist. Der erste Band vom *Herrn der Ringe*, nämlich *Die Gefährten*, fängt im selben jugendlichen Tonfall an wie sein Vorgänger, das Kinderbuch *Der kleine Hobbit*. Dieser Tonfall hält sich die fünfzig Seiten des ersten Kapitels hindurch, wo von Bilbos einundelfzigstem Geburtstag und seinem verblüffenden Verschwinden berichtet wird. Danach wird die Erzählweise ganz allmählich erwachsener, obwohl es weitere fünfzig Seiten dauert, bis die Geschichte an Tempo gewinnt.

Als *Der Herr der Ringe* erschien, schrieb der brillante, aber voreingenommene Literaturkritiker Edmund Wilson einen vernichtenden Verriß in *The Nation*, wo er es mit »albernem Geschreibsel« und »pubertärem Mist« und anderen Schimpfworten belegte. Er sagte: »Es ist im Grunde genommen ein Kinderbuch – ein Kinderbuch, das irgendwie außer Kontrolle geraten ist.«

Was Fantasy anbelangt, war Wilson nur schwer zufriedenzustellen; er war gleichermaßen streng mit H. P. Lovecraft, dessen »unsichtbaren pfeifenden Oktopus« er lächerlich machte. Wenn er schon Fantasy lesen mußte, schrieb er, dann bevorzugte er James Branch Cabells zynische Vergeblichkeit und dessen *Weltschmerz*. (Später ging Wilson gnädiger mit Lovecraft um.)

Man hat das Gefühl, wenn King wollte, könnte er heroische Fantasy für Erwachsene ohne den Makel jugendlicher Unreife schreiben, und zwar so gut wie die Besten, die heute in diesem Subgenre schreiben. Aber er müßte seine Geschichte geradlinig erzählen, ohne die vage und nie richtig aufgelöste Vieldeutigkeit seiner »Revolvermann«-Serie.

Aber ich bin sicher, King wird weiter das schreiben, was er möchte, ohne auf das zu achten, was ich zu sagen habe. Wie dem auch sei, das Ende von *Die Augen des Drachen* läßt die Tür weit offen für eine Fortsetzung. Ich sehe diesem möglichen weiteren Roman mit derselben eifrigen Vorfreude entgegen wie damals dem zweiten Buch von *Der Herr der Ringe*. Und da ich, um es einmal höflich zu sagen, das jugendliche Alter bereits hinter mir gelassen habe, kann ich nur hoffen, daß sich King nicht allzuviel Zeit damit läßt.

JOACHIM KÖRBER

Der Mythos vom Dunklen Turm

Die Saga vom Dunklen Turm gehört ohne Zweifel zu den kontrover-
sesten und eigenwilligsten Werken von Stephen King, da sie sich radikal von dem unterscheidet, was die Leserschaft sonst von ihm gewöhnt sein mag. Auch die Umstände der Veröffentlichung trugen mit
dazu bei. Der erste Teil dieser auf ca. 5–7 Bände angelegten epischen
Geschichte erschien über einen Zeitraum von vier Jahren hinweg in
der Zeitschrift *The Magazine of Fantasy and Science Fiction* in Form von
fünf Kurzgeschichten, die 1982 mit einem zusätzlichen Nachwort als
Buch unter dem Titel *The Dark Tower: The Gunslinger* erschienen. Der
Verleger, Donald M. Grant, ein Kleinverlag in USA, der sich auf limitierte Ausgaben spezialisiert hat, legte (neben einer Vorzugsausgabe) 10000 Exemplare auf, die bald ausverkauft waren. Stephen
King selbst scheint nicht so recht an den Erfolg seines Buches geglaubt zu haben, denn er verkündete, daß es von diesem Werk – da es
zu speziell und nur für ein kleines Publikum von Interesse sei – keine
Massenauflage geben werde. Als es dann in dem 1983 erschienenen
Roman *Friedhof der Kuscheltiere* unter den bisher von Stephen King erschienenen Werken auftauchte, setzte ein wahrer Sturmlauf auf die
Buchhandlungen ein. King selbst und Donald Grant wurden von An-
fragen überschüttet, was dazu führte, daß Grant eine zweite Auflage
von zehntausend Exemplaren drucken ließ. Stephen King glaubte,
damit die noch Interessierten zufriedenstellen zu können. Schon
allein diese Vorgehensweise sorgte für Aufsehen und machte das
Buch zu einem der gesuchtesten und teuersten Titel von Stephen
King in Sammlerkreisen.

Der Grund für Kings Zurückhaltung mag darin begründet liegen,
daß das Buch in der Tat anders als alle anderen Werke aus seiner Feder ist. Bemüht er sich in seinen sonstigen Büchern darum, Horror
fest in einer präzise gezeichneten, vom Leser nachvollziehbaren Alltagswelt zu verwurzeln (und auch Science-fiction-Epen wie *Das letzte
Gefecht* nehmen letztendlich ihren Anfang in der uns vertrauten
Welt), so ist der Schauplatz von *Schwarz* (so der deutsche Titel des
Buches) von vorneherein eine unbekannte, fremde und seltsame
nachapokalyptische Welt des Untergangs. Das Buch wird von den
meisten Kritikern stets außerhalb des Kingschen Kanons gestellt und
als Besonderheit betrachtet, die wenig bis keinen Zusammenhang mit

seinen anderen Büchern hat. Ganz so einfach ist es freilich nicht, und der Zusammenhang stellt sich her, wenn man bedenkt, daß sich King in allen seinen Romanen mit Mythen des zwanzigsten Jahrhunderts beschäftigt. Produktwerbung, »bekannte Namen« von Alltagserzeugnissen – Coca-Cola, Diamond Blue Tip-Streichhölzer usw. – sind seine Markenzeichen geworden, und man hat ihm sogar schon den absurden Vorwurf gemacht, er würde für diese Werbung bezahlt werden. In Wirklichkeit dienen diese Stilmittel natürlich nur dazu, das Netz der vom Leser erkennbaren realen Wirklichkeit dichter zu knüpfen, was den Realismus der Geschichte ungeheuer steigert und die Wirkung des Horror-Elements ungleich glaubwürdiger macht, wenn es schließlich in diese durch und durch normale Alltagswelt eingeführt wird.

Neben diesen Werbe-Mythen hat das zwanzigste Jahrhundert aber auch noch eine Reihe anderer Standard-Mythen hervorgebracht, die weitgehend aus Kino, Fernsehen und der populären Unterhaltungsliteratur stammen. Diese Mythen, die in Kings anderen Büchern als schmückendes Beiwerk fungieren, werden in *Schwarz* aus ihrem Rand-Dasein herausgeholt und in den Mittelpunkt gestellt; sie bilden den Hintergrund und Inhalt der Geschichte, die von Roland, dem letzten Revolvermann einer sterbenden Welt handelt. Wie viele Protagonisten Kings ist er auf der Reise, auf der Suche nach einem »Mann in Schwarz«, den er – erfährt man – schon um die halbe Welt verfolgt hat. King arbeitet in diesem Buch nicht mit real gezeichneten, glaubwürdigen Figuren – Menschen von nebenan, sozusagen –, vielmehr ist jede der in *Schwarz* vorkommenden Personen ein Symbol; Roland, am deutlichsten, ist das Symbol seiner sterbenden Welt, letzter Angehöriger einer Kaste, die trotz ihres strengen Ehrenkodex (oder vielleicht gerade deshalb) den Untergang nicht verhindern konnte. Roland verkörpert in überzeichneter Form alle Eigenschaften, die King schätzt und die den »amerikanischen Traum« ausmachen: Ehrlichkeit, Entschlossenheit, Tapferkeit und den Willen, die »letzte Grenze« zu erforschen und Neuland zu erobern. Diese Eigenschaften haben, wie King in zahlreichen Interviews immer wieder gesagt hat, den amerikanischen Traum aufgebaut, aber dieser hat sich (wie Bücher wie *Das letzte Gefecht* und ganz besonders die ökologische Fantasy *Der Talisman* aufzeigen) längst in einen Alptraum verwandelt. Es ist daher sicher nicht übertrieben, wenn man Rolands Welt auch als Symbol für den Untergang des amerikanischen Traums betrachtet.

King schafft in *Schwarz* (wie – auf einer völlig anderen Ebene – in *Es*) einen Über-Mythos; doch anders als in *Es* setzt dieser Mythos die früheren, auf denen er basiert, nicht außer Kraft, sondern verinnerlicht sie. Das Buch ist ein sonderbares Amalgam aus Western, Fantasy und Science-fiction, sowie einigen realistischen Szenen – was natürlich Summe und Quintessenz der amerikanischen Unterhaltungsliteratur der letzten dreißig Jahre ist. Und die Figuren in dieser Geschichte (das ist der krasseste Unterschied zu anderen Büchern Kings), sind sich ihres fiktionalen Charakters stets bewußt; sie spielen Rollen, was ihnen klar ist und was sie auch dem Leser vermitteln, und damit erzeugt King eine absurde Situation, die mit den Romanen eines Thomas Pynchon vergleichbar ist, denn auch bei ihm sind sich die Handlungsträger des Romans stets ihres fiktionalen Charakters bewußt. Am deutlichsten spricht dies Roland selbst aus, als er auf die Barbesitzerin Allison trifft und denkt: »Und sie war einmal hübsch gewesen, vielleicht sogar schön. Nicht, daß das eine Rolle gespielt hätte. Es hätte keine Rolle gespielt, wenn Grabkäfer in der unfruchtbaren Schwärze ihres Schoßes genistet hätten. Es stand alles geschrieben.«

Die klassische Mythologie des Western verlangt förmlich, daß sich der Outlaw, der in die Stadt kommt, in die Saloonbesitzerin verliebt, die auf ihre Weise ebenfalls eine Außenseiterin ist, von allen begehrt und gleichzeitig von allen verachtet. Roland weiß und anerkennt, daß er sich seiner Rolle nicht entziehen kann. »Es stand alles geschrieben.« Lieben freilich kann er die Frau nicht, denn in Rolands Welt sind Gefühle ebenso ausgetrocknet wie die Wüste ringsum, aber er schläft mit ihr und erfüllt damit den ihm zugewiesenen Part.

Zu den literarischen Vorfahren von *Schwarz* zählt vielleicht am deutlichsten die Suche nach dem Gral. Auch Roland ist auf der Suche – er sucht den Mann in Schwarz, und zwar aus Gründen, die zunächst nicht ersichtlich sind, sich aber am Ende des Buches offenbaren. Das eigentliche Ziel seiner Suche aber – gewissermaßen sein »Gral« – ist der Dunkle Turm, ein legendärer Brennpunkt von Raum und Zeit, wo es vielleicht Hoffnung für die sterbende Welt des Revolvermanns geben kann. Roland weiß nicht, wie er diesen Turm finden kann, hofft aber, daß der Mann in Schwarz es ihm sagt.

Die Handlung des Episodenromans ist vergleichsweise simpel und wird schon im ersten Satz adäquat zum Ausdruck gebracht: »Der Mann in Schwarz floh durch die Wüste, und der Revolvermann folgte ihm.« Ausgehend von diesem Satz konstruiert King eine epische Suche (wie in *Der Talisman*), die in vielschichtigen Rückblenden und Geschichten-in-Geschichten erzählt wird. Roland, der besagte Revolvermann, begegnet bei seiner Verfolgung des Mannes in Schwarz einem einsamen Grenzbewohner vor der großen Wüste, die er durchqueren muß, der ihm Hinweise auf den Zauberer gibt. Roland erzählt ihm von der letzten Stadt, die er besuchte, wo der Mann

433

in Schwarz einen Zauber wirkte und einen Toten wiedererweckte. Als sich die Bewohner in religiösem Fanatismus auf ihn stürzen, erschießt Roland sie alle, damit sie ihn nicht von seiner Mission, den sagenhaften Dunklen Turm zu finden, abhalten können. Literarische Anspielungen, die bei King stets eine wichtige Rolle spielen, finden sich auch in dieser ersten Episode, »Der Revolvermann«: Der sprechende Rabe Zoltan, den Roland bei dem Grenzbewohner sieht, ist natürlich eine Referenz an Edgar Allen Poes unsterblichen Raben, während andere Phrasen und Ausdrücke direkt bei großen Vorbildern entlehnt sind, »Mistah Norton tot« zum Beispiel aus Joseph Conrads *Herz der Finsternis.*

»Das Rasthaus« schildert die weitere Reise von Roland dem Revolvermann. In dem besagten Rasthaus lernt er den Jungen Jake kennen, und hier finden sich erstmals Andeutungen, daß die zum Untergang verdammte Welt Rolands nur eine von vielen ist, denn Jake erzählt die Geschichte, wie er in Rolands Welt verschlagen wurde – er wurde von dem Mann in Schwarz in einer Welt, die ganz offensichtlich unsere ist, getötet und hier wiedergeboren.

Vorahnungen künftiger Ereignisse finden sich in »Das Orakel und die Berge«. Als Roland und Jake die Wüste hinter sich gelassen haben, finden sie am Fuß der Berge ein uraltes Orakel, das Roland die Zukunft weissagt. Drei ist seine Schicksalszahl, drei Menschen muß er auserwählen, damit er seine Suche nach dem Turm fortsetzen kann. Roland kann zunächst (ebenso wie der Leser) nicht begreifen, wer und was diese Drei sind. Seine Suche nach ihnen – ein Kapitel seiner umfassenderen und größeren Suche, bildet den Inhalt des zweiten Bandes der Saga. Roland wird klar, daß er den Jungen Jake opfern muß. Er starb in seiner Welt, und er wird noch einmal sterben müssen, damit Roland sein Ziel, das zur Besessenheit geraten ist, weiter verfolgen kann. Es ist dies eine moralische Entscheidung, die der Mann in Schwarz dem Revolvermann aufzwingt (nachdem Roland und Jake in »Die Langsamen Mutanten« durch ein unterirdisches Bergwerk gereist sind, eine Passage, die in ihrer Eindringlichkeit an Tolkiens Schilderung der Ruinen von Moira im *Herrn der Ringe* erinnert). Er zeigt sich Roland, als Jake zwischen Leben und Tod an einer zusammenstürzenden Brücke hängt. Roland kann Jake retten und den Mann in Schwarz, den er endlich greifbar vor Augen hat, wieder verlieren, oder er kann Jake opfern und dafür den Mann in Schwarz erreichen. Roland opfert Jake und trifft sich mit dem Mann in Schwarz jenseits des Gebirges. Diese Entscheidung ist von entscheidender Wichtigkeit, denn sie symbolisiert für Roland einen Prozeß der Menschwerdung. Indem er seinen eisernen Ehrenkodex über Bord wirft, um ein größeres Ziel zu erreichen, bricht er aus der ihm zugeschriebenen Rolle des Mythos aus. Diese Menschwerdung setzt sich im Folgeband fort, in dem sich Roland vollends vom Symbol zum Menschen entwickelt.

Die Konfrontation in »Der Revolvermann und der Mann in Schwarz« endet wiederum damit, daß Roland seine Zukunft geweissagt wird – dieses Mal vom Mann in Schwarz selbst, der ein Tarotblatt mischt und die Gestalten zieht, die für Rolands Zukunft entscheidend sind: der Gefangene, die Herrin der Schatten, der Gehängte, der Turm selbst, der Tod (»aber nicht für dich, Revolvermann«) und das Leben, aber auch nicht für Roland. Der Mann in Schwarz zeigt Roland in einer atemberaubenden Vision die Vielzahl möglicher Universen, in der das Universum des Revolvermanns lediglich ein Atom in einem Grashalm einer fremden Welt sein könnte. All diese Universen sind im Brennpunkt des Dunklen Turms verbunden, und dort kann Roland seine sterbende Welt vielleicht retten. Der Mystizismus, der den gesamten Band durchzieht, erreicht hier seinen Höhepunkt. Der Mann in Schwarz eröffnet Roland, daß er seinen Meister, einen großen Zauberer namens Maerlyn, der rückwärts in der Zeit lebt (eine Vorstellung des Arthurschen Zauberers, die aus T. H. Whites Romanzyklus »The Once And Future King« entlehnt ist), besiegen muß, und danach das noch größere »Tier« (eine Anspielung auf die Offenbarung Johannes). Er beschließt seine Vision mit den Worten »Es werde Licht«, und Roland erwacht. Der Mann in Schwarz ist ein Skelett, Rolands Haar ist grau geworden. Innerhalb einer Nacht sind zehn Jahre vergangen.

Diese Wiedergeburt Rolands ist ebenfalls Bestandteil der zuvor angedeuteten Menschwerdung, die den Leser auf das einstimmt, was er noch zu erwarten hat. Denn im zweiten Band der Saga, der 1987 in den USA erschien, ist Roland nicht mehr das stilisierte Symbol einer Popkultur-Wirklichkeit, sondern ein vertrauter, »normaler« Mensch, der zwischen zwei Welten einhergeht – seiner eigenen und unseren.

Das Buch mit dem Titel *The Dark Tower II: The Drawing of the Three* (deutscher Titel: *Drei*) erschien 1987 wieder im Kleinverlag von Donald M. Grant in einer Vorzugsausgabe und einer »einmaligen« Auflage von 30000 Exemplaren, die schon vor Erscheinen des Buches durch Vorbestellungen ausverkauft waren. 1988 schließlich ließ sich King durch das anhaltende Interesse an der Saga vom Dunklen Turm umstimmen und genehmigte einen Nachdruck in unbegrenzter Auflage. Paperback-Ausgaben der beiden Bände erschienen 1988/89 in Kings Hausverlag NAL.

Die Handlung von *Drei* beginnt sieben Stunden nach dem Ende von *Schwarz*. Roland sitzt nach seiner Begegnung mit dem Mann in Schwarz, der, wie sich herausstellte, ein Vertrauter von Rolands Vater war und diesen zusammen mit dem Zauberer Marten verriet, am Ufer des Meeres. Dort wird er von seltsamen Wesen angegriffen, die aus dem Wasser kommen. Die Wunde entzündet sich, und Roland wird an Blutvergiftung sterben, wenn er kein Gegenmittel bekommt. Noch während er über die Prophezeiung des Mannes in Schwarz nachdenkt, daß er drei Helfer auserwählen muß, die ihm bei seiner Suche nach dem Turm helfen, erscheint am Strand eine Tür. Als Roland sie aufmacht, findet er sich im Kopf von Eddie Dean wieder, einem Drogenschmuggler und Heroinsüchtigen in unserer Welt. Er beschafft sich mit Eddies Hilfe Antibiotika für seine Verletzungen und holt diesen nach einigen Abenteuern in seine Welt hinüber. Danach schließt sich diese Tür.

Roland und Eddie ziehen weiter nach Westen, wie der Mann in Schwarz es ihm aufgetragen hat. Wenig später kommen sie an eine zweite Tür. Auch diese öffnet sich in unsere Welt, aber in eine andere Zeit, nämlich die späten fünfziger Jahre. Roland ist im Kopf von Odetta Holmes, einer schwarzen Bürgerrechtlerin, die vor Jahren unter eine U-Bahn gestoßen wurde und seither gelähmt im Rollstuhl sitzt. Dieses Erlebnis hat sie schizophren gemacht. Ihre andere Persönlichkeit, Detta Walker, ist das genaue Gegenteil von ihr: eine böse und billige Schlampe. Roland holt sie in seine Welt und muß sich dann, zusammen mit Eddie, mit ihren beiden Persönlichkeiten herumschlagen, die wechselweise und vollkommen unvorhersehbar die Oberhand gewinnen.

Nach einer weiteren Reise westwärts, während der sich Rolands Zustand wieder verschlechtert, da das Penizillin nicht ausgereicht hat, gelangen sie zur dritten Tür, die wiederum in unsere Welt führt, noch früher. Roland ist im Kopf eines Mörders, der Odetta als junges Mädchen schwer verletzte und sie Jahre später unter die U-Bahn stieß. Roland zwingt ihn, sich selbst unter eine fahrende U-Bahn zu werfen, und sorgt dafür, daß Detta Walker zusieht. Durch den Schock und das Wissen, daß die Tat gesühnt wurde, verschmelzen die beiden Persönlichkeiten zu einer dritten, Susan – diese drei Persönlichkeiten sind die drei Auserwählten des Titels, die Roland bei der Suche helfen können.

War *Schwarz* in einem fremden Phantasieland jenseits von Raum und Zeit angesiedelt, so liegt *Drei* schon wesentlich deutlicher im Stephen King-Land. Da das Buch nicht aus zusammengesetzten Geschichten besteht, macht es einen viel homogeneren und in sich geschlosseneren Eindruck. Ein Unterschied zu Kings anderen Büchern bleibt jedoch: wir haben es nicht mit Episoden und Vorkommnissen zu tun, die sich *zwangsläufig aus der Handlung ergeben*, sondern die Ereignisse dienen nur dazu, *die Handlung voranzutreiben*. Ursache und

Wirkung sind genau umgekehrt als in Kings anderen Romanen, und *Drei* fehlt die zwingende innere Logik dieser anderen Bücher. Zwar werden zahlreiche Rätsel des ersten Bandes gelöst, aber es werden genügend neue aufgeworfen: Woher kommen, zum Beispiel, die Türen in unsere Welt genau dann, wenn Roland sie braucht, und verschwinden wieder, wenn er sie nicht mehr braucht? Diese ungelösten Fragen zeigen, daß *Schwarz* und *Drei* tatsächlich nur Bausteine eines ungleich umfangreicheren Werkes sind, dessen höchst komplexen Charakter sie nur andeutungsweise offenbaren. Auch Rolands Herkunft und die Ereignisse, die zum Untergang seiner Welt führen, sind nur teilweise erklärt. Ihre Schilderung hat der Autor für einen späteren Band mit dem vorläufigen Arbeitstitel *Wizard and Glass* aufgehoben.

Worauf King mit dem Zyklus hinzuarbeiten scheint, könnte in der Tat ein Mythos sein, um alle Mythen zu beenden, ein Mythos, der alle bisherigen Mythen der Geschichte, seien es klassische Mythen der Antike oder moderne Mythen des zwanzigsten Jahrhunderts, die so explizit den ersten Teil von *Der Dunkle Turm* bestimmen, außer Kraft setzt, indem er sie assimiliert und verfremdet und den Über-Mythos erzeugt, in dem sie als winzige Bestandteile des Ganzen weiterexistieren.

Der Zyklus gehört in Kings Werk sicher zu den unterschätztesten Büchern und wurde bisher grob vernachlässigt. Das wird sich hoffentlich mit der Massenauflage der Bände ändern, denn es sind in der Tat faszinierende Bücher, anders als der »übliche King«, aber auf jeden Fall lesenswert. Mit *Drei* ist der Dunkle Turm nähergerückt, wie King selbst schreibt: »Dieser längere zweite Band läßt immer noch viele Fragen unbeantwortet, und der Höhepunkt der Geschichte liegt noch in ferner Zukunft, aber ich finde, es ist ein wesentlich in sich abgeschlossenerer Band als der erste. Und der Turm ist nähergerückt.«

Roland verfolgt sein Ziel – seinen Dunklen Turm, den Brennpunkt von Raum und Zeit – unbeirrbar weiter. Er weiß nicht, was die Zukunft und das Schicksal – jene Macht, die im gesamten Zyklus so überdeutlich und rätselhaft am Walten ist – für ihn bereithalten. Stephen King weiß es offenbar, wie das Nachwort zeigt. Doch vorerst können wir, seine Leser, so wie Roland, nur warten. Und nach Lektüre der nuancenreichen und fesselnden ersten Bände, kann man nur hoffen, daß es nicht zu lange dauert.

HANS JOACHIM ALPERS

King als Bachman

1. Endspurt in den Tod

Zwischen den Jahren 1977 und 1984 schrieb Stephen King insgesamt
fünf Romane unter dem Pseudonym Richard Bachman, die nachträg-
lich in die Bestsellerlisten rutschten, als der Name des wahren Urhe-
bers bekannt wurde. Dabei hätten diese Bücher auch ohne den King-
Bonus ein breites Lesepublikum verdient gehabt, denn Stephen King
versteckte sich keineswegs hinter diesem Pseudonym, um minder-
wertige Abfallprodukte aus seiner Romanwerkstatt an den Mann zu
bringen. Tatsächlich zählen einige der Bachman-Romane, etwa *Menschenjagd*, sogar zum Besten, was er bislang geschrieben hat. Im Mittelpunkt stehen wie stets bei diesem Autor mit großem psychologischen Einfühlungsvermögen geschilderte Charaktere, die in Extrem-
situationen geraten oder sich in diese hineinbegeben. Menschen, die
sich befreien wollen, und sei es um den Preis ihres Lebens. Menschen, die nur noch einen Weg sehen oder die auf diesen einen Weg
gestoßen werden, einen Weg aus ihrer Existenz heraus. Menschen,
die zum Endspurt in den Tod ansetzen. Nur einer von Kings Protagonisten in diesen fünf Büchern überlebt, und dieser eine landet in
einer psychiatrischen Anstalt. Die Bachman-Romane sind enorm
spannende Thriller, zwei davon mit einem Science-fiction-Hintergrund, und keine Horror-Romane im eigentlichen Sinne, in denen
das Grauen jedoch auf subtile Art in der auf den Tod zusteuernden
Ausweglosigkeit der Protagonisten sowie dem Erschrecken über das,
was Menschen anderen Menschen antun können, jederzeit präsent
ist.

2. Saat der Gewalt: *Amok*

Amok, das erste Bachman-Werk, erschien 1977. Handlungsort des
Romans ist eine amerikanische Schule. Der halbwüchsige Charles
Decker beobachtet während des Algebra-Unterrichts müßig ein Eich-
hörnchen, das auf dem Rasen vor der Schule nach Nahrung sucht.
Charlie, wie man ihn nennt, bisher nie negativ aufgefallen, wird we-
nig später zu Mr. Denver, dem Schuldirektor, gerufen, weil er – of-

fenbar völlig unmotiviert – einen Lehrer beinahe totgeschlagen hat. Statt Reue zu zeigen, bringt Charlie Mr. Denver mit obszönen Vorschlägen wie »Hol ihn raus, Partner. Noch besser, hol Mr. Grace dazu, dann wichsen wir uns einen zu dritt« zur Weißglut und behauptet anschließend im Vorzimmer des Rektors, Denver habe ihn vergewaltigen wollen. Die Folge: Charlie wird der Schule verwiesen und aufgefordert, seine Bücher abzugeben und nach Hause zu gehen.

Nichts dergleichen tut Charlie. Auf dem Rückweg in den Klassenraum begibt er sich zu seinem Spind, nimmt die dort versteckte Pistole seines Vaters und eine Schachtel Patronen an sich, zündet mit einem Feuerzeug die Sachen in seinem Spind an, kehrt in den Algebra-Unterricht zurück und erschießt ohne Not und ohne Vorankündigung die Lehrerin Mrs. Underwood.

Charlies Klassenkameraden starren ihn wortlos an: »Sie saßen in benommenem Schweigen da und sahen mich aufmerksam an, als hätte ich soeben angekündigt, ich würde ihnen erzählen, wie sie alle für Freitagabend kostenlose Eintrittskarten fürs Autokino von Placerville bekommen könnten.«

Charlie setzt sich ans Lehrerpult, räumt die Beine von Mrs. Underwoods Leiche aus dem Weg, nimmt gelassen den Feueralarm zur Kenntnis, vertreibt einen die Tür aufreißenden anderen Lehrer, indem er auf ihn schießt (ihn aber verfehlt), trifft einen dritten Eindringling in den Hals, befiehlt dem Anführer der Klasse, Ted Jones, die Tür abzuschließen, feuert nochmals auf einen Störenfried und wartet ab. »Die Klasse (vielleicht mit Ausnahme von Ted) beobachtete die ganze Aktion mit Interesse, als wäre sie zufällig in einen ziemlich guten Kinofilm geraten.« Charlie hat seine Klassenkameraden als Geiseln genommen.

Was hat Charlie zu dieser Tat getrieben? Brach hier der Konflikt mit seinem verhaßten Vater auf, einem unsensiblen Kommißkopf, egoistisch und hart, der Charlie für ein Muttersöhnchen hält und ihn liebend gern mit seinem Hosengürtel verprügelt, der damit angibt, daß er seiner Frau die Nase aufschlitzen würde, sollte er sie jemals mit einem anderen Mann im Bett erwischen? Charlie jedenfalls hat die Lektion gelernt, als er sich gegen seinen Vater zur Wehr setzt und diesen so sehr reizt, daß der zur Harke greift, um ihm den Schädel einzuschlagen, sie aber wieder beiseite stellt, als Charlie zu einem Beil greift: Man kann mit jedem fertig werden, »wenn man einen Knüppel hat, der groß genug ist«. Einen Schraubenschlüssel etwa, wie bei Mr. Carlsen, dem Lehrer, der ihn für sein Versagen an der Wandtafel lächerlich macht, oder eine Pistole ... Dabei fühlt sich Charlie durchaus als geistig normal, wenngleich wie jedermann »mit einem dunklen Gesicht auf der anderen Seite des Spiegels«, als eine

440

Art Croupier, der etwas in Gang setzt, aber das Spiel nicht erfunden hat:

»Die andere Seite zeigt, daß das Universum all die Logik eines kleinen Jungen in einem Cowboykostüm an Fasching hat, eines Jungen, dessen Gedärm und Süßigkeiten über eine Meile auf der Autobahn verstreut sind. Dies ist die Logik von Napalm, Paranoia, Aktentaschenbomben, die von glücklichen Arabern getragen werden, zufälligen Krebsgeschwüren. Diese Logik frißt sich selbst. Sie sagt, das Leben ist ein Affentheater, das Leben dreht sich so irrsinnig und unberechenbar wie die Münze, die sie werfen, um festzustellen, wer die Runde bezahlen muß.

Niemand sieht auf diese Seite, solange er es nicht muß, und ich kann das verstehen. Man sieht es, wenn man mit einem Betrunkenen in einer dieser PS-Bomben fährt, der Vollgas gibt und darüber jammert, daß seine Frau ihm den Laufpaß gegeben hat; man sieht es, wenn irgendein Typ sich entschließt, durch Indiana zu fahren und Kinder auf Fahrrädern abzuknallen; man sieht es, wenn einem seine Schwester sagt: ›Ich gehe nur mal kurz unten im Laden einkaufen‹, und wenn sie dann bei einem Überfall getötet wird. Man sieht es, wenn man seinen Vater über die Möglichkeit sprechen hört, der Mama die Nase aufzuschlitzen. Es ist ein Roulett, doch wer sagt, daß das Spiel manipuliert ist, der ist ein Miesmacher. Ganz gleich, wie viele Zahlen es gibt, das Prinzip dieser kleinen, weißen, tanzenden Kugel ändert sich nie. Keiner soll sagen, das sei verrückt. Es ist alles ganz cool und normal.«

Normal ist auch, als Kind vertraut damit zu sein, »mit der Gewalt zu leben, mit den alltäglichen Faustkämpfen in der Turnhalle, mit den Krawallen in Lewiston, den Schlägereien im Fernsehen, den Morden in den Filmen. Die meisten von uns hatten in unserem örtlichen Autokino gesehen, wie ein kleines Mädchen Erbsensuppe von oben bis unten über einen Priester gekotzt hatte. Der Tod von Mrs. Underwood war im Vergleich dazu kein großer Schock.«

Aber Charlies Tat schafft den Rahmen dafür, daß auch die dunkle Seite seiner Mitschüler zum Vorschein kommen kann. Während draußen die Schule belagert und nach Möglichkeiten gesucht wird, der Lage Herr zu werden, blättert im Klassenraum die zivilisatorische Tünche ab. Charlie hilft nach, indem er von seinem Vater erzählt. Er erlebt die Genugtuung, daß sogar der coole Ted, Sohn eines reichen Bankiers, durch einen Mitschüler bloßgestellt wird: Teds Mutter ist Alkoholikerin. Eine Katastrophe für den Goldjungen, der während der Entziehungskur zu Hause helfen und dafür sein geliebtes Footballspielen aufgeben mußte. Er haßt sie. Mr. Grace, der Schulpsychologe, taucht auf, und Charlie zwingt ihn mit der Drohung, sonst eine

seiner Geiseln zu erschießen, zu einem Frage-Antwort-Spiel, aus
dem der Mann gebrochen hervorgeht. Das bringt ihm die Bewunderung seiner Klassenkameraden ein. Er ist nicht der einzige, der den
Drang verspürt, Köpfe rollen zu sehen. Und nun fallen die Schüler
übereinander her, artikulieren ihren Haß und ihre unterdrückten
Vorurteile, versuchen einander im tiefsten Inneren zu verletzen, richten schließlich ihre ganze Wut auf den einst so strahlenden Helden
Ted und machen ihn fertig. Charlie, der auch durch den Schuß eines
Scharfschützen nicht zu stoppen ist, weil die Kugel von dem Vorhängeschloß des Spinds abprallt, das er in die Brusttasche seines Hemdes
gesteckt hatte, läßt am Ende alle Geiseln frei, präsentiert den Belage-
rern als Höhepunkt den sabbernden Ted, provoziert weitere Schüsse,
die ihn aber nicht töten, und wird fortan in einer psychiatrischen Anstalt schockbehandelt.

3. Die Einsamkeit des Langstreckenläufers: *Todesmarsch*

Zu den drei Zitaten, die *Todesmarsch* (1979) einleiten, gehört sinniger-
weise ein Spruch von John F. Kennedy aus dem Jahr 1962: »Ich
möchte jeden Amerikaner ermuntern, so oft wie möglich zu wandern. Es ist nicht nur gesund; es bringt auch Spaß.«
Die Teilnehmer des in diesem Roman geschilderten ganz speziellen sportlichen Wettbewerbs würden diesem Statement vermutlich
nicht unbedingt zustimmen wollen, denn daß ihr langer Marsch für
99 der 100 Starter ausgesprochen ungesund ausgehen wird, ist ihnen
von vornherein klar, und es ist auch nicht die Hoffnung auf Spaß, die
sie zum Mitmachen motiviert. Was sie antreibt ist vielmehr die Hoffnung auf den Sieg und die damit verbundene Siegprämie: Luxus bis
ans Lebensende. Das Spektakel findet einmal jährlich in einem Amerika der Zukunft statt, in dem das Militär die Macht übernommen hat.
Der »Major« übt als Diktator die Macht aus, und er ist auch der
Schirmherr dieses Marathons der Geher, das er zum eigenen wie zum
Ergötzen seiner Untertanen in Szene setzen läßt. Aus der Schar der
Bewerber werden hundert Jugendliche ausgelost, die ohne eine
Pause tagelang marschieren und dabei eine Mindestgeschwindigkeit
von 4 Meilen pro Stunde einhalten müssen. Wer langsamer wird, er-
hält bis zu drei Verwarnungen. Geht er auch nach der dritten Verwar-
nung nicht schneller, wird er von den Soldaten des Majors, die die
Geher mit ihren Schützenpanzern eskortieren, erschossen. Erst nach
drei Stunden ohne Verwarnung erlischt das »Vorstrafenregister«,
und der Marschierer kann wieder riskieren, sich erneut hart am
Rande des Geschwindigkeitslimits zu bewegen. Marschverpflegung

darf mitgenommen werden, aber Gaben von Zuschauern sind nicht erlaubt.

Garraty Raymond Davis ist einer der hundert Marschierer. Seine Mutter hat vergeblich versucht, ihm die Sache auszureden, und sein Vater kann ihn nicht hindern, weil er nicht mehr lebt: Die Soldaten des Majors haben ihn eines Tages abgeholt, nachdem er wohl einmal zu oft und vor den falschen Ohren geäußert hatte, daß der Major ein »gefährliches Ungeheuer, ein von der Gesellschaft geförderter Soziopath« sei.

Die Teilnehmer kennen einander vorher nicht, lernen sich zum Teil aber während des Marsches kennen, nehmen zumindest dann voneinander Notiz, wenn die Verwarnungen ausgesprochen werden oder der Konkurrent im Kugelhagel endet. Da ist zum Beispiel der dünne Stebbins mit seinem Marmeladebrot und seiner lila Hose, der sich stets am Ende des Feldes aufhält und als erster eine Verwarnung einfängt, diese aber provoziert hat, um seinen Spielraum auszuloten. Das ist McVries mit der häßlichen Narbe auf der Wange, der einen kräftigen, durchtrainierten Eindruck macht. Mit ihm freundet sich Garraty bald an. Da sind Olsen und Baker, die sich der Gruppe zugesellen, und da ist Barkovitch mit seinem »Plan«, seinem sprunghaften Laufstil – mal dem Feld voraus, mal am Schluß bei Stebbins –, der sich mit seiner unkameradschaftlichen Art rasch von den anderen isoliert.

Und am Rande der Strecke wartet ihr Publikum: Familien, die in den Vorgärten der Häuser sitzen, den Gehern zuwinken und dabei ihre Coca-Cola schlürfen; Fans, die einzelne Teilnehmer zu ihren Helden auserkoren haben. Besonders der gutaussehende Garraty weckt Sympathien, und für einen Kuß eines hübschen sechzehnjährigen Mädchens, das ihn mit einem Plakat anspornt, nimmt er sogar eine Verwarnung in Kauf.

Eigenartige Beziehungen entwickeln sich. Im Grunde weiß jeder, daß er nur gewinnen (und damit überhaupt überleben) kann, wenn er die anderen besiegt, länger als diese durchhält. Gleichzeitig kommen Kameradschaft und Freundschaft auf: »Ich mag dich«, sagt McVries zum Beispiel zu Garraty, »aber wenn du hinfallen solltest, werde ich dir nicht aufhelfen.«

Ein Mann namens Curley droht das erste Opfer zu werden. Er hat einen Wadenkrampf und kassiert drei Verwarnungen, aber der Krampf löst sich gerade noch rechtzeitig, um den Todesschüssen zu entgehen.

»Keiner sagte etwas. Garraty empfand eine widerwillige Enttäuschung. Das war gemein und unsportlich, aber er hätte es zu gern gesehen, daß jemand vor ihm aus dem Rennen schied. Wer wollte schon als erster erledigt werden?«

Curley geht weiter, alles scheint wieder in Ordnung zu sein – bis der Krampf zurückkehrt.

»Auf einmal wurde alles sehr langsam, als ob die Geschehnisse sich Curley anpassen wollten. Die Soldaten auf dem kriechenden Panzerwagen hoben ihre Gewehre. Die Zuschauermenge hielt überrascht den Atem an, so, als hätte sie nicht gewußt, daß die Sache nun einmal so lief. Auch die Geher hielten die Luft an, als hätten sie es ebenfalls nicht gewußt. Und Garraty schnappte mit ihnen nach Luft, aber natürlich hatte er es gewußt. Sie alle wußten es. Es war ganz einfach. Curley kriegte jetzt seinen Strafzettel.

Die Gewehre knackten, als sie entsichert wurden. Die Jungen wichen entsetzt vor Curley zurück. Plötzlich befand er sich ganz allein auf der sonnenüberfluteten Straße.

›Das ist nicht fair!‹ schrie er. ›Es ist einfach nicht fair!‹

Die weitermarschierenden Jungen erreichten eine von Bäumen beschattete Stelle. Einige von ihnen blickten zurück, andere sahen stur geradeaus, als hätten sie Angst hinzusehen. Garraty gehörte zu denen, die zurücksahen, er konnte nicht anders. Die vereinzelt winkenden Zuschauer waren plötzlich still, als ob jemand sie einfach abgeschaltet hätte.

›Das ist nicht –‹

Vier Karabiner feuerten los. Sie waren sehr laut. Der Krach rollte in die Ferne wie das Geräusch von Bowlingkugeln, traf auf die Hügel und kam wieder zurück. Curleys knochiges, pickeliges Gesicht verschwand in einem Brei aus Blut, Hirn und herumfliegenden Teilen von Schädelknochen. Sein Körper fiel wie ein Mehlsack auf den weißen Mittelstreifen.

Da waren's nur noch 99, dachte Garraty, und ihm wurde schlecht. 99 Flaschen hängen an der Wand, und wenn eine runterfällt, dann sind es nur noch . . . O Gott . . . O Gott . . .«

Bald ist der nächste dran, ein Schwarzer mit Blasen an den Füßen. Die anderen marschieren weiter. Gegessen, getrunken und gepinkelt wird im Gehen. Besonderes Pech hat ein Bursche namens Travin, der von Durchfall geplagt wird. Die Soldaten erschießen ihn nach den obligaten Verwarnungen, als er sich mit heruntergelassener Hose erneut hinhocken will und dabei hinfällt.

Die Medien machen natürlich auch mit.

»Ein dicker Reporter in einem Dreiteiler lief neben ihnen her und hielt den einzelnen Gehern ein langes Außenmikrofon vor die Nase. Zwei Techniker ließen hinter ihm eifrig ein langes Kabel abrollen.

›Wie fühlst du dich?‹

›Ganz gut, glaube ich.‹

›Bist du müde?‹

›Na ja, na klar, aber ich fühle mich immer noch ganz gut.‹

›Wie schätzt du im Augenblick deine Chancen ein?‹

›Ich weiß nicht – ganz gut, glaube ich. Ich fühle mich noch ziemlich stark.‹

Der Reporter fragte einen großen, bulligen Kerl namens Scramm, was er vom Marsch hielte. Scramm antwortete mit einem breiten Grinsen, es sei die beschissenste und größte Sache, die er je erlebt hätte. Der Reporter drehte sich zu seinen Technikern um und machte mit den Fingern eine Schneidebewegung. Ein Techniker nickte gelangweilt.

Kurz darauf lief das Kabel aus, und der Reporter bahnte sich einen Weg zum Übertragungswagen zurück, wobei er darauf wartete, nicht über die Schlingen des Kabels zu stolpern. Die Zuschauermenge, die vom Fernsehen ebenso hergelockt worden war wie von den Gehern selbst, applaudierte begeistert. Poster vom Major, die an so frisch geschnittenen Stöcken befestigt waren, daß sie noch Harz ausbluteten, wurden in die Höhe gehoben. Als die Kamera über die Menge strich, jubelte sie noch enthusiastischer, und jeder winkte seiner Tante Betty oder seinem Onkel Fred zu.«

Dann gibt es noch die Mädchen, die es heiß macht, den Todgeweihten zuzusehen, die es gern mal mit ihnen treiben möchten, die sich davon einen Kick, etwas völlig Neues versprechen. Einem der Geher, Gribble, gelingt sogar fast ein Quickie mit einem dieser Mädchen. Und es sind nicht die Mädchen allein: »So ist das mit jedem. Egal, ob sie essen, trinken oder auf dem Klo hocken, sie mögen es lieber, sie schmecken und fühlen es intensiver, wenn sie dabei einem Todgeweihten zusehen.«« Vielen Gehern ist inzwischen klargeworden, wie absurd und krankhaft das Ganze ist. McVries zum Beispiel: »Ich habe die Bedingungen gekannt, aber nicht mit den Menschen gerechnet. Ich glaube, ich habe mir nie die brutale Wirklichkeit klargemacht, bin mir nie bewußt geworden, was das hier eigentlich bedeutet. Ich hab' mir wohl vorgestellt, wenn der erste mal so weit wäre, daß er nicht mehr weiterkönne, würden sie mit den Gewehren auf ihn zielen, abdrücken, und dann würde aus der Mündung ein Stück Papier hervorkommen, auf dem *PÄNG* geschrieben steht, und . . . Und dann würde der Major *April, April* rufen, und wir könnten alle wieder nach Hause gehen. Verstehst du, was ich damit sagen will?«

Aber es gibt kein Entrinnen aus dem Alptraum. Selbst in der Nacht ist es unmöglich, sich im nahen Wald davonzustehlen, denn man bewacht sie pausenlos mit Infrarotgläsern, hochsensiblen Mikrofonen und anderer modernster Technik. Ein Fluchtversuch wäre der Weg in den sicheren Tod. Ein gewisser Percy glaubt nicht daran. Die Soldaten knallen ihn nieder, noch bevor er den Waldrand erreicht hat.

»»Jeder verliert‹, meinte McVries schließlich. ›Es gibt keinen Sieger und auch keinen Preis. Sie werden den letzten von uns hinter irgendeinen Busch ziehen und auch ihn erschießen.‹«

Aber das, meint Stebbins, sei ohnehin der Lohn, den sich jeder von ihnen wünsche, der Grund für die Teilnahme eines jeden von ihnen: »»Wir wollen sterben, deshalb tun wir es. Warum sonst, Garraty? Warum sonst?‹«

Irgendwann rastet der sonst so besonnene McVries aus und versucht die Soldaten im Panzerwagen zu provozieren, sie anzugreifen. Nach drei Verwarnungen bringt ihn Garraty wieder zur Vernunft.

54 sind noch übrig, als die Geher nach vierundzwanzig Stunden auf den Beinen die ersten hundert Meilen geschafft haben und von einer großen Menschenmenge empfangen werden. Der Anblick der sensationslustigen Menge und die vor sich hin gemurmelten Kommentare eines der Geher (»»Freut mich, euch zu sehen, ihr verdammten Arschlöcher! Ihr Idioten! Wie geht's dir, du billige Hure! Dein Gesicht hat eine große Ähnlichkeit mit meinem Arsch!«) führen bei Garraty zu einem hysterischen Lachanfall, der ihn fast das Leben kostet, als er sich vor Lachen biegt und hinfällt. McVries zieht ihn wieder auf die Beine und bringt ihn mit Schlägen ins Gesicht zur Besinnung. Schon dreimal verwarnt, faßt Garraty endlich wieder Tritt. McVries hat für seine Hilfe ebenfalls eine Verwarnung erhalten.

Schließlich ist Olsen an der Reihe. Schon seit geraumer Zeit nur noch ein lebender Leichnam, der sich mühsam auf den Beinen hält, greift er die Soldaten an. Es gelingt ihm sogar, eines der Gewehre zur Seite zu schleudern. »Eines der anderen drei Gewehre ging los. Garraty konnte das Mündungsfeuer deutlich erkennen. Er sah auch das zerfetzte Loch in Olsens Hemd, als die Kugel, die durch seinen Leib gefahren war, am Rücken wieder heraustrat.

Olsen ließ sich nicht aufhalten. Er hatte jetzt das Oberdeck des Panzerwagens erreicht und griff nach dem Lauf der Waffe, die gerade auf ihn geschossen hatte, riß sie in die Höhe.

›Auf sie!‹ schrie McVries grimmig von vorn. ›Auf sie, Olsen: Bring sie um! Bring sie um!‹

Die beiden übrigen Gewehre schossen gleichzeitig, und Olsen flog durch die Wucht der schwerkalibrigen Geschosse vom Panzerfahrzeug. Er landete mit ausgestreckten Armen und Beinen auf dem Rükken und sah aus wie ein Gekreuzigter. Die eine Seite seines Bauches war eine schwarze, zerfetzte Ruine. Die Soldaten pumpten drei weitere Kugeln hinein.«

Aber Olsen ist noch nicht tot. Er versucht wieder aufzustehen. Wieder wird auf ihn geschossen. Die Gedärme quellen ihm schon heraus. Garraty muß sich übergeben. Er weint. Wieder versucht Olsen aufzustehen. Wieder Schüsse. Und so weiter, die Soldaten treiben ihr Spiel mit ihm, bis er ein letztes Mal aufsteht, »ICH HABE ALLES FALSCH GEMACHT!« ruft und tot umfällt.

Der Marsch geht weiter, die menschliche Entwürdigung schreitet fort. Garraty, der allmählich einen Druck in seinem Darm verspürt, denkt angeekelt darüber nach, was passieren wird: »Die Leute würden mit Fingern auf ihn zeigen und ihn auslachen. Er würde seine Scheiße wie ein Hundebastard auf die Straße fallen lassen, und danach würden die Leute sie mit ihren Papierservietten einsammeln und als Souvenir in Flaschen aufbewahren. Es schien unmöglich, daß Menschen so etwas tun konnten, aber er wußte, das es geschah.«

Der stämmige Scramm ist am Ende. Er hat Lungenentzündung und wird es nicht mehr lange machen. Die anderen Geher beschließen, daß der Sieger etwas für Scramms Witwe tun muß, wenn nicht die Geister der anderen über ihn herfallen sollen. Nicht einmal Barkovitch schließt sich dabei aus. Scramm und Mike, ein weiterer Geher, haben einen grandiosen Abgang. Sie marschieren auf die Soldaten und die Zuschauer zu.

»Ich hab' deine Mutter gefickt, und sie war erstklassig!« rief Scramm den Soldaten zu.

Mike brüllte etwas in seiner eigenen Sprache.

Die Geher brachen plötzlich in ungeheuren Jubel aus, und Garraty spürte Tränen der Schwäche hinter seinen Augenlidern. Die Menge schwieg. Die Stelle hinter Scramm und Mike war leer und verlassen. Sie bekamen ihre zweite Warnung und setzten sich mit untergeschlagenen Beinen auf den Boden. Dann fingen sie an, sich in aller Ruhe zu unterhalten. Das war schon verdammt seltsam, dachte Garraty, als er an ihnen vorbeiging, denn Mike und Scramm schienen verschiedene Sprachen zu sprechen.

Er blickte nicht zurück. Keiner der Gruppe drehte sich nach ihnen um, nicht einmal, als es vorbei war.

›Der Gewinner sollte sein Versprechen halten‹, knurrte McVries plötzlich. ›Das sollte er lieber, sonst . . .‹

Die anderen schwiegen.«

Einer nach dem anderen stirbt; auch Barkovitch ist unter ihnen. Am fünften Tag des Marsches sind nur noch sieben am Leben, darunter Garraty, McVries, Baker (mit dem sich die beiden angefreundet haben) und Stebbins. Stebbins, von dem sie inzwischen wissen, daß er einer der vielen Bastardsöhne des Majors ist, der auf diese Weise in das Haus des verhaßten Vaters kommen wollte. Die letzten machen schlapp, zuletzt McVries, dann Stebbins. Garraty hat gewonnen. Aber er ist nicht allein:

»Jetzt war die dunkle Gestalt wieder da. Da vorn, gar nicht weit weg, winkte sie ihm. Er wußte, daß er sie kannte. Wenn er nur etwas näher herankäme, könnte er ihre Züge erkennen. Wen hatte er noch nicht besiegt? War es Barkovitch? Parker? Percy wie-hieß-er-nochmal? Wer war es?

›GARRATY!‹ schrie die Menge im Delirium. ›GARRATY, GARRATY, GARRATY!‹

War es Scramm? Gribble? Davidson?

Eine Hand auf seiner Schulter. Er schüttelte sie ungeduldig ab. Die dunkle Gestalt winkte ihm, winkte ihm durch den Regen, zu ihr zu kommen, mit ihr weiterzugehen. Das Spiel weiterzuspielen. Und es wurde langsam Zeit, daß er losging. Er hatte noch so einen langen Weg vor sich.

Mit blinden Augen, die Hände wie ein um Almosen bittender Bettler vor sich ausgestreckt, lief Garraty auf die dunkle Gestalt zu.

Und als die Hand sich wieder auf seine Schulter legte, fand er tatsächlich noch die Kraft zu rennen.«

4. Lohn der Angst: *Sprengstoff*

Eines schönen Tages spaziert Barton George Dawes in ein Waffengeschäft. Einem jagdbesessenen Cousin möchte er ein besonderes Gewehr und eine Pistole schenken, sagt er. Er selbst habe von Waffen keine Ahnung, aber Nick, sein Cousin, habe sich schon immer eine .44er Magnum gewünscht. Und jetzt, da er als Geschäftsführer der Blue-Ribbon-Wäscherei ein gutes Jahr hinter sich habe, möchte er ihm diesen Wunsch erfüllen. George ersteht noch zehn Schachteln Munition für die Pistole und dann eine vierhundertsechziger Weatherbee, ein schweres Jagdgewehr.

»Die Mündungsenergie von dem Baby beträgt über achthundert Pond . . . das wäre soviel, als wenn Sie jemand mit einer Flughafenlimousine umfahren‹, erklärte Harry, der ihn in dem Laden bedient. ›Wenn Sie einen Bock damit am Kopf treffen, müssen Sie sich den Schwanz als Trophäe aufhängen.‹«

900 Dollar kostet der Spaß. Die Patronen für das Gewehr muß Harry erst noch bestellen. Sobald sie eingetroffen sind, will Dawes alles zusammen abholen. Er telefoniert noch mal – angeblich mit seiner Frau – und zahlt mit Kreditkarte. Fred wird sich freuen. Fred? Nick natürlich. »Nick ist Fred und Fred ist Nick‹, erklärte er. ›Nicholas Frederick Adams. Ein alter Scherz aus unserer Kindheit.‹«

So beginnen in *Sprengstoff* (1981) die Vorbereitungen für den Abschied eines Mannes aus seinem Leben und zugleich für den lauten Protest gegen eine Gesellschaft, der er nicht länger angehören will.

28 Stephen King und Hauptdarsteller Emilio Estevez bei einer Drehpause zu Kings Regiedebüt »Rhea M – Es begann ohne Warnung«.

29 Stephen King auf der Suche nach neuen Inspirationen.

30 »Rhea M – Es begann ohne Warnung« – Die Belegschaft einer kleinen Tankstelle in den Südstaaten trifft die letzten Vorbereitungen für den Angriff auf die sie belagernden Trucks.

31 »Rhea M – Es begann ohne Warnung« – Von außerirdischen Invasoren zum Leben erweckt, rächen sich die Maschinen an ihrem Schöpfer.

32 »Stand By Me – Das Geheimnis eines Sommers« – Die Suche nach der Leiche wird für Chris Chambers (River Phoenix), Gordie Lachance (Wil Wheaton), Teddy Duchamp (Corey Feldman) und Vern Tessio (Jerry O'Connell) zu einer Reise ins Erwachsenendasein.

33 Hymne an die Unschuld einer verlorenen Zeit – »Stand By Me – Das Geheimnis eines Sommers« ist die Verfilmung von Kings Kurzgeschichte »Die Leiche«.

34 »Stand By Me – Das Geheimnis eines Sommers« – Der Schriftsteller (Richard Dreyfuss), in Wahrheit wohl ein Alter ego Kings, erinnert sich an seine Kindheit.

George ist eine gespaltene Persönlichkeit, wie sich bald herausstellen wird.

» Was hast du eigentlich da drinnen gemacht, George?

Päng, die Sicherung sprang raus.

Als er die Bushaltestelle erreicht hatte, war der Vorfall nur noch eine Erinnerung an etwas, das er irgendwo irgendwann einmal gelesen hatte. Weiter nichts.«

Nach außenhin hat George im wesentlichen zwei Probleme: Da sowohl die Filiale der Wäscherei, in der er tätig ist, als auch das Haus, das er mit seiner Frau Mary bewohnt, dem Bau eines neuen Autobahn zubringers weichen müssen, muß er ein neues Domizil für die Wäscherei und ein neues Zuhause finden.

Tatsächlich gaukelt er seiner Umwelt auch vor, sich um beides zu bemühen. In Wahrheit jedoch schaut er sich kein anderes Haus an und torpediert den Kauf eines Fabrikgebäudes, das als neuer Standort für die Wäscherei geeignet wäre – und zwar so lange, bis ein Konkurrent zugreift. Das kostet George seinen Job, aber so und nicht anders hat er es auch gewollt. Oder besser: Der destruktive Teil seines Ichs hat es so geplant.

Das existentielle Problem von George ist jedoch ein anderes, aber dieses Problem verschärft sich durch den Zwang zum Abriß und Neubeginn so sehr, daß George daran zerbricht: Er hat niemals verwunden, daß sein Sohn vor drei Jahren durch einen Gehirntumor ums Leben gekommen ist, und der Abriß des Hauses tötet ihn in seinen Augen ein zweites Mal. Hinzu kommt eine derbe *midlife crisis,* die in hoffnungslose Depression eingemündet ist. In einem geistigen Dialog mit seinem anderen Ich, Fred, der eigentlich sein toter Sohn ist, wird dies deutlich: »Wir ziehen also um, und wo sind wir dann? Was sind wir dann? Zwei Fremde in einem fremden Haus inmitten von fremden Häusern. Genau das werden wir sein. Der Lauf der Zeit, Freddy. So ist das. Vierzig Jahre alt, warten auf die Fünfziger, warten auf die Sechziger. Warten auf ein nettes, sauberes Krankenhausbett und eine nette, saubere Krankenschwester, die einen netten, sauberen Katheter bei dir anbringt. Vierzig ist das Ende der Jugend, Freddy. Na ja, eigentlich ist dreißig das Ende der Jugend, aber mit vierzig hörst du auf, dir selber etwas vorzumachen. Ich will nicht in einem fremden Haus alt werden.«

An Mary sind die Jahre auch nicht spurlos vorbeigegangen. »Er blickte zu ihr hoch und fragte sich, wann er eigentlich das letzte Mal dieses herausfordernde Lächeln auf ihren Lippen gesehen hatte . . . vor allem, seit wann diese schmale Falte zwischen ihren Augenbrauen sich als Dauergast eingestellt hatte, eine Runzel, eine Narbe, die ihr fortschreitendes Alter verkündete.«

»*Gleich werde ich schreien. Wegen all dieser verlorenen Dinge. Wegen deines Lächelns. Verzeih mir, wenn ich den Kopf in den Nacken werfe und lauthals schreie, weil ich nie wieder dein herausforderndes Lächeln sehen werde.*«

Und wieder die Erinnerung an Charlie: »Wenn eine Anhäufung von ein paar bösartigen Zellen nicht größer als eine Walnuß all das zerstören konnte, diese intimen Dinge, die man kaum richtig ausdrücken konnte, die so persönlich waren, daß man ihre Existenz kaum vor sich selbst einzugestehen wagte, was blieb dann noch übrig? Wie konnte man dann je das Vertrauen ins Leben zurückgewinnen?

Die Mutter einer früheren Nachbarin ist gestorben. »»Ja, ganz plötzlich. Sie hat sich schon lange ein bißchen schwach gefühlt, aber die dachte, das käme noch von den Wechseljahren. Doch es war Krebs. Sie haben sie aufgeschnitten, einen Blick hineingeworfen und sie gleich wieder zugenäht. Drei Wochen später war sie tot. Für Ellen ist das ganz schön hart. Ich meine, sie ist ja nur zwanzig Jahre jünger.‹«

George arbeitet an seinem Abgang. Er sucht einen gewissen Magliore auf, einen zwielichtigen Autohändler, der ihn zunächst abweist, ihn dann aber anhört. Als er jedoch erfährt, daß George von ihm Sprengstoff haben will, um eine Straße in die Luft zu jagen, schickt er ihn endgültig nach Hause. Für einen »Spinner« will er seine Haut nicht riskieren, und er versucht sogar, ihm die Sache auszureden:

»»Es hätte auch gar keinen Sinn. Ist Ihnen das denn nicht klar? Sie können einen Menschen töten oder ein Denkmal in die Luft jagen oder ein wichtiges Kunstwerk zerstören wie dieser Kerl, der mit einem Hammer auf die Pietà losgegangen ist. Möge ihm die Nase deswegen verrotten. Aber sie können keine Straße oder kein Gebäude in die Luft sprengen. Das ist es ja, was diese Nigger nicht kapieren wollen. Wenn sie den Gerichtshof in die Luft sprengen, wird der Staat zwei neue bauen – einen, um den alten zu ersetzen, und einen weiteren, um jedes einzelne von diesen schwarzen Arschlöchern zu verknacken, das seine Nase zur Tür hineinstreckt. Wenn man rumläuft und die Bullen abknallt, werden sie sechs neue Bullen für jeden getöteten anheuern. Und jeder dieser Bullen ist auf der Jagd nach schwarzer Haut. Sie können nicht gewinnen, Dawes. Ob weiß oder schwarz. Wenn Sie sich dieser Straße in den Weg stellen, werden Sie mitsamt Ihrem Haus und Ihrer Wäscherei untergepflügt werden.‹«

Die Demontage des Lebens von Barton George Dawes schreitet voran. Mary hat ihn verlassen, George rast mit seinem Auto als Ersatz für die verlorene Arbeit tagsüber über die Autobahn und besäuft sich abends vor dem Fernseher. Sein letzter Anker zum Leben wird Olivia, eine neunzehnjährige Anhalterin, die er mit nach Hause nimmt. Aber Olivia geht wieder.

Die Bagger, Bulldozzer und Kräne für die Abrißarbeiten rücken immer näher heran, alle anderen außer George sind längst fort. Allmählich fühlt er sich wie auf einem Friedhof, zumindest am Abend. Tagsüber findet sich immer wieder eine schaulustige Menge ein, die sich an dem Abbruch der Häuser berauscht. Dann, eines Morgens, fällt das Gebäude der Blue-Ribbon-Wäscherei. Am gleichen Nachmittag sind nur noch ein paar Schuttreste von der Stätte geblieben, an der George einen erheblichen Teil seines Lebens verbracht hat.

George beginnt damit, Molotowcocktails zu basteln, einen ganzen Karton voll. Er stellt ihn auf den Beifahrersitz seines Wagens. Zwanzig Liter Benzin, hat er im Radio gehört, haben die Explosionskraft von zwölf Stangen Dynamit. Nachts fährt er zur Absperrung, kippt Benzin über einen der Kräne und wirft ein brennendes Streichholzheft in die Fahrerkabine. Nur der Zufall rettet ihm das Leben, als der Benzintank des Fahrzeugs explodiert. Mit den Molotowcocktails besorgt er es einem Schaufelbagger, zwei Bulldozzern, einigen Lastwagen, einem Unimog und dem Wohnwagen, der das Büro der Baufirma beherbergte. Er durchbricht mit seinem Wagen eine Absperrung, fährt in eine andere Richtung, um keine verräterischen Spuren zu hinterlassen, die zu seinem Haus führen, und kehrt schließlich nach Hause zurück. Dawes' Privatkrieg hat begonnen.

Wie er den Rundfunknachrichten entnimmt, hat er den Kran voll erwischt, während sich die Schäden an den anderen Fahrzeugen in Grenzen halten. Gesamtschaden: 100 000 Dollar. Allerdings hat der Brand die im Bürowagen aufbewahrten Arbeitspläne zerstört, was die Abbrucharbeiten vielleicht einige Wochen unterbrechen wird.

Aber es dauert nur ein paar Tage statt ein paar Wochen. Gleich nach Weihnachten werden die Arbeiten wiederaufgenommen. George erhält einen Räumungsbescheid: Spätestens in vier Wochen muß er sein Haus verlassen haben. Er verkauft das Haus und schickt die Hälfte des Geldes Mary. Mit Magliore kommt er nun doch noch ins Geschäft: Er erhält sein Dynamit. 15 000 Dollar vertraut er Magliore zur Kapitalanlage für Olivia an, die er in Las Vegas ausfindig machen soll. Er probiert die Waffen aus, die er inzwischen ebenfalls im Hause hat. Er verteilt den Sprengstoff im Haus und verlegt die Zündschnüre und das Zündkabel. Er schließt die eine der beiden Klemmen des Zündkabels an die ins Wohnzimmer geschleppte Autobatterie an. Er legt eine Platte mit den Rolling Stones auf. Am nächsten Morgen kommen sie, um ihn aus dem Haus zu holen. Die Frist ist abgelaufen.

Dann geht es los. George nimmt den Polizeiwagen unter Beschuß. Ein Polizist spricht in das Funkgerät.

»Bald würden alle Partygäste hier eintreffen. Sie würden ihn auseinandernehmen, ein kleines Stückchen für jeden, der eins wollte, und die ganze Angelegenheit war dann nicht mehr seine persönliche Sache. Er empfand eine bittere Erleichterung. Egal, aus welchen Gründen er es getan hatte, welche krankhafte Trauer ihn hierher, auf den höchsten Ast dieses hohen Baumes getrieben hatte, jetzt war er nicht mehr allein. Jetzt war er nicht mehr der einsame Mann, der mit sich selbst sprach und insgeheim weinte. Er hatte sich selbst entlarvt und sich dem großen Strom der Wahnsinnigen angeschlossen.«

Das Fernsehen trifft ein, und einem Reporter gelingt es sogar, trotz der Belagerung ins Haus zu gelangen und George zu interviewen. Aber George verzichtet darauf, seinen Standpunkt zu vertreten.

»Auf dieser Welt gab es keinen Platz, an dem man seinen Standpunkt wirklich vertreten konnte.«

Und nachdem die Rolling Stones »Du kannst nicht alles kriegen, was du dir wünscht. Aber wenn du es versuchst, dann findest du vielleicht heraus, daß du das kriegst, was zu brauchst« gesungen haben, klemmt er die rote Klammer am Negativpol der Batterie fest.

Die Bilder von der Explosion gehen durch das Land. Der Reporter erhält den Pulitzer-Preis. Ein junges Mädchen in Las Vegas sieht die Bilder und fällt in Ohnmacht. Mary blickt tränenüberströmt auf den Wald von Mikrofonen, die man ihr vors Gesicht hält. Und der Autobahnausbau wird achtzehn Monate später als geplant beendet.

5. Nase vorn beim Großen Preis: *Menschenjagd*

Menschenjagd (1982), nach *Todesmarsch* Stephen Kings zweiter Sciencefiction-Roman unter dem Bachman-Pseudonym, greift ein Thema auf, das erstmals von Robert Sheckley in der Erzählung »The Prize of Peril« (1958) aufgegriffen und von Wolfgang Menge unter dem Titel »Das Millionenspiel« für das Fernsehen eingerichtet wurde. Es geht noch zentraler als in *Todesmarsch* – wo das Fernsehen »nur« berichtet, während es hier Veranstalter ist – um ein pervertiertes Fernseh»vergnügen«, um eine Show nämlich, bei der auf einen Menschen Jagd gemacht wird, wobei das natürlich kein Spiel, sondern blutiger Ernst ist.

Das Ganze vollzieht sich in den USA des Jahres 2025. Ein tiefer Riß zieht sich durch diese Gesellschaft. Auf der einen Seite sind die gutverdienenden Inhaber eines Arbeitsplatzes, auf der anderen Seite die Arbeitslosen, ausgestoßen, als Asoziale beschimpft und verachtet.

Ben Richards gehört zu diesen Ausgestoßenen. Mit Frau und Tochter wohnt er in einer Sozialwohnung in Co-Op-City:

»Eine Ratte trottete faul über den rissigen, aufgeborstenen Asphalt der Straße. Am Randstein stand das rostige Skelett eines 2013 Humber auf schräg auseinandergespreizten Achsen. Der Wagen war vollständig ausgeweidet, selbst die Lenkradhalterung und der Motorsockel waren gestohlen worden, aber die Polizei schleppte ihn nicht ab. Die Bullen wagten sich überhaupt nur noch selten auf die südliche Seite des Kanals. Co-Op-City war ein strahlenförmig angelegtes, von Ratten beherrschtes Labyrinth, bestehend aus öden Parkplätzen, verlassenen Einkaufszentren, leeren Stadtparks und asphaltierten Kinderspielplätzen. Hier galt das Gesetz der Rockerbanden, und all die Nachrichtensendungen über die unerschrockene Polizei des Südblocks war nichts als ein Haufen warmer Scheiße. Die Straßen waren ausgestorben und gespenstisch still. Wenn man ausging, nahm man entweder den Pneumobus oder man trug eine Gaspistole bei sich.« In jeder Wohnung ist ein kostenloser Fernseher installiert, und die Gesetzesvorlage zur Einführung des Zwangsfernsehens ist nur denkbar knapp gescheitert. Aber auch so verspüren die Bewohner von Co-Op-City nur selten den Wunsch, den Apparat abzustellen. Und so werden sie pausenlos mit Shows aller Art gefüttert. Da gibt es zum Beispiel die Show *Tretmühle zum Reichtum.*

»Für diese Sendung wurden nur chronisch Herz-, Leber- und Lungenkranke angenommen und ab und zu mal, zur Erheiterung, ein Krüppel. Für jede Minute, die der Kandidat auf der Tretmühle durchhielt (wobei er sich ständig mit dem Conférencier unterhalten mußte), erhielt er zehn Dollar. Alle zwei Minuten stellte der Conférencier ihm eine Bonusfrage aus seinem Fachgebiet; dabei konnte der Kandidat jeweils fünfzig Dollar gewinnen. Der Mann, der gerade an der Reihe war, ein Patient mit Herzrhythmusstörungen aus Hackensack, war ein As in amerikanischer Geschichte. Wenn dieser keuchende, erschöpfte Mann, dessen Herz phantastische akrobatische Sprünge in seiner Brust absolvierte, die Frage nicht richtig beantwortete, würde man ihm fünfzig Dollar von seinem bisherigen Gewinn abziehen und das Tretband auf eine höhere Geschwindigkeit einstellen.«

So was läuft aber nur im Vormittagsprogramm und ist nur ein müder Furz gegen die Starsendungen wie zum Beispiel *Menschenjagd.*

Als Richards Tochter Cathy an einer Lungenentzündung erkrankt und weder für den Arzt, für Medikamente oder gar für eine Krankenhausbehandlung Geld vorhanden ist und seine Frau wieder auf den Strich gehen will, um das Geld zu besorgen, steht Richards Entschluß fest: Er wird sich als Kandidat beim Free-Vee bewerben.

Richards übersteht alle Tests und ärztlichen Untersuchungen. Als einziger unter den Bewerbern für Shows aller Art wird er für *Menschenjagd* ausgesucht. Der Produzent der Show sagt ihm auch, warum:

»»Benjamin Stuart Richards‹, las er vor. ›Achtundzwanzig Jahre alt, geboren am 8. August 1997 in Harding. Besuch der South-City-Handelsschule vom September 2011 bis zum Dezember 2013. Wurde zweimal beschuldigt, seine Vorgesetzten nicht zu respektieren. Ich glaube, Sie haben damals Ihren Vizedirektor an den Oberschenkel getreten, als er Ihnen einmal den Rücken zuwandte.‹

›Quatsch‹, sagte Richards. ›Ich habe ihn in den Hintern getreten.‹

Killian nickte. ›Wie Sie meinen, Mr. Richards. Im Alter von sechzehn Jahren haben Sie Sheila Richards, geborene Gordon, geheiratet. Ein altmodischer Kontrakt auf Lebenszeit. Durch und durch rebellisch, was? Nicht organisiert, weil Sie sich geweigert haben, den Treueeid auf die Gewerkschaft zu leisten und die Verpflichtung zur freiwilligen Lohnkontrolle zu unterschreiben. Soweit ich weiß, haben Sie den Distriktgouverneur einen ‚Blödsinn quasselnden Hurensohn‘ genannt.‹

›Ja‹, bestätigte Richards.

›Ihr Bericht weist Lücken auf. Sie sind . . . lassen Sie mich mal sehen . . . insgesamt sechsmal wegen Aufsässigkeit, Beleidigung von Vorgesetzten und beleidigender Kritik an den Autoritäten gefeuert worden.‹

Richards zuckte die Achseln.

›Um es kurz zu machen, wir halten Sie für ein antiautoritäres und antisoziales Subjekt. Sie sind ein Abweichler, der intelligent genug ist, nicht im Gefängnis zu landen oder ernsthafte Schwierigkeiten mit der Regierung zu bekommen. Und Sie sind nicht süchtig.‹«

Und weiter:

»»Diese Show ist eine der sichersten Methoden für unsere Fensehanstalt, solche pubertären Unruhestifter wie Sie loszuwerden, Mr. Richards. Sie läuft jetzt schon seit sechs Jahren. Bisher hatten wir noch keine Überlebenden, und, um schonungslos offen zu sein, wir erwarten auch keine.‹

›Dann führen Sie eine gefälschte Statistik‹, erwiderte Richards.

Killian reagierte eher amüsiert als erschrocken. ›Nein, das tun wir nicht. Vergessen Sie nicht, daß Sie ein Anachronismus sind, Mr. Richards. Die Leute werden sich nicht in Bars und Hotels versammeln oder sich draußen in der Kälte vor den Kiosken zusammenrotten, um Ihnen die Daumen zu drücken. Mein Gott, nein! Sie wollen Sie krepieren sehen und werden alles dransetzen, uns dabei zu helfen, wo sie nur können. Je mehr Aufregung, desto besser. Und dann werden Sie noch gegen McCone kämpfen müssen. Evan McCone und seine Jagdhunde.‹«

Der Lohn des Ganzen:

»»Sie – oder Ihre hinterbliebene Familie – gewinnen für jede Stunde, die Sie in Freiheit verbringen, hundert neue Dollar. Wir haben viertausendachthundert Dollar für Sie veranschlagt, da wir davon ausgehen, daß Sie es schaffen werden, die Spürhunde achtundvierzig Stunden lang an der Nase herumzuführen. Sollten Sie vorher in ihre Hände fallen, geht der restliche Betrag an uns zurück. Sie erhalten zwölf Stunden Vorsprung. Wenn Sie dreißig Tage durchhalten, gewinnen Sie den Großen Preis. Eine Milliarde neue Dollar.‹«

Richards darf sich in eine Luxussuite zurückziehen und den allerbesten Service genießen. Eine angebotene Prostituierte lehnt er ab, aber zwei Flaschen Bourbon akzeptiert er. Killian zeigt sogar Herz und schickt eine Anzahlung auf das Preisgeld, obwohl das gegen die Regeln ist, damit Richards es seiner Familie senden und Cathy behandelt werden kann. Richards schluckt seinen Bourbon weg, schläft den Rausch aus und wird dann mit dem restlichen Prozedere der Show vertraut gemacht. Präsentation vor Publikum, Eskorte zu einem der Ausgänge des Studios, keine Waffen für ihn (es steht ihm aber frei, sich später welche zu beschaffen), hundert Dollar als Prämie, wenn er einen Jäger oder Repräsentanten des Staates tötet. Hundert Dollar erhält auch jeder Denunziant, der seinen Aufenthaltsort verrät, tausend Dollar, wenn sein Tip zum Tode des Gejagten führt. Und damit er sich nicht einfach einen Monat lang in ein vorbereitetes Versteck legt, muß er eine Kamera und einen Stapel Kassetten – beides im Miniformat und in den Taschen zu verstauen – mit sich führen, zweimal am Tag sich selbst zehn Minuten lang aufnehmen und die Kassetten an den Sender schicken. Versäumt er dies, erhält er keine Preisgelder mehr, wird aber trotzdem weiter gejagt.

Die Präsentation in der Show raubt ihm jede noch gebliebene Illusion: Gezeigt wird ein retouchiertes Foto, auf dem er brutal, nicht sehr intelligent, aber primitiv-animalisch schlau aussieht. »Das Schreckgespenst der vornehmen Bewohner der Oberstadt.« Man zeigt auch Sheila, seine Frau: Aus ihr hat man eine Schlampe mit habgierigen Augen, Doppelkinn und Hängebrüsten gemacht. Das im Studio anwesende Publikum reagiert bereits, beschimpft ihn als Penner und Bastard, fordert seinen Tod. Richards, voller Wut über das, was man mit Sheilas Foto angestellt hat, wird jetzt dem Bild gerecht, was sich das Publikum von ihm gemacht hat.

»›Ihr Schweinehunde!‹ brüllte er. ›Wenn ihr so gern jemand sterben seht, warum bringt ihr euch dann nicht gegenseitig um?‹«

Die Menge tobt und will die Bühne stürmen. Richards spielt voller Verachtung jetzt ganz bewußt mit, gibt dem Affen Zucker. Er erklärt gelassen, er werde die vollen dreißig Tage durchhalten. Der Showma-

455

ster fordert die Zuschauer auf, sich Richards' Gesicht einzuprägen und ihn anzuzeigen, wann und wo immer im Lande man ihn sieht. Die Menge im Studio gelobt johlend, dies zu tun. Richards zeigt ihr beide Mittelfinger und wird rasch hinausgeleitet, »damit die Meute ihn nicht schon vor der Kamera in Stücke reißen konnte, noch ehe die Fernsehanstalt ihr lukratives Geschäft mit ihm und seinen Videos gemacht hatte«. Ab Mittag des nächsten Tages ist er vogelfrei. Er erhält Kamera und Kassetten und wird zum Fahrstuhl gebracht, der direkt auf die Straße führt.

»›Und wenn ich nun hinauffahre?‹ fragte er und deutete mit dem Kopf auf die Decke und die achtzig darüberliegenden Stockwerke. ›Wen könnte ich da oben umbringen? Wer würde dabei draufgehen, wenn ich ganz nach oben fahre?‹

Killian lachte leise und drückte auf einen Knopf neben dem Fahrstuhl. Die Türen glitten auf. ›Das mag ich besonders an Ihnen‹, sagte er. ›Sie denken in großen Dimensionen.‹«

Richards taucht zunächst einmal unter. Der Pfandleiher Molie, ein Bekannter von ihm, stattet ihn mit falschen Papieren und einer simplen, aber wirkungsvollen Verkleidung (Perücke, Brille, Plastikbackenzähne, die die Form des Mundes verändern) aus; außerdem rät er ihm, ein ganz klein wenig zu hinken. Killian hat ihm geraten, in der Nähe seiner eigenen Leute zu bleiben, aber Richards ist jetzt der Handelsreisende John Griffin Springer, fliegt nach New York und mietet sich ein Zimmer in einem Mittelklassehotel. Er baut die Videokamera so auf, daß sie das Bett und nichts weiter zeigt, zieht sich den Kissenbezug über den Kopf und sagt vor laufender Kamera: »›Kuckuck! Ihr könnt es zwar nicht sehen, aber ich lache mich halbtot über euch Scheißefresser.‹« Für den Rest der zehn Minuten, die er absolvieren muß, schließt er die Augen und schläft ein. Die zweite Kassette füllt er später mit einer Lesung aus der Gideon-Bibel, die er in der Nachttischschublade gefunden hat. Dann adressiert er die Kassetten an den Sender und steckt sie in den Briefkasten. Sie gehen per Expreß an den Sender, damit man das Material schon für den Abend aufbereiten kann. Obwohl ihm versichert wurde, daß die Post neutral ist und niemand den Weg der Kassetten zurückverfolgt und seinen Jägern verrät, hat er ein mulmiges Gefühl dabei.

Er verläßt New York und fährt nach Boston, nennt sich jetzt Deegan aus Michigan, wohnt im CVJM und präsentiert der Kamera bei der nächsten Aufzeichnung den nackten Hintern. Ein Instinkt warnt ihn: Sie haben ihn schon aufgespürt, das Haus ist umstellt. Im letzten Moment entkommt er in den Heizungskeller, jagt den Ölkessel in die Luft und kriecht in das Lüftungsrohrsystem. Fast kommt er selbst in der Hitze um, erreicht aber dann einen Abwasserkanal. Völlig verdreckt und stinkend steigt er aus einem Gully und findet Unterschlupf bei den Ärmsten der Armen, einer schwarzen Familie mit einer krebskranken Fünfjährigen. Stacey, ein Halbwüchsiger, ist der Ernäher der Familie. Er führt ihn mit Bradley, einem anderen Schwarzen, zusammen, der ihn sofort als den Mann erkennt, der das CVJM in die Luft gejagt und dabei mindestens fünf Bullen zur Hölle geschickt hat. Bradley nimmt ihn bei sich auf und macht ihn mit seiner Sicht der Dinge vertraut:

»Die Luftverschmutzungsrate in Boston erreicht heute schon an guten Tagen zwanzig Punkte auf der Skala. Das entspricht dem Dreck von vier Packungen Zigaretten, den du dir allein schon durchs Atmen in die Lunge ziehst. An schlechten Tagen geht die Skala rauf bis zweiundvierzig. In der ganzen Stadt fallen die Leute tot um. Auf ihrem Totenschein steht dann Asthma. Aber es ist die Luft, die Luft und noch mal die Luft. Und trotzdem feuern sie die Scheiße zum Kamin hinaus, so schnell sie können. Die riesigen Schornsteine rauchen vierundzwanzig Stunden am Tag. Den großen Bossen gefällt das eben so.

Diese Zweihundert-Dollar-Filter taugen nichts. Das sind bloß zwei kleine Stücke Zellstoff mit einem Stück Menthol getränkter Baumwolle darin. Das ist alles. Die einzigen guten Filter sind die von General Atomics. Aber die können sich nur die großen Bosse leisten. Sie haben uns das Free-Vee gegeben, damit wir von der Straße wegbleiben und uns in aller Ruhe zu Hause totatmen können, ohne Schwierigkeiten zu machen. Wie findest du das? Die bringen uns um, Mann. Das Free-Vee bringt uns um. Es ist wie ein Zauberer, der dich auf die aus der Bluse fallenden Brüste seiner Assistentin aufmerksam macht, um unterdessen weiße Kaninchen aus der Hose zu ziehen und sie in seinem Zylinder zu verstecken.«

Richards versucht seine Videofilme zu nutzen, um Bradleys Anklage unter das Volk zu bringen, aber diese Passagen gehen natürlich nicht über den Sender. Statt dessen unterlegt man den Bildern einen anderen Text und hetzt gegen Richards, indem man die angeblichen Bilder der tapferen Polizisten, die bei der CVJM-Aktion ums Leben kamen, sowie deren Familien zeigt, und ihn als verdorbenen, habgierigen Mörder hinstellt. Richards: »Vielleicht schaffe ich es noch, in ihr neunzehntes Stockwerk einzudringen, bevor ich sterbe, und die Schweine, die diesen Text verfaßt haben, umzubringen. Vielleicht jage ich sie auch alle zusammen in die Luft!«

Bradley besorgt ein Auto und schmuggelt Richards trotz aller Kontrollen im Kofferraum aus der Stadt, und dank Bradleys Leuten taucht er, als Priester verkleidet, in Manchester unter. Richards, der soziales Engagement bisher eher mit Verachtung betrachtet hat, hat zum erstenmal Solidarität kennengelernt. Bradley: »Eine Hand wäscht die andere.‹« Und nochmals Bradley: »›Und wenn sie dich erwischen, dann sieh zu, daß du ein paar mitnimmst.‹«

Bradley und seine Leute organisieren auch die Weiterleitung von Richards' Kassetten an den Sender, denn nach der CVJM-Sache ist klar, daß die Jäger sehr wohl den Weg der Kassetten zurückverfolgen können. In Manchester läuft alles glatt, bis sich wieder Richards' Instinkt meldet. Er setzt sich ab nach Portland und sucht dort eine Adresse auf, die ihm Bradley gegeben hat. Aber die Mutter des Mannes, bei dem er unterschlüpfen will, erkennt ihn und zeigt ihn an. Parrakis, so heißt der Mann, verhilft ihm zur Flucht und geht selbst dabei drauf. Richards ist wieder auf sich allein gestellt, und die Situation wird immer aussichtsloser. Schließlich geht er aufs Ganze. Er nimmt eine behütete Frau der oberen Klasse als Geisel und zwingt sie, ihn zu einem Flugplatz zu fahren. Die Frau kennt ihn aus dem Fernsehen und verachtet ihn als arbeitsscheues Subjekt, das auf all das spuckt, was »anständig« ist, und »häßliche Dinge« tut.

»›Wollen Sie wissen, was häßlich ist?‹ fragte Richards und zündete sich eine Zigarette aus der Packung auf dem Armaturenbrett an. ›Ich werd's Ihnen sagen. Es ist häßlich, wenn man auf die schwarze Liste gesetzt wird, nur weil man seine Arbeit bei General Atomics gekündigt hat, um nicht steril zu werden. Es ist häßlich, zu Hause rumsitzen und zusehen zu müssen, wie die eigene Frau mit Prostituion das Geld für die Familie verdient. Es ist häßlich zu wissen, daß die Fernsehanstalt Millionen Menschen tötet, indem sie die Luft verpestet und sich weigert, Nasenfilter zu produzieren, die nur sechs Dollar das Stück kosten würden.‹

›Das ist eine Lüge‹, rief sie. Die Knöchel ihrer Hand traten weiß hervor.

›Wenn das hier vorbei ist, können Sie wieder nach Hause‹, erklärte er. ›Dann können Sie sich in Ihr nettes Wohnzimmer setzen, sich die Birne vollknallen und sich darüber freuen, wie hübsch Ihr geputztes Silber in Ihrer Vitrine glänzt. Keine Nachbarsfrauen, die die Ratten mit dem Besen aus der Küche jagen müssen, keine Kinder, die neben die Toilette scheißen, weil die ständig verstopft ist. Ich hab' ein fünfjähriges Mädchen kennengelernt, das an Lungenkrebs stirbt. Na, ist das häßlich oder nicht? Was glau . . .‹

›Hören Sie auf!‹ schrie sie. ›*Sie reden unanständig!*‹

›Das ist richtig‹, sagte er.«

Amelia Williams, so der Name der Frau, mag all dies nicht hören, und sie mag auch nicht glauben, daß sie nur deshalb nicht gemeinsam mit Richards erschossen wird, als sie eine Straßensperre durchbrechen, weil Kameras dabei sind und dem Publikum gegenüber der Schein gewahrt bleiben soll.

»›Diese Leute da‹, sagte Richards und deutete nach draußen, ›diese Leute haben nur eins im Sinn: Sie wollen jemanden bluten sehen. Je mehr Blut, desto besser. Dabei ist es ihnen vollkommen egal, ob Sie es sind oder ich es bin. Können Sie sich das vorstellen?‹

›Nein.‹

›Dann gratuliere ich Ihnen.‹«

Am Ende fahren die beiden durch ein Spalier von Schaulustigen, rechts die Büger der Ober- und Mittelklasse, links die Leute aus den Slums.

»Hier auf der rechten Seite haben wir die reichen Sommerfrischler, dachte Richards. Schaut genau hin, Leute. Sie sind dick, faul und gefräßig. Auf der linken Seite – wohl kaum ein Gegengewicht, aber dennoch wild entschlossene Kämpfer mit rollenden Augen – haben wir die hungrigen Wölfe. Ihre Politik ist der Hungertod; sie würden Christus selbst verraten, nur um ein Pfund Salami zu ergattern. Die Polarisierung hat jetzt auch West Sticksville erreicht. Aber nehmen Sie sich vor diesen Kandidaten in acht. Sie haben die schlechte Angewohnheit, bei den Boxkämpfen aus dem Ring zu fliegen und auf die Zehn-Dollar-Sitze zu fallen. Können wir vielleicht einen Sündenbock für beide Parteien finden?«

Richards lernt Evan McCone – »ein direkter Nachkomme von J. Edgar Hoover und Heinrich Himmler« – kennen, den Chefjäger. Er wartet auf ihn am Flugplatz. Es gelingt Richards, McCone auszutricksen und ein Flugzeug für die Flucht zu bekommen – was nur klappt, weil Amelia Williams für ihn lügt, nachdem er sie freigelassen hat. Sie gibt an, die Bombe gesehen zu haben, deren Existenz von ihm behauptet wird, die er aber natürlich nicht hat. Richards geht an Bord des Flugzeugs und erzwingt, daß auch McCone und Amelia Williams mitfliegen. Es gelingt McCone, Richards zu überwältigen, aber ein eingeschleuster Agent der Spielekommission verhindert, daß er getötet wird. McCone soll ausgebootet werden, weil er sich von Richards hat an der Nase herumführen lassen. Killian bietet Richards den Job als Chefjäger an. Und er teilt ihm noch etwas mit: Seine Frau und seine Tochter sind bei einem Unfall ums Leben gekommen. Die Fernsehanstalt hatte nichts damit zu tun.

Richards bittet um Bedenkzeit. » *So*, dachte er, *jetzt hat der Knoten sich also gelöst.* Jetzt band ihn nichts mehr.« Richards erschießt McCone, den Agenten der Spielekommission und die beiden Leute im Cockpit, schaltet den Autopiloten ein, läßt Amelia per Fallschirm aussteigen und versucht, tödlich verletzt und mit herausquellendem Gedärm nach dem Schußwechsel mit McCone, noch lange genug am Leben zu bleiben.

»Der Silbervogel schoß nun wie ein Kristallpfeil durch den Nachthimmel, und Co-Op-City lag unter ihm ausgebreitet wie eine riesige Spielzeugstadt. Er flog direkt darauf zu. Es kam immer näher. Das Spielegebäude.«

Und weiter:

»Donnergetöse erfüllte die Luft.

Killian blickte von seinem Schreibtisch auf und starrte entsetzt durch sein riesiges Bürofenster, das eine ganze Wand einnahm.

Die glitzernde Horizontlinie der Stadt war verschwunden. Die Sicht wurde von einem näher rasenden Lockheed-Jumbo-Jet verdeckt. Die Bordlichter blinkten gemächlich grün und rot, grün und rot, und eine wahnsinnige Sekunde lang, eine Sekunde voller Überraschung, Entsetzen und Ungläubigkeit, konnte er Richards' blutüberströmtes Gesicht sehen, das ihn häßlich angrinste. Seine dunklen Augen leuchteten dämonisch.

Richards lächelte.

Und zeigte ihm den Mittelfinger.

›Jesus‹ war alles, was Killian noch herausbrachte.

Leicht zur Seite geneigt donnerte die Maschine gegen das Spielegebäude. Sie hatte einen Gutteil des oberen Drittels erwischt. Die Tanks waren noch zu einem Viertel voll, und ihre Geschwindigkeit betrug noch immer etwas über fünfhundert Meilen pro Stunde.

Die Explosion war überwältigend. Die Nacht leuchtete auf wie das zornige Gesicht Gottes, und noch zwanzig Häuserblocks weiter regnete es Feuer vom Himmel.«

6. Mordsache »Dünner Mann«: *Der Fluch*

»»Dünner‹, raunt der alte Zigeuner mit der abfaulenden Nase William Halleck zu, als Halleck und seine Frau Heidi aus dem Gerichtsgebäude treten. Nur dieses eine Wort, ausgestoßen mit einem süßlich riechenden Atem. Und bevor Halleck zurückweichen kann, streckt der alte Zigeuner seine Hand aus und fährt ihm mit seinem gekrümmten Finger über die Wange. Seine Lippen öffnen sich wie eine Wunde und geben ein paar Zahnstummeln preis, die aus seinen Kiefern herausragen. Sie sind schwarz-grün. Die Zunge schlängelt sich dazwischen hindurch und gleitet nach außen, um über seine grinsend verzogenen Lippen zu schlüpfen.

Dünner.«

So beginnt das erste Kapitel von *Der Fluch* (1984), dem fünften und letzten der Bachman-Romane. Kapitelüberschrift: 246. Exakt 246 Pfund sind es nämlich, die Rechtsanwalt Billy Hallecks Badezimmerwaage an diesem Morgen anzeigt. Immerhin, und das macht diesen Morgen für ihn erfreulich, hat der dicke Mann damit drei Pfund abgenommen. Andererseits wecken die fehlenden Pfunde Erinnerungen, die nicht so erfreulich sind. Jene an den Zigeuner vor dem Gerichtsgebäude zum Beispiel, an den vorausgegangenen Unfall, bei dem er eine alte Zigeunerin überfahren hat, an den Gerichtstermin, als die Anklage wegen fahrlässiger Tötung mit einem Freispruch (wozu hat man schließlich Freunde in der Justiz) endete. *Dünner.* Vorerst jedoch läßt es sich Billy auch weiterhin schmecken.

Aber er nimmt weiter ab. Bald wiegt er nur noch 227 Pfund, und die Menschen in seiner Umgebung bemerken die Veränderung, fragen ihn nach seinem Abmagerungsrezept. Seine Frau Heidi wird langsam nervös. Immerhin kann Abmagern ohne Diät ein Hinweis auf Krebs sein, sorgt sie sich und bringt ihn dazu, den Hausarzt aufzusuchen.

»Vielleicht haben die Zigeuner einen neuen Stil bei ihren Flüchen ... Früher haben sie einen in einen Werwolf verwandelt oder nachts einen Dämonen geschickt, der einem den Kopf abriß ... Was, wenn der Alte mich angepißt und mir Krebs verpaßt hat ... Lungenkrebs ... Leukämie ... Tumore ...« Billy Halleck hat keinen Krebs, wie die Untersuchung ergibt. Er nimmt nur ab. Einfach so. Da er jedoch immer noch dreißig Pfund Übergewicht hat, sieht der Arzt keinen Anlaß zur Besorgnis und schnupft erst mal eine Prise Kokain.

Bald benötigt Billy neue Kleidung, da er in der alten wie ein Kind in den Kleidern des Vaters aussieht. *»Er zog sich die neuen Sachen an. Er fuhr zur Arbeit und kam wieder nach Hause. Er trank zuviel, bediente sich beim Essen zweimal und verzehrte Nahrungsmengen, die er eigentlich gar nicht wollte und die ihm schwer im Magen lagen. Eine Woche verging, und dann saßen die Kleider nicht mehr so passend und glatt an seinem Körper, sondern fingen an zu beulen.«* Die Waage zeigt 188 Pfund – Zeit, sich allmählich einzugestehen, wie es eigentlich zu dem Unfall mit der Zigeunerin gekommen war. Sie war eben nicht, wie er zu Protokoll gegeben hatte, plötzlich zwischen zwei Autos auf die Straße »hinausgeschossen«, sondern er hätte noch bequem bremsen können, als sie fünfzig Meter vor ihm auf die Straße trat. Aber »*Tatsache* war leider, daß er sich in dem Moment kurz vor einem explosiven Orgasmus befunden hatte und daß seine gesamte Konzentration bis auf einen winzigen Bruchteil auf seinen Unterleib gerichtet gewesen war, wo Heidis Hand sich entspannte und wieder zusammenzog, wo sie in einem langsamen, köstlichen Rhytmus auf- und abglitt, innehielt, zudrückte, losließ und das Ganze von vorne. Seine Reaktion war hoffnungslos langsam gewesen und hoffnungslos spät. Und Heidis Hand hatte sich um seinen Penis verkrampft, hatte den durch den Schock hervorgerufenen Orgasmus erstickt, der sich dann doch in einer endlos langen Sekunde des Schmerzes und der Wollust entladen hatte, was zwar unvermeidlich, aber trotzdem grauenvoll gewesen war.«

Billy ist nicht der einzige, auf dem ein Fluch liegt. Cary Rossington, der Richter in dem Verfahren und Billys alter Golf- und Poker-Kumpel, wurde von dem Zigeuner berührt und verwandelt sich seitdem in ein »Raritätenshowmonster« mit einer Schuppenhaut wie ein Krokodil. Und der Körper von Duncan Hopley, dem Polizeichef des Ortes, der die Untersuchung des Unfalls vertuscht und die Zigeuner fortgejagt hat, ist mit eitrigen Geschwüren überwuchert. »Hört sich ein bißchen wie ein Stephen-King-Roman an, finden Sie nicht?« kann Richard Bachman sich nicht verkneifen, Billy sagen zu lassen.

172 Pfund bringt Billy auf die Waage, als er sich in einer Klinik durchchecken läßt. Dort besichtigen ihn die Ärzte, als sei er ein »Riesenpanda oder vielleicht der letzte der Drontevögel«, aber sie finden nichts, und trotz aller Mühe gelingt es ihnen nicht, ihn als Studienobjekt festzuhalten. Billy, dem das rechte Vertrauen in die Schulmedizin abhanden gekommen ist und den die behandelnden Ärzte zudem an die drei Stooges erinnern, verzichtet dankend auf die Weiterbehandlung.

Hopley kann seinen verrottenden Körper nicht mehr ertragen und bringt sich um, Rossington liegt in der Mayo-Klinik. Billy macht das einzige, was ihm noch sinnvoll erscheint: Er läßt die Zigeuner suchen. Penschley, sein Kompagnon in der Anwaltspraxis, setzt Detektive ein und findet heraus, daß der Zigeuner, der den Fluch ausgesprochen hat, Taduz Lemke heißt, 106 Jahre alt und der Vater des Unfallopfers ist. Auch der ungefähre Aufenthaltsort der Zigeunersippe ist bekannt. Billy bricht auf, um sich bei Taduz Lemke, den er, selbst Vater einer Tochter, jetzt besser versteht, zu entschuldigen und um Rücknahme des Fluches zu bitten. Inzwischen gleicht er einem lebenden Skelett. Während er die Zigeuner sucht, wird er selbst gesucht, und zwar von den gleichen Detektiven, die Penschley für ihn engagiert hatte. Sie arbeiten jetzt für Heidi und Houston, den Hausarzt, die beide nicht an den Fluch glauben, Billy für wahnsinnig halten und ihn in die Klinik zurückbringen lassen wollen.

Endlich findet er das Zigeunerlager. Gesichter starren ihm entgegen. *»Sie sind nicht überrascht, dich hier zu sehen . . . und es wundert sie auch gar nicht, wie du aussiehst.«* Er wird angespuckt und als Mörder beschimpft. Der Alte taucht auf und erweist sich als unnachgiebig.

»*Romani* Gerechtigkeit, *skummade igenom.* Die beiden anderen habe ich schon erledigt. Dieser Richter, er ist vor zwei Tagen aus dem Fenster gesprungen. Er . . .‹ Taduz Lemke schnippte mit den Fingern und blies dann über seinen Daumenballen, als läge eine winzige Feder darauf.

›Hat Ihnen das Ihre Tochter zurückgegeben, Mister Lemke? Ist sie zu Ihnen zurückgekehrt, als Cary Rossington da oben in Minnesota auf dem Boden aufgeschlagen ist?‹

Lemkes Lippen zitterten. ›Ich brauche sie nicht zurück. Gerechtigkeit bringt die Toten nicht zu uns zurück, weißer Mann. Gerechtigkeit ist einfach Gerechtigkeit. Du solltest lieber von hier verschwinden, bevor ich dir etwas anderes antue. Ich weiß, was deine Frau im Auto mit dir gemacht hat. Glaubst du etwa, ich hätte das Zweite Gesicht nicht? Da kannst du jeden hier fragen. Ich habe das Gesicht von einhundert Jahren.‹«

Empört über die Selbstgerechtigkeit des Alten, der nochmals bekräftigt, daß er den Fluch niemals von ihm nehmen wird, spricht Billy selbst einen Fluch gegen Lemke aus, und er weiß, daß die Zigeuner ihn ernst nehmen, daß der Alte ihn ernst nimmt. Gina, eine Urenkelin des Alten, schießt Billy mit einer Schleuder ein Loch durch die Hand, und er wiederholt seinen Fluch: »›Der Fluch des weißen Mannes wird Sie ereilen, Mr. Lemke! Darüber steht nichts in den Büchern geschrieben, aber ich sage Ihnen, daß es wahr ist – und *Sie* glauben *mir*‹« Dann wird er auf Anordnung des kreischenden Alten von den anderen Mitgliedern der Sippe mit Gewalt aus dem Lager befördert. Billy hat keine Ahnung, was denn der »Fluch des weißen Mannes« sein könnte, und er weiß auch nicht, wie er ihn gegebenenfalls wieder von dem Alten nehmen könnte, spürt aber, daß dieser Fluch so real und wirksam ist wie jener, mit dem Lemke ihn belegt hat. Während Billy in seinem Hotelzimmer mit Herzanfällen zu kämpfen hat, setzt sein Freund Ginelli den Zigeunern zu. Diese töten einen von Ginelli eingesetzten Mann, aber Ginelli heizt ihnen gehörig ein, indem er das Lager mit einer Kalaschnikow unter Feuer nimmt, ihnen die Polizei auf den Hals hetzt und später als angeblicher FBI-Beamter die hübsche Gina in seine Gewalt bringt. Er droht damit, erst ihr und dann zwei Zigeunerkindern Säure ins Gesicht zu schütten.

»›Er hat euch verflucht‹, sagte Ginelli. ›Der Fluch bin ich.‹

›Scheiß auf seinen Fluch!‹ fauchte sie und wischte sich mit verächtlicher Geste das Blut von der Wange.

›Er hat mir aufgetragen, niemanden zu verletzen‹, fuhr er fort, als ob sie nichts gesagt hätte. ›Das habe ich auch nicht. Aber mit heute abend ist das vorbei. Ich weiß nicht, wie oft dein alter Opa mit solchen Sachen bisher unbehelligt davongekommen ist, aber diesmal wird es ihm nicht gelingen. Sag ihm das. Sag ihm, er soll es wegnehmen.‹

›Er wird es niemals wegnehmen.‹

›Kann schon sein‹, sagte Ginelli. ›Das hat mir dein Bruder letzte Nacht auch schon gesagt. Aber das geht dich nichts an. Du wirst offen und ehrlich mit ihm reden und es ihm dann selbst überlassen, welche Entscheidung er treffen wird – aber achte darauf, ihm klarzumachen, daß der Boogie-Woogie erst *richtig* losgeht, wenn er nein sagt. Du bist als erste dran. Dann die Zwillinge. Und danach jeder weitere Zigeuner, den ich zwischen die Finger kriege.‹

›Dieses Schwein Halleck hat uns verflucht. Sag ihm von mir, Mister, daß *Gott* uns schon verflucht hat, lange bevor er oder irgend jemand seines Stammes überhaupt existiert hat.‹«

Ginelli hat Erfolg. Der Alte willigt ein und trifft sich mit Billy in einem Park, um den Fluch von ihm zu nehmen.

»›Es gibt keine Schuld, sagst du. Das redest und redest und redest du dir ein. Aber jeder bezahlt, sogar für Dinge, die er gar nicht getan hat. Weil du deine Schuld nicht auf dich nehmen wolltest – weder du noch deine Freunde –, habe ich euch dazu *gezwungen*. Ich habe sie euch angeheftet wie ein Mal. ‚Fluch‘. Das ist euer Wort. Aber unser Romaniwort ist besser. Hör zu: *Purpurfargade ansiktet*. Es bedeutet so etwas wie ‚Kind der Nachtblumen‘. Ein *Fluch* ist ein *Ding*. Was du aber hast, ist kein *Ding*. Was du hast, lebt.‹«

Er reicht ihm eine Torte und ein Messer.

»›Wenn du das *purpurfargade ansiktet* los sein willst, mußt du es zuerst in diese Torte stecken . . . und dann mußt du die Torte mit dem Fluchkind jemand anderem zu essen geben. Aber das muß bald geschehen, sonst kommt es doppelt auf dich zurück.‹«

Nach den Anweisungen des Alten läßt Billy aus seiner Handwunde Blut in einen Tortenspalt laufen, der sich daraufhin wieder schließt.

»Der Alte nickte. ›Ab jetzt wirst du wieder zunehmen. Aber in einer Woche, spätestens in zwei, wird es auf dich zurückfallen. Und dieses Mal wird es kein Halten mehr geben. Es sei denn, du findest jemanden, der das da ißt.‹

›Ja.‹

Lemkes Augen wichen nicht von seinem Gesicht. ›Bist du dir sicher?‹

›Ja, ja‹, rief Billy ungeduldig.

›Ich empfinde ein wenig Mitleid für dich‹, sagte der Alte. ›Nicht viel, aber ein bißchen. Vielleicht warst du einmal *pokol* – stark. Aber jetzt sind deine Schultern gebrochen. Es ist nicht dein Fehler . . . es gibt Gründe . . . du hast Freunde.‹ Er lächelte freudlos. ›Warum ißt du deinen Kuchen nicht selbst, weißer Mann aus der Stadt? Du wirst daran sterben, aber du stirbst stark.‹«

Ginelli, der im Auto auf Billy gewartet hat, ist tot, als Billy zurückkehrt. Er findet nur noch seine vom Körper abgerissene Hand im wartenden Auto – eine mit Stahlkugeln gespickte Faust.

Billy weiß schon, wer die Torte essen soll: seine Frau Heidi, der er die Schuld an dem gibt, was ihm widerfahren ist. Er schenkt ihr die Torte, wohl wissend, daß sie nicht widerstehen wird, und legt sich schlafen. Als er aus dem Schlaf hochschreckt, hat Heidi tatsächlich von der Torte gegessen – zusammen mit Linda, der mit Heidi zerstrittenen und überraschend nach Hause zurückgekehrten Tochter der beiden.

»Nicht Linda, mein Gott, bitte nicht Linda!
Jeder zahlt, weißer Mann aus der Stadt, sogar ...
Denn das ist's, worauf es wirklich ankommt.
Die Tortenreste standen auf der Theke.
Sie haben hier gesessen, die Torte gegessen und sich miteinander versöhnt, dachte er.
Er hörte den Zigeuner lachen.«
Etwa ein Viertel der Torte ist übriggeblieben. Billy holt sich einen Teller, setzt sich und schneidet sich ein Stück von der Torte ab.

7. Endstation Sehnsucht?

Billy, der den Tod eines Menschen mitverschuldet hat und sich aus der Verantwortung stehlen möchte. Seine Freunde, gutsituiert wie er selbst, für die eine tote Zigeunerin kein Drama darstellt und die auch vor Terroraktionen nicht zurückschrecken. Killian und seine Leute, die zum Zwecke der Unterhaltung Menschen in den Tod schicken. Väter, die aus ihren Söhnen »richtige« Männer machen wollen. Spießbürger, die Cola schlürfend einen Todesmarsch als spannenden sportlichen Wettkampf genießen. Beamte und Politiker, denen Autobahnen wichtiger sind als Menschenschicksale. Stephen King alias Richard Bachman hält in diesen fünf Romanen seinen Mitmenschen, vorzugsweise jenen aus der Mittel- und Oberschicht, einen Spiegel vor, hütet sich aber davor, ihnen helle Lichtgestalten gegenüberzustellen. Seine Helden sind zu Beginn der Handlung bereits gebrochene Persönlichkeiten, die sich von ihren Mitmenschen nicht darin unterscheiden, daß sie weniger mit Fehlern behaftet sind, sondern nur darin, daß sie stärker geschunden werden und dabei zu tieferen Einsichten gelangen, ohne jedoch dem ihnen vorausbestimmten Schicksal entgehen zu können, vielleicht sogar, ohne es zu wollen. Ben Richards spielt das Kaninchen für eine blutgierige Fernsehgemeinde, weil seine Familie Geld braucht, Garraty Davis läuft seiner unbewußten Todessehnsucht entgegen, Charlie Decker will ausprobieren, was den anderen einfällt, wenn ausnahmsweise er einmal den größeren Knüppel in der Hand hält, Georges Dawes sprengt die verbliebenen Ruinen seines Lebens in die Luft, weil sie ihm kein Zuhause mehr bieten können, Billy Halleck nimmt das Kreuz erst auf sich, als ihm klar wird, daß schicksalhafte Verstrickung Schuld genug ist in dieser Welt. Hinter diesen in die Nichtexistenz führenden Wege von Kings Protagonisten steht immer ein Stückchen Sehnsucht nach einer Welt, in der die Selbstaufgabe nicht nötig wäre, obwohl sie alle letztendlich ihr Schicksal annehmen und mehr oder weniger geläutert das Unvermeidliche akzeptieren. Resignation ist dies allerdings nicht – eher Einsicht in die Notwendigkeit, ein pragmatisches Umgehen mit dem Tod, eine Demonstration von Mut und Kraft und Würde, die Entscheidung für den Tod, wenn ein Leben nach den eigenen Wertmaßstäben nicht mehr möglich ist. Daß einige von ihnen dabei zugleich ein Fanal für andere setzen, ist von eher untergeordneter Bedeutung: Dawes behindert den Straßenbau, Richards rasiert sogar den Turm der Spielekommission ab, aber der Autobahnzubringer wird trotzdem zu Ende gebaut, und ohne Zweifel wird die Spielekommission einen anderen Wolkenkratzer finden.

Sowenig also Ben Richard, Charles Decker, George Dawes, Garraty Davis – und am allerwenigsten Billy Halleck – Revolutionäre sind, die auf einen Umsturz der Gesellschaft hinarbeiten, sosehr sind diese Romane als Gesamttableau gesellschaftskritisch. In allen fünf Büchern stellt King die tiefe Kluft zwischen Reichen und Armen, Mächtigen und Ohnmächtigen, Arrivierten und Randexistenzen dar, zeigt auf, was die Seite mit dem größeren Knüppel der anderen Seite antun kann, und macht zugleich deutlich, wo die Grenzen der Macht liegen: in der Würde des Menschen, und sei es in der Würde des Todes. Unmenschlichkeit, Demütigungen und soziale Erniedrigungen erzeugen zudem Haß und schärfen Ghettoinstinkte, die sich leicht auch gegen die andere Seite richten können, und fallen letztendlich auf die Urheber zurück. Und nicht immer lassen sich die Ungehorsamen so einfach erschießen wie Olsen oder Scramm in *Todesmarsch*. Kommt das Bewußtsein sozialer Identität und daraus entstehende Solidarität wie im Falle der Schwarzen hinzu, die Richards in *Menschenjagd* helfen, entsteht Gegenmacht, die am Ende vielleicht mehr als nur ein Hochhaus zerstören kann. Und auch ohne explosive Entladung wird das Schicksal des Menschen im Guten wie im Bösen durch unsere Art des Umgangs mit anderen bestimmt, die die Parabel *Der Fluch* zeigt: Es gibt keinen Fluch, sondern nur einen Spiegel, in dem wir uns selbst sehen, und unsere Schuld schließt die Schuld anderer ein.

PETER TREMAYNE

Crouch End, auf den Inseln

Welchen Einfluß üben Stephen King und seine Bücher auf meiner
Seite des Atlantik aus, auf diesen Inseln, die das Vereinigte Königreich und die Republik Irland umfassen? Ich bin sehr dafür, offen zu
sprechen und keine bequemen Etiketten zu verwenden. Daher muß
ich gleich zu Beginn deutlich darüber sein, was man allgemein in den
Vereinigten Staaten als »britische Literatur« betrachtet. Der Oberbe-
griff umfaßt, wie Sie sehen werden, mehrere kulturelle Traditionen
und auch mehrere Sprachen.

Das Vereinigte Königreich ist ein Staat verschiedener Nationalitä-
ten, in dem Englisch die vorherrschende Sprache und Kultur innerhalb der Inseln ist. Aber es gibt auch die walisische, schottisch-gäli-
sche und kornische Sprache und deren Kulturen, die keltischen
Ursprungs sind. Die Isle of Man, die auf halbem Wege zwischen
Großbritannien und Irland liegt, ist eine unabhängig regierte Insel,
rechtlich gesehen von der Krone abhängig, aber außerhalb des Vereinigten Königreichs, und sie ist gleichfalls keltisch; die Sprache Manx
ist mit dem schottischen Gälisch und dem Irischen verwandt. Und
selbstverständlich besitzt auch Irland, die Republik und die sechs
nordöstlichen Grafschaften von Ulster (ein strittiger Teil des Vereinigten Königreichs) eine keltische Sprache und Tradition.

Es vergeht kaum ein Tag, an dem mir der Name Stephen King nicht
zu Bewußtsein kommt. Sie werden sich fragen, ob ich ein so über-
zeugter Fan bin. Nein; Tatsache ist, ich lebe im nördlichen London.
Mein Haus – Alan Ryan hat es in *Halloween Horrors* als »reizendes vik-
torianisches Haus in der Nähe des Friedhofs Highgate« beschrieben –
ist nur wenige Minuten von dem malerischen viktorianischen Friedhof entfernt, wo der Schriftsteller Bram Stoker seine Sonntagnach-
mittage verbrachte, wo Karl Marx begraben liegt, obwohl *Das Kapital*
weiterlebt. Wie jeder *Kenner* der Horror-Literatur Ihnen sagen wird,
benützte Stoker diesen Friedhof als Ort für das Grab der untoten
Lucy Westenra, wobei er eine tatsächlich existierende Gruft beschrieb, zu der kundige Führer Sie für ein kleines Trinkgeld bringen
werden, wobei sie sabbern werden, während sie Stokers Augenblick
der Inspiration an einem wilden, dämmerigen Abend beschreiben,
als . . . ah, aber das ist eine andere Geschichte.

Hinter dem Friedhof erstreckt sich Hampstead Heath, ein weiterer

Schauplatz Stokers, wo man so tun kann, als befände man sich nicht in einem großen, zubetonierten städtischen Ballungszentrum. Friedhof und Heath liegen westlich von meinem Haus, hinter einer hohen viktorianischen Brücke, die offiziell Archway genannt wird und die Hauptstraße Great North Road von London überspannt. Inoffiziell wird sie »Selbstmordbrücke« genannt und genießt den unrühmlichen Ruf, die Stelle zu sein, wo verzweifelte Menschen beschließen, sich (buchstäblich) auf dem siebzig Meter tiefer gelegenen Beton der Straße zu Tode zu stürzen.

Hinter einem Hügel im Norden, auch nur ein paar Meter entfernt, liegt der Bezirk von London, der Crouch End genannt wird. Einst ein stilles, ruhiges Fleckchen im Farmland, das das London vergangener Zeiten umgab, wurde es plötzlich von der Flutwelle von spätviktorianischem Beton und Backstein überrollt. Heute ist es kein Vorort, sondern ein Teil der Londoner Innenstadt selbst. Man kann die Überreste des Dorfes gerade noch finden. Die Straßen von Crouch End erstrecken sich von der zentralen Turmuhr, wo die Hauptstraße, der Broadway, die schmale, kurvenreiche Strecke vom Crouch Hill herab kanalisiert und dann in Sträßchen aufsplittet, die nach Muswell Hill und Tottenham führen. Bis vor einem Jahrzehnt war es eine ziemlich verschlafene Gegend, die weitgehend unberührt vom Trubel des Londoner Lebens blieb.

Gegen Ende der siebziger oder Anfang der achtziger Jahre besuchte Stephen King Crouch End. Ich glaube, der Hauptgrund seines Besuchs war, daß er ein paar Tage mit Peter Straub verbringen wollte, dem Verfasser von *Geisterstunde* und *Der Hauch des Drachen*, u. a. Warum Peter Straub in Crouch End wohnte – ich habe keine Ahnung. Ich will Ihnen die faszinierende Wahrheit über diese Gegend verraten – dort leben mehr Verleger, Agenten, Journalisten, Illustratoren und Schriftsteller pro Quadratmeter als in jeder anderen vergleichbaren Gegend des Landes. Man kann nicht spazierengehen, ohne über jemanden aus der Branche zu stolpern. Nehmen Sie meine Straße als Beispiel. Dort befinden sich etwas über vierzig Häuser. Ich habe natürlich keine Untersuchungen angestellt und habe keine genauen Zahlen, aber durch Beobachtungen im Laden an der Ecke kann ich einen Verleger, zwei Lektoren, zwei Agenten, einen Illustrator und fünf Schriftsteller nennen, die in diesen Häusern leben. Ziemlich inzestuös, nicht?

Bis vor kurzem war eine der bekanntesten Persönlichkeiten in Crouch End der außergewöhnliche Horror-Schriftsteller Brian Lumley, der gerade um die Ecke wohnte. Haben Sie je seine Kurzgeschichte »Late Shopping« gelesen? Ich kann mich erinnern, Brian hat sie nach einem Besuch in unserem hiesigen Supermarkt geschrieben.

Wenn Sie wissen wollen, was für Leute wir hier in der Gegend sind, dann lesen Sie sie. Ich glaube, kurz danach hat Brian beschlossen, das malerische Crouch End zu verlassen, er hat sich inzwischen in einem hübschen Haus am Meer in Devon verkrochen. Vielleicht hatte »Late Shopping« etwas mit seinem Umzug zu tun . . .

Nachdem Stephen King diese kleine Ecke der Welt besucht hat, hat auch er eine Kurzgeschichte darüber geschrieben und hat Crouch End damit zu einem Begriff auf der Weltkarte gemacht. Ich hoffe, Sie haben alle »Crouch End« gelesen, das in *New Tales of the Chthulhu Mythos* veröffentlicht wurde, das Ramsey Campbell 1982 im Verlag Arkham House herausgab. Ich nehme an, Crouch End und Umgebung ist eine Gegend, die sich positiv auf das Verfassen von Horror auswirkt.

Sie sehen also, warum ich jedesmal, wenn ich durch die Straßen der Nachbarschaft schlendere, immer an Stephen King erinnert werde, einen Schriftsteller, den ich im Oktober 1979 kennenlernte. Ich war unterwegs zum fünften World Fantasy Con in Providence, Rhode Island. Ich flog erst nach New York, um meine Verleger zu besuchen, um in einigen Rundfunk- und Fernseh-Talk-Shows aufzutreten und für die US-Ausgabe meiner Dracula-Trilogie zu werben. Es war ein anstrengender Flug mit bemerkenswert vielen Turbulenzen gewesen, nachdem wir die Küste von Neufundland hinter uns hatten und in Richtung JFK flogen. Gegen Ende des Fluges waren überall gewisse braune Papiertüten zu sehen. Als ich zum Zoll stolperte, muß ich ziemlich fragwürdig ausgesehen haben.

Ein junger Mann mit verkniffenem Gesicht kam auf mich zu.

»Sind das Ihre Tüten?« bellte er. Ich wollte schnippisch sein und bestreiten, daß ich etwas von den Plastiktüten wußte, die ich in den verschwitzten Händen hielt. Dann sahen seine dunklen, stechenden Augen direkt in meine, und ich flüsterte nur: »Ja, Sir!«

Er wollte überraschenderweise meinen Paß sehen, obwohl ich die Paßkontrolle schon passiert hatte. Als er meinen Beruf sah, zog er eine Braue hoch.

»Was schreiben Sie?« Worte? Nein, nein. Sei friedlich. Ich sagte es ihm. Sein Gesicht nahm einen seltsamen Ausdruck an. Horror, Fantasy?

»Ja. Ich bin auf dem Weg zum Horror World Con in Providence.«

»Ah . . . ich wollte auch hingehen, aber ich habe Dienst. Ich bin ein Fan.«

Worte reichten offenbar nicht aus, um ihn zu trösten.

Er hatte sich sofort wieder unter Kontrolle. »Kennen Sie Stephen King?« bellte er.

Ich sagte bedauernd, daß ich ihn nicht kannte. Ich hatte von ihm gehört, gestand ich aber. Tatsächlich hatte mir 1975 ein eifriger Verleger *Brennen muß Salem!* in die Hand gedrückt und mir geraten, es zu lesen. Das habe ich getan. Ich war beeindruckt. Danach habe ich seinen Erstlingsroman *Carrie* und dann *Shining* gelesen. Der Zollbeamte war sichtlich enttäuscht, daß ich nicht in den richtigen Kreisen verkehrte.

»Ich nehme an, Sie werden ihn in Providence kennenlernen?«

Ich nahm es an.

»Sagen Sie mir, finden Sie nicht auch, daß er für die Horror-Literatur das Größte seit John Webster ist?«

Heilige Maria und Josef! *John Webster?* Ich war zweifellos in Gesellschaft eines wahren FANS! Webster (ca. 1580–1625) wird mit Titeln wie *The White Devil* (1612) und *The Devils Law Case* (1623) als erster wahrer Verfasser von Horror-Literatur angesehen.

Langer Rede kurzer Sinn, ich stand da und wurde von einem Zollbeamten des JFK-Flughafens nach den Feinheiten von Stephen Kings Werk ausgefragt. Ich hatte wenig Zweifel daran, daß er mir die Einreise verweigern würde, sollte ich die falschen Antworten geben. Eine Stunde später konnte ich mich losreißen und verfluchte den Namen King und seine sämtlichen Bücher. Ich kann wahrlich sagen, daß ich wegen diesem Mann gelitten habe . . .

Während dieser und anderer Reisen ist mir die Gewohnheit aufgefallen, in den Vereinigten Staaten alles, was von diesen Inseln kommt, als »britisch« und damit als »englisch« einzustufen. Die literarischen Traditionen in anderen Sprachen, außer Englisch, sind sehr ausgeprägt, tatsächlich ist Irisch die dritte literarische Sprache Europas; vor ihr kommen nur noch Griechisch und Latein. Allgemein gesagt werden literarische Traditionen in der keltischen Sprache dieser Inseln von der englischen literarischen Tradition weitgehend ignoriert, was ziemlich traurig ist.

Speziell im Horror-Genre sind englische und keltische Traditionen außerordentlich deutlich. Es ist eine bemerkenswerte Tatsache, daß man unter den führenden Verfassern von Horror-Fantasy, die unter der allgemeinen Bezeichnung »britisch« zusammengefaßt werden, viele von keltischer Herkunft findet. Ich habe in einem Essay für Roman Iswaschkins *Handbook of Popular British Culture* (Greenwood Press, 1987) auf diesen eigentümlichen Umstand hingewiesen und die Frage gestellt, ob es lediglich nationalistischer Eigendünkel ist, einen kulturellen Einfluß auf die Tatsache zurückzuführen, daß makabare Literatur die Stärke der keltischen Nationen innerhalb der »britischen« Kultur zu sein scheint.

Ich glaube nicht, daß das Zufall ist. Das Element von kosmischem Horror oder Fantasy findet sich schon in den frühesten keltischen

Mythen und Überlieferungen und kristallisierte in der keltischen Literatur. Was besonders auf die irische Literatur zutrifft, wo Fantasy stets ein starkes Element war und ist. Die Themen des Übernatürlichen, Brüche in den Naturgesetzen unseres Universums, gehören seit den frühesten Tagen zum Grundstock irischer Schriftsteller, ob sie nun in englischer oder irischer Sprache geschrieben haben. Ich meine, daß dieses Element bei ihnen vorherrschender ist als bei ihren »bodenständigeren« englischen Kollegen. Die Ausbeutung kultureller Traditionen durch keltische Schriftsteller oder Schriftsteller keltischer Herkunft, welche ihnen überlassen wurde, ermöglicht es ihnen, Brüche in den Naturgesetzen so lebhaft und realistisch darzustellen.

Charles Maturin, Fitzjames O'Brien, Sheridan LeFanu, Bram Stoker, R. L. Stevenson (»Dr. Jekyll und Mr. Hyde), John Buchan (»The Watcher on the Treshold«), Sutherland Menzies (Verfasser der ersten Werwolf-Geschichte in Englisch), Oscar Wilde (*Das Bildnis des Dorian Gray*), M. P. Shiel, Arthur Machen, Algernon Blackwood, A. Conan Doyle, Dorothy Macardle (die mit *The Uninvited* zu Ruhm und Ehren kam), William Morris, Lord Dunsany, George MacDonald, C. S. Lewis, John Cowper Poys . . . nun, die Liste der Kelten im Fantasy-Genre ist endlos. Und wenn man einige derjenigen betrachtet, die als englisch akzeptiert werden, hat man noch mehr Spaß – zum Beispiel die Brontës (Daddy war Ire aus Co. Down und Mami war aus Cornwall). Sogar William Blakes Vater stammte aus Rathmines, Irland.

Das Wesentliche ist, in welcher Sprache die Kelten auch schrieben – ihrer Muttersprache oder der *lingua franca* Englisch –, sie brachten eine überzeugende Schule von Fantasten hervor. Eine lange Tradition des Verfassens von Horror in sämtlichen »britischen« Sprachen läßt sich bis zu unserem Freund John Webster im frühen siebzehnten Jahrhundert zurückverfolgen. Werke keltischer Autoren, die in Englisch schrieben, und englischer Autoren haben das Genre zu einem außerordentlich hohen Niveau gebracht.

Traurigerweise ist dieser allgemeine Standard in den letzten Jahren gesunken, und ich glaube, daß sich dieser Niedergang nicht nur in der Literatur der Inseln widerspiegelt, sondern auch in der der Vereinigten Staaten. Wir wollen daher sicherstellen, daß wir auch wissen, wovon wir sprechen, bevor wir auf den Einfluß von Stephen King auf die »britische« Horror-Literatur zurückkommen.

Die bleibenden Meister des Genres sind zu Ruhm gekommen, weil sie sich nicht nur um seiner selbst willen mit »Horror« beschäftigten, sondern weil sie ihn als Mittel der Sozialkritik und des Moralisierens gebrauchten. Das sollte man nicht auf der untersten Stufe betrachten, sondern auch die Tatsache akzeptieren, daß jegliche Kunst kommentierend ist. Diese Meister haben sich des Horror-Elements auf eine subtile Weise bedient und Werke geschaffen, die geschickt auf das Unterbewußtsein wirken, bis der Leser furchtsam wird, ohne richtig zu wissen, warum er Angst hat und voller Entsetzen weiterschreitet, bis er nicht mehr umkehren und sich in Sicherheit bringen kann.

Heute finden wir besonders in der »britischen« Tradition zu viele Autoren, die reinen Ekel als Ersatz für unterschwellige Angst vor dem Unbekannten nehmen. Durch diese Aussage laufe ich vielleicht Gefahr, von einigen Kollegen auf dieselbe grausame Weise auseinandergenommen zu werden, wie sie ihre eigenen Figuren zerstückeln. Ich will sie nicht individuell angreifen oder ihre Motive schlechtmachen. Aber ich muß feststellen, daß unsere ureigene, nicht unerhebliche Tradition des Genres auf den Inseln auf beängstigende Weise abgelehnt wird. Was Stil und Themen anbelangt, werden wir zunehmend zu blassen Nachahmungen moderner amerikanischer Schriftsteller. Unsere neueren Schriftsteller haben den frustrierenden Hang, »mittel-atlantisch« zu sein, aber sie nehmen sich nicht einmal die besten amerikanischen Autoren zum Vorbild, sondern verinnerlichen lediglich die schlechtesten Aspekte. Heute benützt man Technicolor-Gemetzel anstelle des verstohlen schleichenden Entsetzens von etwas Unsichtbarem und Formlosem, um beim Leser eine Reaktion zu erzeugen.

In seinem berühmten Essay »Die Literatur des Grauens« brachte H. P. Lovecraft, als er von seinen Zeitgenossen sprach, die Überzeugung zum Ausdruck, daß Horror-Geschichten von der langen Evolution der Gattung profitiert hätten und eine Natürlichkeit, Überzeugungskraft, künstlerische Geschlossenheit und eine geschickte Intensität besäßen, die mit nichts vergleichbar sei, was das Genre in früheren Jahren hervorgebracht habe. Technik, Können, Erfahrung und psychologisches Wissen hätten, so Lovecrafts Überzeugung, in den vergangenen Jahren deutlich zugenommen, und zwar so sehr, daß ältere Werke naiv oder künstlich wirkten.

Lovecraft starb 1937. Hätte er die achtziger Jahre noch erlebt, hätte er eine völlige Umkehr seiner Schätzung erlebt, was das Verfassen von Horror betrifft, besonders in den vergangenen zwanzig Jahren. Im großen und ganzen ist es schlechter geworden, nicht besser.

Das Problem ist, daß die meisten Schriftsteller versuchen, mit dem Film zu konkurrieren oder ihre Bücher sogar schon mit der Hoffnung auf eine Verfilmung im Hinterkopf schreiben, ohne damit zufrieden zu sein, ein literarisches Werk zu produzieren. Das Filmemachen wurde vom Stand der Technik her immer ausgereifter, daher wurden Filmemacher auch immer expliziter. Die Nahaufnahme einer abgehackten Hand sieht heute tatsächlich wie eine abgehackte Hand aus.

Teenager, die ins Kino gehen, erwarten heute Blut, Gedärme, Erbrochenes, Gewalt und Scheußlichkeiten. Die schroffe Grausamkeit vieler Horror-Filme, die ekelerregende Dummheit vieler Videoschocker, hatten eine bemerkenswert negative Auswirkung auf viele Schriftsteller, die zum Genre gestoßen sind. Sie glauben, daß es bei Horror-Literatur genau darum geht, aber genau darum geht es nicht.

Denken Sie an einen der grauenhaftesten Abschnitte in *Dracula* (1897). Es ist kein Abschnitt über Blutfontänen, zerfetztes Fleisch oder sexuelle Grausamkeiten. Es ist die schlichte Szene, als Jonathan Harker aus seinem Schlafzimmerfenster in Draculas Schloß sieht und den Grafen erblickt, der die Wand hinunterklettert – *Kopf voraus!*

Oder nehmen Sie als Beispiel eine der erschreckendsten Geschichten aller Zeiten, »Stimme in der Nacht« von William Hope Hodgson, eine Geschichte der Angst, in der nicht ein einziger Tropfen Blut vergossen wird. Ein Schiff sitzt im Nebel fest. In der Nähe ertönen die Laute von Dingi-Rudern. Eine Stimme ruft das Schiff an und fleht um Proviant. Im Anschluß erzählt die Stimme die Geschichte, wie der Mann mit seiner Verlobten auf einer von Pilzen bedeckten Insel Schiffbruch erlitten. Nachdem sämtliche Vorräte aufgebraucht waren, waren sie gezwungen, die allgegenwärtigen Pilze zu essen. Die Folgen waren schrecklich, sie sind dem Untergang geweiht. Das Dingi rudert weiter. Die Geschichte endet:

Ich sah mich um. Ich stellte fest, daß die Dämmerung angebrochen war.
Die Sonne warf einen verirrten Strahl über das verborgene Meer; drang schwach durch den Nebel und erleuchtete das Boot, das sich entfernte, mit düsterem Feuer. Ich sah undeutlich etwas zwischen den Rudern nicken. Ich dachte an einen Schwamm – die Ruder schlugen weiter. Sie waren grau, wie das Boot, und meine Augen suchten einen Moment vergeblich nach der Verbindung von Hand und Ruder. Mein Blick glitt wieder zum – Kopf. Er nickte vorwärts, während die Ruder rückwärts zum Schlag ausholten. Dann wurden die Ruder eingetaucht, das Boot schoß aus dem erleuchteten Fleck heraus, und das . . . das Ding verschwand nickend im Nebel.

Ah, wenn die »Blut, Gedärme und Erbrochenes«-Brigade vergessen oder nur noch eine Kuriosität in den Augen eines literarischen Leichenbestatters der Unterhaltungsliteratur des zwanzigsten Jahrhunderts ist, wird man sich immer noch an die Werke derer erinnern, die im Genre mehr sehen als nur die Möglichkeit, den Leser vorübergehend zu schockieren oder zu ekeln. Ihre Geschichten werden völlig zurecht als Meisterwerke nicht nur dieses Genres, sondern der allgemeinen Literatur Bestand haben.

Was hat nun Stephen King mit diesem meiner Meinung nach traurigen Zustand der »britischen« Horror-Literatur zu tun?

Als King im Genre auftauchte, war es bereits im Niedergang begriffen. Mehrere gute Leute schrieben im Genre, aber lassen Sie mich noch einmal deutlich machen, daß ich hier allgemein spreche. King tauchte als heller Stern am düsteren Firmament auf. Er hat das Element der *Literatur* wieder erfolgreich ins Genre eingeführt. Und wenn Schriftsteller, einerlei, in welchem Genre sie schreiben, sich nicht mit Literatur beschäftigen, warum zum Teufel führen sie dann überhaupt den Federhalter zum Papier?

King erlangte Ruhm als Phänomen. Kein anderer Schriftsteller im Genre hat jemals eine solche Serie von Bestsellern in Hardcover und Taschenbuch hervorgebracht oder mit Verfilmungen seiner Bücher dieses Maß an Erfolg an der Kinokasse gehabt. Dennoch schreibt er nicht mit dem Gedanken an Verfilmung im Kopf, versucht nicht, mit Technicolor-Gemetzel und filmischen Tricks zu konkurrieren. Er ist in erster Linie und vor allem anderen Schriftsteller.

»Gute Schreiben ist an sich ein Vergnügen«, schrieb er einmal, »und es kann einen in die Geschichte hineinlocken. Ich kümmere mich nicht besonders um Stil, aber ich kümmere mich um das Gleichgewicht. Sprache sollte ein Gleichgewicht haben, das der Leser spüren und in das er eindringen kann – ein Rhythmus der Sprache, mit dem sie voranschreitet. Denn wenn sich der Leser so in die Geschichte hineinlocken läßt, reißt sie ihn mit.«

King ist demnach ein Mann, der seine Aufgabe ernst nimmt. Er schreibt, ungeachtet der vom gelehrten Doktor Sam Johnson verkündeten unsterblichen Intelligenz, nicht nur für Geld! Er schreibt voll Hingabe, mit literarischem Geschick, und er benützt die Allegorie von Horror-Fantasy dazu, den erschreckenden Zustand der modernen Gesellschaft zu kommentieren. Er vereint seine Geschicke so, daß sie eine literarische *tour de force* ergeben.

Whitley Strieber traf den Kern der Sache ganz genau, als er schrieb:

... sein Werk ist sowohl als Literatur wie auch als Kultur von Bedeutung. Er schreibt aus dem Herzen der amerikanischen Erfahrung heraus. Seine Stimme hat etwas, das genau für unsere amerikanischen Ohren geschaffen ist. Wir fühlen uns wohl, wenn jemand wie er eine gute Geschichte erzählt, und wir wissen, er kommt mit der Wahrheit zu uns. Wir sind für Gerechtigkeit, sie geschehen zu sehen, erfüllt eine unserer tiefsten Sehnsüchte. King spricht Amerikanisch . . .

Hier findet sich die Botschaft, die ich zum Ausdruck bringen will. Stephen King ist seinem kulturellen Ethos treu, daher ist er allen Kulturen treu und kann sie deshalb ansprechen und von ihnen akzeptiert werden. King verrät seinen eigenen kulturellen Hintergrund nicht, und damit auch nicht seine eigenen gesellschaftlichen Erfahrungen und seinen Intellekt.

Das ist die grundlegende Lektion, die Schriftsteller im Genre lernen müssen – ob sie auf diesen Inseln leben und Englisch, Irisch oder Walisisch schreiben, oder in Amerika. Sie sollten in ihren Erfahrungen und ihrer Kultur verwurzelt bleiben, wenn sie international erfolgreich sein wollen. King ist eindeutig ein Amerikaner, der seinen kulturellen Ethos liebt – genau das macht ihn in anderen Ländern der Welt akzeptabel und akzeptiert.

Es gibt viele »britische« Schriftsteller, die sich entschieden haben, »mittel-atlantisch« zu werden, weder das eine noch das andere. Auch ich habe Agenten leise flüstern hören, wenn man auf dem lukrativen amerikanischen Markt Geld verdienen will, muß man über amerikanische Schauplätze schreiben und amerikanische Vorstellungen übernehmen – sich statt eines Oxford Dictionary ein Webster's Dictionary kaufen und seinen Stil und die Dialoge dahingehend ändern, daß sie sich wie eine drittklassige amerikanische Fernsehserie anhören.

King hat einmal gesagt, daß »Horror-Literatur, Fantasy-Literatur, fantastische Literatur wie ein Traum ist«. Damit hat er vollkommen recht. Aber wenn man andere dazu bringen will, an einen Traum zu glauben, dann muß es unbedingt der *eigene* Traum sein, und nicht eine Reihe halb verdauter Konzepte, die man vom Fernsehen oder aus Reiseführern aufgeschnappt hat.

Der Einfluß, den Stephen King auf seine britischen Kollegen haben *sollte*, und nicht der, den sein Erfolg auf einige tatsächlich gehabt *hat*, ist der, daß sie sich selbst und ihren eigenen kulturellen Erfahrungen treu bleiben sollten; sie sollten aufhören zu versuchen, amerikanische Entwicklungen des Genres nachzuahmen. Der amerikanische Buch- und Filmmarkt erfüllt uns mit Ehrfurcht, und wir wollen auch unser Stück vom Kuchen haben. Aber das läßt sich nicht bewerkstelligen, indem wir zu blassen Abziehbildern unserer amerikanischen Vettern werden. Wir müssen den Zusammenhang zu unseren eigenen literarischen und kulturellen Traditionen wieder herstellen – die im Horror-Genre nicht unerheblich sind. Wir müssen der Welt zeigen, was wir zu bieten haben. Wir können Stephen King als Beispiel nehmen und uns fest in unserer Kultur (oder unseren Kulturen) verwurzeln, um das Horror-Genre wieder *literarisch* zu machen.

Aber jetzt wird es Zeit für meinen Abendspaziergang durch Crouch End, einen Bezirk, der in Wirklichkeit gar nicht so ist, wie er in Stephen Kings Geschichte dargestellt wird. Wir sind hier in dieser Gegend eigentlich ziemlich normale Leute. Besonders Horror-Schriftsteller sind herzlich, großzügig und imstande, Kritik einzustecken, ohne gleich . . .

Nun, habe ich eigentlich diesen Mann erwähnt, der oben in Hampstead Heath an einen Baum genagelt gefunden wurde?

Sollte ich von meinem Spaziergang nicht zurückkommen, dann wünsche ich mir, daß Stephen King meinen Nachruf für die *London Times* schreibt (bitte nicht mehr als 600 Worte). Ich bin der Meinung, das ist er mir für die Stunde im JFK schuldig . . .

JOACHIM KÖRBER

Notizen aus der toten Zone:
Die Romane von Stephen King

1. Vorbemerkung: Stephen King und die Tradition des Horrors

Der Begriff »Horror« weckt beim Leser gewisse Assoziationen und Vorstellungen. Horror-Literatur hat etwas mit Vampiren oder Werwölfen zu tun, mit transylvanischen Schlössern und mitternächtlichen Friedhöfen in einsamen Wäldern. Nicht unschuldig an diesen Vorstellungsbildern sind die Filme, die diese Stereotypen in unzähligen, meist billig produzierten und schlechten B-Filmen kolportiert und popularisiert haben – und die Literatur hat lange Zeit mitgezogen.

Da diese klassische Typologie (Untote in weltfernen, transylvanischen Schlössern, die kaum etwas mit den realen Umständen des Lesepublikums gemein haben) vom Leser ein hohes Maß an Gutgläubigkeit verlangt – schließlich muß er bereit sein, wenn er die Geschichte wirklich genießen will, seine eigene Realität zugunsten einer Metawirklichkeit (der des Buches oder Films nämlich) aufzugeben und etwas akzeptieren, das seinem rationalen Weltverständnis zuwiderläuft und nichts mit einem tagtäglich erlebbaren und erfahrbaren Alltagsrealismus gemein hat –, betrachtete man Horror lange Zeit als Literatur für eine Minderheit, und entsprechend stiefmütterlich wurde er in den Verlagen auch behandelt.

Das änderte sich in den USA Ende der sechziger, Anfang der siebziger Jahre mit dem Erscheinen von drei Büchern, die die Bestsellerliste eroberten und den lebenden Beweis dafür antraten, daß auch Horror verkaufsträchtig sein konnte.

Das erste dieser Bücher war *Rosemaries Baby* von Ira Levin, das 1967 erschien, das zweite *Der Exorzist* (1971) von William Peter Blatty und das dritte *Das andere Gesicht* von Thomas Tryon, ebenfalls 1971. Diese drei Bücher sind durchaus verschieden, was den Inhalt anbelangt – *Rosemaries Baby* ist die Geschichte einer jungen Frau, die in die Hände eines Satanskults gerät und Satans Kind zur Welt bringt, *Der Exorzist* schildert, wie ein junges Mädchen vom Teufel besessen wird, und *Das andere Gesicht* schließlich ist die Geschichte von Zwillingen, die Gut und Böse verkörpern –, aber sie haben eines gemeinsam: Sie alle sind in einem modernen, der Wirklichkeit nachempfundenen

477

Schauplatz angesiedelt, den der Leser sofort als seine vertraute Umwelt erkennen kann. Und da die Umwelt so wirklichkeitsgetreu geschildert wird, wirkt auch die Einführung des übernatürlichen Elementes um so glaubwürdiger. *Rosemaries Baby* ist ein kluges, sardonisches Stück über den Zeitgeist, ein sarkastischer Kommentar zu Zeitphänomenen Ende der sechziger Jahre, während viele in *Der Exorzist* eine Allegorie auf die Jugendunruhen der späten sechziger Jahre gesehen haben. Speziell dieses Buch wirkt weniger durch seinen »Text« (die Geschichte einer dämonischen Besessenheit), sondern durch seinen »Subtext«* (das Aufbegehren einer Jugend, der die alten Werte der Elterngeneration plötzlich nichts mehr gelten). Horror, in diesem Fall, als Mittel zu verfremdeten Kommentaren über die Wirklichkeit.

Vor diesem Hintergrund wirkt der Erfolg von Stephen Kings Büchern nicht mehr ganz so überraschend, so phänomenal er letztlich sein mag. Kings Erstlingsroman *Carrie* erschien 1974 und fiel auf fruchtbaren Boden, den nicht zuletzt die drei erwähnten Bücher mit ihrem Verkaufserfolg bereitet hatten.

Stephen King bemüht sich wie kein anderer zeitgenössischer Horror-Schriftsteller um Realismus in der Schilderung von Situationen und Hintergründen seiner Geschichten. Kings Welt ist die Welt der amerikanischen Mittelschicht mit ihren sehr realen Ängsten. Angst vor finanziellem Ruin, die allgegenwärtige (und nicht nur auf die Mittelschicht beschränkte) Angst vor einer ungewissen Zukunft in einem ständig von der Vernichtung bedrohten zwanzigsten Jahrhundert, Existenzsorgen, Angst vor gescheiterten Beziehungen, usw. Es mag in den Romanen von Stephen King von übernatürlichen Schrecken und Monstern wimmeln, aber die größten – weil menschlichen, allzu menschlichen – Schrecken sind stets die Furcht vor wirtschaftlicher Depression oder der Verfall der Familie als Grundeinheit eines funktionierenden und gesunden Staatswesens. Der Subtext dieser gesellschaftlichen und sozialen Belange ist es, der sein Werk weit über den Durchschnitt hinaus erhebt und Grund für seine anhaltende Faszination auf das Lesepublikum ist.

Zahlreiche Studien über das Werk von Stephen King gehen chronologisch vor. *The Many Facets of Stephen King* von Michael Collings dagegen versucht eine Abhandlung nach Themengesichtspunkten, was der Verfasser folgendermaßen begründet:

---

* Vergleiche zum Thema »Text und Subtext« Stephen Kings Ausführungen in seiner Studie über Horror, *Danse Macabre*, München 1988, Heyne Sachbuch 2 (Anmerkung des Herausgebers).

Dies ist der Punkt, wo viele Studien über King versagt haben. Die meisten kritischen Betrachtungen betonen die Chronologie zu sehr. (. . .) Die Zeit scheint reif für einen anderen Versuch, die Einbeziehung verschiedener thematischer Bezüge . . .[1]

Diese Vorgehensweise mag ihren Sinn haben, der Nachteil, der recht offensichtlich ist, liegt freilich darin, daß ohne Berücksichtigung der Werkchronologie die schriftstellerische und werkimmanente Evolution, die sich bei jedem Schriftsteller, so auch bei Stephen King, findet, unberücksichtigt gelassen wird. Ich möchte mit der nachfolgenden kurzen Untersuchung versuchen, eine Art Mittelweg zu gehen. Ich werde mich weitgehend an eine chronologische Reihenfolge halten, aber dabei Einschübe machen, chronologische Vor- und Rückgriffe, um bestimmte allzu deutliche thematische Gemeinsamkeiten hervorzuheben.

2. Auf der Suche nach der verlorenen Zeit

Sucht man nach einem Grundthema, einem kleinsten gemeinsamen Nenner, in den Büchern von Stephen King, so fällt einem zuallererst der Begriff der Reise ein – eine Tatsache, auf die auch der amerikanische Kritiker Douglas E. Winter in seiner Studie *Stephen King: The Art of Darkness* (1984; erweitert 1986) hingewiesen hat. Kings Figuren in fast allen seinen Büchern befinden sich auf einer Reise, die entweder eine echte Reise sein kann (beispielsweise die Reise auf der Suche nach dem Talisman oder die epische Suche der Protagonisten von *Das letzte Gefecht* oder, in kleinerem Maßstab, die Reise von Stella Flanders über die Meerstraße zum Festland von Maine, um mit den Toten zu singen, die sie zu sich rufen, in der Kurzgeschichte »Der Gesang der Toten«), oder aber eine metaphorische Reise, ein »Ritual des Übergangs«, wie am deutlichsten in *Carrie* (1974). Kings Protagonisten leben in einem unsicheren Jetzt, haben noch eine unsichere und unbestimmte Zukunft vor sich und blicken zurück auf ein sorgenloses Utopia der Kindheit, in dem die drückenden Probleme des Erwachsenenlebens nicht existieren. Doch die Erinnerung kann trügerisch sein, das scheinbare Utopia einstiger Kindertage vielleicht gar nicht so rosig, wie uns unser fragwürdiges Gedächtnis glauben machen will. »Die Meeresstraße war damals breiter«, sagt Stella Flanders in »Der Gesang der Toten«, und bringt das damit präzise auf den Punkt. Kinder verkörpern im Werk von Stephen King stets die Unschuld und Reinheit einer Zeit vor der Pubertät, ohne freilich zu Stereotypen abzugleiten. Endgültige moralische Werte gibt es in der Welt von Stephen King nicht. Alles ist relativ, die Frage nach Gut und Böse läßt sich anhand universeller Kriterien nicht beantworten. Wenn Stella Flanders sagt, daß die Meeresstraße, die ihre Heimatinsel vom Festland trennt, damals breiter gewesen ist, drückt sie damit keinen geographischen Sachverhalt aus (denn das wäre unmöglich), sondern liefert eine treffsichere und stimmige Metapher für die Entwicklung des menschlichen Geistes und der Fantasie. Die Meeresstraße *war* damals breiter – aber nur in der Fantasie. Sie wird zum Symbol und Sinnbild der Unvoreingenommenheit der Kindheit, in der Maximen von Vernunft und Rationalität (noch) keine Gültigkeit haben und alles möglich ist. (Was selbstverständlich die Kernaussage von Kings magnum opus *Es* (1986) ist). Der Übergang von der Kindheit zum Erwachsenen ist bei King stets mit einem – häufig fatalen – Verlust der Unschuld behaftet, der irreversibel ist. Wenn Kings Protagonisten zu ihren (geographischen) Reisen aufbrechen, dann dient das immer – ob es ihnen nun selbst bewußt ist oder nicht – dem Zweck, einen Versuch zu unternehmen, die einstige Unschuld wiederzuerlangen, das frühere Utopia erneut aufzubauen. Und das ist selbstverständlich, da jeder Mensch die Summe seiner Erfahrungen ist, unmöglich. Daher endet die Suche nicht selten mit einer Katastrophe. Dieser Pessimismus durchzieht Kings ganzes Werk (am auffälligsten und augenscheinlichsten in den unter dem Pseudonym Richard Bachman veröffentlichten Romanen), weicht aber, besonders in den Romanen nach *Es*, schließlich einem persönlicheren Erfahren. Glück ist möglich, aber es ist (notwendigerweise) ein individuelles Erlebnis und bleibt auf den einzelnen beschränkt.

3. Aschenputtels Rache:
Carrie (1974) und *Feuerkind* (1980)

Märchen spielen in Stephen Kings Werk eine nicht zu unterschätzende Rolle; viele seiner Kurzgeschichten und Romane sind Nacherzählungen bekannter Märchen oder enthalten zumindest märchenhafte Strukturen. Märchen haben am deutlichsten bei Stephen Kings erstem veröffentlichten Roman Pate gestanden: *Carrie*. Erzählt wird die Geschichte der Schülerin Carrie White, einer häßlichen und gemiedenen Außenseiterin, die über latente telekinetische Fähigkeiten verfügt. Carrie ist der Prototyp des gequälten Individuums, Tochter einer religiös fanatischen und bigotten Mutter und Opfer einer auf ihre Art nicht minder bigotten und heuchlerischen Gesellschaft, die Konformität zur Norm und zum höchsten Gut erhebt und keinen Platz für Abweichler läßt.

Die Märchen, die einem in den Sinn kommen, sind zunächst einmal das vom häßlichen Entlein, das sich zu einem wunderschönen Schwan mausert. Als eine von Carries Mitschülerinnen ein schlechtes Gewissen angesichts der Hänseleien gegenüber Carrie White bekommt, fordert sie ihren eigenen Freund auf, Carrie zum Abschlußball der Schule zu begleiten. Mit Schminke angetan und in einem neuen Kleid, und vom Glück der scheinbaren Anerkennung gezeichnet, wird aus Carrie tatsächlich eine Schönheit – nicht zuletzt vielleicht auch, weil sie mit ihrem Aufzug ihrer Mutter eins auswischen kann. Noch deutlicher freilich ist der Bezug auf das Märchen Aschenputtel (wobei Mitschülerinnen die Rollen der bösen Stiefschwestern übernehmen), den King selbst deutlich macht, indem er Carrie den Schuh verlieren läßt, als sie vom Abschlußball flieht, wo ihr die endgültige Demütigung zuteil wurde: Sie wurde von haßerfüllten Mitschülerinnen, als sie zur Ballkönigin gekrönt werden sollte, mit Schweineblut übergossen. Das Gute siegt nicht, wie im Märchen. King ist zu deutlich dem naturalistischen Roman verhaftet, in dem für weltfremden Optimismus kein Platz ist. Daß sie mit Schweineblut überschüttet wurde, ist seinerseits wieder nur eine häßliche Anspielung auf Carries erste Menstruation, die sie verspätet (sie ist sechzehn Jahre alt) im Duschraum der Mädchenumkleidekabine bekommt, ohne zu wissen, was mit ihr geschieht. Damit ist Carries metaphorische Reise klar: Der Übergang vom Mädchen zur Frau vollzieht sich bei ihr auf schmerzhafte Weise und trägt noch nachdrücklicher dazu bei, sie zur Außenseiterin zu machen; gleichzeitig weckt er ihre latenten telekinetischen Kräfte, mit denen sie zuletzt, nach der Demütigung, die Schule und danach die gesamte Stadt in Schutt und Asche legt. Böse ist Carrie White deshalb nicht; sie ist das gequälte Opfer, das zurückschlägt – mit den einzigen Mitteln, die sie kennt und die sie sich zunutze machen kann. Im naturalistischen Roman (der das Übernatürliche nicht anerkennen kann), würde sie wahrscheinlich zeit ihres Lebens die getretene Außenseiterin bleiben. Das übernatürliche Element (das *Carrie* aus dem naturalistischen Bereich herausnimmt und den Roman in den Bereich des Phantastischen verweist – aber wohlgemerkt nicht in den des Horrors) ermöglicht Carrie White den Ausbruch aus dieser vorbestimmten Rolle; ohne dieses hätte sie keine Alternative.

Auch Charlie McGee, die Heldin von *Feuerkind,* Kings sechstem veröffentlichten Roman (die Bachman-Romane nicht mitgerechnet), hat am Ende keine andere Wahl mehr, als Gewalt anzuwenden und eine kleine Apokalypse über ihre Widersacher zu bringen. Sie befindet sich in einer ähnlichen und doch auch wieder grundverschiedenen Lage als Carrie White. Carries übersinnliche Begabung ist die

Folge einer Laune der Natur, die von Charlie McGee (die kraft ihrer Gedanken Feuer entfachen kann) entstand als Folge menschlicher Experimente, die ein wissenschaftlicher Geheimdienst namens The Shop Ende der sechziger Jahre mit Studenten durchführte. Charlies Eltern nehmen an einem solchen Experiment mit einer leicht halluzinogenen Droge teil. Diese Droge dient dazu, latente übersinnliche Begabungen zu fördern, aber es wäre möglich, daß sie die Lebenserwartung senkt – ein Risiko, das die Forscher des Shop eingehen. Charlies Mutter ist eine schwache Telekinetin, ihr Vater kann mittels Gedanken andere Menschen beeinflussen. Sie selbst kann Feuer entfachen, und als sie sieben Jahre alt ist, wird der Shop auf sie aufmerksam und möchte ihr »wildes Talent« erforschen und auf seine militärische Nutzbarkeit überprüfen. Ihre Mutter wird getötet, sie beginnt mit ihrem Vater eine halsbrecherische Flucht.

Charlie ist, wie Carrie, ein normales Mädchen, das mit einer ungewöhnlichen Begabung ausgestattet ist. Beide müssen versuchen, mit dieser Begabung fertig zu werden, doch während Carrie lediglich blind reagiert und zuschlägt, ist Charlie gezwungen, über Recht und Unrecht ihres Handelns nachzudenken und moralische Entscheidungen zu treffen, ob sie von ihrer Fähigkeit Gebrauch macht oder nicht. Obwohl sie jünger ist als Carrie, ist sie damit viel reifer, und darin spiegelt sich auch die reifere Behandlung des Themas in *Feuerkind* und der schriftstellerische Reifeprozeß, den King in der Zwischenzeit durchgemacht hatte.

Am Ende werden Charlie und ihr Vater vom Shop gefangengenommen. Charlie freundet sich in ihrem Gefängnis mit dem einäugigen Indianer Rainbird an, einem Scharfschützen, und als ihr Vater sie befreit, muß sie sich zwischen ihm und Rainbird entscheiden, eine Entscheidung, die erst dann zugunsten ihres Vaters ausfällt, als dieser sich für sie opfert. Wie in *Carrie*, werden die Auslöser der übernatürlichen Fähigkeit (dort sind es die Mitschüler mit ihrem bösen Streich; hier sind es die Leute des Shop, die Charlies Fähigkeit erzeugt haben) zuletzt damit konfrontiert – mit katastrophalen Folgen. Charlie reagiert freilich erst, als sie dazu gezwungen wird (ganz wie im naturalistischen Roman), und sie ist ebensowenig wie Carrie White böse, sondern handelt lediglich gegen eine böse Umwelt. Für Carrie endet die Konfrontation tödlich. Charlie McGee überlebt und wird ihre Geschichte einer großen Zeitschrift erzählen. Sie bekommt eine Chance, die Carrie nicht hatte, und das bedeutet, daß es, anders als in früheren Romanen von Stephen King, doch Hoffnung für das Individuum geben kann, sofern dieses ein moralisches Wesen ist, das sich seines Tuns bewußt wird.

4. Die schleichende Korruption:
Brennen muß Salem! *(1975) und* Der Talisman *(1984)*

Mit *Brennen muß Salem!*, seinem zweiten veröffentlichten Roman, nimmt sich King eines der ältesten Themen der Horror-Literatur an, des Vampir-Mythos. Der Vampir, Symbol aristokratischer Bedrohung in Bram Stokers berühmten Roman *Dracula* (1897), der zum Inbegriff des Vampirs geworden ist, obwohl es mindestens zwei berühmte Vorläufer gibt, nämlich das Trivial-Epos *Varney the Vampire; or, The Feast of Blood* (1847) und Sheridan Le Fanus *Carmilla* (1870), verkam in unseren Tagen, nicht zuletzt durch eine Flut von Verfilmungen und stereotypen Adaptionen zu etwas, das King selbst als »comic book menace« – als »Comic-Bedrohung« – bezeichnet. Sein Freund und Kollege Peter Straub schreibt dazu:

Ich war der Meinung, daß es Mitte der siebziger Jahre außerordentlichen Mut erforderte, diese alte und abgenutzte Karte zu spielen, und zwar ernsthaft zu spielen. King alberte nicht herum, er machte sich nicht einmal die Mühe, das Absurde am Auftauchen eines Vampirs in einer hinterwäldlerischen Kleinstadt in Maine zu erwähnen, er schlug die Karte einfach auf den Tisch.[2]

Das Buch ist Kings Hommage an Bram Stoker (dessen Roman er in seinem Sachbuch *Danse Macabre* ausführliche Bewunderung zollt), aber er weist deutliche Unterschiede in inhaltlicher wie thematischer Hinsicht auf. Konzentriert sich Stoker auf den Aristokraten als Blutsauger und auf die Bedrohung des Vampirs, so befaßt sich *Brennen muß Salem!* weniger mit dem Vampir selbst als mit seinen Opfern und den Auswirkungen seiner Präsenz auf sie. *Dracula*, zur viktorianischen Zeit mit ihrer doppelbödigen Moral entstanden, hat deutliche sexuelle Anklänge, während *Brennen muß Salem!* mehr gesellschaftlich orientiert ist. Anders als Dracula, will Kings Vampir Barlow nicht sexuelle Unterwerfung, sondern ein Aufgeben der Identität. *Brennen muß Salem!* geht wie *Der Exorzist* unterschwellig auf Zeitströmungen ein, auf politische Skandale, Geheimdienstaktivitäten, finstere Machenschaften des CIA, den Watergate-Skandal. Die Kleinstadt Jerusalem's Lot – abgekürzt 'Salem's Lot – wird damit zu einem Mikrokosmos, der dem Makrokosmos der amerikanischen Gesellschaft einen Spiegel vorhält. Paranoia ist (wie später in *Feuerkind*) ein zentrales Thema des Buches, die Angst, daß sich hinter der Fassade des Normalen, Alltäglichen, etwas Schreckliches verbergen könnte.

Entscheidend für das Funktionieren von *Brennen muß Salem!* ist eine Unterscheidung in der modernen Horror-Literatur, nämlich zwischen urbanem oder großstädtischem Horror und ländlichem Horror. Die Stadt als Protagonist, als Ort des Bösen, ist Kennzeichen des urbanen Horrors, wie ihn beispielsweise der britische Schriftsteller Ramsey Campbell mit seinen Geschichten vom Großstadtwahnsinn meisterhaft beherrscht. Unsere Großstädte, die zum Schutz gegen Chaos und zur Aufrechterhaltung einer gesellschaftlichen Ordnung erbaut wurden, werden heute mehr und mehr mit den Dschungeln verglichen, die einst ihrem Bau weichen mußten. Demgegenüber gilt die Kleinstadt, die ländliche Umgebung, nicht selten als Paradies der Unberührtheit, als heile Welt, wie sie Thornton Wilder in seinem *Unsere kleine Stadt* auf naive und gutgläubige Weise darstellt. Hierzu entwirft King ein schockierendes Gegenbild, indem er aufzeigt, daß auch diese ländliche Idylle nicht gegen die schleichende Korruption in der modernen Gesellschaft gefeit ist.

Brennen muß Salem! ist wie *Carrie* ein pessimistisches und düsteres Buch, das trostlose Zukunftsaussichten bietet. Hat in *Carrie* das Individuum in einer beengenden Gesellschaft keine Chance, so ist es in *Brennen muß Salem!* die Gesellschaft selbst, die keine Zukunft hat und der Korruption unterliegt. Ben Mears, der Held des Buches, erinnert sich als Erwachsener an seine glückliche Kindheit in 'Salem's Lot und muß die traurige Erfahrung machen, daß er zwar die geographische Reise zurücklegen und in seine Heimatstadt zurückkehren konnte, es ihm aber nicht möglich ist, auch die metaphorische Reise zu bewerkstelligen und wieder Kind zu werden. Er ist zwar zu Hause, aber heimkehren kann er nicht – der Fortschritt hat es ihm unmöglich gemacht.

Dieses Mißtrauen gegenüber der blinden Fortschrittsgläubigkeit seiner Gesellschaft und die Angst vor möglichen katastrophalen Folgen wissenschaftlicher Neuerungen (Thema des Kurzromans »Der Nebel«, wo es am deutlichsten ausgedrückt wird), zieht sich ebenfalls durch zahlreiche andere Bücher Kings. Wenn auch nicht immer so explizit ausgedrückt wie in *Dead Zone* (1979), findet sich häufig ein gesellschaftlicher und politischer Subtext. Die Bewohner von 'Salem's Lot sind demzufolge die logische und konsequente Weiterführung von Carrie White: Carries Aufbegehren – das des Individuums – endete mit ihrem Tod. Damit wird der Tod zum letzten Freiraum des Individuums, das sich nicht unterwerfen will. In *Brennen muß Salem!* unterwirft sich das Individuum der Masse und damit der Gleichmacherei der modernen Gesellschaft. »Der unablässige Prozeß der Auflösung und Isolation«, schreibt Douglas Winter in seiner Studie, »die zunehmende Degradierung von Individuen zu einer eindimensionalen, seelenlosen Masse – führte zum moralischen Zerfall einer ganzen Stadt. (. . .) Darin liegt die Wurzel der Paranoia – Angst und Mißtrauen nicht nur gegenüber denjenigen um uns herum, sondern auch gegen unsere eigene Identität. Denn wenn die anderen Kontrolle und Entschlossenheit verlieren, können wir sicher auch nicht mehr weit davon entfernt sein.«[3]

Obwohl Ben Mears entkommt (und damit seine Identität behalten kann), triumphieren die Vampire am Ende des Buches – und der Sieg des Individuums ist bestenfalls ein vorübergehender, denn die Bedrohung kann Ben jederzeit einholen.

Schleichende Korruption einer ganz anderen Art ist das Thema von *Der Talisman*, eines Buches, das King in Zusammenarbeit mit Peter Straub geschrieben hat, eine Fantasy mit deutlich ökologischen Untertönen. Straub selbst in einem Interview mit Douglas E. Winter:

> Das Buch scheint vom Tod des Landes zu handeln, von der schrecklichen Vergiftung des Landes. Es ist, unter anderem, eindeutig gegen die Kernenergie.[4]

Das Buch schildert Stephen Kings Grundthema (das Erwachsenwerden in einer Welt, deren Realität zunehmend aus den Fugen gerät) vor einem Hintergrund, in dem Sorge vor gesellschaftlicher Verelendung und zunehmender Umweltverschmutzung zum Ausdruck gebracht werden. So gesehen ist der Roman eine weitere Auseinandersetzung mit dem amerikanischen Traum, der zum Alptraum geworden ist.

»Am 15. September 1981 stand ein Junge namens Jack Sawyer da, wo Wasser und Land zusammentreffen, die Hände in den Taschen seiner Jeans, und blickte hinaus auf die Weite des Atlantik.«[5] So beginnt das Buch, und Jack Sawyer wird bald zu einer Suche aufbrechen, die ihn durch zwei Welten führt, nämlich unsere und die sogenannte »Region«, eine Parallelwelt, die als pastoraler, unschuldiger Gegenentwurf zu unserer gedacht ist. Jacks Mutter Lily stirbt langsam an Krebs, und der Talisman des Titels kann sie retten. Jeder Mensch in unserer Welt hat einen »Zwilling« in der Region (nur Jack konsequenterweise nicht, da ihm die Rolle des Erlösers zuteil wird), und auch Lilys Zwilling, die Königin des Landes, ist schwer erkrankt und kann durch den Talisman geheilt werden. Indem er seine Mutter rettet, rettet Jack auch die Region. Lilys Krebs findet seine Entsprechung im schlimmeren Krebs, der über das Land der Region gekommen ist: Morgan Sloat, Jacks Onkel, hat moderne Waffen und Technologie dorthin importiert, und diese machen das unschuldige Land kaputt. King und Straub arbeiten hier mit einem deutlichen Symbolismus, der auch verschiedenen Personen symbolische Funktionen zuordnet: Morgan Sloat verkörpert eindeutig das rationalistische Prinzip blinder Fortschrittsgläubigkeit und kapitalistischer Profit-

485

sucht, die sich nicht um die erbarmungslosen Folgen ihres Tuns kümmert. Für Jack Sawyer wird seine Reise zu einem Alptraum in dieser und jener Welt. Er kommt in Kontakt mit den Elenden, den Ausgestoßenen der Gesellschaft, den Opfern von Reagans Wirtschaftspolitik. Die schleichende Korruption, die in *Brennen muß Salem!* eine Kleinstadt übernommen hat, hat hier das ganze Land angesteckt, und es ist fraglich, ob sich der Prozeß umkehren läßt. Durch den Talisman und die Vernichtung des rationalistischen Prinzips in Gestalt von Morgan Sloat werden zumindest in der Region die vorindustriellen Zustände wieder eingeführt werden.

Der Konflikt zwischen korruptem Jetzt und idyllischem, unschuldigem Einst (die metaphorische Reise, die Kings Protagonisten durchmachen müssen), von dem Kings Individuen zerrissen werden, ist in *Der Talisman* auf eine breitere gesellschaftliche Stufe erhoben. Nicht das Individuum hat seine Unschuld verloren und kann nicht mehr in das unberührte Utopia der Kindheit zurück, die ganze Menschheit hat sie verloren, und der Verfall ist zu weit fortgeschritten, ihn noch umzukehren.

5. Die Erben des Untergangs, oder: Warum es notwendig war, den amerikanischen Traum zu vernichten, um ihn zu retten

Der Talisman ist Kings zweiter epischer Roman einer Suche. Nach individuellen Apokalypsen in *Carrie* und *Shining,* und nach ersten Ansätzen einer gesellschaftlichen Apokalypse (die von einem wachen moralischen und politischen Bewußtsein zeugt) in *Brennen muß Salem!,* zeichnete Stephen King in seinem vierten Roman *Das letzte Gefecht* (1978) wahrhaft eine »Breitwand-Apokalypse«.

In *Das letzte Gefecht* rottet eine versehentlich aus einem geheimen Forschungslabor der Regierung freigesetzte Virusgrippe fast die gesamte Bevölkerung aus. Mit diesem Science-fiction-Aufhänger verließ King erstmals die Grenzen des traditionellen Horrors und arbeitete gesellschaftliche und politische Themen, die in *Brennen muß Salem!* anklingen, deutlicher und bewußter aus. King hat in verschiedenen Interviews gesagt, daß der Schriftsteller ein Gott ist, der das Schicksal seiner Figuren in Händen hält, und das trifft fast nirgendwo deutlicher zu als in *Das letzte Gefecht,* einem modernen Schöpfungsmythos, in dem das Entstehen einer neuen Welt durch Vernichtung der alten geschildert wird. Nur ein winziger Bruchteil Menschen ist immun gegen den Virus und überlebt, und die Überlebenden finden sich bald zu zwei Gruppen zusammen. Eine schart sich um die alte

Negerin Mutter Abigail, die andere um den dunklen Mann Flagg. Diese beiden Gruppen verkörpern das Prinzip von Gut und Böse, sie treten in der geläuterten (gereinigten) Welt zu einem Endkampf an.

Das letzte Gefecht beschäftigt sich von allen Büchern Stephen Kings am bewußtesten mit dem amerikanischen Traum, mit der von der schleichenden Korruption erfaßten Gesellschaft. Douglas E. Winter schreibt in seiner Studie:

(. . .) King erforscht die seltsame Mischung aus Mythos und Wirklichkeit, die unser Bild von Amerika bestimmt.

Seit der Kolonialzeit betrachten sich die Amerikaner als ein Volk mit einer großen Mission – vom Schicksal auserwählt. Der Drang nach Westen des »manifest destiny« löste die Eroberung eines Kontinents und die Errichtung eben des Imperialismus aus, dem wir zu entkommen suchten. Wir betrachten uns als unabhängig und demokratisch, obwohl zwei politische Maschinerien den Wahlvorgang beherrschen, viele von uns nie wählen gehen und der Geist der Unabhängigkeit sich am ehesten in Ungehorsam ausdrückt. Unsere Helden waren typischerweise Cowboys und draufgängerische Individualisten – wir haben unsere Märtyrer erst jüngst anerkannt. Wir betrachten uns alle gewaltlos und friedliebend, aber wir können nicht einmal den Verkauf von Handfeuerwaffen erfolgreich kontrollieren, geschweige denn unterbinden. Wir haben brutal erobert, wenn unser Schicksal in Frage gestellt wurde; und wir haben festgestellt, daß der Krieg ein läuterndes Erlebnis war. Unsere Wissenschaft hat die Atombombe geschaffen, um einen großen Krieg zu beenden, und wir müssen von nun an immer in ihrem Schatten leben. Wir verklären die Kleinstadt, strömen aber in die übervölkerten Städte. »Alle Menschen sind gleich«, aber dazu gehören wahrscheinlich nicht Frauen, Schwule, Farbige, Chicanos . . . (. . .) Wir jagen dem Glück hinterher, glauben an den Fortschritt und die Unfehlbarkeit der Wissenschaft, aber wir zweifeln an unserem Erfolg, unserer Macht, an uns selbst.[6]

Besser und präziser kann man die gesellschaftliche und politische Situation, in der die Romane von Stephen King entstanden und die sie – im kleinen wie im großen Maßstab – reflektieren, kaum beschreiben.

Dieser scheinheiligen und verlogenen Gesellschaft bereitet King in *Das letzte Gefecht* ein Ende, um dann seine eigene Version einer neuen und besseren Gesellschaft zu entwerfen. Die Kräfte des Bösen sammeln sich in Las Vegas und werden vernichtet. Aber es gibt keine wahre Vernichtung für das Böse. Gut und Böse, Weiß und Schwarz,

Kontrahenten des gewaltigen Konflikts in *Das letzte Gefecht*, sind in jedem Menschen, und nur wenn es uns gelingt, uns unserer moralischen Verantwortung bewußt zu werden, können wir das Böse überwinden und das Gute schaffen.

Die Frage, die der Roman aufwirft, dürfte unlösbar sein: Der Aufbau einer Gesellschaft führt zwangsläufig zu einer Verteilung von Macht, und Macht korrumpiert. Der Übergang vom unschuldigen Kind zum korrumpierten Erwachsenen vollzieht sich letztlich auch durch ein Streben nach Macht. Andererseits halten die Vorteile einer unreglementierten anarchistischen Gesellschaft den Nachteilen einer geordneten die Waage. Hoffnung liegt nicht in der Masse, die Opfer schleichender Gleichmacherei ist, sondern im Individuum, dessen oberste Aufgabe es ist, sich der schleichenden Korruption zu widersetzen.

Gesteht man der Unterhaltungsliteratur einen didaktischen Wert zu, so liegt der von *Das letzte Gefecht* darin, daß King uns gesellschaftliche Fehlentwicklungen zeigt und mögliche Alternativen bietet. Ein Allheilmittel hat er freilich nicht – eines zu präsentieren würde letztlich aber auch dem Kern des Romans zuwiderlaufen. Jeder einzelne von uns ist verantwortlich, Macht zur Veränderung hat nur das Individuum und die Summe der Individuen, nicht die gleichgeschaltete, korrumpierte Masse.

6. Identitätsverlust des Einzelnen: *Dead Zone* (1979)

Dead Zone, der Roman, der nach *Das letzte Gefecht* veröffentlicht wurde, wurde gleichzeitig (abwechselnd) mit *Feuerkind* geschrieben und gleicht diesem in vieler Hinsicht. Allerdings konzentriert sich King in diesem Buch noch stärker auf das Individuum. Aus der gesellschaftlichen Apokalypse wird die persönliche Apokalypse des einzelnen – der aber selbstverständlich nicht losgelöst von seiner Gesellschaft existieren kann. Und damit bietet auch *Dead Zone* einen Kommentar zur modernen Gesellschaft.

Dead Zone ist als Entwicklungsroman angelegt und schildert den Lebensweg von John Smith, der als kleines Kind nach einem Unfall eine hellseherische Eingebung hat. Jahre später wird er in einen Autounfall verwickelt und liegt fast fünf Jahre im Koma im Krankenhaus. In dieser Zeit entwickelt sich der religiöse Fanatismus seiner Mutter zu übersteigertem Wahnsinn, heiratet sein Mädchen einen anderen und bekommt dessen Kind. Als John Smith aus dem Koma erwacht, besitzt er die Fähigkeit, in die Zukunft zu sehen, wenn er

Menschen oder Gegenstände berührt, die diesen Menschen gehören. Die beiden ersten Teile des Romans schildern John Smiths langsame Rekonvaleszenz und seine Bemühungen, mit der Gabe fertig zu werden, die ihm das Schicksal gegeben hat. Als seine Gabe bekannt wird, bilden sich sofort zwei Meinungen über John Smith heraus: die einen halten ihn für einen Scharlatan, die anderen sehen eine Art neuen Messias in ihm. Smith versucht verzweifelt, diesem zunehmenden Identitätsverlust entgegenzuwirken, indem er sich auf seine Individualität konzentriert und sich weigert, sich in eine der beiden Rollen drängen zu lassen. Sein persönliches Problem ist genau dasselbe wie das von Charlie McGee im gleichzeitig entstandenen Roman *Feuerkind* – er versucht, mit einer außergewöhnlichen Begabung fertig zu werden und gleichzeitig dem Druck von außen standzuhalten und dennoch seinen eigenen Weg zu gehen. Die Wechselwirkung zwischen Individuum und Gesellschaft hat King selten klarer zum Ausdruck gebracht als hier. Der Mythos vom einzelkämpferischen Individuum, das Amerika groß gemacht hat (Thema unzähliger Western-Verfilmungen), hat in unserer Zeit ausgedient. In einer Gesellschaft, die zunehmend auf Äußerlichkeiten achtet, eine Scheinwirklichkeit erschafft, der alle zu entsprechen haben, hat der starrköpfige Individualist keinen Platz mehr. Die moderne Gesellschaft läßt die schleichende Korruption nicht nur zu, sie befürwortet sie sogar und sehnt sie herbei.

Zahlreiche politische Romane des zwanzigsten Jahrhunderts (darunter Orwells *1984* und Jack Londons *Die eiserne Ferse*) handeln von der Unfähigkeit des Individuums, in einem politischen System etwas auszurichten. Dem setzt Stephen King mit seinem John Smith eine Antithese entgegen: Als Smith dem Politiker Stillson die Hand schüttelt, sieht er ihn in einer Vision als künftigen Präsidenten, der in seinem Wahnsinn einen Atomkrieg auslösen würde. Er beschließt, ein Attentat auf Stillson zu verüben, um das zu verhindern.

Die Spannung zwischen Individuum und Gesellschaft wird nun am deutlichsten. Die Menge ist nur zu bereit, Stillson zuzujubeln (oder besser gesagt, dem Bild, das er von sich selbst entwirft, das auch die Medien vorgaukeln), lediglich Johnny Smith sieht hinter die Maske. Und er muß nun die moralische Entscheidung treffen, ob er den Ereignissen ihren Lauf läßt, oder ob er eingreift. Smith, der auf seine Weise als »kleiner Mann«, als Durchschnittsbürger, einen ebenso großen modernen Mythos verkörpert wie Roland, der Revolvermann aus den Geschichten um den Dunklen Turm, tut das einzige Konsequente: Er verweigert sich der schleichenden Korruption und widersetzt sich dem Identitätsverlust, er handelt und tritt den lebenden Beweis dafür an, daß das Individuum doch Einfluß in größtem

489

Maßstab nehmen kann. *Dead Zone* ist mit seinen starken Charakterisierungen und der sorgfältigen Ausarbeitung, die auch vor Sentimentalität nicht zurückschreckt, sicher eines der besten Bücher Kings.

7. Moderne Gespenster und alltägliche Schrecken:
Shining *(1977),* Cujo *(1981),* Christine *(1983)*
und Friedhof der Kuscheltiere *(1983)*

Obwohl Stephen King gerne als »king of horror« und als erfolgreichster Verfasser von Horror-Romanen aller Zeiten bezeichnet wird, trifft die Bezeichnung »Horror« auf überraschend wenige seiner Bücher zu. Er bewegt sich viel häufiger in Grenzbereichen von Sciencefiction, Fantasy und realistischem Roman. Regelrechter Horror sind nur einige, aber sie gehören mit zu den faszinierendsten aus seiner Feder. Nach einer Abwandlung des Vampir-Mythos in *Brennen muß Salem!* konzentriert sich Kings dritter Roman auf das klassische Thema des Spukhauses. In *Shining* nimmt Jack Torrance, Lehrer und potentieller Schriftsteller, die Stelle als Hausmeister in dem abgelegenen Overlook Hotel in Colorado an. Das Hotel wird den Winter über geschlossen. Jack wird mit seiner Frau Wendy und seinem Sohn Danny allein in dem Hotel sein und den ganzen Winter eingeschneit dort verbringen. Er erhofft sich davon die Zeit, einen großen Roman zu schreiben.

Das Hotel hat eine lange und blutige Geschichte von Verbrechen und Bluttaten, die dort verübt wurden. Danny, Torrances Sohn, besitzt die Gabe des zweiten Gesichts, er kann künftige Ereignisse vorausahnen. Als die drei in das Hotel eingezogen sind, macht sich der unheilvolle Einfluß des Spukhauses bemerkbar. Jack Torrances latenter Hang zur Gewalt bricht durch. Er erliegt dem Einfluß der dunklen Mächte des Hotels völlig, und damit wird das Overlook zu einem Symbol für Jacks Verstand selbst, in dem die Geister seiner Vergangenheit, seiner zunichte gemachten Chancen ruhen, die ihn nicht loslassen.

Shining ist der erste Roman Kings, in dem sich der Verfall der amerikanischen Gesellschaft symbolisch auf der kleinsten Ebene abspielt, nämlich im Zerfall der Familie als unterster Einheit eines funktionierenden gesellschaftlichen Gebildes. Und für Danny vollzieht sich der Verlust der Unschuld in dem Spukhotel. Sein übernatürliches Talent ist ebenso ein Fluch für ihn wie für alle anderen Protagonisten Kings, weil sie ihm ein normales Leben nicht gestattet. Carrie, Charlie McGee, John Smith, Danny Torrance – sie alle sind Opfer eines externen Bösen, der blinden Macht des Schicksals (das in Kings literarischem Weltbild zur dunklen Seite gehört), während Menschen wie Jack Torrance ihrem internen Bösen zum Opfer fallen. Folglich kann es für Jack Torrance keine Rettung geben, während Danny lediglich sein »Ritual des Übergangs« hinter sich bringen muß. »Unsere Reise von Unschuld zu Erfahrung wird niemals abgeschlossen sein«, schreibt Douglas E. Winter, »denn wir können der Vergangenheit nicht entrinnen, ebensowenig wie wir die Zukunft aufgeben können.«[7]

Cujo verzichtet völlig auf übernatürliches Beiwerk und bietet erneut ein Gesellschaftsporträt in Form zweier Familien der fiktiven Stadt Castle Rock, Maine. Donna und Vic Trenton sind dorthin gezogen, weil es Vics Traum war, aus der Großstadt in die kleinstädtische Idylle zu fliehen und dort seine eigene Werbeagentur zu gründen. Joe und Charity Camber gehören (anders als die Trentons, die die Mittelschicht verkörpern) der Unterschicht an. Beide Ehen stehen auf der Kippe. Donna hat eine außereheliche Beziehung angefangen, die sie abstößt, die Werbeagentur ihres Mannes steht nach einer Panne vor dem finanziellen Ruin; Joe Camber schlägt seine Frau, die sich verspätet gegen ihn durchzusetzen bemüht.

Cujo ist in vieler Hinsicht Kings düsterstes Buch. Agent des Bösen ist hier ein gewaltiger Bernhardiner, der Joes Sohn Brett gehört. Das Tier wird von Fledermäusen gebissen und bekommt die Tollwut, worauf er Joe und seinen Saufkumpan tötet. Als Donna Trenton mit ihrem Sohn Tad hinausfährt, um ihr Auto reparieren zu lassen, das einen Motorschaden hat, ist sie fast zwei Tage lang in der engen Fahrerkabine eingeschlossen und wird von dem tollwütigen Hund belagert. Als sie endlich gefunden wird, ist ihr kleiner Sohn tot.

Besinnt man sich auf die Symbolik Stephen Kings, so kann man den Bernhardiner Cujo unschwer als Verkörperung der Natur ansehen. *Cujo* ist deshalb so düster und stieß in den USA teils auf heftige Ablehnung, weil das Böse hier tatsächlich eine externe Kraft ist, die von der dunklen Macht des Schicksals geschickt wird. Donna und Tad sind im Grund genommen unschuldig an dem schweren Schicksal, das über sie kommt, und Cujo ist das existentialistische Böse, der Sendbote eines gleichgültigen Universums, das sich nicht um menschliche Belange schert. Der Roman macht wie kein anderer die alltäglichen Schrecken des Lebens plastisch: gescheiterte Ehen, finanziellen Ruin – ironischerweise all das, wovor die Menschen fliehen wollen, wenn sie eskapistische Horror-Literatur oder Filme goutieren. Monster, Vampire und Spukhäuser mögen schlimm sein, aber man kann sie jederzeit wieder weglegen und das Buch zuklappen. Den realen Schrecken unserer Existenz können wir nicht so leicht entkommen – und diese sind schlimmer, weil sie keine rächenden Helfer der Gerechtigkeit sind, sondern Verkörperungen eines gleichgültigen Schicksals.

Arnie Cunningham, Held von *Christine*, ist ein direkter Verwandter von Carrie White. Er ist, wie sie, eine Außenseiterexistenz, deren metaphorische Reise ins Erwachsenendasein von Entfremdung und Unverständnis in der Schule wie zu Hause gekennzeichnet ist. Und auch Christine selbst, das Auto mit seiner bösen Vorgeschichte, das Arnie zum Verhängnis wird, nimmt in Stephen Kings Reigen der Symbole einen besonderen Platz ein. Das Automobil war das erste Symbol des Maschinenzeitalters, und unsere Besessenheit vom Auto, um die es in *Christine* letztlich auch geht, ist nur ein Ausdruck unserer wachsenden Faszination angesichts immer komplizierterer Maschinen, die unser Leben zunehmend bestimmen. Das Auto galt und gilt vielen als Symbol von Freiheit und Unabhängigkeit, und die prunkvollen Karosserien der Ära Eisenhower sind für viele Amerikaner die letzte Verkörperung einer Zeit wirtschaftlichen Aufschwungs und grenzenloser Benzinvorräte. Der Schock der Energiekrise Mitte der siebziger Jahre hat Amerika besonders hart getroffen, und *Christine* ist in zweifacher Hinsicht ein Schwanengesang. Einmal singt das Buch das Klagelied der verlorenen Jugend, wie die meisten Bücher Kings. Arnie Cunningham macht die Reise zwischen Kindheit und Erwachsenendasein, und diese Reise endet in Korruption und seinem Tod. Und als Christine am Ende vernichtet wird, ist auch das ein Abgesang auf eine unbeschwerte Zeit vor der Umweltverschmutzung, zugleich aber eine Warnung vor blinder Fortschrittsgläubigkeit, die von einem wachsenden Mißtrauen gegenüber technologischen Errungenschaften gekennzeichnet ist (Hauptthema des späteren Romans *Das Monstrum/Tommyknockers*). Dennoch ist *Christine* durch die Form der Erzählung (Anfang und Ende des Buches werden in der ersten Person aus der Sicht von Arnies Freund erzählt) eines von Kings fröhlichsten und heitersten Büchern, und der Kontrast zwischen den durch und durch amerikanischen Seifenopern-Familien, die porträtiert werden, und den dunklen Ereignissen um das Auto Christine, sind sehr wirkungsvoll.

Dagegen ist *Friedhof der Kuscheltiere*, nach Christine veröffentlicht, ein düsteres Buch. Es handelt von einem Thema, das immer wieder Inhalt der Horror-Literatur ist, dem Tod, dem letzten Geheimnis menschlicher Existenz, und unserem Verhalten angesichts dieses unumkehrbaren und einschneidenden Erlebnisses.

Louis Creed zieht mit seiner Familie von Chicago nach Ludlow in Maine, wo er an der Universitätsklinik arbeitet. In der Nähe der Stadt befindet sich ein indianischer Tierfriedhof, der angeblich magische

Kräfte besitzt und Tote zum Leben erwecken kann. Als die Katze der Creeds überfahren wird, begräbt Louis sie dort, und tatsächlich kehrt sie anderntags zurück – aber der Kater (Churchill, der den geschickt gewählten Spitznamen »Church« trägt) ist seltsam verwandelt und kalt, und er riecht nicht mehr besonders gut. Wenig später wird Creeds zweijähriger Sohn Gage von einem Lastwagen überfahren, und der unbeugsame Rationalist Creed, der vom Glauben abgefallen ist, bricht darunter vollkommen zusammen. Er gräbt den Jungen aus und trägt ihn zum Tierfriedhof. Seine Frau Rachel, die zu Besuch bei ihren Eltern weilt, ahnt, daß etwas nicht in Ordnung ist, und begibt sich auf eine halsbrecherische Fahrt nach Hause. Und Gage kommt ebenfalls zurück, böse und verwandelt.

Die Frage, die *Friedhof der Kuscheltiere* aufwirft, ist in erster Linie eine moralische Zwickmühle, nämlich ob man dem Tod seine Endgültigkeit lassen sollte oder nicht. Das Schicksal, bestimmender Faktor des naturalistischen Romans, ist hier die beherrschende Macht, der der Mensch nicht trotzen soll. Damit wird Creed zu einem modernen Faust, der der Natur ins Handwerk pfuscht – mit fatalen Folgen. »Alles, was entsteht, ist wert, daß es zugrunde geht«, diese Einsicht Mephistos in Goethes *Faust* ist das Kernthema des Romans. Wenn sich der Mensch in die natürliche Fügung der Dinge einmischt, dann stets mit katastrophalen Folgen. Unsere Technologie trotzt der Natur, und die Folgen sind verheerend – Umweltverschmutzung, Ölpest, Ozonloch, usw. Wir alle leben in einer Zivilisation, die besessen von ihrem eigenen Untergang zu sein scheint und konsequent an ihrer eigenen Auflösung bastelt. Dieses Thema sollte King später in seinem Roman *Das Monster/Tommyknockers* universeller aufgreifen, nicht im kleinen Maßstab von *Friedhof der Kuscheltiere*. Aber zuvor erschien sein »Exorzismus«, mit dem er sich die schablonenhaften Ungeheuer der Horror-Literatur ein für allemal von der Seele schrieb.

8. Das größte aller Monster: Es (1986)

In Steven Spielbergs Film *E. T.* findet sich eine kurze Szene, in der der jugendliche Protagonist seinem außerirdischen Freund E. T. seine Sammlung von Plastikmodellen populärer Comic-Helden zeigt. »Und der hier kann schießen und umfallen«, sagt er als Erklärung. Mehr, und das ist das Entscheidende, kann er nicht. Mit diesem Trick gelingt es Spielberg, die populären Mythen unserer Zeit außer Kraft zu setzen, indem er ihre Begrenztheit und Leblosigkeit deutlich macht, um an ihrer Stelle seinen eigenen Über-Mythos um so glaubwürdiger einzuführen.

Es, Stephen Kings »Hauptwerk«, funktioniert genau auf derselben Ebene. Es erzählt die Geschichte von sechs Kindern, die das böse Wesen Es konfrontieren, das in der Kanalisation der Stadt Derry in Maine haust (unverkennbar Kings Wohnort Bangor in verkleideter Form). Um den Kindern angst zu machen, nimmt Es die Gestalt verschiedener aus Horror-Filmen hinreichend bekannter Ungeheuer an: Mumie, Werwolf, usw. Diesen Ungeheuern wird damit genau dieselbe Rolle zugewiesen wie den Comic-Helden in *E. T.* Sie werden als leblose Kunstmythen entlarvt, deren Existenz und Gültigkeit (und damit ihre Fähigkeit, uns angst zu machen) sich auf das Medium beschränkt, in dem sie agieren. Sie können nicht aus ihren Filmen oder Büchern heraus und haben damit im wirklichen Leben ihre Fähigkeit, angst zu machen, eingebüßt. Indem Es all diese populären Horror-Mythen assimiliert und in sich aufnimmt, wird Es – wie E. T. – zum Über-Mythos, und damit erhöht sich sein Potential der Angst gewaltig.

Stephen King betrachtet *Es* als »Summe all dessen, was ich in meinem Leben getan und gelernt habe«. In Kings Gesamtwerk ist das Buch Höhepunkt seiner Beschäftigung mit klassischen Horror-Themen und gleichzeitig Schwanengesang auf ein Genre, das sich häufig in lächerlichen Selbstparodien verschlissen hat. Auch Kings anderes großes Thema, der Verlust der Kindheit, wird behandelt: Nachdem die Kinder Es besiegt haben, treffen sie sich achtundzwanzig Jahre später, als Erwachsene, wieder in Derry, um zum letzten Kampf gegen Es anzutreten. Sie können sich nicht an die Ereignisse von früher erinnern und müssen ihre Kindheit in einer langsamen Suche neu entdecken. Auch sie sind heimgekehrt (bis auf einen), aber Thomas Wolfes Maxime, daß man »nicht heimkehren kann«, erfüllt sich auch hier, denn die Heimat ist anders, die Sichtweise der Erwachsenen ist anders, und das verklärte Paradies der Kindheit für immer verloren.

1985 schockierte King sein Publikum mit den Worten, daß er künftig keinen Horror mehr schreiben wollte. *Es*, ein gewaltiger Exorzismus, mit dem er die klassischen Monster seiner eigenen Kindheit ausgetrieben hat, ist in jeder Beziehung angemessener Abschluß für eine literarische Phase. Es verinnerlicht die Quintessenz der unheimlichen Fantastik, der Horror-Literatur, läßt sie in einem neuen Mythos aufgehen und führt sie – zumindest für Stephen King persönlich – zu einem großartigen Ende.

9. Identitätsverlust der Masse:
Das Monstrum/Tommyknockers *(1987)*

Der zweite nach Es entstandene und veröffentlichte Roman Kings wendet sich denn auch tatsächlich von klassischen Horror-Themen ab und einem klassischen Thema der Science-fiction zu: Die Schriftstellerin Bobbi Anderson findet im Wald hinter ihrem Haus einen Gegenstand aus Metall, den sie freizulegen versucht. Wie sich herausstellt, ist sie über eine fliegende Untertasse gestolpert, die seit Jahrtausenden dort liegt. Zusammen mit ihrem Freund Jim Gardener gräbt sie das Flugobjekt aus – und verwandelt sich dabei zusammen mit der ganzen Stadt auf schreckliche Weise.

Eine seltsame Strahlung scheint von dem Schiff auszugehen, die die Bewohner der Stadt Haven in Maine in Genies verwandelt, die mit einfachsten Mitteln die unglaublichsten Geräte herstellen können. Doch der Preis, den sie bezahlen müssen, ist hoch: Sie fangen an, ihre Identität zu verlieren, ihre Menschlichkeit, und werden immer mehr zu rücksichtslosen, amoralischen Bestien, die um jeden Preis erfinden müssen und dabei nicht darauf achten, ob ihre Erfindungen möglicherweise die ganze Welt vernichten könnten. Jim Gardener, der gegen die Strahlung immun ist, weil er eine künstliche Schädelplatte aus Metall hat, beendet den Spuk schließlich, indem er den Antrieb der Untertasse aktiviert und mit ihr ins All hinaus steuert.

King selbst sagte schon 1984 über seinen Roman:

> *The Tommyknockers* ist ein Roman über Spielzeuge – er handelt davon, wie besessen wir von Spielzeugen sind. Denn genau das sind unsere Atombomben, unsere Sidewinder Missiles und alle anderen Werkzeuge der Vernichtung – nur Spielzeuge.
> Unsere Technologie ist unserer Moral davongelaufen. Und ich glaube nicht, daß es möglich ist, den Teufel wieder in seine Kiste zu stecken.[8]

Auch die »Tommyknockers«, die toten Raumfahrer in der fliegenden Untertasse, die die Menschen von Haven übernehmen und zu genialen, aber durch und durch unethischen und unmoralischen Geistesriesen machen, sind damit nur ein Symbol – in diesem Fall für einen außer Kontrolle geratenen Fortschritt um jeden Preis, der über Leichen geht. Bezeichnenderweise wird der Atomenergie – durch den Protagonisten Jim Gardener – eine wesentlich deutlichere Absage erteilt als etwa in *Der Talisman*. Die in Gang gesetzten Prozesse sind unumkehrbar. Man kann nicht heimkehren. Ein Zurück in frühere Zei-

495

ten der Unschuld gibt es nicht – weder für das Individuum, noch für
die Gesellschaft. Die Menschheit hat in ihrem Streben nach Erkenntnis eine Grenze überschritten. Der Krebs hat das Land ergriffen, und
wir müssen seine schlimmen Folgen erdulden. Der Verlust der Identität auf kollektiver Ebene führt zur Gleichschaltung der Masse, die
Frage nach Recht oder Unrecht, Gut oder Böse, wird nur vom Individuum gestellt, das sich der Gleichmacherei widersetzt – in diesem
Fall Jim Gardener. Und er ist bezeichnenderweise auch der einzige,
der dem Spuk ein Ende bereiten kann. Er ist wie John Smith in *Dead
Zone* der ungebrochene Individualist, dem es eben doch möglich ist,
im anonymen Räderwerk etwas auszurichten. Auch *Das Monstrum*
will uns aufrütteln mit der Warnung, dem drohenden Identitätsverlust auf kollektiver Ebene durch Besinnung auf die eigene Individualität entgegenzuwirken. Für die entmenschlichten Bewohner von Haven, die selbst zu »Tommyknockers« geworden sind, gibt es keine
Hoffnung. Sie sterben, als Gardener das Raumschiff entführt, und er
ebenfalls, er opfert sich für das Wohl der Menschheit (genau wie
John Smith in *Dead Zone*). Und damit wird Gardener zum Mahnmal,
zur Stimme des Schriftstellers Stephen King, der trotz seiner pessimistischen Warnung die Hoffnung nicht aufgegeben hat, daß sich die
Menschheit besinnt und von ihrem eingeschlagenen Pfad des Untergangs abweicht. Das kann aber (nach Meinung Kings) nur von wachen Individuen ausgehen, die sich dem Strom der Masse wiederset-
zen.

10. Von den Mechanismen der Phantasie und der Situation des Schriftstellers: Sie *(1987) und* Stark/The Dark Half *(1989)*

Bleiben zum Abschluß zwei Bücher Kings, die man als seine persön-
lichsten bezeichnen muß. Beide handeln weitgehend vom Dasein des
Schriftstellers, von der Wechselwirkung der Phantasie mit der Umwelt, von der Umsetzung von Eindrücken in Einfälle für Bücher. Besonders *Sie* ragt diesbezüglich heraus. Es handelt sich um ein psychologisches Kammerspiel für zwei Personen: Der Schriftsteller Paul
Sheldon hat einen Autounfall und wird von der Krankenschwester
Annie Wilkes aufgegriffen, die sich als »sein größter Fan« bezeichnet.
Sie hat alle seine Romane um die romantische Heldin Misery Cha-
stain gelesen – bis auf den letzten, in dem Sheldon, der seiner Schöp-
fung überdrüssig geworden ist, sie sterben läßt. Als sie diesen Roman liest, zwingt sie Sheldon, eine Fortsetzung nur für sie zu
schreiben, in der er Misery wieder zum Leben erweckt. Bald wird
klar, daß das Ende des Buches, das er schreibt, auch das Ende für Paul

Sheldon und Annie Wilkes sein wird. Sheldon tötet seine Peinigerin am Ende, indem er sie mit ihren eigenen Waffen schlägt.

Sie ist weniger ein Roman als ein romanhaft verkleidetes Essay über die Mechanismen der Phantasie und darüber, woher Schriftsteller ihre »verrückten Einfälle« nehmen. Das vermittelt King auf subtile und trotz der Grausamkeiten des Buches vergnügliche Weise. Sheldon, dessen beide Beine gebrochen sind und der von Annie Wilkes unter Drogen gesetzt wurde, ist vollkommen hilflos, und die psychopathische Krankenschwester, die ihn mit Süßigkeiten füttert, wenn er »lieb« war, und grausam bestraft, wenn er sich ihrem Willen widersetzt (sie sägt ihm im Verlauf der Handlung einen Fuß und einen Daumen ab), wird für ihn immer mehr zu einer Göttin, zum Inbegriff der weiblichen Monster-Göttin (wie in Rider Haggards Roman gleichen Titels), die ganz nach Belieben quält oder erlöst. Rider Haggards Roman dieser grausamen Frau/Göttin spielt in Afrika, und folglich führt die Reise auch für die zum Leben erwachte Misery nach Afrika, wo sie in die Hände eines grausamen Stammes fällt, der ein steinernes Götzenbild im Urwald anbetet. Annie Wilkes taucht so, freilich ohne es zu bemerken, selbst in dem Roman auf, den Paul Sheldon für sie schreibt. Die Umsetzung von Erlebtem in Fiktion wird dabei auf subtile und häufig witzige Weise deutlich gemacht. Einmal hebt Annie den hilflosen Sheldon hoch, er sieht in ihr linkes Ohr und wendet sich angeekelt vom Ohrenschmalz, das er sieht, rasch ab. Wenige Stunden später finden Miserys Retter in seinem Manuskript zu ihr, indem sie einen Eingang im linken Ohr des riesigen Götzenbildes finden. Kritiker, die das Buch als »langweilig« bezeichneten, übersehen diese Tatsache völlig. Die Handlung des Buches (die durchaus spannend ist, eben auf subtilere Art und Weise als andere Bücher Kings) ist im Grunde genommen nebensächlich, Hauptthema ist das Funktionieren der schriftstellerischen Phantasie, und das zu erkennen erfordert eine gründlichere Auseinandersetzung mit dem Buch als es oberflächliche Rezensenten offenbar können.

In *Stark/The Dark Half* liefert King eine deutlich autobiographisch angehauchte Abrechnung mit der Aufdeckung seines schriftstellerischen Pseudonyms Richard Bachman. Erzählt wird hier das Schicksal des Schriftstellers Thad Beaumont, der unter seinem richtigen Namen »schöne« – aber praktisch unverkäufliche Literatur schreibt, und unter dem Pseudonym Richard Stark üble, schundige Horror-Thriller. Als das Pseudonym enttarnt wird, läßt sich Beaumont auf den Scherz einer Zeitschrift ein, die auf einem Friedhof einen Grabstein aus Pappmaché aufstellen, der die Aufschrift »Hier ruht Richard Stark« trägt. Beaumont bemerkt sarkastisch, daß Stark an »Pseudonymkrebs« gestorben sei – was King selbst über Richard Bachman gesagt hat. Am nächsten Morgen findet sich ein Loch im Boden vor dem Grabstein, und es wird deutlich, daß das Pseudonym – die »dunkle Hälfte« des amerikanischen Titels – zum Leben erwacht und daraus hervorgekrochen ist. Von nun an zieht Richard Stark mordend durch die Stadt, und es ist wieder nur die schriftstellerische Phantasie, die Rettung bringt: Am Ende »schreibt« Beaumont sein dunkles alter ego buchstäblich zu Tode.

10. Fazit: Horror und Humanismus für unsere Zeit

Stephen King ist der populärste Horror-Schriftsteller aller Zeiten. Man kann inzwischen sogar so weit gehen, ihn als populärsten und bestverkauftesten Schriftsteller aller Zeiten zu betrachten. Die Gesamtauflage seiner Bücher weltweit hat jedes vorstellbare Maß überschritten, und das wirft natürlich die Frage auf, was den ungeheuren Erfolg erklären kann.

Seit dem Erfolg von King wird Horror weltweit als »verkaufsträchtige Ware« gehandelt, aber es wäre verfehlt, von einem Horror-Boom zu sprechen. Sicherlich ist Horror als literarisches Genre im Kielwasser von Erfolgsautoren wie Stephen King, Peter Straub, Clive Barker, Ramsey Campbell usw. ins Blickfeld der Öffentlichkeit geraten, aber Stephen Kings Bücher verkaufen sich nicht, weil sie Horror-Romane sind, sondern weil es sich um gut geschriebene, spannende Unterhaltungsromane handelt, die populäre Themen aufgreifen. Kings Bücher sind von einem tiefempfundenen Humanismus gekennzeichnet, von einer Sorge um die Zukunft dieses Planeten und seiner Bewohner, und er greift immer wieder Themen auf, die für jeden einzelnen von Belang sind: persönliche Ängste wie Furcht vor finanziellem Ruin, vor dem Scheitern von Beziehungen, vor der Unfähigkeit zu sinnvollen zwischenmenschlichen Kontakten, und kollektive Ängste wie die vor wirtschaftlicher Depression, dem Zusammenbruch der Ökologie, einem in zunehmendem Maße menschenfeindlich, wenn nicht menschenverachtend gewordenen politischen System. Das alles drückt King in seinen Büchern aus – aber er macht seinen Lesern auch Hoffnung.

Stephen Kings Bücher reflektieren seit über fünfzehn Jahren den Zeitgeist, sie sind intelligente Kommentare zur Situation des einzelnen und der Gesamtheit in schwierigen Zeiten. Und *das* dürfte der Grund für seine anhaltende Popularität und den großen Erfolg seiner Bücher sein. Er vermittelt Wahrheiten, die ansonsten der sogenannten »Hochliteratur« vorbehalten sind, im spannenden Gewand der Unterhaltungsliteratur – und damit bietet er das Beste beider Gattungen in einem. Sein Humanismus, seine Ehrlichkeit, seine Sorge um Wohl und Wehe und Zukunft der Menschheit, sie sprechen uns alle an. Und so lange, bis sich die Lage zum Besseren gewendet hat, wird er uns als Mahner und spannender Unterhalter erhalten bleiben.

Anmerkungen

1 Michael R. Collings: THE MANY FACETS OF STEPHEN KING, Mercer Island 1985, Starmont House

2 Peter Straub: »Meeting Stevie«, in: FEAR ITSELF – THE HORROR FICTION OF STEPHEN KING, Columbia/San Francisco 1982, Underwood Miller

3 Douglas E. Winter: STEPHEN KING: THE ART OF DARKNESS, New York 1984, NAL Books

4 Douglas E. Winter: »Stephen King, Peter Straub and the Quest for the Talisman« in *Twilight Zone Magazine*, February 1985

5 Stephen King: DER TALISMAN, Hamburg 1986, Hoffmann und Campe

6 Winter: STEPHEN KING, a.a.O.

7 Winter: STEPHEN KING, a.a.O.

8 Winter: STEPHEN KING, a.a.O.

Teil 6

STEPHEN KING UND
DIE FILME

FRITZ LEIBER

Horror vom Feinsten

1. Widerwillige Bewunderung

Ich lese nicht besonders viel Science Fiction, Fantasy und übernatürlichen Horror. Manchmal fürchte ich, es könnte mein eigenes Schreiben beeinflussen. Ich kann überfliegen, wenn es sein muß, aber nicht sehr gut, und es macht mir keinen Spaß. Aber ab und zu stolpere ich über einen Schriftstellerkollegen, der meine Fantasie anregt und meinen Besessenheitsknopf drückt, so daß ich in den nächsten Monaten alles von ihm lese, was ich in die Finger bekommen kann. Aber das kommt so selten vor, daß ich es mir an den Fingern abzählen kann: Henrik Ibsen, H. P. Lovecraft, Robert Heinlein, Nigel Balchin, Dashiell Hammett, C. S. Forester, Robert Graves, Ian Fleming, Nevil Shute. Und, zuletzt, Stephen King.

1978 gab mir der Chefredakteur eines Magazins die gebundene Ausgabe von *Das letzte Gefecht*. Ich glaube nicht, daß ich ihm versprochen habe, es zu rezensieren, aber ich denke, ich habe es irgendwie *mir selbst* versprochen – was ein noch gefährlicherer Schwur sein kann. Vorher hatte ich nur *Shining* von King gelesen und war geteilter Meinung. Ich legte es mit dem Eindruck ab, es handle sich um ein Buch, das nur mit einer Verfilmung im Kopf geschrieben worden war, und nun fragte ich mich, ob ich vielleicht nur neidisch auf die Gabe des Autors war, Angst zu erzeugen.

Shining ist ein übernatürlicher Roman über die Macht des Bösen, in dem die Kräfte des Guten weitgehend unterlegen sind. Es enthält eine Menge starkes Material, das ausreicht, unser Interesse auch ohne das übernatürliche Element zu wecken.

Die zentrale Figur im Mittelpunkt ist ein brillanter junger Englischlehrer, oberflächlich liberal, aber mit einem ausgeprägt moralischen religiösen Hintergrund, der gerade seinen Job bei einer angesehenen Knabenschule wegen seiner Trunksucht und seinen seltenen, aber schrecklichen Wutanfällen verloren hat. Er *könnte* unter Alkoholeinfluß ein Kind bei einem Unfall mit Fahrerflucht getötet haben. Seine Kurzgeschichtensammlung war ein großer Erfolg bei der Kritik, und er hat einen großen Roman in sich. Um ihn fertigzustellen und sich damit zu rehabilitieren, nimmt er eine Stelle als Hausmeister in einem alten Luxushotel in den Rocky Mountains an.

Er nimmt seine Familie mit in diese Einsamkeit: eine feinfühlige Frau mit den besten Absichten, aber schwach und ständig versucht, zu ihrer übermächtigen Mutter zurückzufliehen; und seinen äußerst phantasiebegabten Sohn, der eine dichterische Ader und einen imaginären Spielgefährten hat. Ziemlich gut, nicht?

Aber wenn Sie erst das übernatürliche Element dazu nehmen . . .! Der Junge besitzt die Gabe des »shining«, mit anderen Worten, er ist hellseherisch begabt; er träumt auf eine verworrene Weise die Zukunft, besonders die wiederholte Szene, wie er durch lange Hotelflure flieht und von einer betrunkenen Gestalt verfolgt wird, die ihm drohend und obszön nachruft und einen Krocketschläger hält. Ein alter schwarzer Koch, der in geringem Maße auch die Gabe des »shining« besitzt, versucht dem Jungen zu helfen. Sie alle werden von einem Schwarm monströser Gespenster bedroht – Selbstmörder, Mörder, Ehebrecher, Machtsüchtige, düstere Berühmtheiten aus dem illustren und berüchtigten Gästebuch des Hotels –, die an der Schwelle der Materialisierung stehen.

Ich habe in meiner Besprechung zähneknirschend die Fähigkeit des Buches anerkannt, meine Panikknöpfe zu drücken, während ich es gleichzeitig als »für eine Verfilmung geschrieben« abwertete.

Also sollte ich mir eine weitere Bemühung von King ansehen, nicht? Ich sagte mir – gerecht ist gerecht. Obwohl *Das letzte Gefecht* doppelt so lang war, verdammt! Ein Monsterbuch, fast sieben Zentimeter dick, angeblich teilweise Science-fiction und auf dem Klappentext als »eine Geschichte dunkler Wunder und unwiderstehlichen Grauens, ein Epos der letzten Konfrontation zwischen Gut und Böse« bezeichnet.

Zwei oder drei Monate später nahm ich den massiven Band an einem müßigen Abend zur Hand und las sechs oder acht Seiten, ohne richtig gefesselt zu werden. Es schien tatsächlich Science-fiction zu sein, über eine schreckliche Seuche, die in naher Zukunft ausbricht, also nichts, das ich leicht gegen *Shining* halten und Punkte machen konnte, und es schien länger denn je zu sein. (Warum, oh, warum nur mußten Leute Bücher mit 800 Seiten schreiben? Und warum sollte ich sie lesen, wo es doch genügend ungelesene Bücher mit nur 200 Seiten gab?) Ich schlug es voller Schuldgefühle wieder zu und legte es behutsam auf das oberste Brett meines Regals.

Ich sah das zigarrenkistenförmige Buch auf dem obersten Brett von Zeit zu Zeit an, im allgemeinen ohne es aufzuschlagen, und genoß nur das Schuldgefühl. Das Äußere des Buches wurde mir sehr vertraut. Das Umschlagbild von John Cayea zeigt eine Wüste, wo ein mittelalterliches Monster mit Schnabel und Narrenkleid und einer Spitzhacke – ein Alptraum wie von Breughel – trunken gegen einen ängstlichen blonden Mann in weißer Kleidung kämpft, der zögernd ein zweihändiges glänzendes Schwert schwingt. Der Kampf zwischen Gut und Böse, ja, ja.

Und auf der hinteren Klappe ein Bild des Autors – nicht das, mit dem ich später vertraut wurde, Augen hinter einer schwarzen Brille, die stechend über einem üppigen schwarzen Bart hervorschauen –, sondern ein glattrasiertes, grinsendes mit flacher Stirn, das mehr als allem anderen einem polternden irischen Komiker ähnelte. Ein Mann mit so einem Gesicht konnte alles schreiben, und ich würde ihm auch keine Druckzeile weit trauen.

Auf der hinteren Klappe war auch ein faszinierender Auszug über »Randy Flagg, den dunklen Mann, den Wandernden Gecken, den Mann ohne Gesicht, das lebende Ebenbild Satans, dessen Stunde wieder gekommen ist . . .«

Ich schätze, dieses beklagenswerte Spiel mit mir selbst hätte ewig so weitergehen können, wäre nicht etwa ein Jahr später der fünfte World Fantasy Con abgehalten worden. Er war in Providence, H. P. Lovecrafts Stadt, und ich dachte mir, da mußte ich einfach hingehen. Es stellte sich heraus, daß Stephen King neben Frank Belknap Long Ehrengast war, und Kings neuester Roman, *Dead Zone*, war die Nummer eins auf der Bestsellerliste der *New York Times*. Mehr noch, er verhielt sich sehr bescheiden und sagte mehrere einfühlsame Sachen bei Podiumsdiskussionen und während seiner einnehmend kurzen Ehrengastrede.

Er sagte uns, daß sein Verleger etwa 100 000 Worte aus *Das letzte Gefecht* gekürzt hatte – was auf etwa 200 Druckseiten hinauslief –, und er schwor, er würde sie eines Tages wieder einfügen. Trotz der schrecklichen Vorstellung von *Das letzte Gefecht* mit 1000 Steiten (fast so dick wie breit), mußte ich mir eingestehen; meine lächerliche Charade mit dem Buch auf dem Regal konnte einfach nicht mehr weitergehen. Ich gab auf, kaufte mir *Dead Zone*, ließ es mir von King signieren und hatte fünfzig Seiten gelesen, noch ehe der aufreibende Con vorbei war.

Wenig später hatte ich die erste Niederschrift einer enthusiastischen Besprechung fertiggestellt. Ich interessierte mich immer mehr dafür, wie King seine Effekte erzielt, welchen Regeln er beim Verfassen von Horror folgte, denn es sind Methoden, über die jeder Horror-Schriftsteller ernsthaft nachdenken sollte.

In *Dead Zone* hat King einen nahezu perfekten Roman übernatürlichen Schreckens aus berüchtigt schwer handhabbarem Material geschaffen. Es ist ein großer und packender Roman, voll Gefühl, die Fantasie anregend, sehr furchteinflößend und so real wie die modernen Schlagzeilen.

505

Dead Zone ist so erfolgreich, weil es genügend Situationen und Stimmungen für einen guten Roman enthält, auch dann, wenn man das übernatürliche Element weglassen würde. Mir scheint das ein entscheidendes Element zu sein, wenn man den Horror »allgemeinliterarisch« machen will. *Shining* hatte auch meine Panikknöpfe gedrückt, aber nur mit einer Menge übernatürlicher Beigabe: das alte Hotel, die teuflischen Gespenster, der überlastete Boiler (eine begründete materialistische Angst), die bösen Heckentiere, diabolischen Wespen und die nur halb erklärten Wolken der Schuld, die das Gehirn des Protagonisten benebeln.

Dead Zone bewerkstelligt dasselbe mit wesentlich einfacherem, kargerem und feingeschnittenerem Material. Man spürt, es handelt sich um Material, das dem Herzen der Wirklichkeit ziemlich nahe ist. An dunklen und stimmungsvollen Beigaben ist künstlerisch nichts *Falsches*, aber sie müssen sehr behutsam gehandhabt und gerechtfertigt werden.

John Smith ist ein liebenswürdiger junger High-School-Lehrer aus Maine, der aufgrund von zwei Kopfverletzungen die sporadische und unsichere Gabe bekommt, den Charakter einer Person oder künftige Gefahren für sie zu sehen, indem er eben diese Person oder einen Gegenstand, der ihr gehört, berührt. Manchmal verdunkeln fehlende Einzelheiten den Sinn der Botschaft, das liegt an der »toten Zone« in seinem Gehirn (Narbengewebe). Wenn die Botschaften kommen, dann wie ein emotionaler Schlag für Sender und Empfänger gleichermaßen.

Das Problem besteht nun darin, wie man einen frei erfundenen Hellseher überzeugend und glaubwürdig darstellt und aus seiner Gabe der Hellseherei eine Geschichte macht.

Nun, zunächst einmal sollte der Schriftsteller das übersinnliche Phänomen fest in der materiellen Welt, im Reich des Medizinischen, in der harten Welt von Fakten und Schmerzen verwurzeln. Das macht King mit Smiths Gehirnverletzung und dem langen Koma, sowie allen Qualen, die die Wiederherstellung verkümmerter Muskeln mit sich bringen. John Smith verbringt lange Zeit in der Intensivstation eines Krankenhauses unter Laborbedingungen und eingehender Untersuchung – daher neigen wir noch mehr dazu zu glauben, was passiert.

Seine hellseherischen Vorahnungen sollten ihm Mühe und Schmerzen bereiten. Er muß gegen heftigen Widerstand arbeiten – entsprechend dem Gefühl, daß man nur durch harte Arbeit etwas bewerkstelligen und das Wirken wahrer Magie erschöpfende Anstrengung und echte Gefahren mit sich bringt.

Und was die Vorahnungen anbelangt, die unser Hellseher hat, sie sollten alle um ernste Dinge kreisen – Unfälle, Feuer, Blitzschlag, Herzanfälle, Morde, Kriege. Dann werden sie Spannung und Dramatik erzeugen und die Handlung voranbringen, was übersinnlichen Spielchen wie Löffelverbiegen nicht gelingen würde. King spricht in seinem Roman nicht viel über andere übersinnlich begabte Menschen, aber er erwähnt Peter Hurkos mit seiner eindrucksvollen Arbeit für die Polizei. *Dead Zone* ist in der wirklichen Welt selbsternannter Hellseher und ambitionierter Politiker verwurzelt, wo die Scharlatane den Aufrichtigen zahlenmäßig im Verhältnis zehn zu eins überlegen sind. King überzeugt uns davon, daß John Smith einer der aufrichtigen ist.

Schließlich sollte der Autor genau beobachten, wie die Menschen einem Hellseher gegenüber empfinden würden, der ab und zu tatsächlich Katastrophen vorhersehen kann. Das tut King und kommt zu dem Ergebnis, daß sie ihn wahrscheinlich fürchten und meiden werden, nicht bewundern; jede Wahrnehmung von John Smith stellt ihn vor das Problem, *wen* er warnt, und *wie*, und wie er es erträgt, für seine Offenbarungen gehaßt zu werden. Das dürfte zu verwickelten moralischen Problemen führen.

Rechnet man zu alledem noch die gewöhnlichen Probleme hinzu, wie man ein Leben nach einer Unterbrechung von viereinhalb Jahren (das Koma) wieder aufnimmt, wird man leicht einsehen, daß John Smiths Lage keine beneidenswerte ist.

Ich will nicht sagen, daß dies die einzige gute Art und Weise ist, wie ein Roman aus demselben Material konstruiert werden könnte, aber es ist Stephen Kings Art und Weise, und die funktioniert! Die Überraschungen strömen bis weit über den Punkt hinaus aus seiner Feder, an dem ich dachte, er hätte sie erschöpft. Es ist, als hätte er seine Feder in verzauberte Tinte einer Von-Augenblick-zu-Augenblick-Zukunft getaucht. Und ich sympathisiere auf jeden Fall mit Kings Absicht, die ich hoffentlich korrekt gedeutet habe, auf die Tatsache Wert zu legen, daß dieser Roman überhaupt nicht auf traditionellen und im Film häufig zu Klischees verkommenen Ursachen des Schreckens (Vampirismus, Werwölfe, Satanismus) oder dem religiösen Übernatürlichen beruht. Das ist durchaus richtig und macht sein Vorgehen teilweise zu einer Unabhängigkeitserklärung von den schalen, grobschlächtigen und häufig moralisierenden Konzepten von Horror-Filmen und Horror-Comics. Wie nicht anders zu erwarten, ist *Dead Zone* Kings zurückhaltendster Roman, und ich halte ihn bislang auch für den besten Roman von King, durchdacht, die Handlung sorgfältig und logisch aufgebaut, keine Löcher, die mir aufgefallen wären, er weckt Sympathie und vermittelt starke Gefühle, enthält keinen übernatürlichen Mummenschanz, aber eine furchterregende Zone der Innenwelt im Zentrum.

Während ich *Dead Zone* gelesen habe, hat King meinen Besessenheitsknopf gedrückt, aber anstatt zum Regal zu laufen und *Das letzte Gefecht* herunterzuholen, beschloß ich, zuerst alles andere zu lesen, was von dem Autor lieferbar war. Als Einstieg *Brennen muß Salem!*, seinen Vampir-Roman, wo ich feststellte, daß King keine Angst vor Übertreibungen oder dem üblichen Lektorats-Tabu hatte, einen jungen Schriftsteller zum Protagonisten eines Buches zu machen. King schreibt einen großen Teil des Buches aus der Perspektive der Bewohner der kleinen Stadt in Maine. Er mag diese verschrobenen Menschen eindeutig: die amazonenhafte Wirtin, die sich selbst vier Eier zum Frühstück macht, die junge Mutter, die ihrem Kind ins Gesicht schlägt, wenn es schreit oder sich naß macht, weil sie sich einfach nicht beherrschen kann, den verbitterten und abseitigen alten Busfahrer, der Kinder aus dem Bus wirft, weil sie geflüstert haben. Es macht Spaß, über sie zu schreiben. Er verläßt sich darauf, daß seine übernatürliche Geschichte so stark ist, daß sie das zusätzliche Material mitträgt.

Als nächstes nahm ich mir seinen Erstlingsroman vor, *Carrie*, und ob Sie es glauben oder nicht, ich war tatsächlich enttäuscht, als ich feststellte, wie kurz das Buch war, nicht einmal halb so lang wie *Shining* oder *Brennen muß Salem!*, ein Viertel von *Das letzte Gefecht*. Ich fühlte mich betrogen. Auch der Aufbau des Buches erschien mir anfangs fremd und übertrieben zurückhaltend, fast die Hälfte des Buches besteht aus getürkten Ausschnitten aus Zeitungsartikeln, wissenschaftlichen Magazinen, okkulten Nachschlagewerken, Biographien von Carrie White von Klassenkameradinnen, Lehrern, populären Schriftstellern des Okkulten, und so weiter, und der allgegenwärtige Autor nahm den Faden in der dritten Person immer dann auf, wenn es für das Fortschreiten der Handlung erforderlich war. Ich hatte natürlich den Film gesehen und die Filmwirksamkeit des Schocks der »ersten Menstruation« begriffen, der die Eingangsszene im Dusch- und Umkleideraum der Mädchen bildet. Der Trick mit den Zitaten tat Kings generellem Schreibstil keinen Abbruch.

Derweil hatte ich Kings frühe Kurzgeschichten in seiner Sammlung *Nachtschicht* gelesen. Einige dieser Geschichten sind frühe Abhandlungen der Themen seiner Romane, erste Abhandlungen über Dinge, die sich in ihnen wiederfinden, oder andere Sprößlinge seiner längeren Arbeiten. Was mich an diesen Gesellenstücken von King am meisten beeindruckt, ist Nachdruck und Unbändigkeit des Schreibstils und die grenzenlose, ungehinderte Fantasie, die er an den Tag legt, wenn er neue Variationen und Abhandlungen alter Themen schreibt. Die meisten, aber nicht alle, beruhen auf übernatürlichen Erklärungen, und es ist weitgehend Kings eigene Art des Übernatürlichen, eine dynamische und beinahe unaufhaltsame Kraft, die auf die eine oder andere Weise ausgefallen ist.

Die erste davon, der Kurzroman »Jerusalems's Lot«, steht eindeutig in der Tradition Lovecrafts, mit seiner Erwähnung von Yog-Sothoth und Ludwig Prinns *Mysteries of the Worm*. Es könnte sich durchaus um den Anfang des Romans über das Überleben eines Hexenkults in Maine handeln, den die Hauptperson Robert Blake in Lovecrafts »Der leuchtende Trapezoeder« angeblich geschrieben haben soll.

Aber erst bei den Geschichten, die im Stil des Magazins *Unknown* geschrieben wurden, demonstriert King seine überschäumende Gabe der Fantasie – *Unknown* mit seiner einzigartigen Mischung aus Logik und dem Irrationalen, dem Normalen und dem Morbiden, dem Wissenschaftlichen und dem Nonsens. Keine Frage, es hätte ihm keine Mühe bereitet, *Unknown* zu erobern, hätte er in den vierziger Jahren geschrieben, ein Gedanke, der mich als Autor dieser Zeitschrift mit sentimentaler Freude erfüllt. Besonders gut ist er mit den Geschichten von Maschinen, die auf katastrophale Weise zum Leben erwachen – »Der Wäschemangler«, »Trucks« – die ihre eigenen Mechanismen durch Stahltelekinese aktivieren (für die das beste Beispiel immer noch Theodore Sturgeons »Killdozer« ist). »Der Wäschemangler« ist die beste Geschichte Kings, sie handelt von einem Heißmangelgerät, das in einer Wäscherei Amok läuft. Seine Figuren entdecken die Mathematik der Magie neu, um es aufzuhalten, aber am Ende der Geschichte ist die Maschine immer noch auf dem Weg, das Universum zu vernichten.

Filme machen ihre Prämisse visuell. Sie zeigen statt zu erklären. Das wird zu einer »Friß oder stirb«-Technik. Die Kamera sagt: »Sie sind hier, vor euren Augen. Seht ihr sie nicht? Glaubt ihr es nicht? Es ist doch alles so echt.« Dieselbe Technik sehe ich in den Geschichten von *Nachtschicht*. Geschichten wie »Manchmal kehren sie wieder«, in der die bösen Toten auferstehen und Verwüstungen anrichten, haben keine Erklärung. In »Kinder des Zorns« töten die Kinder einer Kleinstadt in Nebraska alle Erwachsenen und leben zehn Jahre dort, beten einen Maisgott an, und keine Menschenseele in den USA erfährt etwas davon oder überlebt, um die Nachricht zu verbreiten. Angesichts der Notwendigkeit, eine unmögliche Situation zu schildern, verschwendet King keinen Platz damit, Erklärungen zusammenzustoppeln. Statt dessen nutzt er die Worte, um die Situation selbst und die Reaktionen seiner Figuren drauf noch intensiver zu gestalten. Bei ihm wirkt alles so echt, daß wir es einfach glauben müssen.

King zielt in erster Linie darauf ab, die Augen und die anderen Sinne und Emotionen zu befriedigen, und dann erst den Verstand.

Damit war ich nun bereit für *Das letzte Gefecht*. Glücklicherweise bekam ich gerade da eine fiebrige Erkältung, und daher konnte ich mich mit einer traumhaften Hingabe in das Buch vertiefen, ohne schuldbewußte Gedanken an andere Tätigkeiten, die unerledigt blieben. Ich erlebte ein paar unangenehme Augenblicke, als meine Symptome denen der Personen ähnelten, die im ersten Viertel des Buches von der großen Epidemie weggerafft werden.

Ich war schon etwa auf Seite 200, bis mir die volle, grandiose Großartigkeit seines Konzepts aufging. Er wählte die Figuren seines Romans dadurch aus, daß er alle anderen auf der Welt umbrachte. Daraus entwickelte sich der für mich beste Teil des Romans, indem der Autor den Überlebenden bei ihren Wanderungen allein, zu zweit, dritt oder viert folgt, den unterschiedlichsten Menschen, die alle gemeinsam gezwungen sind, ihren Glauben und ihre Werte von null an wieder neu aufzubauen. Dieser Abschnitt drückt eine wunderbare elektrisierende Einsamkeit aus, während die Träume der Überlebenden wiederkehren und in dem großen Schweigen stärker werden.

Einige entwickeln Psi-Fähigkeiten, und der Eindruck wächst, daß Mächte oder Gottheiten umherwandeln oder ihnen auflauern und sie beeinflussen. Sie selbst werden zu mythischen Gestalten, fast Halbgöttern, während die Menschheit ausstirbt. Es kommt unweigerlich dazu, daß man sich für verschiedene Seiten entscheiden muß, hier zwischen denen, die sich unter den Einfluß von Mutter Abigail begeben, und denen, die die Vorherrschaft des ewigen Terroristen, des Wandelnden Gecken, akzeptieren.

Hier wird die Sprache des Romans poetischer, und auf beiden Seiten herrscht das Gefühl vor, daß sich die Menschheit auf eine schnelle, umfassende Veränderung vorbereitet. Und King entwickelt eine starke suggestive Idee: Er stellt die gebräuchliche Vorstellung des zwanzigsten Jahrhunderts in Frage (Jung, usw.), daß jeder in seinem oder ihrem Unterbewußtsein die Saat eines jeden möglichen Bösen trägt und mit der Erbsünde belastet ist – vielleicht ist das nur ein weiterer letzter Seufzer des Anthropomorphismus, ein Versuch, die Schrecken abzuschwächen, die im Unbekannten lauern könnten. Vielleicht ist der Mensch doch nicht das Maß aller Dinge, speziell des Bösen.

In *Das letzte Gefecht* finden wir ziemlich bald Boulder, Colorado (das Gute) gegen Las Vegas, Nevada (das Böse). Erstere Gemeinschaft verbringt ihre Zeit größtenteils damit, die Opfer der Seuche zu begraben und linkisch eine Art Stadtversammlungs-Demokratie mit Repräsentanten aufzubauen. Letztere bemüht sich, die Kasinos offenzuhalten und auch noch die letzte Glühbirne leuchten zu lassen, so wie es vor der Seuche war – sie besitzen Atomkraft.

An diesem Punkt folgt die Geschichte mehreren Individuen, die sich auf eine halb geplante und halb impulsive Suche begeben. Warum ist es erforderlich, diese beiden Gemeinschaften aufzubauen? Ich glaube, die Antwort darauf ist, um die Geschichte wirklichkeitsgetreu zu machen, um zu verhindern, daß sie sich in reine Fantasy verwandelt. *Das letzte Gefecht* ist in dieser Hinsicht Sciencefiction.

Feuerkind, Kings sechster veröffentlichter Roman, ist ebenfalls Science-fiction, ein spannendes und sorgfältig durchdachtes Werk. Es handelt von einem Mädchen mit dem wilden Talent, Feuer zu entfachen – aber da hören die Ähnlichkeiten mit *Carrie* schon auf. Charlie McGee ist ein attraktives Kind, das imstande ist, moralische Entscheidungen zu treffen, kein unwissendes Geschöpf, das emotional von einer antisexuellen religiösen Fanatikerin von Mutter verkrüppelt wurde. Das Buch wurzelt in den tatsächlichen berüchtigten Drogenexperimenten der CIA – hier handelt es sich um eine Agentur, die der Shop heißt. Das Buch demonstriert die Wirklichkeitsnähe, wie wir von King erwarten – ein Baby, das kleine Feuer im Bettchen entfachen und böse Teddys verbrennen kann, muß von ihren Eltern feuergewöhnt werden, so wie gewöhnliche Babys ans Töpfchen gewöhnt werden müssen. Die großen und kleinen Katastrophen, die das pyrotelekinetische Mädchen bewirkt, und die Anlagen, um sie sicher zu studieren, sind gewissenhaft erdacht und beschrieben – und mit dem Bedacht des Ingenieurs für materielle Phänomene im größeren Maßstab, das für den Science-fiction-Autor so nützlich ist. Auch Charlies eigene subjektive Eindrücke sind sorgsam dargestellt, die Antworten auf die Frage: »Wie ist es wirklich, wenn man mittels Geisteskraft Feuer entfachen kann?«

Es gibt einen indianischen Scharfschützen, der an den Wandelnden Gecken in *Das letzte Gefecht* erinnert – auch eine einprägsame Totengott-Figur. Und das Ende hat mehr vom »Wir können etwas dagegen tun« der Science-fiction als vom »Wir können nur entsetzt sein und davonlaufen« der traditionellen Horror-Story.

Feuerkind und *Dead Zone* erfüllen beide John D. MacDonalds Vorhersagen, daß King sich davon abwenden würde, Bücher über »Gespenster und Wesen, die im Keller kriechen« und das restliche Standardrepertoire samstagabendlicher Horror-Filme zu schreiben. Und anders als ihre Vorläuferin Carrie White, das Opfer, entwickelt sich Charlie McGee in diesem Roman zu einer bewundernswerten und sorgfältig abgerundeten Figur, die Initiative zeigen und Verantwortung übernehmen kann, eine Macherin, die sich ihres teilweisen Namensvetters, John D. MacDonalds Travis McGee, durchaus als würdig erweist. Es ist durchaus verständlich, daß King das Material von

Carrie neu bearbeiten wollte, und er hat es ausgezeichnet gemacht. Ein ansprechendes Buch.

Kings Kurzroman »Der Nebel« setzt diese Science-fiction-Tradition trotz seines offenenen Endes auf eindrucksvolle Weise fort, während der Roman *Cujo* bemerkenswerte Spannung aufbaut, ohne auf Science-fiction oder das Übernatürliche zurückzugreifen, sieht man von der Andeutung ab, daß manche Träume die Zukunft vorhersagen und Telepathie zwischen Menschen existieren könnte, die einander sympathisch sind, was man allerdings in diesen gutgläubigen Zeiten nie und nimmer als etwas Übernatürliches gelten lassen kann.

King gehört zu den Schriftstellern, die der Geschichte dorthin folgen, wohin sie sie führt. In *Das letzte Gefecht* brauchte er Einsamkeit, und die Seuche hat sie ihm verschafft. Dann brauchte er das Gefühl einer Gemeinschaft und schuf die Städte neu. Dann brauchte er wieder Einsamkeit und bewerkstelligte sie, indem er ein paar Figuren auf einsame Suchen schickte. Zweifellos hätte es bündigere Wege gegeben, das alles zu erreichen, aber ich glaube nicht, daß King sehr viel von Knappheit hält. Es macht ihm nichts aus zu übertreiben, weder Qualität und Qnantität seiner Werke, solange das Ergebnis packend bleibt.

Nehmen wir das alte Hotel in *Shining*, ein wahres Bollwerk des Bösen. Zu seinen übersinnlichen Überbleibseln gehören verschlagene und perverse Gespenster von verschiedenen Selbstmördern, Mördern und Mörderinnen, Kaffeeklatschdegenerierten, ein erschossener Mafiaboß, die Gefolgschaft eines Präsidentenskandals und alle Arten bedrohlicher Typen. Und draußen lauert ein teuflischer Zoo von Heckentieren, die sich bewegen, wenn man sie nicht beobachtet. Und dazu noch die Tatsache, daß das Hotel mit einem riesigen Boiler beheizt werden muß, der sehr sorgfältige Wartung erfordert, damit er nicht explodiert . . .

Mißverstehen Sie mich nicht. Das alles ist dick aufgetragen, aber es funktioniert. Aber da so viele gräßliche Elemente zusammenwirken, entsteht eine Art Horror-Comic-Übertreibung. Ich habe die letzten Szenen tatsächlich förmlich auf zwei Seiten billigem Papier vor mir gesehen: das brennende Hotel, aus dem das Böse triumphierend und fledermausförmig in einer gewaltigen Rauchwolke entweicht.

Einige sehr wirkungsvolle moderne Horror-Schriftsteller und Drehbuchautoren zeigen, daß sie von den Horror-Comics beeinflußt wurden, was vielleicht unausweichlich ist. Diese modernen Schriftsteller haben den Vorteil, daß sie explizit sein dürfen, was Sex und seine Säfte anbelangt, während sich Autoren wie Arthur Machen und Oscar Wilde mit Andeutungen begnügen mußten.

Hinzu kommt der Vorteil eines weitgehend gnädigen Publikums,

35 »Creepshow 2 – Kleine Horrorgeschichten« – Tom Savini als der Creep.

36 »Running Man« – Ben Richards (Arnold Schwarzenegger) versucht mit Amber Mendez (Maria Conchita Alonso) als Geisel das Land zu verlassen.

37 »Running Man« – Ben Richards (Arnold Schwarzenegger) kurz vor seinem Raketenstart in die Spielzone.

38–41 Stimmungsbilder aus der neuen King-Verfilmung »Friedhof der Kuscheltiere«.

42 »Friedhof der Kuscheltiere« – Jud Crandall (Fred Gwynne) vor dem geheimnisvollen Friedhof.

43 Stephen King beim Herumalbern mit seiner Frau Tabitha, die er 1969 an der Universität von Maine kennengelernt hatte.

das zumindest aus Gründen der Unterhaltung geneigt ist, an Zauberei und Dämonen, alle Arten übersinnlicher Begabungen und an fliegende Unteratassen mit außerirdischen Besatzungen zu glauben. Sie sehen so etwas ständig im Kino und im Fernsehen.

Abgesehen vom fachmännischen Realismus ihrer Geschichten können diese neuen Schriftsteller ihre Anstrengungen fast aus schließlich darauf konzentrieren, das wirksamste übernatürliche Gebräu aus vorhandenen Rohmaterialien zu brauen, anstatt Zeit mit der Frage zu vergeuden: »Kann so etwas sein?«, wie es Schriftsteller wie Ambrose Bierce, Algernon Blackwood, M. R. James, Machen und Lovecraft tun mußten.

Mir fehlt die intellektuelle Herausforderung, die mir frühere Autoren lieferten, den feiner ziselierten Schrecken, über das wahrhaft Unbekannte zu spekulieren.

Und das bringt mich dazu, mich selbst zu fragen, ob ich nicht einfach mit meinem guten Geschmack prahle, indem ich sage, daß mein Horror intellektueller, stilistisch besser und eleganter als die gemeine Abart ist. Aber ich finde, es ist tatsächlich so. Nehmen wir das böse Hotel und die Heckentiere – warum spukt es dort, wie können sie sich bewegen? Grundsätzliche Fragen werden nicht beantwortet. Wieviel in der Geschichte ist subjektiv, wieviel objektiv? Auch das wird niemals klar beantwortet.

Es scheint in Wahrheit so zu sein, daß das Hotel und die Heckentiere ihrer *Wirkung* wegen in die Geschichte aufgenommen wurden. Sie machen dem Leser an einem bestimmten Punkt der Geschichte angst, und mehr sollen sie auch gar nicht tun. Es bestand kein Grund, sie zu erklären. Sie *funktionierten.* Eine von Kings Regeln scheint zu sein: *Schreibe! Schreibe mit den leuchtendsten Farben, den meisten Gefühlen, der größtmöglichen Intensität, und nimm dazu, was du brauchst: obszöne Sprache, Klischees, überzuckerte Bilder und Wortgebilde. Hab keine Angst davor, melodramatisch zu sein oder DEN LESER ANZUSCHREIEN. Und wenn das alles nicht funktioniert,* versuch es mit Zurückhaltung.

Summa sumarum hat King das Horror-Buch wieder bestsellerverdächtig populär gemacht – auch als Sachbuch, womit sein *Danse Macabre* gemeint ist. Er spricht in erster Linie die Gefühle an, in zweiter Linie den Intellekt, aber er ist immer fachmännisch. Seine Bücher erfüllen allesamt das Versprechen der Widmung von *Das letzte Gefecht:* »Diese dunkle Truhe voller Wunder.«

2. Film ist ein risikoreicheres Geschäft

Jede Diskussion von Filmen, die nach Kings Büchern gedreht wurden oder werden, sollte am besten mit seinem umfangreichen und bemerkenswerten Sachbuch *Stephen King's Danse Macabre* anfangen, bei dem es sich in erster Linie um eine Würdigung und Analyse von Horror als Unterhaltung in Amerika seit 1950 handelt: Bücher, Magazine, Comics, angrenzende Gebiete, Radio, Fernsehen und Filme – ganz besonders Filme. Es ist eine liebevolle und persönliche Einführung in das Genre und eine großzügige Ochsentour seiner obskuren Wunder und kleiner Geheimnisse, die mit der Ehrlichkeit, Schamlosigkeit, dem Anspruch und Humor eines faszinierten und zutiefst teilhabenden Fans geschrieben wurde.

Das Buch basiert auf zwei Listen, einer von 100 Horror-Filmen, die es zu besprechen lohnt und die zwischen 1950 und 1980 in die Kinos kamen, was natürlich Kings eigener Lebensspanne als Kinogänger entspricht. Die andere beinhaltet 100 Horror-Romane und Kurzgeschichtensammlungen, die im selben Zeitraum veröffentlicht wurden. In jeder Liste kennzeichnet King seine Lieblinge, die Besten, wie sich herausstellt, mit einem Sternchen, und er ist überzeugt, daß alle das Genre bereichert haben. Das Buch basiert also auf persönlichen Erfahrungen und erwächst aus ihnen. King beschreibt sehr einfühlsam, wie er als Kind mit Horror und Kunst und Unterhaltung in Kontakt gekommen ist. Gelegentlich verweist er auf ältere Bücher oder Filme, wenn er nach Beispielen grundlegender Horror-Themen sucht, aber selbst hier ist der Einfluß von Filmen beachtlich, denn seine vier Horror-Archetypen sind der Vampir (*Dracula*), der Werwolf (*Dr. Jekyll und Mr. Hyde*), das Monster oder Ding (*Frankenstein*) und das Gespenst (*Die Daumenschraube* und Peter Straubs *Geisterstunde*).

King schreibt teilweise als Psychologe, der nach den phobischen Druckpunkten des Individuums sucht (den Punkt, zum Beispiel, wo der »Tod« für das Kind mythisch dann ist, »wenn einen das Monster erwischt«), und als Soziologe, der nach den phobischen Druckpunkten der Gesellschaft sucht, die sich mit der Zeit verändern und den Subtext von Filmen bilden. Zum Beispiel zerstören in *Fliegende Untertassen greifen an* (1956) häßliche Wurzelwesen aus dem Weltall Washington D. C. (Text); aber die Angst, die hier tatsächlich im Spiel ist, interpretiert King, ist die vor einem atomaren Angriff der Russen (Subtext). Und der schon klassisch schlechte Film *Horror of Party Beach* (1964) handelt trotz alledem von der unterbewußten Angst vor einer Vergiftung durch ins Meer geworfenen radioaktiven Müll.

Aber King schreibt auch als abgebrühter Horror-Film-Fan und erklärt, was ihm an Kultfilmen wie George Romeros *Die Nacht der leben-*

den Toten oder Tobe Hoopers *Blutgericht in Texas* gefällt. Er ist ein Bergwerk voll umfangreichem Horror-Wissen, was sich manchmal in seinen Büchern niederschlägt. Nehmen wir zum Beispiel die »verzweifelten Tricks (. . .), die verwendet wurden, um schlechte Horror-Filme zu verkaufen. (. . .) Während eines importierten italienischen Schmarrens (. . .) warben die Kinos mit ›Blutcorn‹, das war gewöhnliches, mit roter Lebensmittelfarbe eingefärbtes Popcorn.« In seinem Roman *Cujo* verursachen rot eingefärbte Frühstücksflocken – »Cherrypops« oder so ähnlich – kurzzeitig eine nationale Panik, weil man denkt, daß Kinder, die sie erbrechen, Magenblutungen hatten.

Es ist ziemlich gut, daß King gegen die Mißgeschicke abgehärtet ist, die beim Drehen von Horror-Filmen vorkommen, abgesehen von rein kommerziellen Flops, denn die Filme, die nach seinen Büchern entstanden sind, waren bisher von recht unterschiedlicher Qualität. *Carrie*, unter der Regie von Brian De Palma entstanden und 1976 in die Kinos gekommen, ist meiner Meinung nach der beste, weil er sich klugerweise die starken Szenen des Buches zunutze macht: die Schockszene der ersten Menstruation der Titelheldin im Duschraum der Schule, wo ihre Klassenkameradinnen sie mit Tampons und Monatsbinden bewerfen; die allgemeine Neigung von Schülern der High-School, alle ihrer Genossen zu verfolgen, die feinfühlig sind, nicht hip genug oder verschrobene Eltern haben; die Unwilligkeit und Unfähigkeit der meisten Lehrer, sich in diese Rituale einzumischen; die verabscheuenswürdige antisexuelle Manie der religiös wahnsinnigen Mutter der erbarmenswerten Carrie; und der rasche Aufbau der letzten Beleidigung, bei der das weißgekleidete Opfer, das sich der nachdrücklicheren Wirkung wegen in Hochstimmung befindet, mit Schweineblut überschüttet wird. Danach hätte man das Ausmaß des elektrisierenden Poltergeistphänomens kaum übertreiben können. Was dem Film auch zugute kam, war die Tatsache, daß die Carrie von einer begabten jungen Schauspielerin dargestellt wurde – Sissy Spaceck –, während John Travolta sich gut als einer ihrer garstigen Verfolger machte.

Der zweiteilige Fernsehfilm *'Salems's Lot* präsentierte Teile der Geschichte nicht schlecht, leidet aber unter der Tendenz, die stärkeren Momente der Geschichte zurückzuhalten, zudem wären sechs oder acht Folgen notwendig gewesen, um den vollen Geschmack dieses umfangreichen Romans zu vermitteln.

Shining hatte das zweifelhafte Glück, das Interesse eines der wirklich großen, geheimnisvollen und eigensinnigsten (*Künstler* nennt man das wohl) Talente der Filmbranche zu wecken, ebenso unberechenbar und meistens so brillant wie Robert Altman, und ebenso auf superteure, jahrelange Produktionen spezialisiert wie Francis Ford

Coppola: Stanley Kubrick, großartig, was Fotografie, visuelle Effekte und dick aufgetragen orchestrierte *Themen* anbelangt, schwach bei Erklärungen, Rechtfertigungen und lückenloser Handlungskonstruktion, dessen Figuren immer entweder Karikaturen oder Sinnbilder sind (die Vier-Sterne-Generäle und die anderen herrlich Verrückten in *Dr. Seltsam* und der Computer Hal in *2001*; der Babyraumfahrer und die hübschen Iren in diesem Film und in *Barry Lyndon*).

Und was macht er mit *Shining*? Er stürzt sich auf das Thema des eingeschneiten Luxushotels oben in den Rocky Mountains, in dem es spukt, und macht es so riesig wie das Raumschriff in *2001*, dessen Besatzung (wie es nun einmal ist) von drei unbedeutenden und machtlosen Sterblichen, die ständig durch die makellosen und endlosen Flure schleichen (oder mit dem Dreirad fahren) und dabei unweigerlich zerbrechen, kaputtgehen, sich in der unerträglichen, gräßlich heimgesuchten und isolierten Unermeßlichkeit des Gebäudes *auflösen.*

Aber drei Metaphern bringen nicht einmal in den künstlerisch wertvollsten Film Bewegung. Daher verwandelt Kubrick den Ehemann, Jack Torrance, in die wahrscheinlich übertriebenste seiner Karikaturen, ein veritables Beispiel für den prahlerisch dummen Leisetreter, ein gescheiterter und trunksüchtiger Lehrer, der versichert, daß *er sich* niemals von Isolation wahnsinnig machen lassen wird (ohne Rücksicht darauf, daß ein früherer Hausmeister übergeschnappt ist und Frau, Kinder und sich selbst ermordet hat) und der ohne den geringsten Grund denkt, daß er das Zeug hat, einen großen Roman zu schreiben, wenn er nur jemals den Frieden, die Zeit und die Einsamkeit findet, um die Aufgabe zu bewerkstelligen.

All die interessanten Charakterschwächen, emotionalen Traumas und verzwickten Probleme, die King im Roman Torrance auferlegt, um ihn für das Hotel weich zu machen (und um unser Mitgefühl für seine schrecklichen Probleme zu wecken), werden von Kubrick einfach zum Fenster hinausgeworfen, *in toto* hinausgeworfen und von einer einzigen vorherrschenden, alles erklärenden Charaktereinsicht ersetzt: Dieser Bursche ist ein dummer kleiner Pimpf.

Weil Jack Nicholson ein guter Schauspieler ist, äußerst diszipliniert und immer loyal der Produktion gegenüber, folgt er dieser Interpretation getreulich und stellt ein erstaunliches Repertoire an irren Grimassen zur Schau, dazu Übertreibungen, höhnisches Grinsen für das dumme Frauchen, idiotisches Frohlocken, gockelhaftes Aufplustern und eine pralle Vielzahl leerer Ausdrücke.

Angesichts solcher Vorkommnisse wird natürlich ziemlich schnell deutlich, daß Torrance schon von Anfang an so verrückt wie ein Kakadu war. Danach ist er für den Film kaum noch von Nutzen, es sei denn, um irre Grimassen zu schneiden und verrückte Sachen anzustellen, zum Beispiel das CB-Funkgerät zu vernichten, das das Hotel mit der Außenwelt verbindet, nachdem die Telefonleitungen zusammengebrochen sind.

So jemand kann unmöglich einen Reportageroman über das böse Hotel und die finsteren und blutigen Skandale schreiben, die sich dort zugetragen haben, wobei er das Material aus Notizbüchern und Aufzeichnungen zusammenträgt, die er im Keller findet. Und daher ist Kubrick gezwungen, den realen Hintergrund für den schrecklichen Spuk in dem Hotel, der ihn ja in erster Linie an Kings Buch fasziniert hat, über Bord zu werfen. Als er den riesig großen Ballsaal mit Gespenstern in Kleidung der zwanziger Jahre füllt, können sie nur herumstehen und Hintergrundatmosphäre schaffen; wir erfahren ihre schreckliche Geschichte nicht, sie machen uns keine Angst. Wir neigen dazu, sie als Teil von Torrances Halluzinationen der Größe zu sehen – bis später im Film einer eine tatsächliche Tat begehen muß, die für den Fortgang der Handlung entscheidend ist –, und da ist es zu spät, daß sie noch einen wirklichen übernatürlichen Status erlangen könnten.

Man kommt tatsächlich der Wahrheit ziemlich nahe, wenn man sagt, daß die Verfilmung von *Shining* weitgehend darin bestand, wirkungsvolle Zutaten wegzuwerfen, und zwar vollkommen, oder sie einmal kurz, entweder komisch oder furchteinflößend einzusetzen, angefangen mit Torrances »Roman«, der, wie sich herausstellt, nur aus einem einzigen Satz besteht, den er immer wieder getippt hat. Es lohn sich, diese weggeworfenen Einzelheiten einmal genauer unter die Lupe zu nehmen:

Im Buch sind die Fahrstühle des Hotels veraltet und drohen ständig, zwischen den Stockwerken steckenzubleiben, und die Gespenster benützen sie die ganze Nacht und hinterlassen manchmal etwas Konfetti, Partymasken oder Trinkgläser. Im Film fließt einmal Blut zwischen den Türhälften hervor, die sich dann auftun und einen solchen Sturzbach von Blut ausströmen lassen, daß wir sofort wissen, das kann nicht echt sein. (Es wird als eine Halluzination von Torrances Frau Wendy wegerklärt.)

Das Hotel verfügt über einen Zoo aus Heckentieren, die die Eigenschaft haben, sich einem bedrohlich zu nähern, wenn man nicht hinsieht. Man hat mir gesagt, daß Kubrick eine Million darauf verwendet hat, diesen Effekt zu erzielen, bevor er die Heckentiere hinausgeworfen hat. Er ersetzt sie durch ein Heckenlabyrinth, das aussieht, als wäre es so groß wie vier ganze Häuserblocks. Wendy und Danny finden offenbar ziemlich mühelos den Weg bis zum Zentrum und wieder hinaus – das Potential der Angst wird nicht einmal angetastet. Am Ende des Films verfolgt Torrance seinen Sohn durch dieses Labyrinth, aber der Junge entkommt mühelos.

In gewisser Weise ist der schwarze Hotel-Chefkoch Hallorann, der ein übersinnliches SOS von Torrances Sohn Danny empfängt, während er zweitausend Meilen entfernt in Florida ist, der eigentliche Held des Buches; er eilt per Flugzeug, Auto und Schneemobil zu dem eingeschneiten Hotel, um Danny und seine Mutter zu retten. Das alles passiert im Film genau so, bis er im Hotel eintrifft, wo Torrance aus einem Seitenkorridor springt und ihn mit einer Axt erschlägt – zack! Und damit wird mit einem Schlag ein emotional packender Teil des Romans weggeworfen, ein guter Schauspieler und ein im Film sorgfältig aufgebautes Handlungselement. War jemals ein Regisseur verschwenderischer als Kubrick?

Ein entscheidender Höhepunkt in Film und Buch ist die Szene, als Danny entsetzt zu seinen Eltern kommt, einen Hals voller Blutergüsse hat und eine panische Geschichte von einer ertrunkenen alten Dame (offenbar das Gespenst einer Selbstmörderin) erzählt, die sich aus einer Badewanne in einer der Suiten erhob, um ihn zu erwürgen. Torrance geht sich die Sache ansehen. Soweit stimmen Buch und Film überein.

Im Buch stellt Torrance fest, daß in dem Zimmer offenbar alles in Ordnung ist, aber der Duschvorhang im Bad ist zugezogen. Er macht ihn zögernd auf, findet aber nichts, und die Wanne ist so trocken wie der Rest des Zimmers. Er will wieder gehen, bleibt aber stehen, als er ein Klirren hört. Er dreht sich um, stellt fest, daß der Vorhang wieder zugezogen wurde, und sieht den Umriß einer Gestalt, die sich dahinter erhebt. Er läuft weg. Das hat mir angst gemacht, und ich glaube, es hätte im Film ebensogut funktioniert.

Im Film sieht Torrance eine bildschöne junge Blondine, die gelassen badet. Er fängt sofort an zu grinsen, giert und sabbert wie ein geistig behinderter Pfadfinder, der sagt: »Herrgott, Kumpels, Sex!« Aber noch ist nicht alles verloren. Die junge Frau bemerkt ihn, erhebt sich ernst aus der Wanne und geht anmutig auf ihn zu. Aber sie hat etwas Seltsames an sich; ihre Schönheit ist eine Art Mischung aus Art Deco und schwedischer Moderne; sie ist nicht recht menschlich oder lebend.

An diesem Punkt hatte mich Kubrick, der im ersten Teil des Films sparsam mit seinen Erscheinungen umgegangen ist, immer noch gefesselt, oder anders ausgedrückt, ich war immer noch bereit, mich fesseln zu lassen, trotz Torrances geistlosen Gebarens.

Torrance umarmt sie zögernd und sieht in einem Spiegel hinter ihr, wie Arm und Hand, die er um sie gelegt hat, in verwestem, häßlichem Fleisch versinken. Sie verwandelt sich in eine aufgedunsene alte

Hexe – sie sieht jetzt wie etwas aus dem Film *Die Nacht der lebenden Toten* oder dem Film über das Tor zur Hölle, *Hexensabbat*, aus – und verfolgt ihn unbeholfen, während er voll Entsetzen und sexueller Enttäuschung davonstolpert.

Ich glaube, an dieser Stelle war ich nicht mehr bereit, Kubrick zu folgen.

Eine weitere Szene, die direkt aus einem B-Minus-Horrorstreifen stammen könnte, findet sich später, als die Gespenster aus den zwanziger Jahren, die im großen Ballsaal umgehen, ganz kurz als Skelette inmitten von Vorhängen und Möbelstücken voll Spinnweben und Staub gezeigt werden (was, wie die Sturzflut von Blut, als Halluzination Wendys abgetan wird).

Nun kann ich verstehen, daß Kubrick zögernd, sogar nicht willens ist, eindeutig übernatürliche Szenen einzufügen, um sich statt dessen alternative Erklärungen offenzuhalten, die auf Wahnsinn oder halluzinatorische Visionen hindeuten. Schließlich leben wir in modernen Zeiten, und niemand glaubt mehr wirklich an den Teufel oder Gespenster, oder? – nur noch an Tod und Supergrausamkeit. Aber weshalb dann die B-Minus-Anflüge wie herausgeputzte Skelette und abstoßende alte Frauen als Zombies, mit Äxten herumhüpfende Irre, nicht erklärte Erscheinungen von maskierten Leuten in Tierkostümen oder grinsenden Männern im Abendanzug mit gespaltenen Schädeln aus Kings ursprünglichem Hotel, und als letzte Einstellung das Foto des Hotelpersonals vor Jahrzehnten, aus dessen Mitte Torrance herausgrinst? Einige Kritiker haben von schwarzer Komödie gesprochen, aber ich finde, das ist einfach der verzweifelte Griff nach einem Ausweg. Nein, ich glaube, Kubrick war klar, daß der Film schiefgeht, und er griff in seiner Verzweiflung auf diese billigen Stimuli zurück.

Aus ähnlichen Gründen – und weil er trotz seiner unglaublichen blinden Flecken ein begabter Regisseur ist –, gestattet Kubrick Nicholson eine sympathische Szene, in der Torrance seinem Sohn versichert, daß er ihn immer lieben und ihm nie weh tun wird – während wir gleichzeitig Blick und Verstand des Mannes in die Ferne schweifen sehen.

Shelley Duvall, eine hervorragende, exzentrische Schauspielerin, die bei Altman zu Bestleistungen aufgelaufen ist, gibt sich beste Mühe mit der unbedeutenden und noch leereren Karikatur von Torrances Frau Wendy, die ständig die Fehler ihres verrückten und dummen Mannes ausbügelt, und die – wenn er es ihr gnädigerweise erlaubt – alle Aufgaben erledigt, die in dem eingeschneiten Hotel getan werden müssen.

Der Junge, der Danny spielt, fährt und läuft eine Zeitlang gehorsam durch den Film, ohne unsere Intelligenz zu beleidigen, aber dann verfällt er vor Entsetzen in eine Art Koma, und sein Alter ego, ein imaginärer Spielkamerad, übernimmt ihn und verkündet mit Grabesstimme: »Danny ist nicht hier.« Er kommt gerade rechtzeitig wieder zu sich, um ein letztes Mal vor Papa zu fliehen, und der letzte Teil des Films muß sich auf die hysterische Wendy als Hauptperson konzentrieren. Und sie muß eindeutig Trostloses miterleben.

Nun werden einige Leute sagen, daß ich Schriftsteller bin und mich deshalb völlig naturgemäß beschwere, »Sie haben sich nicht an das Buch gehalten«, ohne mir darüber im klaren zu sein, daß Bücher und Filme Produkte verschiedener Kunstrichtungen sind und ihre Wirkung auf unterschiedliche Weise erreichen müssen, auf anderen Wegen. Das mag manchmal zutreffen, aber ich finde in diesem Fall eindeutig nicht. Film ist eine visuelle Kunst, ja, aber das bedeutet nicht, daß man die Vernunft vollkommen eliminieren darf. Rückblenden und Erklärungen können manchmal ganz nützlich sein, und eine Menge gute Filme, auch Fantasy und übernatürlicher Horror, wurden mit einer erzählerischen Stimme gemacht, besonders in den vierziger und fünfziger Jahren, aber die *Künstler* halten nicht viel davon, und Kubrick beschloß, nicht auf diese Methoden zurückzugreifen, um der bösen Vergangenheit des Hotels einen Anstrich von Realität zu geben.

Davon weiß ich nichts. Ich weiß aber, daß ich auch ein oder zwei laute Buhrufe beisteuerte, als *Shining* mit der Einstellung von Torrances für ewig eingefrorener Grimasse aufhörte.

Später habe ich mich deshalb ein wenig geschämt – ich habe viel schlechtere Filme gesehen, ohne meinem Mißfallen so lautstark Ausdruck zu verleihen. Ich glaube, ich war damals, wie heute, einfach *wütend* über die *Verschwendung*. Ein großer junger Schriftsteller, ein großer Schauspieler und ein doppelt großer Regisseur: alle haben so viel beigesteuert und so wenig erreicht; sie beugen sich bekümmert und linkisch, wie unglückliche Elefanten, über einen großen mißglückten Film, während große und erfolgreiche neue Filme – wie *Der Exorzist*, *Der weiße Hai* und *Alien* – stumm um sie herumkreisen.

King hat alle Zutaten für einen guten Horror-Film geliefert, aber die meisten wurden weggeworfen, und der Rest wurde mit einem unglücklichen satirischen Beigeschmack getönt. Hoffentlich wird aus dem geplanten Film *Creepshow*, bei dem King selbst das Drehbuch schreibt und George Romero Regie führt, etwas Besseres.

NORBERT STRESAU

Horror in Hollywood oder Wie aus guten Romanen miese Filme werden

Als alter King-Leser kennen Sie wahrscheinlich die folgende Geschichte. Sie haben gerade das neueste Werk des Meisters gelesen (»verschlungen« wäre wohl das bessere Wort), und nun entdecken Sie durch Zufall, daß in Ihrem örtlichen Kino der dazu passende Film läuft. Und obwohl Sie es eigentlich besser wissen sollten, machen Sie sich pflichtschuldigst auf den Weg. Hinterher ärgern Sie sich über die zehn verschwendeten Mark, das Ganze passiert Ihnen zwei- oder dreimal, danach geben Sie endgültig jede Hoffnung auf, daß es Hollywood je lernen wird.

Es ist traurig, aber wahr: Die meisten Filme nach den Romanen Stephen Kings sind schlicht und einfach schlecht. Damit meine ich nun nicht jene Katastrophen, die sich gelegentlich ereignen, wenn ein unbedarfter Regisseur der Ansicht ist, er müsse sich an Literatur vergreifen.[*] In diese Kategorie fallen nur die wenigsten King-Verfilmungen: *Rhea-M* vielleicht, der mir im Sommer 1986 meinen ganz persönlichen Knackpunkt bescherte. Und natürlich *Kinder des Zorns*, dessen Regisseur Fritz Kiersch wenig später in der Trashfabrik von Cannon landete, wo er sein Talent an so wertvolle Literatur wie John Normans Fantasy-Schlachtplatte *Gor* verschwenden durfte.

Der weitaus größere Teil der Filme hat ein ganz anderes Problem. Niemand wird ernsthaft behaupten wollen, daß beispielsweise *Christine, Cujo* oder *Katzenauge* schlechtes Kino seien; zumindest nicht in dem Sinne, daß sich die Anschlußfehler häufen und die Schauspieler knapp unter dem mimischen Talent eines Goldfischs liegen. Technisch und dramaturgisch ist an diesen Filmen wenig auszusetzen: Das Plot ist halbwegs ordentlich erzählt, die Schauspieler sind okay, und mitunter überrascht der Regisseur sogar durch kleine Kniffe: Die sanft gleitende Panavision-Kamera und John Carpenters patentierter Soundtrack-Puls in *Christine*. Oder auch der einfallsreiche (und betrügerische) Schockeffekt in *Cujo*, als der tollwütige Bernhardiner

---

[*] Falls Sie masochistisch veranlagt sind, möchte ich folgendes Experiment vorschlagen: Lesen Sie Proust, und dann quälen Sie sich durch Volker Schlöndorffs *Eine Liebe von Swann*. Hinterher wissen Sie genau, was ich meine.

nach einem 360-Grad-Schwenk genau dort auftaucht, wo er eigentlich nicht sein dürfte. Wenn man wirklich will, kann man etwas Gutes in allen diesen Filmen finden – sogar in *Running Man*, in dem Richard Dawson seinen Part des Millionenspiel-Gastgebers so überzieht, daß er dem Archetyp des schleimigen US-Fernsehmoderators näher kommt als alle anderen vor ihm.

Und trotzdem sind gerade sie die schlimmsten von allen: nicht wirklich schlecht, aber auch nicht wirklich gut. In diesen Filmen weicht das Grauen der Romane dem gänzlich anderen Grauen der filmischen Durchschnittlichkeit; im Grunde verhalten sie sich zu ihrer Vorlage wie der allseits anerkannte Hochglanzschocker *Eine verhängnisvolle Affäre* zu den bösen, bösen Schlitzervideos. Beide erzählen haargenau dasselbe, nur die Gefühle sind bei Michael Douglas polierter, glatter, leichtverdaulicher: Wenn man das Kino verläßt, hat man sie schon wieder ausgeschieden.

Der Gag dabei ist, daß im Grunde niemand etwas falsch gemacht hat. Es ist hier nicht der Platz für eine ausführliche Analyse von Kings Stil, dieses Feld sei ohne Zögern den anderen Autoren dieses Bandes überlassen. Doch selbst aus dem begrenzten Sichtfeld eines Filmjournalisten sind die Probleme, vor die ein King-Roman den Drehbuchautor stellt, kaum zu übersehen. Liest man sich die dicken Wälzer mal genauer durch, fällt einem nämlich sehr schnell auf, daß King vom Typ her nicht so sehr den eigenständigen Schriftsteller als den genialen Sammler darstellt. Auf der simpelsten Ebene gilt das für die Geschichten selbst: *Der Talisman* und insbesondere *Das letzte Gefecht* haben mehr als nur ein bißchen mit Tolkiens Mammutepos *Herr der Ringe* gemein (Gollum heißt bei King Mülleimer-Mann, und Mordor ist Las Vegas, doch das ist's auch schon). Mehrere Schlüsselpassagen in *Brennen muß Salem!* wiederum finden sich ganz ähnlich in einem 1972 gedrehten, gar nicht schlechten Bllligfilm, in dem sich William Marshall als schwarzer Vampirprinz durch Los Angeles beißt (»Henceforth you shall be known as BLACULA!!!«), bevor er zum Schluß aus Liebeskummer Selbstmord begeht.

Kings Geschichten sind, wie gesagt, nicht wirklich neu. Neu ist nur, wie er seine alten Geschichten tarnt: Eines seiner Kennzeichen als Autor – jenes, das vor allem Übersetzer an den Rand des Nervenzusammenbruchs treiben kann – ist seine Manie für Product Placement. Streicht man die 600 Seiten von *Tommyknockers – Das Monstrum* auf das reine Plot zusammen, bleiben vielleicht 200 Seiten übrig; der Rest erzählt davon, wie sehr die Medien unser Leben mittlerweile beeinflussen. In diesen Passagen wimmelt es von zielsicher eingesetzten Werbe-Jingles, lustvollen Erwähnungen diverser Markennamen sowie nostalgischen Erinnerungen an Fernsehserien und herrlich schundige Filme: Kings Helden leben in einer durch und durch amerikanischen Welt der Waren und der Medien, und ihre besondere Qualität liegt zum Teil auch darin, daß sie sich mit dieser Tatsache nicht nur abgefunden haben, sondern sie auch für ihre eigenen Zwecke zu benutzen verstehen. Dahinter verbirgt sich nun nicht irgendeine großartige Kritik an unserer Gesellschaft, sondern reiner Pragmatismus von seiten ihres Schöpfers, eine Art von dichterischer Stenographie, die Personen und Sachverhalte schneller, klarer und populärer umreißt als ellenlange Absätze. In Kings Romanen sagt ein Werbeslogan mehr als tausend Bilder; immerhin ist er von der PR-Agentur daraufhin konzipiert worden.

Wie geht nun ein durchschnittlich begabter Drehbuchautor vor, wenn ihn sein Produzent mit einem Roman wie *Der Talisman* konfrontiert? Die Antwort ist recht simpel: Als erstes wird er die meisten Anspielungen auf Fernsehserien und andere Filme streichen. Im Gegensatz zu Stephen King kann er sich nämlich nicht leisten, seine Helden in ein Provinzkino zu schicken und sie dort Ralph Bakshis *Die Welt in zehn Millionen Jahre* ansehen zu lassen.* Als nächstes verschwinden dann die Werbeslogans. Diese Entscheidung beruht indessen nicht so sehr auf finanziellen – Hollywood liebt das Product Placement fast so sehr wie deutsche Produzenten – denn auf dramaturgischen Beweggründen. Greift der Held bei King nach einem Aspirin, ist die Angelegenheit im nächsten Satz vorbei. Im Film würde dieselbe Szene mindestens fünf Sekunden der ohnehin zu kurz bemessenen Maximallaufzeit verschwenden. In der Folge verschwinden dann noch einige unwesentliche Nebenfiguren, der Mittelteil des Buches entfällt aus Zeitgründen, dafür kommt ein Happy-End dazu, neun Wochen Drehzeit, fünf Wochen für Spezialeffekte, Musik und Nachvertonung, fertig ist der Film. Er wird sich in groben Zügen an den Roman halten, die wichtigsten Figuren sind allesamt zugegen, sogar die Metaebene ist noch da. Er hat nur einen Nachteil: Er ist so steril und leblos wie eine frisch desinfizierte Spritze, weil alle Figuren systematisch ihres liebevoll gezeichneten Roman-Umfelds beraubt wurden.

Was also tun?

Die offensichtliche Lösung dieses Problems besteht natürlich darin, als Regisseur einen jener Kinosammler zu verpflichten, der mit

---

* Tut er es doch, wird ihn der Produzent beim nächsten Meeting ganz unweigerlich fragen, ob besagter Autor überhaupt eine Ahnung habe, wieviel die Rechte an einem Fünf-Minuten-Ausschnitt dieses Films kosten und welche horrenden Summen Rick Baker ohnehin schon für Wolfs Maske verlangen würde.

Bildern vollbringt, was King mit Worten schafft. Vor einigen Jahren geisterte eine ganzseitige Anzeige durch sämtliche amerikanischen Fachzeitschriften, wonach Steve Spielberg die Option auf *Der Talisman* erstanden habe und schon fleißig an den Storyboards arbeite. Die Ankündigung war mehr als vielversprechend: Sie besaß jene unwiderlegbare Kommerz-Logik, aus der auch heute noch große Filme entstehen. Der Metaregisseur par excellence, jener Mann, der mit *Jäger des verlorenen Schatzes* und *E. T.* das Konzept des geistigen Diebstahls revolutionierte, trifft den Oberplünderer des gedruckten Worts: eine Gipfelbegegnung, die locker 200 Millionen Dollar in Amerika allein abwerfen könnte. Doch Papier ist bekanntlich geduldig. Kurz darauf bekam Spielberg seinen Kunsttrappel (*Die Farbe Lila, Das Reich der Sonne*), und seither hat man nie wieder etwas von dem Projekt gehört.

Inzwischen habe ich so meine Zweifel, ob der Film tatsächlich funktioniert hätte. So geschickt King unsere medienbetonte Gesellschaft heraufbeschwört, bleiben all die Werbe-Jingles und Fernseh-Querverweise letztlich doch nur Mittel zum Zweck. Hier stoßen wir dann endlich zum eigentlichen Kern des Horrors vor: Es gibt eine Unzahl von Theorien darüber, weshalb uns etwas eine Gänsehaut beschert, und im Grunde laufen die meisten davon auf Sigmund Freud hinaus. So gesehen, repräsentieren die großen Schreckgestalten des klassischen Horrors nichts weiter als die verschlüsselte Verkörperung unterbewußter Lüste, geschaffen, um uns durch ihr allfälliges Ende immer wieder zu ermahnen, daß sich solches Tun nicht schickt.

Leider besitzt diese Theorie jedoch den kleinen Haken, daß sie seit zwanzig Jahren jeder kennt, zumal im psychotherapeutisch infizierten Amerika. Kings Antwort auf dieses Dilemma war recht raffiniert: *Wenn*, so argumentierte er, die erotische Absicht entlarvt und überholt war, *dann* mußte sich das Monster neue Ziele suchen. Genau das passiert in seinem zweiten Roman *Brennen muß Salem!*: Hier trat der Vampir eben nicht mehr in der gutaussehenden Gestalt eines Christopher Lee auf, aufgrund derer selbst ein tugendhaftes Mädchen sich vergessen konnte. Kings Barlow war spotthäßlich, und seine Offensive war nicht erotischer, sondern gesellschaftlicher Natur; nach seinem Einzug in den Kleinstadt-Mikrokosmos zerfielen Familien, kam es zu einer schleichenden Zerrüttung aller Werte. Oder noch mal anders ausgedrückt: King entwirft unsere Gesellschaft bewußt so detailliert und bodenständig, damit ihre allfällige Zerstörung um so fataler auf den Leser wirkt.

Das klingt nun sehr nach Binsenweisheit, doch das Schlüsselwort heißt *bewußt*. Mehr als alles andere war es dieser aufgeklärte Ansatz, der King den Stammplatz in der Bestsellerliste sicherte.* Und mehr als alles andere ist es dieser Zusammenhang, den die meisten Regisseure und Autoren nicht verstehen. Nehmen wir *Christine*: In Kings Roman stellt der rote Plymouth so etwas wie einen Seelenstaubsauger dar, der die negativen Charaktereigenschaften seiner bisherigen Fahrer aufsammelt und sie gezielt auf Arnie Cunningham projiziert. Der Wagen selbst ist nicht von sich aus böse, er ist durch seine Fahrer so geworden: Arnie wird gewissermaßen von den Sünden der Vergangenheit korrumpiert.

John Carpenters Filmversion fehlt diese Dimension total. Hier ist der Plymouth von vornherein böse, ein typisches Produkt der manichäischen Denkweise dieses Regisseurs: Der Vorspann zeigt, wie Christine am Fließband zusammengesetzt wird, und als ein dicker Klops von Arbeiter Zigarettenasche auf die Polster fallen läßt, ermordet sie ihn flugs. Dieser Ansatz hat im Genre durchaus seine Berechtigung, und niemand wird John Carpenter nachsagen können, daß er die Emotionen seines Publikums nicht jederzeit unter Kontrolle hat. Nur der so erzeugte Horror wirkt im Vergleich zu jenem des Romans ungleich hohler, weil er quasi aus dem luftleeren Raum kommt.

Noch scheußlicher scheitert Stephen Kings erster eigener Film. *Rhea M* ist schlecht nicht wegen seiner uninspirierten Bilder, denen man jederzeit ansieht, aus welcher Filmvorlage King sich nun wieder bedient hat. Selbst das schier endlose Blutgematsche (ungefähr die Hälfte aller Szenen zeigt, wie sich Dinge in andere, weichere Dinge bohren) und der wirklich penetrante Soundtrack von AC/DC, der Punk-Allüren dort vorgaukeln möchte, wo wir es mit einem der konventionellsten C-Filme des letzten Jahrzehnts zu tun haben, haben nur bedingt damit zu tun. *Rhea M* ist deshalb schlecht, weil seine Bedeutungsebene nichts mit dem Gezeigten zu tun hat: Im Film rächen sich die Maschinen nicht, weil sie – wie in der Vorlage »Trucks« – endlich genug von ihrem verhaßten Schöpfer haben. Sie töten ausschließlich deshalb, weil außerirdische Invasoren sie mit obskuren Strahlen dazu motivieren.

Man findet diese Ignoranz in den meisten unter den schlechten King-Verfilmungen, und nicht von ungefähr zeichnen sich die wenigen guten King-Verfilmungen dadurch aus, daß ihnen diese Zusammenhänge klar sind. Sie mögen vielleicht der Ansicht sein, daß *Shi-*

---

* Und nun raten Sie mal, wo er diese clevere Idee herhatte: Richtig, aus anderen Büchern und Filmen. Ira Levin und William Peter Blatty hatten sie schon Jahre zuvor in *Rosemarys Baby* und *Der Exorzist* durchexerziert, und die Filme nach diesen Romanen liefen an der Kinokasse auch nicht gerade schlecht.

ning reichlich prätentiös ist und eine Menge formalen Firlefanz enthält, und ich würde sogar dazu neigen, Ihnen beizupflichten. Kubricks streng symmetrische Bildkompositionen, das Symbol des Heckenlabyrinths, die in der Filmfassung grundsätzlich überflüssige Nebenrolle des Chefkochs Halloran, all das wirkt ungemein gewollt und stellt sich einem so einfachen Gefühl wie Angst deutlich in den Weg.

Andererseits macht *Shining* (Der Film) etwas geradezu ungeheuer richtig. In Kings Vorlage funktioniert das Overlook Hotel ganz ähnlich wie Christine: als eine Art Sammelbecken für negative Emotionen. Über die Jahre hinweg hat es all die unschönen Dinge aufgesaugt, die in seinen Zimmern stattgefunden haben, bis es schließlich selber böse geworden ist. Nun wirkt es aktiv auf den neuen Hausmeister Jack Torrance ein: einen Mann, der selbst eine Vergangenheit hat und dem Einfluß des Hotels wenig entgegensetzen kann und will.

Die Geschichte funktioniert, aber sie hat einen wesentlichen Nachteil: für einen Film braucht sie zu viele Vorinformationen. Ein schlechterer Regisseur als Kubrick hätte diese Vorgeschichte daher kurzerhand entfernt und der Einfachheit halber das Hotel an sich böse gemacht: ein gotischer Alptraum mit eingebautem Poltergeist, der früher oder später in Jack Torrance einfährt und ihn zu Mord und Totschlag treibt. Das Endergebnis wäre reichlich konventionell und hätte vermutlich eine fatale Ähnlichkeit mit dem unbeschreiblich öden *Amityville Horror*.

Stanley Kubrick dagegen, Cineast, der er nun einmal ist, geht anders vor. Auch er läßt die Vorgeschichte beiseite, verändert zusätzlich jedoch das Wesen des Hotels an sich: In Kubricks Overlook sind die Korridore hell beleuchtet, das genaue Gegenteil des klassischen Spukhauses. Allenfalls die wie wild über den Teppich sausende Steadycam vermittelt ein Gefühl des Unbehagens: Zeit und Raum drohen sich aufzulösen und Jack Torrance mit sich zu reißen. In Kubricks Version ist das Haus vollkommen passiv (über den kleinen Patzer gegen Filmende, als sich die Tür des Kühlraums wie von Geisterhand selbst öffnet, kann man notfalls noch hinwegsehen), alles Übel liegt in Jack Torrance selbst. In dieser Version von *Shining* geht es nach wie vor um das Kernthema des modernen Horrors, die Zerstörung der Familieneinheit, und die Quelle des Bösen liegt immer noch in den Figuren: Kubricks Fassung hält sich an den Geist, wenn schon nicht ans Wort der Vorlage.

Es spricht auch für den derzeitigen Stand der Dinge in Hollywood und sonstwo, daß sich nur die wenigsten Regisseure trauen, ihre Vorlage derart radikal zu ändern. Brian de Palma wäre zu erwähnen, der in *Carrie – Des Satans jüngste Tochter* zum Konzept des erotischen

Schreckens zurückkehrt, sich jedoch voll und ganz auf die Seite des telekinetischen (lies: zur Frau werdenden) »Monsters« stellt, anstatt Carrie Whites Nöte in einen Reigen pseudodokumentarischer, aus der Sicht Dritter erzählter Passagen zu zersplittern. Oder der Kanadier David Cronenberg, der in *Dead Zone – Der Attentäter* den größten Teil der Horror-Elemente Kings gegen einen Diskurs über die Subjektivität der Wahrnehmung eintauscht und in Christopher Walken überdies mit dem idealen Schauspieler für den Part des Durchschnittsbürgers Johnny Smith aufwarten kann. Die meisten anderen freilich kleben zu sehr an den eher konventionellen Plots von Stephen King, als daß sie den Geist einfangen und somit einen wirksamen *Film* zustande bringen könnten.

Das heißt, mit einer Ausnahme vielleicht: Rob Reiners *Stand By Me – Das Geheimnis eines Sommers* ist der bislang einzige Fall, bei dem die Vision der Vorlage so exakt mit derjenigen des Regisseurs übereinstimmt, daß man das Buch in der Tat auf der Leinwand wiederzuentdecken meint. Nun geht es in diesem Fall aber nicht um Horror, sondern um Nostalgie und Erwachsenwerden, weshalb das oben Gesagte schlicht nicht gilt. Erwarten Sie nun aber bitte nicht, daß ich das auch noch näher ausführe: Überzeugen Sie sich einfach selbst! Sie waren sowieso schon lang nicht mehr im Kino.

MICHAEL R. COLLINGS

Maximum Overdrive:
Stephen King als Regisseur

Im Anfang war *Maximum Overdrive* noch »Trucks«, eine Kurzgeschichte aus der *Night Shift*-Sammlung, die King zu seinen Lieblingswerken zählte. Dann war es ein Drehbuch, zunächst noch ebenfalls unter dem Titel »Trucks«, später dann in *Maximum Overdrive* umgetauft und während der Vorabwerbung kurzerhand als *Overdrive* bezeichnet. Dino de Laurentiis erwarb die Rechte am Drehbuch, und schließlich erklärte sich King bereit, den Film, der schließlich *Maximum Overdrive* heißen sollte, selbst zu inszenieren.

Seit den Dreharbeiten zu *Creepshow* hatte King gelegentlich den Wunsch geäußert, einmal selbst Regie zu führen. In einem Interview mit R. H. Martin sagte er, daß er nicht deshalb so viel Zeit auf dem Set von *Creepshow* verbracht habe, um darauf zu achten, daß »niemand sein Baby verstümmelte«, sondern um Romero zu beobachten und von ihm die Techniken eines Regisseurs zu lernen. Als vier Jahre danach die Dreharbeiten zu *Maximum Overdrive* begannen, bekam er schließlich die Gelegenheit, seine Erfahrungen auszuwerten.[1]

Die Tatsache, daß King sowohl die Aufgabe eines Regisseurs wie die des Drehbuchautors übernahm, machte *Maximum Overdrive* zu einem hochinteressanten Projekt. Zum erstenmal sollte er weitreichenden Einfluß auf das Endprodukt nehmen, obwohl sich De Laurentiis das Recht auf den *final cut* vorbehalten hatte.[2] Das stellte natürlich ein zweischneidiges Schwert dar. *Maximum Overdrive* gibt Kings persönliche Vision auf eine Art wieder, die *Creepshow, Cat's Eye* und *Silver Bullet* nicht erreichen konnten; das Endergebnis war eine klarere Definition von Stephen King als Filmemacher.

Auf der anderen Seite verlieh seine Doppelrolle (eine Dreifachrolle, wenn man noch mit einrechnet, daß er die Vorlage verfaßt hatte, nach der das Drehbuch entstand) *Maximum Overdrive* einen notorischen Ruf, der letztlich gegen den Film arbeitete. King als Regisseur sorgte für »eine eingebaute Zugkraft; die Leute würden ebenso in den Film strömen, wie sie auch in eine Ausstellung einer doppelköpfigen Kuh strömen würden«.[3] Problematischer war jedoch die Tatsache, daß *Maximum Overdrive* Stephen King genau so darstellen würde, wie Stephen King es wollte. Sollte der Film scheitern, würde es keinen geben, auf den man die Schuld abwälzen konnte – keinen eigen-

529

willigen Regisseur, kein exzentrisches Drehbuch usw. King war sich der Risiken bewußt und akzeptierte sie. Leider bestätigten sich seine Ängste jedoch in der Meinung vieler Zuschauer, die den Film nicht nur als schwachen Horrorfilm, sondern als persönlichen Fehlschlag Stephen Kings einstuften. Und obwohl er keineswegs so schwach ist, wie seine ärgsten Kritiker behaupteten, wurde *Maximum Overdrive* den Erwartungen nicht gerecht, die Kings direkte Beteiligung dem Projekt aufgebürdet hatte.

Ursprünglich versprach *Maximum Overdrive* einiges. In der ersten Drehbuchfassung vom Februar 1985 hatte King mehrere seiner Kurzgeschichten miteinander verknüpft und sie mit neuem Material weiter ausgebaut. Der Kern der Geschichte, »Trucks«, blieb annähernd erhalten, lediglich der Umfang hatte sich enorm vergrößert. Es war nicht länger mehr die einfache Geschichte einiger Trucks, die quasi ein eigenes Bewußtsein entwickeln und sich ihrer Selbständigkeit versichern wollen, sondern, nach Kings eigenen Worten, eine »mechanische Ausgabe von *The Birds*, die sehr stark von Hitchcocks Geschichte von den mörderischen Vögeln beeinflußt war«.

Bei King resultierte die Bedrohung jedoch nicht aus Vögeln oder einfach nur aus den Trucks wie in der Vorlage: Ein breites Spektrum von Maschinen erwachte plötzlich zum Leben und griff ihren menschlichen Schöpfer an. Auch kümmerte sich King nicht sonderlich um den Grund für ihren Angriff.

Tatsächlich bestand das womöglich schwächste Element des Drehbuchs und des danach entstandenen Films womöglich darin, daß *Maximum Overdrive* die Schuld für die plötzliche Zerstörungswut auf einen vorbeiziehenden Kometen schiebt, ein Filmklischee, das seit Filmen wie *The Day of the Triffids* (Blumen des Schreckens) nur zu oft im Genre auftauchte. Als ob er die Plattheit dieser Erklärung anerkennen wolle, stellt King in den ersten Zeilen des Drehbuchs die Gegenwart des Kometen einfach nur fest und bemerkt dann, daß die Erde etwas mehr als acht Tage in seinem Schweif verbringen wird. Dieser Zeitraum, so durfte man wenigstens annehmen, definierte dann zugleich auch die Zeitspanne, während der der Komet die berserkergleiche Maschine beeinflussen würde. Dennoch wirkt die Ausgangssituation reichlich schwach, trotz Kings Ansicht, daß es nicht besonders wichtig sei, einen Grund für den folgenden Schrecken zu etablieren: »Ich fragte mich, warum die (Maschinen) plötzlich durchdrehten? Und dann habe ich die Erklärung einfach rausgeworfen, weil man sich immer etwas ausmalen kann.«[4] Leider war er in diesem Punkt jedoch etwas zu ungeniert: Kausale Begründungen zählen genau zu jenen Details, die die Zuschauer (und die Kritiker) recht oft aufs Korn nehmen. Und in der fertigen Fassung des Films gewährt

King Emilio Estevez und Laura Harrington tatsächlich eine Szene, in der ihre Figuren über die Ereignisse diskutieren, die sich um sie herum abspielen. Estevez spekuliert, daß möglicherweise Außerirdische auf diesem Weg die Erde übernehmen wollten und die Maschinen lediglich als eine Art galaktischen Staubsauger benützten, die das Ungeziefer aus dem Haus räumen sollten, bevor der neue Eigentümer einzieht. Und die Schlußsequenz des Films deutet an, daß ein großes UFO zerstört worden sei, King also tatsächlich mit der Idee der Außerirdischen gespielt hat. Leider sind diese Andeutungen jedoch zu schwach, um dem Film zusätzliches Gewicht zu verleihen: Die eigentlichen Ereignisse im Film bleiben weithin unerklärt. Zweifellos war das auch Kings abschließende Entscheidung in Sachen Kausalität, und fast scheint es so, als hätte er besser daran getan, der Angelegenheit völlig aus dem Weg zu gehen, anstatt auf das unzureichend entwickelte und ausgeführte Klischee einer außerirdischen Invasion zurückzugreifen. Ungeachtet des wahren Grundes bleibt jedoch die Tatsache, daß in *Maximum Overdrive* Maschinen aller Art auf einmal Amok laufen. Neben den dieselsüchtigen Trucks, die das Dixie-Boy-Rasthaus abriegeln, darf der Zuschauer auch noch eine ganze Reihe anderer mörderischer Geräte erleben: »Ein Mann wird von seinem eigenen Rasenmäher zu Tode gestutzt. Einem Nachbarn bläst ein defekter Walkman das Gehirn heraus, und eine Kellnerin wird von einem Elektromesser zersägt.«[5] Verrücktspielende Maschinen sorgen für die meiste Action in *Maximum Overdrive*, und während der Dreharbeiten bemerkte King schon sehr früh, daß ihm die vorgesehene Altersfreigabe genügend Spielraum für entsprechend drastische Effekte ließ:

Köpfe werden rollen, Körper unter Trucks zerquetscht und von sich selbst einschaltenden Elektromessern in Stücke geschnitten werden. Und hoffentlich gibt es auch einen älteren Herrn, der von batteriebetriebenen Spielzeugautos zu Tode bombardiert wird.[6]

Der »ältere Herr« taucht dann zwar schließlich doch nicht auf, doch dafür gab es genügend andere Gelegenheiten, den Schrecken auszukosten: ein blutverspritzter Rasenmäher, ein mörderischer Eiswagen, verlockende Videospiele, die tödliche Stromstöße austeilen, und vieles andere mehr. In der Einleitung blitzt da beispielsweise eine Digitaluhr den Passanten obszöne Sätze zu; ein Bankautomat belegt einen Kunden mit einer recht unschönen Bezeichnung – der Kunde wird übrigens von keinem Geringeren als Stephen King gespielt, der hier in einem hitchcockhaften Gastauftritt zu sehen ist; eine Zugbrücke hebt sich ohne Warnsignal nach oben und verursacht damit eine Orgie aus Tod, Zerstörung und zerquetschten Wagen, deren Bremsen versagen, als die Brücke immer steiler nach oben fährt. In der für King-Verfilmungen so typischen Mischung aus Horror und Komödie resultiert ein Großteil der Zerstörung dabei aus einer Lawine von über die Leinwand kullernden Wassermelonen. In seinem Aufbau und seinen sorgsam choreographierten Details legt die Szene bereits die Stimmung von *Maximum Overdrive* fest: unangenehm drastische Effekte im Verein mit absichtlich (und sehr oft auch unabsichtlich) schwarzem Humor.

Andere Motive im Film wiederum erinnern an frühere King-Geschichten zu einem ähnlichen Thema: die tödliche Spielzeugsoldaten in »Battleground«, die bewegliche Wäschemangel in »The Mangler«, Harold Parkettes gefährlich silberglänzender Rasenmäher in »The Lawnmower Man« – allesamt Geschichten, die, wie »Trucks«, in der Kurzgeschichtensammlung *Night Shift* erschienen sind. Und wenn Christine selbst schon nicht zu den Antagonisten zählte, waren die Diesel-Trucks doch so etwas wie ihre größeren Verwandten.

Überdies verweist eine Sequenz im Film auch auf einen von Kings neueren Romanen. In einem Interview mit Charles Grant aus dem Jahre 1985 spielt King auf *The Tommyknockers* an, als er eine Romanpassage erwähnt, an der er »sich schon seit langer Zeit immer wieder versucht«. Darin fängt ein lebendig gewordener, mit Computerchips ausgestatteter Cola-Automat »plötzlich an zu schweben und über die Landstraßen zu ziehen, sehr langsam in dieser grauenvollen Stille – dieser rotweiße Cola-Automat, auf dessen Glasplatte sich die Sonnenstrahlen spiegeln, genau dort, wo sonst die Flaschen herauskommen. Und von Zeit zu Zeit stößt er auf einen Fußgänger und fährt ihn um«.[7]

In *Maximum Overdrive* gibt es eine unheimliche Begegnung mit einem amoklaufenden Cola-Automaten, die derjenigen in Kings Manuskript sehr ähnlich ist. Statt herumzuschweben und in Fußgänger hineinzurasen, schießt diese Ausgabe jedoch Coladosen aus ihrem Schacht – so schnell, daß sie zu tödlichen Projektilen werden, Köpfe und Wirbelsäulen zertrümmern und ganz allgemein recht viel Schaden anrichten. Ironischerweise (oder vielleicht doch nicht) sollte der Automat ursprünglich auf einem Filmset in Dino de Laurentiis' Studios stehen. Nachdem er das ganze Studio zerstört hatte, sollte der Höhepunkt der Szene in einem riesigen Truck bestehen, der mitten in De Laurentiis' Büro hineinrast. In der endgültigen Drehbuchfassung spielt die Szene jedoch auf einem Junior-Baseballfeld, was King nicht nur erlaubte, sich auf den hinterhältigen, in sehr drastischen Bildern gezeigten Angriff zu konzentrieren (einschließlich einiger Nahaufnahmen vom zerschmetterten Kopf des Trainers), sondern damit zugleich auch eine seiner Hauptfiguren einzuführen, einen der wenigen Überlebenden dieses Angriffs.

Solche Details verweisen darauf, daß der Film schnell über seine eher skizzenhafte Vorlage »Trucks« hinausgewachsen war. Nun gab es einen Grund für die Ereignisse, eine Untersuchung ihrer weitreichenden Folgen und – im Gegensatz zum recht pessimistischen, offenen Schluß der Kurzgeschichte – auch die Möglichkeit eines Happy-Ends.

Das Drehbuch las sich gut und versprach neben rollenden Köpfen und zerquetschten Leibern auch ein ordentliches Maß an Suspense und Action. Daneben hauchte ihm auch eine überaus talentierte Besetzung Leben ein. Pat Hingle und Laura Harrington spielen wichtige Rollen, Emilio Estevez schließlich übernahm die Hauptrolle des Bill Robertson, einem Koch im Dixie-Boy-Rasthaus. Mit Filmen wie *Repo Man* (Repo Man) hatte sich Estevez bereits eine eigene Fangemeinde geschaffen; als Martin Sheens Sohn setzte er überdies die Familientradition fort: Sein Brüten ist ebenso beeindruckend und entscheidend wie jenes von Sheen in *Dead Zone*, obwohl es von Estevez' seltsam unlogischer Handlungsweise gelegentlich etwas unterminiert wird.

Auch im Stab finden sich vertraute Namen. Nach *Dead Zone, Firestarter, Cat's Eye* und *Silver Bullet* wandte sich Dino de Laurentiis zum fünften Mal einem Stoff von Stephen King zu. Wieder fungierte Martha Schumacher *(Silver Bullet)* als Produzentin, die Kameraführung übernahm Armando Nannuzzi, die Stunts erledigte der preisgekrönte Stuntman Julius LeFlore. Trotz all seiner Vorteile – Kings Kreativität als Regisseur und Drehbuchautor, die talentierte Besetzung, sehr effektive Stunts – enttäuschte der Film jedoch die meisten Kritiker und Zuschauer. Zum Teil ging diese Reaktion auf gewisse Klischees in den Figuren und der Handlung zurück. Pat Hingles Hendershot kommt selten über den stereotypen Redneck hinaus; mit Ausnahme von Sheen, Hingle, Harrington, John Short und Yeardley Smith (sehr überzeugend als frischvermähltes Ehepaar, das den Maschinen während seiner Flitterwochen in die Falle geht), erscheinen auch die meisten anderen Charaktere lediglich als Chiffren, die sich nur deshalb an einem bestimmten Ort aufhalten, um auf mannigfaltige, oft recht hinterhältige Weise umgebracht zu werden.

Daneben enthalten auch die Sequenzen selbst recht viele Filmklischees. Als sich der offensichtlich tote Bibelverkäufer plötzlich aufrichtet, schockiert die Szene zwar, trägt aber nichts zur Stimmung bei. Eine vergleichbare Sequenz am Ende von *Carrie* stellte noch einen sehr wirksamen Schockeffekt dar; als dieselbe Sequenz am Ende von *Silver Bullet* noch einmal auftauchte, war sie bereits zum Klischee geworden. Wenn dieselbe Szene dann, wie hier, mitten im Film auftaucht, wirkt sie womöglich noch unpassender und auf jeden Fall sehr viel unwirksamer.

Auch der Komet und die Andeutungen einer außerirdischen Invasion tragen wenig dazu bei, die Geschichte voranzutreiben, arbeiten im Prinzip sogar gegen die Atmosphäre des Films. Es ist eine Sache, wenn Maschinen ohne äußere Ursache plötzlich zum Leben erwachen. Wenn sie jedoch bloß das Werk eines intergalaktischen Reinigungsdienstes darstellen, funktioniert die Story auf einer völlig anderen Ebene und in diesem Fall durchaus zum Schaden des Films.

Natürlich erwartete niemand, daß *Maximum Overdrive* bei den Kritikern gut ankommen würde. King selbst hat den Film oft genug als Idiotenfilm bezeichnet (also als Film, der nur für pure Unterhaltung sorgen will, ohne irgendeine tiefe Botschaft zu vermitteln), um keinen auf die Idee kommen zu lassen, daß er selbst etwas mehr darin sähe. Andererseits mochten genau diese allzu häufigen Entschuldigungen zu einigen der Exzesse geführt haben, mit denen die Kritiker auf den Film reagierten. Die Wahrheit liegt wie immer irgendwo dazwischen. Obschon kein guter Film, ist *Maximum Overdrive* doch auch keine unrettbare Katastrophe. Er hielt ein gewisses Maß an Suspense aufrecht, einige seiner Hauptfiguren, besonders der frischvermählte Ehepaar, waren durchaus ansprechend, und die Trucks selbst sorgten recht oft für einen gewissen, recht dick aufgetragenen Suspense.

Vor allem lag das Problem wohl darin, daß es *Kings* Film war – die Zuschauer entwickelten recht oft einen gewissen Übereifer, an seiner einzigartigen Fantasie teilzuhaben, und reagierten dann enttäuscht, wenn sich seine Bilder von den ihren unterschieden. In einem King-Roman bleibt vieles ungesagt, und es gereicht King zur Ehre, daß er der Fantasie seines Lesers so viel Spielraum läßt. Wenn er beschreibt, tut er es recht locker, präsentiert häufig nur recht grobe Umrisse, die seine Leser erst ausfüllen müssen. In *Maximum Overdrive* dagegen konnte sich King diese Freiheit nicht erlauben. Die Bilder erschienen unmittelbar und unabänderlich auf der Kinoleinwand; das Publikum war gezwungen, seine Version der Figuren, Landschaften und Handlungsabläufe zu akzeptieren, ohne auf seine eigene Fantasie zurückgreifen zu können. Und wenn sich seine Bilder von denen des Zuschauers unterschieden – besonders wenn er auf Klischees und Stereotypen verfiel, die in der Literatur angehen mochten, auf der Leinwand jedoch schmerzhaft offensichtlich wirkten –, enttäuschte der Film ganz zwangsweise.

Wenn schon nichts anderes, so deutet der kritische Fehlschlag von *Maximum Overdrive* doch an, daß das Schreiben Kings eigentliche Stärke ist. Sein Sinn für umgangssprachliche Rhythmen, effektive Figurenzeichnung und genau das rechte Maß an düsteren Geheimnissen lassen seine Geschichte auf einem Niveau funktionieren, dem *Maximum Overdrive* – allein durch seine Form – nicht einmal nahekommen konnte.

Teil 7

DATEN ZU STEPHEN KING

JOACHIM KÖRBER

Bibliographie der Veröffentlichungen von Stephen King

Erster Teil: Originalausgaben

1. SELBSTÄNDIGE VERÖFFENTLICHUNGEN

THE BACHMAN BOOKS. FOUR EARLY NOVELS BY STEPHEN KING
Enthält: Introduction: Why I Was Bachman; RAGE; THE LONG WALK;
ROADWORK; RUNNING MAN.
a) New York 1985, NAL Books (Gebundene Ausgabe)
b) New York 1985, NAL/Plume (Paperbackausgabe)
c) New York 1986, NAL/Signet (Taschenbuchausgabe)

BARE BONES: CONVERSATIONS ON TERROR WITH STEPHEN KING
Enthält Interviews mit Stephen King aus den Jahren 1979–1986
a) Columbia/San Francisco 1988, Underwood Miller
   Einmalige Auflage von 1152 Exemplaren in folgenden Ausgaben:
   1. 52 von A–ZZ gekennzeichnete Exemplare in echtes Leder gebunden
   2. 1000 numerierte Exemplare in schwarzes Kunstleder gebunden mit
      Hologramm auf dem Umschlag, im Schuber
   3. 100 Exemplare mit dem Vermerk »Presentation Copy«, die nicht in den
      Handel gelangten (sonst identisch mit 2.)
b) New York 1988, McGraw-Hill (Gebundene Ausgabe)
c) New York 1989, Warner Books (Taschenbuchausgabe)

THE BREATHING METHOD
a) Bath 1984, Chivers Press
   Großdruck-Ausgabe der zuvor in DIFFERENT SEASONS veröffentlichten Novelle

CARRIE
a) Garden City 1974, Doubleday (Gebundene Ausgabe)
b) New York 1975, NAL/Signet (Taschenbuchausgabe)

CHRISTINE
a) New York 1983, Viking (Gebundene Ausgabe)
b) West Kingston 1983, Donald M. Grant
   Vorzugsausgabe in einer einmaligen Auflage von 1026 numerierten, vom
   Autor und Illustrator Stephen Gervais handsignierten Exemplaren. 26
   A–Z gekennzeichnete Exemplare gelangten nicht in den Handel. Im
   Schuber
c) New York 1984, NAL/Signet (Taschenbuchausgabe)

CREEPSHOW
a) New York 1982, NAL/Plume
Großformatiges Paperback. Comic als »Buch zum Film« mit Zeichnungen von Bernie Wrightson und Text von Stephen King

CUJO
a) New York 1981, Viking (Gebundene Ausgabe)
b) New York 1981, The Mysterious Press
Auf 750 numerierte, von King handsignierte Exemplare limitierte Vorzugsausgabe, gebunden in rotes Kunstleder mit ebensolchem Schuber
c) New York 1982, NAL/Signet (Taschenbuchausgabe)

CYCLE OF THE WEREWOLF
a) Westland 1983, The Land of Enchantment
In drei Ausgaben erschienen:
1. Vorzugsausgabe von 100 numerierten, vom Autor und Illustrator Bernie Wrightson handsignierten Exemplaren im Schuber. Den Nummern 1–100 ist eine handsignierte Originalgrafik von Wrightson beigelegt.
2. 250 vom Autor und Illustrator signierte Exemplare im Schuber
3. Normalausgabe von 7500 unnumerierten Exemplaren
b) New York 1985, NAL/Signet (Paperbackausgabe)

DANSE MACABRE
a) New York 1981, Everest House
In zwei Ausgaben erschienen:
1.) Vorzugsausgabe von 265 Exemplaren, vom Verfasser handsigniert, im Schuber. 15 von A–O gekennzeichnete Exemplare gelangten nicht in den Handel.
2. Normalausgabe
b) New York 1982, Berkley (Paperbackausgabe)
Um ein »Foreword to the paperback edition« erweiterte, von Dennis Etchison korrigierte Ausgabe
c) New York 1983, Berkley (Taschenbuchausgabe)
Unveränderter Nachdruck von b)

THE DARK HALF
a) New York 1989, Viking (Gebundene Ausgabe)

THE DARK TOWER: THE GUNSLINGER
Enthält: »The Gunslinger«; »The Way Station«; »The Oracle and the Mountains«; »The Slow Mutants«; »The Gunslinger and the Dark Man«; »Afterword«.
a) West Kingston 1982, Donald M. Grant
In zwei Ausgaben erschienen:
1. Vorzugsausgabe von 526 numerierten, vom Autor und Illustrator Michael Whelan handsignierten Exemplaren. 26 Exemplare (A–Z) gelangten nicht in den Handel. Im Schuber
2. Normalausgabe (1. Auflage: 10000 Exemplare; 2. Auflage: weitere 10000 Exemplare)

540

b) New York 1988, NAL/Plume (Paperbackausgabe)
c) New York 1989, NAL/Signet (Taschenbuchausgabe)

THE DARK TOWER II: THE DRAWING OF THE THREE
a) West Kingston 1987, Donald M. Grant
   In zwei Ausgaben erschienen:
   1. Achthundert numerierte, vom Autor und Illustrator Phil Hale handsignierte Exemplare im Schuber
   2. Normalausgabe von 30 000 Exemplaren
b) New York 1989, NAL/Plume (Paperbackausgabe)

THE DEAD ZONE
a) New York 1979, Viking (Gebundene Ausgabe)
b) New York 1980, NAL/Signet (Taschenbuchausgabe)

DIFFERENT SEASONS
Enthält: »Rita Hayworth and Shawshank Redemption«; »Apt Puil«; »The Body«; »The Breathing Method«; »Afterword«.
a) New York 1982, Viking (Gebundene Ausgabe)
b) New York 1982, NAL/Signet (Taschenbuchausgabe)
   Die erste Auflage der Taschenbuchausgabe erschien in vier verschiedenfarbigen Einbandvarianten

DOLAN'S CADILLAC
a) Northridge 1989, Lord John Press
   In drei verschiedenen Ausgaben erschienen
   1. 26 Exemplare in Ganzleder gebunden im Schuber
   2. 250 Exemplare in Halbleder gebunden
   3. 1000 Exemplare in Halbleinen gebunden
      Alle Exemplare sind vom Autor handsigniert

THE EYES OF THE DRAGON
a) Bangor 1984, The Philtrum Press
   Einmalige Auflage von 1250 numerierten, vom Autor handsignierten Exemplaren. Halbleinenband mit Buntpapierbezug in ebensolchem Schuber, von Kenneth R. Linkhauser illustriert. 250 mit roter Tinte signierte Exemplare gelangten nicht in den Handel, sondern wurden an Freunde des Autors verschenkt.
b) New York 1987, Viking (Gebundene Ausgabe)
   Vom Autor revidierte Ausgabe, illustriert von David Palladini
c) New York 1988, NAL/Signet (Taschenbuchausgabe)
   Unveränderter Nachdruck von b)

FIRESTARTER
a) Hunting Woods 1980, Phantasia Press in zwei Ausgaben erschienen:
   1. 700 numerierte, vom Autor handsignierte Exemplare im Schuber
   2. 26 von A–Z gekennzeichnete Exemplare, die in *Asbest* eingebunden wurden
b) New York 1980, Viking (Gebundene Ausgabe)
c) New York 1981, NAL/Signet (Taschenbuchausgabe)
   Um ein Nachwort (»Afterword«) erweitert

IT
a) New York 1986, Viking
b) New York 1987, NAL/Signet (Taschenbuchausgabe)

LETTERS FROM HELL
a) Northridge 1988, Lord John Press
Einmalige Auflage von 500 numerierten, vom Autor handsignierten Exemplaren; ein großformatiges Blatt Büttenpapier, dreifarbig bedruckt Nachdruck von »Ever Et Raw Meat?«

THE LONG WALK
a) New York 1979, NAL/Signet (Taschenbuchausgabe)
Erschien unter dem Pseudonym »Richard Bachman«

MISERY
a) New York 1987, Viking (Gebundene Ausgabe)
b) New York 1988, NAL/Signet (Taschenbuchausgabe)
Die erste Auflage der TB-Ausgabe enthält nach dem Umschlag einen zweiten Umschlag, den von »Misery's Return«, ein Buch, das der Protagonist des Romans schreibt. Darauf ist Stephen King selbst als Held abgebildet. Diese Beilage fehlt bei späteren Auflagen des Taschenbuchs.

MY PRETTY PONY
a) New York 1989, The Whitney Museum
Einmalige Auflage von 250 numerierten, vom Autor und der Illustratorin Barbara Kruger handsignierten Exemplaren, von denen 145 in den Handel gelangten. Riesenformatiges Buch, das in Edelstahl eingebunden ist und eine funktionierende Digitaluhr im Umschlag enthält

NIGHTMARES IN THE SKY
a) New York 1988, Viking (Studio Books)
Bildband von f-stop Fitzgerald mit Text von Stephen King

NIGHT SHIFT
Enthält: »Introduction« von John D. McDonald; »Foreword«; »Jerusalem's Lot«; »Graveyard Shift«; »Night Surft«; »I Am The Doorway«; »The Mangler«, »The Boogeyman«; »Gray Matter«; »Battleground«; »Trucks«; »Sometimes They Come Back«; »Strawberry Spring«; »The Ledge«; »The Lawnmower Man«; »Quitters, Inc.«; »I Know What You Need«; »Children of the Corn«; »The Last Rung on the Ladder«; »The Man Who Loved Flowers«; »One for the Road«; »The Woman in the Room«.
a) Garden City 1978, Doubleday (Gebundene Ausgabe)
b) New York 1979, NAL/Signet (Taschenbuchausgabe)

PEOPLE, PLACES AND THINGS (1960) (mit Chris Chesley)
Durham 1960, Triad Publishing Company
Eine der frühesten Veröffentlichungen von Stephen King, zusammen mit Chris Chesley hektografiert herausgegeben. Die 18seitige Broschüre enthält 8 Geschichten von Stephen King, 9 von Chris Chesley, eine gemeinsam verfaßte und ein Vorwort. Die Titel der jeweils 1seitigen Stories von King: »The

Hotel at the End of the Road«; »I've Got to Get Away«; »The Dimension Warp«; »The Stranger«; »I'm Falling«; »The Cursed Expedition«; »The Other Side of the Fog«; »Never Look Behind You« (mit Chris Chesley).

PET SEMATARY
a) Garden City 1983, Doubleday (Gebundene Ausgabe)
b) New York 1984, NAL/Signet (Taschenbuchausgabe)

THE PLANT, PART 1
a) Bangor 1982, The Philtrum Press (Geheftete Broschüre)
   Einmalige Auflage von 200 numerierten, vom Autor handsignierten Exemplaren

THE PLANT, PART 2
a) Bangor 1983, The Philtrum Press (Paperbackausgabe)
   Einmalige Auflage von 226 vom Autor handsignierten Exemplaren

THE PLANT, PART 3
a) Bangor 1985, The Philtrum Press (Paperbackausgabe)
   Einmalige Auflage von 226 numerierten, vom Autor handsignierten Exemplaren.
   THE PLANT ist eine Geschichte, die Stephen King in Fortsetzungen im Selbstverlag herausbringt. Sie gelangt nicht in den Buchhandel, sondern wird zu Weihnachten an Freunde des Verfassers verschenkt.

RAGE
a) New York 1977, NAL/Signet (Taschenbuchausgabe)
   Unter dem Pseudonym »Richard Bachman« veröffentlicht

ROADWORK
a) New York 1981, NAL/Signet (Taschenbuchausgabe)
   Unter dem Pseudonym »Richard Bachman« veröffentlicht

THE RUNNING MAN
a) New York 1982, NAL/Signet (Taschenbuchausgabe)
   Unter dem Pseudonym »Richard Bachman« veröffentlicht

'SALEM'S LOT
a) Garden City 1975, Doubleday (Gebundene Ausgabe)
b) New York 1976, NAL/Signet (Taschenbuchausgabe)

THE SHINING
a) Garden City 1977, Doubleday (Gebundene Ausgabe)
b) New York 1978, NAL/Signet (Taschenbuchausgabe)

SILVER BULLETT
a) New York 1985, NAL/Plume (Paperbackausgabe)
   »Buch zum Film«; enthält CYCLE OF THE WEREWOLF und das von Stephen King verfaßte Drehbuch

SKELETON CREW
Enthält: »Introduction«; »The Mist«; »Here There Be Tygers«; »The Mon-

key«; »Cain Rose Up«; »Mrs. Todd's Shortcut«; »The Jaunt«; »The Wedding Gig«; »Paranoid: A Chant«; »The Raft«; »Word Processor of the Gods«; »The Man Who Would Not Shake Hand«; »Beachworld«; »The Reaper's Image«; »Nona«; »For Owen«; »Survivor Type«; »Uncle Otto's Truck«; »Morning Deliveries«; »Big Wheels: A Tale of the Laundry Game«; »Gramma«;»The Ballad of the Flexible Bullett«; »The Reach«; »Notes«:

a) New York 1985, Putnam (Gebundene Ausgabe)
b) Santa Cruz 1985, Scream/Press
Einmalige Auflage von 1052 numerierten, vom Autor und Illustrator J. K. Potter handsignierten Exemplaren im Schuber mit beigelegtem vierfarbigem Poster. 52 Exemplare wurden von A–ZZ gekennzeichnet und in Ganzleder gebunden (ohne Schuber und Poster). Diese Ausgabe hat dasselbe Impressum, gelangte jedoch erst Anfang 1986 in den Handel. Die Ausgabe von Scream/Press enthält zusätzlich die Geschichte »The Revelations of ›Becka Paulson‹«, die später in überarbeiteter Form in den Roman THE TOMMYKNOCKERS aufgenommen wurde.
c) New York 1986, NAL/Signet (Taschenbuchausgabe)

THE STAND
a) Garden City 1978, Doubleday (Gebundene Ausgabe)
b) New York 1979, NAL/Signet (Taschenbuchausgabe)

THE STAR INVADERS
a) Durham 1964, Triad Inc. und Gaslight Books
Von King selbst verlegte hektografierte Veröffentlichung

STEPHEN KING
Enthält: THE SHINING, 'SALEM'S LOT; CARRIE.
a) London 1983, Octopus Books (Gebundene Ausgabe)

THE TALISMAN (mit Peter Straub)
a) New York 1984, Viking/Putnam (Gebundene Ausgabe
b) West Kingston 1984 (eigentlich: Januar 1985), Donald M. Grant.
Illustriert von Richard Berry, Thomas Canty, Nat Dameron, Stephen Gervais, Phil Hale, Jeffrey Jones, Don Maitz, Rowena Morrill, Bernie Wrightson. In zwei Ausgaben erschienen:
1. Vorzugsausgabe von 1200 numerierten Exemplaren, die von dem Autor und allen Illustratoren handsigniert sind. Zwei Bände in weißem Leinen, im Schuber
2. Normalausgabe: 1200 nicht numerierte und signierte Exemplare, zwei Bände in grauem Ganzleinen und Schuber
c) New York 1985, Berkley Books (Taschenbuchausgabe)

THINNER
a) New York 1984, NAL Books (Gebundene Ausgabe)
Unter dem Pseudonym »Richard Bachman« veröffentlicht
b) New York 1985, NAL/Signet (Taschenbuchausgabe)
Erschien mit der Verfasserangabe »Stephen King writing as Richard Bachman«

THE TOMMYKNOCKERS
a) New York 1987, Putnam (Gebundene Ausgabe)
b) New York 1988, NAL/Signet (Taschenbuchausgabe)

2. UNSELBSTÄNDIGE VERÖFFENTLICHUNGEN

AFTERWORD (1982)
a) FIRESTARTER, New York 1982, NAL/Signet

AFTERWORD (1982)
a) THE DARK TOWER: THE GUNSLINGER

AFTERWORD (1987)
a) THE DARK TOWER II: THE DRAWING OF THE THREE

APT PUPIL (1982)
a) DIFFERENT SEASONS

THE BALLAD OF THE FLEXIBLE BULLET (1984)
a) *The Magazine of Fantasy & Science Fiction,* June 1984
b) SKELETON CREW

BATTLEGROUND (1972)
a) *Cavalier,* September 1972
b) NIGHT SHIFT

BEACH WORLD (1985)
a) *Weird Tales,* 1985
b) SKELETON CREW

BEFORE THE PLAY (1982)
a) *Whispers,* No. 17/18, August 1982
   Aus dem veröffentlichten Buch gestrichener Prolog zu THE SHINING

BETWEEN ROCK AND A SOFT PLACE (1982)
a) *Playboy,* January 1982

BIG WHEELS: A TALE OF THE LAUNDRY GAME (1980)
a) Ramsey Campbell (Hrsg.): NEW TERRORS 2, London 1980, Pan Books
b) Ramsey Campbell (Hrsg.): NEW TERRORS, New York 1982, Pocket
   Books
c) SKELETON CREW

THE BIRD AND THE ALBUM (1981)
a) Jeff Frane/Jack Rems (Hrsg.): A FANTASY READER: THE SEVENTH
   WORLD FANTASY CONVENTION BOOK, Berkeley 1981, The Seventh
   World Fantasy Convention (Programmbuch)
   Auszug aus IT

THE BLUE AIR COMPRESSOR (1971)
b) *Onan,* January 1971
b) *Heavy Metal,* July 1981
   Revidierte Fassung

THE BODY (1982)
a) DIFFERENT SEASONS

THE BOOGEYMAN (1973)
a) *Cavalier*, March 1973
b) NIGHT SHIFT
c) Martin H. Greenberg (Hrsg.): HOUSE SHUDDERS, New York 1987, DAW Books

BOOKS (1980)
a) *Adelina*, June 1980
Rezensionen von BURNT OFFERINGS von Robert Marasco und THE BRAVE AND THE FREE von Leslie Waller (Teil 1)

BOOKS (1980)
a) *Adelina*, July 1980
Rezension von THE BRAVE AND THE FREE von Leslie Waller (Teil 2)

BOOKS (1980)
a) *Adelina*, August 1980
Rezension von MAYDAY von Thomas H. Block und COLD MOON OVER BABYLON von Michael McDowell

BOOKS (1980)
a) *Adelina*, November 1980
Rezension von NO NAME von Wilkie Collins

THE BREATHING METHOD (1982)
a) DIFFERENT SEASONS

BROOKLYN AUGUST (1971)
a) *Io*, No. 10 (1971)
b) Tyson Blue: THE UNSEEN KING, Mercer Island 1989, Starmont House

CAIN ROSE UP (1968)
a) *Ubris*, Spring 1968
b) SKELETON CREW

THE CANNIBAL AND THE COP (1981)
a) *Washington Post Book World*, 1. November 1981
b) Douglas E. Winter (Hrsg.): SHADOWINGS: THE READERS GUIDE TO HORROR FICTION, Mercer Island 1983, Starmont House

THE CAT FROM HELL (1977)
a) *Cavalier*, June 1977
b) Peter Haining (Hrsg.): TALES OF UNKNOWN HORROR, London 1978, New English Library
c) Terry Carr (Hrsg.): THE YEARS FINEST FANTASY, New York 1979, Berkley Books
d) Jack Dann/Gardner R. Dozois (Hrsg.): MAGICATS!, New York 1984, Ace Books
e) *New Bern Magazine*, March/April 1984

THE CAT FROM HELL (1985)
a) *Castle Rock – The Stephen King Newsletter,* June 1985

CHILDREN OF THE CORN (1977)
a) *Penthouse,* March 1977
b) NIGHT SHIFT
c) Martin H. Greenberg/Charles G. Waugh (Hrsg.): CULTS! AN ANTHO-LOGY OF SECRET SOCIETIES, SECTS AND THE SUPERNATURAL, New York 1983, Beaufort

THE COLLECTED STORIES OF RAY BRADBURY (1980)
a) *Chicago Tribune Book World,* 10. Oktober 1980

THE CRATE (1979)
a) *Gallery,* July 1979
b) Terry Carr (Hrsg.): FANTASY ANNUAL III, New York 1981, Pocket Books
c) Bill Pronzini/Barry N. Malzberg/Martin H. Greenberg (Hrsg.): THE AR-BOR HOUSE TREASURY OF HORROR AND THE SUPERNATURAL, New York 1981, Arbor House
d) CREEPSHOW
Comic-Adaption mit Text von King und Zeichnungen von Bernie Wrightson

CROUCH END (1980)
a) Ramsey Campbell (Hrsg.): NEW TALES OF THE CTHULHU MYTHOS, Sauk City 1980, Arkham House
b) David G. Hartwell (Hrsg.). THE DARK DESCENT, New York 1987, Tor Books

CUJO (1982)
a) *Science Fiction Digest,* Vol. 1 Nr. 2 (1982)
Kurzfassung des Romans

CYCLE OF THE WEREWOLF (1983)
a) *Heavy Metal,* December 1983
Auszug aus dem Buch

DANSE MACABRE (1981)
a) *Book Digest,* September 1981
Kurzfassung des Buchs

THE DARK MAN (1969)
a) *Ubris,* Spring 1969

DEDICATION (1988)
a) Douglas E. Winter (Hrsg.): NIGHTS VISIONS 5, Arlington Heights 1988, Dark Harvest

DIGGING THE BOOGENS (1981)
a) *Twilight Zone Magazine,* July 1982

DO THE DEAD SING? (1981)
a) *Yankee Magazine,* November 1984

b) (unter dem Titel THE REACH): SKELETON CREW
c) (unter dem Titel THE REACH): David G. Hartwell (Hrsg.): THE DARK DESCENT, New York 1987, Tor Books

THE DOCTOR'S CASE (1987)
a) Martin H. Greenberg/Carol-Lynn Rössel-Waugh (Hrsg.): THE NEW ADVENTURES OF SHERLOCK HOLMES, New York 1987, Carrol & Graf

DOLAN'S CADILLAC (1985)
a) *Castle Rock – The Stephen King Newsletter*, February bis June 1985 (5 Teile)

THE DOLL WHO ATE HIS MOTHER (1978)
a) *Whispers*, Nr. 11/12, October 1978

DONOVAN'S BRAIN (1970)
a) *Moth*, 1970

DON'T BE CRUEL (1983)
a) *TV Guide*, 30. April–6. Mai 1983
Brief an den Herausgeber

DR. SEUSS AND THE TWO FACES OF FANTASY (1984)
a) *Fantasy Review*, Nr. 68 (June 1984)
Text eines Vortrags anläßlich der International Conference on the Fantastic Arts am 24. März 1984

'86 WAS JUST THE TICKET (198?)
a) *Bostoner Zeitung*, genaue Angaben unbekannt

THE END OF THE WHOLE MESS (1986)
a) *Omni*, October 1986

»EVER ET RAW MEAT?« AND OTHER WEIRD QUESTIONS (1987)
a) *New York Times Book Review*, 6. December 1987
b) *Twilight Zone Magazine*, June 1988

EVERYTHING YOU NEED TO KNOW ABOUT WRITING SUCCESFULLY – IN TEN MINUTES (1986)
a) *The Writer*, July 1986
b) Sylvia K. Burack (Hrsg.): THE WRITER'S HANDBOOK, Boston 1987, The Writer Inc.

THE EVIL DEAD: WHY YOU HAVEN'T SEEN IT AND WHY YOU SHOULD HAVE (1982)
a) *Twilight Zone Magazine*, November 1982

FATHER'S DAY (1982)
a) CREEPSHOW
Comic-Adaption mit Text von King und Illustrationen von Bernie Wrightson

FAVORITE FILMS (1982)
a) *Washington Post*, June 24, 1982

THE FIFTH QUARTER (1972)
a) *Cavalier*, April 1972
Unter dem Pseudonym John Swithen erschienen
b) *Twilight Zone Magazine*, February 1986

FIRESTARTER (1980)
a) *Omni*, July und August 1980 (2 Teile)
Auszug aus dem Roman

FOREWORD (1978)
a) NIGHT SHIFT

FOREWORD (1981)
a) Charles L. Grant: TALES FROM THE NIGHT SIDE, Sauk City 1981, Arkham House

FOREWORD (1982)
a) Harlan Ellison: STALKING THE NIGHTMARE, Huntington Woods 1982, Phantasia Press und New York 1984, Berkley Books

FOREWORD (1985)
a) SILVER BULLET

FOREWORD (1986)
a) Jim Thompson: NOW AND ON EARTH, New York 1986, McMillan

FOREWORD (1987)
a) Richard Christian Matheson: SCARS, Santa Cruz 1987, Scream/Press

FOR OWEN (1985)
a) SKELETON CREW

FOR THE BIRDS (1986)
a) James Charlton (Hrsg.): BRED ANY GOOD ROOKS LATELY?, Garden City 1986, Doubleday

THE FRIGHT REPORT (1978)
a) *Oui*, January 1978

THE GLASS FLOOR (1966)
a) *Startling Mystery Stories*, No. 6 (Fall 1966)

GRAMMA (1984)
a) *Weirdbook*, Spring 1984
b) SKELETON CREW

GRAVEYARD SHIFT (1970)
a) *Cavalier*, October 1970
b) NIGHT SHIFT
c) Herbert van Thal (Hrsg.): THE 21st PAN BOOK OF HORROR STORIES, London 1980, Pan Books

GRAY MATTER (1973)
a) *Cavalier*, October 1973

549

b) NIGHT SHIFT
c) Bill Pronzini (Hrsg.): THE ARBOR HOUSE NECROPOLIS, New York 1981, Arbor House und New York 1981, Priam (Taschenbuch)
d) Clarence Paget (Hrsg.): THE 28TH PAN BOOK OF HORROR STORIES, London 1987, Pan Books

GUILTY PLEASURES (1981)
a) *Film Comment*, May/June 1981

THE GUNSLINGER (1978)
a) *The Magazine of Fantasy and Science Fiction*, October 1978
b) Terry Carr (Hrsg.): THE YEARS FINEST FANTASY, VOL. II, New York 1980, Berkley Books
c) THE DARK TOWER: THE GUNSLINGER

THE GUNSLINGER AND THE DARK MAN (1981)
a) *The Magazine of Fantasy and Science Fiction*, November 1981
b) THE DARK TOWER: THE GUNSLINGER

HARRISON STATE PARK '68 (1968)
a) *Ubris*, Fall 1968

HERE THERE BE TYGERS (1968)
a) *Ubris*, Spring 1968
b) SKELETON CREW

HOME DELIVERY (1989)
a) John Skipp/Craig Spector (Hrsg.): THE BOOK OF THE DEAD, New York 1989, Bantam Books und Willimantic 1989, Mark V. Ziesing

THE HORROR MARKET WRITER AND THE TEN BEARS (1973)
a) *Writers Digest*, November 1973
b) Tim Underwood/Chuck Miller (Hrsg.): KINGDOM OF FEAR: THE WORLD OF STEPHEN KING, San Francisco/Columbia 1986, Underwood Miller und New York 1987, NAL/Plume

HORRORS (1982)
a) *TV Guide*, October 30 – November 5, 1982

HORRORS! (1983)
a) *Games*, October 1983
Kreuzworträtsel mit Aufgaben von King

THE HORRORS OF '79 (1979)
a) *Rolling Stone*, December 27, 1979–January 10, 1980

HOW IT HAPPENED (1986)
a) *Book of the Month Club News*, October 1986

HOW MUCH AM I HURTING? (1986)
a) *Bangor Daily News*, November 1–2, 1986

HOW TO SCARE A WOMAN TO DEATH (1979)
a) Dilys Winn (Hrsg.): MURDERESS INK., New York 1979, Bell and New York 1980, Bell (Taschenbuchausgabe)

I AM THE DOORWAY (1971)
a) *Cavalier*, March 1971
b) NIGHT SHIFT

I KNOW WHAT YOU NEED (1976)
a) *Cosmopolitan*, September 1976
b) NIGHT SHIFT
c) Isaac Asimov/Martin H. Greenberg/Charles G. Waugh (Hrsg.): ISAAC ASIMOVS MAGICAL WORLDS OF FANTASY, VOL. 4: SPELLS, New York 1985, NAL/Signet
d) Robert Benard (Hrsg.): ALL PROBLEMS ARE SIMPLE AND OTHER STORIES, New York 1988, Dell Laurel-Leaf

I WAS A TEENAGE GRAVE ROBBER (1965)
a) *Comics Review*, 1965
b) (unter dem Titel IN A HALF-WORLD OF TERROR): *Stories of Suspense*, Nr. 2 (1966)

IMAGERY AND THE THIRD EYE (1980)
a) *The Writer*, October 1980
b) *Maine Alumnus*, December 1981
c) Sylvia K. Burack (Hrsg.): THE WRITER'S HANDBOOK, Boston 1984, The Writer Inc.

IN A HALF-WORLD OF TERROR (1965)
siehe I WAS A TEENAGE GRAVE ROBBER

AN INTERVIEW WITH MYSELF (1979)
a) *Writers Digest*, January 1979

INTRODUCTION (1978)
a) Mary Shelley/BramStoker/Robert Louis Stevenson: FRANKENSTEIN/ DRACULA/DR. JEKYLL AND MR. HYDE, New York 1978, NAL/Signet

INTRODUCTION (1980)
a) Joseph Payne Brennan: THE SHAPES OF MIDNIGHT, New York 1980, Berkley Books

INTRODUCTION (1981)
a) John Farris: WHEN MICHAEL CALLS, New York 1981, Pocket Books

INTRODUCTION (1981)
a) Bill Pronzini/Barry N. Malzberg/Martin H. Greenberg (Hrsg.): THE AR-BOR HOUSE TREASURY OF HORROR AND THE SUPERNATURAL, New York 1981, Arbor House

INTRODUCTION: THE IMPORTANCE OF BEING FORRY (1982)
a) Forrest J. Ackerman: MR. MONSTERS MOVIE GOLD, Virginia Beach/ Norfolk 1982, Donning

INTRODUCTION (1983)
a) Jessica Amanda Salmonson (Hrsg.): TALES BY MOONLIGHT, Chicago 1983, Robert T. Garcia und New York 1984, Tor Books (Taschenbuchausgabe)

INTRODUCTION (1984)
a) Evan Hunter: THE BLACKBOARD JUNGLE, New York 1984, Arbor House (Library of Contemporary Americana)

INTRODUCTION: THE IDEAL, GENUINE WRITER (1985)
a) Don Robertson: THE IDEAL, GENUINE MAN, Bangor 1985, The Philtrum Press

INTRODUCTION (1988)
a) Donald Westlake/Abby Westlake: TRANSYLVANIA STATION, Miami Beach 1988, Dennis McMillan

INTRODUCTION TO »THE CAT FROM HELL« (1986)
nur in deutscher Übersetzung erschienen; siehe OHNE TITEL

THE IRISH KING (1984)
a) *New York Daily News*, March 16, 1984

IT GROWS ON YOU (1975)
a) *Marshroots*, 1975
b) *Whispers*, Nr. 17/18 (August 1982)
   Revidierte Fassung
c) Stuart David Schiff (Hrsg.): DEATH, New York 1982, Playboy Press

THE JAUNT (1981)
a) *Twilight Zone Magazine*, June 1981
b) *Gallery*, December 1981
c) *Great Stories from Twilight Zone Magazine*, September 1982
d) SKELETON CREW

JERUSALEM'S LOT (1978)
a) NIGHT SHIFT
b) Stuard David Schiff/Fritz Leiber (Hrsg.): THE WORLD FANTASY AWARDS, VOL. II, Garden City 1980, Doubleday

KING'S GARBAGE TRUCK (1969/70)
a) *The Maine Campus*, February 20, 1969–May 21, 1970
   Wöchentliche Kolumne

THE LAST RUNG ON THE LADDER (1978)
a) NIGHT SHIFT

THE LAWNMOWER MAN (1975)
a) *Cavalier*, May 1975
b) NIGHT SHIFT
c) *Bizarre Adventures*, No. 29 (December 1981)
   Comic-Adaption mit Text von King und Zeichnungen von Walter Simonson

THE LEDGE (1976)
a) *Penthouse*, July 1976
b) NIGHT SHIFT

LETTER (1984)
a) *Fantasy Review*, January 1984

LETTER (1985)
a) *Fantasy Review*, May 1985

LISTS THAT MATTER (NO. 7) (1985)
a) *Castle Rock – The Stephen King Newsletter*, August 1985

LISTS THAT MATTER (NO. 8) (1985)
a) *Castle Rock – The Stephen King Newsletter*, September 1985

LISTS THAT MATTER (No. 9) (1985)
a) *Castle Rock – The Stephen King Newsletter*, October 1985

LISTS THAT MATTER (No. 14) (1986)
a) *Castle Rock- The Stephen King Newsletter*, January 1986

THE LONESOME DEATH OF JORDY VERRILL (1976)
siehe WEEDS

A LOOK AT THE RED SOX ON THE EDGE OF '87 (1987)
a) *Bangor Daily News*, March 28–29, 1987

THE LUDLUM ATTRACTION (1982)
a) *Washington Post Bookworld*, March 7, 1982

THE MAN WHO LOVED FLOWERS (1977)
a) *Gallery*, August 1977
b) NIGHT SHIFT

THE MAN WHO WOULD NOT SHAKE HANDS (1982)
a) Charles L. Grant (Hrsg.): SHADOWS 4, Garden City 1982, Doubleday
b) Terry Carr (Hrsg.): FANTASY ANNUAL V, New York 1982, Pocket Books
c) SKELETON CREW

MAN WITH A BELLY (1978)
a) *Cavalier*, December 1978
b) *Gent*, November/December 1979

THE MANGLER (1972)
a) *Cavalier*, December 1972
b) NIGHT SHIFT
c) Herbert van Thal (Hrsg.): THE 21st PAN BOOK OF HORROR STORIES, London 1980, Pan Books
d) Martin H. Greenberg/Charles G. Waugh (Hrsg.): THE ARBOR HOUSE CELEBRITY BOOK OF HORROR STORIES, New York 1982, Arbor House und New York 1982, Priam (Taschenbuchausgabe)
e) Jack Dann (Hrsg.): DEMONS!, New York 1987, Ace Books

THE MARKET WRITER AND THE TEN BEARS (1983)
a) *Writer's Digest*, November 1983

MENTORS (1982)
a) *Rolling Stone College Papers*, April 15, 1982

A MESSAGE FROM STEPHEN KING TO WALDENBOOKS PEOPLE (1983)
a) *Waldenbooks Booknotes*, August 1983
b) BARE BONES

THE MIST (1980)
a) Kirby McCauley (Hrsg.): DARK FORCES, New York 1980, Viking und New York 1981, Bantam Books und New York 1989, NAL/Signet
b) SKELETON CREW

THE MONKEY (1980)
a) *Gallery*, November 1980
b) Terry Carr (Hrsg.): FANTASY ANNUAL IV, New York 1981, Pocket Books
c) Charles L. Grant (Hrsg.): HORRORS, New York 1981, Playboy Press
d) Frank Coffey (Hrsg.): MODERN MASTERS OF HORROR, New York 1981, Coward, McCann & Geoghegan und New York 1982, Ace Books (Taschenbuchausgabe)
e) Karl Edward Wagner (Hrsg.): THE YEARS BEST HORROR STORIES, VOL. IX, New York 1981, DAW Books
f) SKELETON CREW
g) David G. Hartwell (Hrsg.): THE DARK DESCENT, New York 1987, Tor Books

THE MONSTER IN THE CLOSET (1981)
a) *Ladies Home Journal*, October 1981
Auszug aus CUJO

MORNING DELIVERIES (1985)
a) SKELETON CREW

MRS. TODD'S SHORTCUT (1984)
a) *Redbook*, May 1984
b) Karl Edward Wagner (Hrsg.): THE YEARS BEST HORROR STORIES, VOL. XIII, New York 1985, DAW Books
c) SKELETON CREW
d) Karl Edward Wagner (Hrsg.): HORRORSTORYS, San Francisco/Columbia 1989, Underwood Miller

MY FIRST CAR (1984)
a) *Gentlemen's Quarterly*, July 1984

MY HIGH SCHOOL HORRORS (1982)
a) *Sourcebook: The Magazine for Seniors* (1982)

THE NIGHT FLYER (1988)
a) Douglas E. Winter (Hrsg.): PRIME EVIL: NEW STORIES BY THE MA-
STERS OF MODERN HORROR, New York 1988, NAL Books und West
Kingston 1988, Donald M. Grant

THE NIGHT OF THE TIGER (1978)
a) *The Magazine of Fantasy and Science Fiction*, February 1978
b) Peter Haining (Hrsg.): MORE TALES OF UNKNOWN HORROR, London 1979, New English Library
c) Gerald W. Page (Hrsg.): THE YEARS BEST HORROR STORIES, VOL.
VII, New York 1979, DAW Books
d) Anonym (Hrsg.): CHAMBER OF HORRORS, London 1984, Octopus
Books
e) Edward L. Ferman/Anne Jordan (Hrsg.): BEST HORROR STORIES FROM
THE MAGAZINE OF FANTASY AND SCIENCE FICTION, New York
1988, St. Martins Press

NIGHT SURF (1969)
a) *Ubris*, Spring 1969
b) NIGHT SHIFT

1984: A BAD YEAR IF YOU FEAR FRIDAY THE 13TH (1984)
a) *New York Times*, April 12, 1984

NONA (1978)
a) Charles L. Grant (Hrsg.): SHADOWS, Garden City 1978, Doubleday und
New York 1980, Playboy Press (Taschenbuchausgabe)
b) Charles L. Grant (Hrsg.): THE DODD MEAD GALLERY OF HORROR,
New York 1983, Dodd Mead
c) SKELETON CREW

NOT GUILTY (1976)
a) *New York Times Book Review*, October 24, 1976

NOTES ON HORROR (1981)
a) *Quest*, June 1981
Auszug aus DANSE MACABRE

A NOVELIST'S PERSPECTIVE ON BANGOR (1983)
a) *Black Magic and Music*, Bangor 1983, The Bangor Historical Society
Broschüre anläßlich einer Wohltätigkeitsveranstaltung vom 27. März
1983, Text eines dort gehaltenen Vortrags

ON BECOMING A BRAND NAME (1980)
a) *Adelina*, February 1980
b) Tim Underwood/Chuck Miller (Hrsg.): FEAR ITSELF: THE HORROR FIC-
TION OF STEPHEN KING, Columbia/San Francisco 1982, Underwood
Miller und New York 1984, NAL/Plume

ON »BURNT OFFERINGS« BY ROBERT MARASCO (1988)
a) Stephen Jones/Kim Newman (Hrsg.): HORROR: 100 BEST BOOKS, New
York 1988, Carroll & Graf

ONE FOR THE ROAD (1977)
a) *Maine*, March/April 1977
b) NIGHT SHIFT
c) Charles G. Waugh (Hrsg.): STRANGE MAINE, New York 1986, Taplinger
d) Martin H. Greenberg (Hrsg.): VAMPS, New York 1987, DAW Books

THE OPERA AIN'T OVER . . . (1986)
a) *Bangor Daily News*, October 14, 1986

THE ORACLE AND THE MOUNTAINS (1981)
a) *The Magazine of Fantasy and Science Fiction*, February 1981
b) THE DARK TOWER: THE GUNSLINGER

PARANOID: A CHANT (1985)
a) SKELETON CREW

PETER STRAUB: AN INFORMAL APPRECIATION (1982)
a) Kennedy Poyser (Hrsg.): WORLD FANTASY CONVENTION '82, New Haven 1982, The 8th World Fantasy Convention

A PILGRIM'S PROGRESS (1980)
a) *American Bookseller*, January 1980

THE POLITICS OF LIMITED EDITIONS (1985)
a) *Castle Rock – The Stephen King Newsletter*, June–July 1985 (2 Teile)

POPSY (1987)
a) J. N. Williamson (Hrsg.): MASQUES II, Baltimore 1987, Maclay & Associates
b) J. N. Williamson (Hrsg.): THE BEST OF MASQUES, New York 1988, Berkley Books

A PROFILE OF ROBERT BLOCH (1983)
a) Robert Weinberg (Hrsg.): WORLD FANTASY CONVENTION 1983, Oak Forest 1983, Weird Tales Ltd.

QUITTERS, INC. (1978)
a) NIGHT SHIFT
b) Edward D. Hoch (Hrsg.): THE BEST DETECTIVE STORIES OF THE YEAR, New York 1979, Dutton
c) Isaac Asimov/George R. R. Martin/Martin H. Greenberg (Hrsg.): THE SCIENCE FICTION WEIGHTLOSS BOOK, New York 1983, Crown

THE RAFT (1982)
a) *Gallery*, October 1982
b) *Twilight Zone Magazine*, May/June 1983
c) SKELETON CREW

RAINY SEASON (1989)
a) *Midnight Graffiti*, Nr. 3 (March 1989)

THE REACH (1981)
siehe DO THE DEAD SING?

THE REAPER'S IMAGE (1969)
a) *Startling Mystery Stories,* Spring 1969
b) Ronald Chetwynd-Hayes (Hrsg.): THE 17th FONTANA BOOK OF GREAT GHOST STORIES, London 1981, Fontana
c) SKELETON CREW

RED SOX FAN CROWS ABOUT TEAM, BUT MAY HAVE TO EAT CHIKKEN (1986)
a) *Bangor Daily News,* May 17–18 (1986)

RED SOX STRETCH OUT THE WORLD SERIES (1986)
a) *Bangor Daily News,* September 12, 1986

REMEMBERING JOHN (198?)
a) *Bangor Daily News,* genaues Datum unbekannt

THE REPLOIDS (1988)
a) Douglas E. Winter (Hrsg.): NIGHT VISIONS 5, Arlington Heights 1988, Dark Harvest

THE RETURN OF TIMMY BATERMAN (1983)
a) Rusty Burke (Hrsg.): SATYRICON II PROGRAM BOOK, Knoxville 1983, Satyricon II/Deep South Con XXI
Auszug aus PET SEMATARY

THE REVELATIONS OF 'BECKA PAULSON (1984)
a) *Rolling Stone,* July 19,–August 2, 1984
b) SKELETON CREW, Santa Cruz 1985, Scream/Press

THE REVENGE OF LARD ASS HOGAN (1975)
a) *The Maine Review,* July 1975
Später in die Geschichte »The Body« integriert

RITA HAYWORTH AND SHAWSHANK REDEMPTION (1982)
a) DIFFERENT SEASONS

ROSS THOMAS STIRS THE POT (1983)
a) *Washington Post Book World,* October 16, 1983

'SALEM'S LOT (1976)
a) *Cosmopolitan,* March 1976

SAY »NO« TO THE ENFORCERS (1986)
a) *The Maine Sunday Telegraph,* June 1, 1986

SCARE MOVIES (1981)
a) *Cosmopolitan,* April 1981

THE SHINING (1977)
a) *Ramada Reflections,* June 1977
Auszug aus THE SHINING

SILENCE (1970)
a) *Moth,* 1970

SKYBAR (1982)
a) Tom Silberkleit/Jerry Biederman (Hrsg.): DO IT YOURSELF BESTSEL-
LER, New York 1982, Doubleday/Dolphin
Anfang und Ende einer Geschichte, zu der der Leser selbst den Mittelteil
schreiben muß

SLADE (1970)
a) *The Maine Campus*, June–August 1970

THE SLOW MUTANTS (1981)
a) *The Magazine of Fantasy and Science Fiction*, July 1981
b) THE DARK TOWER: THE GUNSLINGER

SNEAKERS (1988)
a) Douglas E. Winter (Hrsg.): NIGHT VISIONS 5, Arlington Heights 1988,
Dark Harvest

SOME NOTES ON »TALES OF THE VAMPYRE« (1980)
a) *Opera New England of Northern Maine,* Fall 1980 (Programmheft)

SOMETHING TO TIDE YOU OVER (1982)
a) CREEPSHOW
Comic-Adaption mit Text von King und Zeichnungen von Bernie Wrightson

SOMETIMES THEY COME BACK (1974)
a) *Cavalier*, March 1974
b) NIGHT SHIFT

SPECIAL MAKE-UP EFFECTS AND THE WRITER (1983)
a) Tom Savini: GRANDE ILLUSIONS, Pittsburgh 1983, Imagine Inc.
(Nachgedruckt unter dem Titel BIZARRO!)

THE SORRY STATE OF TV SHOWS (1981)
a) *TV Guide*, December 5, 1981
Auszug aus DANSE MACABRE

STEPHEN KING (1983)
a) *A Gift from Maine.* By Maines Foremost Artists and Writers and James
Plummer's Sixth Grade Class, Portland 1983, Gannet (Kurzbiographie)

STEPHEN KING COMMENTS ON *IT* (1986)
a) *Castle Rock – The Stephen King Newsletter*, July 1986

STEPHEN KING'S 10 FAVORITE HORROR BOOKS OR SHORT STORIES
a) Amy Wallace/David Wallachinsky/Irving Wallace (Hrsg.): THE BOOK OF
LISTS #3, New York 1983, Morrow

STRAWBERRY SPRING (1975)
a) *Cavalier*, November 1975
b) NIGHT SHIFT

STUD CITY (1969)
a) *Ubris*, Fall 1969
Später in die Geschichte »The Body« integriert

SUFFER THE LITTLE CHILDREN (1972)
a) *Cavalier*, February 1972
b) Charles L. Grant (Hrsg.): NIGHTMARES, New York 1979, Playboy Press
c) Patricia L. Skarda/Nora Crow Jaffe (Hrsg.): THE EVIL IMAGE: TWO CEN-
TURIES OF GOTHIC SHORT FICTION AND POETRY, New York 1981,
NAL/Meridian
d) Mary Danby (Hrsg.): 65 GREAT SPINE CHILLERS, New York/London
1982, Octopus Books

SURVIVOR TYPE (1982)
a) Charles L. Grant (Hrsg.): TERRORS, New York 1982, Playboy Press
b) SKELETON CREW

THEODORE STURGEON, 1918–1985 (1985)
a) *Washington Post Bookworld* (1985)

THEY'RE CREEPING UP ON YOU (1982)
a) CREEPSHOW
Comic-Adaption mit Text von King und Illustrationen von Bernie Wrightson

TOUGH TALK TOOTSIES, JUST 25 CENTS (1986)
a) *USA Today*, May 23, 1986

TRUCKS (1973)
a) *Cavalier*, June 1973
b) NIGHT SHIFT
c) William Patrick (Hrsg.): MYSTERIOUS MOTOR STORIES, London 1987,
W. H. Allen

TURNING THE THUMBSCREWS ON THE READER (1987)
a) *Book of the Month Club News*, June 1987

UNCLE OTTO'S TRUCK (1983)
a) *Yankee Magazine*, October 1983
b) Karl Edward Wagner (Hrsg.): THE YEARS BEST HORROR STORIES,
VOL. XII, New York 1984, DAW Books
c) SKELETON CREW

(UNTITLED) (1981)
a) *Dreamworks*, Summer 1981

(UNTITLED POEM) 1971)
a) *Onan* (1971)

VISIT WITH AN ENDANGERED SPECIES (1982)
a) *Playboy*, January 1982

THE WAY STATION (1980)
a) *The Magazine of Fantasy & Science Fiction*, April 1980

b) THE DARK TOWER: THE GUNSLINGER

THE WEDDING GIG (1980)
a) *Ellery Queen's Mystery Magazine,* December 1, 1980
b) SKELETON CREW

WEEDS (1976)
a) *Cavalier,* May 1976
b) *Nugget,* April 1979
c) (unter dem Titel THE LONESOME DEATH OF JORDY VERRILL): CREEPSHOW
Comic-Adaption mit Text von King und Zeichnungen von Bernie Wrightson

WHAT WENT DOWN WHEN THE MAGYK WENT UP (1985)
a) *New York Times Book Review,* February 10, 1985

WHEN IS TV TOO SCARY FOR CHILDREN? (1981)
a) *TV Guide,* June 13–June 19, 1981

WHINING ABOUT THE MOVIES IN BANGOR: TAKE THAT, »TOP GUN« (1987)
a) *Bangor Daily News,* April 9, 1987

WHY I AM FOR GARY HART (1984)
a) *The New Republic,* June 4, 1984

WHY I WROTE *THE EYES OF THE DRAGON* (1987)
a) *Castle Rock – The Stephen King Newsletter,* March 1987

WHY WE CRAVE HORROR MOVIES (1981)
a) *Playboy,* January 1981
Auszug aus DANSE MACABRE

THE WOMAN IN THE ROOM (1978)
a) NIGHT SHIFT

THE WORD PROCESSOR (1983)
a) *Playboy,* January 1983
b) (unter dem Titel WORD PROCESSOR OF THE GODS): SKELETON CREW

WORD PROCESSOR OF THE GODS (1983)
siehe THE WORD PROCESSOR

WRITING A FIRST NOVEL (1975)
a) *The Writer,* June 1975

THE WRITING LIVE: AN INTERVIEW WITH MYSELF (1979)
siehe AN INTERVIEW WITH MYSELF

YOU GOTTA PUT ON THE GRUESOME MASK AND GO BOOGA-BOOGA (1981)
a) *TV-Guide,* December 5–December 11, 1981

3. INTERVIEWS

ASK THEM YOURSELF (1980)
Gesprächspartner: Mehrere
a) *Family Weekly*, September 7, 1980

BIOGRAPHICAL NOTES (1973)
a) *Doubleday Books Publicity Department*, September 15, 1973

THE DARK BEYOND THE DOOR (1980)
Gesprächspartner: Freff
a) *Tomb of Dracula*, No. 4 und No. 5, April/Juni 1980 (2 Teile)

AN EVENING AT THE BILLERICA LIBRARY (1983)
Gesprächspartner: Mehrere
a) BARE BONES
   Text eines Vortrags und Fragen aus dem Publikum

FILMEDIA: THE REST OF KING (1981)
Gesprächspartner: Robert Stewart
a) *Starship*, Spring 1981

»FLIX« (1980)
Gesprächspartner: Bhob Stewart
a) *Heavy Metal*, January, February, March 1980 (3 Teile)
b) BARE BONES

FRONT ROW SEATS AT THE CREEPSHOW (1982)
Gesprächspartner: ?
a) *Twilight Zone Magazine*, May 1982

HAS SUCCESS SPOILED STEPHEN KING? (1982)
Gesprächspartner: Pat Cadigan, Annie Fenner, Marty Ketchum
a) *Shayol*, No. 6 (Winter 1982)
b) (in veränderter Form) BARE BONES

HE BRINGS LIVE TO DEAD ISSUES (1979)
Gesprächspartner: Christopher Evans
a) *Minneapolis Star*, September 8, 1979
b) BARE BONES

HORROR PARTNERS (1985)
Gesprächspartner: Stanley Wiater, Roger Anker (und Peter Straub)
a) *Fangoria*, No. 42, February 1985
b) BARE BONES

HORROR TELLER (1978)
Gesprächspartner: ?
a) *Horizon*, February 1978

IF YOU'RE SCARED SILLY, THEN STEPHEN KING IS HAPPY (1988)
Gesprächspartner: Julie Washington
a) *Plain Dealer*, Cleveland, Ohio, January 31, 1988

b) *Castle Rock – The Stephen King Newsletter,* April 1988

(INTERVIEW) (1976)*
a) *Sunday Telegraph,* Portland, October 31, 1976

(INTERVIEW) (1977)
a) *New York Post,* March 12, 1977

(INTERVIEW) (1977)
a) *The Maine Campus,* April 1977

(INTERVIEW) (1977)
a) *Lewiston Journal,* April 2, 1977

(INTERVIEW) (1977)
a) *Kennebec Journal,* April 4, 1977

(INTERVIEW) (1977)
a) *New Hampshire,* April 26, 1977

(INTERVIEW) (1977)
a) *Chicago Daily News,* July 7, 1977

(INTERVIEW) (1977)
a) *New York Times Book Review,* August 1977

(INTERVIEW) (1978)
a) *The Maine Campus,* September 8, 1978

(INTERVIEW) (1978)
a) *Book World,* October 1, 1978

(INTERVIEW) (1978)
a) *Sky,* November 1978

(INTERVIEW) (1978)
a) *Shreveport Journal,* November 24, 1978

(INTERVIEW) (1979)
a) *Morning Star Telegraph,* Fort Worth, February 25, 1979

(INTERVIEW) (1979)
a) *Milwaukee Sentinel,* February 28, 1979

(INTERVIEW) (1979)
a) *St. Petersburg Times,* March 4, 1979

(INTERVIEW) (1979)
a) *Kennebec* (University of Maina, Augusta), April 1979

(INTERVIEW) (1979)
a) *Middlesex News,* Massachusetts, April 8, 1979

---

* Anmerkung: Bei den mit (INTERVIEW) bezeichneten Interviews sind die genauen Titel und häufig auch die Gesprächspartner nicht bekannt.

(INTERVIEW) (1979)
a) *Ms London*, April 9, 1979

(INTERVIEW) (1979)
a) *Cleveland Press*, April 12, 1979

(INTERVIEW) (1979)
a) *Sunday Telegraph*, Portland, July 29, 1979

(INTERVIEW) (1979)
a) *Rochester Democrat and Chronicle*, August 26, 1979

(INTERVIEW) (1979)
a) *Washington Post*, August 26, 1979

(INTERVIEW) (1979)
a) *Patriot Ledger*, Quincy, Massachussetts, August 31, 1979

(INTERVIEW) (1979)
a) *Boston Herald American*, September 1979

(INTERVIEW) (1979)
a) *Pittsburgh Press*, September 6, 1979

(INTERVIEW) (1979)
a) *New American*, Baltimore, September 16, 1979

(INTERVIEW) (1979)
a) *Woodlands*, Houston, Texas, September 19, 1979

(INTERVIEW) (1979)
a) *Lincoln Star*, September 20, 1979

(INTERVIEW) (1979)
a) *Daily Nebraskan*, September 21, 1979

(INTERVIEW) (1979)
a) *Daily News*, New York, September 23, 1979

(INTERVIEW) (1979)
a) *Los Angeles Herald Examiner*, September 26, 1979

(INTERVIEW) (1979)
a) *Detroit News*, September 26, 1979

(INTERVIEW) (1979)
a) *Houston Chronicle*, September 30, 1979

(INTERVIEW) (1979)
a) *Houston Post*, September 30, 1979

(INTERVIEW) (1979)
a) *Burlington Free Press*, Vermont, October 1, 1979

(INTERVIEW) (1979)
a) *Peninsula Times Tribune*, October 2, 1979

563

(INTERVIEW) (1979)
a) *Phoenix Arizona Gazetter,* October 12, 1979

(INTERVIEW) (1979)
a) *Beaver County Times,* Pennsylvania, October 14, 1979

(INTERVIEW) (1979)
a) *Conta Costa Times,* California, October 14, 1979

(INTERVIEW) (1979)
a) *New Kensington Valley News Dispatch,* Ocotber 23, 1979

(INTERVIEW) (1979)
a) *North Hills News Record,* October 26, 1979

(INTERVIEW) (1979)
a) *Kennebec Journal,* October 27, 1979

(INTERVIEW) (1979)
a) *Lakeland Florida Ledger,* October 28, 1979

(INTERVIEW) (1979)
a) *Sunday Telegram,* Portland, October 28, 1979

(INTERVIEW) (1979)
Gesprächspartner: Stanley Wiater
a) *Morning Union,* Springfield, October 31, 1979
b) (in verändertert Form) BARE BONES

(INTERVIEW) (1979)
a) *Portland Press Herald,* Maine, October 31, 1979

(INTERVIEW) (1980)
a) *Lewiston Daily Sun,* Maine, January 10, 1980

(INTERVIEW) (1980)
a) *Tennesean,* Maine, January 10, 1980

(INTERVIEW) (1980)
a) *New York Times Book Review,* May 11, 1980

(INTERVIEW) (1980)
a) *Boston Phoenix,* June 17, 1980

(INTERVIEW) (1980)
a) *Boston Herald American,* August 3, 1980

(INTERVIEW) (1980)
a) *Sun,* Baltimore, August 26, 1980

(INTERVIEW) (1980)
a) *Canton Ohio Repository,* September 9, 1980

(INTERVIEW) (1980)
a) *Bowling Green News,* Kentucky, September 14, 1980

(INTERVIEW) (1980)
a) *Milwaukee Journal,* September 15, 1980

(INTERVIEW) 1980)
a) *Ford Lauderdale News/Sun Sentinel,* September 28, 1980

(INTERVIEW) (1980)
a) *East/West,* October 1980

(INTERVIEW) (1980)
a) *Chronicle Telegram,* October 3, 1980

(INTERVIEW) (1980)
a) *St. Cloud Times,* Minnesota, October 3, 1980

(INTERVIEW) (1980)
a) *The Blade,* Toledo, Ohio, October 5, 1980

(INTERVIEW) (1980)
a) *Sunday Star,* Toronto, October 5, 1980

(INTERVIEW) (1980)
a) *Vermont Free Press,* October 8, 1980

(INTERVIEW) (1980)
a) *Abilene Reporter,* October 10, 1980

(INTERVIEW) (1980)
a) *Boston Globe,* October 10, 1980

(INTERVIEW) (1980)
a) *Primos Times,* Pennsylvania, October 11, 1980

(INTERVIEW) (1980)
a) *Sagniaw Michigan News,* October 11, 1980

(INTERVIEW) (1980)
a) *Bangor Daily News,* Maine, October 16, 1980

(INTERVIEW) (1980)
a) *The Red and Black,* (University of Georgia), November 7, 1980

(INTERVIEW) (1980)
a) *Iowa City Press Citizen,* November 15, 1980

(INTERVIEW) (1981)
a) *American Way,* February 1981

(INTERVIEW) (1981)
Gesprächspartner: Stanley Wiater
a) *Valley Advocat,* April 8, 1981
b) (in veränderter Form) BARE BONES

(INTERVIEW) (1981)
Gesprächspartner: Stanley Wiater

565

a) *Valley Advocate*, May 27, 1981
b) (in veränderter Form) BARE BONES

(INTERVIEW) (1981)
a) *Portland Press Herald*, Maine, September 1981

(INTERVIEW) (1981)
a) *Self*, September 1981

(INTERVIEW) (1981)
a) *Sun-Tattler*, Hollywood, Florida, September 17, 1981

(INTERVIEW) (1984)
Gesprächspartner: Stanley Wiater
a) *Valley Advocat*, Ocotber 31, 1984
b) (in veränderter Form) BARE BONES

(INTERVIEW) (1986)
Gesprächspartner: Douglas E. Winter
a) *American Fantasy*, Fall 1986

(INTERVIEW) (1987)
a) *Mystery Scene*, No. 10, July 1987

(INTERVIEW) (19??)
a) *Little Professor Bookcenter*, Vol. 1, No. 3

INTERVIEW: STEPHEN KING (1980)
Gesprächspartner: ?
a) *Infinity Cubed*, No. 5 (1980)

INTERVIEW: STEPHEN KING (1981)
Gesprächspartner: Martha Thomases, Robert Tebbel
a) *Hightimes*, No. 65, June 1981

INTERVIEW . . . STEPHEN KING (1978)
Gesprächspartner: Dan Weaver
a) *The Literary Guild Monthly Selection Magazine*, December 1978

AN INTERVIEW WITH STEHPHEN KING (1979)
Gesprächspartner: ?
a) *Waldenbooks Newsletter*, October 1979

AN INTERVIEW WITH STEPHEN KING (1980)
Gesprächspartner: Paul Janeckzko
a) *English Journal*, February 1980
b) BARE BONES

AN INTERVIEW WITH STEPHEN KING (1981)
Gesprächspartner: Joyce Lynch Dewes
a) *Mystery*, March 1981
b) BARE BONES

INTERVIEW WITH STEPHEN KING (1980)
Gesprächspartner: Michael Kilgore
a) *The Tampa Tribune,* August 31, 1981
b) BARE BONES

INTERVIEW WITH STEPHEN KING (1985)
Gesprächspartner: Charles L. Grant
a) *Monsterland Magazine,* May/June 1985 (Auszüge)
b) BARE BONES (vollständiger Text)

INTERVIEW WITH STEPHEN KING (1983)
Gesprächspartner: Matt Schaffer
a) BARE BONES
   Rundfunk-Interview, gesendet am 31. Oktober 1983

INTERVIEW WITH STEPHEN KING (1985)
Gesprächspartner: Tim Hewitt
a) *Cinefantastique,* Vol. 15, No. 2 (1985)
b) BARE BONES

KING MEETS STRAUB (1985)
Gesprächspartner: Stanley Wiater, Roger Anker (und Peter Straub)
a) *Fangoria,* No. 43 (1985)
b) (in veränderter Form) BARE BONES

THE KING OF HORROR (1981)
Gesprächspartner: ?
a) *Oui,* August 1981

THE KING OF TERROR (1982)
Gesprächspartner: Keith Bellow
a) *Sourcebook: The Magazine for Seniors,* 1982

KING OF THE NIGHT (1979)
Gesprächspartner: David Chute
a) *Take One,* January 1979

KING OF THE OCCULT (1977)
Gesprächspartner: Lois Lowry
a) *Down East Magazine,* November 1977

THE LIMITS OF FEAR (1987)
Gesprächspartner: Jo Fletcher
a) *Knave,* Vol. 19 No. 5 (1987) (Auszüge)
b) Don Herron (Hrsg.): REIGN OF FEAR, San Francisco/Columbia 1988,
   Underwood Miller (vollständiger Text)

LIVING IN CONSTANT, DEADLY TERROR (1979)
Gesprächspartner: Dan Christensen
a) *Fangoria,* No. 3 (1979)

THE MAN WHO WRITES NIGHTMARES (1979)
Gesprächspartner: Mel Allen

a) *Yankee Magazine*, March 1979
b) BARE BONES

NEW ADVENTURES IN THE SCREAM TRADE (1985)
Gesprächspartner: Ben Herndon
a) *Twilight Zone Magazine*, December 1985

THE NIGHT SHIFTER – AN INTERVIEW WITH STEPHEN KING (1979)
Gesprächspartner: Stephen Jones
a) *Fantasy Media* (Großbritannien), March 1979

NOVELIST LOVES HIS NIGHTMARES (1982)
Gesprächspartner: Jack Matthews
a) *Detroit Free Press*, November 12, 1982
b) BARE BONES

PENTHOUSE INTERVIEW: STEPHEN KING (1982)
Gesprächspartner: Bob Spitz
a) *Penthouse*, April 1982
b) BARE BONES

THE PLAYBOY INTERVIEW: STEPHEN KING (1983)
Gesprächspartner: Eric Norden
a) *Playboy*, June 1983
b) BARE BONES

RIDING THE CREST OF THE HORROR CRAZE (1980)
Gesprächspartner: William Wilson
a) *New York Times Magazine*, May 11, 1980

'SALEM'S LOT (1979)
Gesprächspartner: Bill Kelley
a) *Cinefantastique*, Vol. 9, No. 2 (1979)

SHINE OF THE TIMES: AN INTERVIEW WITH STEPHEN KING (1979)
Gesprächspartner: Lewis Shiner, Marty Ketchum, Arnold Fener, Pat Cadigan
a) *Shayol*, No. 3, Summer 1979
b) (in veränderter Form) BARE BONES

SOME WORDS WITH STEPHEN KING (1983)
Gesprächspartner: Douglas E. Winter
a) *Fantasy Newsletter*, No. 56, February 1983

STEPHEN KING (1977)
Gesprächspartner: ?
a) *Publishers Weekly*, January 17, 1977

STEPHEN KING (1983)
Gesprächspartner: Michael Stein
a) *Fantastic Films*, February 1983

STEPHEN KING (1983)
Gesprächspartner: Charles Platt

a) Charles Platt (Hrsg.): DREAM MAKERS II, New York 1983, Berkley Books

STEPHEN KING: A SELF INTERVIEW (19??)
a) *Dobleday Books Publicity Departement,* ohne Datum

STEPHEN KING AND GEORGE ROMERO: COLLABOARATION IN TERROR (1980)
Gesprächspartner: Stanley Wiater
a) *Fangoria,* No. 6 (1980)
b) (in veränderter Form) BARE BONES

STEPHEN KING: BEHIND THE BEST SELLER (1979)
Gesprächspartner: ?
a) *New York Times Book Review,* September 23, 1979

STEPHEN KING DISCUSSES MAKING OF »MAXIMUM OVERDRIVE« (1986)
Gesprächspartner: Tyson Blue
a) *Castle Rock – The Stephen King Newsletter,* September 1986

STEPHEN KING GETS BEHIND THE WHEEL (1986)
Gesprächspartner: Jessie Horsting
a) *Fangoria,* No. 56 (August 1986)

STEPHEN KING: I LIKE TO GO FOR THE JUGULAR (1981)
Gesprächspartner: ?
a) *Twilight Zone Magazine,* April 1981

THE STEPHEN KING INTERVIEW (1984)
Gesprächspartner: David Sherman
a) *Fangoria,* No. 35 (April 1984); No. 36 (Juli 1984) (2 Teile)
b) *The Bloody Best of Fangoria,* No. 4 (1985) (Teil 2)

STEPHEN KING INTERVIEWED ON »OVERDRIVE« MOVIE SET (1985)
Gesprächspartner: Tyson Blue
a) *Castle Rock – The Stephen King Newsletter,* November 1985

STEPHEN KING IS CASHING IN (1980)
Gesprächspartner: Randi Henderson
a) *The Baltimore Sun,* August 26, 1980
b) BARE BONES

STEPHEN KING ON CARRIE, THE SHINING ETC. (1978)
Gesprächspartner: Peter S. Perakos
a) *Cinefantastique,* Vol. 8, No. 1 (1978)

STEPHEN KING ON OVERDRIVE AND PET SEMATARY AND ON CAPTURING THE SPIRIT (1985)
Gesprächspartner: R. H. Martin
a) *Fangoria,* No. 48 (Oktober 1985)

STEPHEN KING, PETER STRAUB AND THE QUEST FOR THE TALISMAN
(1985)
Gesprächspartner: Douglas E. Winter
a) *Twilight Zone Magazine*, February 1985

STEPHEN KING'S COURT OF HORROR (1980)
Gesprächspartner: Abe Peck
a) *Rolling Stone College Papers*, No. 3 (Winter 1980)
b) BARE BONES

STEPHEN KING TAKES A STAND FOR RECORDS (1980)
Gesprächspartner: Joel Denver
a) *Radio and Records*, February 24, 1980
b) BARE BONES

STEPHEN KING TAKES A VACATION (1986)
Gesprächspartner: Edward Gross
a) *Fangoria*, No. 38 (October 1986)

STEPHEN KING: THE MAXIMUM OVERDRIVE INTERVIEW (1986)
Gesprächspartner: Stanley Wiater
a) *Prevue*. No. 64 (May/July 1986) (Auszüge)
b) *Valley Advocate*, July 21, 1986 (Auszüge)
c) BARE BONES (vollständiger Text)

TALKING TERROR (1986)
Gesprächspartner: Douglas E. Winter
a) *Twilight Zone Magazine*, February 1986

TOPIC: HORRORS! (1985)
Gesprächspartner: Craig Modderno
a) *USA Today*, May 10, 1985
b) BARE BONES

THE TRUTH ABOUT »IT« (1986)
Gesprächspartner: Tyson Blue
a) *Twilight Zone Magazine*, December 1986

WHO IS THIS GUY STEPHEN KING? – AND WHY DO THEY MAKE ALL
THIS MOVIES? (1986)
Gesprächspartner: Jessie Horsting
a) Jessie Horsting: STEPHEN KING AT THE MOVIES, New York 1986,
NAL/Signet – Starlog Press

WITCHES AND ASPIRIN (1977)
Gesprächspartner: ?
a) *Writers Digest*, June 1977

WOULD YOU BUY A HAUNTED CAR FROM THIS MAN? (1983)
Gesprächspartner: Edwin Pouncey
a) *Sounds Magazine*, May 21, 1983
b) BARE BONES

WRITER EATS STEAK BEFORE IT EATS HIM (1988)
Gesprächspartner: Bryan Miller
a) *New York Times,* October 26, 1988

Zweiter Teil: Deutsche Ausgaben

1. SELBSTÄNDIGE VERÖFFENTLICHUNGEN

AMOK (1977)
a) München 1988, Wilhelm Heyne Verlag (TB 7695)
   Übersetzung: Joachim Honnef

ANGST. GESPRÄCHE ÜBER DAS UNHEIMLICHE MIT STEPHEN KING
(*Bare Bones: Conversations on Terror With Stephen King,* 1987)
Enthält Interviews 1979–1986
a) Linkenheim 1989, Edition Phantasia
   Übersetzung: Joachim Körber
   Einmalige Auflage von 330 numerierten Exemplaren im Samtschuber.
   30 von I – XXX numerierte Exemplare gelangen nicht in den Handel

DAS ATTENTAT (*The Dead Zone,* 1979)
siehe DEAD ZONE – DAS ATTENTAT

DIE AUGEN DES DRACHEN (*The Eyes of the Dragon,* 1984/87)
a) München 1987, Wilhelm Heyne Verlag (TB 6824)
   Übersetzung: Joachim Körber
b) Gütersloh u. a. o. J. (1988), Bertelsmann Lesering (Gebundene Ausgabe)
   Unveränderter Nachdruck der Übersetzung a)
c) Stuttgart/Hamburg/München o. J. (1989), Deutscher Bücherbund
   Unveränderter Nachdruck der Übersetzung a)

BRENNEN MUSS SALEM! (*'Salem's Lot,* 1975)
a) Wien 1979, Paul Zsolnay Verlag
   Übersetzung: Ilse Winger, Christoph Wagner
   Die deutsche Ausgabe ist gekürzt
b) München 1981, Deutscher Taschenbuchverlag (DTV Phantastica 1877)
   Unveränderter Nachdruck der Übersetzung a)
c) München 1985, Wilhelm Heyne Verlag (TB 6478)
   Unveränderter Nachdruck der Übersetzung a)
d) Gütersloh u. a. o. J. (1986), Bertelsmann Lesering
   Unveränderter Nachdruck der Übersetzung a)
   Der Name der Übersetzerin ist hier falsch angegeben (»Iris« Winger)

CARRIE (*Carrie,* 1974)
a) München 1977, Franz Schneekluth Verlag
   Übersetzung: Elisabeth Epple
b) München 1977, Wilhelm Heyne Verlag (TB 5374)
   Unveränderter Nachdruck der Übersetzung a)
c) Bergisch Gladbach 1983, Bastei Lübbe Verlag (Paperback 28111)
   Unveränderter Nachdruck der Übersetzung a)

Enthält zusätzlich ein Interview mit King und Auszüge aus anderen Büchern

d) Bergisch Gladbach 1987, Bastei Lübbe Verlag (TB 13121)
Die Übersetzung a) wurde für diese TB-Ausgabe von Brunhilde Janßen revidiert; enthält einen stark gekürzten Nachdruck des Interviews aus c)

CHRISTINE (*Christine*, 1983)
a) Bergisch Gladbach 1983, Bastei Lübbe Verlag (Paperback 28118)
Übersetzung: Harro Christensen
b) Gütersloh u. a. o. J. (1984), Bertelsmann Lesering
Unveränderter Nachdruck der Übersetzung a)
c) Bergisch Gladbach 1986, Bastei Lübbe Verlag (TB 13054)
Unveränderter Nachdruck der Übersetzung a)

CREEPSHOW (*Creepshow*, 1982)
a) Bergisch Gladbach 1989, Bastei Lübbe Verlag (Paperback 71202)
Comic-Adaption mit Zeichnungen von Bernie Wrightson und Text von King

CUJO (*Cujo*, 1981)
a) Bergisch Gladbach 1983, Bastei Lübbe Verlag (Paperback 28109)
Übersetzung: Harro Christensen
b) Gütersloh u. a. o. J. (1986), Bertelsmann Lesering
Unveränderter Nachdruck der Übersetzung a)
c) Bergisch Gladbach 1986, Bastei Lübbe Verlag (TB 13035)
Unveränderter Nachdruck der Übersetzung a)

DANSE MACABRE (*Danse Macabre*, 1981)
a) München 1988, Wilhelm Heyne Verlag (Sachbuch 2)
Übersetzung: Joachim Körber
Die Übersetzung folgt erweiterter, korrigierter US-Ausgabe von 1982

DEAD ZONE – DAS ATTENTAT (*The Dead Zone*, 1979)
a) (unter dem Titel DAS ATTENTAT)
München 1981, Arthur Moewig Verlag (Playboy TB 6110)
Übersetzung: Alfred Dunkel
stark gekürzte und teilweise tendenziös bearbeitete Ausgabe
b) Rastatt 1984, Arthur Moewig Verlag (TB 2277)
Unveränderter Nachdruck der Übersetzung a) als »Buch zum Film«
c) München 1987, Wilhelm Henye Verlag (TB 6953)
Übersetzung: Joachim Körber
Ungekürzte Neuübersetzung auf Grundlage der Übersetzung a)
d) (unter dem Titel DAS ATTENTAT)
Gütersloh u. a. o. J. (1988), Bertelsmann Lesering
Unveränderter Nachdruck der Übersetzung c)
e) (unter dem Titel DEAD ZONE)
Stuttgart/Hamburg/München o. J. (1988), Deutscher Bücherbund
Unveränderter Nachdruck der Übersetzung c)

DREI (*The Dark Tower II: The Drawing of the Three*, 1987)
a) München 1989, Wilhelm Heyne Verlag (»Jumbo« Paperback 41/14)

572

Übersetzung: Joachim Körber
b) Gütersloh u. a. o. J. (1989), Bertelsmann Lesering
Unveränderter Nachdruck der Übersetzung a)

ES (*It*, 1986)
a) Linkenheim 1986, Edition Phantasia
Übersetzung: Alexandra von Reinhardt
Einmalige Auflage von 280 numerierten Exemplaren, Ganzlederband im
Samtschuber. 30 von I bis XXX numerierte Exemplare gelangten nicht in
den Handel
b) München 1986, Wilhelm Heyne Verlag (Paperback 6657 bzw. 41/1)
Unveränderter Nachdruck der Übersetzung a)
c) Gütersloh u. a. o. J. (1987), Bertelsmann Lesering
Unveränderter Nachdruck der Übersetzung a)
d) Stuttgart/Hamburg/München o. J. (1988), Deutscher Bücherbund
Unveränderter Nachdruck der Übersetzung a)

FEUERKIND (*Firestarter*, 1980)
a) Bergisch Gladbach 1981, Bastei Lübbe Verlag (Paperback 28103)
Übersetzung: Harro Christensen
b) Gütersloh u. a. o. J. (1983), Bertelsmann Lesering
Unveränderter Nachdruck der Übersetzung a)
c) Bergisch Gladbach 1984, Bastei Lübbe Verlag (TB 13001)
Unveränderter Nachdruck der Übersetzung a)

DER FLUCH (*Thinner*, 1984)
a) München 1985, Wilhelm Heyne Verlag (TB 6601)
Übersetzung: Nora Jensen
Unter dem Pseduonym ›Richard Bachman‹ veröffentlicht

DER FORNIT (Auswahl [Teil 3] aus *Skeleton Crew*, 1985)
Enthält: Der Affe (»The Monkey«); Paranoid: Ein Gesang (»Paranoid: A
Chant«); Der Textcomputer der Götter (»Word Processor of the Gods«); Für
Owen (»For Owen«); Überlebenstyp (»Survivor Type«); Der Milchmann
schlägt wieder zu (»Big Wheels: A Tale of the Laundry Game«); Der Fornit
(»The Ballad of the Flexible Bullet«); Der Dünenplanet (»Beachworld«).
a) München 1986, Wilhelm Heyne Verlag (TB 6888)
Übersetung: Monika Hahn, Joachim Körber, Alexandra von Reinhardt

FRIEDHOF DER KUSCHELTIERE (*Pet Sematary*, 1983)
a) Hamburg 1985, Hoffmann und Campe
Übersetzung: Christel Wiemken
b) Gütersloh u. a. o. J. (1987), Bertelsmann Lesering
Unveränderter Nachdruck der Übersetzung a)
c) München 1988, Wilhelm Heyne Verlag (TB 7627)
Unveränderter Nachdruck der Übersetzung a)
d) Stuttgart/Hamburg/München o. J. (1988), Deutscher Bücherbund
Unveränderter Nachdruck der Übersetzung a)

FRÜHLING, SOMMER, HERBST UND TOD (*Different Seasons*, 1982)
Enthält: Frühlingserwachen: Pin-Up (»Hope Springs Eternal: Rita Hayworth

and Shawshank Redemption«); Sommergewitter: Der Musterschüler (»Summer of Corruption: Apt Pupil«); Herbstsonate: Die Leiche (»Fall from Innocence: The Body«); Ein Wintermärchen: Atemtechnik (»A Winter's Tale: The Breathing Method«); Nachwort (»Afterword«).
a) Bergisch Gladbach 1984, Bastei Lübbe Verlag (Paperback 28120)
   Übersetzung: Harro Christensen
b) siehe JAHRESZEITEN

DER GESANG DER TOTEN (Auswahl [Teil 2] aus *Skeleton Crew*, 1985)
Enthält: Mrs. Todds Abkürzung (»Mrs. Todd's Shortcut«); Der Hochzeitsempfang (»The Wedding Gig«); Travel (»The Jaunt«); Kains Aufbegehren (»Cain Rose Up«); Das Floß (»The Raft«); Der Gesang der Toten (»The Reach«); Der Sensenmann (»The Reaper's Image«); Nona (»Nona«); Onkel Ottos Lastwagen (»Uncle Otto's Truck«).
a) München 1986, Wilhelm Heyne Verlag (TB 6705)
   Übersetzung: Martin Bliesse, Rolf Jurkeit, Alexandra von Reinhardt

IM MORGENGRAUEN (Auswahl [Teil 1] aus *Skeleton Crew*, 1985)
Enthält: Der Mann, der niemandem die Hand geben wollte (»The Man Who Wouldn't Shake Hands«); Achtung – Tiger! (»Here There Be Tygers«); Omi (»Gramma«); Morgenlieferungen (»Morning Deliveries«); Der Nebel (»The Mist«).
a) München 1985, Wilhelm Heyne Verlag (TB 6553)
   Übersetzung: Alexandra von Reinhardt

DAS JAHR DES WERWOLFS (*Cycle of the Werwolf*, 1983)
a) Bergisch Gladbach 1985, Bastei Lübbe Verlag (Paperback 28135)
   Übersetzung: Harro Christensen
   Enthält zusätzlich: »Von Carrie bis Christine – Stephen King, der Meister des Makabren (»The Night Journeys of Stephen King«) von Douglas E. Winter, übersetzt und bearbeitet von Helmut W. Pesch
b) Bergisch Gladbach 1988, Bastei Lübbe Verlag (TB 25007)
   Unveränderter Nachdruck der Übersetzung a)
   Der Anhang aus a) ist nicht enthalten

JAHRESZEITEN: HERBST & WINTER (Auswahl [Teil 2] aus *Different Seasons*, 1982)
Enthält: Herbstsonate: Die Leiche (»Fall from Innocence: The Body«); Ein Wintermärchen: Atemtechnik (»A Winter's Tale: The Breathing Method«); Nachwort (»Afterword«).
a) Bergisch Gladbach 1987, Bastei Lübbe Verlag (TB 13114)
   Unveränderter Nachdruck der Übersetzung aus FRÜHLING, SOMMER, HERST UND TOD

JAHRESZEITEN: FRÜHLING & SOMMER (Auswahl [Teil 1] aus *Different Seasons*, 1982)
Enthält: Frühlingserwachen: Pin-Up (»Hope Springs Eternal: Rita Hayworth and Shawshank Redemption«); Sommergewitter: Der Musterschüler (»Summer of Corruption: Apt Pupil«).

a) Bergisch Gladbach 1988, Bastei Lübbe Verlag (TB 13115)
Unveränderter Nachdruck der Übersetzung aus FRÜHLING, SOMMER,
HERST UND TOD

KATZENAUGE (Auswahl aus *Night Shift*, 1978)
Enthält: Geschichten aus dem Dunkel: Über das Phänomen des Schriftstellers, Drehbuchautors und Filmregisseurs Stephen King, von Willy Loderhose; Katzenauge – Wie es zu der Verfilmung kam, von Willy Loderhose; Quitters, Inc. (»Quitters, Inc.«); Der Mauervorsprung (»The Ledge«); Trucks – Bemerkungen zur Verfilmung, von Willy Loderhose; Trucks (»Trucks«); Kinder des Zorns – Bemerkungen zur Entstehung des Films, von Willy Loderhose; Kinder des Mais (»Children of the Corn«).
a) Bergisch Gladbach 1986, Bastei Lübbe Verlag (TB 13088)
Unveränderte Nachdrucke der Übersetzungen aus NACHTSCHICHT
Die Beiträge von Willy Loderhose wurden eigens für diesen Band geschrieben.

DAS LETZTE GEFECHT (*The Stand*, 1978)
a) Bergisch Gladbach 1985, Bastei Lübbe Verlag (Paperback 28126)
Übersetzung: Harro Christensen
b) Bergisch Gladbach 1986, Gustav Lübbe Verlag (Gebundene Ausgabe)
Unveränderter Nachdruck der Übersetzung a)
c) Gütersloh u. a. o. J. (1989), Bertelsmann Lesering
Unveränderter Nachdruck der Übersetzung a)
d) Stuttgart/Hamburg/München o. J. (1989), Deutscher Bücherbund
Unveränderter Nachdruck der Übersetzung a)
e) Bergisch Gladbach 1989, Bastei Lübbe Verlag (TB 13213)
Unveränderter Nachdruck der Übersetzung a)

MENSCHENJAGD (*The Running Man*, 1982)
a) München 1986, Wilhelm Heyne Verlag (TB 6687)
Übersetzung: Nora Jensen
Unter dem Pseudonym »Richard Bachman« veröffentlicht

DAS MONSTRUM/TOMMYKNOCKERS (*The Tommyknockers*, 1987)
a) Hamburg 1988, Hoffmann und Campe
Übersetzung: Joachim Körber

NACHTGESICHTER (*Nightmares in the Sky*, 1988)
a) München 1989, Wilhelm Heyne Verlag (Gebundene Ausgabe)
Übersetzung: Joachim Körber
Bildband mit Fotos von f-stop Fitzgerald und Text von King

NACHTSCHICHT (*Night Shift*, 1978)
Enthält: Vorwort (»Foreword«); Briefe aus Jerusalem (»Jerusalem's Lot«); Spätschicht (»Graveyard Shift«); Nächtliche Brandung (»Night Surf«); Ich bin das Tor (»I Am the Doorway«); Der Wäschemangler (»The Mangler«); Das Schreckgespenst (»The Boogeyman«); Graue Masse (»Gray Matter«); Schlachtfeld (»Battleground«); Lastwagen (»Trucks«); Manchmal kommen sie wieder (»Sometimes They Come Back«); Erdbeerfrühling (»Strawberry

Spring«); Der Mauervorsprung (»The Ledge«); Der Rasenmähermann (»The Lawnmower Man«); Quitters, Inc. (»Quitters, Inc.«); Ich weiß, was du brauchst (»I Know What You Need«); Kinder des Mais (»Children of the Corn«); Der Mann, der Blumen liebte (»The Man Who Loved Flowers«); Einen auf den Weg (»One for the Road«); Die Frau im Zimmer (»The Woman in the Room«).
a) Bergisch Gladbach 1984, Bastei Lübbe Verlag (Paperback 28114)
Übersetzung: Karin Balfer, Harro Christensen, Barbara Heidkamp, Ingrid Herrmann, Wolfgang Hohlbein, Michael Kubiak, Sabine Kuhn, Ulrike A. Pollay, Bernd Seligman, Stefan Sturm
b) Bergisch Gladbach 1987, Gustav Lübbe Verlag
Unveränderter Nachdruck der Übersetzungen a)
c) Bergisch Gladbach 1988, Bastei Lübbe Verlag (TB 13160)
Unveränderter Nachdruck der Übersetzungen a)

NEBEL (*The Mist*, 1980)
a) Linkenheim 1987, Edition Phantasia
Übersetzung: Alexandra von Reinhardt
Einmalige Auflage von 530 numerierten, vom Illustrator Herbert Brandmeier handsignierten Exemplaren; 30 von I – XXX numerierte Exemplare gelangten nicht in den Handel. Die Übersetzung wurde gegenüber der Erstausgabe (in IM MORGENGRAUEN) leicht revidiert.

NONA UND DIE RATTEN (*Nona*, 1981)
a) München 1985, Wilhelm Heyne Verlag (Mini TB 2)
Übersetzung: Alexandra von Reinhardt
Gekürzte Übersetzung; der vollständige Text ist in DER GESANG DER TOTEN enthalten.

SCHWARZ (*The Dark Tower: The Gunslinger*, 1982)
Enthält: Der Revolvermann (»The Gunslinger«); Das Rasthaus (»The Way Station«); Das Orakel und die Berge (»The Oracle and the Mountains«); Die Langsamen Mutanten (»The Slow Mutants«); Der Revolvermann und der Mann in Schwarz (»The Gunslinger and the Dark Man«); Nachwort (»Afterword«).
a) München 1988, Wilhelm Heyne Verlag (Jumbo Paperback 41/11)
Übersetzung: Joachim Körber
b) Gütersloh u.a. o. J. (1989), Bertelsmann Lesering
Unveränderter Nachdruck der Übersetzung a)

SHINING (*The Shining*, 1977)
a) Bergisch Gladbach 1980, Bastei Lübbe Verlag (Paperback 28100)
Übersetzung: Harro Christensen
b) Gütersloh u. a. o. J. (1985), Bertelsmann Lesering
Unveränderter Nachdruck der Übersetzung a)
c) Bergisch Gladbach 1985, Bastei Lübbe Verlag (TB 13008)
Unveränderter Nachdruck der Übersetzung a)
d) Bergisch Gladbach 1987, Gustav Lübbe Verlag (Gebundene Ausgabe)
Unveränderter Nachdruck der Übersetzung a)

e) Stuttgart/Hamburg/München o. J. (1988), Deutscher Bücherbund
Unveränderter Nachdruck der Übersetzung a)

SIE (*Misery*, 1987)
a) München 1987, Wilhelm Heyne Verlag (Jumbo Paperback 7500 bzw. 41/2)
Übersetzung: Joachim Körber
b) Gütersloh u. a. o. J. (1988), Bertelsmann Lesering
Unveränderter Nachdruck der Übersetzung a)
c) Stuttgart/Hamburg/München o. J. (1988), Deutscher Bücherbund
Unveränderter Nachdruck der Übersetzung a)

SPRENGSTOFF (*Roadwork*, 1981)
a) München 1986, Wilhelm Heyne Verlag (TB 6762)
Übersetzung: Nora Jensen
Unter dem Pseudonym »Richard Bachman« veröffentlicht

STARK/THE DARK HALF (*The Dark Half*, 1989)
a) Hamburg 1989, Hoffmann und Campe
Übersetzung: Christel Wiemken

DER TALISMAN (*The Talisman*, 1984) (mit Peter Straub)
a) Hamburg 1986, Hoffmann und Campe
Übersetzung: Christel Wiemken
b) Stuttgart/Hamburg/München o. J. (1987), Deutscher Bücherbund
Unveränderter Nachdruck der Übersetzung a)
c) Gütersloh u. a. o. J. (1987), Bertelsmann Lesering
Unveränderter Nachdruck der Übersetzung a)
d) München 1988, Wilhelm Heyne Verlag (TB 7662)
Unveränderter Nachdruck der Übersetzung a)

TODESMARSCH (*The Long Walk*, 1979)
a) München 1987, Wilhelm Heyne Verlag (TB 6848)
Übersetzung: Nora Jensen
Unter dem Pseudonym »Richard Bachman« veröffentlicht

TRUCKS (Auswahl aus *Night Shift*, 1978)
Enthält: Geschichten aus dem Dunkel: Über das Phänomen des Schriftstellers, Drehbuchautors und Regisseurs Stephen King, von Willy Loderhose; Trucks (»Trucks«); Kinder des Zorns (»Children of the Corn«); Der Mauervorsprung (»The Ledge«); Quitters, Inc. (»Quitters, Inc.«).
a) Bergisch Gladbach 1986, Bastei Lübbe Verlag (TB 13043)
Unveränderter Nachdruck der Übersetzungen aus NACHTSCHICHT;
Das Vorwort von Willy Loderhose wurde eigens für diesen Band geschrieben.

DER WERWOLF VON TARKER MILLS (*Silver Bullet*, 1985)
Enthält: Vorwort (»Foreword«); DAS JAHR DES WERWOLFS (»CYCLE OF THE WERWOLF«); DER WERWOLF VON TARKER MILLS (»SILVER BULLET«).
a) Bergisch Gladbach 1986, Bastei Lübbe Verlag (Paperback 28146)

Unveränderter Nachdruck der Übersetzung DAS JAHR DES WER-
WOLFS; Übersetzung des Vorworts von Helmut W. Pesch und des Drehbuchs SILVER BULLET von Harro Christensen.

2. UNSELBSTÄNDIGE VERÖFFENTLICHUNGEN

ACHTUNG – TIGER (*Here There Be Tygers*, 1968)
a) IM MORGENGRAUEN
Übersetzung: Alexandra von Reinhardt

DER AFFE (*The Monkey*, 1980)
a) Anonym (Hrsg.): HEYNE JAHRESBAND 1986, München 1986, Wilhelm
Heyne Verlag (TB 6600)
Übersetzung: Alexandra von Reinhardt
b) DER FORNIT
Unveränderter Nachdruck der Übersetzung a)

ATEMTECHNIK (*The Breathing Method*, 1982)
a) FRÜHLING, SOMMER, HERBST UND TOD
Übersetzung: Harro Christensen
b) JAHRESZEITEN: HERBST & WINTER
Unveränderter Nachdruck der Übersetzung a)

BRIEFE AUS JERUSALEM (*Jerusalem's Lot*, 1978)
a) Michael Görden (Hrsg.): PHANTASTISCHE LITERATUR 84, Bergisch
Gladbach 1983, Bastei Lübbe Verlag (TB 72033)
Übersetzung: Barbara Heidkamp
b) NACHTSCHICHT
Unveränderter Nachdruck der Übersetzung a)

DER DÜNENPLANET (*Beachworld*, 1985)
a) DER FORNIT
Übersetzung: Alexandra von Reinhardt

EINEN AUF DEN WEG (*One for the Road*, 1977)
a) NACHTSCHICHT
Übersetzung: Stefan Sturm
b) (unter dem Titel: EINES AUF DEN WEG): Martin H. Greenberg
(Hrsg.): VAMPIRE!, Bergisch Gladbach 1988, BLTB
Unveränderter Nachdruck der Übersetzung a)

EINFÜHRUNG (*Introduction*, 1981)
a) Bill Pronzini/Barry N. Malzberg/Martin H. Greenberg (Hrsg.): UNHEIM-
LICHES, München 1985, Wilhelm Heyne Verlag (Jubiläumsband 9)
Übersetzung: Sonja Hauser, Bernd Lenz

ERDBEERFRÜHLING (*Strawberry Spring*, 1975)
a) NACHTSCHICHT
Übersetzung: Barbara Heidkamp

ES (*It*, 1986)
a) Anonym (Hrsg.): DIE JUMBOS VON HEYNE, München 1989,

578

Wilhelm Heyne Verlag (Jumbo Paperback o. Nr.)
Auszug aus dem Roman *ES.*

DER FALL DES DOKTORS (*The Doctor's Case*, 1987)
a) Bernhard Matt (Hrsg.): HEYNE KRIMI JAHRESBAND ZUM JUBI-
LÄUMSJAHR 1988, München 1988, Wilhelm Heyne Verlag (TB 2228)
Übersetzung: Joachim Körber (falsch angegeben: Körleer)
b) Martin H. Greenberg/Carol-Lynn Rössel-Waugh (Hrsg.): DIE NEUEN
ABENTEUER DES SHERLOCK HOLMES, Bergisch Gladbach 1989, Ba-
stei Lübbe Verlag (Paperback 28179)
Übersetzung: ?

DAS FLOSS (*The Raft*, 1982)
a) Rolf Jurkeit (Hrsg.): DÄMMERLICHT, München 1985, Wilhelm Heyne
Verlag (TB 6498)
Übersetzung: Rolf Jurkeit
b) DER GESANG DER TOTEN
Unveränderter Nachdruck der Übersetzung a)

DER FORNIT (*The Ballad of the flexible Bullet*, 1984)
a) DER FORNIT
Übersetzung: Alexandra von Reinhardt

DIE FRAU IM ZIMMER (*The Woman in the Room*, 1978)
a) NACHTSCHICHT
Übersetzung: Harro Christensen

FRIEDHOF DER KUSCHELTIERE (*Pet Sematary*, 1983)
a) *Stern*, Nr. 19 – Nr. 33 (1985)
Übersetzung: Christel Wiemken
Gekürzter Vorabdruck in 15 Teilen

FÜR OWEN (*For Owen*, 1985)
a) DER FORNIT
Übersetzung: Joachim Körber

DER GESANG DER TOTEN (*Do the Dead Sing?* bzw. *The Reach*, 1984)
a) DER GESANG DER TOTEN
Übersetzung: Alexandra von Reinhardt
b) Manfred Kluge (Hrsg.): DAS WINTERLESEBUCH, München 1986, Wilhelm Heyne Verlag (TB 6759)
Unveränderter Nachdruck der Übersetzung a)

DIE GEISTERMUTANTEN (*The Slow Mutants*, 1981)
a) Ronald M. Hahn (Hrsg.): IM FÜNFTEN JAHR DER REISE (DIE BESTEN
GESCHICHTEN AUS *THE MAGAZINE OF FANTASY AND SCIENCE
FICTION*, 66. FOLGE), München 1983, Wilhelm Heyne Verlag (TB 4005)
Übersetzung: Jürgen Langowski
b) (unter dem Titel DIE LANGSAMEN MUTANTEN)
SCHWARZ
Übersetzung: Joachim Körber

GRAUE MASSE (*Gray Matter*, 1973)
a) NACHTSCHICHT
Übersetzung: Harro Christensen

HÄNSEL UND CARRIE
a) *Esquire*, Nr. 11 (November 1987)
Übersetzung:

DER HOCHZEITSEMPFANG (*The Wedding Gig*, 1981)
a) DER GESANG DER TOTEN
Übersetzung: Alexandra von Reinhardt
b) Günther Fetzer (Hrsg.): HEYNE JUBILÄUMSLESEBUCH, München 1988,
Wilhelm Heyne Verlag (TB 6700)
Unveränderter Nachdruck der Übersetzung a)

DIE HÖLLENKATZE (*The Cat from Hell*, 1977)
a) Josh Patcher (Hrsg.): TOP HORROR, München 1984, Wilhelm Heyne
Verlag (Die unheimlichen Bücher 20)
Übersetzung: Rolf Jurkeit

ICH BIN DAS TOR (*I Am The Doorway*, 1971)
a) NACHTSCHICHT
Übersetzung: Harro Christensen
b) Michael Görden (Hrsg.): DÄMONENGESCHENK. GESPENSTERBUCH
5, Bergisch Gladbach 1985, Bastei Lübbe Verlag (TB 72505)
Unveränderter Nachdruck der Übersetzung a)
c) Ilse Walter (Hrsg.): DAS GROSSE FERIENLESEBUCH, Gütersloh u. a. o.
J. (1989), Bertelsmann Lesering
Unveränderter Nachdruck der Übersetzung a)

ICH WEISS, WAS DU BRAUCHST (*I Know What You Need*, 1976)
a) NACHTSCHICHT
Übersetzung: Ingrid Herrmann
b) Michael Görden (Hrsg.): SCHATTENHOCHZEIT. GESPENSTERBUCH
7, Bergisch Gladbach 1985, Bastei Lübbe Verlag (TB 72507)
Unveränderter Nachdruck der Übersetzung a)
c) Isaac Asimov/Martin H. Greenberg/Charles G. Waugh (Hrsg.): MÄR-
CHENWELT DER FANTASY, Bergisch Gladbach 1987, Bastei Lübbe Verlag (Paperback 28152)
Unveränderter Nachdruck der Übersetzung a)

KAINS AUFBEGEHREN (*Cain Rose Up*, 1968)
a) DER GESANG DER TOTEN
Übersetzung: Alexandra von Reinhardt

DIE KINDER DES MAIS (*Children of the Corn*, 1977)
a) NACHTSCHICHT
Übersetzung: Wolfgang Hohlbein
b) (unter dem Titel KINDER DES ZORNS)

Michael Görden (Hrsg.): TOTENTANZ. GESPENSTERBUCH 3, Bergisch
Gladbach 1984, Bastei Lübbe Verlag (TB 72503)
Unveränderter Nachdruck der Übersetzung a)
c) (unter dem Titel KINDER DES ZORNS)
TRUCKS
Unveränderter Nachdruck der Übersetzung a)
d) KATZENAUGE
Unveränderter Nachdruck der Übersetzung a)

KINDER DES ZORNS
siehe DIE KINDER DES MAIS

DIE KISTE (*The Crate*, 1979)
a) Bill Pronzini/Barry N. Malzberg/Martin H. Greenberg (Hrsg.):
UNHEIMLICHES, München 1985, Wilhelm Heyne Verlag (Jubiläumsband 9)
Übersetzung: Sonja Hauser, Bernd Lenz

DIE LANGSAMEN MUTANTEN
siehe DIE GEISTERMUTANTEN

LASTWAGEN (*Trucks*, 1973)
a) NACHTSCHICHT
Übersetzung: Harro Christensen
b) (unter dem Titel TRUCKS)
TRUCKS
Unveränderter Nachdruck der Übersetzung a)
c) (unter dem Titel TRUCKS)
KATZENAUGE
Unveränderter Nachdruck der Übersetzung a)

DIE LEICHE (*The Body*, 1982)
a) FRÜHLING, SOMMER, HERBST UND TOD
Übersetzung: Harro Christensen
b) JAHRESZEITEN: HERBST & WINTER
Unveränderter Nachdruck der Übersetzung a)

DIE LETZTE SPROSSE (*The Last Rung on the Ladder*, 1978)
a) NACHTSCHICHT
Übersetzung: Barbara Heidkamp

MANCHMAL KOMMEN SIE WIEDER (*Sometimes They Come Back*, 1974)
a) NACHTSCHICHT
Übersetzung: Barbara Heidkamp
b) Michael Görden (Hrsg.): NACHTSPUK. GESPENSTERBUCH 1, Bergisch
Gladbach 1984, Bastei Lübbe Verlag (TB 72501)
Unveränderter Nachdruck der Übersetzung a)

DER MANN, DER BLUMEN LIEBTE (*The Man Who Loved Flowers*, 1977)
a) Michael Görden (Hrsg.): PHANTASTISCHE LITERATUR 84, Bergisch
Gladbach 1983, Bastei Lübbe Verlag (TB 72033)

Übersetzung: Bernd Seligmann
b) NACHTSCHICHT
Unveränderter Nachdruck der Übersetzung a)

DER MANN, DER NIEMANDEM DIE HAND GEBEN WOLLTE (*The Man Who Wouldn't Shake Hands*, 1982)
a) IM MORGENGRAUEN
Übersetzung: Alexandra von Reinhardt
b) Viragilio Iafrate (Hrsg.): MORDSLUST, BAND 2, München o. J. (1987), Westarp Verlag
Unveränderter Nachdruck der Übersetzung a)

DER MAUERVORSPRUNG (*The Ledge*, 1976)
a) (unter dem Titel WER IM PENTHOUSE SITZT SOLLTE NICHT UM LIEBE SPIELEN)
Lui, Nr. 5 (Mai 1981)
Übersetzung: ?
b) NACHTSCHICHT
Übersetzung: Harro Christensen
c) TRUCKS
Unveränderter Nachdruck der Übersetzung b)
d) KATZENAUGE
Unveränderter Nachdruck der Übersetzung b)

DER MILCHMANN SCHLÄGT WIEDER ZU (*Big Wheels: A Tale of the Laundry Game*, 1980)
a) DER FORNIT
Übersetzung: Alexandra von Reinhardt
b) Günther Fetzer (Hrsg.): DAS FERIEN-LESEBUCH 1989, München 1989, Wilhelm Heyne Verlag (TB 7834)
Unveränderter Nachdruck der Übersetzung a)

MIT WALDENBOOKS (*With Waldenbooks* bzw. *A Message from Stephen King to Waldenbooks People*, 1983)
a) ANGST. GESPRÄCHE ÜBER DAS UNHEIMLICHE MIT STEPHEN KING
Übersetzung: Joachim Körber

MORGENLIEFERUNGEN (*Morning Deliveries*, 1968)
a) IM MORGENGRAUEN
Übersetzung: Alexandra von Reinhardt

MRS. TODDS ABKÜRZUNG (*Mrs. Todd's Shortcut*, 1984)
a) DER GESANG DER TOTEN
Übersetzung: Alexandra von Reinhardt
b) Karl Edward Wagner (Hrsg.): DIE GRUSELGESCHICHTEN DES JAHRES 2, München 1987, Wilhelm Heyne Verlag (TB 6793)
Übersetzung: Sonja Hauser

DER MUSTERSCHÜLER (*Apt Pupil*, 1982)
a) FRÜHLING, SOMMER, HERBST UND TOD
Übersetzung: Harro Christensen
b) JAHRESZEITEN: FRÜHLING & SOMMER
Unveränderter Nachdruck der Übersetzung a)

DIE NACHT DES TIGERS (*The Night of the Tiger*, 1978)
a) Edward L. Ferman/Anne Jordan (Hrsg.): DIE BESTEN HORRORSTO-
RIES, München 1989, Droemer Knaur Verlag (Paperback 1835)
Übersetzung: ?

DER NACHTFLIEGER (*The Night Flyer*, 1988)
a) Douglas E. Winter (Hrsg.): HORROR VOM FEINSTEN, München 1989,
Wilhelm Heyne Verlag (Jumbo Paperback 41/17)
Übersetzung: Joachim Körber

NACHWORT (*Afterword*, 1982)
a) FRÜHLING, SOMMER, HERBST UND TOD
Übersetzung: Harro Christensen
b) JAHRESZEITEN: HERBST UND WINTER
Unveränderter Nachdruck der Übersetzung a)

NACHWORT (*Afterword*, 1982)
a) SCHWARZ
Übersetzung: Joachim Körber

NACHWORT (*Afterword*, 1987)
a) DREI
Übersetzung: Joachim Körber

NÄCHTLICHE BRANDUNG (*Night Surf*, 1974)
a) NACHTSCHICHT
Übersetzung: Michael Kubiak

DER NEBEL (*The Mist*, 1980)
a) IM MORGENGRAUEN
Übersetzung: Alexandra von Reinhardt
b) Anonym (Hrsg.): HORROR, München 1987, Wilhelm Heyne Verlag (Jubiläumsband 21)
Unveränderter Nachdruck der Übersetzung a)

NONA (*Nona*, 1981)
a) Charles L. Grant (Hrsg.): DAS GROSSE GRUSELKABINETT, München
1984, Wilhelm Heyne Verlag (Die unheimlichen Bücher 16)
Übersetzung: Rolf Jurkeit
b) DER GESANG DER TOTEN
Übersetzung: Alexandra von Reinhardt

OHNE TITEL (*Introduction to »The Cat from Hell«*, 1986)
a) Josh Patcher (Hrsg.): TOP HORROR, München 1986, Wilhelm Heyne
Verlag (Die Unheimlichen Bücher 20)
Übersetzung: Rolf Jurkeit

Die kurze Einführung zur Geschichte wurde eigens für diesen Band geschrieben und erschien nur in deutscher Übersetzung

OMI (*Gramma*, 1984)
a) IM MORGENGRAUEN
   Übersetzung: Alexandra von Reinhardt
b) Ernst M. Frank (Hrsg.): HEXENGESCHICHTEN, München 1988, Wilhelm Heyne Verlag (TB 7701)
   Unveränderter Nachdruck der Übersetzung a)

ONKEL OTTOS LASTWAGEN (*Uncle Otto's Truck*, 1983)
a) Karl Edward Wagner (Hrsg.): DIE GRUSELGESCHICHTEN DES JAHRES, München 1986, Wilhelm Heyne Verlag (TB 6614)
   Übersetzung: Martin Bliesse
b) ONKEL OTTOS LASTWAGEN
   Michael Görden (Hrsg.): PHANTASTISCHE WELTLITERATUR 1986, Bergisch Gladbach 1986, Bastei Lübbe Verlag (TB 72044)
   Übersetzung: ?
c) IM MORGENGRAUEN
   Unveränderter Nachdruck der Übersetzung a)

DAS ORAKEL UND DIE BERGE (*The Oracle and the Mountains*, 1981)
a) Ronald M. Hahn (Hrsg.): CYRION IN BRONZE (DIE BESTEN GESCHICHTEN AUS *THE MAGAZINE OF FANTASY AND SCIENCE FICTION*, 65. FOLGE), München 1983, Wilhelm Heyne Verlag (TB 3965)
   Übersetzung: Wolfgang Schrader
b) SCHWARZ
   Übersetzung: Joachim Körber

PARANOID: A CHANT (1985)
a) DER FORNIT
   Übersetzung: Joachim Körber

PIN-UP (*Rita Hayworth and Shawshank Redemption*, 1982)
a) FRÜHLING, SOMMER, HERBST UND TOD
   Übersetzung: Harro Christensen
b) JAHRESZEITEN: FRÜHLING & SOMMER
   Unveränderter Nachdruck der Übersetzung a)

POPSY (*Popsy*, 1987)
a) J. N. Williamson (Hrsg.): POPSY UND 25 WEITERE GESCHICHTEN NACH MITTERNACHT, Bergisch Gladbach 1988, Bastei Lübbe Verlag (TB 13150)
   Übersetzung: Ingrid Herrmann

QUITTERS, INC. (*Quitters, Inc.*, 1978)
a) NACHTSCHICHT
   Übersetzung: Ingrid Herrmann
b) TRUCKS
   Unveränderter Nachdruck der Übersetzung a)

c) KATZENAUGE
Unveränderter Nachdruck der Übersetzung a)

DER RASENMÄHERMANN (*The Lawnmower Man,* 1975)
a) NACHTSCHICHT
Übersetzung: Sabine Kuhn

DAS RASTHAUS (*The Way Station,* 1980)
a) Manfred Kluge (Hrsg.): GRENZSTREIFZÜGE (DIE BESTEN GESCHICH-
TEN AUS *THE MAGAZINE OF FANTASY AND SCIENCE FICTION,* 58.
FOLGE), München 1981, Wilhelm Heyne Verlag (TB 3792)
Übersetzung: Wolfgang Schrader
b) SCHWARZ
Übersetzung: Joachim Körber

DER REVOLERMANN (*The Gunslinger,* 1978)
a) Manfred Kluge (Hrsg.): STERBLICHE GÖTTER (DIE BESTEN GE-
SCHICHTEN AUS *THE MAGAZINE OF FANTASY AND SCIENCE FIC-
TION,* 55. FOLGE), München 1980, Wilhelm Heyne Verlag (TB 3718)
Übersetzung: Marcel Bieger
b) SCHWARZ
Übersetzung: Joachim Körber

DER REVOLVERMANN UND DER MANN IN SCHWARZ (*The Gunslinger
and the Dark Man,* 1981)
a) Ronald M. Hahn (Hrsg.): MYTHEN DER NAHEN ZUKUNFT (DIE BE-
STEN GESCHICHTEN AUS *THE MAGAZINE OF FANTASY AND
SCIENCE FICTION,* 68. FOLGE), München 1984, Wilhelm Heyne Verlag
(TB 4062)
Übersetzung: Andreas Decker
b) SCHWARZ
Übersetzung: Joachim Körber

DAS SCHLACHTFELD (*Battleground,* 1972)
a) NACHTSCHICHT
Übersetzung: Ulrike A. Pollay

DAS SCHRECKGESPENST (*The Boogey Man,* 1973)
a) NACHTSCHICHT
Übersetzung: Harro Christensen
b) Jason Dark (Hrsg.): 50 MAL GÄNSEHAUT, Bergisch Gladbach 1986, Bastei Lübbe Verlag (TB 13052)
Unveränderter Nachdruck der Übersetzung a)

DER SENSENMANN (*The Reaper's Image,* 1969)
a) DER GESANG DER TOTEN
Übersetzung: Alexandra von Reinhardt

SPÄTSCHICHT (*Graveyard Shift,* 1970)
a) NACHTSCHICHT
Übersetzung: Harro Christensen

TASTE DES TODES
siehe DER TEXTCOMPUTER DER GÖTTER

DER TEXTCOMPUTER DER GÖTTER (*Word Processor of the Gods bzw. The Word Processor*, 1983)
a) (unter dem Titel TASTE DES TODES)
   Playboy, Nr. 11 (November 1984)
   Übersetzung: ?
b) Günther Fetzer (Hrsg.): DAS FERIEN-LESEBUCH, München 1986, Wilhelm Heyne Verlag (TB 6678)
   Übersetzung: Alexandra von Reinhardt
c) DER FORNIT
   Unveränderter Nachdruck der Übersetzung b)

TRAVEL (*The Jaunt*, 1981)
a) Rolf Jurkeit (Hrsg.): SCHATTENLICHT, München 1984, Wilhelm Heyne Verlag (TB 6428)
   Übersetzung: Rolf Jurkeit
b) DER GESANG DER TOTEN
   Unveränderter Nachdruck der Übersetzung a)

TRUCKS
siehe LASTWAGEN

DER ÜBERLEBENSTYP (*Survivor Type*, 1982)
a) Hans Gamber (Hrsg.): DAS WEISSBUCH DES SCHWARZEN HUMORS, München 1984, Wilhelm Heyne Verlag (TB 6351)
   Übersetzung: Monika Hahn
b) DER FORNIT
   Unveränderter Nachdruck der Übersetzung a)

VORWORT (*Foreword*, 1978)
a) (Auszug unter dem Titel WARUM LESEN WIR PHANTASTISCHE GE-SCHICHTEN?)
   Michael Görden (Hrsg.): PHANTASTISCHE LITERATUR 83, Bergisch Gladbach 1983, Bastei Lübbe Verlag (TB 72022)
   Übersetzung: Michael Görden
b) NACHTSCHICHT
   Übersetzung: Michael Görden (vollständiger Abdruck der Übersetzung aus a))

VORWORT (*Foreword*, 1985)
a) DER WERWOLF VON TARKER MILLS
   Übersetzung: Helmut W. Pesch

DER WÄSCHEMANGLER (*The Mangler*, 1972)
a) NACHTSCHICHT
   Übersetzung: Karin Balfer

WARUM ICH RICHARD BACHMAN WAR (*Why I Was Bachman*, 1984)
a) *Phantastische Zeiten*, Nr. 4/88 (Heft 5) (1988)
   Übersetzung: Nora Jensen

WARUM LESEN WIR PHANTASTISCHE GESCHICHTEN?
siehe VORWORT

WER IM PENTHOUSE SITZT SOLLTE NICHT UM LIEBE SPIELEN
siehe DER MAUERVORSPRUNG

3. INTERVIEWS*

INTERVIEW MIT STEHPHEN KING
Gesprächspartner: ?
a) *Science Fiction Times*, Nr. 4 (April 1984)
   Übersetzung: Marcel Bieger, Andreas Decker

DER »KING« OF HORROR IST EIN SANFTER RIESE
Gesprächspartner: ?
a) *Cinema*, Nr. 79 (1984)
   Übersetzung: ?

MEIN HORROR IN JEDEM HOTEL
Gesprächspartner: Christel Vollmer
a) *Bild Zeitung*, 20. April 1989
   Übersetzung: ?

DIE NEUEN FORMEN DES SCHRECKENS
Gesprächspartner: Silvia Bizio
a) *Die Tageszeitung*, 22. 5. 1986
   Übersetzung (aus dem Italienischen!): ?

STEPHEN KING: DER MEISTER DES GRAUENS
Gesprächspartner: Harry Doherty
a) *Metal Hammer*, Nr. 3 (März 1988)
   Übersetzung: ?

TRÄUME ZWISCHEN HIMMEL UND ERDE
Gesprächspartner: Margarete von Schwarzkopf
a) *Die Welt*, 29. 9. 1984

WER IST DIESER STEPHEN KING? UND WARUM MACHT MAN DIE
GANZEN FILME?
Gesprächspartner: Jessie Horsting
a) Jessie Horsting: STEPHEN KING UND SEINE FILME, Bergisch Gladbach
   1987, Bastei Lübbe Verlag (Paperback 71200)
   Übersetzung: Harro Christensen, Helmut W. Pesch

WIE LEBT UND ARBEITET EIN HORROR-SCHRIFTSTELLER?
Gesprächspartner: ?

---

* Anmerkung: Die in dem Interview-Band ANGST. GESPRÄCHE ÜBER
  DAS UNHEIMLICHE MIT STEPHEN KING enthaltenen Interviews wurden an dieser Stelle nicht noch einmal einzeln aufgeführt.

a) CARRIE, Bergisch Gladbach 1983, Bastei Lübbe Verlag (Paperback 28111)
Übersetzung: ?
b) CARRIE, Bergisch Gladbach 1987, Bastei Lübbe Verlag (TB 13121)
Stark gekürzter Nachdruck des Interviews

NORBERT STRESAU

Filmographie

I. Langfilme

CARRIE (Carrie – des Satans jüngste Tochter)
USA 1976 *Produktion* Red Bank Films (Paul Monash) *Beteiligter Produzent* Louis A. Stroller *Regie* Brian de Palma *Buch* Lawrence D. Cohen *Kamera* Mario Tosi (MGM Color, Kopien von De-Luxe) *Schnitt* Paul Hirsch *Art Directors* William Kenny, Jack Fisk *Dekor* Robert Gould *Kostüme* Rosanna Norton *Spezialeffekte* Gregory M. Auer *Musik* Pino Donaggio *Tonschnitt* Dan Sable *Tonüberspielung* Dick Vorisek *Stunt-Koordinator* Richard Weiker *Darsteller* Sissy Spacek (Carrie White), Piper Laurie (Margaret White), Amy Irving (Sue Snell), William Katz (Tommy Ross), Nancy Allen (Chris Hargenson), John Travolta (Billy Nolan), Betty Buckley (Miß Collins), P. J. Soles (Nordman), Priscilla Pointer (Mrs. Snell), Stephen Gienash (Mr. Morton), Sydney Lassick (Mr. Fromm), Michael Talbott (Freddy), Doug Cox (»Schnabel«), Harry Gold (George), Noelle North (Frieda), Cindy Daly (Cora), Deirdre Berthrong (Rhonda), Anson Downes (Ernest), Rory Stevens (Kenny), Edie McGlurg (Helen), Cameron de Palma (Junge auf Fahrrad) *Länge* 97 Min. (OF/DF) *Deutsche Erstaufführung* 22. 4. 1977 *Verleih* UIP (Kino), Warner Home Video (Video)

CAT'S EYE (Katzenauge)
USA 1984. *Produktion* Famous Films Productions/International Film Corporation. Für MGM/UA. Eine Dino de Laurentiis-Präsentation (Martha Schumacher) *Co-Produzent* Milton Subotsky *Regie* Lewis Teague *Buch* Stephen King *Kamera* Jack Cardiff (Technicolor) *Schnitt* Scott Conrad *Production Design* Giorgio Postiglione *Art Director* Jeffrey Gin *Kostüme* Clifford Capone *Visuelle Spezialeffekte* Barry Nolan *Optische Effekte* Van der Veer Photo Effects *Creatures* Carlo Rambaldi *Musik* Alan Silvestri *Tonschnitt* Robert R. Rutledge *Stund-Koordinator* Glenn Randall jr. *Darsteller* Drew Barrymore (Amanda), James Woods (Morrison), Alan King (Dr. Donati), Kenneth McMillan (Cressner), Robert Hays (Norris), Candy Clark (Sally Ann), James Naughton (Hugh), Tony Munafo (Junk), Court Miller (Mr. McCann), Russell Horton (Mr. Milquetoast), Patricia Benson (Mrs. Milquetoast), Mary d'Arcy (Cindy), James Rebhorn (betrunkener Geschäftsmann), Jack Dillon (Hausmeister), Susan Hawes (Mrs. McCann), Shelley Burch (Jerrilyn), Sal Richards (Westlake), Jesse Doran (Albert), Patricia Kalember (Marcia), Mike Starr (Ducky), Charles Dutton (Don) *Länge* 94 Minuten (OF/DF) *Deutsche Erstaufführung* 4. 12. 1986 *Verleih* 20th Century-Fox (Kino), Cannon Screen Entertainment (Video)

CHILDREN OF THE CORN (Kinder des Zorns)
USA 1984 *Produktion* New World Pictures/Angeles Entertainment Group/Cinema Group Venture. In Zusammenarbeit mit Inverness Productions, Hal Raoch Studios. Eine Gatlin-Produktion (Donald P. Borchers, Terence Kirby) *Ausführende Produzenten* Earl Glick, Charles J. Weber *Beteiligter Produzent* Mark Lipson *Regie* Fritz Kiersch *Buch* George Goldsmith *Kamera* Raoul Lomas (CFI Color) *Schnitt* Harry Keramidas *Art Director* Craig Stearns *Visuelle Spezialeffekte* Max W. Anderson *Spezialeffekte* SPFX Inc., Erich Rumsey *Musik* Jonathan Elias *Tonschnitt* John Bowey, Julia Evershade, Kimberly Harris, Gregg Barbanell, MagCity Inc. *Stundt-Koordinator* Bruce Paul Barbour *Darsteller* Peter Horton (Burt), Linda Hamilton (Vicky), R. G. Anthony (Diesel), John Franklin (Isaac), Courtenay Gains (Malachi), Robby Kiger (Job), Annemarie McEvoy (Sarah), Julie Maddalena (Rachel), Jonas Marlowe (Joseph), John Philbin (Amos), Dan Snook (Junge), David Cowen (Dad), Suzy Southam (Mom), D. G. Johnson (Mr. Hansen), Patrick Boylan/Elmer Sonderstrom/Teresa Coigo (Hansens Gäste), Mitch Carter (Prediger im Radio) *Länge* 92 Minuten (OF), 89 Minuten (DF) *Deutsche Erstaufführung 25. 5. 1984 Verleih* Ascot (Kino), Thorn-EMI (Video)

CHRISTINE (Christine)
USA 1983 *Produktion* Columbia-Delphi Productions. Ein Polar-Film. Für Columbia (Richard Kobritz) *Ausführender Produzent* Kirby McCauley *Co-Produzent* Larry Franco *Beteiligter Produzent* Barry Bernardi *Regie* John Carpenter *Buch* Bill Phillips *Kamera* Donald M. Morgan (Technicolor, Kopien von Metrocolor) *Schnitt* Marion Rothman *Production Design* Daniel Lomino *Set Design* William Joseph Durrell jr. *Kostüme* Darryl Levine *Spezialeffekte* Roy Arbogast *Musik* John Carpenter, Alan Howarth *Tonschnitt* David Yewdall *Darsteller* Keith Gordon (Arnie Cunningham), John Stockwell (Dennis Guilder), Alexandra Paul (Leigh Cabot), Robert Prosky (Will Darnell), Harry Dean Stanton (Rudolph Junkins), Christine Belford (Regina Cunningham), Roberts Blossom (George Le Bay), William Ostrander (Buddy Repperton), David Spielberg (Mr. Casey), Malcolm Danare (Moochie Morgan), Steven Tash (Rich), Stuart Charns (Vandenberg), Kelly Preston (Roseanne), Marc Poppel (Chuck), Robert Darnell (Michael Cunningham), Douglas Warhit (Bemis), Bruce French (Mr. Smith), Keri Montgomery (Effie) *Länge* 110 Minuten (OF/DF) *Deutsche Erstaufführung 16. 3. 1984 Verleih* Warner-Columbia (Kino), RCA/Columbia (Video)

CREEPSHOW (Die unheimlich verrückte Geisterstunde)
USA 1982 *Produktion* United Film Distribution/Laurel Show (Richard P. Rubinstein) *Ausführender Produzent* Salah M. Hassanein *Beteiligter Produzent* David E. Vogel *Regie* George A. Romero *Buch* Stephen King *Kamera* Michael Gornick (Farbe) *Schnitt* Michael Spolan, Pasquale Buba, George A. Romero, Paul Hirsch *Production Design und Make-up* Tom Savini *Kostüme* Barbara Anderson *Spezialeffekte* Cletus Anderson *Comic Book Art* Jack Kamen *Musik* John Harrison *Tonschnitt* Pam de Metrius, Tom Dubensky, Darrell Hanzawk, Dean Weatherell, Wendy Wank *Darsteller* Iva Jean Saraceni (Billys Mutter), Tommy

Atkins (Billys Vater), Joe King (Billy), Carrie Nye (Sylvia Grantham), Viveca Lindfors (Tante Bedelia), Ed Harris (Hank Blaine), Warner Shook (Richard Grantham), Elizabeth Regan (Cass Blaine), Jan Lormer (Nathan Grantham), John Amplas (Nathans Leiche), Nan Magg (Mrs. Danvers), Peter Messer (Yarbro), Stephen King (Jordy Verrill), Bingo O'Malley (Jordys Vater/Professor/Arzt), Leslie Nielsen (Richard Vickers), Galyen Ross (Rebecca Vickers), Ted Danson (Harry Wentworth), Hal Holbrook (Henry Northrup), Adrienne Barbeau (Wilma Northrup), Fritz Weaver (Dexter Stanley), Don Keefer (Mike, der Hausmeister), Robert Harper (Charlie Gereson), Cletus Anderson (Gastgeber), Katie Kalowitz (Dienstmädchen), Chuck Aber (Mr. Raymond), Christine Forrest (Mrs. Raymond), E. G. Marshall (Upson Pratt), David Early (Mr. White), Marti Schiff (1. Müllmann), Tom Savini (2. Müllmann) *Länge* 120 Minuten (OF, Dt. Videofassung), 94 Min. (Dt. Kinofassung; es fehlt die Episode *Something to Tide You Over*) *Deutsche Erstaufführung* 29. 4. 1983 *Verleih* Neue Constantin (Kino/Video)

CREEPSHOW II (Creepshow II – Kleine Horrorgeschichten)
USA 1987 *Produktion* Laurel (David Ball) *Beteiligter Produzent* Mitchell Galin *Ausführender Produzent* Richard P. Rubinstein *Regie* Michael Gornick *Buch* George A. Romero *Kamera* Dick Hart, Tom Hurwitz (Technicolor) *Schnitt* Peter Weatherly *Production Design* Bruce Miller *Kostüme* Eileen Sieff *Zeichentrick-Überwachung* Rich Catizone *Make-up* Howard Berger, Ed French *Musik* Les Reed, Rick Wakeman *Tonaufnahme* Felipe Borrero *Tonschnitt* Jim Shields *Darsteller* Domenick John (Billy), Tom Savini (der Creep), George Kennedy (Ray Spruce), Philip Doré (Curly), Dorothy Lamour (Martha Spruce), Frank S. Salsedo (Ben Whitemoon), Holt McCallany (Sam Whitemoon), David Holbrook (Fatso Gribbens), Don Harvey (Andy Cavenaugh), Dan Kamin (Wood'nhead), Deane Smith (Mr. Cavenaugh), Shirley Sonderegger (Mrs. Cavenaugh), Paul Satterfield (Deke), Jeremy Green (LaVerne), Daniel Beer (Randy), Page Hannah (Randy), Lois Chiles (Annie Lansing), David Beecroft (Annies Liebhaber), Tom Wright (der Tramper), Richard Parks (George Lansing), Stephen King (Trucker), Joe Silver (Stimme des Creeps) *Länge* 90 Minuten (OF), 89 Minuten (DF) *Deutsche Erstaufführung* 7. 1. 1988 *Verleih* Highlight (Kino/Video)

CUJO (Cujo)
USA 1983 *Produktion* Taft Entertainment Company. Für Sunn Classic Pictures (Daniel H. Blatt, Robert Singer) *Beteiligter Produzent* Neil A. Machlis *Regie* Lewis Teague *Buch* Don Carlos Dunaway, Lauren Currier *Kamera* Jan de Bont (CFI Color) *Schnitt* Neil Travis *Production Design* Guy Comtois *Set Design* Joseph Garrity *Kostüme* Jack Buehler *Sp. Make-up* Peter Knowlton *Tierdressur* Karl Lewis Miller *Tonschnitt* Echo Film Services, Brian Courcier, David Elliott, Fred Judkins, John Kline, Russ Tinsley *Stund-Koordinator* Conrad e. Palmisano *Darsteller* Dee Wallace (Donna Trenton), Daniel Hugh-Kelly (Victor Trenton), Christopher Stone (Steve Kemp), Danny Pintauro (Tad Trenton), Ed Lauter (Joe Camber), Kaiulani Lee (Charity Camber), Mills Watson (Gary Pervier), Billy Jacoby (Brett Camber), Sandy Ward (Sheriff Bannerman), Jerry Mardin (Masen), Merritt Olsen (Sharps Cereal Professor), Arthur Rosenberg

(Roger Breakstone), Terry Donavan-Smith (Marry), Robert Elross (Meara), Robert Behling (Fournier), Claire Nons (Professorin), David H. Blatt (Dr. Merkolt) *Länge* 91 Minuten (OF/DF) *Deutsche Erstaufführung* 19. 8. 1983 *Verleih* Warner-Columbia (Kino), Warner Home Video (Video)

DEAD ZONE (Dead Zone – der Attentäter)
USA 1983 *Produktion* Dino de Laurentiis Corporation. In Zusammenarbeit mit Lorimar (Debra Hill) *Ausführender Produzent* Dino de Laurentiis *Beteiligter Produzent* Jeffrey Chernov *Regie* David Cronenberg *Buch* Jeffrey Boam *Kamera* Mark Irwin (Technicolor) *Schnitt* Ronald Sanders *Production Design* Carol Spier *Art Director* Barbara Dunphy *Kostüme* Olga Dimitrov *Spezialeffekte* John Belyeu *Musik* Michael Kamen *Tonschnitt* Ken Sweet, Duane Hartzell, David Stone, Caryl Wickman, Michael Gutierrez, Devon Heffley *Stunt-Koordinatoren* Dick Warlock, Carey Loftin *Darsteller* Christopher Walken (Johnny Smith), Brooke Adams (Sarah Bracknell), Tom Skerritt (Sheriff George Bannerman), Herbert Lom (Dr. Sam Weizak), Anthony Zerbe (Roger Stuart), Colleen Dewhurst (Henrietta Dodd), Martin Sheen (Greg Stillson), Nicholas Campbell (Frank Dodd), Sean Sullivan (Sonny Elliman), Roberta Weiss (Alma Frechette), Simon Craig (Chris Stuart), Peter Dvorsky (Dardis), Julie-Ann Heathwood (Amy), Barry Flattaman (Walt), Raffy Tchalikian (Denny), Ken Pogue (Vizepräsident), Gordon Jocelyn (Fünfsterne-General), Bill Copeland (Außenminister) *Länge* 103 Minuten (OF), 102 Minuten (DF) *Deutsche Erstaufführung* 18. 5. 1984 *Verleih* Neue Constantin (Kino), Thorn-EMI (Video)

FIRESTARTER (Der Feuerteufel)
USA 1984 *Produktion* Universal (Frank Capra jr.) *Beteiligte Produzentin* Martha Schumacher *Regie* Mark L. Lester *Buch* Stanley Mann *Kamera* Giuseppe Ruzzolini (Technicolor) *Schnitt* David Rawlins *Art Director* Giorgio Postiglione *Dekor* Lynn Wolverton *Kostüme* Michael Butler *Optische Spezialeffekte* Van der Veer Photo Effects *Spezialeffekte* Mike Wood, Jeff Jarvis *Make-up* José Antonio Sanchez *Musik* Tangerine Dream *Tonschnitt* Don Hall *Stunt-Koordinator* Glenn Randall jr. *Darsteller* David Keith (Andrew McGee), Drew Barrymore (Charlie McGee), Freddie Jones (Dr. Joseph Wanless), Heather Locklear (Vicky McGee), Martin Sheen (Captain Hollister), George C. Scott (John Rainbird), Art Carney (Irv Manders), Louise Fletcher (Norma Manders), Moses Gunn (Dr. Pynchot), Antonio Vargas (Taxifahrer), Orville Jamieson (Drew Snyder), Curtis Credel (Bates), Keith Colbert (Mayo), Richard Warlock (Knowles), Jeff Ramsey (Steinowitz), Jack Manger (junger Soldat), Lisa Ann Barnes (seine Freundin), Larry Sprinkle (Wache), Cassandra Ward-Freeman (Frau im Stall), Scott R. Davis (bärtiger Student) *Länge* 114 Minuten (OF/DF) *Deutsche Erstaufführung* 28. 9. 1984 *Verleih* UIP (Kino), Thorn-EMI (Video)

MAXIMUM OVERDRIVE (Rhea-M . . . Es begann ohne Warnung)
USA 1986 *Produktion* Dino de Laurentiis (Martha Schumacher) *Co-Produzent* Milton Subotsky *Beteiligte Produzenten* Mel Pearl, Don Lewin *Regie und Buch* Stephen King *Kamera* Armando Nannuzzi *Schnitt* Evan Lottman *Production Design* Giorgio Postiglione *Dekor* Hilton Rosemarin *Kostüme* Clifford Capone *Vi-*

suelle Spezialeffekte Barry Nolan *Optische Effekte* Van der Veer Photo Effects *Stunt-Koordinator* Glenn Randall jr. *Darsteller* Emilio Estevez (Bill Robinson), Pat Hingle (Hendershot), Laura Harrington (Brett), Yeardley Smith (Connie), John Short (Curt), Ellen McElduff (Wanda June), J. C. Quinn (Duncan), Christopher Murray (Camp Lohman), Holter Graham (Deke), Frankie Faison (Handy), Pat Miller (Joe), Jack Canon (Max), Barry Bell (Steve), John Brasington (Frank), J. Don Ferguson (Andy), Leon Ribby (Brad), Bob Gooden (Barry), Giancarlo Esposito (Videospieler), Ned Austin (Brückenwächter), Richard Chapman jr. (Helfer), Bob Gunter (Trainer) *Länge* 97 Minuten (OF/DF) *Deutsche Erstaufführung* 27. 11. 1986 *Verleih* Cinevox (Kino), VCL (Video)

PET SEMATARY (Friedhof der Kuscheltiere)
USA 1989 *Produktion* Paramount (Richard P. Rubinstein) *Ausführender Produzent* Tim Zinnemann *Regie* Mary Lambert *Buch* Stephen King *Kamera* Peter Stein (Technicolor) *Schnitt* Michael Hill, Daniel Hanley *Production Design* Michael Z. Hanan *Art Direction* Dins Danielson *Kostüme* M. Stewart *Make-up* Bart Mixon *Musik* Elliot Goldenthal *Darsteller* Dale Midkiff (Louis Credd), Fred Gwynne (Jud Crandall), Denise Crosby (Rachel Creed), Brad Greenquist (Victor Pascow), Michael Lombard (Irwin Goldman), Blaze Berdahl (Ellie Creed), Miko Hughes (Gage Creed), Susan Blommaert (Missy Dandridge) *Länge* 102 Minuten (OF) *Deutsche Erstaufführung* November 1989 (geplant) *Verleih* UIP (Kino)

THE RUNNING MAN (Running Man)
USA 1987 *Produktion* Taft Entertainment/Keith Barish Productions (Tim Zinnemann, George Linder) *Ausführender Produzent* Keith Barish, Rob Cohen *Regie* Paul Michael Glaser *Buch* Steven E. de Souza *Kamera* Thomas del Ruth, Reynaldo Villolobos (Farbe) *Schnitt* Mary Roy Warner, Edward A. Warschilka, John Wright *Production Design* Jack T. Collis *Kostüme* Robert Blackman *Make-up* The Burman Studios *Spezialeffekte* Gary Gutierrez *Musik* Harold Faltermeyer *Tonaufnahme* Richard Bryce Goodman, James J. Cavarretta, Jack Keller *Tonschnitt* Richard C. Franklin jr., Paul Timothy Carden *Darsteller* Arnold Schwarzenegger (Ben Richards), Richard Dawson (Damon Killian), Maria Conchita Alonso (Amber Mendez), Yaphet Kotto (Laughlin), Jim Brown (Fireball), Jesse Ventura (Captain Freedom), Erland van Lidth (Dynamo), Marvin J. McIntyre (Weiss), Gus Rethwisch (Buzzsaw), Professor Toru Tanaka (Professor Subzero), Mick Fleetwood (Mick), Dweezil Zappa (Stevie), Karen Leigh Hopkins (Brenda), Sven Thorsen (Sven), Eddi Bunker (Lenny), Bryan Kestner (medizinischer Techniker), Anthony Penya (Valdez), Kurt Fuller (Tony), Kenneth Lerner (Agent), Dey Young (Amy), Roger Bumpass (Don Pardo), Dona Hardy (Mrs. McArdle), Lynne Stewart (Edith Wiggins), Bill Margolin (Leon), Joe Leahy (Sprecher), Anthony Brubaker/Joel Kramer/Billy Lucas (Soldaten) *Länge* 101 Minuten (OF/DF) *Deutsche Erstaufführung* 30. 6. 1988 *Verleih* Neue Constantin (Kino), Taurus (Video)

'SALEM'S LOT (Brennen muß Salem/Der Schrecken im Marstenhaus)
USA 1979 *Produktion* Warner Brothers Television (Richard Kobritz) *Beteiligte Produzentin* Anna Cottle *Ausführender Produzent* Stirling Silliphant *Regie* Tobe Hooper *Buch* Paul Monash *Kamera* Jules Brenner (Farbe) *Schnitt* Carroll Sax *Production Design* Mort Rabinowitz *Spezialeffekte* Frank Torro *Musik* Harry Sukman *Darsteller* David Soul (Ben Mears), James Mason (Richard Straker), Lance Kerwin (Mark Petrie), Bonnie Bedelia (Susan Norton), Lew Ayres (Jason Burke), Reggie Nalder (Barlow), Julie Cobb (Bonnie Sawyer), Elisha Cook (Weasel Philips), George Dzundza (Cullen Sawyer), Ed Flanders (Bill Norton), Clarissa Kaye (Marjorie Glick), Geoffrey Lewis (Mike Ryerson), Barney McFadden (Ned Tebbetts), Kenneth McMillan (Chief Gillespie), Fred Willard (Larry Crockett), Marie Winsor (Eva Miller), Barbara Babcock (June Petrie), Joshua Bryant (Ted Petrie), James Gallery (Pater Callahan), Robert Lussier (Nolly Gardner), Brad Savage (Danny Glick), Ronnie Scribner (Ralphie Glick), Ned Wilson (Henry Glick) *Länge* 200 Minuten (OF), 146 Minuten (gekürzte OF/Dt. Fernsehfassung), 100 Minuten (Dt. Videofassung) *Deutsche Erstaufführung* September 1985 *Verleih* Warner Home Video (Video)

THE SHINING (Shining)
GB 1980 *Produktion* Hawk Films. Ein Peregrine-Film. In Zusammenarbeit mit The Producer Circle Company. Für Warner Bros. (Stanley Kubrick) *Ausführender Produzent* Jan Harlan *Regie* Stanley Kubrick *Buch* Stanley Kubrick, Diane Johnson *Kamera* John Alcott (Farbe) *Schnitt* Ray Lovejoy *Production Design* Roy Walker *Art Director* Les Tomkins *Kostüme* Milena Canonero *Musik* Béla Bartók, Wendy Carlos, Rachel Elkind, György Ligeti, Krzysztof Penderecki *Tonschnitt* Wyn Ryder, Dino di Campo, Jack Knight *Darsteller* Jack Nicholson (Jack Torrance), Shelley Duvall (Wendy Torrance), Danny Lloyd (Danny Torrance), Scatman Crothers (Dick Halloran), Barry Nelson (Stuart Ullman), Philip Stone (Delbert Grady), Joe Turkel (Lloyd), Lia Beldam (junge Frau im Bad), Billie Gibson (alte Frau im Bad), Barry Dennen (Bill Watson), David Baxt (1. Ranger), Manning Redwood (2. Ranger), Lisa Burns/Louise Burns (Grady-Schwestern), Alison Coleridge (Sekretärin), Kate Phelps (Empfangsdame), Norman Gay (verletzter Gast) *Länge* 146 Minuten (OF), 119 Min. (gekürzte OF/DF) *Deutsche Erstaufführung* 16. 10. 1980 *Verleih* Warner-Columbia (Kino), Warner Home Video (Video)

SILVER BULLET (Der Werwolf von Tarker Mills)
USA 1985 *Produktion* Dino de Laurentiis (Martha Schumacher) *Beteiligter Produzent* John M. Eckert *Regie* Daniel Attias *Buch* Stephen King *Kamera* Armando Nannuzzi (Technicolor) *Schnitt* Daniel Loewenthal *Production Design* Giorgio Postiglione *Dekor* Giorgio Desideri *Kostüme* Clifford Capone *Creatures* Carlo Rambaldi *Musik* Jay Chattaway *Tonschnitt* Stuart Lieberman, Paul Trejo, Fred Rosenberg, Marty Levenstein *Stunt-Koordinator* Julius LeFlore *Darsteller* Gary Busey (Onkel Red), Everett McGill (Reverend Lester Lowe), Corey Haim (Marty Coslaw), Megan Follows (Jane Coslaw), Robin Groves (Nan Coslaw), Leon Russom (Bob Coslaw), Terry O'Quinn (Sheriff Joe Haller), Bill Smitrovich (Andy Furton), Joe Wright (Brandy Kincaid), Kent Broadhurst (Herb Kin-

caid), Heather Simmons (Tammy Sturmfuller), Rebecca Fleming (Mrs. Sturmfuller), Lawrence Tierney (Owen Knopfler), James A. Baffico (Milt Sturmfuller), William Newman (Virgil Cuts), Sam Stoneburner (Bürgermeister O'Banion), Lonnie Moore (Billy McLaren), Rick Pasotto (Aspinall), Cassidy Eckert (Mädchen) *Länge* 95 Minuten (OF), 94 Minuten (DF) *Deutsche Erstaufführung* 10. 7. 1986 *Verleih* 20th Century-Fox (Kino), Cannon Screen Entertainment (Video)

STAND BY ME (Stand By Me – Das Geheimnis eines Sommers)
USA 1986. *Produktion* Act III (Bruce A. Evans, Raynold Gideon, Andrew Scheinman) *Regie* Rob Reiner *Buch* Raynold Gideon, Bruce A. Evans *Vorlage* »The Body«‹ (Die Leiche) *Kamera* Thomas del Ruth *Schnitt* Robert Leighton *Production Design* Dennis Washington *Art Director* Richard McKenzie *Kostüme* Sue Moore *Photographische Effekte* Introvision Systems Inc. *Spezialeffekte* Richard L. Thompson, Henry Millar *Musik* Jack Nitzsche *Tonschnitt* Lon E. Bender, Wylie Stateman, Soundelux Inc. *Stunts* Rick Barker, Jerry Brutsche, Jack Carpenter, Brian Carson, Doc Charbonneau, Gary Cox, Harvey Keith, Sherry Peterson, Richard Seaman, Monty Simmons, John Walter *Darsteller* Wil Wheaton (Gordie Lachance), River Phoenix (Chris Chambers), Corey Feldman (Teddy Duchamp), Jerry O'Connell (Vern Tessio), Richard Dreyfuss (der Schriftsteller), Kiefer Sutherland (Ace Merrill), Casey Siemaszko (Billy Tessio), Gary Riley (Charlie Hogan), Bradley Gregg (Eyeball Chambers), Jason Oliver (Vince Desjardins), Marshall Bell (Mr. Lachance), Frances Lee Mc Cain (Mrs. Lachance), Bruce Kirby (Mr. Quidacioluo), William Bronder (Milo Pressman), Scott Beach (Bürgermeister Grundy), John Cusack (Denny Lachance), Madeleine Swift (Frau des Bürgermeisters), Art Burke (Direktor Wiggins), Matt Williams (Bob Cormier), Andy Lindberg (Schmalzarsch Hogan), Dick Durock (Bill Travis), O. B. Babbs/Charlie Owens (Schmalzarschs Beleidiger), Kenneth Hodges/John Hodges (Donnelley-Zwillinge), Susan Thorpe (dicke Frau), Korey Scott Pollard (Moke), Rick Elliott (Jack Mudgett), Kent Lutrell (Ray Brower), Chance Quinn (Gordons Sohn), Jason Naylor (sein Freund) *Länge* 87 Minuten (OF/DF) *Deutsche Erstaufführung* 26. 2. 1987 *Verleih* Warner-Columbia (Kino), RCA/Columbia (Video)

II. Kurzfilme

THE BOOGEYMAN (Wer hat Angst vorm schwarzen Mann?)
USA 1982. *Produktion* Tantalus. In Zusammenarbeit mit der New York University School of Undergraduate Film (Jeffrey C. Schiro) *Regie, Buch und Schnitt* Jeffrey C. Schiro *Kamera* Douglas Meltzer *Musik* John Cote *Tondesign* J. C. Schiro, John Cote *Set Design* Susan Schiro *Darsteller* Michael Reid (Lester Billings), Bert Linder (Dr. Harper), Terence Brady (Sgt. Copeland), Mindy Silverman (Rita Billings), Jerome Bynder (Leichenbeschauer), Bobby Perschell (Denny), Michael Dragosin (Andy), Nancy Lindberg (Nachbarin), James Holmes (Ehemann), John MacDonald (1. Polizist), Dave Burr (2. Poli-

zist), Rich West (1. Aufseher), John Cote (2. Aufseher), Brooke Trivas (Krankenschwester) *Länge* 30 Minuten *Deutsche Erstaufführung* November 1986 *Verleih* VCL (Video; *Stephen King's Nightmare Collection*)

GRAMMA (Oma)
USA 1986 *Produktion* CBS (James Crocker) *Ausführender Produzent* Philip de Guere *Regie* Bradford May *Buch* Harlan Ellison *Darsteller* Barrett Oliver (George), Darlanne Fluegel (Mutter), Frederick Long (Stimme) *Erstausstrahlung* 14. 2. 1986 (CBS, *Twilight Zone*; in Deutschland 1987 von RTL Plus ausgestrahlt)

THE WOMAN IN THE ROOM (Vergiftet)
USA 1983 *Produktion* Darkwoods (Gregory Melton) *Ausführender Produzent* Douglas Venturelli *Beteiligter Produzent* Mark Vance *Regie und Buch* Frank Darabont *Kamera* Juan Ruiz Anchia *Schnitt* Frank Darabont, Kevin Rock *Art Direktor* Gregory Melton *Darsteller* Michael Cornelison (John), Dee Croxton (Mutter), Brian Libby (Gefangener), Bob Brunson/George Russell (Wachen) *Länge* 30 Minuten *Deutsche Erstaufführung* November 1986 *Verleih* VCL (Video; *Stephen King's Nightmare Collection*)

THE WORD PROCESSOR OF THE GODS
USA 1985 *Produktion* Laurel Entertainment (William Teitler) *Ausführende Produzenten* George A. Romero, Richard P. Rubinstein, Herry Golod *Regie* Michael Gornick *Buch* Michael McDowell *Darsteller* Bruce Davison (Richard Hagstrom), Karen Shallo (Lina Hagstrom), Bill Cain (Mr. Nordhoff), Jon Matthews (Jonathan), Patrick Piccininni (Seth) *Erstaustrahlung* 19. 11. 1985 (*Tales from the Darkside*)

III. Projekte

APT PUPIL
USA 1988 *Produktion* Apt Pupil Company/Granat Entertainment (Richard Kobritz) *Regie* Alan Bridges *Buch* Jim Wheat, Ken Wheat, R. Kobritz *Kamera* Bradford May *Schnitt* Duane Hartzell *Darsteller* Nicol Williamson, Ricky Schroder, David Ackroyd, Christine Belford, Richard Masur, Milton Seltzer, Hank Underwood, Ashley Laurence. Der Film ist abgedreht, der amerikanische Kinostart ist für Sommer 1989 geplant.

CREEPSHOW
Produktion Columbia Television/Laurel Entertainment (Richard Rubinstein), ein einstündiger Pilotfilm nach drei Kurzgeschichten Stephen Kings in Vorplanung für Fox Broadcasting. Der Ausbau zu einer für Herbst 1989 geplanten TV-Serie ist derzeit im Gespräch.

IT
Produktion Lorimar Telepictures/Konigsberg-Sanitsky Prod. (Frank Konigsberg) *Regie* George A. Romero *Buch* Lawrence D. Cohen. Eine sechsstündige Miniserie in Vorplanung für den amerikanischen TV-Sender ABC.

MISERY
Produktion Castle Rock Entertainment (Rob Reiner, Andrew Scheinman) *Regie* Rob Reiner *Buch* William Goldman. Ein 14-Millionen-Dollar-Film in Vorplanung für Columbia Pictures. Drehbeginn ist voraussichtlich Winter 1989.

THE STAND
Produktion Laurel Entertainment/Lorimar Telepictures. *Regie* George A. Romero. *Buch* Rospo Pallenberg. Ein 15–20 Millionen Dollar teurer Spielfilm in Vorplanung für Lorimar.

Quellenverzeichnis

Stephen King: Einige autobiographische Anmerkungen (An Annoying Autobiographical Pause) aus *Danse Macabre*. München 1988, 118–150. Übers. Joachim Körber. © 1981 by Stephen King by Kirby McCauley Ltd, New York. © 1988 by Wilhelm Heyne Verlag GmbH & Co. KG, München.

Stephen King: Ein Vortrag in der Billerica Library (An Evening At The Billerica Library) aus *Angst: Gespräche über das Unheimliche mit Stephen King*. Edition Phantasia. Linkenheim 1989. Übers. Joachim Körber. © 198 by Stephen King. © 1989 by Wilhelm Heyne Verlag GmbH & Co. KG, München.

Stephen King: Warum ich Richard Bachman war (Why I Was Bachman) aus *The Bachman Books: Four Early Novels by Stephen King*. NAL, New York 1985, V–X. Übers. Nora Jensen. © 1984 by Stephen King. © der deutschen Übersetzung by Wilhelm Heyne Verlag GmbH & Co. KG, München.

Charles Platt: Stephen King (Stephen King) aus *Dream Makers II*. Hrsg. von Charles Platt. New York 1983. Übers. Joachim Körber. © 1983 by Charles Platt. © der deutschen Übersetzung 1989 by Wilhelm Heyne Verlag GmbH & Co. KG, München. Mit freundlicher Genehmigung der Agentur UTOPROP, Hamburg/Wuppertal/Erkrath.

Douglas E. Winter: Stephen King, Peter Straub und die Suche nach dem Talisman (Stephen King, Peter Straub And The Quest For The Talisman) aus *Twilight Zone Magazine*, Februar 1985, 62–68. Übers. Joachim Körber. © 1985 by Douglas E. Winter. © der deutschen Übersetzung 1989 by Wilhelm Heyne Verlag GmbH & Co. KG, München. Mit freundlicher Genehmigung der Literarischen Agentur Paul & Peter Fritz AG, Zürich.

Eric Norden: Das Playboy-Interview mit Stephen King (Playboy Interview: Stephen King) aus *Angst: Gespräche über das Unheimliche mit Stephen King*. Edition Phantasia. Linkenheim 1989. Übers. Joachim Körber. © 1983 by Playboy Inc. © 1989 by Wilhelm Heyne Verlag GmbH & Co. KG, München.

Peter Straub: Mein Freund Stevie (Meeting Stevie) aus *Fear Itself: The Horror Fiction Of Stephen King*. Hrsg. Tim Underwood & Chuck Miller. San Francisco/Columbia 1982, 7–13, Übers. Joachim Körber. © 1982 by Underwood-Miller Publishers. © der deutschen Übersetzung 1989 by Wilhelm Heyne Verlag GmbH & Co. KG, München. Mit freundlicher Genehmigung der Literarischen Agentur Paul & Peter Fritz AG, Zürich.

Ramsey Campbell: Willkommen in Zimmer 217 (Welcome To Room 217) aus *Kingdom Of Fear: The World Of Stephen King*. Hrsg. Tim Underwood & Chuck

Miller. San Francisco/Columbia 1986, 35–40. Übers. Joachim Körber. © 1986 by Ramsey Campbell. © der deutschen Übersetzung 1989 by Wilhelm Heyne Verlag GmbH & Co. KG, München. Mit freundlicher Genehmigung der Literarischen Agentur Paul & Peter Fritz AG, Zürich.

Clive Barker: Die Fahrt überleben (Surviving the Ride) aus *Reign Of Fear Fiction And Film Of Stephen King*. Hrsg. Don Herron. Columbia/San Francisco 1988, 55–63. Übers. Joachim Körber. © 1988 by Clive Barker. © der deutschen Übersetzung 1989 by Wilhelm Heyne Verlag GmbH & Co. KG, München. Mit freundlicher Genehmigung der Intercontinental Literary Agency, London.

Stephen King: Das Floß (The Raft) aus *Gesang der Toten*, München 1986, 120–159. Übers. Alexandra von Reinhardt. ©1982, 1985 by Stephen King. © der deutschen Ausgabe 1986 by Wilhelm Heyne Verlag GmbH & Co. KG, München.

Stephen King: Der Gesang der Toten (The Reach) aus *Der Gesang der Toten*, München 1986, 160–191. Übers. Alexandra von Reinhardt. © 1984, 1985 by Stephen King. © der deutschen Ausgabe 1986 by Wilhelm Heyne Verlag GmbH & Co. KG, München.

Stephen King: Popsy (Popsy) aus *Popsy und 23 weitere Geschichten nach Mitternacht*, Bergisch Gladbach 1987, 9–24. Übers. Ingrid Herrmann. © 1987 by Stephen King. © der deutschen Ausgabe 1987 by Bastei-Lübbe Verlag, Bergisch Gladbach. Mit freundlicher Genehmigung des Bastei Lübbe Verlags, Bergisch Gladbach.

Stephen King: Warum lesen wir phantastische Geschichten? (Foreword) aus *Nachtschicht*, Bergisch-Gladbach 1984, 7–18. Übers. Michael Görden. © 1978 by Stephen King. © 1984 der deutschen Ausgabe by Bastei-Lübbe Verlag, Bergisch Gladbach. Mit freundlicher Genehmigung des Bastei-Lübbe Verlags, Bergisch Gladbach.

Ben P. Indick: Wie macht er uns nur solche Angst? (What Makes Him so Scary?) aus *Discovering Stephen King*. Hrsg. Darrell Schweitzer. Mercer Island 1985, 9–14. Übers. Joachim Körber. © 1985 by Ben P. Indick. © der deutschen Übersetzung 1989 by Wilhelm Heyne Verlag GmbH & Co. KG, München. Mit freundlicher Genehmigung der Literarischen Agentur Paul & Peter Fritz AG, Zürich.

Alan Ryan: Das Marstenhaus in 'Salem's Lot (The Marsten House In Salem's Lot) aus *Fear Itself: The Horror Fiction Of Stephen King*. Hrsg. Tim Underwood & Chuck Miller. San Francisco/Columbia 1982, 187–198. Übers. Joachim Körber. © 1982 by Alan Ryan. © der deutschen Übersetzung 1989 by Wilhelm Heyne GmbH & Co. KG, München. Mit freundlicher Genehmigung der Literarischen Agentur Paul & Peter Fritz AG, Zürich.

Charles L. Grant: Die graue Arena (The Grey Arena) aus *Fear Itself: The Horror Fiction Of Stephen King*. Hrsg. Tim Underwood & Chuck Miller. San Francisco/Columbia 1982, 163–169. Übers. Joachim Körber. © 1984 Charles L. Grant. ©

der deutschen Übersetzung 1989 by Wilhelm Heyne Verlag GmbH & Co. KG, München. Mit freundlicher Genehmigung der Literarischen Agentur Paul & Peter Fritz AG, Zürich.

Heiko Langhans: Kurzarbeit für die Nachtschicht. Originalbeitrag. © 1989 by Autor und Wilhelm Heyne Verlag GmbH & Co. KG, München.

Dennis Rickard: Horror ohne Grenzen: Ein Blick in den Nebel (Horror Without Limits: Looking Into The Mist) aus *Discovering Stephen King.* Hrsg. Darrell Schweitzer. Mercer Island, 1985, 177–192. Übers. Joachim Körber. © 1988 by Dennis Rickard. © der deutschen Übersetzung 1989 by Wilhelm Heyne Verlag GmbH & Co. KG, München.

Whoopi Goldberg: Wie man »es« liest *(Digging It)* aus *Los Angeles Time 1987.* Übers. Joachim Körber. © 1987 Whoopi Goldberg. © der deutschen Übersetzung 1989 by Wilhelm Heyne Verlag GmbH & Co. KG, München. Mit freundlicher Genehmigung der Autorin.

Bernadette Bosky: Angst und Freundschaft: Stephen King und Peter Straub (Fear And Friendship: Stephen King And Peter Straub) aus Discovering Stephen King. Hrsg. Darrell Schweitzer, Mercer Islands 1985, 55–82. Übers. Joachim Körber. © 1985 by Bernadette Bosky. © der deutschen Übersetzung 1989 by Wilhelm Heyne Verlag GmbH & Co. KG, München. Mit freundlicher Genehmigung der Literarischen Agentur Dr. Franz Rottensteiner, Wien.

Ben P. Indick: King als Schriftsteller für Jugendliche (King As Writer For Children) aus Kingdom Of Fear: The World Of Stephen King. Hrsg. Tim Underwood & Chuck Miller. San Francisco/Columbia 1982, 189–205. Übers. Joachim Körber. © 1986 by Ben P. Indick. © der deutschen Übersetzung 1989 by Wilhelm Heyne Verlag GmbH & Co. KG, München. Mit freundlicher Genehmigung der Literarischen Agentur Paul & Peter Fritz AG, Zürich.

L. Sprague de Camp: Der Drache mit den Gläsernen Augen (The Glass-Eyed Dragon) aus *Reign Of Fear. Fiction And Film Of Stephen King.* Hrsg. Don Herron. Columbia/San Francisco 1988, 63–68. Übers. Joachim Körber. © by L. Sprague de Camp. © der deutschen Übersetzung 1989 by Wilhelm Heyne Verlag GmbH & Co. KG, München. Mit freundlicher Genehmigung des Autors und der Literarischen Agentur Thomas Schlück, Garbsen.

Joachim Körber: Der Mythos vom dunklen Turm. Originalbeitrag. © by Autor und Wilhelm Heyne Verlag GmbH & Co. KG, München.

Hans Joachim Alpers: King als »Richard Bachman«. Originalbeitrag. © by Autor und Wilhelm Heyne Verlag GmbH & Co. KG, München.

Peter Tremayne: Crouch End, auf den Inseln (In Crouch End, On The Isles) aus *Reign Of Fear. Fiction And Film Of Stephen King.* Hrsg. Don Herron. Columbia/San Francisco 1988, 99–108. Übers. Joachim Körber. © 1988 by Peter Tremayne. © der deutschen Übersetzung 1989 by Wilhelm Heyne Verlag GmbH & Co. KG, München. Mit freundlicher Genehmigung des Autors und der Literarischen Agentur Thomas Schlück, Garbsen.

Joachim Körber: Notizen aus der toten Zone. Originalbeitrag. © 1989 by Autor und Wilhelm Heyne Verlag GmbH & Co. KG, München.

Fritz Leiber: Horror vom Feinsten. (Horror Hits A High) aus *Fear Itself: The Horror Fiction Of Stephen King.* Hrsg. Tim Underwood & Chuck Miller. San Francisco/ Columbia 1982, 103–121. Übers. Joachim Körber. © 1982 by Fritz Leiber. © der deutschen Übersetzung 1989 by Wilhelm Heyne Verlag GmbH & Co. KG, München. Mit freundlicher Genehmigung des Autors und der Agentur Carnell Literary Agency / Thomas Schlück.

Norbert Stresau: Horror in Hollywood. Originalbeitrag, © by Autor und Wilhelm Heyne Verlag GmbH & Co. KG, München.

Michael R. Collings: Maximum Overdrive: Stephen King als Regisseur (Maximum Overdrive) aus *Stephen King und seine Filme,* 218–231. Übers. Norbert Stresau. © 1986 by Starmont House. © der deutschen Ausgabe 1987 by Wilhelm Heyne Verlag GmbH & Co. KG, München.

Stephen King: Der Sensenmann (The Reaper's Image) aus *Der Gesang der Toten,* München 1986, 192–203. Übers. Alexandra von Reinhardt. © 1969, 1985 by Stephen King. © der deutschen Ausgabe 1986 by Wilhelm Heyne Verlag GmbH & Co. KG, München.

Stephen King: Das Schreckgespenst (The Boogey Man) aus *Nachtschicht.* Bergisch Gladbach 1984, 131–144. Übers. Harro Christensen. © 1973, 1978 by Stephen King. © der deutschen Ausgabe 1984 by Bastei Lübbe Verlag, Bergisch Gladbach. Mit freundlicher Genehmigung des Bastei Lübbe Verlags, Bergisch Gladbach.

Stephen King: Die Höllenkatze (The Cat From Hell) aus *Top Horror.* Hrsg. von Josh Pachter. München 1984, 264–283. Übers. Rolf Jurkeit. © 1977 by Stephen King. © der deutschen Übersetzung 1984 by Wilhelm Heyne Verlag GmbH & Co. KG, München.

Stephen King. Die Kiste (The Crate) aus *Unheimliches.* Hrsg. Pronzini/Malzberg/ Greenberg. München 1985, 693–732. Übers. Sonja Hauser und Bernd Lenz. © 1969 by Stephen King. © der deutschen Übersetzung 1985 by Wilhelm Heyne Verlag GmbH & Co. KG, München.

Stephen King: Der Überlebenstyp (Survivor Type) aus *Gesang der Toten.* München 1986, 97–125. Übers. Monika Hahn. © der deutschen Ausgabe 1984 by Wilhelm Heyne Verlag GmbH & Co. KG, München.

Über die Autoren

HANS JOACHIM ALPERS wurde 1943 in Bremerhaven geboren und lebt heute als freier Schriftsteller und Mitinhaber des Verlages Fantasy Productions in Hamburg. Der gelernte Maschinenbauer studierte an der Universität Hamburg Geisteswissenschaften und war von 1978 bis 1980 als Herausgeber der Reihe Knaur Science Fiction und von 1980 bis 1986 Herausgeber der Reihe Moewig Science Fiction tätig. Er hat allein und in Zusammenarbeit mit Ronald M. Hahn eine Reihe Science Fiction-Romane geschrieben, gab mehrere Anthologien heraus und verfaßte Hörspiele, Buchbesprechungen und Artikel zu zahlreichen Themenbereichen der SF. Er ist Mitverfasser des *Lexikons der Science Fiction-Literatur* und des *Lexikons der Horror-Literatur* (beide bei Heyne).

CLIVE BARKER wurde 1952 in Liverpool geboren und lebt heute in London und Los Angeles. Barker verfaßte Theaterstücke und führte am Theater Regie. Schlagartig berühmt wurde er, als 1984/85 seine »Bücher des Blutes« erschienen, sechs Sammelbände mit Kurzgeschichten und Novellen über praktisch alle Aspekte des Genres, die Barker mit einer einzigartigen visionären Kraft neu gestaltete. Es folgten die Romane *The Damnation Game* (dt: *Spiel des Verderbens*), *Weaveworld*, *Cabal* (dt.: *Cabal*) und *The Great and Secret Show*, die ihn neben Stephen King und Peter Straub zum bekanntesten und erfolgreichsten Horror-Autor machten.

BERNADETTE BOSKY ist Literaturkritikerin und hat zahlreiche Essays über moderne Horror-Literatur, darunter eine umfangreiche Studie über Peter Straub, in verschiedenen amerikanischen Zeitschriften veröffentlicht.

RAMSEY CAMPBELL, 1946 in Liverpool geboren, gehört mit seinen stilistisch unverwechselbaren Büchern zu den bedeutendsten und anerkanntesten modernen Horror-Autoren. Er versteht es wie kein zweiter, moderne Erscheinungen wie Entfremdung, Verelendung, soziale Vereinsamung, Drogenprobleme und Jugendkriminalität in seine Geschichten einfließen zu lassen. Er ist der am meisten mit Preisen bedachte Horror-Schriftsteller Großbritanniens. Sein Roman *The Hungry Moon* (dt: *Hungriger Mond*) wurde mit dem British Fantasy Award ausgezeichnet. Weitere wichtige Romane sind *Obsession* (dt: *Besessen*), *The Face that Must Die* (dt: *Dieses Gesicht muß sterben*), *The Influence* (dt: *Unter Einfluß*), *Ancient Images*; sowie die Kurzgeschichtensammlungen *The Inhabitant of the Lake and Less Welcome Tenants, Demons Bay Saylight, The Heigth of the Scream, Dark Companions* (dt: *Späte Gäste*) und *Dark Feasts*.

MICHAEL R. COLLINGS ist Professor für englische Literatur an der Pepperdine Universität in Malibu, Kalifornien. Er hat viele Bücher über zeitgenössische Schriftsteller veröffentlicht, darunter *Piers Anthony: A Reader's Guide, Brian W. Aldiss: A Reader's Guide, Stephen King as Richard Bachman, The Shorter Works of Stephen King, The Films of Stephen King* (dt: *Stephen King und seine Filme*); daneben aber auch Gedichtbände wie *A Season of Calm Weather* und *Whole Wheat Harvest*, letzteren in Zusammenarbeit mit seiner Frau Judith Collings.

L. SPRAGUE DE CAMP, 1907 in New York geboren, ist heute einer der »dienstältesten« Fantasy- und Science Fiction-Schriftsteller. Zu seinen berühmtesten Werken gehören der in Zusammenarbeit mit Fletcher Pratt entstandene »Harold Shea«-Zyklus, der in einer Welt spielt, in der Magie nach mathematischen Gesichtspunkten gehandhabt wird (dt. u. a. als Sammelband unter dem Titel *Mathemagie* erschienen), die Fortführung von Robert E. Howards Saga von Conan dem Barbaren (zusammen mit Lin Carter). Daneben verfaßte de Camp mehrere Sachbücher über Archäologie und alte Kulturen, eine Studie über den Horror-Schriftsteller H. P. Lovecraft, sowie historische Romane.

WHOOPI GOLDBERG erregte als Schauspielerin internationales Aufsehen mit ihrer Rolle in Steven Spielbergs Film *The Color Purple* (dt: *Die Farbe Lila*). Daß sie auch als Darstellerin in Komödien ein Talent ist, bewies sie in den Filmen wie *Burglar* (dt: *Die diebische Elster*) und *Jumpin' Jack Flash*. Sie ist ein langjähriger Fan der Bücher von Stephen King.

CHARLES L. GRANT, geboren 1942 in Newark, New Jersey. Studierte Geschichte, Literatur und Theaterwissenschaften, war als Militärpolizist in Vietnam und arbeitete vorübergehend als Englischlehrer. Seit 1975 freier Schriftsteller, verfaßte (teils unter Pseudonym) zahlreiche Romane, die ihn als bedeutendsten Vertreter des »leisen Grauens« auszeichnen. Er verzichtet in seinen Büchern (deutsch erschien u. a. *The Nesting [Schwingen der Nacht]*) meist auf grelle Schockeffekte und setzt vornehmlich auf Atmosphäre. Daneben hat Grant zahlreiche einflußreiche Horror-Anthologien herausgegeben.

BEN P. INDICK ist als Verfasser von Theaterstücken und Kritiker hervorgetreten. Er ist Verleger des Magazins *Ibid* und hat einige Essays über moderne unheimliche Literatur – darunter auch über H. P. Lovecraft – veröffentlicht.

JOACHIM KÖRBER wurde 1958 in Graben geboren, absolvierte eine Ausbildung zum Chemotechniker und arbeitet seit 1980 als freier Übersetzer, Autor und Mitinhaber des Kleinverlags Edition Phantasia in Linkenheim. Er hat zahlreiche Romane von Stephen King, Clive Barker, Peter Straub, Ramsey Campbell u. a. ins Deutsche übersetzt und die Bände *Neue Welten* (Basel 1983) und *J. G. Ballard – der Visionär des Phantastischen* (Meitingen 1985) herausgegeben. Daneben gibt er das *Bibliographische Lexikon der utopisch-phantastischen Literatur* heraus, das seit 1984 als Loseblattsammlung erscheint und inzwischen zur größten Enzyklopädie phantastischer Literatur der Welt angewachsen ist.

HEIKO LANGHANS ist Übersetzer und hat daneben zahlreiche Artikel über moderne Science Fiction-Autoren veröffentlicht. Er lebt in Hamburg.

FRITZ LEIBER gilt als einer der »großen alten Männer« der modernen unheimlichen Literatur. Er wurde 1910 in Chicago geboren. Berühmt wurde Leiber durch seinen mehrbändigen Fantasy-Zyklus um die ungleichen Helden Fafhrd und den grauen Mausling. Fritz Leiber hat für seine Romane und Kurzgeschichten immer wieder Preise gewonnen, auch für sein Meisterwerk, den unheimlichen Roman *Our Lady of Darkness* (dt: *Herrin der Dunkelheit*), für das er den World Fantasy Award erhielt. Mit dem Hugo Award geehrt wurde der SF-Roman *The Wanderer* (dt: *Wanderer im Universum*), und *The Big Time* (dt: *Eine tolle Zeit*) über einen galaktischen Zeitkrieg.

ALAN RYAN hat einige Horror-Romane verfaßt, die ihn als vielversprechendes Talent der Horror-Literatur ausweisen, darunter *Panther!* (1981), *The Kill* (1982), *Dead White* (1983) und *Cast a Cold Eye* (1984). Seine Kurzgeschichten sind in *The Bone Wizard and Other Stories* (1985) gesammelt.

PETER STRAUB wurde 1943 geboren und ist heute neben Stephen King der bekannteste und erfolgreichste Verfasser von unheimlichen Romanen. Straub veröffentlichte zunächst Gedichte in Zeitschriften, sein erster Roman *Marriages* (dt: *Die fremde Frau*) erschien 1973. Danach wandte er sich dem übernatürlichen Genre zu und veröffentlichte erfolgreiche Bücher wie *Julia* (1975), *If You Could See Me Now* (1977, dt: *Wenn du wüßtest*), *Ghost Story* (dt: *Geisterstunde*), *Shadowland* (dt. *Schattenland*), *Floating Dragon* (dt: *Das Haus des Drachen*), den in Zusammenarbeit mit Stephen King entstandenen Roman *The Talisman* (dt: *Der Talisman*) und *Koko* (dt: *Koko*), einen Thriller über einen psychopathischen Killer. Straub gilt als der herausragendste Stilist des Genres.

NORBERT STRESAU wurde 1960 geboren und lebt als freier Schriftsteller in Müchen. Er ist Herausgeber der *Enzyklopädie des phantastischen Films*, eines Loseblattwerks, das seit 1986 erscheint. Darüber hinaus schreibt er Filmkritiken und Bücher über Filme, darunter *Der Horror-Film, Eddie Murphy* und (als Mitverfasser) *Lexikon des Fantasy-Films*.

PETER TREMAYNE ist das Pseudonym des britischen Schriftstellers Peter Berresford Ellis, der vornehmlich von keltischer Mythologie beeinflußte Fantasy- und Horror-Romane geschrieben hat.

DOUGLAS E. WINTER absolvierte die Harvard Law School mit Auszeichnung und ist Mitinhaber einer Rechtsanwaltskanzlei in Washington D. C. Er hat sich intensiv mit dem Werk von Stephen King befaßt, über das er mehrere Studien geschrieben hat, die wichtigste ist *Stephen King: The Art of Darkness* (1984, erweiterte Neuausgabe 1986). Er ist Herausgeber der Anthologie *Prime Evil* (dt: *Horror vom Feinsten*) und hat in jüngster Zeit auch angefangen, eigene Erzählungen zu schreiben, die alle überdurchschnittlich sind und Anlaß zu größten Hoffnungen geben.

Heyne JUMBO 41/1

Heyne JUMBO 41/2   Heyne JUMBO 41/11   Heyne JUMBO 41/14

Stephen King im Heyne-Taschenbuch:

01/6478   01/6553   01/6705

01/6824

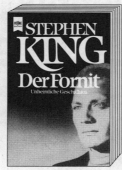
01/6888

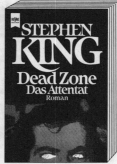
01/6953

01/7627

01/7662

19/2

**Weitere
Heyne-Taschenbücher:**

Richard Bachman:
(Pseudonym von
Stephen King)

Der Fluch 01/6601

Menschenjagd 01/6687

Sprengstoff 01/6762

Todesmarsch 01/6848

Amok 01/7695

**Wilhelm Heyne Verlag
München**

Nachtgesichter
Photographiert von f-stop Fitzgerald
128 Seiten mit 100 s/w-Fotos und
24 Farbseiten
Heyne Buch-Programm 40/62

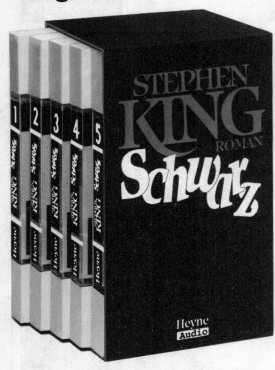